SAMY HALE

VERFLUCHTES BLUT

BAND 1 - SKYLAR

Eisermann Verlag

KAPITEL 1

Lachend rannte das kleine Mädchen die knarrende Treppe hinunter. Ihre kurzen, braunen Locken fielen ihr sanft über die Schultern, hüpften durch ihre zierlichen Bewegungen immer wieder auf und ab, kitzelten sie manches Mal an der Nase. Ihre Wangen waren leicht gerötet, während sich ihre Lippen zu einem breiten Lächeln verzogen.

Die Augen des Mädchens waren blau wie das kühle Meer im Sommer. Das Funkeln in ihnen strahlte so hell wie die Sonne und schien, niemals getrübt werden zu können. Ihr Lachen war hell und außergewöhnlich zart. An ihre Haut schmiegte sich lediglich feine Unterwäsche und ein kurzes, hellblaues Kleid, das mit Blumen bestickt war. Auf der Brust tanzten kleine, braune Bären, während auf ihrem Rücken eine dunkelblaue Schleife ihren Platz fand.

„Bleib' stehen", grummelte der Haushälter James.

Trotz seiner anscheinend schlechten Laune lächelte er und verlangsamte seine Schritte. Diesen Spaß wollte er dem Mädchen dann doch nicht verderben. Als sein Blick kurz über den Spiegel wanderte, strich er sich seinen glatt gebügelten Anzug zurecht und fuhr sich schnell durch sein kurzes, nach hinten gegeltes, helles Haar.

„Nein, nein", lachte das kleine Kind, gerade mal sieben Jahre alt, rannte schneller und versteckte sich schließlich hinter einer Statue. Diese war aus hartem Stein gemeißelt und stellte einen aufgerichteten, starken Drachen dar. Der Hausherr liebte diese Fabelwesen. Er war vernarrt in alles, was aus einer anderen Dimension kommen könnte und sammelte täglich verschiedene Exemplare dieser Kreaturen.

Als der Butler an der Statue vorbei huschte, kicherte das Mädchen, bevor sie sich das kleine Spielzeug in ihrer Hand ansah. Es war eine winzige Spieluhr. Die Hülle bestand aus einem seltenen, goldschimmernden Metall, in das komische Hieroglyphen eingraviert waren. Für das Mädchen lediglich eine Verschönerung, die sie nicht verstand. Einzig allein das Schimmern der Glyphen interessierte sie, weckte in ihr eine Faszination. Zudem mochte sie die Melodie, die beim Öffnen des Kästchens an ihre Ohren drang.

„Skylar? Kleine, wo bist du?", erklang die Stimme von James, während das Mädchen ihre Wangen schmollend aufzublasen begann. Sie mochte es nicht, als klein abgestempelt zu werden. Skylar fand, dass sie bereits ein großes, tapferes Mädchen war.

Plötzlich erklang ein Donnern und weitere merkwürdige Geräusche folgten. Verwirrt, doch zugleich neugierig hob das Mädchen ihren Blick, packte das Kästchen in ihre kleine Tasche, die sich ebenfalls an ihrem Kleid befand, und kletterte zügig aus ihrem Versteck. Ein Schrei erklang und ließ sie erschrocken zusammenfahren.

Skylar kannte diese Stimme, sie war ihr mehr als bekannt. Mit winzigen, dennoch hastigen Schritten marschierte sie hinüber, hinter einer weiteren Säule entlang und blieb vor dem Schlafzimmer ihrer Eltern stehen.

Was machen sie denn da?, *fragte sich das Mädchen und wollte gerade die Tür öffnen, als ihre Hand von James gepackt wurde.*

„Geh' zurück! Geh' sofort nach unten!“

Doch sie verschwand nicht. Wohin sollte sie auch? Verlangte James etwa von ihr, im Salon auf ihn zu warten? Der Blick des Haushälters machte ihr für einen Moment Angst, bevor sie sich an den Tunnel hinter dem Bild erinnerte. Meinte er vielleicht, sie solle sich dorthin begeben?

„Warum?“, erkundigte sie sich mit einer zuckersüßen Stimme.

So unschuldig. So rein. Wieder erklang das Geschrei ihrer Mutter, bevor die Tür ruckartig geöffnet wurde. Mit einer schnellen Bewegung zog James sie an sich, drückte seine Hand fest gegen ihre feuchten Lippen. Panisch wollte sie sich wehren, doch der Haushälter schüttelte nur seinen Kopf. Sie konnte die Angst in seinen Augen sehen. Angst, die sie plötzlich ebenfalls verspürte.

Eine junge Frau, gerade einmal Ende dreißig, humpelte aus dem Schlafzimmer. Ihr normalerweise beigefarbenes Nachthemd war an den Enden etwas zerrissen und mit einer roten Farbe bekleckst. Farbe, die einen schrecklichen Geruch in die Nase des Mädchens trieb. Ein ekelhafter Geruch. Blut. Die Augen von Skylar weiteten sich, bevor sie vollkommen erstarrte. Etwas war ihrer Mutter gefolgt. Doch wo war ihr Vater? Wo war der Mann, der gerade eben noch bei ihrer Mutter gewesen war? Wo war er?

Zitternd wollte sich Skylar von James losreißen, zu ihrer Mutter rennen und sie in den Arm nehmen. Sie wollte nicht, dass sie weinte. Plötzlich erhob die Mutter zitternd ihre Stimme, bevor sie einen silbernen Dolch hinter ihrem Rücken hervorholte.

„Verschwinde!“, stotterte sie weinerlich, „Hau ab! Du ... Du Monster.“

Etwas schrie, nein, kreischte. Es war ein ohrenbetäubendes Geräusch, hatte sich genau in das Gehör des Mädchens gebohrt. Sie wollte schreien, sich winden und einfach nur rennen.

„Renn'! Los! Du weißt, wohin du gehen musst“, flüsterte James ängstlich.

Er schluckte den Kloß in seinem Hals hinunter, bevor er Skylar losließ und in die andere Richtung schubste. Dann drehte er sich wieder um. Doch sie rannte nicht. So sehr sie diesem Gefühl auch nachgehen wollte, sie konnte nicht. Etwas in ihr hielt sie zurück.

„Mami“, flüsterte sie zerbrechlich und streckte ihre Hand nach ihrer treuen, liebevollen Mutter aus. Diese hatte James und ihre Tochter schon bemerkt. Sie wollte nicht, dass ihre Tochter so etwas sah, nicht in diesem Haus und vor allem nicht in diesem Leben.

Wieder erklang das Kreischen und die Gänsehaut, die sich nun über die Haut des Mädchens zog, ließ sie noch mehr erstarren als vorher. Skylar spürte ihre Beine nicht mehr. Die Kontrolle über ihren Körper schien sie vollkommen verloren zu haben.

Etwas Schreckliches trat aus dem Zimmer. Sie erkannte die Gestalt nicht, sah nur die schwarze Hülle des Monsters. Es sprang mit einer gezielten Bewegung auf die ängstliche Frau zu, rammte seine scharfen Zähne in ihr Genick und durchtrennte ihren Hals. Mit einer ruckartigen Bewegung fiel der Kopf zu Boden, hinterließ einen See von roter Farbe. Skylar schrie.

„Mami. Nein! Mami.“

Das Monster drehte seinen Kopf zu dem jungen Mädchen, brüllte erneut.

„Verschwinde! Ich sagte, dass du gehen sollst“, schellte James und zeigte mit der Hand auf die gegenüberliegende Tür. Mutig stellte er sich vor das Mädchen, hielt schützend seine Arme hoch.

„Du wirst sie nicht bekommen. Nicht, so lange ich lebe.“

Das Monster schien, dies als eine Einladung zu verstehen. Für einen kurzen Moment glaubte James, es lächeln gesehen zu haben.

Unmöglich!, *stellte er fest und trat einen Schritt nach vorne.*

„Los! Geh'!“

Sie zögerte, gehorchte aber schließlich. Zitternd rannte sie die Treppe hinunter, bog anschließend nach rechts und stürmte hinab in den Keller. Angst durchfuhr ihren Körper, ließ sie nur noch schlimmer zittern. Unsanft biss sie sich auf die Lippen, als sie schließlich bemerkte, dass sie weinte. Stumm liefen ihr die heißen, salzigen Tränen die Wangen hinunter. Schluchzend wischte sie sich mit dem Handrücken über die geröteten Wangen, bevor sie das Bild nach rechts schob.

Hinter dieser wundervollen, friedlichen Landschaft, die ebenfalls einen wunderschönen blauen Drachen zeigte, erschien ein kleines Loch, groß genug für einen Erwachsenen. Sie hatte diesen Geheimgang schon so viele Male benutzt und doch plagte sie nun eine unverständliche Panik. Was wäre, wenn sie sich nun verirren würde? Es existierten mehrere Gänge, die ineinander verliefen. Wenn man sich nicht auskannte, konnte man sich sehr schnell verlaufen.

Erneut erklangen laute Schreie, die das Mädchen vor Schreck zusammenzucken ließen. Fast zehn Minuten dauerte das Klettern durch den schmutzigen Tunnel, bis sie schließlich am Ende ankam.

Erleichtert stellte sie fest, dass sie sich nicht verlaufen hatte. Sie lag richtig. Hastig, noch immer mit zitternden Fingern, kletterte sie aus dem Tunnel und rannte. Geschickt schlüpfte sie durch das Gebüsch, bis plötzliche eine Explosion ihr den Atem raubte. Etwas packte sie, riss sie grob zu Boden und biss sie. Sie spürte einen stechenden Schmerz, während sie noch mehr Tränen verlor. Kreischend versuchte sie, sich zu wehren, doch gegen dieses Monster war sie einfach zu schwach. Sie war doch noch ein Kind!

Er jedoch nicht. Der junge Mann, der das Monster von dem Mädchen zerrte und das Ding immer wieder zum Brüllen brachte. Es verstummte schließlich und der fremde Mann legte vorsichtig die Hand auf ihre bebende und blutende Schulter. „Kleines? Alles in Ordnung?" Bevor sie antworten konnte, erkannte sie, dass das Monster sich aufgerafft hatte. Es hob seine Klauen und ...

Schweißgebadet erwachte ich aus meinen tiefen Träumen, keuchte heftig. Ich versuchte, mich zu beruhigen, was nicht sehr gut funktionierte, da sich mein Puls stärker beschleunigte.

„Schon wieder dieser Albtraum", murmelte ich, bevor ich mir genervt und zugleich müde durch mein feuchtes, langes Haar fuhr. Es war kaum auszuhalten. Seit nun schon fast fünfzehn Jahren litt ich unter diesen schrecklichen Albträumen, die meine Vergangenheit immer verschwommen widerspiegelten. Es kam sehr häufig vor, dass ich, genauso wie heute, schweißgebadet erwachte und meine Kehle sich so trocken anfühlte, als wäre ich ein paar Stunden ohne Verpflegung durch die Wüste spaziert.

Es war nicht immer derselbe Traum. Manchmal träumte ich nur von dem Mann, der mich, das hilflose, verletzte Mädchen, rettete. Doch niemals erkannte ich sein Gesicht.

Zum Glück gab es jedoch auch Tage, an denen ich mich so wohl fühlte, wie ein schlafendes Baby. An solchen Tagen ließen mich die dunklen Träume in Ruhe und schenkten mir Hoffnung, dass sie bald enden würden. Doch man scherzte mit meinem Verstand, denn nur eine Nacht darauf, holten mich die Ängste wieder ein und umschlungen mich, wie eine wild gewordene Ranke.

Zitternd richtete ich mich auf, schlüpfte in meine gelben *Simpsons* Hausschuhe und schleifte mich in das gegenüberliegende Zimmer, die Küche.

Sie war recht bescheiden, fast schon kahl. Die Wände in einem schlichten Weiß gehalten und der Fußboden von beigen Kacheln bedeckt. Meine Küchenzeile war simpel, nicht gerade groß, aber dennoch groß genug für mich, um mir einen Snack zu machen. Ich konnte zwar kochen, tat das allerdings nicht sehr oft. Die meisten Abendessen verbrachte ich in Restaurants oder kleinen Bistros.

Der Kühlschrank, der auf der linken Seite stand, war sehr alt und man konnte sehen, wie der Lack sich langsam aufzulösen drohte. Wenige Zettel wurden mit Magneten auf der Hülle des Schrankes gehalten, während neben dem Gerät ein kleiner Kalender hing.

Gähnend öffnete ich das Küchenfenster einen Spalt und sog die frische Luft tief ein. Der Geruch von gemähten Rasen schoss mir in die Nase, woraufhin ich wohlig seufzte. Ich mochte diesen Geruch, da er mich immer an mein altes Zuhause erinnerte.

Wieder seufzte ich, schüttelte jedoch anschließend meinen Kopf. Mürrisch wechselte ich den alten Filter von der Kaffeemaschine und tauschte ihn mit einem neuen. Schnell füllte ich den Kaffee dazu und goss das Wasser in den danebenstehenden Behälter, bevor ich auf *on* drückte. Anschließend öffnete ich den Kühlschrank, allerdings nur, um festzustellen, dass ich nichts Essbares mehr im Haus hatte.

„Na ganz toll", meckerte ich unzufrieden und ließ mich auf den knarrenden Stuhl fallen.

Noch immer bescherte mir dieser Traum eine unangenehme Gänsehaut. Er machte mir keine Angst, zumindest nicht immer. Doch in keinem meiner Albträume konnte ich dieses Monster richtig erkennen. Entweder bestand es aus einer schwarzen Hülle, so, wie auch in dieser Nacht, oder es wurde durch einen gesichtslosen Menschen ersetzt.

Nachdenklich schloss ich meine müden Augen, versuchte, mich angestrengt an das Gesicht meines Retters zu erinnern. Doch wieso wollte ich dies überhaupt? Konnte ich nicht einfach mit meiner Vergangenheit abschließen? So, wie es auch mein ehemaliger Butler James getan hatte? Ein leises Lachen entfloh mir, als ich an meinen Butler dachte.

Ja. So wie er, stöhnte ich innerlich und dachte an den Tag zurück, an dem ich ihn nach langer Zeit in der Psychiatrie besucht hatte. Die Ärzte meinten, er sei vollkommen verrückt.

„Er denkt, er habe einen Dämon gesehen", hatte die Ärztin in ihrem weißen, engen Kittel gesagt.

„Dieser Mann glaubt tatsächlich, ein Fabelwesen hätte ihn angegriffen."

So ein Mist. War ich dann nicht auch verrückt? Ich hatte dieses Geschöpf doch auch gesehen, es jedoch nicht für einen Dämon gehalten. Zudem ist mein Gedächtnis nicht das Beste. Heute, nach fünfzehn Jahren, konnte ich mich nicht mehr genau an die Gestalt erinnern.

Sie hatten James für den Täter gehalten, ihn jedoch als nicht zurechnungsfähig erklärt.

„Der Mann ist krank, geistesgestört. Beinahe hätte er selbst den Schatz der Familie umgebracht, die Tochter", hatte die Reporterin damals im Fernsehen gesagt.

Ich erinnerte mich daran, als wäre es erst gestern gewesen.

Mürrisch blies ich mir eine Strähne aus dem Gesicht.

„Diese Idioten. Sie wissen nicht einmal, was sie mit ihren Reportagen anrichten."

Die Erinnerungen an den Tag der Urteilsverkündung suchten sich einen Weg zurück in meine Gedanken. Ich hatte weinend und ängstlich auf dem Platz neben dem Richter gesessen, der komische Frage gestellt hatte, die ich damals nicht verstehen konnte.

Heute jedoch wusste ich, was all dieses Geschwätz bedeutete. Obwohl mein Gedächtnis nicht das Beste war, konnte ich mich noch genau an den Tag erinnern.

„Ich weiß, es macht dir Angst, Skylar, aber du musst bitte ehrlich antworten“, hatte der Richter mit sanfter Stimme gesagt. „Wen hast du alles gesehen?“

Da hatte ich wirklich nicht lange überlegen brauchen.

„Meine Mami und James. Da war auch noch so eine komische Gestalt. Sie sah aus wie ein Monster.“ Sie hatten mir nicht geglaubt. Wie gesagt, ich war noch ein Kind gewesen und wie wir wissen, haben Kinder eine Menge Fantasie. Der Richter war der Meinung, dass diese Illusion, die ich als Monster diagnostiziert hatte, nichts weiter als meine Angst war, die ich zu dieser Zeit verspürt hatte.

„Wie hat dieses *Monster* denn ausgesehen?“, erkundigte sich der Richter und versuchte nicht einmal, seinen Argwohn gegenüber dem Ding, das uns angegriffen hatte, zu verstecken.

Ich hatte damals nur kurz mit den Schultern gezuckt, da ich für diese Kreatur keine Worte gefunden hatte.

„Ich weiß nicht. Es war einfach nur schwarz. Ich kann mich nicht mehr ganz daran erinnern.“

Ab da an hatten weder der Richter, noch die Anwälte mir länger zugehört. Sie hatten ihr Urteil bereits gesprochen. Stumm.

„Hat James dir wehgetan?“, hatte er fast schon desinteressiert gefragt, fast so, als würde er die Antwort genau kennen. Durch das stürmische Kopfschütteln hatte mir der Kopf geschmerzt.

„Nein! Er hat mich beschützt und mich wegrennen lassen.“

„Es war also ein Spiel? Dieses perverse, kranke Schwein!“, hatten die Zuschauer geflüstert. Sie waren sich ebenfalls darüber einig geworden, verurteilten den Butler.

„Durch den Tunnel, den wir gefunden haben? Und dann? Was ist dann passiert?“

Ich hatte von meiner Angst erzählt, von der Panik, die mich übermannt hatte. Auch von dem lauten Geschrei erzählte ich. Der Richter hatte mich nicht einmal überrascht angeblickt. Es schien, als wollte er eigentlich gar nichts mehr wissen. Er machte dies nur, weil es sein Job war.

„Anschließend wurdest du also zu Boden geworfen. Mr. Brown hat dich schließlich gefunden. Verletzt. Wer hat dir diese Schmerzen zugefügt?“

„Ich weiß es nicht, Sir. Ich habe die Person nicht gesehen.“

Das waren die Worte, die James endgültig als Täter an den Pranger stellte. Mir saß die Schuld, dass er meinetwegen in der Klinik saß, noch immer tief in den Knochen.

Ich hatte ihn besuchen wollen, doch niemand war gewillt gewesen, mich zu begleiten. Auch die Pflegefamilie, in der ich kurzzeitig untergekommen war, wollte keinen Schritt in die Klinik setzen. So musste ich auf meinen achtzehnten Geburtstag warten und als ich schließlich alt genug war, beschloss ich, ihm einen Besuch abzustatten.

Den Papierkram auszufüllen, war recht einfach gewesen, James dann aber im Garten sitzen zu sehen, sein Blick starr nach vorne und das Lächeln, das mich als Kind erfreut hatte, erloschen, brach mir das Herz. Ich drehte mich auf dem Absatz um und verschwand. Seitdem war ich nicht wieder dort gewesen – auch, wenn ich wollte.

Kurz schüttelte ich meinen Kopf, tauchte aus meinen Gedanken auf und war wieder in meiner Küche. Der Kaffee war fertig. Etwas durcheinander schnappte ich mir eine Tasse und füllte sie mit dem schwarzen, heißen Getränk.

Als ich das Geräusch der Türklingel vernahm, zuckte ich für einen Moment zusammen.

„Sky? Hey, bist du da?", erklang eine weibliche Stimme und sofort wusste ich, wer dort vor meiner Tür wartete.

Kurz nippte ich an meinem Kaffee, bevor ich mich mit meinen gelben Latschen an die Tür begab.

„Mensch, Sky, mach' doch auf", quengelte die junge Frau, bevor ich die hölzerne Tür öffnete. Das Scharnier quietschte leicht, was dem Mädchen vor der Tür nichts auszumachen schien. Mit einem breiten Grinsen begrüßte ich meine beste Freundin.

Ihr Name war Cherry Broderick und sie arbeitete in der gleichen Modeagentur wie ich. Während ich die Sekretärin unser Chefin war, kümmerte sich meine Freundin um Interviews und um die Magazine, die von uns gedruckt wurden.

„Mann, Sky. Wie oft soll ich dir noch sagen, dass du erst fragen sollst, wer vor der Tür steht? Es könnte ein Krimineller sein", meckerte sie und schritt an mir vorbei in die Küche.

Jeden Morgen dasselbe.

„Vergiss nicht, dass du nach mir gerufen hast. Ich wusste, dass du es bist."

Ich verdrehte meine Augen und sah, wie sich meine Freundin nachdenklich auf die Lippe biss. „Du hast Recht, das habe ich nicht bedacht, aber vergessen wir das mal. Ich habe Brötchen, Schinken und Salami mitgebracht. Ich dachte, du willst vielleicht etwas essen."

Sanft lächelte ich, bevor ich mir eine Haarsträhne hinter das Ohr strich und drei saubere Teller aus dem Schrank nahm.

„Es ist schön, dass du gekommen bist", sagte ich, als ich die Wurst schön auf einem der Teller verteilte. Cherry lachte.

„Es ist schön, das jeden Morgen von dir zu hören."

Sie kicherte und wandte sich dem Besteck, sowie einer eigenen Tasse Kaffee zu.

Schmunzelnd betrachtete ich meine Freundin. Ihr blondes, glattes Haar hatte sie heute zu einem hohen Zopf gebunden. Einige Strähnen, die von den Spangen nicht gehalten werden konnten, fielen lose in ihr Gesicht.

Ihre giftgrünen Augen wurden heute durch einen kleinen Fleck Tusche verstärkt und sahen so nur noch schöner aus. Abgesehen von Tusche und wenigen anderen Produkten für ihre Augen benutzte sie keinerlei Make-up. Selbst ungeschminkt war sie eine Augenweide.

Schlank, rein und wunderschön.

Manchmal verglich ich sie mit einem Engel, jedoch nur bis sie zu meckern, oder generell zu reden begann. Sobald sie den Mund aufmachte, tauchte der Teufel in ihr auf.

Mich störte das überhaupt nicht, da ich an ihre Stimmungsschwankungen gewöhnt war. Auch, wenn sie das ein oder andere Mal recht nervtötend sein konnte, besaß sie einen unglaublich guten Geschmack, der komplett von ihrem Gerede ablenkte.

Mein Blick fiel auf das Kleid, das meine beste Freundin trug.

Es war schlicht, schwarz und am Saum mit ein paar Rüschen verziert.

Sie liebte diesen kindlichen Look und er stand ihr hervorragend. Egal, wohin wir zusammengingen, überall erblickte meine Freundin etwas, was sie wollte beziehungsweise mochte.

Ich war in dieser Hinsicht etwas anders. Ich gab kaum etwas von meinem Geld aus und wenn, dann nur für das Nötigste. Die größte Einkäuferin war ich wirklich nicht und obwohl es immer hieß, Frauen würden Shopping lieben, hasste ich diesen Rummel in Geschäften, in denen sich jeder für ein Kleidungsstück bekämpfte.

So schlicht wie ich auch war, manchmal gönnte ich mir doch etwas, denn ich konnte es mir leisten.

Auch, wenn es schrecklich klang, durch die Ermordung meiner Eltern wurde ich zur Alleinerbin und hatte das ganze Vermögen, zusammen mit dem riesigen Grundstück, das mein ehemaliges Zuhause darstellte, geerbt. Doch dieses hatte ich nur selten genutzt.

Nun stand das Anwesen leer und auch, wenn ich daran dachte, dorthin zurückzukehren, konnte ich es nicht.

Von dem Geld hatte ich nur ein einziges Mal Gebrauch gemacht, für ein Auto. Mein eigenes Auto, auf das ich sehr stolz war.

Mehr zu nehmen, hatte ich nicht gewagt.

Traurige Erinnerungen hingen an diesem Geld. Geld, was auf meinem Konto lagerte und nur darauf wartete, ausgegeben zu werden. Ich konnte das einfach nicht tun. Sobald ich auch nur einen Cent von diesem Erbe ausgab, plagten mich tagelang Schuldgefühle, als würden meine Eltern mir den Umgang mit meinem eigenen Vermögen verbieten.

Mein Blick fiel lächelnd auf die Halskette meiner Freundin. Es war eine kleine Kirsche, die perfekt zu ihrem Namen passte. *Cherry.*

Ihre verstorbene Mutter hatte ihr diesen Spitznamen gegeben, nachdem sich herausgestellt hatte, dass sie Kirschen über alles liebte. Es klang vielleicht komisch, aber es war die Wahrheit.

Cherry mochte Kirschen.

Wie ihr richtiger Name lautete, wussten nur die Wenigsten, denn jedermann nannte sie bei ihrem Spitznamen. Kichernd nippte ich an meinem Kaffee.

„Was ist denn so witzig?", erkundigte sie sich und blinzelte mich fragend an.

„Ich habe nur gerade an deinen Namen gedacht."

Plötzlich verzog meine Freundin das Gesicht, woraufhin ich sie verwirrt musterte.

„Ist was?"

„Du hast eindeutig noch nicht geduscht und wir müssen bald los. Ich will nicht wieder zu spät kommen."

Die Augen rollend legte ich das Messer zu Seite.

„Dann fahr' du schon mal los. Ich werde nachkommen."

„Das kommt gar nicht in Frage. Ich lasse mich heute von dir fahren."

Seufzend erhob ich mich aus meinem Stuhl, legte meinen vollgekrümelten Teller in die Spüle.

„Ich kann dich aber nicht nach Hause fahren. Das ist dir doch sicherlich bewusst, oder?"

Sie nickte schnell. „Derek wird mich fahren."

Überrascht hob ich meine gezupften Brauen.

„Derek? Der Fotograf des Unternehmens, in dem wir arbeiten? Dieser Derek?"

Cherry nickte, während ihre Wangen einen rötlichen Ton annahmen. Ab diesem Moment musste ich nicht mehr weiter fragen, ich wusste sofort Bescheid.

Dennoch überraschte es mich ein wenig. Derek, der unauffällige Typ von nebenan, der, so ganz und gar nicht, in ihr übliches Beuteschema passte, ging mit meiner Freundin aus?

Die Männer, mit denen Cherry das ein oder andere Mal ausging, waren alle recht muskulös gewesen. Sie erfüllten das Klischee des weltbekannten bösen Jungen. Derek hingegen war nicht sonderlich stark und besaß, soweit ich wusste, keinerlei Tattoos, ebenso wenig Piercings. Er brachte meiner Freundin Blumen und kaufte ihr überteuerten Schmuck, was einer ihrer bösen Jungs niemals getan hätte.

In meinen Augen passten die beiden nicht ein bisschen zusammen, aber vielleicht täuschte ich mich.

Ich richtete mich schließlich auf und bevor ich ins Badezimmer verschwand, drehte ich mich noch einmal zu meiner Freundin um.

„Mach‘ es dir gemütlich, Cherry. Ich werde mich schnell fertigmachen.“

Cherry nickte, bevor sie sich in mein recht kleines Wohnzimmer setzte und die Kiste, die ich Fernseher nannte, einschaltete. Kurz darauf hörte man die Stimme einer Reporterin.

„Zeugen zu urteilen wurde eine Gestalt gesichtet, die das Unglück ausgelöst haben soll. Wir wissen noch nicht, wer ...“

„Blödsinn“, zischte ich, konnte mir bereits denken, um was es sich bei dieser Reportage handelte und verschwand anschließend in mein sauberes Badezimmer.

KAPITEL 2

Kaum eine Stunde später stoppte ich meinen geliebten **Audi**, den ich vorsichtig und gekonnt eingeparkt hatte, steckte den Schlüssel in meine schwarze, große Handtasche und blickte zu meiner besten Freundin. Cherry fummelte an ihrem Handy herum, bevor sie sich grinsend zu mir drehte.

„Danke nochmal."

„Gern geschehen."

Du wolltest doch gefahren werden, dachte ich schmunzelnd und ignorierte das Gefühl, seufzen zu müssen.

Noch bevor Cherry ihr Handy in ihrer Tasche verschwinden lassen konnte, erklang ein bekanntes Geräusch, das ich als eine Kamera identifizierte.

„Hallo? Miss Broderick?", erklang die Stimme eines Mannes, der auf uns zustürmte.

„Oh nein", murmelte die Blondine, bevor sie ihm ein gespieltes Lächeln schenkte.

„Was kann ich für Sie tun?", erkundigte sie sich freundlich, worauf ich ein unangebrachtes Kichern unterdrückte.

Der Reporter begann, irgendwas von einem Umschlag zu reden und anschließend versuchte er tatsächlich, sie um ein Interview zu bitte, was jedoch nichts Neues war.

Cherry gehörte schließlich zu den Pressesprechern für das Modeunternehmen, indem wir arbeiteten. Sobald eine neue Kollektion angekündigt wurde, stürzten sich die Journalisten auf meine Freundin, um die erste Zeitschrift zu sein, die über die neusten Informationen in Kenntnis gesetzt wurde, denn unsere Chefin war niemand anderes als die große Miss Bennett, die Modeikone schlechthin.

Melissa Bennett führte hunderte Modeläden und ihre Entwürfe waren stets angesagt.

Erfolgreiche Stars liebten ihre Kleider, auch, wenn sie dafür eine Menge Geld bezahlen mussten.

Ich hasse Paparazzi.

Ich zwinkerte Cherry aufmunternd zu, bevor ich einen Blick auf meine Uhr riskierte, um im nächsten Moment festzustellen, dass ich, wenn ich jetzt nicht die Beine in die Hand nahm, zu spät kommen würde. Schnell schlang ich meine Handtasche um meine Schulter und trat durch die Glastür des riesigen Gebäudes.

Sofort drückte sich die stickige, warme Luft von drinnen gegen meinen Körper, erhitze mich und brachte mich leicht zum Husten. Ich verfluchte die Handwerker, die noch nicht in der Lage dazu gewesen waren, die Klimaanlage zu reparieren.

Hastig verdrängte ich meine unnötigen Gedanken und stieg in einen der Aufzüge.

„Ziemlich leer heute", murmelte ich leise, da niemand mit mir im Aufzug war. Normalerweise war er randvoll.

Stirnrunzelnd lehnte ich mich gegen das Glas und blickte erneut auf meine schimmernde Uhr. Ich würde es tatsächlich noch pünktlich schaffen.

Ein triumphierendes Lächeln legte sich auf meine feuchten Lippen, nachdem ich kurz mit meiner Zunge darübergefahren war.

„Stockwerk Fünf", erklang die Roboterstimme, die aus den Boxen an der Ecke kam.

Der Fahrstuhl öffnete seine Türen und ließ einen Mann herein, der mich zuerst keines Blickes würdigte und gelassen seinen Platz neben mir suchte.

Augenblicklich blieb mir die Spucke weg, als ich den Blick über den Mann streifen ließ. Bei seinem Anblick beschleunigte sich automatisch mein Puls. Fast hätte ich das Atmen vergessen.

„Guten Tag", sprach er freundlich und lächelte kurz.

Seine Augen musterten mich ebenfalls, jedoch nicht so lange, wie ihn die meinen. Er drehte sich mit dem Rücken zur Glaswand, lehnte sich lässig dagegen.

Seine Hände vergrub er in den Hosentaschen seiner schwarzen Jeans, an der ein *Calvin Klein* Gürtel steckte und half, die Hose auf ihrer Position zu halten. Er trug ein weißes, normales Hemd, das er jedoch nicht in die Jeans gesteckt hatte.

„Guten Morgen", stotterte ich leise und verlegen.

Sein Haar war fast schon schwarz und vorne nach oben gegelt worden. Und, oh Himmel, sein Gesicht war einfach makellos. Die Lippen voll und verführerisch, seine Nase gerade und seine Wangenknochen perfekt. Schon sehr lange war mir kein Mann mehr über den Weg gelaufen, der derart sexy wirkte.

Ich erwischte mich beim Starren und wandte meinen Blick sofort von ihm ab.

Ein freches Grinsen umspielte seine einladenden Lippen.

„Es muss Ihnen nicht unangenehm sein. Das passiert mir öfters", sagte er schließlich und rollte dabei verführerisch mit seiner Zunge.

„Kann ich mir gar nicht vorstellen", antwortete ich, ohne nachzudenken. „Keine Sorge. Einbildung ist auch eine Bildung." Innerlich verfluchte ich mich für diese dämliche Antwort. War ich zu dämlich, um auf einen kleinen Flirt einzugehen? „Sie halten anscheinend wirklich viel von sich“, setzte ich gleich nach, erhaschte einen Funken Belustigung in seinen Augen.

Die arrogante Art ignorierte ich gekonnt, während ich mir eine störende Strähne aus dem Sichtfeld strich.

Arschloch!

„Um ehrlich zu sein, nein, aber die Tatsache, dass ich es bin, lässt es nicht besser werden.“

Hatte er sich indirekt als Frauenschwarm betitelt? Flirt hin oder her, auf solch eingebildete Typen konnte ich verzichten! Zickig blickte ich ihm entgegen.

„Sie sollten sich nicht so aufspielen“, sprach ich und versuchte, so gleichgültig wie möglich zu klingen, „So gut sehen Sie jetzt auch nicht aus.“

Er lachte leise, als hätte ich einen Witz gemacht, und blickte zu mir hinunter. Erst jetzt bemerkte ich, wie groß er eigentlich war. Der Schönling überragte mich um fast eineinhalb Köpfe.

„Ach, finden Sie?“

„Finde ich, ja.“

„Dann habe ich mir Ihre anzüglichen Blicke also nur eingebildet?“ In seiner Stimme lag ein Hauch von Amüsement, der mich fuchsig werden ließ. „Gehört das Lügen zu Ihrem täglichen Vergnügen?“

Was sollte diese bescheuerte Frage?

„Ich lüge nicht.“

Er kicherte. „Das sehe ich vollkommen anders.“

„Sie kennen mich nicht“, knurrte ich, ballte meine Hand zu einer Faust.

Wieso konnte er mich so leicht provozieren? Wieso erlaubte ich ihm, mit mir zu spielen?

Weil er verdammt scharf aussieht!

Ich verstand die Situation nicht. Selbst dann nicht, als er seine Hand um mich herum an die Wand drückte und mich grinsend musterte. Platz um zu fliehen gab es keinen und eine Chance auf Erlösung, in dem ein weiterer Gast hinzu steigen würde, konnte ich leider nicht erwarten.

Das dachte ich mir zumindest.

Ein leichter Rotschimmer legte sich auf meine Wangen, als er sich zu mir hinunter beugte. Bevor er mich berühren konnte, traf meine Hand auf seine Wange.

Überrascht hob er seinen Kopf und wich etwas zurück. Die Röte breitete sich weiter auf meinem Gesicht aus, während ich mich schnell aus seinem Griff wand und mich so in Sicherheit brachte.

„Bilden Sie sich ja nichts darauf ein. Nicht alle Frauen kann man als Spielzeug benutzen."

„Aber dennoch lassen es die meisten zu", antwortete er schlicht, noch immer etwas benommen.

Anscheinend hatte er nicht mit solch einer Reaktion gerechnet. Wenn ich ehrlich war, tat es mir irgendwie leid. Normalerweise war ich niemand, der Ohrfeigen verteilte.

Ich hätte zu gerne von seinen prachtvollen Lippen gekostet.

Schnell schüttelte ich meinen Kopf. Was sollte das? Sonst dachte ich auch nicht über solche Dinge nach. Zumindest nicht von einem Fremden, der mir gegenüber anzügliche Gesten zeigte. Zu meinem Glück erklang die Stimme des Fahrstuhls und die Tür öffnete sich ein zweites Mal.

„Schönen Tag noch", murmelte ich, bevor ich den beengten Raum verließ und schnurstracks zu meinem Schreibtisch marschierte.

Auch, wenn ich den Drang verspürte, mich umzudrehen, verzichtete ich. Meine Schritte wurden langsamer, bis ich schließlich ganz stehen blieb. Ein unbekannter Druck breitete sich von Sekunde zu Sekunde mehr in meiner Brust aus, als wartete er auf den richtigen Moment, um zu platzen. Er bombardierte mich wie eine Ladung Sprengstoff und drohte, in mir zu explodieren, wenn ich mich nicht umdrehen würde, um noch einen seiner Blicke einzufangen.

Mein Stolz verbat es mir, versuchte mich heimlich, in einer unsichtbaren Mauer festzuhalten.

Doch die neu gewonnene Neugier war zu stark. Mit einer eleganten Bewegung drehte ich mich zum Fahrstuhl, blickte jedoch nur in das kühle Silber der geschlossenen Türen.

Etwas enttäuscht schnaufte ich, strich mir durch das Haar und machte Platz für den Postfahrer, der ungeduldig darauf wartete, von mir vorbeigelassen zu werden. Sein Blick war grimmig, seine Stirn von tiefen Falten durchzogen und seine Lippen glichen einer schmalen Linie. Über seinem Bierbauch spannte eine gelbe Uniform.

Es schien mir, als würde er all dieses Gedrängel und die Nörgelei im Fahrstuhl, ganz zu schweigen von den schlecht gelaunten Menschen um ihn herum, verachten.

Ich war mir sicher, dass er am heutigen Morgen bereits mehrere Male gestoppt hatte, um zu schauen, ob er nicht in irgendeinen Aufstand geraten konnte, um endlich mal etwas Abwechslung zu erleben. Laut seines verbissenen Gesichtes schien das wohl nicht geschehen zu sein.

Mit zitternden Händen umfasste er einige Briefumschläge – einige dicker, manche kaum so dünn wie ein Blatt Papier – verteilte diese mit kaum sichtbaren Emotionen an meine Kollegen und warf anschließend einen Stapel Umschläge auf den Schreibtisch, der meiner war.

Kurz schloss ich meine Augen, atmete tief durch und setzte meinen Weg fort. Ich ging die paar Schritte zu meinem Schreibtisch durch die Empfangshalle, wie ich sie nannte, und ließ mich auf meinen gemütlichen Drehstuhl fallen.

Wenigstens hatte ich bei diesem ein gutes Los gezogen.

„Sie sind wieder einmal zu spät", begrüßte mich eine säuerliche Stimme und knallte mir einen zweiten Stapel Akten auf den, schon bald überfüllten Arbeitsplatz.

Oh nein. Nicht schon so früh am Morgen.

„Sie irren sich, Miss. Ich bin heute sogar eine Minute zu früh hier gewesen."

Ein abfälliger Laut entfloh der etwas älteren Dame, die ihre frisch gefeilten Klauen hob und arrogant über die längst getrocknete Farbe pustete. Daraufhin folgte ein belustigtes Gekicher.

„Den Sinn für Humor haben Sie wohl in Ihrem stillen Kaff gelassen, das meiner Meinung nach viel zu überschätzt wird, dennoch bringt es mich nicht dazu, Ihr Gehalt zu erhöhen oder Ihre Arbeit zu übernehmen. Wenn Sie nun endlich mit der Arbeit beginnen würden, wenn Sie schon mehrere Minuten mit Starren verbringen können, wäre ich Ihnen sehr dankbar."

Mit einer schwungvollen Drehung entfernte sich die Frau, verschwand in das hintere Arbeitszimmer und ließ die Glastür lautlos ins Schloss fallen.

Nett, wie eh und je.

Ich stöhnte auf und biss mir unsanft auf die Lippe.

Ohne eine weitere Verzögerung, umfasste ich das Werk an Arbeit, das mir am frühen Morgen in die Hände gelegt worden war und startete den Computer. Er begann leise zu piepen, fuhr anschließend hoch.

„Coleman! Wo bleibt meine große Tasse Kaffee?", vernahm ich die Stimme meiner Chefin. Ich rappelte mich auf und schritt hastig hinüber zum Pausenraum.

Schnell griff ich nach einer beliebigen Tasse. Ein kleiner Spruch zierte das wertvolle Porzellan: *Take me to wonderland.*

Eindeutig das Falsche für die alte Schreckschraube, die sich wahrscheinlich irgendwelche Dinge im Internat ansah – nicht, dass es mich etwas anging, was meine Chefin tat oder vorhatte zu tun, schließlich war sie ein Genie in ihrem Gebiet und konnte tun und lassen was sie wollte, solange sie die gewünschten Ergebnisse erzielte –, erwartete jedoch von uns anderen hundert Prozent. Während all ihre Mitarbeiter arbeiten mussten, verbrachte sie die meiste Zeit mit Faulenzen – zumindest, wenn keinerlei Kunden in der Nähe waren – und doch hielt sie jeden Abgabetermin pünktlich ein.

Seufzend griff ich nach der Kanne Kaffee, füllte die Tasse und balancierte sie anschließend durch die engen Gänge hinüber zum Büro der Sklaventreiberin.

Mit der freien Hand klopfte ich, trat ein, nachdem ich die zornige Stimme vernommen hatte, und stellte die gefüllte Tasse auf den Tisch.

„Geht das nicht etwas schneller? Ich arbeite, was auch Ihren Aufenthalt hier erklären sollte."

Sie fauchte, bevor sie einen großen Schluck des frisch gebrühten Kaffees trank.

Ohne ein Wort zu erwidern, drehte ich mich um, verließ das Büro und hastete hinüber zu meinem Arbeitsplatz, wo ich schließlich begann, die verschiedenen Akten zu sortieren.

„Langweilig, öde, hässlich", murmelte ich leise, während ich immer wieder einen Blick in die Akten warf. „Alt, scheußlich, total unmodisch und die hat zu dicke Beine."

Genervt lehnte ich mich zurück, warf einen Blick auf die sich öffnende Tür.

Zehn junge, bildschöne Frauen betraten den Raum, sahen sich gähnend um und kamen schließlich auf mich zugelaufen. Nun, eigentlich liefen sie nur in meine Richtung, stark mit dem Hintern wackelnd an mir vorbei und huschten elegant in das Büro meiner Chefin.

Skeptisch kräuselte ich meine Lippen, beobachtete die knochigen Mädchen und verdrehte anschließend meine Augen.

Die lockigen und strahlenden Haare der Besucherinnen flogen durch die Luft und für einen kurzen Moment schien es, als würde alles in Zeitlupe ablaufen. Gruselig.

„Ich hasse Models", grunzte Cherry, die plötzlich neben mir auftauchte und mir eine Zuckerstange entgegenhielt. Dankbar nahm ich die Süßigkeit an und begann, daran zu knabbern.

„Warum arbeitest du hier nochmal?"

„Weil ich mir gerne diese dünnen, hirnverbrannten Weiber anschaue und sie amüsanterweise in Punkte einteile", kicherte Cherry, bevor ich belustigt ihrem Beispiel folgte. „Und weil ich es lustig finde, wie jedes dieser Mädchen die Beine breitmacht."

Sie hatte vollkommen Recht.

Alle diese Mädchen erreichten irgendwann einen Punkt, an dem sie in ihrem Beruf nicht mehr weiterkamen. Entweder behaupteten ihre Manager, dass sie zu dick waren und so nie wieder einen internationalen Auftrag bekämen oder keine einzige Zeitschrift fand Platz für eine der Schönheiten.

In diesem Fall verhüllten sie bestimmte Stellen kaum mit Stoff und statteten dem obersten Chef ihrer Agentur einen Besuch ab.

Fast eine ganze Stunde verbrachten die Mädchen in seinem Büro, schrien sich wahrhaftig die Seele aus dem Leib und dies nur, um sich nackt vor eine Kamera legen zu dürfen.

„Sieht so aus, als würde Miss Ich-lasse-alle-glauben-mein-Blond-wäre-echt unserem Boss bald einen Besuch abstatten müssen", schmunzelte Cherry, blätterte belustigt durch eine Frauenzeitschrift.

„Wie kommst du darauf?" Sie lachte.

„Hast du ihre Oberschenkel nicht gesehen? Eindeutig Orangenhaut. Das wird unserer Zicke gar nicht gefallen."

„Ihr solltet aufpassen, wie ihr von unserem Boss sprecht", knurrte plötzlich eine weibliche, sehr bekannte Stimme.

Gelangweilt hob ich meinen Kopf, schenkte der Besucherin einen undefinierbaren Blick. Ich wusste, dass Cherry und ich dasselbe dachten: *Schlampe.*

Vor uns stand die größte Petze und Arschkriecherin der gesamten Agentur. Den Standpunkt dieser Frau konnte man ganz leicht in Erfahrung bringen. Sie war die reinste Folter und das Schoßhündchen der Dame, die sich nun mit den Models herumschlagen musste. Soweit ich wusste, konnte sie keiner leiden. Nicht wegen der Tatsache, dass sie unbedingt nach einer Beförderung verlangte, sondern weil keinem gefiel, wie sie zu dieser kommen wollte.

Die Dame besaß schwarzes, ihr bis zum Kinn reichendes Haar, mausgraue Augen und sehr schmale Lippen. Cherry nannte sie immer das Froschgesicht, obwohl ich sie für das Gegenteil hielt.

Der Name dieses *Froschgesichtes* war Serena Hatake, eine stolze Japanerin. Das war auch der Grund, weshalb sie in allem besser sein wollte als ihre Kollegen. Dieses Klischee ging nicht nur Cherry und mir auf die Nerven. Es wurmte selbst Serenas Freunde.

Miss Hatake hob ihr Haupt, schenkte ihren Kolleginnen einen missbilligenden Blick und verschränkte die Arme vor der Brust.

Ihre ovalen Nägel waren schwarz lackiert, während sich ein etwas zu enges Kleid an ihren schlanken Körper schmiegte. Unauffällig verlagerte sie ihr Gewicht von dem einen auf den anderen Fuß und seufzte nostalgisch.

„Ihr solltet eure Zungen wirklich hüten. Nicht, dass ihr zufälligerweise gefeuert werdet."

„Und das sollten wir warum?", erkundigte sich Cherry desinteressiert, schenkte ihrer *Freundin* einen lustlosen Blick.

„Wer weiß. Vielleicht bemerkt sie endlich, was für hinterhältige Schlangen ihr seid."

Ein kleines Grinsen, das ich jedoch einfach ausblendete, zierte ihre schmalen Lippen. Nachdenklich kaute ich auf meiner Süßigkeit, die bereits zur Hälfte in meinem Magen verschwunden war, sortierte währenddessen unwichtige Akten und versuchte meine Gedanken auf die Arbeit vor mir zu richten. Das jedoch war schwerer als erwartet.

Immer wieder kam mir dieser fremde Mann in den Sinn. Es war wie ein Fluch. Ich konnte es mir nicht richtig erklären und auch, wenn er mir völlig fremd war, ging er mir einfach nicht aus dem Kopf. Seine funkelnden Augen, doch vor allem seine Überheblichkeit.

Was wollte er überhaupt an diesem Ort? Ein leises Lachen entschlüpfte mir, ließ mich vor den anderen etwas dümmlich wirken. Solch eine Frage war einfach beantwortet.

So gut wie dieser Mann aussah, war er wahrscheinlich ein Model. Einer unserer Vertreter musste ihn wohl angeworben haben.

„Wenn du schon einmal dabei bist, kannst du meine Papiere gleich mit bearbeiten“, schmunzelte Serena gehässig.

Ihre leicht gelben Zähne blitzten im Licht der Tischlampe, bevor sie sich provokant von uns wegdrehte und anschließend an ihren Platz marschierte, der sich zum Glück am Ende des Flures in einem anderen Raum befand.

„Was war das denn?“, erkundigte ich mich, blickte meiner engsten Vertrauten verwirrt in die Augen. „Ich hab‘ keinen blassen Schimmer, aber wer bitte versteht schon dieses Weib?“

Sie zuckte leicht mit ihren Schultern.

„Was ist denn nun mit der Party am Samstag? Ich bin schon richtig heiß darauf.“

Ein Lachen entfloh mir.

„Du glaubst doch nicht wirklich, dass ich diese Party verpasse. Immerhin muss doch jemand auf dich aufpassen.“

Empört zog sie den Rest ihrer Zuckerstange in den Mund und begann darauf zu kauen.

„Wie unfair“, schmollte sie, drehte ihren Kopf gespielt beleidigt zur Seite. „Ich bin doch kein kleines Kind.“

„Stimmt. Kinder dürfen keinen Alkohol trinken und können sich so auch nicht in den Ruin treiben“, schmunzelte ich belustigt, verkniff mir ein weiteres Lachen.

Irgendwie erinnerte es mich an das vergangene Jahr. Cherry und ich waren zusammen auf einer Geburtstagsfeier gewesen. Am Anfang war alles noch gut, doch dann war Jeff, ein alter Freund von Cherry, auf der Bildfläche erschienen und hatte ihr einen Drink nach dem anderen angeboten. Kaum eine Stunde später musste ich ihr die Haare halten, da sie sich vor der gesamten Mannschaft übergeben hatte. Fast zwei Tage verbrachte sie damals keuchend und wimmernd in ihrem Bett.

Wenn ich ehrlich war, verspürte ich nicht den Wunsch, dieses Erlebnis zu wiederholen.

„Das war ein Ausrutscher“, verteidigte sie sich, schmiss die gelesene Zeitschrift in den Mülleimer und musterte mich bedrückt.

„Ach, komm schon. Hör‘ auf zu schmollen“, bat ich sie und sortierte drei Akten in die unterste Schublade meines Schreibtisches. Von weitem konnte man die lauten, zickenden Stimmen der schlecht gelaunten Models hören. Offenbar war nicht alles nach ihrer Zufriedenheit, die mich gerade überhaupt nicht interessierte.

„Na gut“, antwortete Cherry schließlich und gab nach. „Ich werde mich zusammenreißen. Aber nur, wenn du mich begleitest.“

„Ich sagte doch bereits zu.“

„Ach, ich liebe dich“, kreischte sie, schlang stürmisch ihre Arme um meinen Hals. Ich lachte.

„Schön, dass sich die Damen amüsieren.“

„Wie ich sehe, hatten Sie Recht, Miss Hatake“, sprach die neben ihr stehende Chefin, leckte sich genüsslich über die Lippen und zeigte uns ihre kalte Schulter. „Wenn die Damen sich endlich an Ihre Arbeit machen und das Geschwätz unterlassen würden, könnte ich nachts in Ruhe schlafen.“

Wie, zum Teufel, konnte mir entgehen, dass Serena das Hauptbüro aufgesucht hatte? War sie nicht in ihrem Büro verschwunden oder halluzinierte ich bereits?

„Es tut uns leid, Miss Bennett“, entschuldigte ich mich, während sich meine Freundin von mir löste. „Wir entschuldigen uns beide für unser Verhalten“, erklärte Cherry sachgerecht, verbeugte sich etwas und lächelte freundlich.

„Das will ich auch hoffen“, zischte Serena, worauf die Chefin jedoch ihre Hand hob.

„Wir lassen das hier bei einer Verwarnung. Noch einmal will ich dieses Pläuschchen nicht sehen, verstanden?“

Wir nickten.

„Gut und nun los. Sie werden nicht fürs Herumsitzen bezahlt.“

Mit eleganten Schritten und hochgezogener Nase entfernte sie sich von uns. Anschließend setzte sie sich wieder in ihren persönlichen Käfig und wandte sich daraufhin abermals an die verärgerten Models.

„Ich hasse dich“, zischte Cherry, zeigte Serena den Mittelfinger und verschwand in die Richtung des Fahrstuhls. Ihr Büro war nur einen Katzensprung entfernt, in einem Abteil, das ich von meinem Platz aus leider nicht sehen konnte. Die Angesprochene kicherte nur, winkte ihrer Kollegin gespielt freundlich nach und ging, ohne mir auch noch einmal Beachtung zu schenken.

„Wie im Kindergarten“, murmelte ich leise, bevor ich mich mit meinem Passwort in mein Netzwerk einloggte und mit der richtigen Arbeit begann.

*

Wenige Stunden später, die Uhr schlug fast halb acht, verließ ich zusammen mit ein paar Kollegen das Gebäude. Wir verabschiedeten uns, während manche noch blieben, um sich zu unterhalten und zu rauchen. Da ich weder rauchte noch nach einer Konversation verlangte – ich war wirklich erschöpft –, hob ich meine Hand zur Verabschiedung und huschte über den Parkplatz zu meinem geliebten Wagen.

Dort angekommen kicherte ich leise, als ich, nur ein paar Parkplätze weiter, Cherry zusammen mit dem Fotograf Derek erblickte. Er hielt ihr die Tür auf und benahm sich wie der perfekte Gentleman. Cherry lächelte, als sie mich erblickte und hob ihr Telefon in die Höhe. Ich verstand sofort.

Offenbar wollte Cherry etwas Wichtiges mit mir besprechen.

Kopfschüttelnd stieg ich in meinen Wagen, startete den Motor und machte mich auf den Weg nach Hause.

Während eine leise Melodie aus meinem Radio erklang, ließ ich den Tag noch einmal Revue passieren. Der heutige Tag war wirklich anstrengend gewesen. Nicht nur, dass die Models, die am Morgen das Büro meiner Chefin aufgesucht hatten, unzufrieden und sehr unkooperativ gewesen waren, Serena hatte mir schließlich noch mehr Arbeit aufgebrummt, die sie eigentlich erledigen sollte. Ihr erging es heute jedoch noch schlechter als mir.

Serena war auserwählt gewesen, zusammen mit Mister Bennett, der zusammen mit seiner Frau die Agentur leitete, nach Berlin zu fliegen, doch der Flug war gestrichen worden, was der Japanerin gar nicht gefallen hatte. Laut einer Kollegin habe sie extra drei Kilo abgenommen, um auf ihren geschäftlichen Terminen top auszusehen. Jetzt war das offenbar nicht mehr nötig.

Sie war am Boden zerstört gewesen, was sie jedoch nicht daran hinderte, ihre Wut an jedem anderen auszulassen. Vor alle an mir, da sie versuchte, den Rest ihrer Akten auf meinen Schultern abzuladen, doch zum Glück war mir eine Freundin und Kollegin beigestanden, die den Rest, ohne zu zögern, übernommen hatte. Ohne sie wäre ich vor zehn wahrscheinlich nicht nach Hause gekommen.

Seufzend parkte ich mein Auto auf meinem regulären Parkplatz, der sich vor meinem Wohnblock befand, stieg aus und näherte mich dem Gebäude, das ich Zuhause nannte.

Es war groß, sehr niedlich, aber gleichzeitig unglaublich hässlich.

In diesem großen Haus befanden sich ungefähr zwanzig Wohnungen, die alle recht klein und billig waren.

Dies war der erste Ort gewesen, der mir nach meiner letzten Pflegefamilie zugeteilt worden war. Man hatte mich nicht mehr vermitteln können und da die Heime überfüllt gewesen waren, waren die Sozialarbeiter auf die Idee gekommen, mich alleine leben zu lassen. Sie beteiligten sich bei der Suche und fanden auf meinen Wunsch hin eine kleine, kostengünstige Behausung.

Damals war ich noch recht zuversichtlich gewesen.

Das hier wird nicht lange dein Zuhause sein, dachte ich damals. *Hier wirst du nur ein oder zwei Jahre wohnen. Dann suchst du dir eine wunderschöne, große Wohnung in einer hübschen Gegend.*

Leider war es nicht so gekommen, da ich sehr gut in meiner Wohnung zurechtkam. Gedanken hatte ich mir deswegen nicht mehr gemacht, da ich der Meinung gewesen war, dass ein Umzug zu dieser Zeit nicht wichtig wäre. Obwohl ich bereits mit einigen Freunden darüber gesprochen hatte, so auch mit meinem katzenverrückten Nachbarn, der gerade eine neue Wohnung suchte, konnte ich mich nicht dazu überwinden, mein trautes Heim zu verlassen. Auch, wenn es so ein schmuddeliges Haus war mit Menschen darin, denen man bei Nacht nicht begegnen wollte. Dennoch, obwohl manche von ihnen recht unheimlich wirkten, war noch niemand unhöflich oder respektlos gewesen.

Meine Wohnung befand sich hinter der letzten Tür in der zweiten Etage. Vor meiner Tür lag eine blaue Fußmatte, die meine Gäste willkommen hieß.

Erschöpft öffnete ich meine Wohnungstür, schmiss den Schlüssel in ein kleines Schälchen, das auf einer Kommode stand, und schloss die Tür hinter mir. Meine Schuhe fanden ihren Platz auf einer weiteren Fußmatte auf der rechten Seite, die Jacke auf dem entsprechenden Kleiderständer.

Auch, wenn diese Wohnung sehr klein war, versuchte ich, sie ordentlich zu halten und jeden Platz zu nutzen, den es gab.

Als ich anschließend auch meine Tasche abgestellt und verstaut hatte, folgte meine Abendroutine. Diese bestand aus einem Gang in mein winziges Badezimmer, woraufhin ich den Fernseher laufen ließ und mir in der Küche etwas zum Abendessen zubereitete, falls etwas im Haus war. Heute bestand es aus den restlichen Brötchen vom heutigen Morgen.

Es dauerte nicht lange, bis ich das letzte Stück meines Brötchens verspeist und mich auf die Couch gesetzt hatte. Dann seufzte ich.

Draußen war es finster, nur der Schein des Mondes, der durch das Fenster im Flur kam, flutete den Gang mit hellen Strahlen. Mein Blick glitt von der Erhellung nach rechts, dann wieder zurück und nach links. Zum ersten Mal kam mir diese Wohnung unglaublich verlassen vor, einsam.

Normalerweise fühlte ich mich hier wohl, geborgen und sicher, doch seit einigen Tagen schwanden diese Gefühle. Ich blickte mich häufig um, suchte nach Dingen, von denen ich nicht einmal wusste – vollkommen irre. Das Benehmen, das ich neuerdings an den Tag legte, verstand ich nicht. Niemand hatte mir etwas getan und nichts hatte sich großartig verändert und doch schien es, als würde mein Verstand sich gegen etwas wappnen und meinen Körper darauf vorbereiten.

Wie bescheuert klingt das denn? Total verrückt!

Es war sogar so komisch geworden, dass ich meine Symptome im Internet eingegeben und nach einer Lösung gesucht hatte. Tatsächlich war ich fündig geworfen.

„Sie fühlen sich in Ihrem Zuhause nicht mehr wohl", schrieb jemand in einem Forum. „In diesem Fall ist es das Beste, wenn man sich nach einer neuen Wohnung umsieht. Im Unterbewusstsein verlangen Sie nach einem neuen Wohnort und das versucht ihr Verstand, Ihnen mitzuteilen."

So komisch das auch klang, so langsam drängte ich diesen Gedanken nicht mehr von mir.

„Ein Umzug, hm …?"

In diesem Moment klingelte es an meiner Haustür. Der schrille Laut ließ mich aufschrecken. Schluckend schlich ich zur Tür, keine Ahnung davon habend, wieso ich mich plötzlich verfolgt fühlte, setzte leise einen Fuß vor den anderen.

Es folgte ein Donnern, jemand klopfte wild.

„Sky? Bist du da?", hörte ich die wütende Stimme meiner besten Freundin.

Augenblicklich fiel dieses unschöne Gefühl von meinen Schultern wie eine Last, die ich nun nicht mehr zu tragen hatte. Ich musste mir diesen Verfolgungswahn nur ausgedacht haben.

Mit einem Lächeln auf den Lippen öffnete ich ihr die Tür, wich sofort zur Seite aus, da die Blondine in die Wohnung stürmte. Cherry verzog ihr Gesicht, schmiss ihre Schuhe unordentlich auf die Matte und ging ohne ein Wort zu sagen geradewegs in meine Küche.

Was um alles in der Welt ist ihr denn über die Leber gelaufen?

Kopfschüttelnd richtete ich ihre Schuhe, bevor ich ihr folgte.

In meiner Küche hatte sie sich bereits ausgebreitet. Sie holte zwei große Schüsseln aus dem Regal, fülle diese mit verschiedenen Kugeln Eis, die sie mitgebracht hatte und verstaute die halb leeren Packungen in meiner Gefriertruhe. Seufzend zog ich zwei Löffel aus der Schublade und trug eine der Schüsseln, die offenbar für mich bestimmt war, ins Wohnzimmer.

Dort stellte ich den Ton des Fernsehers leise und ließ mich zusammen mit dem Berg von Eis in die Kissen sinken.

„Was ist passiert?"

„Derek ist passiert", rief Cherry, während sie es sich neben mir gemütlich machte.

Überrascht hob ich meine Braue. Ich konnte mir wirklich nicht vorstellen, was Derek getan haben sollte, dass sie so sauer geworden war. Schließlich hatte sie vorhin für mich recht glücklich gewirkt, er ebenfalls. Ich hatte Derek als einen liebenswerten, klugen Mann kennengelernt, der nicht viel Wert darauflegte, Fehler zu begehen. In meinen Augen war er ein Perfektionist.

Es sprudelte einfach nur aus ihr heraus.

„Wir wollten eigentlich etwas essen gehen und er versaut alles. Zuerst fanden wir keinen Parkplatz, worauf der Streit bereits begann, und dann, als wir endlich im Restaurant ankamen, waren *unsere* Plätze besetzt, da der werte Herr vergessen hat zu reservieren."

So viel zum Perfektionisten.

„Ihr hättet doch auch irgendwo anders essen können, oder nicht? Das kann doch mal passieren."

Sie schwieg für einen Moment und ich bemerkte sofort, dass sie über ihre nächsten Worte gut nachdachte.

„Cherry?"

„Er war ein Idiot. Fertig. Können wir es dabei belassen und das Eis genießen?"

Ihre abweisende Antwort machte mir Sorgen. Normalerweise erzählte sie mir alles bis ins kleinste Detail und jetzt, ganz plötzlich, wollte sie schweigen. Es verwirrte mich.

„Hat er dir weh getan, Cherry, dich geschlagen?"

Sie verschluckte sich an ihrem Eis, als sie lachte.

„Oh, Süße. Nein hat er nicht. Ich möchte nur nicht mehr darüber sprechen."

Mit einem Nicken zeigte ich ihr, dass ich verstand. Trotzdem ließ es mich nicht in Ruhe, denn wenn sie nicht darüber reden wollen würde, dann wäre sie hier nicht aufgetaucht. Ich kannte sie nun schon viele Jahre und wusste genau, wann sie jemanden brauchte oder nicht und heute, genau jetzt, brauchte sie mich, ihre beste Freundin.

„Cherry ..."

„Was schaust du da eigentlich?", wechselte sie stur das Thema und zeigte mit dem vollen Löffel auf den Fernseher, auf dem gerade Werbung lief.

Obwohl mein Verstand mir zubrüllte, ihre Frage zu ignorieren, murrte ich und antwortete.

„Eigentlich lief eine Dokumentation über Bären, aber offenbar ist die jetzt vorbei."

„Skylar Coleman! Du bist ja richtig spießig geworden. Was ist aus den Weltuntergangsfilmen geworden?"

„Ich muss mir so etwas nicht jeden Tag anschauen. Außerdem waren die Bären süß."

Sie lachte erneut, schnappte sich die Fernbedienung, so wie an jedem Mädelsabend, und zappte durch die Kanäle, doch nichts schien ihr zu gefallen – bis sie schließlich stoppte.

„Schau' dir das mal an", grinste sie, „Du kannst ja mal anrufen und dir die Karten legen lassen."

Es handelte sich um eine dieser Sendungen, in denen man armen Menschen das Geld von der einen zu anderen Sekunde aus den Taschen zog. Das Thema heute: Wahrsagerei.

Damit kennst du dich ja aus.

Hastig schüttelte ich meinen Kopf, verzog mein Gesicht bei den Worten der Frau.

„Oh, Melissa, Liebes. Deine Zukunft sieht nicht gut aus. Der Mann an deiner Seite findet Gefallen an jemand anderem und sie ..."

„Komm wir rufen auch mal an, einfach aus Spaß. Ist bestimmt lustig."

Plötzlich wirkte sie nicht mehr wütend und der bedrückte Ausdruck in ihren Augen war verschwunden. Ihr sollte doch bewusst sein, dass sie vor mir die Maske nicht zu tragen brauchte.

Eine Maske? Bist du dir da sicher? Vielleicht verheimlicht sie dir etwas.

„Sky? Alles okay?"

Schluckend winkte ich ab, wandte mich wieder meinem Eis zu, das bereits schmolz.

„Spielt die innere Lady wieder mit dir? Was sagt sie denn?", erkundigte sie sich neugierig.

Verlegenheit umschmeichelte meine Wangen, ließ sie einen rötlichen Ton annehmen. Ich mochte es nicht, über dieses Thema zu sprechen. Nicht, dass es sich um etwas Schlimmes handelte, aber viele verstanden es nicht.

Meine innere Lady, so wie Cherry sie gerade nannte, war eine Stimme in meinem Kopf, die nach dem Umzug in meine erste Pflegefamilie aufgetaucht war. Sie sprach mit mir, antwortete auf momentane Situationen und warf manches Mal auch unnötige Kommentare in den Raum, die wirklich niemand gebrauchen konnte. So zum Beispiel auch während des Treffens im Fahrstuhl mit dem arroganten Schönling.

Diese Stimme war der Grund gewesen, weshalb mich die Pflegefamilie weggeschickt hatte. Zuerst hielten sie es für einen imaginären Freund, wie viele Kinder einen in diesem

Alter projizierten. Doch es dauerte nicht lange, bis sie mich zu einem Therapeuten schickten, der diese Stimme nicht für einen Freund hielt. Schizophrenie nannte er es. Mit so etwas konnte die Familie nicht umgehen, worauf ich in ein Heim abgeschoben wurde. Schnell realisierte ich damals, dass solch eine Stimme nichts Gutes verhieß. Also entschloss ich, aus der Lady ein Geheimnis zu machen – bis ich Cherry kennenlernte.

Die Freundschaft zwischen uns beiden war stark und sie war die erste Person, bei der ich mich nach dem Tod meiner Eltern zu Hause fühlte. Ich erzählte ihr davon, auch, wenn sie lachte, scheuchte sie mich nicht davon. Im Gegenteil. Cherry nannte sie meine *innere Lady*, da sie mich auf eine Art und Weise erwachsener und reifer machte und laut meiner Freundin benahmen sich lediglich Ladys so.

Natürlich besaßen wir zu dieser Zeit noch keine Ahnung von der wirklichen Bedeutung des Erwachsenwerdens, doch auch, wenn wir heute anders über dieses Thema dachten, nannten wir sie noch immer so. Diese Stimme verband uns miteinander.

Du bist irre und das nicht auf eine positive Art!, stöhne sie laut.

Und, oh Himmel, sie konnte wirklich nerven.

„Nichts Wichtiges“, antwortete ich schließlich. „Ich bin einfach nur erschöpft. Der Tag war wirklich anstrengend.“

Sie verzog ihre Miene, als hätte sie vergessen, dass wir heute arbeiten gewesen waren.

„Tut mir leid Sky, ich wollte dich wirklich nicht vom Schlafen abhalten.“

„Das tust du nicht. Das weißt du doch.“

„Zu gut“, schmunzelte sie, bevor sie sich aufraffte und mir die Schüssel aus der Hand nahm.

„Was hast du vor?“ Ich folgte ihr in die Küche.

„Wir gehen den menschlichen Gelüsten nach. Lass‘ uns schlafen gehen.“ Als ich nicht antwortete, sprach sie weiter. „Was hältst du davon?“

Eigentlich wollte ich wach bleiben und weiter mit ihr quatschen, um irgendwann zu erfahren, was passiert war. Doch ich kannte sie und wenn sie sich etwas in den Kopf setzte, brachte man sie nicht so schnell wieder davon ab. Ich würde es für diese Nacht sein lassen. Morgen war schließlich auch noch ein Tag, den ich dazu nutzen konnte, mich um meine beste Freundin zu kümmern.

Einverstanden nahm ich ihre Hand, drückte sie sanft und nahm sie anschließend für einen Augenblick in den Arm.

„Das klingt wunderbar.“

KAPITEL 3

„Jetzt hör' doch mal auf! Nein! Cherry, bitte. Ich habe genug Kleider in meinem Schrank. Dafür hast du doch gesorgt. Was? Nein, verdammt! Weshalb sollte ich? Stopp! Cherry!"

Mit einem einzigen Knopfdruck beendete ich das Gespräch, schmiss mein Handy in meine Handtasche und fuhr mir überfordert über die Stirn, die ich in tiefe Falten zog. Diese Frau war manchmal die reinste Hölle!

Du brauchst unbedingt ein neues Kleid, Sky, hatte sie gesagt. Wir wollen den Männern doch den Kopf verdrehen.

Diese Frau!

Im Moment schwirrten andere Dinge durch meinen Kopf, die nicht unbedingt an einem Kleid interessiert waren. Für die Männerwelt hatte ich gerade so gut wie keine Zeit und die brauchte man, wenn man jemanden kennenlernen wollte. Zudem lag mir meine letzte Beziehung, die nicht sonderlich nett geendet hatte, noch schwer im Magen. Gut, ich musste zugeben, dass ich an der damaligen Situation nicht unschuldig gewesen war, dennoch hätte es anderes enden können.

Dann mache es zu einer einmaligen Sache, riet Cherry mir am Telefon. Nimm dir den Besten für eine Nacht.

Doch so etwas wollte ich nicht. Ich konnte so etwas nicht leiden und mir gefiel die Vorstellung nicht, mit jemandem zu schlafen, den ich erst seit vielleicht zwei, drei Stunden kannte.

Hektisch drehte ich meinen Kopf, sah mich nach einem Auto um und hastete anschließend über die freie Straße.

„Sie schlechtes Vorbild!", rief eine Mutter, die ihrer Tochter die Augen zu hielt.

Die Augen verdrehend ignorierte ich diese Bemerkung. Es gab Schlimmeres.

Ohne weiter darüber nachzudenken schritt ich durch die überfüllten Straßen. Wer, um Gottes willen, kam auch auf die Idee, sich um diese Uhrzeit im Zentrum der Stadt aufzuhalten?

Zähneknirschend blickte ich auf meine Armbanduhr. Es war kurz vor sieben. Meine Schritte wurden schneller.

„Passen Sie doch auf, wohin Sie gehen", fauchte ein Mann, als ich seine Schulter streifte. Mit einer ernst gemeinten Entschuldigung schritt ich schließlich durch eine kleine Gasse.

Der Anruf von Cherry hatte mich aus dem Konzept gebracht – nicht zum ersten Mal. Zu oft rief sie mich aus unsinnigen Gründen an und begann ein Gespräch über etwas, von dem ich nicht einmal wusste, um was es eigentlich ging. Meist sprach sie von irgendwelchen Partys, Geburtstagseinladungen oder wie im heutigen Fall: Klamotten.

Hastig zwängte ich mich durch die Masse, bevor ich endlich vor dem Laden ankam, den ich dringend aufsuchen musste. Eine Apotheke. Mit einem erschöpften Lächeln auf den Lippen betrat ich das Geschäft.

Eine schrille Klingel ertönte.

Ohne auf den anderen Gast zu achten, griff ich nach einer Tüte Traubenzucker und versteckte mich hinter dem breiten Rücken des Mannes, der bereits an der Kasse wartete.

Jetzt, wo ich hier war, konnte ich es kaum erwarten, wieder zu verschwinden.

Ich griff in meine Tasche, zog den braunen Geldbeutel und die Liste meiner gewünschten Medikamente hervor, die von einer Freundin stammte, die leider nicht die Zeit besaß, in einer Apotheke vorbeizuschauen.

„Verfolgen Sie mich?", erklang eine männliche und anscheinend belustigte Stimme. *Oh nein.*

Überrascht hob ich meinen Blick, starrte in das Gesicht des Schönlings. Der Typ aus dem Fahrstuhl! Ich öffnete langsam meinen Mund, um etwas auf seine Worte zu erwidern. Jedoch entwischte mir nichts anderes als heißer Atem.

Er lachte. Mein Körper erschauerte, während sich eine angenehme Gänsehaut auf mir ausbreitete.

Mann, war sein Lachen das letzte Mal auch so schön gewesen?

Der Schönling legte zwei Finger unter mein Kinn, schloss mit einer sanften Bewegung meinen Mund, was ich jedoch zu spät realisierte und seine Hand wegstieß, als er sie bereits von mir entfernte.

„Machen Sie sich keine Sorgen", feixte er. „Vielen Frauen stockt bei mir der Atem."

Arroganter Schnösel!

„Ich bin aber nicht wie andere Frauen", antwortete ich kess, verstärkte den Druck auf meinen Geldbeutel und versuchte, das komische Gefühl in meiner Brust zu ignorieren.

Seine weißen Zähne blitzten, als er seine Lippen zu einem breiten Grinsen verzog.

„Das ist mir nicht entgangen."

Schnell wanderte mein Blick seinen Körper hinunter, blieb an seinen Schuhen hängen.

Nicht schlecht. Italienisch.

„Ich sehe, Ihnen gefallen meine Schuhe“, änderte er das Thema.

Ohne etwas darauf zu erwidern, hob ich meinen Blick und starrte stumm an ihm vorbei.

„Sie ignorieren mich?“ Er schien belustigt. „Das kränkt mich aber.“

Gespielt verletzt legte er sich die Hand auf sein Herz, lehnte sich gegen die Theke und senkte seinen traurigen Blick. Ich versuchte, darauf nicht einzugehen.

Ungeduldig tapste ich von dem einen auf den anderen Fuß, versuchte, an irgendetwas anderes zu denken. Als ich wieder nicht antwortete, blieb er stumm. Anscheinend hatte er es endlich verstanden. Dennoch behielt er die Haltung des verletzten Jungen.

Mürrisch ging ich einen Schritt an ihm vorbei, drückte vorsichtig auf die kleine Klingel und läutete. Ich wusste zwar, dass der Mann vor mir bereits bedient wurde, klingelte aber trotzdem, da ich so schnell wie möglich wieder gehen wollte. Das schrille Geräusch hallte in einem überraschenden Laut wieder, ließ mich zusammenfahren.

Was war das?

Erschrocken starrte ich zu dem Schönling, beobachtete seine Reaktion. Ob er diesen Druck auf den Ohren gespürt hatte? Doch anscheinend schien ihm das nichts ausgemacht zu haben, da er lediglich lachte, mir erneut seine Zähne zeigte.

„Sie erschrecken sich bei dem Klang einer Klingel?“, erkundigte er sich, woraufhin ich vor Scham am liebsten im Boden versunken wäre. Ich spürte die Röte auf meinen Wangen, wandte meinen Blick sofort wieder von ihm ab.

„Schwachsinn!“

„Oh, tatsächlich? Für mich sah das ziemlich eindeutig aus.“

„Halten Sie den Mund“, fauchte ich peinlich berührt, stellte mich wieder in die Reihe und hielt meine Hände dicht neben meinem Körper. Meine Finger zitterten, während die Gänsehaut immer schlimmer wurde. Gott, was war das nur für ein Gefühl? Plötzlich spürte ich seine Hände. Die Rechte umfasste meine Schulter, die andere meinen Arm.

„Na, na, na. Wir wollen doch nicht frech werden, oder?“

Er zog eine Grimasse, während sein Gesicht dem Meinen immer näherkam. Verdammt nochmal, was trieb dieser Mann hier mit mir? Und wieso ließ ich zu, dass er mich als Spielzeug missbrauchte?

„Wissen Sie denn nicht, was man mit bösen Mädchen wie Ihnen macht?“

Ich erschauderte und plötzlich fühlte ich eine längst verlorene Hitze in meinem Körper. Mein Verstand verabschiedete sich für einen Augenblick und das Pochen meines Herzens verstärkte sich. So etwas war mir schon lange nicht mehr passiert und hier und jetzt hatte ich nicht damit gerechnet.

„Dieses schöne Gesicht ist wirklich eine Verschwendung", hauchte er verführerisch.

Ich spürte seinen heißen Atem an meiner Haut. Es löste ein Ziehen in meinem Unterleib aus, riss meine innere Lady aus ihrem Tiefschlaf und ließ sie mit einem Mal scharf werden. Ich konnte sie deutlich kreischen hören.

„Schnapp' ihn dir", rief sie laut, zwängte sich in Dessous, die sie seit Monaten nicht mehr getragen hatte. Ich schluckte. Wenn mir niemand half, würde das böse enden!

„Koen! Lass' doch das arme Mädchen in Ruhe!", erklang eine weibliche, schrille Stimme.

Kichernd drehte sich der Genannte von mir weg, schritt hinüber zur Kasse und ließ mich einfach stehen. Himmel sei Dank. Ich beschloss, der Dame einen Präsentkorb zukommen zu lassen.

Noch immer etwas erschrocken versuchte ich, meinen Puls zu normalisieren, das verlangende Pochen in meinem Unterleib zu unterdrücken. Die gereizte Lady in meinem Inneren schrie und pöbelte, bewarf die Verkäuferin mit vulgären Worten.

Tief schnappte ich nach Luft, schloss für einen kurzen Moment beruhigend meine Augen.

„Ich habe keine Ahnung, von was du sprichst", sprach der Schönling, dessen Name anscheinend Koen war.

Koen. Mir gefiel der Name und erinnerte mich an einen alten Western. Ich hatte mir schon einmal zusammen mit meinem Exfreund, der ein richtiger Fan davon gewesen war, solche Filme angesehen. Soweit ich mich erinnerte, gab es auch dort einen Koen. Nur war dieser nicht halb so gutaussehend wie der Schönling hier.

Rasch schüttelte ich mein Haupt, verdammte diese Gedanken aus meinem Kopf und strich mir eine störende Strähne aus dem Gesicht. Anschließend stellte ich mich wieder hinter den Mann, tat so, als wäre nichts gewesen.

„Du böser, böser Junge", kicherte die Angestellte, reichte ihm zwei Tüten, die für mich ziemlich verdächtig aussahen.

„Wie viel bekommst du?"

„Nichts. Es ist bereits alles geklärt."

„Ah, Gerrit hat bereits bezahlt?"

Sie nickte, schenkte ihm ein wunderschönes Lächeln.

Erst jetzt kam ich dazu, sie genauer zu mustern. Langes, braunes Haar, gebunden zu einem hohen Zopf und helle, braune Augen. Sie trug ihre normale Arbeitskleidung, die aus einem schlichten schwarzen, kurzen Rock und einer weißen Bluse bestand. Die Knöpfe an ihrer Bluse waren bis oben hin geschlossen, während sich ein dünner Schal um ihren Hals schlang.

Mein Blick löste sich von der recht hübschen Frau, legte sich auf die vollgepackten Tüten. Antibiotika und Schmerzgel konnte ich durch das dünne Plastik erkennen. Darunter lagen weitere große Medikamentenpackungen, die ich jedoch nicht identifizieren konnte.

Das geht mich doch gar nichts an!, rief ich mir in Erinnerung, legte dennoch meinen Blick auf die zweite Tüte und ihren Inhalt. Jedoch erkannte ich auch dort nicht sehr viel. Eine Menge Zeug, das mir nicht einmal bekannt vorkam. Ob er krank war? Oder besorgte er die Sachen für einen Freund?

Er lachte, als er an mir vorbeischritt und meine Schulter streifte.

„Neugier kann manchmal ziemlich tödlich sein", raunte er leise, bevor er den Laden verließ und mich vollkommen verdattert zurückließ.

Er hatte mich beim Starren erwischt!

„Machen Sie sich nichts daraus. So ist er immer", erklärte die Verkäuferin, schenkte mir ein aufmunterndes Lächeln und winkte mich zu sich.

„Was brauchen Sie denn?"

Hastig reichte ich ihr meine zerknitterte Liste mit zwei aufgelisteten Medikamenten.

„Ihren Ausweis, bitte."

Nachdenklich nickte ich, reichte ihr meine Karte. Wieso musste der Schönling seine Karte nicht vorzeigen? Sie schienen sich zu kennen, aber es war doch immerhin ihr Job! Ob man ihm sein Alter ansah? Gerne hätte ich erfahren, wie alt der Schönling war und wie viel Unterschied zwischen uns lag.

Schnapp' ihn dir. Los! Folge ihm und lade ihn auf einen Kaffee ein, schrie die Lady in mir, hatte den kleinen Funken Erotik in ihrem Blick verloren und die Nerdbrille zurecht geschoben.

Um Himmels willen.

„Ist das dann alles, Miss?" Ich nickte und bedankte mich.

Die Frau wandte sich von mir ab, verschwand für einen kurzen Moment im hinteren Zimmer und kam anschließend mit zwei Medikamenten zurück. Der Rest verlief ziemlich still und sachgerecht. Sie packte meine Ware in eine kleine Tüte, während ich ihr das Geld reichte.

„Ich bedanke mich für Ihren Einkauf", sagte die Dame, hob freundlich ihre Hand und winkte zum Abschied. Im Gegenzug erhielt sie von mir ein Lächeln, während ich es ihr gleichtat und die Geste erwiderte.

„Auf Wiedersehen."

Anschließend verließ ich den Laden, schnappte nach Luft und beschloss, das Lächeln auf meinen Lippen zu behalten.

Ein kindliches Kichern entfloh mir, als sich zwei kleine Kinder in meiner Nähe zu knuddeln begannen. Das dunkelhaarige Mädchen schrie erfreut auf, als ihre Freundin ihr ein Stoffhäschen reichte.

Wie niedlich!

Mein Blick wandte sich jedoch schnell wieder von ihnen ab, senkte sich hinunter zu meiner Armbanduhr.

„Shit“, fluchte ich laut. „Ist es schon so spät?“

Hastig, ohne wirklich auf meine Umgebung zu achten, stürmte ich los, schickte weitere Flüche in den Himmel, als die Ampel kurz vor meinem Erscheinen zu seiner roten Farbe wechselte.

„Mist. Mist. Mist!“

Natürlich musste mir so etwas passieren. Nicht, dass ich sowieso schon spät dran war, nein, nun musste selbst der Verkehr gegen mich sein, um mir die restliche, verbleibende Zeit zu stehlen. Das war ja mal wieder typisch.

Plötzlich erstarrte ich, als ich auf die gegenüberliegende Straßenseite blickte.

Dort stand er, stierte mir entgegen und grinste. *Der Schönling.*

Er wartet auf dich! Das ist deine Chance, schrie die Lady in mir, leckte sich über die Lippen und das Nerd-Dasein verschwand auf der Stelle. Ein unheimlicher Schauer jagte über meinen Rücken, als sich sein Blick durch den meinen bohrte.

Schluckend wich ich einen Schritt zurück, während ich das Pochen meines Herzens deutlich spüren konnte. Es klopfte so stark und so laut, dass ich für einen Moment Panik verspürte. Ob die Menschen in meiner Umgebung ebenfalls etwas hörten?

Seine Lippen zogen sich etwas höher, während er seine Zähne zeigte. Seine muskulösen Arme hatte er vor seiner Brust verschränkt, lehnte sich dabei lässig an die Hauswand hinter sich.

Irgendetwas regte sich in mir. Etwas Neues und Unvorstellbares.

Schnurstracks wandte ich meinen Blick von ihm ab, machte kehrt und rannte.

Auch, wenn ich mich wie ein kleines Kind benahm, irgendetwas in meinem Inneren wollte verschwinden. Es war dieses Gefühl, das mich zu dieser Tat trieb. Mein Verstand sagte mir, dass ich das Richtige tat, mein Herz jedoch, es wirkte plötzlich unnormal aktiv, verfluchte mich.

Mir war plötzlich sogar egal, ob ich nun zu spät kommen würde oder nicht.

So schnell ich konnte, kehrte ich, auch, wenn es sich um einen riesigen Umweg handelte, zu meinem geliebten Auto zurück und setzte mich hastig hinters Steuer. Kaum steckte der Schlüssel, drückte ich aufs Gas.

Schneller!

Fast schon panisch stoppte ich irgendwann den Motor, stieg aus meinem Wagen und verschanzte mich nur wenige Minuten später in meiner Wohnung.

Ohne wirklich darüber nachzudenken, entschied ich, auf das heutige Treffen, das meine Freunde veranstalteten, zu verzichten und abzusagen.

Das verräterische Kribbeln verschwand langsam, machte die Sache jedoch nicht besser.

Ich spürte deutlich, dass sich das Pochen meines Herzens verdoppelte und das trieb mich regelrecht in den Wahnsinn, sodass ich mir für einen Moment sicher war, dass ich den Schönling vermisste. Und das machte mir noch mehr Angst als die Tatsache, dass ich mir wünschte, dass er mir gefolgt wäre.

Was, zum Teufel, war nur los mit mir? Ich verstand mein Verhalten einfach nicht. Normalerweise rannte ich vor niemandem davon, egal, ob uns ein unheimlicher Zufall zusammentreffen ließ. Doch heute verlor ich die Fassung, ohne wirklich zu verstehen, wieso. Schluckend griff ich nach meinem Handy, wählte die Nummer meiner besten Freundin.

„Ja?", erklang ihre müde Stimme. Dann gähnte sie leise.

„Cherry!", spuckte ich förmlich. „Du musst sofort herkommen! Auf der Stelle!"

Sofort war sie hellwach und dabei gewesen, aus ihrer Wohnung zu flüchten, um mein Zuhause aufzusuchen. Als ich aufgelegt und das Handy auf den Tisch im Wohnzimmer gelegt hatte, fühlte ich mich überhitzt, unheimlich komisch.

Ich zwang mich, nachdem meine Beine zu schlottern und mein Magen zu brennen begonnen hatte, etwas Wasser zu trinken, ehe ich mich zur Beruhigung zwang. Eine warme Decke legte ich um meine Schultern, versuchte die Kälte, die ganz plötzlich durch meinen Körper fuhr, zu bändigen. Mir wurde schlecht und die Narbe im Nacken, die Stelle, an der mich dieses mysteriöse Etwas verletzt hatte, kribbelte.

Als Cherry schließlich an meiner Tür klingelte und meine Symptome wie ein Wunder einfach verschwanden, wusste ich, dass mit mir irgendetwas nicht stimmte.

Doch so sehr ich auch darüber nachgrübelte, ich wusste einfach nicht was. Selbst die darauffolgenden Gespräche mit meiner Freundin halfen mir nicht.

KAPITEL 4

Erheitert stand meine beste Freundin nur zwei Tage später vor ihrem riesigen Spiegel, richtete ihre Haare und schenkte mir anschließend einen belustigenden Blick.

„Du denkst noch immer darüber nach, oder? Mensch, Süße. Es war doch nur ein komisches Gefühl." Mürrisch blicke ich ihr entgegen. Offenbar waren meine Bemühungen, dieses Thema abzuhaken und mir meine Verwirrung nicht anmerken zu lassen, gescheitert.

„Es macht mir zu schaffen, okay? Ich habe so etwas noch niemals zuvor verspürt", gestand ich ihr ein weiteres Mal.

Stundenlang hatten wir in dieser Nacht geredet und dennoch waren wir zu keinem richtigen Entschluss gekommen. Sie hielt es lediglich für eine Übertreibung, einen Gefühlsausbruch, der davonkam, dass ich seit längerer Zeit keinen Mann mehr an meiner Seite gehabt hatte. Dass es direkt an Koen liegen könnte, bezweifelte meine Freundin.

Das Kribbeln meiner Narbe und die übertriebenen Symptome verschwieg ich ihr – sie zu belügen gefiel mir nicht, doch nach der ersten Reaktion wusste ich nicht, ob sie mir Glauben schenken würde –, was ich mir selbst irgendwie nicht erklären konnte. Normalerweise hegte ich keine Geheimnisse Cherry gegenüber, doch darüber hatte ich an diesem Abend einfach nicht sprechen können und eine weitere Gelegenheit fand sich leider nicht.

„Sky. Jetzt mal ganz ehrlich. Vielleicht stehst du auch einfach auf ihn."

Empört blickte ich ihr entgegen. Schon wieder dieser Vorwurf, der mir aus irgendeinem Grund total gegen den Strich ging. An solch eine Möglichkeit wollte ich gar nicht denken!

„Auf diesen Vollidioten? Nein! Pff. Sicher nicht. Außerdem kenne ich ihn gar nicht!"

„Und dennoch hältst du ihn für einen Idioten."

Ich wusste nicht, was ich darauf antworten sollte. Also hielt ich meine Klappe, ließ mich erneut auf das Bett fallen und starrte an die Decke.

„Mensch, Mäuschen. Du zerstörst so doch deine ganze Frisur", schüttelte sie herablassend ihren Kopf.

„Ist doch egal. Ich werde eh niemanden aufreißen."

„Warum denn nicht? Vielleicht tut dir ein Mann ganz gut." Genervt starrte ich sie an.

„Ich hab' es ja verstanden", grinste sie, drehte sich zu mir herum und musterte mich neugierig. „Und? Wie sehe ich aus?"

„Großartig. Einfach wunderschön."

Sie lächelte, zwirbelte eine Locke um ihren Finger. Sie sah einfach fantastisch aus.

„Na, dann komm, ansonsten sind die ganzen heißen Typen weg, bevor wir ankommen."

Augen verdrehend rappelte ich mich auf, strich mein Kleid glatt und schenkte meiner Freundin einen missmutigen Blick.

„Ich sagte doch, dass ich niemanden aufreißen will."

„Das werden wir schon noch sehen, Kindchen."

„Wer bist du? Meine Mutter?"

Sie antwortete nicht, sondern zeigte lediglich auf die geöffnete Tür. Ich verstand sofort und schlenderte an ihr vorbei. Es war still zwischen uns, während wir zu ihrem Auto liefen, uns hineinsetzen und losfuhren.

Sie drückte auf einen kleinen Knopf, ließ die CD im Inneren wirbeln und startete ihre Lieblingsmusik. Die Melodie von *Sunshine* umhüllte uns, brachte meine Freundin dazu, noch mehr Freude als zuvor zu fühlen. Sie vergötterte diese Band, denn es handelte sich um niemand Geringeren als *Forever Eighteen.* Wenn sie jemals auf ein Konzert gehen würde, dann auf eines von ihnen.

Ihr Kopf bewegte sich leicht zum Lied, während sie leise den Text murmelte. Ich kannte diese Situationen, gleich würde sie wie ein verrücktes Luder zu singen beginnen. Man sollte sie dabei wirklich nicht stören, denn in dieser Zeit befand Cherry sich in ihrer eigenen Welt. Jedoch machte ich mir deswegen keine Sorgen. Das Lied endete, worauf sie aufgeregt noch einmal auf den Zurück-Button drückte.

„Das macht dir doch nichts aus, oder?", erkundigte sie sich, worauf ich meinen Kopf schüttelte. „Quatsch. Hör' es nur, solange du willst."

„Ach, ich liebe dich", lachte sie, worauf sie erneut eine Strähne ihres schönen Haares um ihren Finger wickelte.

„Ich weiß", schmunzelte ich. „Ich dich doch auch. Das weißt du ja."

„Aber es ist immer schön, das zu hören."

Sie errötete leicht, dann starrte sie mich an. Jedoch ließ sie dabei den Verkehr aus den Augen, wodurch sie das Lenkrad etwas in die falsche Richtung drehte. Anscheinend bemerkte sie das nicht, da sie erneut zu trällern begann und mich dabei mit einem glücklichen Gesicht musterte. Keuchend beugte ich mich zur Seite, ignorierte den Gegendruck des Gurtes und drehte das Lenkrad nach rechts.

„Geht's noch? Pass' gefälligst auf", fauchte ich erschrocken, worauf ihr Lachen etwas lauter wurde. Offenbar gab es genügend Gründe, um mir doch Sorgen machen zu müssen.

„Du bist komisch", murmelte ich, lehnte mich daraufhin zurück und schloss für einen kurzen Moment meine Augen. Dann wurde es wieder still. Cherry hatte die Lautstärke der Musik etwas gedrosselt und schien sich tatsächlich mal auf die Straße zu konzentrieren.

Es dauerte nicht lange, bis sich meine Augen wieder öffneten und die Landschaft begutachtete.

„Wohin fahren wir? Das war jetzt schon die zweite Kreuzung. Wenn wir in dem Tempo weiterfahren, kommen wir bald an der Stadtgrenze vorbei", wandte ich mich an meine Freundin.

„Keine Sorge. Wir bleiben in der Stadt. Das Haus ist nur etwas außerhalb."

„Wer wohnt denn bitte so weit am Rand?", fragte ich mich selbst.

„Er mag es eben." Sie bog plötzlich nach links ab, steuerte ihren Wagen in die nächste Parklücke. Offenbar machte ich mir zu viele Gedanken, denn wir schienen endlich angekommen zu sein. Irgendwie freute ich mich, obwohl ich es innerlich abstritt. Meine Laune war zwar nicht die Beste, aber tanzen wollte ich auf jeden Fall.

„Dürfen wir hier stehen bleiben?"

„Mach' dir keine Sorgen, Sky. Ich darf das."

Erneut kicherte sie. Diese Frau war manchmal nicht zum Aushalten. Kaum war das Auto zum Stillstand gekommen, stieg ich aus und streckte meine Glieder. Bereits jetzt war die Musik der Party deutlich zu hören.

„Die ist echt laut."

„Mach' dir keinen Stress. Die Nachbarn haben damit kein Problem. Höchstwahrscheinlich tummeln sich diese ebenfalls irgendwo dort herum. Also haben wir freie Bahn."

Sie hob ihren Daumen. Woher sie all das wusste, wollte ich gar nicht erst wissen.

„Komm schon."

Lachend griff sie nach meinem Arm und zog mich hinter sich her.

Die Party fand fast einen Block entfernt statt. Wieso wir nicht viel näher geparkt hatten, konnte ich mir zwar denken, hielt es jedoch irgendwie für unbedeutend.

Wie sollte ich dieses Mädchen später – in einem betrunkenen Zustand, musste man dazu sagen – zurück zum Auto bekommen? Das war so gut wie unmöglich. Ich staunte nicht schlecht, als wir das Haus endlich in Augenschein nehmen konnten. Das Gebäude war unheimlich groß, sodass ich zum Schluss kam, dass dort mehrere Familien wohnen mussten. Da ich jedoch von meiner Freundin etwas anderen gehört hatte, staunte ich nicht schlecht. Der Kauf musste sicherlich teuer gewesen sein.

Obwohl ich Gefallen an dem Haus fand, musste ich feststellen, dass es überhaupt nicht in die Straße passte. Überall standen rötliche, kleine Häuser, die sich recht ähnlich sahen. Doch dieses hier, in dem die Party stattfand, besaß eine weiße Fassade und einen Vorgarten, der den anderen fehlte.

Da mochte wohl jemand die Aufmerksamkeit der Menschen.

„Das wird so geil", rief ein junger Mann, streckte seine Hände in die Höhe, „So viele heiße Chicks auf einmal."

Er klatsche bei seinem etwas kleineren Freund ein, bevor sie die Stufen hinauf trabten und im Haus verschwanden. Schon verschwand die letzte Lust auf den heutigen Abend und der Drang tanzen zu gehen, verzog sich ebenfalls.

„Na super", schnaufte ich. „Und schon begegnen uns Idioten."

„Du kennst sie doch noch gar nicht", feixte Cherry, harkte sich bei mir ein und zog mich ebenfalls die Treppen hinauf.

„Ich will sie auch nicht kennen lernen."

„Nicht so pessimistisch, Süße. Vielleicht triffst du ja die Liebe deines Lebens. Zumindest, wenn dein geheimnisvoller Idiot ebenfalls hier ist."

Erschrocken schnappte ich nach Luft und wollte mich auf der Stelle verteidigen, doch Cherry drückte lediglich ihre Lippen auf meine Wange.

„Ja, ja. Ich weiß. Du stehst nicht auf ihn."

Sie warf ihren Kopf zurück und als sie schließlich einen Freund erblickte, löste sie sich von mir.

„Ich bin gleich wieder da. Schau' dich doch schon einmal um."

Mit diesen Worten verschwand sie in der Masse und ließ mich zurück, doch das war schon in Ordnung. Ich würde mich zurechtfinden, schließlich war ich kein kleines Kind mehr.

Neugierig sah ich mich um. Überall standen Menschen, sprachen miteinander, tanzten oder reichten sich Becher mit hochprozentigen Alkohol. Wie konnten sie ihre Freunde durch diese Lautstärke überhaupt verstehen? Ich schüttelte leicht mit dem Kopf, bevor ich mich an die Bar begab. Nun, Bar war der falsche Ausdruck. Es handelte sich lediglich um einen langen Tisch, auf dem verschiedene Arten Alkohol standen. Meiner Meinung nach war es ziemlich gefährlich. Hier konnte dir jederzeit irgendjemand etwas in deinen Becher kippen. Trotz dieser Tatsache – natürlich war mir klar, dass das vollkommen unverantwortlich und dumm war – schenkte ich mir einen Becher Punsch ein und nahm einen Schluck. Er schmeckte wirklich köstlich. Unauffällig sah ich mich um, während ich mich gegen die Wand lehnte. Ich verspürte den Drang zu verschwinden, mich mit einem heißen Kakao auf die Couch zu setzen und mich einem Film zu widmen.

Ich mochte Partys und ich war auch gerne unter Leuten. Es war also nicht so, dass ich es nicht genoss, zu tanzen und mich mit guter Musik berieseln zu lassen. Selbst ich wollte manchmal den Alltagsstress von mir schütteln und etwas Spaß haben. Doch dieser Mann schwirrte noch immer in meinen Gedanken herum – machte mich vollkommen konfus. Wie sollte ich mich auf irgendetwas anderes konzentrieren, wenn ich nicht einmal diesen Schnösel loswerden konnte?

Es war zum Verrückt werden!

„Bist du öfter hier?“, ertönte auf einmal eine männliche Stimme.

Verwirrt blickte ich zu dem Neuankömmling. Mich hatte doch tatsächlich jemand angesprochen.

„Hat es eigentlich weh getan, als du vom Himmel gefallen bist, mein Engel?“, schleimte der Kerl, streichelte mir über die Wange.

Ein Schauer überkam mich, ließ Übelkeit in mir aufkommen. Es war nicht nur seine Gestalt: Unrasiert, fettig und nach Alkohol stinkend. Es waren die billigen Sprüche, die mir auf die Nerven gingen.

„Entschuldige. Kein Interesse“, sagte ich vorsichtig, schenkte ihm ein Lächeln.

Immer schön freundlich bleiben, riet ich mir in Gedanken. Ohne ein weiteres Wort zu verlieren, stieß ich mich von der Wand ab und schlenderte durch den Raum hinüber in den nächsten. Hier befand sich wohl das Zentrum des Ganzen. Es roch nach Schweiß und Alkohol, was jedoch kein Wunder war. Überall tanzten Personen, schmiegen sich aneinander, machten sich gegenseitig scharf.

Mensch, kannte hier keiner mehr das Wort Privatsphäre? Rechts neben der großen Anlage hatten es sich zwei Partygäste etwas gemütlicher gemacht als die anderen. Der junge Mann hatte sie auf eine kleine Box gehoben und während sie seine Hüften fest mit ihren Beinen umschlungen hielt, küsste er sie so intensiv, dass es mich kurz an zwei ausgehungerte, wilde Tiere erinnerte.

Gut, ich musste meine Prioritäten eindeutig etwas hinunter schrauben, vor allem, weil wir auf einer Party waren.

„Jetzt warte doch mal!“, rief diese dunkle Stimme erneut.

Der Mann von vorher packte mein Handgelenk und zog mich mit einer unglaublichen Wucht an sich. Erschrocken weiteten sich meine Augen. Sein Geruch hatte sich verändert, dennoch konnte ich ihn nicht beschreiben. Es war einfach nur widerlich und brannte in meiner Nase.

„Was wollen Sie von mir?“, erkundigte ich mich etwas hysterischer als erwartet, entriss mich ihm. „Ich lasse mich nicht einfach so abspeisen. Du wirst heute Nacht meinen Namen schreien.“

Er grinste breit und kam meinem Gesicht immer näher.

Entsetzt und gleichzeitig durch seine schlechte Anmache angewidert, hob ich meinen Fuß und trat ihm, so fest ich konnte, auf die Zehen. Er verzog keine Miene.

„Kein Interesse“, wiederholte ich schluckend, dieses Mal jedoch außer Atem, denn meine Kehle fühlte sich an wie zugeschnürt.

Bildete ich mir das nur ein oder hatten sich die Augen des Mannes für einen kurzen Moment rot gefärbt?

Hastig schüttelte ich meinen Kopf, stürmte an ihm vorbei. Ich hatte genug von diesem Abend, obwohl ich doch gerade erst hier aufgetaucht war.

Lange hielt ich nach meiner besten Freundin Ausschau, bis ich sie schließlich knutschend im Nebenzimmer fand. War ja klar. Augen verdrehend entfernte ich mich von ihnen. Ich würde einfach die U-Bahn nehmen und anschließend das kleine Stück zu meiner Wohnung laufen. Das würde kein Problem werden. Um Cherry nicht zu verunsichern, entschloss ich, ihr in der Bahn eine SMS zu schreiben, sodass sie wusste, dass mit mir alles in Ordnung war.

Noch einmal sah ich mich um, darauf hoffend, dass mir dieser Typ nicht noch einmal über den Weg laufen würde und hatte Glück.

Eilig verließ ich das Haus – ich achtete darauf, nicht von diesem komischen Mann gesehen zu werden –, entfernte mich von der lauten Musik und den alkoholisierten Menschen. Auch die angehende Schlägerei, an der ich vorbeikam, verließ ich schnellen Schrittes.

Tief schnappte ich nach Luft, nahm die frische Nachtluft in mir auf, bis ich das Geräusch der läutenden Kirchenglocken vernahm. Es war Mitternacht. Es überraschte mich, dass ich tatsächlich eine ganze Stunde auf der Party damit verbracht hatte, an der Bar zu stehen und an einem Becher Punsch zu schlürfen.

Ein Seufzen entschlüpfe mir, während ich langsam die Hauptstraße entlangging. Sie war so gut wie leer. Die einzigen Leute, die jetzt noch hier draußen herumschlenderten, waren die Menschen, die auf dem Weg nach Hause oder zu ihrem Auto waren. Sie hatten wohl auch genug von der Party, die für mich nicht gerade ein Brüller gewesen war. Es lag nicht an der Party selbst – eher an den dort anwesenden Menschen.

Leise stöhnend – diese hochhackigen Schuhe brachten mich um den Verstand! – strich ich mir eine Strähne aus dem Gesicht und blickte mich einige Male um, bevor ich meinen Weg fortsetzte. Ich bog nach rechts in eine Seitengasse ein und lächelte erleichtert, als ich die lauten Geräusche der U-Bahn vernahm. Das bedeutete, dass ich nicht mehr weit gehen musste. Ich hatte mein Ziel fast erreicht.

„Hey!", schrie jemand.

Zuckend drehte ich mich um, sah jedoch niemanden. Die Gasse war vollkommen leer. Ich beschloss, meinen Weg etwas schneller fortzusetzen, was auch der Grund war, wieso ich plötzlich zu rennen begann. Jedoch war das auf meinen hohen Schuhen keine gute Idee. Nachdem ich einige Meter hinter mir gelassen hatte, stolperte ich und fiel zu Boden.

Innerlich verfluchte ich den Hersteller dieser bescheuerten, aber wunderschönen Schuhe!

„Oh nein", flüsterte ich leise, bevor erneut die Stimme des Fremden erklang.

„So schnell kommst du mir nicht davon", brüllte der Mann, den ich sofort wiedererkannte.

Es handelte sich um den Widerling von vorhin. Die Flasche Alkohol, die er gerade noch in den Händen gehalten hatte, warf er von sich und stürmte anschließend auf mich zu.

Panik übermannte meinen Körper, brachte mich dazu, mich hastig und etwas unvorteilhaft aufzuraffen und weiter zu rennen. Doch es dauerte nicht lange, bis mich der Streuner eingeholt und gepackt hatte. Fest umschloss er mein Handgelenk, zerrte mich mit einer unglaublichen Kraft zwischen die Mülltonnen und schenkte mir ein schiefes Grinsen.

„Wohin willst du denn, Schnecke?", raunte er mir in mein Ohr, hinterließ eine unangenehme Gänsehaut, „Ich weiß doch ganz genau, was du willst."

Mutig erhob ich mein Knie, versuchte, es dem Kerl zwischen die Beine zu rammen – vergebens. Trotz der Tatsache, dass der Mann offenbar vollkommen betrunken war, schienen seine Reflexe noch genauso gut wie vorher zu funktionieren. Mit einer groben Bewegung umfasste er meinen Oberschenkel, stoppte somit meine Verteidigung und nutze diese Stellung aus, um mich noch etwas fester an die kalte Hauswand zu drücken.

„Du willst es also auf die harte Tour, ja, Schlampe?", spuckte der Fremde, bevor er seine freie Hand um meinen Hals legte. Erschrocken weiteten sich meine Augen, als er sich langsam an meinem Kleid zu schaffen machte. Seine Finger versuchten den Stoff über meine Schenkel zu schieben, was jedoch mit einer Hand nicht besonders einfach war.

„Scheiße."

Er fauchte laut, bevor er mich an den Haaren packte, mich aus der Ecke drängte und zu Boden warf. Keuchend versuchte ich, den Schmerz an meiner Hüfte zu ignorieren, der mir durch den Aufprall zugefügt worden war.

„Wenn du nicht gefickt werden willst“, säuselte er, „wirst du eben ausgesaugt.“

Verwirrt blinzelte ich, bevor ich vor Schreck zusammensackte. Der Mann öffnete seinen Mund, zeigte mir seine gelben Zähne, die sich langsam veränderten. Seine Eckzähne wuchsen und verformten sich zu einem spitzen Ende. Sie erinnerten mich an ein bekanntes Fabelwesen, doch das konnte nicht möglich sein. Hemmungslos schüttelte ich mit dem Kopf, als würde ich damit das Gesehene logisch erklären können.

„Oh Gott.“

Die Panik, die mich zuvor innerlich zum Erfrieren gebracht hatte, machte sich nun auch über meinen Körper her. Ich erstarrte und obwohl ich von hier verschwinden wollte, konnte ich mich nicht einen Zentimeter rühren. Es war wie verhext.

„Das wird ein Festmahl“, lachte der Fremde, bevor er sich auf mich stürzte. So laut ich konnte, schrie ich, schlug mir irgendwie die Arme vors Gesicht und wartete auf irgendeine Art Schmerz. Doch dieser kam nicht. Stattdessen vernahm ich komische Geräusche, die zuvor nicht zu vernehmen gewesen waren. Neugier keimte in mir auf, die vollkommen fehl am Platz war.

Der Mann röchelte, wimmerte für einen Moment und prallte gegen die Mülltonnen. Überrascht, doch zu ängstlich, um die Flucht zu ergreifen, öffnete ich meine Augen und starrte auf den Neuankömmling. Das konnte nicht wahr sein.

Koen, ein ständiger Begleiter in meinen Gedanken, stand schützend vor mir und fletschte seine Zähne.

„K ... Koen?“, stotterte ich leise, nicht wissend, wie ich reagieren sollte.

Das war das einzige Wort, das ich aus mir herauspressen konnte. Er antwortete nicht, blickte lediglich für einen kurzen Moment zu mir hinab und erneut erstarrte ich. Seine Augen leuchteten in einem dunklen Rotton, brachten das unangenehme Gefühl auf meine Haut zurück. Verdammt, was war hier los? Schnell wandte er seinen Blick wieder von mir ab, richtete diesen auf seinen *Gegner*.

„Was bildest du dir ein, du Made?“, brüllte der Angreifer und zog ein Messer aus seiner Tasche.

Für einen minimalen Augenblick glaubte ich, ein winziges Schmunzeln auf den Lippen meines Beschützers zu erkennen. Doch ich musste mich irren.

„Kleine Ratten wie du“, fing Koen langsam an zu sprechen, bevor er seine Hände zu Fäusten ballte, „sollten ihre Beißerchen lieber versteckt halten.“

Mit diesen Worten stürmte er nach vorne, was den anderen jedoch zum Lachen brachte.

Der Fremde umfasste fest den Griff der Klinge und richtete sie angriffslustig auf Koen.

„Pass auf!“, keuchte ich unter Schock, schlug mir anschließend die Hände vor die Augen. Ich konnte es nicht mit ansehen. Meine innere Lady versuchte, mich zu zwingen, meinen Blick zurück auf das Geschehen zu richten, wollte, dass ich an Koens Seite war. Wenn auch nur als Zuschauerin.

Stille kehrte ein, die lediglich durch eine laute Sirene und dem Piepen einer Ampel ganz in der Nähe, unterbrochen wurde. Sie erschütterte mich, ließ mich unkomfortabel fühlen. Das Nichts schien mich zu erdrücken.

Noch immer hielt ich meine Augen bedeckt, zu viel Angst hatte ich, um wieder auf das Geschehen zu blicken.

„Sky! Oh Gott, Skylar!“, rief plötzlich meine beste Freundin, worauf ich mich doch entschied, meine Augen zu öffnen. Vorsichtig lugte ich durch meine Finger, beobachtete Cherry dabei, wie sie sich vor mir auf die Knie warf. Das ihr Kleid dabei zerriss, kümmerte sie nicht im Geringsten.

„Ich habe mir solche Sorgen gemacht! Wieso bist du einfach verschwunden? Nein, sag‘ nichts. Lass‘ uns einfach nach Hause gehen.“

Sanft legte sie ihren Arm um meine Schulter und half mir auf die Beine.

„Was ... Was ist passiert?“, murmelte ich leise, blickte hinüber zu dem gut aussehenden Mann. Dieser schmiss den Dolch, der sich vor wenigen Momenten noch in den Händen des Fremden befunden hatte, in eine der Tonnen, als wäre er Abfall. Ich versuchte, einen Blick auf den verrückten Mann zu erhaschen, doch er war verschwunden.

„Mach dir keine Sorgen“, lächelte Cherry aufmunternd. „Alles ist gut. Komm, ich bringe dich hier weg.“

Sie zog mich mit sich, jedoch stoppte ich. Auch, wenn mich das Verlangen packte, auf der Stelle von hier zu verschwinden, wollte ich Antworten auf etwas, das vollkommen irre erschien.

„Nein warte. Was ist mit diesem Mann passiert? Und was war mit seinen.“

„Was soll mit ihm gewesen sein?“, fiel sie mir ins Wort.

„Seine Zähne, Cherry! Sie sahen aus wie die eines Vampirs. Sag mir bitte, dass ich träume.“

Sie schenkte mir ein sanftes Lächeln, bevor sie mir zärtlich über die Schulter strich.

„Du steigerst dich da in irgendwas hinein“, sagte sie. „Vampire gibt es nicht. Das weißt du doch.“

Sie sprach mit mir, wie mit einem dreijährigen Kind, was mich eigentlich wütend machen sollte. Ich wusste, dass all diese mystischen Wesen Hirngespinste waren, doch irgendwer musste sie doch von irgendwo her kennen, oder? Man konnte sich so etwas doch nicht einfach ausdenken. Schluckend und mit zittrigen Fingern strich ich mir eine lose Strähne aus dem Gesicht und versuchte, mich zu beruhigen. Leider erzielte ich nicht das gewünschte Ergebnis.

„Lass' uns jetzt gehen, ja Süße?", lächelte Cherry, umfasste sanft meine Hand. „Ich bringe dich nach Hause und mache dir deinen Lieblingstee."

„Der Tee ist alle", antwortete ich trocken und ließ mich noch immer in Gedanken versunken, langsam mitschleifen.

„Dann mach' ich dir einen Kaffee. Irgendwas werden wir schon finden."

Doch ich konnte nicht einfach so verschwinden, nicht nach dieser Aktion. Ich hielt inne und drehte mich erneut zu dem bildschönen Mann um, der gerade ein Taschentuch aus der Tasche zog, mit der er seine Hände säuberte. Zu deutlich erblickte ich die rötliche Flüssigkeit, hielt mir erschrocken die Hand vor den Mund. Hatte Koen den Fremden erstochen, doch wo war der Mann dann geblieben? Wurde er schwer verletzt und brauchte vielleicht Hilfe?

„Was hast du mit dem Mann gemacht?", erkundigte ich mich zögerlich.

„Das ist nicht mehr Ihr Problem", antwortete Koen trocken. „Er kann Ihnen nichts mehr tun."

„Woher wusstest du, dass ich hier bin?", erkundigte ich mich skeptisch, ignorierte die Tatsache, dass er mich siezte und behandelte, als wäre ich eine vollkommen Fremde.

„Sky, lass' den Mann einfach in Ruhe, ja?", murmelte Cherry und zog an meinem Arm, worauf ich sie jedoch wieder abschüttelte.

„Und, was zum Teufel, war mit deinen Augen?", fragte ich einfach weiter, wissend, dass ich verstört klang.

Keiner seiner Gesichtsmuskeln zuckte. Er blieb vollkommen ernst, fast wie versteinert.

„Du musst dir das eingebildet haben, Süße", lächelte Cherry zögerlich, griff erneut nach meiner Hand. „Komm, gehen wir nach Hause."

„Aber Cherry!"

Sie schüttelte leicht ihren Kopf, bevor sie den Druck an meiner Hand verstärkte und mich ein weiteres Mal mit sich zog. Als ich den kühlen Blick Koens auf meinem Rücken spürte, drehte ich mich noch einmal zu ihm herum, um dann jedoch festzustellen, dass er nicht mehr hier war. Verdammt, wohin war er so schnell verschwunden? Und wieso kümmerte er mich mehr, als der Angriff dieses fremden Mannes, der ebenfalls nicht mehr aufzufinden war?

„Aber ich bilde mir so etwas doch nicht ein", murmelte ich erschöpft, während wir zusammen zurück zum Wagen gingen. Der Weg dorthin wirkte plötzlich unglaublich lang.

„Das ist der Schock“, versuchte mir meine Freundin einzureden. „Der Kerl hat dich angemacht und wollte dich verletzen. Da kommt es vor, dass man etwas sieht, was nicht real ist.“

Stumm musterte ich meine Freundin. Sie schien besorgt zu sein, fast schon panisch. Immer wieder sah sie sich um, als würde sie nach einem Verfolger Ausschau halten. War es, weil der Mann verschwunden war, oder fürchtete sie sich vor Koen?

Cherry knabberte ununterbrochen an ihren geschminkten Lippen, obwohl sie dies nur selten tat, sodass die dunkle Farbe verblasste. So besorgt hatte ich sie noch nie gesehen. Das Gefühl, dass diese Besorgnis nicht durch den Angriff aufkeimte, kam in mir auf und brachte mich zum Nachdenken.

„Cherry?“

Sie reagierte nicht, verstärkte den Griff jedoch. Irgendwas stimmte hier nicht und es hatte etwas mit den roten Augen Koens und den Fangzähnen des verschwundenen Mannes zu tun, da war ich mir sicher. Auch, wenn ich noch immer nicht begreifen konnte, was überhaupt gerade geschehen war, wusste ich, dass etwas davon wahr gewesen sein musste. Es musste etwas Übernatürliches gewesen sein. Eine andere Erklärung gab es einfach nicht. Oder übersah ich etwas?

Kaum zehn Minuten später kamen wir an Cherrys Wagen an und stiegen ein.

„Du kannst ruhig deine Augen schließen und dich etwas ausruhen, wenn du möchtest“, verkündete meine Freundin, worauf ich jedoch meinen Kopf schüttelte und verneinte. Kaum hielt ich wieder still, ereilten mich starke Kopfschmerzen.

„Nein danke. Ich bin nicht sehr müde.“

„Du machst dir noch immer Gedanken, oder?“

„Würdest du das nicht? Cherry! Koen hat diesen fremden Mann erstochen! Ich habe das Blut gesehen. Was, wenn er verblutet, und stirbt?“

Sie murmelte irgendwas, was ich jedoch nicht verstehen konnte. Kurz sah sie zu mir, bevor sie ihren Blick wieder auf die Straße richtete und den Motor startete. Den Gedanken, ob sie überhaupt fahren durfte, da sie bestimmt Alkohol konsumiert hatte, schob ich unbekümmert von mir.

„Du brauchst dir wirklich keine Sorgen zu machen. Ich habe den Mann weglaufen gesehen. Das Blut kam von einer kleinen Wunde am Arm“, berichtete sie und bog nach rechts ab.

Wieso glaubte ich ihr das nicht? Das konnte doch nicht der Wahrheit entsprechen! Es handelte sich lediglich um eine kleine Wunde? Meine innere Lady protestierte lautstark.

Vielleicht hatte meine Freundin Recht und ich reagierte über. Immerhin spürte ich noch immer den Schock in meinen Knochen, der meinen Körper zum Beben brachte. Ich verspürte Angst.

„Schlaf etwas", forderte sie sanft, bevor ich mich entspannt nach hinten beugte.

Zuerst beobachtete ich die Landschaft, wie sie schnell an uns vorbei huschte, bevor ich doch entschloss, meinen Augen für einen Moment, Ruhe zu schenken. Es dauerte auch nicht lange, bis ich tatsächlich in einen traumlosen Schlaf fiel.

KAPITEL 5

Nur ein paar anstrengende Tage und Albträumen später stand ich im Einkaufsladen.

Ich versuchte die stressigen Stunden und das Gefühl, erneut diesem Mann, von dem ich nicht wusste, was aus ihm geworden war, gegenüber zu stehen, hinter mir zu lassen. Leider war das leichter gesagt, als getan. Jedoch zwang ich mich, all diese Dinge zu vergessen und mein Leben so fortzuführen, als wäre nie etwas geschehen. Auf eine gewisse Art und Weise funktionierte dieser Plan auch. Irgendwie.

Suchend blickte ich mich um, bevor ich zwei verschiedene Packungen Nudeln in meinen Einkaufskorb legte und anschließend meinen Weg fortsetzte. Dieser brachte mich zu einem Regal, gefüllt mit den verschiedensten Dingen. Ich suchte nach etwas Interessantem, doch ich fand nichts. Auf nichts von diesen Dingen hatte ich sonderlich Lust.

„Skylar?", erklang plötzlich eine helle Stimme.

Überrascht drehte ich mich um, erkannte sofort das hübsche, weibliche Gesicht.

„Stella? Was machst du denn hier? Oh, doofe Frage."

Sie lachte, worauf ich ebenfalls etwas zu kichern begann.

Bei der jungen Blondine handelte es sich um eine alte Schulkameradin. Ich hatte sie seit fast zwei Jahren nicht mehr gesehen und jetzt, wo sie vor mir stand, konnte ich ihre Veränderung deutlich erkennen. Damals war sie etwas zu dick gewesen. Man hatte sie wegen des Doppelkinnes und den pummeligen Armen ausgelacht und gehänselt.

Doch im Vergleich zu heute war sie damals ein Nichts. Ihre blonden Zotteln waren bis zu den Brüsten gewachsen und offenbar hatte sie Gefallen an Locken gefunden. Das überflüssige Fett an ihrem Körper war vollkommen von ihr gewichen. Sie war schlank, schön, ganz anders als früher.

„Ja. Wenn die Jungs von damals mich jetzt sehen könnten, wären sie bestimmt neidisch", grinste Stella, als wüsste sie ganz genau, worüber ich nachgedacht hatte.

„Tut mir leid", sagte ich verlegen, „Aber du siehst toll aus. Wirklich, sehr hübsch."

Mit einem breiten Grinsen nahm sie mich in die Arme, drückt mich sanft an ihren üppigen Busen.

„Ja, nicht? Ich habe wirklich hart an mir gearbeitet, aber genug von mir. Wie ist es dir ergangen?"

Als sie sich wieder von mir löste, schenkte ich ihr ebenfalls ein Lächeln.

„Gut. Ich arbeite immer noch in der Modelagentur."

„Du machst noch immer die *Drecksarbeit*?"

Ich schnaufte. „Nenne es, wie du willst, aber es macht mir Spaß. Ich kann eigentlich nicht klagen. Mir geht's eigentlich recht gut."

„Das freut mich. Du bist offenbar auch nicht mehr so schüchtern wie damals."

Ich war nie schüchtern gewesen, jedoch hatte ich mich auch nicht zu den Frauen gesellt, die sich hemmungslos betranken und halbnackt auf Partys aufkreuzten. Und etwas dazwischen gab es für Stella nicht. Entweder du bist das Eine oder das Andere.

„Du hast dich aber auch verändert. Du bist aufgeschlossener geworden."

„Natürlich", antwortete sie sicher und hob ihren Kopf. „Jetzt fühle ich mich auch viel besser und das kann ich natürlich auch zeigen."

Sie erzählte mir, was sie über unsere alten Klassenkameraden erfahren hatte. Offenbar verfolgte Stella das Leben der anderen recht interessiert. Das konnte ich ihr aber auch nicht übelnehmen. Diese Menschen hatten sie früher gedemütigt, da war es kein Wunder, dass sie nun sehen wollte, ob sie ihr Leben besser führten, als sie selbst.

Leicht schüttelte ich meinen Kopf, schnappte mir zwei Flaschen Eistee und legte sie ebenfalls in meinen Korb.

„Oh Gott. Tut mir echt leid, Sky. Ich habe vollkommen die Zeit vergessen", verkündete Stella und begann, in ihrer Tasche zu kramen. Sie zog eine kleine Karte hervor, die sie mir in die Hand drückte.

„Ruf' mich an, ja? Dann können wir uns treffen und etwas quatschen. Ich muss jetzt leider los."

Mit diesen Worten verschwand sie, ließ mich vollkommen verlassen zurück. Mein Blick folgte ihr bis zur Kasse, bis ich leise zu kichern begann. Sie war schon immer eine sehr stürmische Person gewesen, auch, wenn sie das nicht jedem gezeigt hatte und vergesslich war sie auch. Sie wieder gesehen zu haben, machte mich plötzlich unheimlich glücklich.

Erfreut steckte ich die Karte in meine Hosentasche und drückte anschließend den Korb an mich. Obwohl mich die Begegnung aufmunterte, wurde ich das unbehagliche Gefühl nicht los, das schon seit Betreten des Einkaufsladens in meiner Brust ruhte. Kurz hatte ich daran gedacht, Stella danach zu fragen, tat es jedoch nicht, weil es mir furchtbar verrückt vorkam. Es war mein Problem, mit dem ich gerade kämpfte, und dieses wollte ich nicht auch noch auf meine ehemalige Klassenkameradin ausbreiten.

Irgendwie würde ich damit schon fertig werden, selbst, wenn ich dazu noch einmal zu meiner ehemaligen Therapeutin gehen musste.

Da ich mir sicher war, beobachtete zu werden, sah ich mich vorsichtig um, wobei mein Blick auf eine rothaarige Frau fiel, die genau in meine Richtung starrte. Ich musterte sie. Sie musterte mich.

Ein penetranter Schauer rann mir über den Rücken, der mich jedoch nicht abschreckte, in ihre Richtung zu schreiten.

„Miss?"

Doch sie drehte sich plötzlich um, verschwand im nächsten Gang. Meine Schritte wurden schneller, bevor ich in den selben Flur einbog. Doch die Dame war weg. Spurlos verschwunden.

„Das habe ich mir doch nicht eingebildet, oder?", murmelte ich leise, ignorierte die lose Strähne, die erneut in meinem Gesicht hing.

Ich war mir sicher, dass mich diese Frau beobachtet hatte und ich war mir auch vollkommen sicher, dass sie in diesen Gang abgebogen war. Doch wo war sie geblieben und weshalb war sie überhaupt verschwunden? Ich wollte ihr nichts Böses, ihr Starren hatte mich lediglich irritiert. Ob sie sich wohl von mir belästigt fühlte? Ich würde es ihr auf jeden Fall nicht verdenken. Niemand mochte es, von einer Fremden im Supermarkt angesprochen zu werden. Zumindest nicht meine Wenigkeit.

Ein lautes Piepen erklang und anschließend hörte man die Stimme eines Mitarbeiters, dass sich nun die zweite Kasse schließen würde. Kurz warf ich einen Blick in meinen Einkaufskorb und entschied, zu gehen. Für das heutige Abendessen mit Cherry hatte ich eindeutig genug.

Mit einem leichten Lächeln – innerlich hoffte ich, dass ich nicht so aufgewühlt aussah, wie ich mich fühlte – auf den Lippen begab ich mich an die Kasse, stellte mich in die kleine Reihe und legte meine Einkäufe auf das Band.

Hinter der Kasse saß eine freundlich aussehende, alte Dame. Durch das braun gefärbte Haar schimmerte der graue Ansatz, was sie offenbar nicht zu stören schien. Die Frau lachte, scherzte und sprach höflich und adrett mit den Kunden. Obwohl sie solch eine positive Aura ausstrahlte, fühlte ich mich nicht wohl. Ob es an ihr oder der gesamten Situation lag, konnte ich nicht ausmachen.

Das komische Gefühl verließ mich nicht, sodass ich mich reflexartig noch einmal umdrehte.

Irrte ich mich oder sah ich etwas Rotes aufblitzen? Während ich es ohne darüber nachzudenken, auf den Stress schob, kehrte die Erinnerung an die grausame Nacht zurück, die ich zu verdrängen versuchte. Koens Auftauchen, das blutverschmierte Messer und die glühenden Augen. Ich konnte mir noch immer nicht erklären, was ich gesehen hatte. Menschen konnte ihre Augenfarbe nicht binnen weniger Sekunden ändern, das war einfach unmöglich. War es dann vielleicht nur eine Reflexion gewesen?

Mit wirren Kopfbewegungen verbannte ich diesen Gedanken, bevor ich mich erneut darauf einigte, das Durcheinander in meinem Kopf auf den Stress zu schieben.

Die anstehende Modenschau zerrte an meinen Nerven. Meine Chefin wollte mich hier, dann wollte sie mich dort und plötzlich verlangte sie Papiere, die ich durch den Zeitdruck noch nicht holen konnte. Jegliche Anstrengung interessierte sie nicht, solange am Schluss alles zu ihrer Zufriedenheit war. Bei solchen Dingen konnte sie sehr herzlos sein. Also war es meine Aufgabe, entsprechend vorbereitet zu sein.

Nachdem ich bezahlt hatte, nahm ich die volle Tüte entgegen und verließ den Supermarkt. Gemütlich ging ich die Straße entlang, vergaß für einen kurzen Moment alles um mich herum. Ab und zu blieb ich vor einem Schaufenster stehen, doch etwas Gutes fand ich nicht. Vielleicht interessierte es mich gerade auch einfach nicht.

Plötzlich erstarrte ich, blieb stehen und drehte mich um. Nichts. Doch ich könnte schwören, dass ich erneut diesen intensiven Blick auf mir gespürt hatte. Drehte ich langsam durch?

Nervosität stieg in mir auf. Irgendetwas stimmte hier nicht.

Ich erhöhte das Tempo meiner Schritte und durchquerte eine spärlich beleuchtete Gasse. Immer wieder schoss mein Blick zurück. Ich suchte nach dieser einen Person, doch ich erblickte sie nicht mehr, nicht einmal dieses auffällige, rote Haar. Es schien, als hätte sie sich in Luft aufgelöst und das jagte mir eine Heidenangst ein. Um ehrlich zu sein, wusste ich nicht einmal, wieso ich glaubte, dass diese Frau mich verfolgte. Nur der Gedanke daran machte mich ganz kirre.

Meine Hände begannen, panisch zu zittern, als ich weitere Schritte vernahm, kleine Steine, die unter den Sohlen knirschten. Mit ruckartigen Bewegungen zog ich mein Handy aus meiner Tasche, entsperrte es und wählte die Nummer meiner besten Freundin.

„Komm' schon", keuchte ich leise, während ich langsam zu joggen begann, doch Cherry meldete sich nicht. „Verdammter Mist!"

Die Angst in mir wuchs. Mit einem Schlag fühlte ich mich ausgeliefert und ungeschützt. Ich spürte deutlich das Stechen in meinen Fingerspitzen und die Nervosität, die an meinen Nerven zerrte. Das Bild von dem Mann in der Gasse, das ich unbedingt ignorieren wollte, kehrte erneut zurück und brachte mich zum Schlottern. Mir wurde gleichzeitig heiß und kalt. Fast verlor ich mein Gleichgewicht, stieß gegen eine Feuerleiter, die nach unten geschoben worden war.

Ich musste hier schleunigst weg!

Die Gasse endete schließlich und ich erreichte die stark überfüllte Straße, zwängte mich zwischen einigen Menschen hindurch und lehnte mich anschließend gegen die Ampelvorrichtung. Mein Herz hämmerte mir bis zum Hals und obwohl ich mir nicht einmal zu hundert Prozent sicher war, dass ich verfolgt wurde, hatte sich Panik in meinen Knochen eingenistet. Fest hielt ich den Beutel mit den Lebensmitteln umklammert, bevor ich erneut den Versuch wagte.

Warum, zum Teufel, geht sie nicht an ihr Telefon?

Erschrocken schnappte ich nach Luft, als ich eine Hand auf meiner Schulter spürte. Oh nein. Doch nicht etwa hier mitten in der Menschenmenge! Mein Verstand wirbelte umher, während ich mich langsam zu der Person herumdrehte. Fest biss ich mir auf die Lippe – innerlich versuchte ich, mich an alle Selbstverteidigungsvideos zu erinnern, die ich mir im Internet angesehen hatte –, bevor ich erleichtert nach Luft schnappte.

„Was soll der Mist?“, fragte ich weinerlich, verpasste meiner besten Freundin einen Schlag gegen die Schulter. „Wieso gehst du nicht an dein Handy?“

Dort stand sie. Grinsend und mit einer Flasche Rotwein in der Hand. Cherry Broderick.

„Hielt ich nicht für nötig“, kicherte sie unschuldig. „Ich habe dich ja gesehen.“

„Ich dich aber nicht! Du hast mir eine Heidenangst eingejagt.“

Ihr Blick veränderte sich. Sorgenfalten machten sich auf ihrer Stirn breit, die jedoch schnell wieder verschwanden. Warum wirkte es auf mich so gespielt?

„Angst? Süße, ist alles in Ordnung? Gott, du bist ja total verschwitzt. Komm, mein Auto steht dort hinten. Ich nehme dich mit.“

Verwirrt starrte ich sie an. Während sie vorging, betrachtete ich die Flasche in ihrer Hand. Sie konnte diese nur in einem der teuren Läden gekauft haben und dennoch war sie nun hier. Warum parkte sie ihr Auto fast fünf Blocks weiter? Außerdem meinte sie, mich gesehen zu haben. Wie sollte das möglich sein, wenn ich doch die Abkürzung durch die Gasse genommen hatte? Ihr Verhalten und das was sie sagte, passte irgendwie nicht zusammen.

War mir etwas Wichtiges entgangen?

„Was machst du eigentlich hier?“, fragte ich schließlich.

Sie antwortete nicht sofort.

„Wein holen und dann bin ich noch etwas durch die Stadt gebummelt.“

Normalerweise hinterfragte ich meine Freundin nicht, doch das schien selbst für mich merkwürdig zu sein. Sie öffnete die Türen und ich stieg in ihr Auto. Die volle Tasche stellte ich zwischen meine Beine, während ich meine kleine Handtasche auf meinem Schoß platzierte.

„Also", begann Cherry, setzte sich hinter das Lenkrad, „warum bist du so aufgewühlt?"

Wieso verspürte ich das Gefühl, dass sie bereits Bescheid wusste? Das war doch unmöglich.

„Nichts Wichtiges", antwortete ich schließlich, lehnte mich etwas zurück und hoffte etwas Entspannung zu finden. „Nichts Wichtiges."

Mir entging nicht der kurze, besorgte Blick, den sie mir zu warf, bevor sie den Motor startete.

*

Nur zwei Abende später, war es soweit. Die wichtige Modenschau stand vor der Tür und wartete auf uns, die Models in Empfang zu nehmen und ihnen die Kleidungsstücke zu reichen, die zu ihnen gehörten.

Da sich meine Arbeit gehäuft hatte und alles zu hektisch verlief, um mich über das Vergangene nachdenken zu lassen und richtete meine gesamte Aufmerksamkeit auf die Kollektion, die ein voller Erfolg werden musste.

Leider schien Cherry nicht dasselbe zu denken, denn nur wegen ihr waren wir nun zu spät, an einem Abend, der unsere Karriere beenden könnte. Zu meinem Entsetzen nahm sie das jedoch lockerer als ich, machte den Anschein, als würde ihr plötzlich alles egal sein. Selbst die Tatsache, dass sie mit dieser Modenschau ihre Wohnung finanzierte, ließ sie kalt. Stattdessen hatte sie sich *wichtigeren* Dingen zugewandt, bei denen ich nur den Kopf schütteln konnte.

„Jetzt beeil' dich doch endlich, Cherry", murrte ich genervt, woraufhin meine Freundin leise lachte.

„Entspann' dich, Süße. Wir sind fünf Minuten zu spät. Ihr wird es doch gar nicht auffallen."

„Das denkst du", schnaufte ich. „Bennett erwartet uns. Denkst du wirklich, die eigene Veranstalterin bemerkt nicht, wenn ihre Mitarbeiter fehlen?"

Cherry verdrehte ihre Augen, richtete den Lidstrich über ihrem Auge und drehte sich in meine Richtung. Anschließend steckte sie den kleinen Spiegel wieder in ihre Handtasche.

„Du bist heute richtig langweilig, Sky."

„Langweilig? Cherry! Ich versuche nur, meinen Job ordentlich zu machen."

Sie wiederholte sich.

„Langweilig."

Anschließend stapfte sie an mir vorbei, lächelte kokett und trieb mich in den Wahnsinn. Ihre heutige Laune, die pure Arroganz die sie ausstrahle, war kaum auszuhalten und das alles nur wegen eines bescheuerten Laufstegs, auf dem sich Models gegenseitig mit ihren Blicken töteten und nach dem besten Designer Ausschau hielten, um eventuell einen neuen Job an Land zu ziehen.

Heute war es endlich soweit.

Monatelang hatte man auf diesen Abend gewartet, Blut und Wasser geschwitzt und sich bis in die Nächte hinein nur um die Arbeit gekümmert. Für das heutige Ergebnis. Der Abend an dem Miss Bennett endlich ihre neue Kollektion vorstellen würde.

Dieser verdammte Abend war der Grund, weshalb uns Miss Bennett die letzten Wochen wie aufgescheuchte Hühner von einem Punkt zum anderen gehetzt hatte.

Mir war dieser Job wichtig, schließlich bezahlte ich mit ihm meinen Unterhalt. Ich wollte das Ganze nicht aufs Spiel setzen, nur, weil die Dame vor mir unzufrieden mit ihrem Make-up war. Schließlich war Cherry kein Model, die in gefährlich hohen Schuhen über den weißen Steg laufen musste, nein. Sie kümmerte sich lediglich um Kabine eins und half einigen Models, ihre Kleidung zu richten beziehungsweise sie anzuziehen, ohne irgendetwas kaputt zu machen.

Aber für Cherry war jeder Auftritt eine Gelegenheit, sich hübsch zu machen.

Wir wollen sie schließlich alle beeindrucken, hatte sie vor wenigen Minuten gesagt.

Beeindrucken. Das mussten wir sie tatsächlich. Jedoch war das nicht unsere Aufgabe, sondern die der hübschen, langbeinigen Ladys.

Während wir die Stufen zum großen Saal hinauf huschten, war überall bereits die Hölle los. Menschen hasteten von links nach rechts, Kunden versuchten, den besten Platz zu erhaschen und andere wollten nur einen weiteren Drink. Ich könnte schwören, dass manche nur deswegen gekommen waren.

Ich blickte zu meiner Freundin, während wir die Stufen hinaufstiegen, die mit rotem Stoff überzogen waren. Cherry trug ein hübsches, blaues Cocktailkleid. Ihr Rücken lag offen, zeigte ziemlich viel Haut von ihrem reizenden Körper. Da war es kein Wunder, dass Männer in ihre Richtung blickten und zu flirten begannen. Darauf achtete sie jedoch nicht. Sie schritt einfach weiter geradeaus und schenkte jedem Besucher ein strahlendes Lächeln.

„Jetzt mach‘ doch nicht so ein Gesicht“, unterbrach Cherry meinen Gedankenfluss. „Du siehst wundervoll aus.“

Ich sagte nichts. Jetzt mit ihr zu diskutieren würde nichts bringen, denn, obwohl ich ein sehr kritischer Mensch war, lag sie im Recht. Trotz der Tatsache, dass ich mich gegen ein Kleid entschieden hatte, sah ich nicht schlecht aus. Ich trug eine schwarze Bundfaltenhose, dazu ein blaues, etwas längeres Seidenhemd und einen dunklen Blazer. Entgegen Cherrys Aufforderungen hatte ich die Pumps abgelehnt und mich für dunkelblaue Ballerinas entschieden. Schließlich musste ich ständig von A nach B rennen und solch hohe Schuhe waren recht unpassend dafür.

Im Gegensatz zu meiner Freundin war ich in solchen Dingen ein Tollpatsch. Während sie wie ein Profi in hohen Schuhen herumspazierte, musste ich auf jeden einzelnen Schritt achten. Vor einer Blamage wollte ich mich auf jeden Fall bewahren. Dazu war der Abend zu wichtig. Mein Boss würde mich umbringen.

Wo wir gerade dabei waren. Dort stand sie: Grimmig dreinblickend, die Arme vor der Brust verschränkt und auf dem Absatz der Treppe stehend – gefährlich hin und her wippend.

„Sie kommen recht spät“, kommentierte sie unser Erscheinen. „Ich hoffe, Sie wissen, wie wichtig diese Veranstaltung für uns ist.“

„Natürlich“, antwortete ich ihr. „Wir werden uns sofort an die Arbeit machen.“

Miss Bennett schnaufte, blickte unzufrieden zwischen uns hin und her. Offenbar hatte sie etwas mehr von uns erwartet.

„Das hoffe ich. Gehen Sie.“

„Natürlich.“

Cherry griff nach meiner Hand, bevor sie mich kichernd mit sich zog.

„Die Alte wird auch jeden Tag netter.“

Überrascht hob ich meine Braue, musterte meine hübsche Freundin. Was war denn heute mit ihr los? So kannte ich sie ja gar nicht.

„Hast du getrunken, Cherry?“, fragte ich schließlich, bevor sie verärgert mit den Zähnen knirschte.

„Versuchst du gerade, meine gute Laune kaputt zu machen?“, kommentierte sie, worauf ich empört stehen blieb.

„Was? Das würde ich niemals tun!“

„Das war doch nur ein Scherz. Komm‘ runter, Süße“, lachte sie, bevor sie erneut nach meiner Hand griff und mich weiterzog. Eine bekannte Stimme zwang uns stehen zu bleiben.

„Da seid ihr ja endlich!“

„Oh. Michelle. Entschuldige bitte. Wir wurden aufgehalten", lächelte ich sanft, worauf sie zwei verschiedene Kleider in Cherrys Richtung drückte. *Netterweise* ignorierte sie mich.

„Du warst dafür zuständig. Regel' das endlich! Ich weiß nicht, wann ich welches Kleid tragen muss. Außerdem sind die Bänder am Hals viel zu eng. Das bekomme ich niemals in der vorgegebenen Zeit ausgezogen."

Michelle klang wütend, äußerst hektisch, was aber auch kein Wunder war. Das Model saß bereits seit ungefähr einer Stunde in der Garderobe und wartete darauf, dass Cherry ihr mit der Planung der Outfits half. Normalerweise mussten auch wir so früh hier sein. Ich konnte durchaus verstehen, dass Miss Bennett so unzufrieden mit uns war.

„Ich kümmere mich darum", Cherry drehte sich zu mir. „Wir sehen uns später, Sky."

Mit diesen Worten verschwand sie mit der jungen Frau, die alles andere als begeistert aussah.

Kopfschüttelnd drehte ich mich auf dem Absatz um und durchquerte einen kleineren Saal. Hier wurden Getränke und einige kleine Speisen serviert. Sitzgelegenheiten wurden geboten – meist für die Betrunkenen unter den Besuchern.

Ohne noch weiter auf diesen Raum und die Besucher einzugehen – sie warfen mir einen fragenden Blick zu, als ich an ihnen vorbeirannte –, hastete ich mit gezielten Schritten an der Bar vorbei, kletterte hinter die Bühne und zog den weißen, bodenlangen Vorhang hinter mir zu, der Garderobe zwei von den Besuchern trennte. Während Cherry in Umkleide eins verschwunden war, musste ich mich um die Probleme hier kümmern, die hoffentlich schnell gelöst werden konnten. Überall wimmelte es von halbnackten Frauen. Einige steckten noch in der Maske, während andere sich bereits in das erste Kostüm zwangen. Obwohl sie bereits so lange hier waren, schien alles unfertig. Sarah, eine dunkelhaarige Dame, keuchte heftig und versuchte, den Reißverschluss ihres Kleides zu schließen. Sofort eilte ich ihr zur Hilfe.

„Danke, Skylar. Alleine ist das einfach unmöglich", murrte sie, schenkte mir dennoch ein freundliches Lächeln. Es freute mich, dass wenigstens eine gute Laune verbreitete.

„Wenn du von der Bühne kommst, werde ich auf dich warten", versprach ich ihr. „Ich werde dir dann auch wieder heraushelfen. So wird das Umziehen zum Kinderspiel."

Sie nickte, wandte sich anschließend wieder von mir ab und huschte hinüber zu den Stylisten. Perfekt, das wollte sie für die Kameras sein. Das wollte jedes Model.

Die Modelinie von Miss Bennett war sehr populär und bedeutete nicht nur viele Kameras. Eine Menge Berühmtheiten begaben sich auf den Weg, um heute Abend hier zu sein zu können.

Meine Chefin wollte ihre Kreationen nicht nur zeigen, sondern gleich unter die Leute bringen und verkaufen. Diese *Auktion* war wirklich wichtig für sie.

Es ging ein Flüstern durch die Agentur, dass dieser Abend als Rettung unserer Gehälter galt. Offenbar litt unsere Chefin unter enormen Geldsorgen, aber was bedeutete schon die Gerüchteküche, in der das herum posaunt wurde?

Wäre das tatsächlich wahr, hätte das bereits einige den Job gekostet.

„Oh mein Gott", keuchte plötzlich Mila, ein weiteres Model.

Sasha feixte: „Was denn? Passt du nicht mehr in dein Outfit? Ist dein Arsch zu fett geworden? Ich habe dir schon mal gesagt, dass du dich lieber mit Karotten, als mit Chips vergnügen solltest."

Mila funkelte ihre Mitstreiterin empört an, bevor sie ihr kindisch die Zunge herausstreckte.

„Nein. Komm' einfach mal herüber und sieh' es dir selbst an."

Das ließ sich Sasha nicht zweimal sagen.

„Mädels", sprach ich laut, „ihr könnt ja miteinander plaudern, aber bitte erst, nachdem ihr fertig seid. Ich weiß, ich bin zu spät gekommen, aber das bedeutet nicht, dass ihr euch eine Verzögerung leisten könnt."

Doch die Beiden hörten mir gar nicht zu. Mila hob einen Teil des weißen Vorhanges zur Seite, sodass Sasha in die Menge blicken konnte. Hatten sie etwa eine Berühmtheit entdeckt?

Das war doch nichts Neues. Ständig waren irgendwelche Promis auf unseren Events.

„Krass!", schluckte diese, errötete stark. „Wer ist er denn?"

Verwirrt blickte ich zu Sarah, die nun ebenfalls hinüber schritt.

„Oh mein Gott", wiederholte sie Milas Worte. „Der ist ja total heiß!"

„Er ist bestimmt wegen der Kollektion hier", säuselte Virginia und spielte mit ihren hellen Locken.

Mila stöhnte auf: „Natürlich ist er das, Dummkopf. Das ist eine Modenschau. Weswegen sollte er sonst hier sein? Zum Ziegen hüten?"

„Hast du mich gerade dumm genannt?", fauchte die Blonde, funkelte ihre Kollegin verärgert an.

Ich musste einschreiten, ansonsten würden gleich die Fetzen fliegen. Diese Mädchen waren zwar dünn und schmächtig, konnten im Notfall aber auch gegen einen Löwen bestehen.

„Hört auf damit", befahl ich laut, drängte mich zwischen sie und drückte die Mädchen auseinander. „Ich will, dass ihr euch auf euren Job konzentriert, verstanden? Wir sind hier doch nicht im Kindergarten!"

Sasha war die Erste, die sich abwandte und zurück in der Maske verschwand, um sich noch einmal die Wimpern tuschen zu lassen. Es blieb nicht mehr viel Zeit und sie musste hervorragend aussehen!

Jedoch spürte ich die Neugier in mir, die die Mädchen geweckt hatten. Nun war ich diejenige, die den Vorhang hob und in die Menge blickte.

So gut wie jeder Platz war besetzt und hier den Überblick zu behalten war wirklich sehr schwer. Ich hegte großen Respekt für die Personen, die für die Planung zuständig waren.

Erwartungsvoll suchte ich die Plätze ab, erblickte jedoch niemanden, den ich zuvor noch nicht gesehen hatte oder in meinen Augen interessant wirkte.

„Rechts", kicherte Virginia. „Schau nach rechts, dann siehst du den Leckerbissen."

Ich folgte ihrem Ratschlag und erstarrte. Das konnte doch nur ein Scherz sein!

„Das ist nicht wahr", flüsterte ich leise und spürte, wie mein Herzschlag sich verdoppelte.

Dort hinten, in der letzten Reihe, lehnte ein Mann an der Wand, der meinen Verstand vollkommen aus dem Konzept brachte. Es handelte sich um den Mann, der mir seit Tagen durch den Kopf schwirrte. Koen.

„Fuck", fluchte ich, bevor ich den Vorhang wieder fallen ließ.

„Heiß, nicht?", kicherte Sarah, die sich auf ihren Platz stellte.

Sie war die erste Läuferin.

Während ich nervös auf meiner Lippe herumkaute, huschte Cherry an meine Seite. Im Schlepptau hatte sie den Rest der Models, gestylt und bereit für den Showdown. Trotz der Verzögerung sahen sie gut gelaunt und entschlossen aus. Sie würden gut sein, das wusste ich.

„Mach' dich nicht so fertig", lächelte sie mir aufmunternd zu. „Es wird alles super verlaufen."

„Cherry. Er ist hier", platzte es laut aus mir heraus, worauf ich mir sofort die Hand vor den Mund schlug. Der Blick meiner besten Freundin verriet mir, dass sie keine Ahnung hatte, wovon ich eigentlich sprach.

„Koen. Der komische Kerl aus der Gasse! Mann, Cherry. Er ist hier." Obwohl ich die Nervöse von uns beiden war, zog meine Freundin ihre Stirn in Falten. Sie schien darüber nicht sonderlich glücklich zu sein. Eigentlich rechnete ich mit einer anderen Reaktion. „Cherry?"

„Du irrst dich", behauptete das Mädchen schnell. „Du musst dich täuschen."

„Verarschst du mich? Ich bin doch nicht blind!", fauchte ich zickig.

Was, zum Teufel, war nun mit ihr los? Wieso benahm sie sich so komisch und gab mir das Gefühl, mich zu täuschen? Ich hatte Koen gesehen, egal, was sie mir einreden wollte, und das könnte ich ihr auch beweisen! Himmel, ich wusste nicht einmal, wieso ich einen Beweis dafür brauchte. Vertraute sie nicht einmal mehr auf die Worte, die ich von mir gab?

„Sky. Bitte, halte dich einfach-“

„Miss Broderick! Folgen Sie mir bitte“, bellte Miss Bennett, die wütend auf der anderen Seite stand.

Ich spürte das Zögern ihrerseits, doch sie seufzte und nickte anschließend bedrückt. Was lief hier falsch? Fragend blickte ich in ihr Gesicht, doch sie schüttelte nur ihr Haupt. Erneut. Eine Antwort blieb sie mir schuldig.

Was soll das bedeuten, Cherry?

Miss Bennett zeigte auf ein Zimmer am anderen Ende des Flures und Cherry folgte ihrer Anweisung. Ich hingegen hob noch einmal den Vorhang und blickte direkt zu Koen, der zum Gehen ansetzte. Er drückte sich von der Wand ab und verschwand im kleineren Saal, der direkt neben der Eingangshalle lag.

Mir kam erneut der Vorfall in der Gasse in den Sinn. Das hier war meine Chance. Auf eine weitere konnte ich nicht hoffen und wenn Cherry mir nicht helfen wollte, musste ich eben alleine nach meinen Antworten suchen.

„Skylar! Wir brauchen dich“, rief Sarah, als ich aus der Garderobe verschwand.

Ich schob den Gedanken einfach von mir. Mir war egal, welche Folgen das haben würde und das ich meine Prioritäten, die ich vorhin noch von Cherry verlangt hatte, von mir stieß, als wären sie Gift.

Hastig stieg ich die wenigen Stufen hinunter, bevor ich ebenfalls in den Saal schritt. Neugierig sah ich mich um und suchte nach dem Schönling, konnte ihn aber nicht finden. In meinem Kopf ging ich alle Möglichkeiten durch, wohin er hätte verschwinden können, kam jedoch zu keinem klaren Ergebnis. Also entschloss ich mich, den Raum zu verlassen und zum Foyer zu gehen, wo ich ihn schließlich erspähen konnte.

Was wollte er im Angestelltentrakt?

Er bog in eines der Zimmer und ich erhöhte mein Tempo. Keuchend stürzte ich in den Raum, bereit, ihn zur Rede zu stellen. Doch hier herrschte vollkommene Leere.

„Unmöglich“, schluckte ich leise und schritt etwas weiter hinein.

Hier war nicht viel zu finden. Alte Möbel standen in der linken Ecke des Zimmers. Offenbar benutzte man diesen Raum als Abstellkammer für größere Gegenstände. Auf der anderen Seite standen Putzgegenstände, alte Kerzenständer und sonstiger Kleinkram, der sonst in anderen Räumen des Hauses verteilt war.

Enttäuscht seufzend wandte ich mich von den Dingen ab. Wegen ihnen war ich nicht hier. Jedoch war der Mann, den ich gesucht hatte, ebenfalls nicht aufzufinden.

Um den Raum wieder zu verlassen drehte ich mich um, wo mich schließlich der Schlag traf. Erschrocken wich ich zurück. Koen blickte mich mit harten Augen an, war nahe bei mir gestanden.

Warum hatte ich ihn nicht bemerkt? Mit einem Ruck stieß er mich unsanft gegen die kühle Wand, verbarrikadierte meinen Fluchtweg mit seinem Körper.

„Wieso verfolgst du mich?“, fragte er bedrohlich, stützte seine Arme neben mir an die Wand.

Er wollte meine Flucht tatsächlich verhindern, was in meinen Augen unglaublich dämlich erschien. Ich war ihm schließlich nicht gefolgt, um ihn anschließend einfach stehen zu lassen.

Mein Mund öffnete sich, doch ich bekam keinen Ton heraus.

„Habe ich dir etwa die Sprache verschlagen?“, fragte er plötzlich frech.

Dieser böse Ausdruck in seinem Gesicht war verschwunden. Stattdessen erkannte ich ein breites, selbstgefälliges Grinsen auf seinen Lippen. Er wollte also spielen.

„Minze täte dir wirklich nicht schlecht“, antwortete ich, versuchte, cool zu bleiben.

Was war das denn für ein bescheuerter Spruch?

Er lachte, beugte sich etwas weiter zu mir hinunter. Ich spürte seinen Atem auf meiner Haut, seine Finger, die meine Schulter streiften.

Oh Gott! Für einen Moment fühlte ich mich wie ein verliebter Teenager, der aus Angst, seinem Schwarm gegenüber zu treten, weiche Knie bekam. Obwohl ich felsenfest daran glaubte, keinerlei romantischen Gefühle für diesen arroganten Schnösel zu verspüren – das war unmöglich, immerhin kannte ich diesen Mann kaum –, fiel mir kein anderes Beispiel ein, dieses Durcheinander in meinem Inneren zu erklären.

„Ich will Antworten“, es war kaum ein Flüstern. „Antworten auf meine Fragen. An diesem Tag in der Gasse. Was war mit deinen Augen?“

Innerlich wollte ich mich dafür schlagen. *Das* war ernsthaft meine erste Frage an ihn?

Ich spürte seine Stirn an der meinen, seinen heißen Atem an meinen Lippen. Hitze schoss in mir empor. Warum berührte er mich auf diese Weise? Weshalb ließ ich das überhaupt zu?

Ich hatte einen Kurs für Selbstverteidigung besucht und doch schien all das Wissen darüber verschwunden zu sein.

Die Hitze in mir breitete sich aus, zwang eine helle Röte auf meine Wangen.

„Du willst also die Wahrheit, kleines Mädchen?“

Wie in Trance hob ich meine Hände, legte sie vorsichtig auf das graue Hemd, das er trug.

„Koen", hauchte ich seinen Namen verträumt.

Meine Kopfhaut prickelte, als seine Hand an meinem Arm hinab wanderte und mein Handgelenk umfasste. Das Herz schlug mir bis zum Hals, als seine Lippen meine Wangen streiften. Ein Wimmern entfloh mir, während ich sanft über seine Brust fuhr und deutlich die Muskeln unter dem Stoff spüren konnte.

„Die Wahrheit", flüsterte er leise, biss mir zart in mein Ohrläppchen, „erträgst du nicht."

Mit diesen Worten löste er sich von mir, ließ mich wie eine heiße Kartoffel fallen und ging auf die Tür zu.

Erschrocken starrte ich ihn an. Das konnte nicht sein ernst sein. Wie konnte dieser Mann mich in solch einer Situation einfach fallen lassen? Koen hatte mich ins Messer laufen lassen und das, ohne mir Bescheid zu sagen, das eines existierte. Verflucht, weswegen beschwerte ich mich eigentlich?

Der Druck an meinen Lippen wurde größer, da sich meine Zähne in das weiche Fleisch bohrten.

Irgendwie schaffte ich es, mich aufzufangen, bevor ich ihm mit schnellen Schritten folgte und seinen Arm umfasste.

„Du kannst nicht einfach verschwinden! Ich will meine Antworten."

Koen blickte mich belustigt an, fuhr mit den Händen in seine Hosentasche.

„Es gibt keine Antworten. Das, was du denkst, gesehen zu haben, war bloß Einbildung. Du hattest Angst", sprach er mit ruhiger Stimme, als würde er sich mit einem Kind unterhalten.

Zornig zog ich meine Brauen zusammen, stupste ihm grob mit dem Finger gegen die harte Brust.

„Ich bin doch nicht bescheuert", schnaubte ich. „Ich weiß ganz genau, was ich gesehen habe. Wieso versucht ihr mir alle, etwas anderes einzureden?"

Koen schenkte mir ein Grinsen, bevor er sich gekonnt von mir löste.

„Jetzt warte doch!"

Als jemand in das Zimmer gestürmt kam, dabei fast Koen über den Haufen rannte, schreckte ich zurück. Vollkommen aus der Puste musterte mich die Frau und verzog anschließend ihr Gesicht zu einer Grimasse.

„Coleman! Bennett sucht dich!", keuchte Serena, bevor ihr Blick zu Koen glitt. Der gehässige Ausdruck in ihren Augen verschwand, machte Platz für etwas anderes. Cool lehnte sie sich gegen den Türbogen, schenkte Koen dabei ein niedliches Lächeln.

Gott, ich glaube, ich muss mich übergeben!

„Sag' ihr, ich komme gleich", antwortete ich ihr. „Ich habe etwas zu erledigen."

„Wir sind fertig", mischte sich Koen ein, ging, ohne Serena eines Blickes zu würdigen, durch die Tür und verschwand anschließend um die Ecke.

„Warte!", rief ich laut, bevor ich ihm hinterher hasten wollte. Doch meine Arbeitskollegin schien das nicht sonderlich gut zu finden. Sie packte und zog mich zurück.

„Ich finde nicht gut, was du hier treibst", knurrte sie. „Er ist ein sehr wohlhabender Kunde und ich will nicht, dass er abspringt, nur, weil er von so einer wie dir belästigt wird."

Ihre Beleidigung interessierte mich nicht. Ich wollte einfach nur an ihr vorbei und Koen aufhalten. Doch sie hielt sich an mir fest wie eine Klette und zwang mich, meine wertvolle Zeit mit ihr zu verschwenden.

„Ich muss ihm nach", stellte ich klar, doch sie lachte.

„Du wirst ihn doch eh nicht ins Bett bekommen. Lass' es einfach bleiben."

Wütend hob ich meiner Hand und verpasste ihr eine schallende Ohrfeige.

„Hör' sofort auf, so mit mir zu reden. So redet man mit Niemandem und nicht einmal du, hast das Recht mich hier festzuhalten, okay? Lass' mich einfach in Ruhe. Du hast doch selbst Arbeit, die du zu verrichten hast."

Ihr Gesicht wurde blass und ihre Hände ballten sich zu Fäusten. Sie stand kurz davor, zu platzen.

„Entschuldige mich, Serena."

Mit diesen Worten schoss ich an ihr vorbei und huschte den breiten Flur entlang. Nervös blickte ich umher und versuchte den Mann zu finden, der mir gerade entwischt war. Ich brauchte meine Antworten, musste wissen, ob ich wirklich verrückt wurde!

Ich wusste genau, dass da etwas nicht stimmte. Auch, wenn ich mich dort vielleicht nicht einmischen sollte. Ich musste einfach die Wahrheit erfahren, egal, was es kostete. Es nagte an mir und zerrte an meiner Konzentration. Nachts konnte ich kaum meine Augen schließen, ohne diesen Mann zu sehen. Es machte mir Angst, das gab ich offen zu, so sehr, dass ich mit dem Schlafen wartete, bis ich keine Kraft mehr besaß. Und das nur, um weder seine Fangzähne noch die rot glühenden Augen sehen zu müssen.

So konnte das nicht mehr weitergehen.

In Windeseile trugen mich meine Beine hinauf in den Hauptsaal, wo die Show bereits im vollen Gange war. Doch dort war Koen nirgends zu sehen. Er musste sich zu den Besuchern gesetzt haben. Unauffällig gesellte ich mich zu den Menschen, die um den Laufsteg saßen, das Geschehen freudig beobachteten und applaudierten. Mein

Blick flog für einen kurzen Moment zu Sarah, die über den Laufsteg spazierte, als würde sie tanzen. Fantastisch. Sie sah wunderschön aus.

Seufzend schüttelte ich meinen Kopf. Ich hatte nun wirklich keine Zeit dafür.

Mein Blick studierte den Raum, während ich Ausschau nach dem Dunkelhaarigen hielt, bis ich ihn schließlich fand. Er saß links von der Bühne aus neben einem Mann, mit dem er offenbar vertraut war. Die Beiden flüsterten leise miteinander, wirkten dabei aber weder glücklich noch amüsiert. Waren sie tatsächlich für die Show hier hergekommen oder bildete ich mir die abwesenden Blicke nur ein, die sie über die Mädchen schweifen ließen?

Leise, wie eine Katze, schlich ich hinter den Stühlen umher und versuchte mir nichts anmerken zu lassen.

Mensch, Sky. Als würde er aufspringen und das Weite suchen, wenn du auch nur in seine Nähe kommst.

Ich hatte ihn fast erreicht, als plötzlich die Musik stoppte. Ein irritiertes Geflüster ging durch den die Reihen, während Michelle, das Mädchen, das nun auf der Bühne stand, vollkommen überfordert den Steg verließ. Was war denn jetzt los? Miss Bennett betrat die Bühne und verbeugte sich tief. Ich las in ihrem Gesicht, dass der gesamte Auftritt aus dem Ruder lief.

„Es tut uns schrecklich leid. Offenbar gibt es technische Probleme. Wir bitten herzlichst um Entschuldigung", sagte sie laut und freundlich, dennoch erkannte man, wie wütend sie war. Verständlich, schließlich schuftete sie für diesen Tag wie eine Wilde und nun wurde alles durch einen Technikfehler zu Nichte gemacht. Bennett wollte nichts als Perfektion.

Das Mikrofon in ihrer Hand zitterte. Ihre Wangen erröteten stark.

„Wir brauchen keine Entschuldigung", warf plötzlich ein Mann ein.

Er betrat zusammen mit zwei anderen Männern und einer blonden Frau die Bühne. Im Augenwinkel konnte ich Koen sehen, wie er sich verkrampfte und langsam neben sich griff.

Was, zum Teufel, passierte hier?

„Wer sind Sie? Verlassen Sie sofort die Bühne", befahl meine Chefin, doch die Frau lachte.

„Oh nein. Diejenige die verschwinden wird, bist du", grinste sie.

Mit einem Ruck ließ sie ihre Hand nach vorne gleiten, umfasste mit dem Arm den Kopf meiner Chefin und biss wie ein wildes Tier in ihren Hals. Panische Schreie erklangen, als die Frau sich in das Haar ihres Opfers krallte und der Körper leblos zu Boden fiel – kopflos. Erschrocken hielt ich mir die Hand vor den Mund, versuchte, die aufkommende Übelkeit von mir zuschieben. Mein Herz schlug mir bis zum Hals, brachte meinen Körper dazu, zu erstarren. Ich wollte rennen, von hier fliehen, doch ich konnte mich einfach nicht bewegen.

Menschen erhoben sich und rannten hinüber zu den Türen. Jeder wollte, so schnell es ging, hier hinaus. Eine Frau stolperte über einen der Stühle, fiel hin und als sie erneut einen Blick auf das scheußliche Bild warf, übergab sie sich. Obwohl sie dort lag, hilflos und den Tränen nahe, blieb niemand stehen, um ihr zu helfen. Jeder kümmerte sich um sich selbst.

„Aber, aber", kicherte der größte Mann von ihnen. Sein langes Haar fiel ihm struppig ins Gesicht, was ihn nicht zu stören schien. „Wer wird denn bitte die Party so früh verlassen wollen? Sie hat doch gerade erst angefangen."

Er stemmte sich vom Boden ab, sprang hinüber zu den Gästen, die fliehen wollten. Ich konnte kaum hinsehen. Alles, was ich bemerkte, war das Herz in seiner Hand und der zweite Körper, der leblos zu Boden glitt. Die Schreie wurden lauter, ein Paar drückte sich panisch gegen die Wand, Hand in Hand, wissend, dass sie nicht entkommen konnten. Ein anderer Mann kauerte hinter dem Vorhang, versuchte, dem Stoff zu entkommen, was ihm durch die ruckartigen Bewegungen nicht gelang. Tränen benetzten seine Wangen, als eine Frau an ihm vorbei eilte, nicht einmal einen Blick auf ihn warf. Sie stolperte über die lange Schleppe ihres Kleides, stürzte die wenigen Treppen hinab und blieb ohnmächtig auf dem Boden liegen.

„Oh. Da waren es zwei."

Ich spürte eine Hand auf meinem Mund, die mich davon abhielt, laut zu schreien.

Es war Koen. „Ich bin bei dir. Mach‘ jetzt ja keinen Laut."

Angst umschloss meinen Körper, ließ meine Beine zittrig werden. Ich konnte mich nicht mehr auf den Beinen halten, was Koen leise zum Fluchen brachte.

„Wir suchen jemanden", rief die Frau laut, bevor sie einem älteren Mann mit einem Handgriff das Genick brach. „Wer von euch ist Skylar Coleman?"

Mein Hirn setzte für einen Moment aus. Das Blut gefror in meinen Adern und für einen kurzen Augenblick verspürte ich die panische Angst, in Ohnmacht zu fallen. Wenn ich jetzt das Bewusstsein verlor, wäre das mein Todesurteil.

„Ich bin Skylar", folgte daraufhin die Stimme meiner Freundin.

War das ein Scherz? Das konnte doch nur ein schlechter Scherz sein! Während Koen mich auf den Beinen hielt und versuchte, mich unauffällig nach hinten zu schieben, hatte sich Cherry ebenfalls auf die Bühne begeben. Stur blickte sie diese Verrückten an. Ich erkannte keinerlei Angst in ihren Augen. Vielleicht lag das auch an den Tränen, die meine Sicht verschleierten.

„Du?“

Einer der Männer schien skeptisch, ging dennoch langsam auf sie zu. Mein Verstand schlug Loopings und ich warf all die Vernunft von mir, die ich letztendlich noch in mir finden konnte.

„Che-“

Koens Griff wurde fester und verweigerte mir das Rufen ihres Namens.

„Ich sagte still“, zischte er leise. „Vertrau mir.“

Wie sollte ich das? Wie konnte ich einem Fremden vertrauen? Ich wusste nicht, was das hier zu bedeuten hatte, aber ich wusste, dass ich meiner besten Freundin helfen musste. Diese Menschen waren gefährlich und ich würde nicht zulassen, dass sie Hand an meine Freundin legten. Sie war doch die einzige Familie, die mir blieb!

„Was wollt ihr von mir?“, erkundigte sich Cherry stark, woraufhin einer der Typen sie lachend am Arm packte.

„Du bist nicht das Mädchen, das wir suchen“, grinste er schelmisch und ich konnte deutlich sehen, dass er den Druck des Griffes verstärkte. „Nur ein Narr würde uns belügen. Wer bist du?“

Doch anstatt Angst zu zeigen und weglaufen zu wollen, grinste Cherry.

„Eine Jägerin. Du legst dich mit der Falschen an.“

„Steve! Verpiss‘ dich von ihr!“, schrie sein Kamerad, doch es war zu spät.

Wie aus dem Nichts zog Cherry einen Pfahl herbei, drehte sich zusammen mit dem Mann und rammte ihm das Stück Holz durch die Brust. Erneut würgte ich, Koens Hand drückte fester gegen meine Lippen.

„Du Miststück!“, kreischte das Mädchen, das jedoch von einem Dolch niedergestreckt wurde. Er wurde ihr geradewegs durch den Hals geworfen. Ich erkannte den Typen, der vorher noch bei Koen gesessen hatte.

Die beiden Männer, die übrigblieben, fluchten laut. Der eine sagte etwas, doch ich konnte nicht mehr verstehen, was es war. Koen zerrte mich unsanft aus dem Raum, ohne dass jemand von ihnen etwas bemerkte.

„Keine Sorge“, flüsterte er leise. „Alles wird-“

Ich schrie, als ich zu Boden gerissen wurde. Eine weitere Frau tauchte wie aus dem Nichts auf und hielt den Hals von Koen fest umklammert. Ein breites Grinsen zierte ihre blutverschmierten Lippen.

„Koen!“

„Schnauze, Miststück“, fauchte sie, während sie den Druck verstärkte.

„Du riechst so gut", hörte ich eine andere Stimme an meinem Ohr flüstern und verkrampfte mich.

Jemand packte mich an den Schultern und im nächsten Moment spürte ich einen starken Schmerz an meinem Hals. Laut schrie ich und versuchte den Mann von mir zu drücken. Doch dieser ließ nicht locker und versenkte seine Zähne tiefer in meinem Fleisch. Ein grässlicher Gestank drang in meine Nase, brachte meinen Magen erneut zum Rebellieren. Es roch nach verfaultem Obst und schimmeligen Käse. Meine Sicht verschwamm langsam. Mir wurde so schummrig vor Augen und für eine kurze Sekunde wurde alles schwarz. Dann spürte ich plötzlich einen pochenden Schmerz in meiner Magengrube. Ich schmeckte Blut.

Alles geschah so unglaublich schnell.

„Fass' sie nicht an!"

Die Frau schrie und kurz darauf war ich frei. Schluchzend drückte ich meine Hand auf die Wunde, spürte die warme Flüssigkeit, die mir an den Fingern hinab glitt, sich in meinen Blazer sog. Doch nicht nur dort verbreitete sich die rote Farbe. Vor mir lagen Menschen – tote Menschen. Ich wollte sie nicht sehen, konnten den grausamen Anblick nicht ertragen, weswegen ich die Augen schloss. Erneut schluchzte ich, wippte langsam hin und her. Erinnerungen schossen durch meinen Verstand und nisteten sich dort ein. Ich wollte sie verdrängen, doch es ging einfach nicht. Deutlich konnte ich das beige Nachthemd erkennen, ummantelt von dunklem Blut: Dem Blut meiner Mutter.

Plötzlich schlang jemand seine Arme um meine Schulter und drückte mich an dessen schmächtigen Körper. Ich erkannte sie an dem süßlichen Duft ihres Parfüms. Cherry.

„Es ist alles wieder gut", redete sie sanft auf mich ein. „Du brauchst keine Angst mehr haben. Niemand wird dir wehtun. Wir beschützen dich."

Schluchzend drehte ich mich zu ihr um, schloss sie fest in meine Arme. Ihr Kleid wurde mit Blut besudelt und obwohl mich der Anblick aufstoßen ließ, prüfte ich, so gut wie es ging, Cherrys Körper, ob sie verletzt war.

In ihrem Gesicht erkannte ich ein sanftes Lächeln, das ich bereits so oft zu sehen bekommen hatte. „Es ist nicht mein Blut. Keine Sorge."

Das war zu viel. Viel zu viel. Erschöpft und vollkommen von der Rolle ließ ich mich fallen, ehe ich dem Gefühl der Unendlichkeit nachgab und meine feuchten Augen schloss. Dunkelheit umhüllte mich und zog mich in einen kurzen, traumlosen Schlaf.

Bis ich schließlich meine Augen wieder öffnete und mich in einem dunklen Van wiederfand.

KAPITEL 6

Wie in Trance lauschte ich dem Geräusch der Regentropfen, die schwach gegen das verdunkelte Autofenster schlugen. Ein schwacher Blitz umschlang den schwarzen Nachthimmel und brachte mich dazu, meine Augen vor dem Licht zu schützen. Ein angenehmes Gefühl stieg in mir auf, als ich meine Augen schloss und mein Atem sich langsam wieder beruhigte. Das stechende Gefühl in meinem Magen war verschwunden und ich spürte kaum noch etwas von dem Schlag, den mir der angsteinflößende Mann verpasst hatte. Im Gegensatz zu dem Biss. Die kleine Wunde blutete zwar nicht mehr, brannte jedoch so fürchterlich, dass ich mir wünschte, mich stattdessen an einer heißen Herdplatte verbrannt zu haben.

Die Angst war halbwegs von mir gewichen, was der Verdienst meiner Freundin, die trotz meiner Panik sanft und beruhigend auf mich eingewirkt hatte, war. Ich hatte keine Ahnung, wie lange wir bereits fuhren, aber ich wusste, dass wir bereits zwei Mal am gleichen Haus vorbeigefahren waren. Fragen stellte ich nicht, sondern ließ es einfach geschehen. Ich konnte es nicht, selbst wenn ich es gewollt hätte. Jedes Mal wenn ich meinen Mund öffnete, erklang ein seltsamer Ton, der es mir nicht ermöglichte, zu sprechen. Es war alles einfach zu viel für mich.

Cherry hielt in jeder Sekunde unserer Fahrt meine Hand, tätschelte den Handrücken und küsste immer wieder freundschaftlich die Innenseite. Sie sprach von warmem, sonnigen Wetter und hohen, schneebedeckten Bergen. Von einem langen Urlaub war die Rede, als sie die warmen Tage erwähnte. Alles, was sie über den Winter berichtete, vergaß ich bereits.

Mein Kopf dröhnte und ich konnte mich kaum auf das konzentrieren, was sie sagte. Sie redete von ihrem Kater, den sie als Kind immer gepflegt und gefüttert hatte. Das Fell des Streuners war braun gewesen. Cherry hatte dem Tier damals ein blaues Halsband gekauft und obwohl sie den Kater nicht adoptieren durfte, da ihr Vater eine Allergie gegen Tiere hatte, behandelte sie das Wesen wie ihr eigenes.

„Halt‘ endlich die Klappe“, murrte Koen, der vorne am Steuer saß und bis jetzt kein einziges Wort mit uns gewechselt hatte. „Sie hat Kopfschmerzen. Merkst du das nicht?“

Cherry funkelte ihn wütend an, bevor sie sich mit Sorgenfalten zu mir drehte.

„Ist das wahr? Möchtest du vielleicht etwas trinken?"

Ich schenkte ihr ein leichtes Nicken. Zu mehr war ich noch immer nicht fähig.

Meine Freundin griff unter ihren Sitz und zog einen kleinen Rucksack hervor, bevor sie den Reißverschluss öffnete und darin kramte. Ich sah deutlich, dass sich ihre Lippen bewegten und sie leise etwas vor sich hin murmelte, doch verstehen konnte ich es leider nicht. Sie zog eine Wasserflasche hervor, öffnete sie und reichte mir das Plastik.

„Hier, bitte", lächelte sie vorsichtig, worauf ich die Flasche annahm.

Schluckend blickte ich auf die glänzenden Wassertropfen, die beim Öffnen der Flasche über den Rand geflossen waren. Auf einmal fühlte sich mein Hals trocken, brennend an, als wäre ich ohne Proviant durch eine Wüste spaziert. Nicht, dass ich wüsste, wie sich so etwas anfühlen würde.

Hastig hielt ich mir die Flasche an den Mund und schluckte gierig das lauwarme Wasser hinunter. Es löste vielleicht keine Geschmacksexplosion in mir aus, aber es war besser als nichts und ließ die Situation sofort heimeliger erscheinen. Das Brennen, das sich in meinem Hals ausbreitete, löste sich langsam wieder auf und hinterließ etwas Angenehmes. Wohlig seufzte ich, bevor ich die Flasche schloss und mich erneut in den Sitz des Wagens schmiegte. Er fühlte sich weich an und linderte für einen kurzen Moment die leichten Schmerzen in meinem Rücken. Dann blickte ich zu meiner Freundin, die noch immer in der Tasche herumkramte.

„Hast du vorne bei dir etwas zu essen?", fragte sie Koen, der genervt grummelte.

„Ames hat dir gesagt, dass du Proviant einpacken sollst. Was glaubst du, war mit Proviant gemeint?"

Er klang richtig verärgert und ich verstand nicht wieso. Meine Freundin fauchte.

„Oh, tut mir leid. Ich hatte noch andere Dinge zu erledigen."

„Es ist in Ordnung", murmelte ich brüchig. „Ich habe keinen Hunger."

Es war eine Lüge. Mein Magen fühlte sich so leer an, dass ich, wenn nötig, auch an einem Stein herum geknabbert hätte. Jedoch wollte ich nicht, dass sie sich stritten. Mein Hunger war so groß, dass ich mir nicht einmal Gedanken darübermachte, dass die Beiden sich ziemlich vertraut behandelten. Sie kannten sich und das bedeutete: Sie hatte mich belogen.

„Hier. Das ist das Einzige, das ich habe", seufzte Koen schließlich, drehte seinen Arm zu uns und reichte mir einen Schokoriegel.

„Das ist nicht nötig."

„Iss", befahl er bestimmt, bevor ich den Riegel an mich nahm.

Anschließend zog er den Arm wieder nach vorne und legte ihn auf das Lenkrad. Ich beobachtete ihn durch den Rückspiegel. Er schien, mir nicht freundlich gesinnt zu sein.

„Ich sagte, iss!"

Erschrocken zuckte ich zusammen, wandte meinen Blick ab und tat, wie er mir befahl.

„Hör' auf, sie so anzufahren! Sie ist noch immer völlig von der Rolle", schnaubte meine Freundin, bevor sie die Wagentür öffnete. Überrascht hob ich meine Brauen und blickte aus dem Fenster. Wir waren zum Stillstand gekommen und auch der Regen hatte sein Ende gefunden. Jedoch erblickte ich einen weiteren Blitz, der den Himmel erhellte – wenn auch nur schwach.

Wir hatten vor einem Häuserblock gehalten, der sich nah an der Stadtgrenze befand. Ich kannte diesen Ort, war jedoch nicht oft hier gewesen. Wenn ich mich recht entsann, wohnte hier vor langer Zeit eine Freundin, mit der ich leider nicht mehr in Kontakt stand. Kurz fragte ich mich, was sie heute wohl machte und ob es ihr gut ging.

„Warum sind wir hier?", erkundigte ich mich leise, doch sie schienen mir nicht zuzuhören.

Koen folgte dem Beispiel meiner Freundin und ließ die Tür hinter sich zuknallen. Sein Gesicht verzog er zu einer wütenden Miene.

„Halt' einfach deine Klappe. Du bist so eine Nervensäge", knurrte er, bevor er um den Wagen schlenderte und meine Tür öffnete. Ich schluckte, als er die Arme vor der Brust verschränkte.

„Steig' aus", befahl er, worauf mein Körper zu zittern begann.

„Siehst du?", rief Cherry aufgebracht und warf ihre Hände über ihren Kopf. „Du machst ihr Angst. Kannst du dich nicht einmal wie ein ganz normaler Mensch aufführen?"

Koen antwortete nicht und wurde schließlich von der Blondine zur Seite gedrängt.

„Ich übernehme das hier. Sie ist schließlich *meine* Freundin."

Sanft nahm sie meine Hand, half mir beim Aussteigen und schenkte mir ein freundliches Lächeln. Offenbar versuchte Cherry, mich aufzumuntern, was jedoch nicht sonderlich gut funktionierte. Vorsichtig sah ich mich um, bereitete mich darauf vor, erneut angegriffen zu werden. Doch nichts dergleichen geschah, stattdessen tätschelte Cherry erneut meine Hand, was mich irritierte. Ich verstand nicht, wie sie nach diesem ... was auch immer so ruhig bleiben konnte. Schluckend versuchte ich die richtigen Worte zu finden, um das Vergangene anzusprechen, doch ich wusste nicht wie. Also blieb ich still.

Stattdessen fragte ich mich, warum sie mich nicht nach Hause gebracht hatten? Wieso, zum Teufel, befanden wir uns nun vor einem alten Mehrfamilienhaus? Offenbar sprach mein Gesicht Bände.

„Wir werden dir oben alles Weitere erklären", versicherte mir Cherry, bevor sie mich zum Eingang zog.

Obwohl ich meine beste Freundin seit vielen Jahren kannte, konnte ich das Gefühl nicht von mir schieben, entführt zu werden. Ich wollte doch einfach nur in mein Bett, schlafen und aus diesem Albtraum erwachen.

Nachdem Koen die Tür geöffnet hatte, hastete er mit uns hinauf in den dritten Stock. Mein Herz begann augenblicklich schneller zu schlagen und die Nervosität konnte ich kaum verstecken. Ich wusste nicht, was mich hier erwartete und was ich auffinden würde. Gehörten die Beiden vielleicht zum FBI und die *Dinger,* die diese Party ruiniert hatten, waren gesuchte Schwerverbrecher? War ich ein Zeuge, der nun beschützt werden musste? Ich verstand es einfach nicht. Tausend Fragen schossen mir durch den Kopf und wollten unbedingt beantwortet werden.

Hör auf zu spinnen, Sky. Als würde das FBI dich in einem Van mit Schokoriegeln füttern.

„Du kannst deine Schuhe anlassen."

Die Worte kamen mir vollkommen unpassend vor, als Cherry die Wohnungstür öffnete und mich bat, einzutreten.

Um ehrlich zu sein, waren dreckige Schuhe in einer fremden Wohnung mein kleinstes Problem.

„Was mache ich hier?", entschloss ich mich, erneut zu fragen. „Wieso habt ihr mich nicht nach Hause gebracht? Ich möchte nicht hier sein."

Ich sah deutlich, dass sich das Lächeln in ihrem Gesicht auflöste. Doch sie sagte. Innerlich fluchte ich, zwang mich jedoch, Ruhe zu bewahren. Irgendwann würden sie mit mir reden müssen und dann erhielt ich die Antworten, nach denen ich so dringend verlangte.

„Bitte", flehte ich, blickte zu Koen, der gerade in einem Zimmer verschwand. „Ich will doch nur wissen, was hier passiert."

Es war vergebens. Sie sprach nicht mehr mit mir. Das Einzige was sie tat, war nach meiner Hand zu greifen. Ihre Finger umschlossen die meinen und streichelten vorsichtig meine Handfläche. Eine sanfte Geste, die mich heute jedoch nicht ruhig stimmte. Es machte mir nur noch mehr Sorgen.

„Komm", sagte sie schließlich und führte mich in den gleichen Raum, in dem auch Koen verschwunden war.

Ich schluckte und als ich eintrat, verschlug es mir die Sprache. So etwas hatte ich zuvor noch nie gesehen. Jeder Winkel des Zimmers schien verkabelt zu sein. Ein großer Fernseher stand in der Mitte des Raumes. Neben ihm befanden sich verschiedene Laptops und Computerteile. Jedes Teil war offenbar mit verschiedenfarbigen Kabeln versehen, die entweder zum Fernseher oder zu dem großen Kasten in der Ecke führten. Was, um Himmels Willen, befand sich in der Box und weswegen fühlte ich mich, als wäre ich einem Film entsprungen? Ich erkannte die Szene, nur hatte es sich dabei um eine Hackeranlage gehandelt, die dazu benutzt wurde, größere Summen Geld von dem Konto reicher Personen zu stehlen. Oh, Himmel. Waren diese Menschen kriminell? Kurz schoss mein Blick zu Cherry, bevor Koen erneut meine Aufmerksamkeit auf sich zog.

Er setzte sich auf die schwarze Couch, die neben dem großen Kasten stand. Er seufzte, während sein Blick zu dem anderen Mann wanderte, der ihm gegenübersaß. Hart schluckte ich, als ich die Waffe in seiner Hand erblickte. Mit einer gezielten Bewegung ließ er das Magazin nach vorne schnellen und lud die Pistole.

Panik ließ meinen Körper erzittern, als ich einen Schritt zurücktrat. Man wollte mich doch nicht erschießen, oder?

„Cole“, fauchte meine Freundin den Mann an, „steck‘ sofort die Waffe weg. Du verängstigst sie.“

Der Mann legte die geladene Waffe vor sich auf den Tisch, bevor er lächelte.

„Entschuldigung. Das war nicht meine Absicht. Setz‘ dich ruhig, Skylar. Willst du was essen?“

Cole, so wie ihn Cherry nannte, fuhr sich durch seinen braunen Irokesenschnitt, bevor er sich zurücklehnte und das rechte Beine über das linke schlug. Mit der Hand klopfte er auf den Platz neben sich. Sein Angebot ignorierte ich. Mir war weder zum Essen zumute, noch wollte ich mich zu ihm gesellen.

„Also. Dass ihr hier seid, bedeutet nichts Gutes, oder?“, erkundigte er sich, als ich nicht antwortete.

„Offenbar“, zischte eine Frauenstimme. „Du kennst den Plan. Das Weib sollte eigentlich gar nicht hier sein.“

Eine rothaarige Frau betrat mit einem Kaffee in der Hand das Zimmer, suchte sich neben Koen einen freien Platz und nippte an ihrem Getränk. Das konnte doch nicht wahr sein. Erschrocken sah ich sie an, erkannte sie an ihrem auffälligen Haar. Es handelte sich um die Dame, die mich damals im Einkaufsladen beobachtet und verfolgt hatte. Ich war mir nie sicher gewesen, ob ich vielleicht überreagierte oder etwas falsch interpretierte, doch nun, wo ich sie hier sitzen sah, wusste ich, dass sie nicht nur zufällig dort gewesen war.

„Du?“, schnappte ich erschüttert nach Luft, doch sie ignorierte mich.

„Nenn‘ sie nicht Weib“, murrte Cherry, warf mir einen einfühlsamen Blick zu. „Sie hat einen Namen.“

„Der mich aber nicht im Geringsten interessiert.“

Koen schnaufte. „Talisha! Es reicht."

Mir wurde schwarz vor Augen, bevor ich die Hand meiner Freundin löste und mich an die Wand hinter mir drückte. Die Kälte der Wand half nicht, die Hitze in meinem Körper zu bändigen, ganz im Gegenteil. Ich musste im falschen Film sein. Meine Finger zitterten, bis sie sich zu einer Faust verkrampften. Tränen schossen mir in die Augen und ich spürte die hitzige Spur, die sich über meine Wangen legte. Wie konnten diese Menschen nur so ruhig bleiben? Es waren Menschen gestorben. Cherry – unserer Chefin wurde der Kopf abgetrennt und doch stand sie hier, schwach lächelnd und unterhielt sich mit einer Frau, die mir tagelang Albträume bescherte. Ich hielt das einfach nicht mehr aus. Es erdrückte mich. Frische Luft, ich musste unbedingt nach draußen!

„Was soll die Scheiße?", schluchzte ich laut, spürte sofort die gesamten Blicke auf mir ruhen. „Warum bin ich hier? Warum sind all diese Menschen gestorben und was waren das für Typen? Auftragskiller? Serienmörder?"

Hundert verschiedene Theorien schossen mir durch den pochenden Schädel. Doch in keiner fand ich die Antwort auf die Tatsache, dass sie nach mir verlangt hatten. Ich war doch nichts Besonderes und getan hatte ich auch niemandem etwas!

„Skylar. Bitte, beruhige dich", bat mich Cherry und hob beruhigend ihre manikürten Finger.

Doch ich schüttelte nur stark den Kopf und wich zurück Richtung Haustür. Das hier konnte sich doch nur um einen Albtraum handeln, oder?

„Na super", seufzte Cole. „Sie ist total verstört. Was machen wir denn jetzt?"

Talishas Lippen verzogen sich zu einer breiten, gehässigen Grimasse.

„Na, was wohl?", kicherte sie, bevor sie erneut an ihrer Tasse nippte. „Bringen wir sie um. Dann haben wir ein Problem weniger."

Das Knurren Koens hallte durch den gesamten Raum. Ich spürte das komische Ziehen, das in mir ausgelöst wurde, bis in die Knochen. Der Tränenschleier lichtete sich, als ich ein komisches Zischen aus Koens Mund vernahm. Was war das denn? Offenbar hatten die Geräusche etwas Wichtiges zu bedeuten, denn Talisha seufze leise und verdrehte anschließend ihre Augen.

„Ist ja okay. Fahr' deine Krallen wieder ein, Tiger. Dann bleibt sie eben am Leben."

„Ich warne dich", sagte Koen bedrohlich. „Halte dich an die Regeln, oder du wirst es mit mir zu tun bekommen!"

Ich schluckte: „Was sind das für Regeln?"

Cherry kam auf mich zu und wollte mich in den Arm nehmen, doch ich blockte sie ab. Ich konnte nicht so tun, als wäre alles in Ordnung zwischen uns. Das ging einfach nicht. All die Jahre waren offenbar eine Lüge gewesen, ein Schauspiel, daswelches sie aufrecht gehalten hatte, und doch behandelte Cherry mich so, als wäre nie etwas zwischen uns vorgefallen. Wo hatten die Lügen begonnen und wo hörten sie auf? War unsere Freundschaft überhaupt Wirklichkeit oder diente ich nur zu ihrer Belustigung? Meine traute Welt fiel langsam in sich zusammen und ich kannte nicht einmal den Grund dafür, musste mich dem beugen, dass man mir verschwieg.

„Fass‘ mich nicht an“, winselte ich leise, trat einen weiteren Schritt zurück, plante, jeden Moment von hier zu verschwinden. Sie würden mich nicht aufhalten können!

„Cherry“, es war die Stimme von Cole, die mich dazu brachte zusammenzuzucken. „Tu‘ es.“

Im Augenwinkel konnte ich sehen, Koen nickte, dann griff dieses rothaarige Mädchen nach der Waffe, die noch immer auf dem Tisch lag. Meine Güte! Ruckartig drehte ich diesen Menschen den Rücken zu, bevor ich schwer atmend zur Tür rannte. Obwohl sich meine Beine wie Pudding anfühlten ich fast den Halt verlor, wagte ich es nicht, stehen zu bleiben.

„Tut mir leid“, hauchte Cherry, als sie plötzlich vor mir stand.

Sie umfasste mein Handgelenk und strich mit der anderen Hand über meinen Hals. Ich hatte kaum Zeit, zu reagieren. Im nächsten Moment wurde alles dunkel und für einen Moment fühlte ich mich absolut schwerelos.

*

Der Nebel, der sich um meinen Kopf geschlungen hatte, lichtete sich. Ich spürte ein leichtes Pochen in meinem Kopf und ein unangenehmes Brennen in meinem Hals – dann verschwand es.

Zögernd öffnete ich meine Augen und erblickte erneut das Innenleben eines Autos. Mit einem weiteren Blick erkannte ich, dass ich in einem Jeep saß. Obwohl die Scheiben verdunkelt waren, konnte ich deutlich erkennen, dass es Nacht geworden war.

Wie bin ich hierhergekommen? Hat man mich entführt?

„Wie geht es dir?“, erklang die Stimme des Fahrers. „Hast du Hunger? Willst du irgendetwas essen? Dieses Mal sind wir besser vorbereitet.“

Müde blickte ich nach vorne, erkannte im Licht der Scheinwerfer, dass es sich um Koen handelte.

Verwirrt runzelte ich meine Stirn, rückte etwas nach oben und blickte hinaus. Wir fuhren auf einer recht befahren Straße in Richtung Osten. Beim Vorbeifahren hatte ich das

Ortsschild erkannt, das uns zeigte, dass wir nun die Stadtgrenze passierten. Wohin brachte er mich und warum fand ich mich in letzter Zeit immer in einem anderen Auto wieder?

„Wo fahren wir hin?“, erkundigte ich mich schließlich und beschloss, seine Fragen zu ignorieren.

Doch er antwortete nicht. Seine Lippen blieben fest verschlossen und offenbar hatte er es sich zur Gewohnheit gemacht, nicht auf meine Fragen einzugehen. Ich murrte beleidigt. Vielleicht erwartete er zuerst von mir eine Antwort. Einen Versuch war es wert.

Das Grummeln meines Magens war deutlich zu vernehmen und doch entschloss ich mich, unehrlich zu antworten. So sehr mein Bauch auch rebellierte, hier und jetzt konnte ich einfach nichts essen. Vor allem nicht, wenn man bedachte, dass ich der Meinung war, dass sie mich unter die Erde befördern wollten. Trotz des Gedankens fühlte ich mich nicht so, als müsste ich Angst vor ihm haben, was mich stutzig werden ließ.

„Nein, ich habe keinen Hunger. Mir geht es gut.“

Koen fauchte: „Hör‘ sofort auf damit.“

Erschrocken zuckte ich und starrte ihn mit unterschiedlichen Gefühlen an. Ich verstand ihn nicht.

„Mit was?“

„Mit dem Lügen. Ich hasse das.“

Belustigt lachte ich auf. Das war doch wohl ein Scherz.

„Ist das dein Ernst? Du bist doch derjenige, der mich ständig belügt.“

„Das ist nicht dasselbe“, grummelte er und sein Gesichtsausdruck veränderte sich.

Nachdenklich blickte er auf die Straße, während ich ihn durch den Rückspiegel beobachtete.

„Oh doch, ist es“, sagte ich schließlich und verschränkte die Arme vor der Brust. „Sag‘ mir endlich, wohin wir fahren und wieso ihr mich ohnmächtig geschlagen habt.“

„Nein.“

Ich spürte, dass meine Angst langsam verschwand und Platz für etwas anderes machte, ausgelöst durch Koens Sturheit. Gereizt biss ich mir auf die Lippe, bevor ich meinen Blick von ihm abwandte und die Sitze neben mir untersuchte. Alles, was ich auf dem Rücksitz fand, war eine leere, zerquetschte Dose. Ich wusste nicht, warum sie hier war, doch ich schnappte sie mir und warf sie dem Fahrer gegen den Kopf. Koen fluchte lautstark.

„Bist du von allen guten Geistern verlassen, Weib? Ich fahre. Willst du dich umbringen?“

Mich? Warum denn nur mich?

„Dann beantworte endlich meine Fragen. Ansonsten werfe ich noch irgendwas. Ich werde doch so oder so sterben."

Mit den Zähnen knirschend bog er in eine andere Straße ein.

„Nein. Niemand wird dich umbringen, aber wenn du so weitermachst, denke ich darüber noch einmal nach."

Dann blieb er still. Egal, wie oft ich die Worte wiederholte: Er sagte nichts mehr. Für den Moment gab ich Ruhe und blickte hinaus in die Dunkelheit. Ich hing meinen Gedanken nach, die von hunderten Fragen gefüllt waren, die ich alleine nicht beantworten konnte.

Es war wirklich schön hier. Weite Felder erstreckten sich mehrere Kilometer vor uns, auf denen Kühe grasten. Oder waren das Pferde? Mehr konnte ich durch das fehlende Sonnenlicht nicht sehen. Nur eines war deutlich zu erkennen. Hier gab es einen Wald, der noch größer erschien als die Felder, die ich erblickte.

Doch egal, wie schön meine Umwelt jetzt auch aussehen sollte, ich konnte sie nicht genießen. Mein Blick richtete sich ein weiteres Mal auf meinen *Freund.* Noch immer war ich mir nicht sicher, ob ich ihm mein Vertrauen schenken konnte oder ob ich auf eine Möglichkeit warten sollte, um aus dem Auto zu springen und mir einen Weg durch das Geäst zu bahnen. Es würde auf jeden Fall schwer werden, mich einzufangen. Diese Idee schien mir zuerst äußerst gut, bis ich daran erinnert wurde, dass Cherry nicht mehr zu meinen Verbündeten gehörte, was meinen Plan vereitelte. Schließlich wusste sie, wo ich wohnte.

Außerdem, was hatte er mit all den Waffen zu tun, die ich in dieser Wohnung gesehen hatte? Nun gut. Es handelte sich lediglich um eine Pistole, aber wo sich eine befand, war bestimmt auch eine andere. Nebenbei fragte ich mich, was es wohl mit all den Kabeln und Steckern auf sich hatte. Wofür sie wohl verwendet wurden? Handelte es sich tatsächlich um eine Bande Hacker? Nein. Dann würde Cherry eindeutig mit einem besseren Wagen durch die Gegend fahren. Obwohl, das könnte natürlich auch Tarnung gewesen sein. Wo war meine Freundin überhaupt?

Ich wandte mich an Koen und wollte gerade etwas sagen, als er erneut die Richtung änderte und in ein verlassenes Gebiet fuhr. Schluckend starrte ich auf das Schild, das am Eingang stand: *Privatgelände. Betreten verboten.*

„Kannst du nicht lesen?", erkundigte ich mich unfreundlich. „Da steht, dass das Betreten verboten ist. Wir dürfen hier nicht reinfahren."

Ein Grinsen schlich sich auf die Züge des Fahrers, als wüsste Koen mehr, als er zugeben wollte. Um ehrlich zu sein, bezweifelte ich das auch nicht.

„Lass' das mal meine Sorge sein."

Als er einfach weiterfuhr, bekam ich es doch mit der Angst zu tun. Das hier war eine Straftat. Wir durften hier nicht sein. Ich war noch nie gesetzlich an die Polizei geraten, was sich bald jedoch ändern würde, wenn Koen nicht sofort umdrehte.

„Bitte, dreh' wieder um", bat ich ihn etwas freundlicher. „Hier ist es gefährlich."

Er prustete laut, bevor der Motor plötzlich zum Stillstand kam. Wir hielten.

Mein Mund öffnete sich und meine Augen weiteten sich für einen Moment, als ich das schöne Gebäude erblickte. Von hier sah es riesig aus und es war bestimmt mehrere Jahrhunderte alt. Es wurde von verschieden, großen Gartenlampen beleuchtet, die nicht einmal ansatzweise zum Haus passten.

Koen verließ das Auto, um mir im nächsten Moment dir Tür zu öffnen und mir beim Aussteigen zu helfen. Leise bedankte ich mich, woraufhin er nur seinen Kopf schüttelte. Irgendwie hatte ich ein ungutes Gefühl. Sollte ich mich vielleicht doch meinem Plan widmen und fliehen?

„Komm", befahl er und ging geradewegs auf die Tür zu.

„Bist du verrückt?", kreischte ich leise, als er die Tür des Hauses öffnete. „Das ist Hausfriedensbruch! Außerdem besteht bestimmt Einsturzgefahr, so alt, wie das aussieht."

Ein leises Kichern entfloh ihm, das an der Gänsehaut schuld war, die sich schließlich auf meinem Körper ausbreitete. Lässig lehnte er sich gegen die geschlossene Tür, während er mich belustigt musterte.

„Mädchen, dieses Haus gehört uns. Wir werden die Anderen hier treffen und keine Sorge, Cherry ist auch hier. Also mach dir nicht ins Hemd und folge mir."

Ich war mir nicht sicher, ob ich sauer sein, da er mich Mädchen genannt hatte, oder ob ich ihm fragwürdig gegenübertreten sollte, da dieses Haus nun wirklich nicht für einen Treffpunkt geeignet war. Und wenn er die Wahrheit sprach, wo waren dann die Autos der Anderen? Sie waren wohl kaum zu Fuß hierhergekommen. Offenbar schien er ganz genau zu wissen, worüber ich nachdachte, da seine Antwort kurz daraufffolgte.

„Keine Sorge. Sie wird wirklich hier sein."

Seufzend nickte ich und trat näher zu ihm heran. Ich wusste noch immer nicht, ob ich ihm oder diesen Leuten vertrauen konnte. Sie hatten mir bis jetzt noch nichts getan – nun, sie waren der Grund für meine Ohnmacht gewesen, besaßen eine Handfeuerwaffe und drohten mir, ansonsten verhielten sie sich recht normal –, aber ich konnte mir nicht sicher sein, ob es auch so bleiben würde. Schließlich hatte dieses dämliche Mädchen vorgeschlagen, mich umzubringen. Das klang nicht sehr vertrauenswürdig. Außerdem reagierte niemand auf meine dringenden Fragen oder auf den Tod der unschuldigen Leute, die lediglich einen schönen Abend verbringen wollten.

„Komm, Prinzessin“, lächelte Koen plötzlich und seine Stimmung drehte sich um 180 Grad. „Du brauchst keine Angst zu haben.“

Empört wollte ich etwas erwidern, doch ich konnte nicht. Als ich die Türschwelle überschritt, erfasste mich ein unglaubliches Gefühl. Eine angenehme Wärme sammelte sich in meiner Magengrube und ließ den Hunger, den ich verspürt hatte, vollkommen verblassen. Das Kribbeln, das sich auf meiner Haut ausbreitete, zwang mich zu einem leisen Kichern.

„Na los.“

Erneut griff ich nach verschiedenen Wortfetzen, doch mein Mund öffnete sich erschrocken, während ich das Innere des Hauses betrachtete. Mir fehlten die Worte. Obwohl das Haus von außen verfallen und kaputt wirkte, herrschte hier im Inneren ein ganz anderes Bild. Es war komplett herausgeputzt und viel größer, als es von außen schien. In der Mitte des riesigen Raumes breitete sich ein roter Teppich aus, der sich bis zur obersten Spitze der Wendeltreppe zog. Bilder von verschiedenen Männern und Frauen, die ich zuvor noch nie gesehen hatte, hingen in gleichen Abständen zueinander an den Wänden.

Es war ein richtiges Märchenschloss.

„Wow“, staunte ich laut. „Das sieht fantastisch aus.“

Und es erinnerte mich unglücklicherweise an mein altes Zuhause. Meine Eltern hatten ebenfalls das *Alte* gepflegt und mein Dad hatte sich oft an Märchen und Geschichten orientiert. Vor allem, als er den Wintergarten hatte bauen lassen. Er war zu dieser Zeit noch aufgedrehter gewesen als sonst. Der einzige Unterschied war, dass hier keine Drachenfiguren standen. Zumindest noch nicht in diesem Raum.

Obwohl ich das Gefühl verspürte, zu Hause angekommen zu sein, verschwand das Lächeln von meinen Lippen. Am liebsten wäre ich umgedreht und wieder zur Tür hinaus spaziert.

Koen belächelte das Ganze, bis er nach meiner Hand griff.

„Komm. Ich bring‘ dich zu den anderen.“

Ohne die Geste zu erwidern, nickte ich stumm, woraufhin er seufzend die Hand zurückzog und zusammen mit mir in das nächste Zimmer schritt. Es handelte sich um die helle, braune Tür, die neben der Wendeltreppe ihren Platz fand, die uns in das richtige Zimmer brachte.

Ich schluckte, als ich die vielen Menschen dort sitzen sah. Schnell überflog ich die fremden Personen: Es waren insgesamt neun. Drei Frauen und sechs Männer.

Sofort stach mir das rote Haar ins Auge. Talisha saß an einem großen, runden Tisch, neben einem brünetten Mann. Seine Haare fielen ihm wild ins Gesicht und reichten ihm bis zu den Schultern. Er hielt einen kleinen Dolch in seinen Händen, rammte die scharfe Spitze immer wieder in das Holz des Tisches. Links neben ihm saß eine blonde, wunderschöne Frau. Sie schien in meinem Alter zu sein und redete immer wieder auf ihren Nachbarn ein, dass er doch die Möbel in Ruhe lassen solle. Der Mann lachte und machte einfach weiter. Rechts neben Talisha lümmelte ein kleiner, blonder Mann. Gelangweilt pustete er immer wieder seine Wangen auf, während er kleine Kreise auf seinen Handrücken malte.

Auf einem Sessel am Ende des Zimmers, der etwas abseits von dem vollbesetzten Tisch stand, saß Cole, fuhr sich durch seinen Iro und legte die Beine auf den kleinen Tisch vor sich. Neben ihm hatte es sich ein grimmig dreinschauender Schwarzhaariger gemütlich gemacht. Mit ihm würde ich mich nicht anlegen wollen – nicht, dass ich daran gedacht hatte.

Lachend warf der dunkelhäutige Mann links von uns den Kopf in den Nacken. Ich schluckte, als ich die Waffen an seinem Gürtel erblickte und rückte etwas näher zu Koen, der das Spektakel belustigt betrachtete. Ein großer, breit gebauter Mann, der zusammen mit dem Waffenfanatiker gelacht hatte, erblickte uns und kam ein paar Schritte auf uns zu. Das Lachen verhallte.

„Skylar", sagte er lächelnd, strich sich eine lose, schwarze Strähne hinter das Ohr, die sich aus seinem Zopf gelöst hatte. „Schön, dich hier zu haben. Wie ich sehe, bist du wohlauf."

Ich war mir nicht sicher, ob ich weinen oder lachen sollte.

Mit einem unguten Gefühl im Magen blickte ich mich noch einmal um, bemerkte dabei, dass mich jeder von ihnen anstarrte. Der blonde, kleine Mann grinste breit, als hätte er eine lang verschollene Freundin wiedergefunden. Gott, ich fühlte mich so unwohl.

Plötzlich spürte ich eine vertraute Umarmung, die ich dieses Mal zuließ.

„Es wird alles wieder gut", versicherte mir meine Freundin. „Wir passen auf dich auf. Dir wird nichts geschehen, das verspreche ich."

Cherry schenkte mir ein aufmunterndes Lächeln, das dieses Mal tatsächlich half. Die Angst, die ich gerade noch verspürt hatte, verschwand überraschenderweise. Vielleicht sollte ich noch einmal darüber nachdenken und ihr vertrauen, auch, wenn es schwer werden würde.

„Soll ich euch vielleicht noch eine Schmusedecke und einen Tee bringen?", stöhne Talisha genervt. „Hör' auf, sie so zu verhätscheln, Cherry. Sie ist schwach genug."

„Halt' endlich deine dämliche Klappe", verteidigte mich meine Freundin. „Nur, weil dein Fell so dick ist, heißt es nicht, dass das der Anderen genauso fett ist, okay? Reiß' dich zusammen."

Das Grinsebäckchen erhob seine Hände.

„Kein Grund, sich gegenseitig anzukeifen, Mädels. Wir sind alle aus dem gleichen Grund hier."

„Das geht dich nichts an, Ames!"

Der junge Mann, dessen Name offensichtlich Ames lautete, verdrehte belustigt die Augen und lehnte sich gegen das dunkle Holz seiner Rückenlehne.

„Sag' doch auch mal etwas, Gerrit", murrte er schließlich und wandte sich an den großen, muskulösen Mann, der mich zuvor begrüßt hatte. Dieser schien von der Situation nicht sehr angetan zu sein. Das Lächeln, das zuvor freundlich auf seinen Lippen verweilte, wurde nun von einer grimmigen Miene ersetzt. Das blonde Mädchen hastete sofort an seine Seite, verschränkte ihre Hände miteinander und lächelte. Bei ihr handelte es sich wohl um seine Freundin oder auch Ehefrau, wenn ich den Ring richtig deutete, der ihren manikürten Finger schmückte.

„Ich denke, wir gönnen Miss Coleman heute Nacht etwas Ruhe", entschied er, woraufhin Talisha überrascht blinzelte.

„Aber Boss", diskutierte sie laut. „Wir können nicht noch mehr Zeit vergeuden, nur, weil das Prinzesschen müde ist. Wir haben Aufgaben-"

Gerrit unterbrach sie schnell. „Aufgaben um die wir uns morgen kümmern werden. Das ist ein Befehl. Koen, bring' sie bitte in ihr Quartier und zeig' ihr alles."

Dieser nickte, bevor er mich etwas grob am Arm packte und mit sich zog. Zuerst wehrte ich mich, verlangte weder nach einem Zimmer in einem fremden Gebäude, noch um Koens Hilfe. Ich wollte bleiben und Fragen stellen. Obwohl mir Talisha nicht sympathisch war, teilten wir dieselbe Meinung. Ich wollte nicht noch mehr unnütze Zeit vergeuden. Als ich jedoch bemerkte, dass es keinen Sinn machte, mich weiterhin zu sträuben, folgte ich ihm ohne weitere Probleme zu bereiten.

Wir verließen das Zimmer und er schloss die Tür, sodass ich kaum noch eine Stimme vernehmen konnte.

„Was soll das?", fragte ich ihn etwas überfordert. „Ich will hier nicht bleiben. Alles, was ich will, sind Antworten."

„Und die wirst du bekommen", versicherte der Mann. „Morgen. Schlaf dich erst einmal richtig aus. Die Ruhe wird dir guttun."

Das bezweifelte ich, vor allem, wenn ich an die unschönen Träume dachte, die mich befallen würden. Unbefriedigt biss ich mir auf die Lippe. Ich wollte sie jetzt, nicht morgen. Zudem verstand ich nicht, was all die Menschen damit zu tun hatten und wieso sie mir nicht vorgestellt wurden.

Dich interessiert wirklich, wer diese Freaks sind?

Ich war so schnell in etwas hineingezogen worden und nun schien es, als würde ich mich nicht mehr von ihnen abwenden können.

„Darf ich wenigstens erfahren, wer die Menschen auf der Party waren?", erkundigte ich mich leise, keine Antwort erwartend. Koen seufzte frustriert.

Wir gingen die Wendeltreppe hinauf und er führte mich in den linken Flügel des Hauses. Dass sich dieser Bereich vollkommen von der unteren Etage unterschied, nahm ich kaum wahr.

Mein Blick haftete an dem Mann, von dem ich noch immer nicht wusste, was ich von ihm denken sollte. Auf der einen Seite war er nett, kokett und irgendwie auch verführerisch und auf der anderen ein arrogantes Arschloch.

Ich schämte mich, dass ich daran überhaupt einen Gedanken verschwendete. Menschen, die ich gut kannte, mit denen ich jahrelang gearbeitet hatte, waren gestorben und ich machte mir Gedanken über einen Kerl, der meine innere Lady zum Vorschein brachte und mein Höschen feucht werden ließ. Eine dunkle Röte überzog meine Wangen und ich hielt mir die Hand vor den Mund. Wie peinlich. Gut, dass Koen meine Gedanken nicht hören konnte.

„Gefährliche Wesen", antwortete er schließlich und ließ den perversen Gedanken in meinem Kopf verschwinden. „Tückische Dämonen."

Innerlich lachte ich und schenkte Koen ein belustigtes Grinsen. Verarschte er mich?

„Ich dachte, Vampire sind diejenigen mit den Reißzähnen, aber gut."

Der Dunkelhaarige starrte mir vollkommen ernst entgegen, bevor er antwortete.

„Es gibt verschiedene Arten von Dämonen. Das waren die Geburten von einem Phynox. Sie sind halb Vampir und halb Dämon. Normalerweise arbeiten sie jedoch nicht im *Rudel*. Phynox sind meist Einzelgänger."

Wie er das sagte, ließ das Blut in meinen Adern gefrieren. Ich hielt es für einen dämlichen Scherz, doch als ich in seinen Augen erkannte, dass er das vollkommen ernst meinte, blieb mir die Spucke weg. Mir wurde schwindelig, als sich meine Sicht für einen Augenblick verdunkelte.

„Halb Vampir und halb Dämon?", wiederholte ich langsam.

Grob schlug mir mein Herz gegen den Brustkorb, verbreitete eine unangemeldete Hitze in meinem erschöpften Körper. Für einen Moment hielt ich es sogar für möglich, erneut in Ohnmacht zu fallen. Doch ich drückte das Gefühl der Schwerelosigkeit von mir und biss mir fest auf die Zunge, um ja bei Bewusstsein zu bleiben.

„Ja. Es überrascht uns noch immer, dass sie dich gefunden haben. Obwohl sie halb-halb sind, ist ihr Geruchssinn so schlecht, dass sie nicht einmal einen Hüter erkennen, ansonsten hätten sie es nicht gewagt, bei der Party aufzutauchen. Deswegen sollten sie nicht - Skylar? Wenn du dich nicht wohl fühlst, sag es bitte. Dann stütze ich dich."

Seine Stimme klang besorgt, sanft und für die innere Lady ein wenig aphrodisierend. Ein fetter Kloß bildete sich in meinem Hals und beabsichtigte nicht, schnell wieder zu verschwinden. Stirnrunzelnd betrachtete mich Koen, bevor er mir einen entschuldigenden Blick zuwarf.

„Das war wohl zu viel, hm?"

Ich nickte nur stumm. Es war nicht so, dass ich neue Informationen nicht verdauen und mit ihnen umgehen konnte. Doch das, was er da von sich gab, klang vollkommen verrückt und unwahrscheinlich. War er sich eigentlich im Klaren, *was* er gerade gesagt hatte?

Es würde aber den abgetrennten Kopf meiner Chefin erklären, überlegte ich.

Schluckend schüttelte ich den Kopf, doch der Kloß hatte sich fest verankert.

„Komm", sprach Koen schließlich, als er bemerkte, dass ich keine weiteren Fragen stellen würde. Er führte mich durch einen schmalen Gang, bis er vor einer großen Holztür stehen blieb. „Hier wirst du schlafen", erklärte er mir, während wir das Zimmer betraten. „Rechts ist das Bad, das du natürlich nutzen kannst. Kleidung liegt im Schrank für dich, aber Cherry wird dir morgen früh noch etwas anderes hinlegen, falls dir die Sachen nicht gefallen."

Mit diesen Worten drehte er sich um und ging zurück zur Tür. Doch bevor ich die Tür ins Schloss fallen hören konnte, erklang seine Stimme ein letztes Mal und wünschte mir leise eine gute Nacht.

Etwas überfordert mit der ganzen Sache blickte ich mich um. Tatsächlich fühlte ich mich hier auf Anhieb wohl – es machte mich konfus, warum ich so positiv auf diesen Ort reagierte –, obwohl ich mir sicher war, dass das die einzige Nacht sein würde, die ich hier verbringen *sollte*.

Auch hier hingen viele Bilder an der Wand; meist von wunderschönen, grünen Landschaften, kleinen, süßen Tieren oder von Menschen, die mittelalterlich gekleidet waren. Ein großes Himmelbett stand in der Mitte des Raumes, stieß fast an die Wand, an der sich auch die Tür zum Badezimmer befand. Gegenüber vom Bett stand eine kleine, dunkle Kommode und daneben der Kleiderschrank, in dem sich wahrscheinlich die Fetzen befanden, die für mich bestimmt waren. Ich trat auf den riesigen, roten Teppich und schlucke. So schlecht sah es gar nicht aus.

„Eine Dusche", flüsterte ich leise. „Sie wird mir helfen, einen freien Kopf zu bekommen."

Ich warf einen kurzen Blick auf meinen Blazer, den ich noch immer trug, obwohl er mit getrocknetem Blut besudelt war. Auch meine Hände – ich hatte versucht, das Blut zu ignorieren und mir darüber keine Gedanken zu machen –, waren von der roten Flüssigkeit bedeckt.

Mir wurde augenblicklich schlecht, was meinen Magen dazu brachte, das Essen, nach dem er noch vor wenigen Minuten verlangt hatte, endgültig zu vergessen.

Mit kribbelnden Fingern öffnete ich die Tür des Badezimmers und stand vor dem größten, schönsten, mit Fliesen bezogenen Zimmer, das ich je erblickt hatte.

*

Neugierig blickte ich mich um, suchte zum zehnten Mal in den letzten Minuten eine Uhr und fragte mich, ob es wohl möglich war, dass ich hier, bereits seit Stunden sinnlos verweilte. Kurz nach den ersten Sonnenstrahlen war ich aus meinem überraschend ruhigen Schlaf aufgewacht, hatte mir erneut eine kurze Dusche gegönnt, saß seitdem auf dem Rand des Betts und wartete, bis irgendjemand mich holen kam. Natürlich hätte ich mich auch selbst auf die Suche nach irgendwelchen Informationsträgern gemacht, aber ich war mir sicher, dass ich mich verlaufen würde. Mein Orientierungssinn war nicht gerade der Beste und ich war felsenfest davon überzeugt, dass ich, wenn ich mich nun auf den Weg machen würde, nie wieder zurückfände.

Gelangweilt seufzte ich und strich mir meine Haare nach hinten. Ich war aufgeregt, fragte mich fast minütlich, was wohl auf mich zu kam. Was, wenn es sich um Drogen handelte oder um illegalen Waffenhandel? Aber weshalb sollte man jemanden wegen Drogen den Kopf abbeißen, das war doch völlig unsinnig.

So ein Quatsch!

Mein Blick haftete auf der Tür, während ich mir nervös auf die Lippe biss. Vielleicht handelte es sich gar nicht um illegale Aktivitäten, sondern um irgendetwas ... Gutes. Ja, gut. Es würde bestimmt etwas Wunderbares sein – das Menschen tötete.

Verdammt, jede meiner Ideen war so übertrieben, dass ich mir am liebsten gegen die Stirn geschlagen hätte. Fiel mir denn nicht etwas viel Einfacheres ein?

Die Tür öffnete sich und ich verwarf den schrecklichen Gedanken von blutigen Überresten bekannter Menschen und starrte zu meiner Freundin.

„Guten Morgen“, lächelte Cherry. „Wie geht es dir heute?“

Ich sprach innerlich dankbar ein Gebet, dass sie meine beste Freundin geschickt hatten und nicht dieses rothaarige, dämliche Mädchen. Zum Glück, ansonsten wäre ich aus Trotz nicht mitgekommen, auch, wenn ich unbedingt wissen wollte, was dort unten vor sich ging. Wenn wir überhaupt nach unten gingen. Vielleicht besuchten wir heute ein anderes, schönes Zimmer.

„Besser." Ich schenkte ihr ein aufrichtiges Lächeln, worauf sie plötzlich richtig erleichtert wirkte.

„Bist du mir noch böse?"

„Das kommt darauf an, was ich heute höre", antwortete ich, während ich mich erhob. „Deswegen bist du doch hier, oder? Du möchtest mich abholen."

Sie nickte, bevor sie nach meiner Hand griff. Dieses Mal blockte ich nicht ab, sondern verschränkte unsere Finger miteinander, was Cherrys Augen zum Leuchten brachten.

„Du brauchst wirklich keine Angst zu haben", lächelte sie, als sie mich aus dem Zimmer zog. Ich zeigte ihr mit einer kurzen Bewegung, dass ich verstand und die Bedeutung ihrer Worte annahm. Ob ich jedoch daran glaubte, war eine andere Geschichte. Immerhin wusste ich noch immer nicht, was hier los war und was mich erwartete.

Himmel, ich konnte meine Neugier kaum zügeln, fühlte mich gleichzeitig jedoch unheimlich schuldig.

Lass' es einfach auf dich zukommen, Sky, riet mir meine innere Lady und ich entschied, ihrem Rat Folge zu leisten.

Ohne, noch einen weiteren Gedanken daran zu verschwenden, ließ ich mich von meiner Freundin leiten und wurde zu einer Art Konferenzraum gebracht. Es ähnelte dem Büro meiner *ehemaligen* Chefin – fast wären mir die Tränen gekommen. Obwohl der Rest des Hauses, zumindest das was ich bereits gesehen hatte, recht alt gehalten wurde, schien dieser Raum die reinste Modernisierung darzustellen. Ein großer Fernseher stand in der Ecke.

Rechts befand sich ein rechteckiger Tisch, groß genug für die vielen Leute, die ich gestern *kennen lernen durfte.* Auf diesem standen verschiedene Laptops, iPads und andere Geräte, die ich nicht identifizieren konnte.

Cherry lachte genüsslich, als sie meinen Blick auffing.

„Ignoriere das ganze Zeug einfach, ja? Shawn hat es mal wieder überall liegen lassen, bevor er gegangen ist."

„Welcher Mensch braucht denn bitte vier Notebooks?"

Sie lachte, legte dann den Zeigefinger geheimnisvoll auf ihre pinken Mund und grinste: „Das ist ein Geheimnis."

Na, super. Noch etwas, das meine Neugier weckte und mich beschäftigen würde. Ich konnte die verschiedensten Theorien in meinem Kopf gar nicht erst erwarten.

Die Blondine zog mich in die hinterste Ecke des Raumes und setze sich mit mir an den Tisch.

„Wo sind die anderen?“, erkundigte ich mich, woraufhin sie mit einem Nicken auf die Tür deutete. Augenblicklich öffnete sie sich und Koen war der Erste, der das Zimmer betrat. Fest biss ich mir auf die Lippe, als ich ihn zu mustern begann. Er trug eine lange, schwarze Armeehose, deren Ende in schwarzen Stiefeln steckte. Obwohl das dunkle Muskelshirt nicht mit der Hose übereinstimmte, sah er zum Anbeißen aus. Da seine Schultern nun nicht mehr bedeckt waren, konnte ich gut die vielen Tattoos sehen, die seinen Körper zierten. Als auch der Rest der Bande eintrudelte, stellte ich überrascht fest, dass fast jeder der Männer verschiedene Tattoos trug. Nur Ames, der kleine Blonde, schien sich nicht unter die Nadel gelegt zu haben. Im Gegensatz zu Gerrit, der sich selbst den Hals hatte verschönern lassen. Das musste fürchterlich weh getan haben.

„Guten Morgen“, strahlte die Blondine, die - ich hätte das vor einem Richter geschworen - gestern keine braunen Strähnen in den Haaren gehabt hatte. „Mein Name ist Scarlett und ich hoffe, du konntest letzte Nacht etwas entspannen. Du sahst fürchterlich aus.“

Wer würde denn bitte nach all dem, was ich gestern durchmachen musste, noch halbwegs gut aussehen? Am liebsten hätte ich ihr einen bösen Blick zugeworfen, zwang mich jedoch dazu, neutral zu handeln.

Voller Elan setzte sie sich auf die andere Seite von mir und brachte Koen zum Knurren.

„Komm‘ runter, Kleiner“, kicherte sie und zeigte auf die freie Fläche zwischen uns. „Wenn es dich beruhigt, bleib‘ hier stehen.“

Und das tat er auch. Koen lehnte sich cool gegen die Wand, während er nahe bei mir stand. Seine Art verwirrte mich. Wieso benahm er sich plötzlich wie ein Wachhund, als wäre ich etwas, dass man beschützen musste? Nicht, dass ich diesen Schutz nicht zu schätzen wusste, obwohl ich mir nicht sicher war, ob ich ihn hier überhaupt benötigte.

„Hey, Kleine. Ich hoffe meine Freunde haben dich nicht allzu erschreckt“, erklang plötzlich eine bekannte Stimme, die mich entsetzt zusammenfahren ließ.

„Derek?“, spuckte ich völlig überrascht.

Talisha verdrehte ihre Augen, bevor sie es sich auf der Couch bequem machte. Cole gesellte sich zu ihr, was dem Mädchen jedoch nicht zu passen schien. Sie fauchte, was er einfach ignorierte, bevor er sie in den Arm nahm und dafür einen Schlag auf den Hinterkopf kassierte. Er konnte nicht anders als zu lachen, obwohl Talisha unglaublich wütend aussah.

„Schön, dich wiederzusehen“, lächelte Derek. „Sorry für die Unannehmlichkeiten.“

Ich fühlte mich wie im falschen Film. Zuerst wurde ich von irgendwelchen Freaks entführt und nun musste ich bemerken, dass meine engsten Bekannten ebenfalls zu diesen Typen gehörten. Was kam als Nächstes? Lebte mein Vater und würde jede Minute aus seinem Versteck springen und Überraschung brüllen?

„Oh. Sie ist wohl noch immer geschockt", bemerkte Scarlett, während sich ihr Lächeln jedoch vergrößerte. Offenbar wollte sie mir damit das Gefühl geben, dass ich mich wie zu Hause fühlen sollte, was jedoch das Gegenteil in mir auslöste.

„Nein, mir geht es gut", versicherte ich mit harter Stimme.

„Gut", schmunzelte Ames. „Das erleichtert uns das Ganze. Also Leute. Mit was fangen wir an?"

Die Blondine neben mir ergriff das Wort, während Gerrit ihr einen fragenden Blick zuwarf.

„Wir müssen auf jeden Fall ihr Blut untersuchen. Ich habe einen Zauber ermittelt, mit dem wir die Töchter finden können. Sobald ich etwas von ihrem Blut habe, finden wir die anderen."

Im Augenwinkel konnte ich Talisha zucken sehen, was mir jedoch im Moment nicht sehr seltsam erschien. Seltsam war etwas vollkommen anderes. Mir war auf Anhieb klar, dass sie von meinem Blut sprachen, das sie für irgendeinen Hokuspokus verwenden wollten, was ich wiederum noch seltsamer fand. Dieses Mal schob ich den Gedanken von mir, ob sie wirklich an all dieses mystische Zeug glaubten, denn nach allem, was ich die letzten Tage miterleben musste, war ich mir endlich sicher, dass es dafür keinerlei Antworten gab, die irgendwie logisch klangen. Auch, wenn es gegen alles war, an das ich jemals geglaubt hatte. Ich lebte Tag für Tag im selben Rhythmus: Siehst du etwas, existiert es.

Im Nachhinein betrachtet eine idiotische Idee, schließlich wurden meine Eltern von etwas umgebracht, was ich gesehen hatte, mich daran aber nicht mehr erinnerte. Warum traf ich so oft auf den Tod, der mir jedes Mal aufs Neue klarmachte, dass die Welt grausam war.

Solange du ihm nicht persönlich in die Augen blickst, sollte alles gut sein, scherzte die innere Lady, worüber ich aber ganz und gar nicht lachen konnte.

„Klingt recht einfach", kommentierte der dunkelhäutige Mann. „Aber ..."

„Du bist immer so pessimistisch, Logan", grummelte Ames, bevor sein Kamerad den Satz vollenden konnte. „Denken wir doch einmal etwas positiver. Wenn Scar sagt, dass sie das kann, dann kann sie das. Eigentlich solltest du wissen, wie talentiert sie ist."

„Ich behaupte nicht, dass sie falsch liegt", antwortete Logan entnervt, „aber der Rat hat diese Möglichkeit bestimmt ebenfalls in Betracht gezogen und du weißt so gut wie jeder andere, dass sie mehr Magie besitzen als wir. Eine Hexe gegen einen Tausendjahre alten Rat? Wer zieht da den Kürzeren?"

Ames blieb stumm, als wisse er, dass Logan vollkommen richtiglag. Gut, selbst für mich als Außenstehende klang das ziemlich unglaubwürdig. Zehn gegen einen war eben nicht fair, egal, wie viel Power derjenige auch haben sollte.

Moment! Woher wusste ich, dass der Rat aus zehn Personen bestand?

Etwas skeptisch musterte ich das blonde Mädchen. War sie wirklich so stark, wie es Ames zu glauben wagte? Sie sah für mich nicht sehr gefährlich aus, eher im Gegenteil. Für mich schien sie wie eines der Mädchen, die in Filmen immer den Kürzeren zogen. Sie wirkte wie ein leichtes Ziel, das man schnell und leise erledigen konnte.

„Ich lege mich gerne mit allen aus dem Rat an, wenn es sein muss", grinste sie siegessicher, bevor Gerrit an ihre Seite schritt, seine Hand auf ihre Schulter legte und seine Finger tief in ihr versenkte. Jedoch schien sie das nicht sonderlich zu stören – die anderen ebenso wenig.

„Das wirst du nicht", versicherte er ihr. „Alleine gehst du nirgendwo hin."

Ich schluckte, bevor ich meine Lungen mit Luft füllte und zum Sprechen ansetzte. Mir war egal, dass man mich erneut anstarren würde, doch ich musste endlich loswerden, was ich zu sagen hatte. Ich verstand nämlich überhaupt nichts von dem, was jeder Einzelne von sich gab und das machte mir Angst.

„Äh. Ich will ja wirklich nicht stören", eröffnete ich das Gespräch mit meiner *gnadenlosen* Ironie, „aber was wollt ihr jetzt genau von mir? Soll ich euch als Blutspender dienen und mich als Versuchskaninchen zur Verfügung stellen?"

Die Blicke wanderten zu mir und brachten das komische Gefühl zurück, das sich nun in meinem Magen einnistete. Ich hatte genau gewusst, dass sie mich so ansehen würden. Innerlich verfluchte ich mich, nicht, weil ich die gesamte Aufmerksamkeit auf mich zog, sondern weil ich meine erste Frage nicht durchdachte. Es interessierte mich doch gerade am aller wenigstens, ob sie mich für irgendwelche Zwecke missbrauchen wollten. Ich wollte endlich wissen, was gestern passiert war und was ich damit zu tun hatte.

„Nun ...", begann Talisha grinsend, doch Koen hob warnend seine Hand.

Sie seufzte und stützte ihr Kinn in ihrer Handfläche, bevor sie den Blick abwandte und so tat, als hätte sie sich niemals für dieses Gespräch interessiert. Nicht, dass sie vorher Interesse gezeigt hätte, es schien eher, als wäre es für sie eine Qual, hier zu sein.

„Wir werden dich auf keinen Fall als Versuchskaninchen benutzen", versicherte mir Cole. „Dazu bist du viel zu wichtig."

„Das verstehe ich nicht", rief ich laut, worauf ich errötete und meinen Ton wieder senkte. „Ich bin doch nur ein einfaches Mädchen. Ich arbeite als Sekretärin. Was soll an mir wichtig sein?"

Gearbeitet hat. Am liebsten hätte ich die innere Lady dafür geschlagen.

Scarlett warf ihren Kopf in den Nacken und blickte zu Gerrit, der nur kurz nickte.

„Gut", seufze sie. „Pass auf. Aaron, bitte."

Der grimmig dreinschauende Mann nickte, bevor er eine Rolle Pergament aus seiner Jackentasche zog, wie auch immer sie dort Platz gefunden hatte, und legte sie auf den Tisch. Anschließend packte er die Notebooks vom Tisch und legte sie auf ein Regal, das neben der Couch seinen Platz fand.

Scarlett hob ihre Hand und ließ sie über dem Papier kreisen, bevor es sich von selbst öffnete und sich vergrößerte, bis die Hälfte des Tisches eingenommen war. Ich schluckte. Okay, wenn die Situation zuvor nicht schon komisch genug gewesen wäre, dann erreichte sie nun ihren Höhepunkt.

„Hexe", rutschte es mir heraus, bevor ich es verhindern konnte.

„Ja, aber der Ausdruck Magierin gefällt mir besser. Doch nenn' mich ruhig, wie du magst."

Für einen Moment leuchtete das Pergament in einem hellen Blau, bevor das Glühen verschwand und Scarlett ihre Hand wieder zwischen ihre Schenkel presste. Obwohl das Szenario mich erschrecken sollte, hegte ich mehr Interesse an dem alten Stück Pergament. So etwas hatte ich zuvor nur in Museen gesehen und selbst dort waren sie nie so groß gewesen. Man hatte sie lediglich ausrollen können. Die schwarze Schrift, die das Pergament zierte, brauchte ich gar nicht erst versuchen zu entschlüsseln. Es war in Schriften und Zeichen verfasst, die ich nicht einmal annähernd identifizieren konnte.

„Das ist die Sprache der Engel", erklärte Koen, der meinen Unmut zu fühlen schien. „Es ist so etwas wie eine Prophezeiung oder, wie du es vermutlich nennen würdest, Tagebucheintrag."

„Wenn sie von einem Engel stammt", murmelte ich nachdenklich. „Dann ... ihr seid Engel?"

Cole und Ames begannen, laut zu lachen, was mir eine dunkle Röte in die Wangen trieb, die sich langsam über die Nase ausbreitete. Was war daran denn nun so lustig?

„Um Himmels willen, nein", gluckste Ames. „Heutzutage ist ein Vampir zu sein vielleicht nicht die beste Option, aber es ist immer noch besser, als zu den Wolkenfressern zu gehören."

Ihre Reaktion verwirrte mich. Ich versuchte, einen kühlen Kopf zu behalten und über das nachzudenken, was sie mir vor die Füße warfen.

„Aber sind Engel nicht äh ... wie nennt man sie ... Geschöpfte des Himmels?"

Koen rollte mit den Augen, fast so, als sollte ich die Antwort darauf bereits kennen.

„Das sind sie", spottete Talisha, die sich uns wieder zuwandte. „Ansonsten würde man sie nicht einen Engel nennen oder wen stellst du dir vor, der ansonsten dort oben wohnen sollte?"

Koen knurrte bedrohlich, wovon sich die junge Frau jedoch nicht beeindrucken ließ.

„Ich warne dich, Tal. Du weißt, was dir blüht, wenn du nicht bald damit aufhörst."

„Es reicht. Alle beide", beendete Gerrit das Ganze, bevor er sich zu mir drehte.

„Engel sind meist weise und hilfsbereite Wesen, die versuchen, die Menschenwelt von der Welt der Untergrundgemeinschaft zu trennen und die Sterblichen zu schützen."

„Das sind die Wesen, die oberhalb der Hölle wohnen", erklärte Ames schnell, bevor er Gerrit fortfahren ließ.

„Sie kümmern sich um das Gleichgewicht dieser Welten und das Leben der Menschen. Greifen beispielsweise Werwölfe Menschen an, werden sie Strafen verhängen oder diejenigen in die Unterwelt zurückbringen."

„Nun ja. So war es früher einmal", grummelte Talisha und weckte Neugier in mir. Augenblicklich vergaß ich, was ich eigentlich wissen wollte. Die Informationen über Engel zogen mich in ihren Bann, sodass ich nicht einmal daran zweifelte, dass sie existierten.

„Früher?"

„Die Engel waren es leid, für jede Kleinigkeit gerufen zu werden", sagte Aaron, der die Arme vor der Brust verschränkte. „Deswegen gründeten sie den Rat der vier Kreise. Sie wählten jeweils zehn Geschöpfe, die die jeweiligen vier Gruppierungen schützen sollten."

„Hexen, Werwölfe, Vampire und Dämonen", vervollständigte Cherry ihn.

Gerrit schnaufte: „Nun gibt es von jeder Gruppe zehn auserwählte Mitglieder, die das Wohl der Menschen schützen und das Wohlergehen ihresgleichen aufrechterhalten sollen."

„Aber?", es war nur ein Flüstern, das meine Lippen verließ.

„Sie sind Arschlöcher, sagen wir es mal so", grunzte Ames, lehnte sich erneut zurück. „Die Hexer sind am schlimmsten. Diese eingebildeten Wichser denken auch, sie können dank ihrer Position, machen, was sie wollen."

„Und was hat das nun mit mir zu tun?", erkundigte ich mich herrisch. Ich wollte endlich wissen, was los war, nicht die Geschichte dieser ... dieser *Dinger* hören.

„Entspann' dich, okay?", riet mir Cherry. „Es ist nicht so schlimm, wie du vielleicht glaubst."

„Und was hat es nun mit diesem Pergament zu tun?" Dieses Mal zügelte ich meine Stimme.

„Fangen wir am Anfang an", lächelte Gerrit. „Weißt du, wer Lilith ist?"

Ich schüttelte meinen Kopf. Mir lag eine Idee auf der Zunge, doch ich behielt sie für mich. Ich glaubte, diesen Namen bereits einmal in einem Buch gelesen zu haben, damals in der Schule. Außerdem hatte mein Vater über sie gesprochen, doch es zu lange her, um mich an seine Erzählungen zu erinnern. Handelte es sich dabei nicht um irgendeine Gestalt, die Adam früher Flausen in den Kopf setzte?

„Sie ist die Dämonenkönigin", seufzte Koen leise. Er wirkte auf einmal unheimlich müde.

In meinem Kopf ertönte das laute Geräusch, das erklang, wenn man in einer Castingshow die falsche Antwort gewählt hatte. Mit meiner Idee lag ich um Ecken daneben.

„Ich erkläre es dir", lächelte Scarlett, als die Männer keine Anstalt machten, weiterzusprechen. Die *Hexe* hob erneut ihre Hand und fuhr mit dem Zeigefinger über die dunkle Schrift. Graues Licht erhob sich, bevor sich die Linien von dem Pergament in die Lüfte erstreckten. Sie zeigten jedoch nicht die verschnörkelten Striche und Bilder, dich ich zuvor gesehen hatte. Die schwarzen Fäden zogen sich zusammen und zeigten eine wunderschöne Dame. Ich hatte nie jemand Hübscheren erblickt.

„Das ist Lilith", erklärte Scarlett, als sie meinen fragenden Blick erhaschte, „einst, vor Hunderten von Jahren, herrschte sie über die Unterwelt und regierte die Geschöpfe, die du Fabelwesen nennst. Sie herrschte klug und die Engel glaubten, Lilith in die richtige Spur gelenkt zu haben. Doch sie hatte die Idee, die Welt der Menschen und die Unterwelt zu verbinden und aus zweien, eine zu machen."

„Glaub' mir", murmelte Cherry, woraufhin Scarlett sie mürrisch anfunkelte. „Das wäre ein Desaster. Es gibt Wesen, die sich an dem Leid anderer ergötzen. Sie auf die Menschen loszulassen, wäre das Schlimmste, was man machen könnte."

„Sie hegte einen Plan, der den Untergang der Engel bedeutete. Das konnten diese jedoch nicht zulassen und schickten den Rat der vier Kreise, um Lilith und ihre Untergebenen zu stoppen. Sie suchten sie in dem größten Palast, der in ihrem Reich erbaut wurde, und befahlen ihr, diese Dummheit zu beenden, bevor sie Konsequenzen daraus ziehen mussten. Skylar, du musst wissen, Lilith ist nicht schwach. Sie weiß, wie man mit Feinden umgeht und deswegen wollten die Hexer einen Krieg vermeiden und den friedlichen Weg einschlagen. Jedoch hatte Arcor, der Stärkste unter allen Hexern, eine andere Idee. Er wollte sie für immer von ihrem rostigen Thron stoßen und ihre Herrschaft beenden. Lilith wusste natürlich, was er plante und ließ heimlich ihre Armee wachsen und gedeihen, bis plötzlich ein ganzes Menschendorf von ihren Untertanen getötet wurde. Sie wollte ihre Macht demonstrierten, zeigen, dass sie gefürchtet werden musste. Das bedeutete die Höchststrafe. Die Hexer waren sich im Klaren, wie sehr Lilith sich selbst liebte, und nahmen ihr das, was sie niemals verlieren wollte. Den Thron und ihre Schönheit. Sie verfluchten die Königin, auf dass sie bald in die hinterste Ecke der Hölle verbannt werde, ohne jemals einem Mann in die Augen blicken zu können. Damit trafen sie ihren wunden Punkt und da Lilith nicht wusste, wann genau sie dem Ende ins Gesicht blicken würde, verlor sie ihren Verstand."

„Sie wurde verrückt?", fragte ich erstaunt und die Blondine nickte.

„Vollkommen, wenn du mich fragst. Nichtsdestotrotz war sie die Königin dieses Reiches und diesen Platz wollte sie sich um keinen Fall wegnehmen lassen. Sie verführte den stärksten Dämon unter ihren Reihen und gebar daraufhin drei Kinder. Alles Töchter."

„Moment", unterbrach ich sie ein weiteres Mal. „Ich dachte, sie sei von diesen Hexern verflucht worden. Eine Schwangerschaft dauert neun Monate. Wie soll sie da drei Kinder bekommen haben?"

Cherry kicherte, worauf Koen belustigt seine Brauen hob.

„Es war eine Frage der Zeit", antwortete Scarlett mit einem Lächeln auf den Lippen. „Arcor wollte sie leiden sehen und gab ihr so viel Zeit wie möglich. Manche behaupten sogar, dass dieser Zauber niemals gesprochen und das alles nur eine Täuschung gewesen war."

„Und dann?"

„Karda, die Geliebte von Arcor und ebenfalls Mitglied des Rats, schenkte dem Plan jedoch nicht so viel Vertrauen wie die anderen. Also suchte sie erneut die Unterwelt auf und erblickte die Töchter Liliths. Sie hatte den Plan ihrer Feindin sofort durchschaut. Lilith hatte ihre Kräfte, ihre Gaben, all ihre Weisheit, an die Mädchen vererbt, um ihnen zu ermöglichen, die gefallene Dämonin wieder ins Leben zu holen. Karda rief den Rat der Hexer zusammen und bevor Lilith die Mädchen in Sicherheit bringen und irgendwer zu ihrer Rettung eilen konnte, sprachen die Hexer den Zauber *erneut* und brachten Lilith hinunter in den Teil der Hölle, in dem sich niemand aufhalten wollte. Nur Hades, der Hüter dieses Reichs, und Satan höchstpersönlich genießen diesen Teil des Gebiets, denn dort lauert nichts mehr als Schmerz, Folter und Tod."

Ich schluckte. Das klingt nicht gerade nach einem Ort, an dem man sich wie zu Hause fühlen könnte.

„Damit Lilith nicht auferstehen konnte, nahm man den Mädchen die Erinnerung und legte sie ewig schlafend auf steinerne Tische, die in der Menschenwelt tief unter der Erde versteckt waren."

„Warum?“, platze es aus mir heraus. „Das ergibt doch keinen Sinn.“

„Hexen wurden im Reich der Menschen erschaffen“, erklärte Cole. „Dort ist ihre Macht am stärksten, da sie die Kraft der Erde nutzen können. Also versteckten sie die Kinder dort, wo sie sie am besten beschützen konnten.“

„Das hat jedoch nicht so gut geklappt“, seufzte die Hexe. „Ein junger Mann, damals glaubte man, er sei ein Halbgott, half nach einem Erdbeben den Schutt zu transportieren und entdeckte dutzende Höllenhunde, die den Eingang bewachen sollten. Er tötete die Tiere und fand die Schwestern. Als er in das Gesicht der Jüngsten blickte, verliebte sich in ihre schlafende Gestalt. Von da an versuchte er alles, um sie wieder ins Leben zu rufen.“

„Aber ich dachte, sie waren Kinder. Er verliebte sich in ein Kindesgesicht?“

„So darfst du das nicht sehen“, gähnte Cole. „So etwas war den Leuten früher egal und da er unsterblich war, hätte er wohl gewartet, bis sie alt genug ist.“

„Unsterblich ...“

„Daher auch der Glaube, dass er ein halber Gott sei. Selbst Herkules war nichts anderes als ein Dämon, der seine Kräfte jedoch für das Gute eingesetzt hat.“

Gerrit lockerte endlich den Griff, den ich fast vergessen hatte und setzt sich neben die Blondine. Sie schnappte nach seiner Hand, fuhr über jeden einzelnen Knöchel und küsste anschließend seinen Daumen. Sie sah ungewöhnlich glücklich aus.

„Liebe ist eben sehr stark“, Talisha begann, aufzustöhnen und verdeckte ihre Augen. „Der Mann suchte viele Jahrhunderte nach einer Lösung, bis er schließlich eine Hexe fand, die ihm seine Antworten schenkte. Es war nur ein einziger Tropfen der Mondblume nötig und schon würde sie ihre Augen öffnen. Nach der langen Suche fand er die Pflanze und ließ das Baby die Tropfen trinken, entschied sich aber dazu, ihre Schwestern schlafen zu lassen.“

„Wie gemein!“

Cole lachte auf, während Ames ein Kichern unterdrückte. Peinlich berührt senkte ich mein Haupt.

„Er schaffte es“, säuselte Scarlett, bevor ihr Lächeln verblasste. „Aber der Rat hörte von dem Verrat der Hexe und stellte sich ihm in den Weg. Sie sahen sich einen kurzen Moment, bevor die Hexer ihn verschwinden ließen. Arcor beschloss, dass dieser Fluch nicht das Richtige für die Mädchen sei und ließ auch die anderen beiden einen Tropfen der Mondblume zukommen. Sie entschieden, die Schwestern zu trennen und sie in verschiedenen Städten unterzubringen. Karda nahm ihnen erneut die Erinnerungen und anschließend auch die Unsterblichkeit. Zumindest hatte sie das vor, bis man bemerkte, dass es nicht funktionierte. Man konnte die Unsterblichkeit für eine unbestimmte Zeit aufhalten, aber nehmen konnte man sie ihnen nicht. Sie entschlossen sich, die Schwestern aufwachsen und sie eines natürlichen Todes sterben zu lassen, sodass sie aus dieser Welt verschwinden würden. Lilith würde niemals zurückkehren können."

Das Bild veränderte sich und zeigte auf einmal Koen, Aaron und Cole. Erschrocken weiteten sich meine Augen. Was bedeutete das denn nun?

„Doch alles hat einen Haken. Und unserer sind die hübschen Männer hier. Sie sind Nasga – das bedeutet Hüter. Sie wurden aus ihrem früheren Leben gerissen und von Engeln gekennzeichnet. Sie sind für euren Schutz zuständig. Drei Schwestern – drei Hüter."

Mein Mund wurde trocken. Mein Gehirn ratterte und ich erwartete einen Crash in meinem Verstand, der mein System zum Abstürzen bringen sollte. Das waren zu viele Informationen auf einmal, sodass ich vergaß, die richtige Frage zu stellen.

„Ich ... Ich versteh nicht richtig."

„Weißt du, warum diese Dämonen hinter dir her waren? Warum dich dieser Mann in der Gasse gebissen hat?"

Ruckartig griff ich mir an die Bisswunde, die sofort zu prickeln begann.

„Wird eine Schwester von dem bösen Gift infiziert, das verschiedene Arten von Dämonen und Vampiren in sich tragen, aktivieren sie die roten Blutkörperchen in deinem Körper und färben sie schwarz. Skylar, sie wecken das königliche Blut Liliths und machen dich unsterblich."

Scarlett sah mich eindringlich an, als erhoffte sie sich irgendeine neue Reaktion von mir. Ich wollte fliehen, mir diese Fantasie aus dem Kopf schlagen und das Gehörte wieder vergessen. Ich ... unsterblich ... das klang so bescheuert und unwirklich!

„Soll ... Soll das bedeuten ...?", stotterte ich, obwohl mir die Antwort bereits bekannt war.

„Ja. Verstehst du nicht? Du bist eine von uns, eine Tochter Liliths. Deswegen sind sie hinter dir her. Sie haben dich ausfindig gemacht. Desto älter du wurdest, desto mehr rochst du nach einem vollwertigen Dämon. Deswegen haben wir im Dunkel gesessen und dich beobachtet."

In mir brach alles zusammen. Das Wissen, das ich gerade erhalten hatte und das Wissen, was ich dachte, gewusst zu haben. Wäre das eine Geschichte, hätte ich sofort Geld dafür hingelegt, aber das ... Es konnte nur ein Scherz sein. Nein. Wo versteckten sie die Kameras? Gehörte das zu einer beschissenen Fernsehsendung?

Ich erblickte noch immer das Bild der Männer vor mir, wie ihre Körper, umfangen von schwarzen Linien, leicht hin und her schwebten. Das war sicher kein Trick.

Gott, wollten sie etwa darauf hinaus, das Koen *mein* Hüter war?

„Du bist verrückt", stotterte ich leise. „Verrückt!"

Cherry musterte mich sanft: „Sky. Bitte, hör' uns noch einmal zu. Wir beweisen dir-"

„Nein! N-Nein."

Ich stand auf, stieß grob den Stuhl von mir und hastete um den Tisch herum. Mein Seelenspiegel erkannte nichts außer Leere, die meinen Kopf zum Schmerzen brachte. Hüter ... Dämonen ... Hexen.

So etwas gab es nicht. Nein. Früher hatte man mir Märchen erzählt. Aberglauben. Mehr nicht und nun wollte mir eine Bande von Freaks weismachen, dass ich die Tochter der schönsten Frau der Unterwelt sein sollte, die ganz nebenbei die Herrscherin dieser Welt war.

Deutlich vernahm ich die Stimmen der Anderen, das wilde Gefluche von Cherry, wie sie Talishas Namen schrie. Ich war mir nicht sicher, ob sie an diesem Blackout Schuld war oder die Realisierung, dass sie das alles vollkommen ernst meinten.

Ohne wirklich darauf zu achten, wohin ich ging, rannte ich die Flure des riesigen Hauses entlang. Dass meine Füße schmerzten und mein Herz unkontrolliert gegen meine Brust hämmerte, blendete ich einfach aus. Tränen sammelten sich in meinen Augen, als sich die Worte noch einmal in meinem Kopf materialisierten und wie ein Hörspiel von vorne begannen.

Als ich den Geruch von Papier in der Nase vernahm, stoppte ich und blickte mich mit verschwommenem Blick um. Ich hatte mich in eine Bibliothek verirrt. Mit langsamen, aber dennoch schweren Schritten bewegte ich mich vorwärts und suchte den Ausgang, den ich gerade durchschritten hatte. Aber ich fand ihn nirgends. Es schien, als wäre die Tür einfach zwischen den vielen Regalen und den abermals vielen Büchern untergegangen. Angst, die ich zuvor unterdrückt hatte, schwappte in mir auf, als hätte man mich zu lange kochen lassen und verdoppelte die salzigen Tropfen. Erschöpft. Ich fühlte mich ermüdet und kaputt, als ich auf die Knie sank und meine brennenden Augen mit meinen zittrigen Händen bedeckte.

Warum konnte ich nicht vollkommen normal sein und mein Leben leben, so, wie ich es für richtig hielt? Musste man so mit meinen Gefühlen spielen?

Ich spürte das Glühen in meinen Lungen und die fehlende Luft, die meinen Körper zum Keuchen brachte. Schlotternd krallte ich meine Fingerspitzen in meine Kopfhaut, bevor sie plötzlich entfernt wurden. Ich brauchte meinen verschleierten Blick nicht zu heben, um zu sehen, wer sich hinter den starken Händen verbarg. Koen hob mich vorsichtig in seine Arme, küsste meinen Haaransatz und wiegte mich wie ein kleines Baby sachte hin und her. Wimmernd blickte ich zu ihm hinauf und trotz der Nässe in meinen Augen erkannte ich seinen sanften Blick. Die Härte, die mir manche Male Angst eingeflößt hatte, war verschwunden. Etwas Zärtliches an ihm brachte meine Tränen zum Versiegen.

Auf einmal fühlte ich mich geborgen und gut aufgehoben.

„Du brauchst nicht zu weinen“, sprach er vorsichtig, hielt seinen Blick jedoch streng nach vorne gerichtet. Zitternd strich ich mit dem Handrücken über mein Gesicht und entfernte teilweise die feuchten Tränenspuren, die dort zurückgeblieben waren. Doch mein Blick blieb an meinem Träger hängen, der mir gerade alles andere als angsteinflößend vorkam. Koens Lippen waren leicht nach oben gezogen, als würde er nur für mich lächeln – um mich zu erheitern und meine Tränen vollkommen zu versiegeln. Es funktionierte.

„Koen.“

Es war nur ein Hauchen, das meine Lippen überraschend verließ. Die Kälte, die mich umschlungen hielt, wich und machte Platz für ein neues, aber dennoch altes Gefühl. Feuer entflammte in meiner Magengrube und verbreitete sich bis hinauf in meine Brust. Erneut spürte ich die festen Schläge meines Herzens, doch dieses Mal war es etwas anders. Ich genoss das drückende Gefühl, das meine Haut zum Kribbeln brachte und ein Prickeln in meinen Fingerspitzen auslöste.

„Wir sind da“, flüsterte Koen rau, ließ einen Schauer über meinen Körper fahren.

Ich war so sehr von ihm gefesselt, dass es mir total entgangen war, dass er mich zurück in mein Zimmer gebracht hatte.

Langsam legte er mich auf die weichen Laken. Sein großer, starker Körper bäumte sich über mir auf, während sein stechender Blick den meinen fand. Ich wollte wimmern, mich winden und dem drückenden Gefühl in mir endlich das geben, was es sich wünschte. Sein Gesicht war so nahe an meinem und ich wusste, dass es sein Atem war, der den Geruch von Kirschen verteilte. Er benebelte meinen Verstand, machte mich unfähig zu allem, was nun richtig gewesen wäre. Eigentlich sollte ich ihn wegdrücken, gereizte Worte an ihn richten und seine Hände von mir schlagen, doch ich konnte nicht. Nein, ich wollte einfach nicht. Zu schön fühlten sich seine einladenden Berührungen an.

Wohlig seufzte ich, während ich vorsichtig mit den Fingerspitzen über seine angenehm weiche Wange streichelte.

Er nannte meinen Namen, leise und so verführerisch. Ich konnte nicht widerstehen. Langsam hob ich meinen Kopf und legte meine Lippen sanft auf die seinen.

So schnell sich unsere Lippen getroffen hatten, so schnell löste ich ihren Kontakt auch wieder. Mit erröteten Wangen starrte ich Koen an. Der Nebel löste sich langsam, erlaubte mir zu denken.

„Es tut mir-“

Keuchend weiteten sich meine blauen Augen, als Koen nun derjenige war, der mich küsste. Doch es war anders als zuvor. Wilder. Stürmischer. Wohlig seufzend erwiderte ich seinen Kuss und spürte seine gierige Zunge, die um Einlass bat. Ich wusste nicht, wie mir geschah. Ohne darüber nachzudenken, gewährte ich ihm den Zugang und öffnete meine Lippen. Seine Zunge fuhr stürmisch in meine Höhle, während sie einen feuchten Kampf mit seinem Gegenstück forderte. Stöhnend legte ich meine Hände auf seine Schultern und krallte mich fest in den Stoff, der mir den nötigen Halt gab. Ein Wimmern verließ meine Kehle, als er den Kuss löste und mich für einen kurzen Moment anhob. Mit verschleiertem Blick musterte ich ihn, spürte seine Hand auf meinem nackten Bauch. Mein Shirt war einfach auf dem Boden gelandet, als hätte es schon immer dorthin gehört.

„Entspann‘ dich“, raunte er leise, als er meinen Unmut fühlte und wandte sich von meinem Mund ab. Seine Lippen legten sich auf meine Ohrmuschel, bis sie schließlich zu meinem Hals wanderten. Erneut entfloh mir ein Stöhnen und ich warf meinen Kopf in den Nacken. Es fühlte sich so gut an. Mein Griff festigte sich, als ich seinen Mund zwischen meinen Brüsten spürte.

Spätestens jetzt hätte ich ihn wegdrücken und ihn zum Teufel jagen sollen, doch die innere Lady entriss mir diesen Gedanken, genoss das Spielchen, das Koen mit mir trieb.

„O-Oh!“, keuchte ich laut, während ich ihn mit halb geschlossenen Augen beobachtete.

So hatte ich ihn zuvor noch nie gesehen. Seine Augen waren dunkel und ich konnte deutlich das erregte Funkeln in ihnen sehen. Wie gerne ich nun in ihnen versinken würde …

„Koen“, flüsterte ich und zerrte erneut an seinem Hemd. „Bitte.“

Ich wusste nicht, woher das Verlangen kam, normalerweise stand ich nicht auf One-Night-Stands. Eigentlich war ich ein Beziehungsmensch, der Sex erst nach mehreren Dates praktizierte, doch Koen ließ mich all meine Prioritäten in den Wind schießen.

Ich wollte ihn, jetzt!

Offenbar schien er genau zu wissen, worauf ich hinauswollte, denn er lachte leise und setzte seinen Weg fort. Seine Hände schienen plötzlich überall zu sein. Vor meinem inneren Auge erblickte ich Fesseln und wie er sich wild über mir aufbäumte – meine Beine fest um seine Hüfte geschlungen. Augenblicklich entflammte etwas in mir.

„Koen? Bist du da drin?“, erklang plötzlich eine männliche, mir fremde Stimme. Anschließend folgte ein lautes Klopfen. „Ich habe den Bericht, den du haben wolltest.“

Wie auf Knopfdruck stoppte Koen und blickte mich auf einmal vollkommen anders an als zuvor. Das Dunkle war aus seinen Augen gewichen und die Lust, die vor wenigen Sekunden noch in ihnen geflackert hatte, erloschen. Plötzlich raffte er sich auf, löste sich von mir und trat einige Schritte vom Bett zurück.

„Hallo? Talisha sagte mir, dass du hier bist."

„Ja, Shawn. Ich komme", antwortete Koen laut, schluckte und strich sich über die Lippen.

Langsam setzte ich mich auf, spürte noch immer das erdrückende Verlangen in mir und hauchte fragend seinen Namen: „Koen?"

Vorsichtig hob ich meine Hand und griff nach ihm, doch er reagierte nicht so, wie ich es erhofft hatte. Fast schon sprunghaft hastete er zur Tür und verschwand, ohne noch ein weiteres Wort mit mir zu wechseln.

Das kühle Gefühl kam zurück und es schien, als würde sich Eis auf meiner Haut ausbreiten und mich von innen heraus einfrieren. Schlotternd schlang ich meine Arme um meinen halbnackten Oberkörper und richtete mein Blick wieder auf die Tür, hoffend, dass er noch einmal zurückkommen würde. Aber das tat er nicht.

Ich verstand nicht, wieso ich mich plötzlich so ungewollt und verstoßen fühlte. Wir bedeuteten uns nichts, kannten nicht mal Hobbys der anderen und dennoch war mir zum Heulen zumute.

Da!, schon wieder schossen mir die Tränen in die Augen und als ich mich zurücklegte, zog ich die Decke über meinen halbnackten Körper. Schwach. Ich fühlte mich schwach, ausgenutzt und das, obwohl doch kaum etwas zwischen uns passiert war. Mein Herz brannte, als stände es in Flammen.

„Skylar. Ich habe hier etwas zu Essen für dich", hörte ich Scarlett vor meiner Tür rufen.

Sie wartete vergebens auf meine Antwort. Mir war der Appetit vergangen.

„Ich werde es hier stehen lassen", erklärte sie sanft. „Nimm es ruhig, wenn du es dir anders überlegst."

Dann vernahm ich ihre Schritte, die sich langsam von meinem Zimmer entfernten.

Ich wusste mir nicht mehr zu helfen. Plötzlich schien alles so wirr und durcheinander in meinem Kopf. Warum fühlte ich mich auf einmal so alleine, so verdammt einsam?

Dennoch sollte ich Koen danken, auch, wenn er fluchtartig verschwunden war. Trotz der wirren Erklärungen, die mir geliefert wurden, dachte ich nur an ihn und an das, was vor wenigen Momenten hätte sein können.

Fest biss ich mir in die Lippe, bevor ich die Decke an meine Brust zog und meine ermüdeten Lider schloss. Eine schwere Dunkelheit umfasste mich und auch, wenn ich in den letzten Tagen schlimme Dinge erleben musste und gesehen hatte, wie jemand vor meinen Augen sein Leben verlor, war der einzige Mann, den ich in meinen Träumen sehen konnte, Koen.

KAPITEL 7

Als mir jemand plötzlich die Bettdecke vom Leib riss, rüttelte es mich schlagartig aus meinem seltsamen, aber erotischen Traum und ließ mich wie ein verwirrtes Rehkitz durch die Gegend blicken. Keuchend hielt ich mir die Hand vor die Brust und versuchte, meinen schnellen Puls wieder etwas zu senken, während ich die Frau musterte, die mich alles andere als sanft aus meinen Träumen gerissen hatte.

Talisha hastete durch das Zimmer und zog mit einer schnellen Bewegung die Vorhänge auseinander. Ich wunderte mich, wer sie wohl geschlossen hatte, denn ich war mir sehr sicher, dass ich gestern nicht noch einmal aufgestanden war. Ein mürrischer Laut entfloh mir, als das helle Licht durch die Scheiben fiel und mich blendete. Mir gefiel die Dunkelheit momentan irgendwie besser.

„Jetzt beweg‘ doch endlich deinen faulen Arsch und steh‘ auf“, fauchte die junge Frau und schmiss die Decke, die sie mir gerade noch abgenommen hatte, über den Stuhl, der vor dem kleinen Tisch an der Wand stand.

„Geht das nicht netter?“, gähnte ich, bevor ich mich zu strecken begann. Irgendwie war es hier ziemlich frisch. War das Fenster etwa die gesamte Nacht offen gewesen?

„Nettigkeit muss man sich verdienen“, sprach sie laut. „Außerdem sehe ich keinen Grund, der Hure des Hauses mit Freundlichkeit gegenüber zu treten.“

Empört öffnete sich mein Mund, während ich die Dame beobachtete, wie sie hin und her wuselte, Klamotten zwischen ihre manikürten Finger zog und mir die Fetzen entgegenwarf. Was war ihr denn über die Leber gelaufen, dass sie mich so schlecht behandelte?

„Wie bitte?“ Zu mehr war mein Hirn in diesem Moment noch nicht im Stande.

Ihr Blick zeigte die Missbilligung, die sie für mich empfand. Sie strich mit den Fingern über ihren braunen, breiten Gürtel, der fest ihre Taille umschlossen hielt, und stemmte ihre Hände dagegen Sie trug ein helles, braunes Hemd, durch das man deutlich den schwarzen BH sehen konnte, der sich zwischen dem Spalt der Knöpfe zur Schau stellte. Ihre langen Beine wurden von schwarzen Leggins versteckt, während sie dazu Boots trug, die für mich den Anschein machten, als wären sie für eine weite Wanderung gemacht worden.

Ihr Blick bohrte sich in meinen Körper, verhakte sich dort, und machte den Anschein, als wollte sie mir durch ihre bloßen Gedanken Schmerzen zufügen. Talisha wurde mir immer unsympathischer.

„Wir haben dich nicht ins Hauptquartier bringen lassen, damit du dich gleich mit dem Nächstbesten vergnügst", fauchte sie bedrohlich. Erst jetzt realisierte ich, dass sie es auf mein fehlendes Shirt abgesehen hatte. Hastig griff ich nach einem Kissen und drückte es mir gegen die Brüste. Meine Ohren brannten vor Scham. Woher hätte ich gestern Abend auch wissen sollen, dass ich am Morgen gleich Besuch bekommen würde? Meine Gedanken waren ganz wo anders gewesen!

„Wir brauchen dich nicht als Koens Hure, verstanden? Du dienst einem Zweck, nichts weiter. Also halte dich zurück. Ich sehe es gar nicht gerne, wenn sich jemand an meinen Freunden vergreift."

Geschockt weiteten sich meine Augen. *Bitte was?*

„Jetzt mach' aber mal halblang!", forderte ich. „Ich bin weder eine Prostituierte-"

„Stimmt", säuselte sie, bevor sie ihre Finger vom Ledergürtel löste. „Prostituierte fordern Geld."

Ihre pinken Lippen verzogen sich zu einem breiten Grinsen, das ihre Zähne zum Funkeln brachte. Mit einem Mal drehte sie sich um und huschte zurück zur Tür, die die ganze Zeit offenstand. Bevor sie verschwand, drehte sie sich noch einmal zu mir herum.

„Nimm' eine Dusche, du müffelst."

Mit diesen Worten verschwand sie aus meinem Schlafzimmer und ließ die Tür hinter sich ins Schloss fallen. Kaum war ihre schöne Gestalt verschwunden, umschloss mich das Gefühl von Wut. Wie konnte sie es wagen, mich so schlecht zu behandeln, obwohl ich ihr nichts getan hatte?

„Ich kann sie nicht leiden", grummelte ich leise, bevor ich mich aus dem Bett schälte und mit den Klamotten, die sie mir vor die Füße geworfen hatte, ins Bad stolzierte. Trotz der Wut, die ich in meinem Bauch fühlte, spürte ich etwas anderes in mir. Scham, ebenso Verlegenheit.

Während ich mich unter die Dusche stellte und das Wasser auf meine Haut prasseln ließ – ich ging nicht duschen, weil Talisha mich beleidigte, sondern weil ich das angenehme Nass mochte und das Wasser meine gesamten Probleme für wenige Augenblicke wie von Zauberhand verschwinden ließ –, dachte ich an den vergangenen Tag.

Hure nannte sie mich, so etwas kann sie mir doch nicht einfach entgegenwerfen!

Leise stöhnend schloss ich meine Augen, bevor ich mit den Fingerspitzen über die kleine Wölbung auf meinen Brüsten fuhr. Dort hatte ich seine Hände gespürt, bis er schließlich seinen Mund eingesetzt hatte. Mir schien es, als würde ich seine Lippen noch immer auf meinem Hals spüren, wie seine Zähne über meine Halsschlagader gefahren waren und meinen Höhepunkt gereizt hatten, der schneller aufgekommen war, als ich es jemals für möglich hielt.

So schnell er gekommen war, war er jedoch auch wieder verschwunden. Ich hatte nicht das Glück gehabt, von diesem wunderbaren Genuss zu kosten, da der Technik-Freak Shawn aufgetaucht war. Er entzog mir Koen, wie einem Kind das Lieblingseis. Nur, das Koen offenbar gehen wollte, was meine Gedanken total durcheinanderbrachte. Warum war er einfach ohne ein Wort verschwunden? Wieso hatte er mich einfach liegen gelassen?

Vielleicht war ich nicht sein Typ, nicht, dass ich das sein wollen würde.

„Ach, verdammt“, fluchte ich leise, bevor ich begann, meine Haare zu shampoonieren.

Obwohl ich meine Gedanken von Koen wegschieben wollte, gelang es mir nicht. Immer wieder tauchte sein himmlischer Körper in meinem Kopf auf, beugte sich über mich und brachte meine Haut zum Glühen.

Keuchend schnappte ich nach Luft, als ich am Wasserhahn drehte und das kalte Wasser spürte, das die schmutzigen Fantasien von mir wusch. Als auch das letzte bisschen Schaum verschwunden war, stieg ich aus der Dusche. Anschließend griff ich nach einem Handtuch.

„Ich habe dir dein Frühstück gebracht“, erklang Cherrys lauter Ruf.

Ein Lächeln wanderte auf meine Gesichtszüge, als ich hastig zur Tür schritt.

„Danke! Ich bin wirklich … hungrig?“

Verwirrt sah ich mich um und als ich meine Freundin nicht erblickte, war ich mir sicher, dass sie wieder von dannen gezogen war. Offenbar war sie sich noch immer nicht sicher, wie sie mit mir umgehen sollte. Gut, das war auch meine Schuld. Schließlich hatte ich mich wie ein verwundetes Tier aufgeführt, das keine Hilfe annehmen wollte. Ich musste mich wirklich bei ihr entschuldigen. Ja, es war nichts Gutes, dass sie mich gegen meinen Willen festhielten und dass man mich für eine königliche Schwester hielt ebenso wenig.

Mit gerunzelter Stirn kehrte ich zurück ins Bad, nicht ohne noch den Duft von frisch gebackenen Brötchen aufzusaugen, ließ ich das Handtuch zu Boden fallen und griff nach den Klamotten. Während ich mir meine Unterwäsche anzog, konnte ich an kaum etwas anderes denken als an das köstlich riechende Frühstück, das mich auf der anderen Seite der Tür erwartete. Wenn ich nur daran dachte, wie lange ich schon nichts mehr zu mir genommen hatte, brannte mir der Magen.

Neugierig musterte ich die Kleidung, die mir Talisha mitgebracht hatte. Oh Gott! Das konnte ich auf keinen Fall anziehen. Die Hose bestand aus schwarzem, engen

Latex, was meinen Hintern wahrscheinlich noch größer erscheinen lassen würde, als er es sowieso schon war. Das Oberteil war jedoch noch viel schlimmer. Ich war mir sicher, dass sie mich damit nicht amüsieren wollte.

Wieso war mir das nicht schon zuvor aufgefallen? Ich probierte den Stoff an, bevor ich mich im Spiegel betrachtete.

„Ach du Scheiße." Das Shirt reichte gerade bis zu meinem Bauchnabel, was jedoch nicht ganz so schlimm war wie die Tatsache, dass der Ausschnitt so weit nach unten gezogen war, dass er die Hälfte meiner Brüste preisgab. Als ich mich kurz umdrehte, erkannte ich, dass auch der Rücken frei lag und von schwarzen Schnüren zusammengehalten wurde. Offenbar war das Talishas Auffassung von einem nuttigen Outfit. „Das kann doch nicht ihr Ernst sein!"

Mein Gesicht zu einer Grimasse verzogen, zog ich den Fetzen wieder aus und beförderte ihn in den Mülleimer. Das war Absicht von ihr gewesen, da war ich mir sicher.

Angewidert verließ ich das Badezimmer und ging zu dem Schrank, in dem Kleidungsstücke auf mich warteten, die man wenigstens in der Öffentlichkeit tragen konnte. Ich griff nach einer hellen Jeans, die eindeutig von Cherry stammte – ich erkannte sie an den kleinen Schmetterlingen, die an der Hüfte ihren Platz fanden – und einem grauen Tanktop, auf dem eine Fee abgebildet war. Es war vielleicht etwas kitschig, aber ich genoss den Unterschied zwischen süß und schlampig.

Seufzend warf ich mein nasses Haar nach hinten, bevor ich mich auf das Bett setzte. Sofort widmete ich mich dem Essen. Cherry hatte wirklich an alles gedacht. Pancakes, belegte Brötchen und verschiedene, klein geschnittene Obstsorten. Für meinen leeren Magen ein Festmahl. Vor allem, wenn man bedachte, dass ich in den letzten Tagen nur einen dämlichen Schokoriegel zu mir genommen hatte. Eindeutig zu wenig!

Ich gönnte mir ein ausreichendes Frühstück, bevor ich mich mit einem vollen Magen erhob. Man vernahm das leise Geräusch meiner nackten Füße auf dem Laminatfußboden, als ich das Zimmer verließ und durch einen der Gänge spazierte.

Eigentlich wollte ich auf meine Freundin warten oder auf irgendeinen anderen der mich nach unten begleiten würde, aber die Neugier, sowie die frisch gewonnene, gute Laune hatte mich dazu veranlasst, selbst nach den Bewohnern dieses Anwesens zu suchen und das, obwohl ich noch immer die Unruhe in meiner Magengrube spürte. Allerdings fühlte ich auch deutlich die Angst, die mir Talisha mit ihrer aufbrausenden Art gemacht hatte.

Mist, das wollte ich mir eigentlich nicht eingestehen, aber ja. Diese Frau machte mir mehr Angst als das ganze Gelaber von wegen böser Dämon und Töchter des Bösen.

Hastig schüttelte ich meinen Kopf, verdrängte die rothaarige Dame. Außerdem versuchte ich, mich auf den vor mir liegenden Weg zu konzentrieren. Ich hatte versucht, den gleichen Weg zu gehen, den ich gestern mit Koen genommen hatte. Dabei vergaß ich vollkommen, dass er mich gestern getragen und ich so gut wie nichts von dem Weg mitbekommen hatte.

Jedoch stellte sich dies als ziemlich schwer heraus, da ich plötzlich in einem Flur stand, den wir den gestrigen Tag nicht durchschritten hatten. Hier endete das Laminat und schwarze Kacheln breiteten sich auf dem Boden aus. Die Wände waren kahl. Es handelte sich um Marmor, der jedoch von komischen Zeichen geschmückt wurde. Neugierig trat ich auf die Kacheln, spürte sofort den kühlen Untergrund unter meinen Zehen. Die Kälte zog sich meinen Körper entlang, wurde von mir jedoch kaum wahrgenommen. Vorsichtig legte ich meine Hand auf das Symbol, zeichnete die Rundung mit dem Zeigefinger nach. Überraschenderweise war die Wand nicht kühl, sondern ziemlich warm. Ein prickelndes Gefühl umschloss meine Fingerspitzen, fuhr langsam hinunter zu meinem Handgelenk, bevor es sich in meinem Arm ausbreitete. Es fühlte sich unbeschreiblich schön an.

„Wow“, hauchte ich fasziniert und löste mich von der Wand, um einen Schritt weiterzugehen. Das nächste Symbol sah aus wie der Schädel eines Menschen, der mit vielen Verschnörkelungen verziert war. Erschrocken wich ich zurück, als das Zeichen plötzlich zu leuchten begann. Mit geweiteten Augen starrte ich auf meine Füße. Die Kacheln begannen zu vibrieren, bis sich Risse durch die kühlen Fliesen zogen.

„Was zum Teufel?“, rief ich erschrocken, als ich nach rechts auf eine ganze Kachel sprang, die jedoch ebenfalls zu zerbröseln begann. Als ich den Sprung wiederholen wollte, stockte ich plötzlich. Mein Körper gehorchte mir nicht mehr richtig und ein Blick zu meinen Füßen zeigte mir auch, warum. Kleine Eiskristalle bildeten sich auf meinen Zehen, die sich hoch zu meinem Schenkel arbeiteten. Ich schluckte, als ich fest auf meine Jeans schlug und versuchte, das Eis vom Stoff zu lösen. Doch das verschlimmerte nur alles. Kaum kam meine Hand mit dem hellen Zeug in Berührung, breitete es sich auch dort aus. Panisch versuchte ich erneut, meinen Körper zu bewegen. Die Faszination, die ich zuvor noch verspürte, verschwand wie auf Knopfdruck und verwandelte sich in wahnsinnige Angst.

„Hilfe!“, schrie ich, so laut ich konnte, obwohl es sich in meinen Ohren wie ein Flüstern anhörte. „Bitte hilf mir doch jemand!“

Ich spürte deutlich das Wackeln der Kachel, auf der ich stand. Die Seite der Fließe riss, während die Ecke bereits bröckelte. Gleich würde sie komplett zerbrechen.

Ängstlich schrie ich auf, als mich etwas grob am Arm packte und gegen die Wand drückte. Ames drückte mir seine Hand auf den Mund, bevor er mir einen beruhigenden Blick zuwarf. Seine Stimme klang sanft, fast schon zutraulich. Ein Lächeln ruhte auf seinem Gesicht.

„Alles ist gut. Ich werde die Hand jetzt wegnehmen, ja? Also nicht schreien."

Er tat, was er versprach, während ich den aufkommenden Schrei erstickte, indem ich ihn herunterschluckte.

„So ist es gut", lächelte er, bevor er sanft meine Schulter tätschelte. „Du hast mir echt einen Schrecken eingejagt. Was machst du denn ganz alleine hier?"

Der Schock zog sich bis in den kleinsten Knochen und doch schien er zu verblassen, als ich die freundliche Grimasse des jungen Mannes sah. Ich erwischte mich bei dem Gedanken, froh zu sein, Ames an meiner Seite stehen zu haben, wenn auch nur für einen klitzekleinen Moment. Mit seiner Anwesenheit war ich durchaus zufrieden, zudem unheimlich glücklich, dass niemand anderes gerade besser gewesen wäre. Dennoch brüllte ein Teil meines Verstands nach Koen. Obwohl ich mir nicht sicher war, wer oder was er war, spürte ich eine Art Vertrauen in Ames' Augen.

Ich erkannte deutlich den Unterschied zwischen Ames und den anderen, die ich kennenlernen *durfte.* Gerrits Augen waren hart, kühl und auch, wenn sie sich in der Nähe von Scarlett entspannten, waren sie nichts im Vergleich zu Ames' blauem Seelenspiegel, der mich an das offene Meer erinnerte, an das ich einmal gefahren war. Dieser Mann wirkte auf mich wie eine fröhliche, hinreißende Person, auch, wenn er aussah, als wäre er gerade erst der Oberschule entsprungen.

„Ich habe mich wohl verlaufen", gab ich errötend zu und spürte keinerlei Verlegenheit, als ich ihm mein kleines Problem erzählte. Es schien, als könnte ich ihm alles erzählen, was eindeutig an seinen großen, hellen Augen lag, in denen jedes Mädchen versunken wäre. Doch auch sein Lächeln zeigte seine Wirkung. Das sich dort zwei Fangzähne versteckten, realisierte ich gar nicht richtig. Ich genoss einzig alleine das warme Gefühl, das er ausstrahlte.

„Dass du nicht zum Picknicken hier bist, habe ich mir schon gedacht", witzelte der junge Mann und löste in mir ein wundervolles, flatterndes Gefühl aus, das ich sonst nur von Cherry gewohnt war. Es zauberte auch auf meine Lippen ein Schmunzeln.

„Du musst unter einem ziemlich schlechten Orientierungssinn leiden, wenn du dich hier in die dritte Etage verlaufen hast", gluckste Ames, worauf ich überrascht mit den Wimpern klimperte.

„Was meinst du damit? Ich bin keine einzige Treppe nach oben gegangen."

„Das liegt an dem Zauber, den Scarlett ausgesprochen hat“, sprach der Blonde, als würde es auf der Hand liegen. „Ich würde es dir gerne erklären, aber ich denke, das ist noch etwas zu hoch für dich.“

„Da bin ich mir sicher“, murmelte ich leise, worauf Ames mir einen leichten Klaps auf den Rücken gab. Eine freundliche Geste, die die ungewöhnliche Situation entschärfte.

„Du wirst dich schon bald in unsere Welt integrieren, keine Sorge. So schlimm ist das Ganze gar nicht. Wir übrigens auch nicht, Skylar.“

„Sag‘ mir bitte, wie du es geschafft hast, mich da raus zu holen. Ich möchte all die Dinge besser verstehen, weißt du, was ich meine? Das wäre doch schon mal ein Schritt in die richtige Richtung.“

Er schien überrascht, klatscht jedoch dann erfreut in die Hände.

„Gut. Siehst du die Lampe an der Wand?“ Ich nickte. „Es ist wie eine Art Mechanismus. Man betätigt den Hebel, in diesem Fall die Lampe, drückt ihn nach unten und es erscheint eine kleine Kachel mit einem Handabdruck. Jeder von uns ist berechtigt, die Falle zu lösen, sodass, wenn einer von uns seine Hand auf den Abdruck legt, der Zauber gestoppt wird. Ziemlich modern.“

„Oh, ich hatte etwas Spannendes erwartet. Gemurmelte Flüche, Rituale, vielleicht sogar eine geopferte Ziege.“

Ames lachte lautstark und schüttelte dabei seinen Kopf.

„Du schaust eindeutig zu viele Filme und nun komm. Man wartet auf uns.“

Während das Lächeln in seinem Gesicht noch größer zu werden schien, zeigte er mir mit einer lockeren Handbewegung, dass ich ihm folgen sollte. Das tat ich natürlich auch. Nicht eine Sekunde länger wollte ich in diesem komischen Flur verbringen. Neugierig drehte ich meinen Kopf zu Ames und musterte ihn. Er trug eine blaue Cordhose, die seinen Augen fast Konkurrenz machten und ein Sweatshirt mit einem Bullen als Aufdruck. *Chicago Bulls.* Offenbar war er Basketballfan.

Seine Hände hatte er locker in seinen Hosentaschen versteckt. Hätte ich ihn unter normalen Umständen irgendwo getroffen, würde ich ihn sicher nicht für ein übernatürliches Wesen halten. Nicht, dass ich bereits in meinem Alltag auf irgendwelche gestoßen wäre.

„Ich finde es ja echt angenehm, wenn mich hübsche Mädchen beobachten, aber ich bitte dich, das nicht vor Koen zu tun. Er kann recht eifersüchtig werden.“

Ertappt sprang ich einen Schritt zurück, worauf er lachend seinen Kopf in den Nacken legte.

„E-Es ist doch egal, was dieser Kerl will“, stotterte ich und verfluchte mich für die Röte, die sich nun in meinen Wangen sammelte. Obwohl ich noch immer dieses

Verlangen in meinen Lenden verspürte, wollte ich nichts von ihm wissen. Vor allem nicht jetzt.

Lüge! Gib doch zu, dass du ihn scharf findest!

Bevor weder Ames noch die innere Lady erneut das Wort erheben konnten, wechselte ich das Thema. Dennoch schaffte ich es nicht, meine roten Wangen zu verstecken.

„Was bedeuten diese Symbole, die dort an der Wand zu sehen waren?"

Ames' Gesicht schoss in meine Richtung. Das Lächeln war von seinen Lippen gewichen und hatte Platz für eine schmale Linie gemacht, was etwas bitter auf mich wirkte. Offenbar schien er zu überlegen, ob er mir die Wahrheit sagen oder einfach stumm bleiben sollte.

„Ich denke, das ist ebenfalls zu viel für dich", beschloss er plötzlich, was mich nicht überraschte.

„Versuche es", forderte ich Ames auf. „Ich bin stark genug, um auch das zu verkraften."

Die Grimasse kehrte auf seine Züge zurück, während er sich durch sein strubbeliges, blondes Haar fuhr. Erneut hing er seinen Gedanken nach.

„Ich weiß nicht."

Ein Summen durchströmte meinen Körper, füllte meine Adern mit Adrenalin und mein Gehirn mit Gedanken, von denen ich nie etwas geahnt hatte. Etwas in mir war nicht begeistert von seiner abweisenden Art. Bestimmt packte ich ihn an den Schultern und drehte ihn, sodass ich direkt vor ihm stand. Nun blickte ich in seine rehbraunen Augen.

„Verrate es mir", befahl ich. „Ich möchte wissen, was hier los ist. Zudem hast du doch selbst gesagt, dass ich mich integrieren soll und dazu gehört auch, etwas mehr über deine Welt zu erfahren."

Sein Blick bohrte sich in meinen, doch ich war nicht gewillt, nachzugeben. Wenn ich wollte, konnte ich wirklich stur sein. Plötzlich seufzte er.

„Nun gut", sagte Ames langsam. „Der Flur wurde von einer magischen Barriere geschützt. Normalerweise verläuft sich niemand in diese Etage, da sie nur für Derek und Shawn gemacht ist."

„Was meinst du mit *gemacht*?"

„Ich meine damit, dass die Zimmer in dem Gang ihnen gehören. Du musst wissen, Derek ist ein Werwolf, ein Warg. Er verwandelt sich bei Vollmond und die Runen, die du an den Wänden gesehen hast, helfen ihm, nicht den Verstand zu verlieren. Wird er zu wild und versucht, einen von uns zu verspeisen, brechen die Kacheln und schließen ihn in eine Art Kammer. Sobald der Rausch vergangen ist, wird automatisch die Magie aus der Kammer entzogen und Derek kann normal weitermachen."

Werwolf. Derek ist ein verfluchter Hund!

„Wenn er so gefährlich ist", überlegte ich. „Warum teilt dann Shawn den Flur mit ihm?"

„Es hilft, seine Schätze zu beschützen", lachte Ames. „Der Idiot liebt seine Waffen und ihm ist jedes Mittel recht, sie vor Dieben zu verstecken."

Offenbar, denn ich fand gerade keinen anderen Grund, sich mit einem Werwolf zusammenzutun. Vor allem, wenn dieser einmal im Monat einem Rausch verfällt, der seinen Zimmergenossen das Leben kosten könnte. Nun gut. Sie besaßen getrennte Zimmer, die mit einem Zauber geschützt wurden, aber trotzdem. Ich kannte mich schließlich nicht sehr gut damit aus.

„Ist dir das zu viel?", grinste Ames leicht spöttisch, während er seine Arme hinter seinem Kopf verschränkte. „Du wirkst etwas grünlich."

Schnell schüttelte ich mein dunkles Haupt, bevor ich ihm wieder ernst entgegenblickte. Ich wollte keine Schwäche mehr zeigen. Man sollte mich nicht für ein kleines Schulmädchen halten, das, sobald es ihn Spielzeug nicht finden konnte, in Tränen ausbrach. Vor allem Talisha wollte ich es beweisen, die mich für etwas Schrecklicheres als Müll hielt, auch, wenn ich keine Ahnung hatte, wieso.

„Mir geht es gut", versicherte ich. „Genug von dem Werwolf. Glaubst du tatsächlich, dass ich eine Tochter von Lilith bin?"

Er nickte sofort und musterte mich mit einem Blick, der mir deutlich zu verstehen gab, dass daran gar kein Zweifel bestand und er sich so sicher war, wie die Tatsache, dass er atmen musste.

„Wir haben jahrelang nach dir gesucht und nachdem du als Kind angegriffen wurdest, war uns klar, dass wir dich beschützen müssen."

„Moment!", keuchte ich und schnappte nach Luft.

Meine Brust hatte sich zusammengezogen und das Blut in meinen Venen pulsierte. Das was er mir zu sagen versuchte, trieb das Gefühl, flüchten zu wollen, nur noch mehr an und das obwohl ich mich gerade einer Stärke hingeben wollte, die ich nicht besaß.

Wir waren vor einer großen Doppeltür angekommen, die sich schnell öffnete und meinen aufkommenden Satz unterbrach. Zwei große Männer, einen von ihnen hatte ich am gestrigen Tag bereits gesehen, rannten stürmisch an uns vorbei, als wäre der Teufel hinter ihnen her. Irgendwo in meinem Kopf sammelte sich der Gedanke, dass das vielleicht sogar der Wahrheit entsprechen könnte.

„Logan! Shawn! Was zum Teufel wird das?", fauchte Ames, als er flink wie eine Katze aus dem Weg sprang. Jedoch reichten meine Reflexe nicht einmal annähernd an die seinen heran, sodass mich der größere von ihnen, wahrscheinlich Logan, mit den Schultern streifte und zum Taumeln brachte.

„Pass auf!“, murrte der Blonde, bevor er mich am Arm packte und etwas grob an sich drückte.

Er war von den beiden Ausreißern offenbar ebenso wenig begeistert wie ich. Wenigstens wurde er nicht von diesen breiten Schultern zurückgedrängt. Ich vernahm ein schnelles „Sorry“, bevor die beiden Männer hinter der nächsten Ecke verschwanden.

„Geht es dir gut?“, erkundigte sich Ames, der mich offenbar für Porzellan hielt und löste langsam den Griff. Jedoch nicht ohne noch einmal meinen Kopf zu heben und mich zu begutachten.

„Es geht ihr gut“, versicherte Koen verärgert, als er zu uns herantrat.

Augenblicklich sprang der Blonde zurück, löste die vorsichtigen Berührungen von mir und hob die Hände, als müsse er dem Großkotz beweisen, dass er mich nicht mehr anfasste. Was, zum Teufel, stimmte mit diesem Kerl nicht?

Ich hob meinen Blick und erhaschte für einen kurzen Moment Koens grimmige Miene, bevor er seine Augen auf den Kleineren richtete. Dieser murrte etwas Unverständliches, bevor er durch die geöffneten Türen schritt und sowohl mich als auch den Eisblock alleine ließ. Sofort verschwand die helle Sonne, die mich den ganzen Weg lang begleitet hatte. Jedoch nistete sich nun ein anderes Gefühl ein. Ein Kribbeln, das von einer Region gesandt wurde, die seit langem keine Männer mehr empfing.

Koen mustert mich, als wollte er irgendetwas sagen, doch es kam nichts. Er blieb stumm, während sein Blick mich zu durchbohren schien.

„Skylar!“, rief Cherry plötzlich und winkte mich zu sich.

Kühl ging ich an Koen vorbei und als ich erneut seinen Blick auf mir spürte, wagte ich es, meine Hüften schwingen zu lassen, während ich mich zu meiner Freundin gesellte. Cherry saß auf einer breiten, länglichen Ledercouch, auf der eine ganze Fußballmannschaft Platz gefunden hätte. Neugierig sah ich mich um. Wir befanden uns in einer Art Wohnzimmer. Überraschenderweise gab es hier keinen Fernseher, nur Regale mit verschiedenen Skulpturen, Statuetten und anderem Zeug, das ich nicht identifizieren konnte. Neugierig hob ich meine Braue, als ich eine Kristallkugel entdeckte.

Ein angenehmes Gefühl breitete sich in mir aus, als ich die Wärme des Feuers spürte, das in einem Kamin, der hinter der Couch aufgebaut war, loderte. Es fühlte sich richtig gemütlich an.

„Danke für das Frühstück“, lächelte ich Cherry an, die mich sofort in ihre Arme schloss.

„Gern geschehen. Du musstest ja am Verhungern gewesen sein.“

Fast. Aber das wollte ich ihr nicht sagen. Schließlich hatte ich jederzeit die Möglichkeit gehabt, mich zu stärken, zog es jedoch vor, in Panik zu verfallen und die Angst Oberhand gewinnen zu lassen.

„Das heißt, es geht dir heute besser?“, erkundigte sich Scarlett, die sich auf die andere Seite von mir setzte, mir jedoch genügend Freiraum gab, sodass ich mich nicht bewacht fühlte. Das funktionierte leider nicht, da Koen sich wie ein Soldat hinter mir an der Couch positionierte, als würde er darauf warten, sich auf mich zu stürzen, wenn es sein musste.

Das erinnerte mich an das, was Scarlett gestern erzählt hatte. Koen war ein Hüter und seine Aufgabe war es, die Schwestern zu beschützen – mich zu beschützen. Ich konnte mir das noch immer nicht richtig vorstellen und dass es sich in meinem Kopf nicht gerade richtig anhörte, machte es mir nicht leichter.

„Ja. Entschuldigt mein Benehmen“, murmelte ich verlegen, woraufhin die junge Frau lachte.

Gerrit, der gerade den Raum betrat, warf mir einen vielsagenden Blick zu. Ich konnte ihn nicht deuten, glaubte jedoch, dass er mir nicht ansatzweise böse war.

„Das muss es nicht“, meinte er trocken. „Es gab bereits schlimmere Reaktionen.“

Bevor ich mich nach diesen erkundigen konnte, betrat auch Talisha den Raum und ich schwor, Enttäuschung in ihren Augen aufblitzen zu sehen. Sie hatte wohl tatsächlich damit gerechnet, mich in diesem Fummel zu sehen, aber nicht mit mir! Das rothaarige Biest setzte sich etwas abseits ans Feuer, wo ich sie nicht unbedingt auf den ersten Blick sehen musste.

Ich spürte deutlich, wie Koen sich verkrampfte. Das Leder knautschte, als er seine Hand zur Faust ballte. Es versetzte mir einen Stich, dass er sich abweisend und doch so aufmerksam benahm. Ob beides überhaupt möglich war? Langsam hob ich meinen Blick und drehte mich etwas nach hinten – tat so, als würde ich mich neugierig umsehen – und betrachtete den gutgebauten Mann. Er trug dieselben Hosen wie am Vortag und ein T-Shirt, das sich fest über seine breiten Schultern spannte. Ich schluckte, als sich eines der Tattoos an seinem Hals bewegte.

War so etwas überhaupt möglich?

„Wie schön“, hauchte ich leise, drückte meine Lippen jedoch fest aufeinander, als er seinen Blick senkte. Seine braunen Augen hatten sich verdunkelt und das Funkeln, das ich gestern in ihnen gesehen hatte, war vollkommen verschwunden, wenn nicht sogar von der Dunkelheit verschlungen worden. Die Züge, die am Vortag noch so sanft und weich aussahen, verkrampften sich und zeigten mir die Härte, die man von einem Krieger erwartete.

Schnell drehte ich mich wieder nach vorne. Mein Herz pochte unerträglich laut, doch der schmerzhafte Stich fühlte sich viel schlimmer an. Warum benahm sich Koen so, als wäre nie etwas zwischen uns vorgefallen? Als wären all die Berührungen nur Lug und Trug gewesen? Mir kam es so vor, als würde ihm meine Annäherung gefallen und heute benahm er sich wie ein Fremder. Was sollte ich davon halten? Wäre Shawn nicht plötzlich aufgetaucht und hätte unser kleines Spiel unterbrochen, wäre er doch noch viel weitergegangen.

Verdammter Mist, wieso ärgerte mich sein Verhalten so sehr? Dieser Mann beleidigte und entführte mich und nun kümmerte es mich, ob er meinen Körper anziehend fand oder wegen dem Gegenteil aus dem Bett verschwunden war. Innerlich fragte ich mich, wieso Koen Shawn nicht weggeschickt hatte, um seinen Trieben nachzugehen. Er war schließlich auch nur ein Mann.

Was bildete ich mir hier eigentlich für einen Unsinn ein?

Unsicher krallte ich meine Finger in den Stoff meines Shirts.

Warum hing ich so an der Nähe dieses Mannes? Ich hatte ihn erst vor Kurzem kennen gelernt und wusste nichts über ihn. Nur, dass er in einer gruseligen Organisation arbeitete und mich, wenn es der Wahrheit entsprach, beschützen würde. Ansonsten war er mir vollkommen fremd und doch schaffte er es, meine Gedanken so zu benebeln, dass ich mit ihm ins Bett gesprungen wäre. Oh Himmel. Irgendetwas stimmte nicht mit mir. Seit wann wurde ich von solch einem Leichtsinn heimgesucht?

Cherry griff sanft nach meiner Hand, verschränkte sie mit ihrer und drückte leicht zu. Ihr Blick sagte alles. Offenbar schien sie genau zu wissen, mit was ich kämpfte und das, obwohl ich mir eigentlich um etwas ganz anderes Sorgen machen müsste. Wieso brachte mich dieser Mann dazu, all den Rest in Vergessenheit geraten zu lassen? Das konnte doch nicht normal sein!

„Also“, begann ich langsam, „was möchtet ihr nun von mir?“

„Das ist ganz einfach“, sagte Gerrit, der mir einen entspannten Blick zuwarf. „Wir brauchen deine Hilfe.“

Überrascht hob ich meine Brauen und lehnte mich zurück. Hilfe? War ich nicht diejenige, die von irgendwelchen Wesen gejagt wurde?

„Hilfe? Wobei denn?“

„Wir reden von der Sache mit den Schwestern“, fügte Cherry hinzu, worauf ich meine Augen verdrehte.

„Ach, der Schwachsinn.“

„Das ist kein Schwachsinn!“, fauchte sie beleidigte. „Oder hältst du die Angriffe auf dich auch für Blödsinn? Die waren alle echt. Jeder Tote, jedes Blut, das geflossen ist und jeder Schmerz, der dir zugefügt wurde.“

Ich senkte meinen Blick. Natürlich. Egal, wie oft ich es auch bestreiten würde, ich war mir im Grunde doch sicher, dass das alles real war. Es war vollkommene Wirklichkeit und daran änderte auch die Tatsache nichts, dass Vampire, Dämonen und all das eigentlich nur Fabelwesen sein sollten. Ich hatte es doch mit meinen eigenen Augen gesehen. Mein Zweifel lag nicht bei den Geschehnissen, sondern bei den Personen, die sich mit mir in einem Raum befanden. Sie behaupteten, dass all diese Wesen existieren, sahen jedoch selbst aus wie ganz normale Menschen. Nun gut. Bis auf Derek, der offenbar ein Halsband benötigte und Scarlett, die mit einem Zauberstab umherwirbelte. Natürlich metaphorisch gesehen.

„Wenn das wirklich wahr ist", begann ich und zeigte anschließend auf Gerrit. „Was bist dann du?"

Er lachte, worauf Scarlett sich mit einem breiten Grinsen erhob und sich zu ihm gesellte.

„Gerrit, meine liebe Skylar", schmunzelte die Hexe. „Ist ein Inkubus. Das ist ein Dämon, der sich mit Sex bei Kräften hält."

Sie kicherte, als seine Hand auf ihren Hintern wanderte.

„Deine Freundin ist zur Hälfte ein Dämon. Ihr Vater war ein Mensch, während ihre Mutter eine Strigae war. Lästige Biester und unglaublich zäh. Koen, unser Hüter, ist ebenfalls ein Dämon. Seine Art gehört zu den Ur-Dämonen, die sich noch an die menschliche Rasse angepasst haben. Jedoch sind sie trotz ihres Aussehens verdammt stark. Man nennt sie Dealórc-Dämonen."

„Ich bin ein Vampir. Eigentlich bin ich nur ein Tagwandler, aber da meine Mum ein Mensch war, ist es mir auch möglich, mich im Dunkeln aufzuhalten", grinste Ames, der mit verschränkten Armen an der Tür lehnte. Er öffnete seinen Mund und entblößte seine weißen Fangzähne. Also hatte ich sie mir doch nicht eingebildet. Überraschenderweise machte mir das überhaupt nichts aus.

„Und sie?", erkundigte ich mich zurückhaltend, während ich in Talishas Richtung blickte.

Ein großer Mann mit schwarzen Haaren und stechenden grünen Augen betrat mit schweren Schritten das Wohnzimmer und bewegte sich geradewegs auf die Rothaarige zu. Er wirkte unheimlich gefährlich, was nicht nur an den Pistolen lag, die an seinem Gürtel hingen.

„Das ist Aaron", konnte ich Cherry flüstern hören, bevor eben dieser das Wort erhob.

„Sie", sagte er mit einem unheimlichen Grinsen auf den Lippen, während er seine Finger fest in Talishas Schulter grub, „ist etwas ganz Besonderes. Unsere Grinsekatze ist eine verfluchte Gestaltwandlerin. Das Kind einer Dämonenmutter und eines Vampirvaters. Etwas Einzigartiges."

Sie verdrehte ihre Augen, bevor sie seine Hand von sich schob und ihre Beine auf den Sessel zog.

„Im Gegensatz zu unserer Prinzessin bin ich nichts Besonderes", feixte sie hämisch.

„In was verwandelst du dich denn? In ein Miststück?", fauchte ich, worauf sie leise lachte.

Toll gemacht, Skylar. Was Besseres ist dir nicht eingefallen? Streng dich gefälligst an!

Meine innere Lady knurrte bedrohlich, wappnete sich mit allen Waffen, die sie finden konnte und richtete sich gegen Talisha. Kurz schüttelte ich meinen Kopf, um den streitsüchtigen Gedanken von mir zu schieben. Das konnte ich nun wirklich nicht gebrauchen. Also wandte ich mich an Aaron.

„Und du? Was bist du?"

„Ein Hüter, Dummkopf", murrte Talisha. „Das hat dir Scarlett gestern doch erklärt."

Fest ballte sich meine Hand zu einer Faust. Dieses verdammte Weib! Eigentlich wollte ich ruhig bleiben und mich nicht auf ihr Niveau hinablassen, aber, wenn sie weiter so frech mit mir sprach, würde ich ihr zeigen, was es hieß, mich wütend zu machen.

Bitte? Du bist ein Kätzchen, das gerne gestreichelt wird. Du kennst dich ja nicht einmal mit Beleidigungen aus, lachte die Lady.

„Ich bin ebenfalls ein Dämon."

„So einer wie Koen?", erkundigte ich mich und blickte für einen Moment zu dem Dunkelhaarigen.

„Nein", lachte Aaron leise. „Das hätte alles einfacher gemacht, aber nein. Ich gehöre zu der Rasse der Amón."

„Einfacher?"

Obwohl mein fragender Blick noch immer auf ihm haftete, antwortete er nicht. Offenbar wollte er darüber nicht sprechen und auch, wenn ich unheimlich neugierig war, nahm ich Rücksicht auf seine Entscheidung. Also wandte ich mich von ihm ab und richtete mich wieder an Gerrit, der die Führung des Ganzen offenbar in den Händen hielt.

„Und was wollt ihr nun von mir? Ich habe keinerlei Fähigkeiten, die sich als nützlich erweisen könnten."

„Du hast", korrigierte mich Gerrit. „Aber du kannst nichts davon anwenden. Zumindest noch nicht. Was wir aber von dir möchten, ist dein Blut."

„Bitte?"

Ich erinnerte mich an das, was sie gestern besprechen wollten, bevor ich sie unterbrochen hatte. Sie sprachen über mein Blut und das sie damit die anderen Schwestern finden könnten.

„Ich möchte dir etwas Blut abnehmen-"

„Und mich als Testperson benutzen", murmelte ich, doch ich war mir sicher, dass jeder mich ganz genau verstanden hatte.

Scarlett seufzte: „So schlimm, wie es sich anhört, ist es nicht, wirklich. Wir werden dir nur etwas Blut abzapfen und ein Experiment durchführen, bei dem du jedoch nicht dabei sein wirst."

„Also werdet ihr mich als Versuchskaninchen benutzen", wiederholte ich, worauf Cherry heftig ihren Kopf schüttelte.

„So ist das nicht", sprach sie ernst. „Es werden keinerlei Experimente an dir durchgeführt, das verspreche ich dir. Scarlett wird etwas mit deinem Blut spielen, aber dir wird es gut gehen."

Skeptisch hob ich meine Brauen, blickte zu Ames, der langsam auf uns zu geschritten kam.

„Wie wäre es, wenn wir ihr Bedenkzeit geben? Bis morgen sollte sie sich doch entschieden haben, oder? Wir können ihr ja solange das Anwesen zeigen. Ansonsten landet sie wieder in Dereks Teil des Hauses, worauf wir echt verzichten können", schlug er vor, worauf Gerrit einmal kurz nickte.

Cherrys Augen weiteten sich geschockt, doch der Blonde grinste nur und zeigte ihr mit einer lockeren Geste, dass alles gut sei. Nahm er das Ganze zu gelassen?

„Gut", seufzte Gerrit schließlich und ließ sich auf die Ecke der Couch fallen. „Zeigt ihr alles."

„Ist das dein Ernst?", keuchte Talisha, als sie aufsprang. „Wir haben bereits einen Tag gewartet."

„Und wir können noch einen weiteren warten. Also beruhige dich."

Aaron verzog sein Gesicht, als er versuchte, die junge Frau zurück auf ihren Platz zu drängen, der das jedoch gar nicht gefiel. Auf dem Absatz drehte sie sich um und verließ stürmisch das Zimmer, während Ames ihr leise vor sich hin kichernd folgte. Ich wusste nicht, was ich denken oder fühlen sollte. Sie erwarteten von mir etwas Blut. Vielleicht sogar einen Beutel. Wie Blutspenden, nur, dass damit kein Leben gerettet werden konnte.

„Warum möchtet ihr die Schwestern finden?", fragte ich nachdenklich.

„Wir beschützen sie", antwortete Aaron, der sich nun auf den Platz von Talisha gesetzt hatte.

Sofort schoss mein Blick zu ihm. Seine grünen Augen bohrten sich in meinen Verstand und brachten mich stark zum Schlucken. Man erkannte kaum noch das Grinsen, das vor wenigen Momenten noch seine Lippen geziert hatte. Alles, was man in seinem Gesicht erkannte, war eine harte, grimmige Miene und ich war mir nicht sicher, ob diese nun gespielt oder echt war. Es schien, als würde dieser Mann negative Energie ausstrahlen und alles um sich herum irgendwie zerreißen, zu Fall bringen. Vielleicht bildete ich mir das auch nur ein, denn bis jetzt fand ich ihn recht nett. Auch, wenn er etwas düster wirkte.

„Inwiefern? Ihr sagtet, dass man versuchen würde, Lilith wieder ins Leben zu holen, aber wieso? Gibt es keinen Zauber, der gesprochen werden kann, damit ihr diese Möglichkeit verweigert?"

Scarlett lachte spöttisch und schlug ihre schlanken Beine übereinander. Ich hatte gar nicht mitbekommen, dass sie sich wieder gesetzt hatte. Ihre himmelblauen Augen funkelten, während sich ihr Blick auf die Feuerstelle richtete, als würde sie in den Flammen irgendetwas erkennen.

„Sie wurde bereits mit einem starken Zauber an die Hölle gebunden. Es gibt keine Magie, die stärker ist."

Verwundert biss ich mir auf die Lippe. Waren ihre Sorgen dann nicht vollkommen unbegründet?

„Und wieso fürchtet ihr dann, dass dieser Zauber gebrochen werden könnte?"

„Jeder Zauber kann gebrochen werden", erklärte sie, während ihre Finger zu zittern begannen. „Das ist das Risiko, das ein Magier eingehen muss. Egal, welchen Zauber du sprichst, irgendjemand wird ihn auflösen können. Es sei denn, der Sprecher des Zaubers wurde von einem Engel gesegnet."

„Das geht?" Cherry schmunzelte.

„Oh ja. Wenn du gesegnet bist, bist du nicht nur unsterblich, sondern auch unverletzlich. Die Angriffe kommen nicht einmal so weit, dass sie dich erreichen könnten. Sie prallen einfach an dir ab. Zauber ebenfalls."

Das ergab durchaus Sinn, schließlich waren Engel hohe Geschöpfe, aber dass sie solch eine Macht besaßen, konnte ich nicht ahnen.

„Ich verstehe."

„Aber lassen wir das", kicherte Scarlett plötzlich wieder gut gelaunt und zeigte auf die Tür. „Geh' und zeige ihr unsere Räumlichkeiten."

Meine Freundin nickte und erhob sich zusammen mit mir. Ohne ein weiteres Wort packte mich Cherry am Arm und zog mich aus dem Zimmer.

„Das ist unhöflich“, murrte ich, worauf sie gelangweilt mit den Schultern zuckte.

„Das stört sie nicht, keine Sorge.“

Ich drehte mich noch einmal um und sah hinüber zu Koen, der noch immer hinter der Couch stand und das Leder so fest umklammert hielt, dass seine Knöchel bereits weiß hervortraten. Mein Herz fühlte sich plötzlich so schwer an. Wieso sah er so aus, als würde er sich quälen und wieso verspürte ich dieses Stechen in meinem Herzen, das mir noch mehr Schmerzen bereitete als der Biss an meinem Hals? Fragen über Fragen hämmerten gegen die Innenseite meines Kopfes, forderten ihre Antworten, die ich einfach nicht kannte. Langsam öffnete sich mein Mund und mir lag der Satz, den ich so dringend sagen wollte, direkt auf der Zunge. Doch meine Kehle blieb stumm.

„Kommst du endlich?“, rief Cherry, die bereits bei der Wendeltreppe wartete.

Stumm drehte ich mich um und eilte zu ihr. Das Drücken in meiner Brust wurde stärker.

„Ich bin hier.“

Zärtlich nahm sie meine Hand, umschloss sie vorsichtig und zog mich die Stufen empor. Ich ließ es einfach geschehen, denn ich verspürte nicht die Lust, mit ihr in einer Diskussion zu landen. Cherry sollte wissen, dass das noch nicht das Ende war. Unsere Freundschaft war stark, da war ich mir durchaus sicher und ich würde meine Hand dafür ins Feuer halten.

Dennoch spürte ich den Vertrauensbruch. Laut ihren Freunden hatte sie mich bloß beschützen wollen, was natürlich rührend war, aber einen Konflikt in mir ausgelöste. Was, wenn sie nur so tat, als wäre sie meine Freundin? Würde es überhaupt einen Unterschied machen? Ich schüttelte mein dunkles Haupt und sammelte meine Gedanken, indem ich meine Nase zwischen Zeige- und Mittelfinger rieb. Ich fragte mich, wie alle anderen mit solchen Neuigkeiten umgehen würden.

Mein Dad hätte sich wahrscheinlich ein Glas Scotch gegönnt und anschließend wieder von vorne begonnen. Er war ein sehr netter und fürsorglicher Mann gewesen. Jeder hatte seine Anwesenheit genossen, auch, wenn sich viele über seine Fantasien und Geschichten lustig gemacht hatten. Trotz all dem Spott hatte er niemals damit aufgehört, ganz im Gegenteil. Er erzählte zu jedem Anlass eine neue, spannende Geschichte, die jedes Mal mit einem Happy End endete. Obwohl sich seine Gäste immer über die Gedanken meines Vaters lustig gemacht hatten, konnten sie es kaum erwarten, etwas von dieser Fantasie zu naschen. Ich hatte sie geliebt. Nein, ich liebte sie noch immer. Wenn ich mich nicht wohl oder einsam fühlte, versuchte ich immer, mich an die verschiedensten Märchen zu erinnern, die er mit Leidenschaft erzählt hatte. Doch ich war noch jung gewesen und heute fielen mir nur noch kleine Bruchstücke ein, die ich jedoch oft nicht mehr zusammensetzen konnte.

„Du bist noch immer wütend auf mich, oder?“, erklang Cherrys frustrierte Stimme.

Etwas überrumpelt blieb ich augenblicklich stehen und starrte meine Freundin verständnislos an.

„Was meinst du?“

„Ich sehe es in deinem Blick“, seufzte sie mit trüben Augen. „Du vertraust mir nicht mehr, habe ich recht? Ich weiß, ich hätte dich niemals belügen dürfen, aber es war nur zu deinem eigenen Schutz. Gerrit verbot mir, dir die Wahrheit zu erzählen.“

Endlich verstand ich, worüber sie sich solche Sorgen machte.

„Es ist in Ordnung“, sagte ich schließlich. „Wirklich.“

Sie schüttelte ihre blonden Locken, bevor sie mich an den Schultern packte.

„Nein, ist es nicht. Ich habe dich verletzt und das war nie meine Absicht. Sky-“

Fest schloss ich sie in eine Umarmung, drückte meine Fingerspitzen etwas grob in den Stoff ihres Hemdes. Ich spürte, wie sich ihr Körper für einen Moment verkrampfte, bis sie jedoch ebenfalls ihre Hände über meinen Rücken wandern ließ.

„Es tut mir so leid“, flüsterte sie leise, während ich ihr einen Kuss auf die Schulter drückte. Vorsichtig löste ich mich aus der Umarmung, legte ihr sanft die Hände auf die Wangen.

„Mir ist eigentlich ganz egal, was du bist“, sprach ich wahrheitsgemäß. „Du bist und bleibst meine beste Freundin.“

Tränen sammelten sich in ihren Augen und ich spürte deutlich, dass sie versuchte, ihre Emotionen zurückzuhalten. Doch darin war Cherry noch nie gut gewesen. Vor allem nicht, wenn es um uns beide ging. Kleine Tropfen wanderten über ihre Wangen, fingen sich an der Spitze ihrer kleinen Stupsnase und wanderte hinunter zu ihrem Kinn. Trotz der Tatsache, dass sie weinte, konnte ich mir ein Kichern nicht verkneifen.

„Oh Gott, Cherry. Du musst doch nicht weinen“, belächelte ich das Ganze.

Ihr Körper zitterte leicht, ihre Augen jedoch begannen zu strahlen. Die blaue Farbe, die mich an einen wolkenfreien Himmel erinnerte, schien noch heller zu werden. Ihre Wangen wurden von einer leichten Röte überzogen und sie drückte mir einen Kuss auf die Stirn.

„Wie peinlich“, witzelte sie verlegen. „Ist es für dich okay, wenn ich kurz verschwinde? Ich brauche dringend ein Badezimmer.“

„Natürlich. Geh‘ nur. Ich warte hier auf dich, ansonsten verlaufe ich mich wieder und ich will wirklich nicht zufällig in Talishas Arme laufen.“

Mit einem Krächzen, das sich stark nach einem Lachen anhörte, warf sie ihren Kopf in den Nacken.

„Das kann ich mir vorstellen. Vielleicht hat sie ja ihre Tage.“

Und damit verschwand sie, worauf ich ihr kopfschüttelnd nachblickte. Dieses Mädchen war wirklich ein Rätsel. In einem Moment war sie emotional und den Tränen nahe und in der nächsten Sekunde lachte sie und riss unsittliche Witze. Sie war schon ein Mensch für sich, aber das mochte ich an ihr. In den Jahren hatte ich sehr viel über sie gelernt und das war wahrscheinlich auch der Grund, warum ich ihr verzieh. Ich wusste nicht viel über ihre Welt und die Tätigkeit, die sie ausübte, aber für sie würde ich alles lernen. Auch, wenn sie tatsächlich nur meine Freundin geworden war, um mich zu beschützen, würde ich es jederzeit wieder geschehen lassen. Cherry war niemals von meiner Seite gewichen. Sie hatte mir in der Schule geholfen, gab mir Nachhilfe in Mathematik und verdaute mit mir den Kummer meiner ersten Liebe. Egal, was für Dummheiten sie anstellen würde, ich würde sie niemals verlassen. Niemals.

Ob das zu egoistisch klang? Schließlich gehörte Cherry nicht mir und war ein freier Mensch mit Rechten, von denen sie zu oft Gebrauch machte. Kichernd warf ich meine Haare zurück und dachte an die vergangene Zeit zurück. Es war eine schöne Zeit gewesen, selbst wenn sie mich bereits des Öfteren an mein Limit brachte. Meine kleine Wohnung, die Schule und mein Job. Es war nie einfach gewesen, aber mit Cherrys Hilfe hatte ich alle Hindernisse mit Leichtigkeit bewältigt.

Lächelnd schob ich die Erinnerungen beiseite und sah mich um. Mir fiel jetzt erst auf, dass sie mich in die Bibliothek geführt hatte. Stimmt, offiziell kannte ich diesen Raum schließlich noch nicht. Sofort schoss mir der Geruch von frisch bedrucktem Papier in die Nase. Er vermischte sich mit der Duftnote der alten Werke und gab dem Ganzen etwas, das mich dazu bewegte, für immer hierbleiben zu wollen.

Gott, ich liebte Bücher!

Langsam wanderte ich durch die Gänge, blickte mich neugierig um und strich ab und zu über eines der Bände, um dann die Bücher kurz zu öffnen und sie anschließend zurück in das Regal zu stellen. Obwohl ich Bücher verehrte und das Lesen genoss, fand ich Exemplare, die nicht den Anschein erweckten, als wären sie wichtig oder interessant. Zum einen fand ich ein Buch über Ziegen, das komischerweise neben einem Lehrbuch für gebrochene Magie stand und zum anderen erblickte ich eine alte Lektüre über Kakerlaken. Ich wusste nicht, wieso sie solche Bücher hier aufbewahrten, entschloss mich aber, lieber keine Fragen zu stellen.

Im Grunde wollte ich die Antwort darauf nicht wissen. Zu viele Informationen auf einmal konnte ich nicht verdauen. Zumindest wenn es sich um geheimnisvolle Dinge handelte, von denen ich wahrscheinlich bald mehr als genug erfahren würde. Hoffentlich nahm man sich für die Erklärung dieser Lektüre alle Zeit der Welt.

Neugierig ließ ich meinen Blick durch den Raum schweifen, bis er an einem hellen, lilafarbenen Buch hängen blieb. Es traf mich wie ein Blitz. Kaum hatte ich das Buch mit meinen Augen erfasst, durchschoss ein komisches, neues Gefühl meinen Körper. Ich fühlte mich plötzlich so, als wäre ich vollkommen schwerelos. Meine Fingerspitzen begannen zu kribbeln und ich keuchte, als ich einen unangenehmen Druck in meinem Nacken spürte. Die Narbe aus Kindestagen zog, pikste, als würde man mich mit vielen Nadeln stechen. Ich blendete das Gefühl aus und näherte mich dem mysteriösen Buch. Gedankenverloren leckte ich mir über meine trockenen Lippen und stellte mich auf die Zehenspitzen, um an das Buch heranzukommen. Doch ich war zu klein und konnte es nicht erreichen.

Komm schon!, schoss es mir durch den Kopf, während sich mein Blick nur noch tiefer in den Umschlag bohrte. Das Stechen, das ich verspürte, verwandelte sich zu einem Brennen, das sich hinunter zu meiner Brust zog, dann zu meinem Bauch.

Plötzlich fühlte ich jemanden hinter mir, der eindeutig größer war als ich. Dieser griff nach dem Buch, das meine Aufmerksamkeit auf sich gezogen hatte. Ich drehte mich langsam um und starrte direkt in schönsten braunen Augen, die ich je gesehen hatte. Koen stand nahe bei mir, legte automatisch seine Hände um meine Hüfte und drückte mich etwas fester an sich. Wie in Trance schnappte ich nach Luft, streichelte mit meinen Fingern über seine Oberkörper, während sich meine Brust fest gegen ihn drückte.

„Das wolltest du doch, oder?“, raunte er leise und ich war mir nicht sicher, ob er das Buch oder seine Nähe meinte. Doch die Lektüre war plötzlich vergessen. Das Kribbeln in mir breitete sich aus, bis es erneut durch meine Fingerspitzen schoss. Sein Atem war deutlich auf meiner Haut zu spüren, ließ mich schlucken. Gott, roch dieser Mann gut. Ich hatte sofort diesen betörenden Geruch von stürmischem Regentagen und breiten Waldflächen vernommen. Es jagte mir einen Schauer über den Rücken. Noch niemals zuvor hatte ich den Duft eines Mannes so anziehend empfunden. Mein Blick senkte sich, während ich mit den Fingerkuppen die Linie seiner Muskeln nachfuhr. Ich stellte mir vor, wie es wohl wäre, ihn ohne Shirt zu betrachten, und verfluchte mich, dass ich ihn den vergangenen Tag nicht richtig wahrgenommen hatte.

„Koen ...“

Es war nur ein Hauchen meinerseits, als ich mich leicht nach vorne beugte und kurze Küsse auf seiner Brust verteilte. Ich spürte, wie er sich anspannte, wie ein Knurren seine Kehle verließ. Erneut traf mich der Schlag und plötzlich spürte ich einen stechenden Schmerz an meinen Zähnen. Doch der Schmerz war nichts gegen das Gefühl, in seiner Nähe zu sein. Es schien, als würde ich sein Blut hören, wie es schnell durch seine Venen gepumpt wurde.

Himmel, wieso fühlte ich mich ihm so dermaßen hingezogen?

„Das solltest du lassen", knurrte er, während seine Hand weiter runter wanderte und anschließend meinen Po umfasste. Ein leises, bestimmtes Stöhnen verließ meine Kehle und sein Griff verstärkte sich. Grob drückte er mich gegen das Bücherregal, wobei das Buch aus seinen Händen glitt. „Diese Lektüre ist nichts für kleine Mädchen."

Frustriert warf ich meinen Kopf in den Nacken, bevor meine Hände weiter nach oben strichen. Ich wollte nicht, dass er über dieses dämliche Buch sprach. Alles, was ich wollte, war, dass er sich um mich kümmerte. Nur um mich. Langsam hob ich wieder mein Haupt und blickte in seine wundervollen Augen. Das Kribbeln verstärkte sich und brachte mich dazu, meinen Körper, nur noch enger an seinen zu schmiegen. Mir entglitt die Kontrolle meines Körpers. Es schien, als würde mein Leib sich ganz von alleine bewegen, als wäre ich nicht mehr fähig, ihn selbst zu steuern.

„Du spielst mit dem Feuer", flüsterte er leise und sein Kopf senkte sich, bevor ich seine Zähne an meinem Ohr spürte. Er streifte mein Ohrläppchen, bevor er es zwischen seine Zähne schob und zu saugen begann. Ich erschauderte und das wilde Ziehen in meinen Lenden verstärkte sich.

Wie in Trance wanderte meine rechte Hand zu seinem Hals und fuhr vorsichtig mit den Fingerkuppen über das schwarze Tattoo. Er sah aus wie eine Klinge, die sich direkt in eine Stelle bohrte, die ich wegen des Shirts nicht erreichen konnte. Ich knurrte leise, bevor ich meine Wanderung fortsetzte und zu dem Tattoo daneben fuhr.

Der Nebel schloss sich enger um meine Augen und verwehrten mir den Blick auf das Kunstwerk. Koens Körper bebte, bäumte sich gegen mich und zog meinen Kopf an den Haaren zurück. Ich keuchte überrascht, genoss jedoch die wilde, animalische Art.

„Ich liebe es heiß", schnurrte ich ihm entgegen, bevor ich sanft mein Bein um seines schlang. „Lass' mich nur noch einmal kosten."

Seine Augen verdunkelten sich und plötzlich fiel all die Zurückhaltung von ihm. Er beugte sich grob nach unten und vereinigte unsere Lippen. Ich stöhnte gegen seinen Mund, bevor ich es ihm nachtat und meine Zunge in seine Höhle fahren ließ. Eine unglaubliche Hitze umfing mich, als er mich mit den Händen in die Lüfte hob, mich somit auffordere, meine Beine, um seine Hüften zu schlingen. Leidenschaftlich krallte ich mich in seine Schulter und wimmerte, als der Druck sich verstärkte und er mich fester gegen das Bücherregal drückte. Das Regal vibrierte.

Ein Gefühl von Glückseligkeit umfing mich, als Koen mich hinüber zum Fenster trug und mich auf dem breiten Fensterbrett absetzte. Seine Hände wanderten augenblicklich nach vorne, fuhren über meine Hose und streichelten meine Schenkel. Rau keuchend legte ich meinen Kopf zur Seite, als er mit dem Daumen die Innenseite zu liebkosen begann. Koens Lippen legten sich ruppig auf meinen freien Hals, während er die störenden Haare zur Seite strich.

„Du bist so schön", hauchte er leise, brachte meine Libido langsam dazu, durchzudrehen.

Ein leises Quietschen entfloh mir, als er meine Hose öffnete und mit einem Ruck von meinen Beinen zog. Kaum lag das Stück Stoff auf dem Boden, schlang ich erneut meine Beine um seinen Körper. Willig presste ich meine Hüften gegen seine deutliche Beule und drehte meinen Kopf so, dass seine Lippen auf die meinen trafen. Ich bekam einfach nicht genug von seinem Geschmack. Doch er löste den Kuss zu schnell, um im nächsten Moment sein Shirt über den Kopf zu ziehen und seine muskulöse Brust zu entblößen.

Meine innere Lady schrie, griff wie wild nach dem Mann und wollte ihn nie wieder loslassen. Von meiner Lust benebelt, beugte ich mich nach vorne, leckte leicht über seine Brustmuskeln, bevor ich meine Zunge um seinen dunklen Nippel schnalzen ließ. Er stöhnte, ließ eine Welle von Befriedigung durch meinen erhitzten Körper schießen und sammelte sich zwischen meinen Beinen. Ich erstarrte, als ich seine Finger in meinem See der Lust spürte und schrie leise auf, als er den Hügel liebkoste.

„Oh ... Gott!"

Willig spreizte ich meine Beine, während ich ihn hingebungsvoll musterte. Ich erkannte deutlich das freche, oberflächliche Grinsen auf seinen Lippen, doch das brachte mich nicht davon ab, mich ihm gierig entgegen zu drücken.

Ich missachtete all meine Prioritäten, gab mich der Lust hin, die er ohne große Bemühungen entfachte.

„Wie ich fühle, bist du bereit für mich", raunte er leise, bevor er sich erneut zu mir hinunterbeugte und über meine Halsschlagader leckte.

Ein Zucken überkam mich, bevor ich meine Fingernägel fest in sein Fleisch bohrte und meine Hüften im Takt seiner Berührungen bewegte. Plötzlich umschloss mich ein anderes Gefühl. Etwas, das nach mehr verlangte und desto näher ich seinem Hals kam, desto stärker wurde es. Mit zitternden Lippen leckte ich über seinen Hals und erstarrte, als ich deutlich das Schlagen seines Herzens und das Fließen seines Blutes hören konnte. Irgendetwas in mir verlangte danach. Das schreckliche Gefühl in meinen Zähnen kehrte zurück und langsam, verdammt langsam, öffnete ich meinen Mund.

„Komm für mich", raunte Koen und versenkte seinen Finger tief in mir, schob mich direkt über die Klippe. Die Welle meines Orgasmus überrannte mich, ließ einen Schrei aus meiner Kehle fahren, der mich dazu brachte, ihm fest in den Hals zu beißen.

Er keuchte erschrocken und versuchte mich von sich zu schieben, doch mein Griff wurde fester – besitzergreifender. Wohlig stöhnte ich, als ich den Geschmack von Blut erkannte. Ich genoss jeden einzelnen Tropfen, der über meine Zunge wanderte.

„Konzentriere dich! Skylar. Denk' an etwas anderes!“, brüllte er plötzlich etwas zu laut und riss mich von ihm weg.

Seine Stimme erreichte mich. Benommen starrte ich ihn an und wusste nicht, ob es das wunderbare, pochende Gefühl von Befriedigung und Lust zwischen meinen Beinen oder der faszinierende, neue Geschmack an meinen Lippen, der mich vollkommen verrückt machte, daran schuld war. Als ich jedoch seinen erschrockenen Blick erkannte, löste sich der Schleier und der Nebel verschwand. Kurz musterte ich ihn, bevor ich an mir hinunterblickte und die Erkenntnis traf mich wie ein Schlag. Entgeistert hob ich meinen Blick, bevor ich die Beine von ihm löste und fest an meinen Körper zog. Wir waren eindeutig zu weit gegangen!

Schluckend richtete ich mein Höschen und wollte fliehen – mir war diese Situation einfach zu unangenehm, obwohl ich am liebsten geblieben wäre –, doch soweit kam es nicht. Wie aus dem Nichts kamen Gerrit und Cherry hereingerannt und jeder von ihnen hielt eine Waffe in den Händen. Der Anführer von ihnen hielt eine große, silberne Sense mit einem schwarzen Griff in den Händen, während Cherry zwei kreisförmige Wurfmesser zwischen den Fingern hielt. Als ihr Blick den meinen traf, erstarrte ich. Röte überzog meine Wangen, doch nicht aus Verlegenheit.

Langsam strich ich mir über den Mund, spürte deutlich das Zittern, das meinen Körper übermannte. Als ich meine Finger betrachtete, zog sich alles in mir zusammen. Koens Blut bedeckte die Spitzen meiner Nägel. Was hatte ich getan? Schnell wischte ich es mir an meinem T-Shirt ab, versuchte, durch mehrmaliges Schlucken den Geschmack verschwinden zu lassen. Doch er ließ sich nicht vertreiben, wie eine Biene, die ihren mit Honig gefüllten Stock zu beschützen versuchte. Fassungslos hielt ich mir die Hand vor den Mund.

„Was ist passiert?“, erkundigte sich Ames, der gerade mit Talisha durch die Tür geschritten kam und sich zu Gerrit gesellte. Ich spürte deutlich den Blick der Rothaarigen auf mir, doch darauf zu reagieren, war für mich vollkommen unmöglich. Zitternd zog ich das Ende meines Shirts weiter nach unten, sodass sie meine Unterwäsche verbarg. Doch Ames' Blick sprach Bände.

„Das würde ich auch gerne erfahren“, sprach Gerrit und verlagerte sein Gewicht auf die andere Seite. Es sah aus, als würde er sich an der Sense anlehnen.

„Sie hat mich gebissen“, antwortete Koen, dem es offenbar nicht peinlich war, halbnackt vor seinen Freunden zu posieren. Nachdenklich strich der Mann sich durch sein dunkles Haar, bevor er nach seinem Shirt griff und es sich wieder überzog. Anschließend hielt er mir meine Jeans hin, die ich mit zittrigen Fingern ergriff – darauf achtend, Koen nicht zu berühren. Sanft hob er mich von der Fensterbank – ich wollte nicht, dass er mich anfasste, konnte das aufkommende, gute Gefühl jedoch nicht verstecken, als seine Hände auf meinen Hüften ruhten – und für einen Moment glaubte ich wirklich, dass er sich Sorgen um mich machte.

„Verdammt", fluchte Gerrit laut. „Ich habe nicht erwartet, dass ihre Verwandlung bereits so weit fortgeschritten ist. Offenbar hat der Angriff ihrem Blut mehr zugesagt, als wir erwartet hatten."

„Was machen wir jetzt?", erkundigte sich Cherry, die ihren Blick nicht von mir abwandte.

Er schnaufte: „Bring' sie zu Scarlett. Sie ist im Labor und wird sich um sie kümmern. Wir haben keine Zeit mehr."

„Ach, nein", murrte Talisha angepisst. „Ich habe es doch die ganze Zeit gesagt, aber auf mich hört ja niemand. Hätten wir uns an den Plan gehalten, hätte die kleine Schlampe niemanden beißen müssen."

„Halt dein verdammtes Maul", brüllte Koen plötzlich, bevor er sie mit einem kräftigen Tritt an die Wand schleuderte. Die Rothaarige keuchte kurz, funkelte ihn dann jedoch wütend an. Der Schock saß mir in den Knochen, machte mich unfähig, irgendetwas zu tun.

„Du wagst es? Wenn du Krieg willst, kannst du ihn haben!"

„Schluss", tobte Gerrit, der seine Sense zwischen den beiden positionierte. „Wir haben anderes zu tun! Koen, tob' dich aus und du, Talisha, hältst deine keifende Zunge im Zaum. Geh' in den Keller!"

Obwohl Talisha wie eine starke Persönlichkeit wirkte, verkrampfte sie sich und ballte ihre Hände fest zu Fäusten. Wütend drehte sie sich um und verließ mit großen Schritten die Bibliothek. Ich hingegen war gerade dabei, meine Hose wieder anzuziehen, was mir mit zittrigen Händen wirklich schwerfiel.

„Komm", sprach Cherry sanft und kam auf mich zu.

Kaum hatte sie mich berührt, kehrte das ungute und ängstliche Gefühl in meiner Magengrube zurück. Ihrem Blick schaffte ich es kaum, standzuhalten.

„Was passiert mit mir?", wimmerte ich und versuchte, die Tränen zurückzuhalten, die sich in meine Augen schlichen. Cherry lächelte zaghaft, bevor sie mich mütterlich in ihre Arme zog und über meinen Rücken strich. Ihre beruhigende Geste löste die Angst in meinen Gliedern und tat mir überraschend gut.

„Das liegt an deiner Nackenwunde", erklärte Cherry mir. „Dein Blut war bereits mit dem Gift infiziert, aber der Angriff bei der Modenschau hat dir wohl den Rest gegeben. Verzeih' mir, dass ich dich nicht beschützen konnte."

Ärger sammelte sich in ihren Augen, gemischt mit Traurigkeit und Hass. Ich wollte sie fester an mich drücken und ihr sagen, dass das alles nicht ihre Schuld war, doch ich konnte nicht. Ich wusste nicht, was ich tun konnte, um ihr zu zeigen, dass ich froh war, an ihrer Seite zu sein. Also murmelte ich ihren Namen. Sie lächelte falsch.

„Komm, meine Süße," säuselte sie. „Bringen wir dich zu Scar. Sie wird dir helfen."

Sie griff nach meinem Arm und zog mich sanft mit sich. Selbst wenn ich unbedingt umkehren wollte, ließ ich alles zu und folgte meiner Freundin in der Hoffnung, dass sie mich heilen konnten.

Das kann sie nicht, du leidest nämlich unter keiner Krankheit, Skylar.

Kurz drehte ich mich herum und erblickte Koen, der uns stillschweigend folgte. Verdammt. Kaum trafen sich unsere Blicke, fielen all die schweren Gedanken von mir und machten Platz für ein Gefühl, was mir unheimlich erschien. Ganz zu schweigen von dem Pochen, das noch immer zwischen meinen Backenzähnen lauerte. Mist! Irgendetwas lief hier in eine völlig falsche Richtung.

KAPITEL 8

Die Schritte meiner Freundin waren schnell.

Ihre Hand hielt meine Finger fest umklammert, als verspürte sie Angst, dass ich verloren gehen könnte. Je näher wir Scarlett und somit auch dem Labor kamen, umso mehr veränderte sich ihr Gesichtsausdruck. Fest schluckte ich, was mir meine schnelle Atmung und die fehlende Luft, erschwerte. Der Druck um meine Hand wurde fester, als Cherry mich die Treppe hinaufzog, die mit einem dunklen Stoff verschönert worden war, bevor sie zusammen mit mir um die Ecke bog. Gezielt hetzte sie hinüber zu einer weißen, sauberen Tür. Ich erkannte Missfallen in ihren Augen, als sie den Türknauf drehte, die Tür sich öffnete und meine beste Freundin anschließend innehielt. Ich musste mich bremsen, um nicht direkt gegen ihren Rücken zu stoßen.

„Tut mir leid, dass ich dich stören muss, Scar“, sagte Cherry in einem Ton, der mir nicht gerade freundlich gesinnt erschien. „Sie braucht diese Untersuchung sofort. Sky hat Koen gebissen.“

Überrascht zogen sich die Brauen der Angesprochenen in die Höhe – sie hob ihren Blick von dem Klemmbrett in ihren Händen und lächelte freundlich –, bevor sie mich betrachtete. Sie musterte mich, als würde mir irgendwas im Gesicht kleben, bis sie sich schließlich erhob. Offensichtlich war die Observation nun beendet.

Mit einem Nicken, wobei sie ihre Hand schwang und auf die beige Liege zeigte, bedeutete sie uns, dass ich mich setzen sollte. Cherry drückte noch einmal meine Hand, als wollte sie mir Kraft und Unterstützung mit nur einer kurzen Berührung schenken, dann löste sie den Griff, sodass ich durch den steril wirkenden Raum wandern und mich setzen konnte.

„Du gehst?“, erkundigte ich mich erschrocken, als Cherry sich wieder zur Tür wandte.

Sie antwortete mit einem kurzen Nicken, das jedoch auch ein sanftes Lächeln trug. „Es wird alles gut werden. Versprochen. Vertrau‘ Scarlett.“

Dann ging sie, ohne mir auch nur die Möglichkeit zu geben, noch etwas zu sagen. Was hätte ich auch großartig verlangen sollen? Wie ein verängstigtes Kind hätte ich sie zum Bleiben beten könnten, doch ich war eine erwachsene, junge Frau und musste alleine mit allem fertig werden. Ansonsten würde ich in dieser Welt nicht bestehen können. Das war etwas, was ich mir nicht mehr leisten konnte: Schwäche.

Zumindest bildete ich mir das ein.

Die Neugierde, die mich plötzlich packte, zwang mich, meinen Blick schweifen zu lassen. Der Raum war recht groß. Es gab zwei weitere beige Liegen, die das Einzige in diesem Raum waren, dass mit etwas Farbe belebt worden war. Der Rest wurde strickt in Weiß gehalten. Nun gab für mich auch die weiße Tür einen Sinn. Offenbar wurde dieser Raum als eine Art Krankenzimmer gehandhabt.

Auf der gegenüberliegenden Seite der Liegen befand sich eine Apparatur, die mir überhaupt nichts sagte. Sie kam mir nicht einmal bekannt vor, obwohl ich bereits den Aufenthalt in einem Krankenhaus *genießen* durfte. Ich hasste so gut wie alles, was man mit Ärzten in Verbindung brachte. Diese Menschen waren mir nicht ganz geheuer, ebenso Zahnärzte, die ich eher als Folterknechte betrachtete. Neben dem Apparat hatte man einen großen Tisch aufgebaut, auf dem kleine Röhrchen, ein Stethoskop, verschieden große Spritzen und Blutmessgeräte standen. An der rechten Ecke des Tisches lag ein Tablett, auf dem ich ein Skalpell, weitere Röhrchen und Verbände erkennen konnte. Hart schluckte ich, als sich auf meiner Haut eine Gänsehaut bildete. Mein Gefühl sagte mir, dass ich so schnell es ging, verschwinden sollte.

Am liebsten wollte ich das Weite suchen, weg von all den Spritzen, die mir jedes Mal Kopfschmerzen bereiteten.

„Mach‘ dir keine Sorgen, ja?“, lächelte Scarlett, legte ihren weißen Kittel an, der zuvor noch über der Lehne der Sitzgelegenheit gehangen hatte. Unter dem hellen Gewand trug sie eine blaue, enge Bluse und einen schwarzen Rock, der bis zu ihren Knien ging. Kurz fragte ich mich, wann sie sich wohl umgezogen hatte, doch diesen Gedanken verdrängte ich wieder, da er mir nutzlos erschien.

„Bitte mach‘ dir keine Sorgen“, wiederholte sie sich. „Ich werde dir nicht wehtun. Zuerst machen wir ein paar ganz normale Untersuchungen und dann, wenn du einverstanden bist, werde ich dir etwas Blut abnehmen. In Ordnung?“

Ich verstand nicht wieso, doch ich vertraute der schönen Frau. Um ihr meine Zustimmung mitzuteilen, hob ich kurzzeitig meinen Kopf. Sie verstand mich auch ohne Worte.

Ganz kurz fragte ich mich, ob sie mit ihrer Magie auch Gedanken lesen konnte.

„Schön“, summte sie erfreut und klatschte in die Hände. „Dann fangen wir mal an.“

Im Grunde war es tatsächlich nicht so schlimm, wie ich es mir in meinem Kopf vorgestellte. Sie maß meinen Blutdruck, leuchtete mit einer kleinen Taschenlampe in meine Augen und prüfte meine Reflexe, indem sie mir sanft auf das Knie schlug.

Tatsächlich fühlte es sich so an, als würde ich wie ein ganz normaler Mensch bei einem Arzt sitzen, der zu seiner regelmäßigen Untersuchung erschien.

Man musste nicht sonderlich klug sein, um zu wissen, dass sie das nur für mich tat. Mir kam es so vor, als wären die Tests, die sie machte, nicht einmal ansatzweise wichtig für sie, obwohl Scarlett die Ergebnisse auf das Klemmbrett kritzelte. Offenbar schien sie die Normalität beibehalten zu wollen, um mich nicht noch mehr zu verängstigen. Ihr Vorhaben klappte, weswegen ich auch Dankbarkeit verspürte.Ich war dankbar, dass ihr Vorhaben so funktionierte, wie sie es sich vorgestellt hatte. Die Angst, die mich so oft bereits zum Weinen brachte, wich von mir, bis sie vollkommen verschwand.

Trotz der Tatsache, dass ich Koen gebissen hatte, während wir uns nähergekommen waren, als eigentlich erlaubt, fühlte ich mich recht gut. Selbst die mörderischen Gedanken, die mich mit grausamen Fragen belästigten, legten eine Pause ein. Tief holte ich Luft, bevor ich sie langsam wieder ausstieß und das befreiende Gefühl genoss, das sich in meiner Brust breitmachte.

„Ich werde dir jetzt ein paar Fragen stellen, ist das in Ordnung?“, erkundigte sich Scarlett, bevor sie sich auf den Stuhl setzte und ihn zu mir an die Liege schob. Fast hätte ich genervt aufgestöhnt. Von irgendwelchen Fragen wollte ich gerade wirklich nichts wissen!

„Natürlich. Kein Problem.“

„Wie kam es dazu, dass du Koen gebissen hast?“

Houston, wir haben ein gewaltiges Problem.

Obwohl ich gerade so ruhig und entspannt gewesen war, erhöhte sich plötzlich mein Puls. Mein Blut wurde hastig durch meine Venen gepumpt; die Gedanken kreisten, meine Wangen wurden von einer sanften Röte überzogen. Mir wurde auf einmal schrecklich heiß.

Scarlett schien genau zu wissen, was in mir vorging. Mit einem Lächeln auf den Lippen füllte sie ein Glas mit Wasser und reichte es mir mit einem vielsagenden Blick.

„Ihr wart also intim“, sprach sie meinen Gedanken laut aus, schrieb etwas auf ihr Klemmbrett. „Habt ihr an die Verhütung gedacht? Wenn nicht, könnte ich für den nötigen Schutz sorgen, der dir auch nachher helfen kann.“

Früher war ich oft traurig gewesen, dass ich keine Mutter-Tochter-Gespräche führen können würde. Ich hatte mir immer vorgestellt, wie wir zusammen auf der Couch saßen, Mum eine Strähne meines Haares um ihren Finger gewickelt hielt und mir liebevoll erklärte, was die Zukunft mit sich brachte. Sprich: Jungs, Sex, Verhütung. In meinen Gedanken war es friedlich zwischen uns gewesen, weniger peinlich oder verlegen. Doch das hier war schlimmer, als ich es mir je erträumt hatte. Ich wollte mich am liebsten unter einem Felsen begraben oder im Erdboden versinken, wo mich die Hexe nicht finden konnte.

„S-So weit sind wir nicht gekommen“, stotterte ich verlegen. „Wir hatten keinen Sex.“

„Wie schade“, säuselte sie, wobei mir fast der Kragen geplatzt wäre. „Gut. Nächste Frage. Hast du einen Höhepunkt gehabt? Wenn ja, bist du während des Bisses gekommen oder vorher?“

Die Scham in meinem Körper wurde schlimmer, die Röte dunkler. Das konnte doch nicht ihr ernst sein. Wie konnte sie mich so etwas fragen, ohne auch nur im Entferntesten zu erröten? Handelte sich hierbei um irgendeinen Fetisch, der mich in den Wahnsinn treiben sollte?

„Können wir das nicht bitte lassen? Das ist mir ziemlich unangenehm.“

„Gut“, teilte Scarlett mir mit. „Es ist alles in Ordnung.“

Gott, wie oft würde ich dieses Wort noch hören? In Ordnung. Es war so gut wie nichts in Ordnung. Erneut kritzelte sie etwas auf das Klemmbrett, bevor sie es zur Seite legte.

„Ich würde jetzt gerne mit der Blutabnahme beginnen. Bist du einverstanden?“

Kurz dachte ich darüber nach. Ich wusste, wieso sie mein Blut brauchten und dass es zwei anderen Frauen helfen konnte. Doch würde es mir auch selbst helfen können? Schluckend bemerkte ich, wie egoistisch das klang. Mochte ich mich selbst so sehr, dass ich mich einem anderen Menschen vorzog? Bei der Modenschau hätte ich sterben können, doch man rettete mich und nun lag es an mir, ein Leben zu schützen. Musste ich darüber wirklich so lange nachdenken?

Dennoch hatte ich durch diese Menschen meine Arbeit und mein Einkommen verloren.

Schwachsinn, das war nicht ganz richtig. Diese Dämonen, Vampire, was weiß ich, waren daran schuld. Ich konnte Koen und seine Freunde nicht dafür verantwortlich machen, schließlich kämpften sie für mich. Das war heutzutage nichts Selbstverständliches.

Vor allem, wenn man daran dachte, dass ich mir vor wenigen Sekunden genau das Gegenteil vorgestellt hatte.

„Was würde passieren, wenn ich Nein sage?“

Scarlett hob erneut ihre Brauen, bevor sie sich etwas zurücklehnte. Das Lächeln auf ihren Lippen wirkte betrübt, dann plötzlich finster.

„Nun, es hilft nicht nur uns, die Mädchen zu finden. Sie brauchen unsere Hilfe, Skylar, aber wenn dich das nicht interessiert, dann denke wenigstens an dein eigenes Wohl. Du bist in der ersten Stufe deiner Verwandlung. Es könnte zu Nebenwirkungen kommen.“

„Die da wären?“

Sie seufzte theatralisch: „Es könnte zu Ausrastern kommen. Du könntest in einen Blutrausch verfallen, Menschen angreifen und töten. Liebes, all diese Dinge würdest du sofort bereuen. Wenn du ehrlich zu dir selbst bist, weißt du, dass du auf unsere Hilfe angewiesen bist."

Schwer schluckte ich, denn das, was sie mir zu sagen versuchte, jagte mir eine höllische Angst ein. Sie hatte auf jeden Fall Recht. Wenn das alles stimmte, was sie da behauptete, dann wäre ich eine unheimliche Gefahr für mein gesamtes Umfeld. Was, wenn ich einkaufen ging und plötzlich jemanden biss? Das wollte ich mir erst gar nicht vorstellen.

„Gut", gab ich schließlich nach, bevor ich ihr meinen Arm entgegenstreckte. „Tu's."

Erfreut klatsche Scarlett in die Hände, bevor sie nach der Kanüle griff. Ich konnte mir das nicht anschauen. Ich verachtete Spitzen genauso sehr, wie ich Krankenhäuser hasste. Wie ein kleines Kind presste ich meine Augen zusammen. Zuerst spürte ich, wie sie mir den Stauschlauch um den Arm legte, dann die Kühle des Desinfektionsmittels und anschließend das kurze Piksen der Nadel.

Mir war so, als würde ich jeden Tropfen Blut deutlich spüren – kurz hielt ich mich für verrückt, als ich doch tatsächlich *hörte,* wie das Blut in den Blutbeutel floss –, der meinen Körper verließ. Die Einstichstelle brannte.

„Es ist gleich vorbei", versuchte die Hexe, mich zu beruhigen.

Dennoch ging es mir nicht sonderlich gut. Mein Kopf fühlte sich langsam schummrig an. Ich hüstelte, um das raue, trockene Gefühl in meiner Kehle loszuwerden. Mir war nicht klar, wie lange ich nun schon auf dieser Liege saß, doch ich bemerkte schnell, dass ich leicht hin und her schwankte. Keuchend hielt ich mir die freie Hand vor den Mund, um die Galle aufzuhalten, die ihren säuerlichen Geschmack auf meiner Zunge verbreitete. Ich brauchte dringend noch etwas zu trinken. Scarlett schien meine Bitte erhört zu haben. Das Brennen verschwand, sowie auch das kreisende Gefühl.

„Fertig", erwähnte sie. „Du hast zwei Beutel gefüllt. Das reicht."

„Zwei Beutel?", wiederholte ich, bevor ich meine Augen öffnete und nach dem neuen Glas Wasser griff, das sie mir schmunzelnd reichte. „So viel? Moment mal. Ich habe heute Morgen etwas gegessen. Muss man das nicht auf leeren Magen machen?"

Es kam mir noch immer alles so verschwommen vor, obwohl sich der Nebel gerade wieder gelichtet hatte. Normalerweise dauerte es eine halbe Stunde, bis ich mich wieder einigermaßen wohl fühlte.

„Das ist kein Problem. Stör' dich nicht daran."

Scarlett lächelte, als sie über die kleine Einstichstelle streichelte und diese sich einfach schloss. Ich konnte deutlich sehen, wie sich meine Haut wie durch Zauberhand wieder zusammenschloss, so, als wäre sie nie von einer Spritze durchgetrennt worden. Fasziniert starrte ich sie an, sie zwinkerte.

„Fühlst du dich besser?“, fragte sie besorgt, worauf ich mit einem Nicken bejahte. „Das ist gut. Wenn du noch etwas Wasser möchtest, sag‘ mir Bescheid. Ich kümmere mich darum.“

„Danke.“

Scarlett drehte sich zu der Apparatur und legte die beiden Blutbeutel auf eine Waage, die oben angebracht war. Überrascht beobachtete ich das Ganze. Warum wog sie mein Blut?

Die Blondine kaute auf ihrer Lippe herum, bevor sie den Stuhl zurück zu seinem Platz zog und sich setzte. Nur einen Moment später war sie vollkommen in ihre Arbeit vertieft. Ich wusste nicht, ob ich sie unterbrechen durfte, aber die Neugier zwang mich dazu.

„Was genau machst du da?“

„So, wie du es nennen würdest: hexen.“

Beklommen senkte ich meinen Blick. Ich wollte sie damit wirklich nicht kränken. Manchmal mochte ich mich nicht dafür, dass ich an unangebrachten Stellen den Mund aufmachte. Eine schlechte Angewohnheit, die ich unbedingt ablegen musste.

„Entschuldigung. Ich wollte dich damit nicht beleidigen.“

Plötzlich lachte sie und drehte sich zu mir um. In ihrem Blick lag Belustigung, aber auch Wärme, die ein Kribbeln in meinem Brustkorb auslöste. Sie wirkte auf mich wie eine Mutterfigur, die versuchte ihre Kinder zu tadeln.

„Oh Gott, Skylar. Du musst dich dafür doch nicht entschuldigen. Ich bin deswegen nicht sauer. Der Ausdruck „Hexe“ ist ja gar nicht falsch.“

„Wirklich? Für mich sah es so aus, als würde es dich kränken.“

Sie winkte ab, bevor sie zu mir eilte und mich in ihre Arme schloss. Ich genoss die beruhigenden Berührungen.

„Mir geht es gut, hörst du? Du musst schon einiges aufbringen, um mich zu kränken. Ich bin eine ziemlich harte Nuss.“

Es erfreute mich, dass es ihr nicht zu naheging. Beleidigen wollte ich sie auf keinen Fall, schließlich schien sie ein netter und aufrichtiger Mensch zu sein.

Nach Worten suchend, erwiderte ich die Umarmung, bis wir durch das Klopfen an der Tür auseinander gedrängt wurden. Scarlett bat den Besucher herein, worauf Cole sich enttarnte und schmunzelte. Er schien erleichtert zu sein, weswegen konnte ich jedoch nicht erahnen.

„Seid ihr fertig? Ich würde Skylar gerne entführen.“ Als er meinen Blick sah, hob er beruhigenden seine Hände. „Keine Sorge. Ich meine nicht wirklich *entführen*. Eher ... ausleihen.“

Skeptisch knabberte ich an meiner Lippe, bis ich schließlich einwilligte. Ich musste mich besser und vertrauenswürdiger verhalten, schließlich boten sie mir ihre Hilfe an und diese abzulehnen, in solch einer Situation, würde nur ein Spinner tun. Mir lag etwas an dem Leben, das ich führte, auch, wenn es im Moment etwas chaotisch war.

„Ja. Alles erledigt. Nimm‘ sie ruhig mit“, sprach sie, wandte sich schließlich mir zu. „Vertrau‘ ihm.“

Mit diesen Worten drehte sie sich wieder zu der Apparatur und setzte sich. Cole winkte mich belustigt zu sich. Ich trat hastig an ihn heran, bedankte mich vorher noch einmal bei Scarlett – worauf ein leises Lachen folgte –, bevor ich zuließ, dass der Mann mich hinter sich herzog. Er ließ seine Hände in den Hosentaschen verschwinden.

Ich tat mir schwer, ihm zu folgen, da er so schnell und mit großen Schritten voranging. Dennoch wagte ich es nicht, irgendetwas zu sagen oder ihn zu bitten, dass er langsamer ging. Stillschweigend lief er vor mir her. Er sagte kein einziges Wort. Seinen Blick richtete er stur nach vorne, was so aussah, als würde er mich gar nicht bemerken, vielleicht sogar ausblenden.

Trotz der unangenehmen Stille genoss ich den Spaziergang, auch, wenn er recht hastig verlief. Mir blieb nicht viel Zeit, um mich umzusehen, dennoch versuchte ich das Beste. Ich musste mich hier schließlich irgendwie zurechtfinden – wollte nicht immer mit einem Babysitter durch die Flure spazieren.

Neugierig blickte ich mich also etwas um, doch mehr als farbenfrohe Wände, alte Bilder und Dekoration bekam ich nicht zu sehen. Die meisten der Türen waren geschlossen, nur die Bibliothek, die ich bereits kannte, stand offen. In ihr erblickte ich Koen und Cherry, die sich angestrengt unterhielten. Nun, Cherry war die Einzige, die etwas sagte. Der Schönling hingegen verschränkte seine Arme vor der Brust und mir war so, als hätte er auch seine Augen verdreht. Offenbar zeigte er eine gewisse Abneigung gegen das, was sie ihm an den Kopf warf.

Leider bekam ich nichts von ihrem Gespräch mit, da mich Coles strammen Schritte zwangen, ihn aufzuholen, um ihn nicht zu verlieren. Hastig versuchte ich, Schritt zu halten, stoppte jedoch wieder, als ich bemerkte, wohin er mich brachte.

„Was machen wir im Keller?“, erkundigte ich mich skeptisch.

Endlich zeigte er eine Reaktion, die bewies, dass er wusste, wer seine Nähe teilte.

„Das wirst du gleich sehen. Komm.“

Als er nicht den Anschein machte, mir noch weitere Fragen zu beantworten, seufzte ich. Ich entschloss, meine Gedanken von mir her zu schieben und dem Mann zu folgen. Er würde mir schon nichts tun – hoffte ich.

Cole führte mich eine steinerne Treppe hinunter. Hier war es frisch, etwas zu kalt für meinen Geschmack. Obwohl oberhalb dieser Räume jede Treppe mit einem Teppich verschönert worden war, hatte man dieses Gestein kahl gehalten. Es jagte mir einen Schauer über, was nichts Gutes verhieß. Dennoch war ich mir sicher, dass dort unten nichts Bösartiges lauerte.

Auf einmal stoppte Cole, bog nach rechts ab und ging nur wenige, weitere Stufen hinunter. Ich folgte ihm, bis er erneut stehen blieb. Erschrocken öffnete sich mein Mund, woraufhin Cole ein leises Glucksen entglitt. Wir standen vor einem riesigen Raum, der vollgestopft mit verschiedenen Waffen war. An der Wand lehnte ein schwarzer Ständer, der verschiedene Gewehre hielt. Daneben hatte man mehrere Kisten aufgebaut. Auf jeder stand etwas anderes. Pfeile, Gifte, Pfähle und Munition.

„Das gehört alles Logan", erklärte Cole, der sich fasziniert drehte. Offenbar konnte er sich nicht entscheiden, was er nun mitnehmen wollte.

Sofort erinnerte ich mich an die Pistole, die er vor wenigen Tagen in dem Reihenhaus geladen hatte. Himmel. Offenbar schwebten wir alle in größerer Gefahr, als ich wirklich glaubte. Es schien, als wären die Bewohner dieses Anwesens das kleinste Problem.

„Eigentlich hätte er mit dir hier herunterkommen sollen, aber er ist beschäftigt. Also übernehme ich diese Aufgabe. Ich hoffe, du fürchtest dich nicht allzu sehr."

„Gut. Ich habe es nun gesehen. Können wir dann wieder gehen? Ich fühle mich hier nicht sonderlich wohl."

„Was? Du dachtest - Wie süß. Skylar, wir sind nicht hier, damit ich dir all die Habseligkeiten meines Kumpels zeige. Du wirst ebenfalls eine Waffe bekommen."

Ich stockte. „Was? Cole, nein. Ich ... Ich kenne mich überhaupt nicht damit aus. Alles, was ich kann, habe ich in einem Selbstverteidigungskurs gelernt und trotzdem vergesse ich ständig die Grundregeln. Mir eine Waffe zu geben ist das Schlechteste, was du tun kannst."

Er lachte nur, bevor er in einer der Kisten wühlte. Obwohl ich mich für den Inhalt interessierte, traute ich mich nicht, auch nur einen Schritt näher zu kommen. Zu viel Respekt hege ich gegenüber diesen kleinen Dingen.

„Wenigstens willst du mich nicht umbringen", flüsterte ich leise, eher zu mir selbst.

Sein Lachen wurde lauter, als er seinen Kopf zu mir herumdrehte.

„Oh, glaub' mir. Wenn ich dich töten wollen würde, dann doch nicht in einem Waffendepot. Außerdem bin ich ein Hüter, wir können die Schwestern nicht töten."

„Weil die Hüter die Frauen beschützen müssen, richtig?"

Er nickte, bevor er seine Aufmerksamkeit wieder der Kiste schenkte. Jedoch fand er dort nichts, sodass er sich nach links drehte und seinen Blick schweifen ließ.

„Richtig. Schön zu wissen, dass du aufgepasst hast. Erfreue dich daran. Du kannst deinem Lover so oft auf die Nerven gehen, wie du willst. Umbringen kann er dich nicht."

Klang das nicht extrem herzerwärmend?, kicherte die Lady.

Empört schnalzte ich mit der Zunge. Meine Arme verschränkte ich vor der Brust.

„Koen ist nicht mein Lover."

Coles Grinsen wurde breiter, als er einen Dolch mit einem runden Griff packte.

„Ich habe niemals erwähnt, dass ich von Koen spreche", schmunzelte er.

Erschrocken weiteten sich meine Augen. Cole hatte mich ausgetrickst und ich war auch noch darauf hereingefallen! Beschämt senkte ich meinen Kopf, starrte auf meine Fingernägel.

„Du bist sonderbar", gab er von sich. „Du stehst zwischen den verschiedensten Waffen in einem schalldichten Keller und errötest wegen eines Kerls, der nicht einmal hier ist? Komisches Mädchen."

Ich wollte etwas darauf erwidern, ihm sagen, dass er vollkommen falsch lag – doch das konnte ich nicht. Selbst wenn ich es zu leugnen versuchte, wusste ich, dass er Recht behielt. Ich benahm mich richtig kindisch und naiv, obwohl ich mir vorgenommen hatte, erwachsener zu handeln.

Der Mann kam auf mich zu, reichte mir zwei kleine Waffen. Einmal den Dolch, den ich zuvor schon gesehen hatte und einen schlichten Holzpfahl, wie man ihn aus Filmen kannte.

„Für den Notfall", erklärte er. Offenbar sagte mein Blick mehr, als ich vermutete. „Ames wird dir morgen zeigen, wie man damit umgeht. Es werden einfache Übungen sein. Eigentlich wollten wir alles etwas langsamer angehen, damit du dich Stück für Stück an das Meiste gewöhnst, doch die Zeit rennt uns davon. Also werden wir dir das beibringen, was du in der kurzen Zeit erlernen kannst."

„Ich dachte, ihr seid dafür zuständig. Also, dass so etwas nicht passiert." Er prustete. „Offenbar hast du eine falsche Vorstellung von uns. Wir sind keine Superhelden, Skylar. Ja, wir wurden dazu beauftragt, euch zu beschützen, aber wir können nicht immer überall sein. Irgendwann ist jeder auf sich alleine gestellt. So will es das Schicksal."

„Blödsinn", murrte ich leise.

Cole sollte denken, was er wollte. Bei der ersten Konfrontation würde ich sterben, da konnte er sich sicher sein. Sie verfügten offenbar über Kräfte, die ich mir kaum vorzustellen wagte. Zumindest glaubte ich das. Bis jetzt hatte ich noch nicht viel gesehen. Gut, bis auf Scarlett. Aber Hexen konnten sich eben anders verteidigen, vielleicht sogar besser.

„Und das ist wirklich nötig?“, hinterfragte ich das Ganze noch einmal. Jedoch wurde die Antwort mit nur einem Blick auf Eis gelegt. Seufzend runzelte ich meine Stirn, traute mich jedoch nicht, noch einmal das Wort zu erheben. Ich sollte mich langsam daran gewöhnen, dass man nicht immer die Antworten bekam, die man wirklich haben wollte. Oder generell welche.

„Komm“, stöhnte Cole nach kurzer Zeit. „Ich bringe dich zurück in dein Quartier. Dort wirst du dich etwas ausruhen können.“

Doch ich war gar nicht müde, wollte ich ihm entgegen brüllen, doch der Mut verließ mich. Die Lady in meinem Körper schwieg, zog eine dicke Decke über ihren Kopf und verfluchte leise den Mann, der die Kontrolle über die momentane Situation in seinen Händen hielt. Während ich Cole zurück nach oben folgte, schüttelte ich die Frau aus meinem Kopf, um meinen Verstand etwas zu beruhigen.

Der Weg zurück in mein Zimmer verging viel schneller, als ich erwartete.

Vielleicht bildete ich mir das auch nur ein, schließlich hatte ich mich zu dem Zeitpunkt neugierig umgesehen, aber irgendwie kam es mir vor, als hätten wir hinunter viel länger gebraucht. Jetzt aber interessierte mich meine Umgebung nicht das Geringste. Bis auf die dunkle Tür, die zur Bibliothek führte. Ich erhoffte mir, beim Vorbeigehen noch einmal einen Blick auf Koen werfen zu können, doch dieser war, wie erwartet, verschwunden.

„Hier sind wir auch schon“, sagte Cole, ohne auch nur eine Miene zu verziehen. „Wie gesagt: Ruh‘ dich etwas aus und entspann‘ dich. Morgen wird sich Ames um dich kümmern.“

Seufzend nickte ich, bedankte mich leise für den Weg zurück in mein Zimmer. Er hätte mich immerhin auch alleine lassen können.

Im nächsten Moment schloss er die Tür und ließ mich wie ein verlorenes Kind alleine zurück. Ich drehte mich auf dem Absatz um, musterte mein Zimmer, indem ich bereits einige Stunden verbracht hatte. Es war noch in demselben Zustand, wie ich es verlassen hatte. Betrübt ließ ich meinen Blick durch den warmen Raum gleiten, fand jedoch nichts, was meine Aufmerksamkeit auf sich ziehen könnte. Mir war auf einmal furchtbar langweilig!

Vielleicht sollte ich auf Coles Rat hören und mich einfach aufs Ohr legen – die Träume in Empfang nehmen, die bereits sehnsüchtig auf meinen Besuch warteten.

Doch auch, wenn ich ein Gähnen unterdrückte, fühlte ich mich nicht sehr müde. Ja, erschöpft war ich tatsächlich. Doch dies hatte nichts mit meiner körperlichen Verfassung zu tun. Im Gegenteil. Ich fühlte mich tatsächlich etwas stärker – so stark, dass ich hätte Bäume ausreißen können. Zumindest glaubte ich fest daran. Deswegen schien es unmöglich, mich einfach ruhig hinzulegen und den Schlaf willkommen zu heißen, den man mir so sehr ans Herz legte.

Dennoch schmeckte ich einen bitteren Geschmack in meiner Kehle. Meine Seele fühlte sich erschöpft, so unglaublich müde und ich wusste nicht, wie ich damit umgehen sollte. So etwas hatte ich zuvor nur selten verspürt: Meist nach einem sehr harten Arbeitstag oder einer Modenschau, um die ich mich in der letzten Sekunde kümmern musste. Zu diesen Zeiten war Cherry oft mit einer Flasche Alkohol in meine Wohnung gekommen, hatte den Korken gezogen und die schwierigen Gefühle in mir betäubt – nicht, dass ich sehr viel von diesem Gift zu mir nahm. Jetzt jedoch, so bemerkte ich, musste ich selbst damit umgehen. Meine Freundin würde heute nicht mit einer Weinflasche das Zimmer betreten und breit grinsend die Gläser verteilen. Das war wirklich ... unwahrscheinlich.

Auch, wenn ich das Gesöff heute nicht bekommen würde, vermisste ich ihre Nähe. Ich wollte mich an sie schmiegen und nie wieder loslassen. Außerdem wollte ich über das Vergangene sprechen, wissen, wie es den Besuchern und Zuschauern ging und wie viele ihr Leben wegen mir lassen mussten. Nur bei dem Gedanken übermannte mich eine unangenehme Gänsehaut, dennoch verlangte ich nach einer Antwort. Mein Gewissen brauchte sie, auch, wenn es furchtbar klang.

Erneut entwischte mir ein leises Seufzen, als ich hinüber zu der schön verarbeiteten Kommode schlenderte und vorsichtig meine Finger über das Holz streichen ließ. Es fühlte sich so kalt unter meinen Berührungen an.

Mein Blick landete auf den beiden Waffen, die ich noch immer fest umklammert hielt. Der Gedanke, diese Waffen in meinem Besitz zu wissen, machte mir höllische Angst. Nicht nur, weil ich damit nicht umgehen konnte. Ich verspürte nicht das Bedürfnis, sie aufzubewahren, geschweige denn zu benutzen. Wahrscheinlich wollte ich einfach niemanden verletzen. Selbst nicht nach diesen Tagen, die ich verängstigt verbracht hatte. So ein Mensch war ich einfach nicht, auch, wenn die anderen mich in einem vollkommen anderen Licht betrachteten. Böses – damit wollte ich nichts zu tun haben. Weder mit diesen Menschen, noch mit den Dingen, die zu meiner Verteidigung dienten.

Bitter lachte ich auf, legte den Dolch, sowie auch den Pfahl auf die Oberfläche der Kommode und wandte mich anschließend von ihr ab. So einfach würde ich den Kontakt damit vermeiden, dachte ich mir, ignorierte aber die Tatsache, dass ich morgen damit kämpfen lernen würde.

Ich verabscheute diesen Gedanken, obwohl ich dennoch etwas Neugier und Hoffnung in meinem Körper verspürte. Ja, es war sicherlich aufregend zu lernen, wie ich mich verteidigen konnte, doch auch hier hatte sich meine Angst verankert. Was, wenn ich zu einem Monster mutierte?

Ein Blick auf die Uhr, die am Fensterbrett stand, zeigte mir, dass es noch nicht allzu spät war. Kurz überlegte ich, ob es sich lohnte, mich noch etwas umzusehen, legte diesen Gedanken aber schnell wieder zur Seite. Ich würde mich nur verlaufen oder im schlimmsten Fall auf Talisha treffen. Wenn nicht sogar auf einen weiteren Zauber, aus dem ich mich nicht befreien würde können.

Hastig schüttelte ich mein braunes Haar, bevor ich meinen Gürtel öffnete, aus der Hose schlüpfte, die ihren Platz auf der Armlehne des Stuhles fand. Der Rest folgte, bevor ich mich in meinen Pyjama zwang. Auch, wenn ich keinerlei Müdigkeit verspürte, würde ich versuchen einzuschlafen, denn selbst, wenn ich deswegen recht überrascht war, vertraute ich Cole auf einmal. Ich hoffte inständig, dass dies die richtige Entscheidung war.

Außerdem willst du Koen vertrauen und wenn Cole zu ihm gehört, schenkst du auch ihm dieses Gefühl. Weil du dich einzuschleimen versuchst.

Ich fühlte Scham in mir aufsteigen, der meine Wangen erröten ließ. Meine innere Lady hatte leider Recht, trotz all den Versuchen, den Gedanken zu verstecken. Mir wurde plötzlich bewusst, wieso ich Koen blind vertraute, wieso ich plötzlich nach seinen fesselnden Iriden suchte, in denen ich am liebsten eingetaucht wäre. Dieses befremdliche Gefühl in meiner Magengrube, die Schmetterlinge aus ihren Kokons zum Schlüpfen brachte. Verliebtheit – eine törichte Emotion.

Erschrocken drehte ich mich zur Tür, als ich laute, verärgerte Stimmen vernahm. Nervosität stieg in mir auf, als ich die männliche Stimme identifizierte. Koen – ein Zufall oder eine himmlische Fügung?

Zu meinem Bedauern kannte ich auch die junge Frau, die ihre böse Zunge wie eine Schlange zischen ließ und mit Wörtern um sich warf, die mich verlegen werden ließen. Leider handelte es sich um niemand Geringeren als Talisha.

Ich wusste, dass es falsch war, was ich da gerade tat und dennoch ging ich auf die verschlossene Tür zu, um einen Blick durch das Schlüsselloch zu wagen. Doch mehr als eine verschwommene Dunkelheit erkannte ich nicht, worauf ich langsam – und vor allem so leise wie möglich – die Tür öffnete. Nur einen Spalt.

Ein unangenehmer Schauer rannte mir von meinem Nacken hinunter zu meinem Becken. Talisha lehnte verärgert an der Wand, während Koen einen Arm um sie umschlungen hielt, ihr Entkommen verhindernd. Sie sah nicht sonderlich begeistert aus, ob deswegen oder aus einem anderen Grund wusste ich nicht. Er knirschte mit den Zähnen, als sie ihre Hände gegen seine Brust drückte und etwas sagte, was für mich nicht logisch klang.

„Was noch? Ich habe keine Lust mehr auf diesen Dreck."

„Tal, du bildest dir etwas ein."

Sie lachte bitter: „Ach tue ich das? Du weißt doch selbst nicht mehr, was du da redest. Denk doch mal ein Jahrhundert zurück! Koen, ich kenne dich und weiß über deine Geschichte Bescheid! Du brauchst mir nichts vormachen, glaub mir."

Der Mann verkrampfte sich, schlug nun auch mit der anderen Faust gegen die Wand, verfehlte das Gesicht der jungen Frau, die nicht einmal zusammenzuckte, nur knapp.

„Du, Talisha, hast keine Ahnung. Erzählungen, Geschichten – all das kennst du. Doch von der Wahrheit hast du keinen blassen Schimmer! Vergiss nicht, du warst nicht dabei."

Er war wütend, richtig wutentbrannt und ich verspürte den Drang, meine Arme fest um seinen Rücken zu schlingen. Ich wollte über seine Brust fahren, bis er ruhig wurde wie ein schnurrendes Kätzchen. Was ein unsinniger Gedanke.

Die Rothaarige lachte, schenkte ihrem Gegenüber eine kleine Grimasse.

„Beruhige dich, Tiger. Ich versuche, nur zu helfen."

Sie fuhr über seine Brust und entfachte dabei etwas in mir, was mich rotsehen ließ. Wie aus dem Nichts pochte Wut in mir auf, vermischte sich mit dem bitteren Geschmack der Eifersucht, brachte meine Hände zum Beben.

Fest biss ich mir auf die Lippe, versuchte, dem unglaublichen Gefühl zu widerstehen. Ich hatte nicht das Recht, mich wie eine eifersüchtige Furie aufzuführen. Die Hoffnung, die in einem kleinen Teil meines Herzen nistete, musste verbannt werden, denn offenbar schien Koen bereits Gefallen an einer Frau gefunden zu haben. Und diese verachtete ich mit allen negativen Gefühlen, die ich auftreiben konnte.

„Helfen? Ich brauche deine verdammte Hilfe nicht", knurrte er bedrohlich, doch Talisha ließ sich davon nicht einschüchtern. Mutig kam sie ihm noch näher und hob ihren Blick.

„Koen! Wir sind eine Familie, oder etwa nicht? Ich will dir doch nur zur Seite stehen."

„Das muss ich mir von einer wie dir anhören?", lachte er heiser, worauf Talisha plötzlich nicht mehr allzu stark wirkte. Ihre Augen verdunkelten sich, während ihre Hände von seiner Brust rutschten.

Ich schluckte und entschloss – viel zu spät –, dass es Zeit für mich war zu gehen. Doch bevor ich die Tür schließen konnte, erstarrte ich unter dem wütenden Blick der jungen Dame.

„Vergiss' es einfach!"

Mit diesen Worten stürmte sie an ihm vorbei, verschwand in den nächstliegenden Flur. Ich schluckte, als Koen sich langsam zu mir umdrehte und mich mit seinem Blick zwang, die Tür ein Stück weiter zu öffnen. Scham köchelte in mir auf.

„Entschuldigung“, stotterte ich verlegen. „Es war nicht meine Absicht zu lauschen.“

Koen hob langsam seine Hand, zeigte mir mit einer kurzen Bewegung, dass es in Ordnung war.

„Es war nichts Wichtiges“, antwortete er abweisend. „Keine Sorge. Alles okay.“

Mit einem Schnaufen drehte er sich von mir weg, bevor er den Weg nach rechts einschlug. Nicht sicher, ob ich das Richtige tat, folgte ich ihm einen Schritt.

„Möchtest du nicht hereinkommen?“, schoss es etwas unsicher aus mir heraus.

Mit hochgezogenen Brauen drehte sich Koen wieder zu mir, musterte mich gründlich, als ob er mich nicht richtig verstände. Verlegen starrte ich zu Boden, krallte meine Hände an meine Pyjamajacke, die meine Wangen zum Brennen brachte.

„Bitte“, flüsterte ich fast. „Leiste mir doch bitte etwas Gesellschaft.“

„Gut. Etwas kann ich bleiben.“

Nun war ich diejenige, die Überraschung ausstrahlte.

Koen ging etwas zu stürmisch an mir vorbei und während er aus Versehen meine Hand berührte, zuckten hunderte von Blitzen durch meinen erwärmten Körper. Ich erschauderte und versuchte, das Gefühl in mir aufzufangen, zu bewahren, damit ich mich daran erinnern konnte.

Als ich bemerkte, dass mein Gast sich auf den Stuhl setzte, hastete ich ebenfalls in das Zimmer. Schnell wurde die Tür geschlossen und ich gesellte mich, um die Verlegenheit in meinem Gesicht zu überspielen, an das geschlossene Fenster. Mein Blick wanderte nach draußen, fing einen Vogel, der mit Würmern im Schnabel vorbeiflog, auf. Verdammt, diese Situation fühlte sich äußerst unangenehm an.

Ich suchte nach Worten, doch keines schien ausgesprochen werden zu wollen. Mit der rechten Hand stützte ich mich am Fensterbrett, während die andere auf meine Brust gelegt wurde. Ich spürte deutlich mein schwer schlagendes Herz, das in meiner Brust hämmerte und Gefühle in sich trug, die ich niemals zulassen wollte.

Mir war klar, dass er hier saß – still und gelangweilt – und bestimmt gehen wollte. Doch ich konnte ihn noch nicht gehen lassen. Nicht, nachdem ich mir etwas vorgenommen hatte, was bereits überfällig war. Jedoch wusste ich nicht, wie ich das Gespräch beginnen sollte. Nichts schien für mich geeignet. Ich vernahm das Knarzen des Holzes und mir war klar, dass mir kaum Zeit blieb. Koen würde wieder gehen. Die Last in meiner Seele aber würde bleiben.

Also holte ich tief Luft und schloss für einen Moment meine Augen, sammelte all meinen Mut.

„Es tut mir leid."

Das Knarzen erstarb und das Pochen meines Herzens dröhnte in meinen Ohren. Meine Finger zuckten nervös, während ich versuchte, meinen Puls wieder etwas zu beruhigen.

„Weshalb entschuldigst du dich? Du hast nichts getan."

Es war deutlich herauszuhören, dass er total verwirrt war. Offenbar verstand er meine Entschuldigung nicht, worauf ich mit meiner Antwort näher rückte.

„Ich bin etwas neben der Rolle", gab ich schüchtern zu, umfasste das Fensterbrett fester als gewollt. „Vorhin ... in der Bibliothek. Das Ganze tut mir furchtbar leid. Ich weiß nicht, wie ich den Biss wiedergutmachen kann. All das ist so neu und komisch für mich. Verzeih."

„Dir muss überhaupt nichts leidtun", sprach Koen laut, bevor ich mich zu ihm umdrehte und in seinem Gesicht erkannte, dass er es vollkommen ernst meinte. „Es ist nicht deine Schuld. Du konntest nichts dafür."

Frustriert ließ ich von der Fensterbank ab und stürmte hinüber zu meinem Bett. Laut stöhnend ließ ich mich auf das Laken fallen, strich mir einige lose Strähnen hinter mein Ohr.

Für einen Moment war ich so abgelenkt, dass ich nicht bemerkte, dass er zu mir ans Bett trat. Mit einem seichten Lächeln auf den Lippen kniete er vor mir, nahm mein Gesicht sanft in seine Hände. Hätte er gewusst, was er mit diesen sanften Berührungen anrichtete, wäre er vorhin sicherlich gegangen. Mein Herz hämmerte gegen meinen Brustkorb, ließ mein Blut wie einen Vulkan Feuer fangen und zwang die Schmetterlinge in meinem Bauch aufzuwachen.

„Es ist alles gut", lächelte er vorsichtig, zeichnete mit seinen Fingern meine Wangenknochen nach. „Glaube mir, Skylar. Du machst dir viel zu viele Sorgen."

Erneut stöhnte ich auf. Jedoch war dieser Laut getränkt mit purem Frust.

„Wenn ich das heute noch einmal höre, raste ich aus", murrte ich, woraufhin sich das Lächeln des Mannes höher zog. Sein Lachen hallte durch den Raum, während die Streicheleinheit fortgesetzt wurde. Verlegen ließ ich meinen Blick sinken, während ich durch den wundervollen Klang seines Lachens in die Höhe gehoben wurde. Ein flatterndes Gefühl breitete sich in meiner Magengegend aus – die Schmetterlinge waren nun endgültig aus ihren Hüllen geschlüpft –, bahnten sich ihren Weg in jeden Zentimeter meines Körpers. Mein Leib erzitterte unter seinen Bewegungen, wobei mein Gesicht mit einer sanften Röte überzogen wurden. Plötzlich fühlte ich mich wie ein verliebter Teenager, der gerade seinen ersten Kuss bekommen würde und es gefiel mir.

Dieses intensive, familiäre Gefühl, das ich seit Jahren nicht verspürt hatte, überschlug jede andere Emotion.

Vorsichtig schmiegte ich mich an seine starke Hand, spürte deutlich wie sich die Hitze in mir verbreitete. Es fühlte sich so wunderbar herrlich an – als würde man vor einem knisternden Feuer sitzen.

„Koen", hauchte ich leise seinen Namen, blickte ihm zärtlich in die rehbraunen Augen.

Mein Verlangen wuchs, als ich kurz meinen Blick löste und zu seinen Lippen wanderte. Ich wollte sie kosten, erneut den wunderbaren Geschmack vernehmen, der mir die Sinne nahm. Gier kroch in mir auf, während ich mir vorstellte, wie sich seine Lippen zwischen meinen Zähnen anfühlen würden. Ich hielt dieses Brennen in mir nicht mehr aus, beugte mich langsam zu ihm nach vorne. Kurz bevor unsere Lippen sich berührten, hob Koen seinen Kopf und drückte mir zärtlich einen Kuss auf die Stirn. Sofort verblassten die Gier und das wollende Gefühl.

„Du solltest etwas schlafen", hauchte er heiser, bevor er sich ganz erhob.

Irritiert blinzelte ich, griff – bevor er verschwinden konnte – nach seiner Hand und hielt ihn zurück. Ich konnte ihn nicht gehen lassen. Nicht jetzt. Es fühlte sich für mich unmöglich an, nun von ihm getrennt zu werden. Wenn ich an irgendetwas festhalten musste, dann auf jeden Fall an diesem Moment!

So eine Chance würde ich nie wiederbekommen und auch, wenn er nicht die gleichen Gefühle hegte – ich wusste nicht einmal, wie ich das Kribbeln in meinem Bauch erklären sollte –, wollte ich mich für einen kurzen Augenblick so fühlen, als würde dieser Mann mein sein. Als würde er mir gehören!

„Geh bitte nicht", hörte ich mich sagen. „Ich möchte nicht alleine bleiben."

„Ich kann Cherry holen", warf er ein, doch ich schüttelte meinen Kopf.

„Bitte!" Ich klang furchtbar verzweifelt.

Er kämpfte mit sich, also löste ich unsere Hände und senkte betrübt den Kopf.

„Na gut. Ich bleibe."

Meine innere Lady sprang unter ihrer Decke hervor, streckte ihre Arme nach oben und grinste. Sie konnte es kaum erwarten von seiner Nähe zu kosten. Vor allem nicht, als sie bemerkte, dass Koen sich seinen Schuhen entledigte und es sich auf dem Bett gemütlich machte. Verwirrt weiteten sich meine Augen, als er mich schließlich zu sich bat.

„Wie lange willst du noch dort sitzen?", fragte er mich grinsend.

Es dauerte nicht allzu lange, bis ich neben ihm lag, den Kopf auf seine Brust bettete.

Ich verstand das nicht. Dieser Kerl verwirrte mich auf einer Ebene, die ich nicht analysieren konnte. Sein Gesichtsausdruck hatte mir deutlich gemacht, dass er kein

Interesse daran hegte, Zeit mit mir zu verbringen. Dennoch lag er nun in meinem Bett, während ich mich fast schon aufdringlich an ihn schmiegte. Obwohl es mir peinlich war, löste ich mich nicht von ihm.

Meine innere Lady schrie laut auf, wirbelte mit Pompons und warf mir Wörter zu, die für kleine Ohren eindeutig nicht geeignet waren.

Lächelnd hob ich für einen Moment meinen Kopf und erschrak leicht, als ich bemerkte, dass der von mir entstandene Bissabdruck verschwunden war. Mir brannte eine Frage auf der Zunge, doch ich entschloss, die friedliche Ruhe zu genießen. Eine Frage hätte die Idylle zwischen uns vielleicht ins Wanken gebracht. Meine Lippen zogen sich noch höher, als ich mich an Koens Hemd krallte und die Hitze genoss, die von dem Mann ausgestrahlt wurde. Erneut erinnerte es mich an ein Feuer. Es fühlte sich wunderschön an.

Eine Gänsehaut überrannte mich. Koen legte seine Hand zärtlich auf meinen Rücken, drückte mich dabei etwas fester an seine Brust. Mein Herz schlug Purzelbäume. Ich wollte dieses tolle Gefühl in mir aufnehmen – diesen Moment auskosten, solange es noch ging.

Doch kaum hatte ich meine Augen geschlossen, überkam mich Erschöpfung und der wunderbare Moment verflog wie Asche im Wind.

*

Mir fest auf die Lippe beißend stand ich da, versuchte, mich an das vergangene Gefühl von letzter Nacht zu erinnern, doch ich scheiterte. Meine Gänsehaut war schnell verflogen, doch ich hatte erwartet, dass die unglaubliche Hitze geblieben war. Doch ich täuschte mich. Sie war verschwunden, so, wie das Kribbeln auf meiner Haut und das feste Klopfen meines Herzens. Verlegenheit, die ich auch gestern verspürt hatte, kam auf, als ich an die Zweisamkeit dachte. Doch es ähnelte nicht im Geringsten dem Gefühl, an das ich mich wirklich erinnern wollte. Und genau das machte mich verrückt. Ich verabscheute den Gedanken, dass alles bereits vorbei war.

Ich konnte mir das Ganze nicht richtig erklären. Im Grunde machte ich mich gerade zum Affen, schließlich war Koen nur bei mir geblieben, weil ich darum gebettelt hatte. Wenn man das Szenario genauer betrachtete, war das recht armselig. Bei dem Gedanken lief es mir eiskalt den Rücken hinunter. Verlegenheit und Scham vermischten sich, ließen mich so rot wie eine Tomate werden.

„Ach, verdammt“, fluchte ich leise, bevor ich mich auf die Kante meines Bettes fallen ließ.

Ungeduldig wartete ich auf Cherry, die vor einer halben Stunde versprochen hatte, zurückzukehren und mich abzuholen. Sie wollte mir bei meinem ersten Training zur Seite stehen. Dafür war ich ihr auch furchtbar dankbar. Weniger dankbar war ich für die Tatsache, dass Koen vor meinem Erwachen verschwunden war. Mein Herz blutete, wenn ich mir vorstellte, dass er sofort nach meinem Einschlafen gegangen sein könnte.

Mürrisch schüttelte ich meinen Kopf, wischte mir den trüben Gedanken aus meinem Verstand und blickte in den länglichen Spiegel. Vorhin, als meine Freundin hier gewesen war, hatte sie mir Kleidung, die offenbar zum Training diente, dagelassen. Es handelte sich um eine enge, schwarze Leggins, schwarzen Boots – in denen ich nicht einmal richtig laufen konnte, da sie an der Spitze mit irgendeinem Metall versehen waren – und einem hellen, blauen T-Shirt, auf dem kleine Zielscheiben abgebildet waren. Eines davon befand sich zum Beispiel genau über meinem Herzen. Das andere auf meinem Schulterblatt. Ich konnte es nicht sehen, aber ich war mir sicher, dass ein weiteres meinen Rücken zierte. Obwohl ich nicht wirklich wusste, für was all diese Zeichen gebraucht wurden, schien ich die Bedeutung zu kennen.

Seufzend griff ich nach der dunklen Trainingsjacke, die bis jetzt auf meinem Bett gelegen hatte und zog sie an. Sie saß sehr gut und es gab viele Taschen, in denen man hätte etwas verstecken können. Dennoch fand ich keinen Platz für den Dolch und den Pfahl. Ich würde sie doch nicht wirklich ständig in meinen Händen halten müssen, oder?

Das Knarren von Holz riss mich aus meinen Gedanken. Ich schmunzelte, als ich meine Freundin erblickte. Sie wirkte abgehetzt, irgendwie müde.

„Was ist denn mit dir passiert?“, erkundigte ich mich belustigt und erhielt zuerst nur ein leises Grunzen.

„Ich komme mir vor wie ein Hund“, murrte sie schließlich. „Ständig schickt man mich hin und her.“

Sie blickte hinüber zu dem Tablett, das auf dem Tisch stand und als sie die leeren Teller erblickte, lächelte sie erfreut. Es faszinierte mich, wie schnell man sie doch zufriedenstellen konnte. Offenbar machte sie etwas unheimlich glücklich.

„Wie ich sehe, hast du aufgegessen. Fühlst du dich schon besser?“

Ich nickte sofort, obwohl ich die Wahrheit hinter einer Fassade verbarg. Am liebsten hätte ich mich für meine Naivität geohrfeigt. Cherry war meine beste Freundin – ich hatte verlangt, mit ihr zu sprechen – dennoch bekam ich es nicht übers Herz, ihr zu sagen, dass ich in ihren *Kollegen* verliebt war. Wenn man das überhaupt so nennen konnte. Das lag nicht nur an mir, sondern auch an der Tatsache, dass Cherry eine offene und liebreizende Person war. Sie würde mir jede Art von Wahrheit direkt ins

Gesicht sagen, auch, wenn sie so manche Geheimnisse mit sich herumtrug, die sie mir aus bestimmten Gründen nicht erzählen wollte. Ich vertraute ihr, jedoch nicht mir.

„Ja. Danke, dass du mir mein Lieblingsfrühstück gemacht hast. Es hat großartig geschmeckt."

„Gern geschehen", kicherte sie, klatschte erfreut in die Hände. „Ah! Deswegen bin ich gar nicht hier. Logan erwartet dich bereits in der Arena."

Das Wort *Arena* jagte mir einen ziemlichen Schauer über den Rücken.

„Logan?", fragte ich überrascht. „Ich dachte Ames, kümmert sich um mich. Cole sagte, dass er mein Training übernehmen wird."

„Das wurde geändert", erklärte sie das Ganze, während sie mir die Tür aufhielt. Dankend trat ich hindurch und folgte ihr durch den Flur, gespannt, was sie sagen wollte. „Ames ist leider verhindert, aber es könnte sein, dass er später zu uns stößt. Er geht einem Verdacht nach."

„Einem Verdacht? Hat er etwa eine andere Schwester gefunden?"

Meine Worte brachten mich selbst zum Zucken. Ich erschauderte bei der Tatsache, dass ich all diese Dinge hinterfragte, ohne mich darum zu kümmern, dass ich es für wahr hielt.

„Du interessiert dich dafür?", lachte sie ungläubig. „Ich dachte ... Ach, vergiss, was ich gedacht habe. Ich finde das toll."

Sie verhielt sich, als hätte sie meine Gedanken persönlich mitverfolgt.

„Nun ja", nuschelte ich verlegen vor mich hin. „Ich bin schließlich hier, um euch zu helfen, oder? Desto schneller ihr diese Frauen findet, desto schneller kann ich wieder nach Hause zurück."

Mir entging nicht, dass ihr Lächeln sank und ihre Augen Trauer widerspiegelten, die sie versuchte, mit einem leichten Lachen zu überspielen. Doch damit konnte die Blonde mich nicht täuschen. Ich kannte sie einfach zu gut, dennoch hielt ich meinen Verdacht für mich. Ich konnte mir vorstellen, was sie sagen würde, wenn ich sie nun darauf ansprach. Das wollte ich jedoch nicht hören. Hier handelte es sich um die gleiche Situation wie mit Koen. Solange ich die Wahrheit nicht mit eigenen Ohren hörte, schenkte ich ihr keinen Glauben.

Cherry schnaufte leise, antwortete jedoch nicht auf meine Frage. Ich entschloss, nicht weiter darauf herumzureiten. Ich wusste das Nötigste, hoffte ich, und damit wusste ich umzugehen. Stumm stapften wir die Treppen hinunter, die uns direkt in die Waffenkammer führten. Zu meiner Überraschung wirkte sie heute viel gruseliger als den vergangenen Tag. Man hatte die Tür verschlossen, doch es gab kleine Fenster, die mir das Innere zeigten. Mir waren diese kleinen Gläser gestern gar nicht aufgefallen, was wahrscheinlich daran lag, dass die Tür geöffnet gewesen war.

„Komm“, befahl die Blonde lächelnd und verstummte anschließend wieder.

Ich nahm es ihr nicht krumm, auch, wenn ich mir mehr Geräusche wünschte. Geräusche, die mich vom Denken ablenkten.

Zusammen schlenderten wir an der Kammer entlang, worauf wir in einem weiteren Flur landeten, dessen Wände mit prächtigen Bildern bespickt waren. Neugierig sah ich mich um, betrachtete vereinzelte Kunstwerke.

„Sieh sie nicht an, Sky! Lauf‘ einfach an ihnen vorbei.“

Ich erlaubte es mir nicht, diese Aufforderung zu hinterfragen, und richtete meinen Blick auf den Boden, dessen Marmor von einem langen, dunklen Teppich bedeckt wurde.

Der Weg führte uns zu einer weiteren Treppe, die uns jedoch nur wenige Meter weiter nach unten beförderte. Einige Stufen später hob ich meinen Kopf und staunte nicht schlecht. Mit geweiteten Augen erblickte ich die Arena.

„Wow“, keuchte ich begeistert und trat einen Schritt weiter hinein.

Der ganze, riesige Raum ähnelte einem Kolosseum, war aber um einiges kleiner. Die Arena bestand aus einem kreisförmigen Feld – es teilte sich in der Mitte und beinhaltete einen sandigen Untergrund und einen Boden aus reinem Stein. Ich verstand nicht ganz wieso, wurde jedoch von dem Territorium außerhalb in den Bann gezogen. Dieses war genauso, wie man es aus alten Filmen her kannte. Hohe Podeste bäumten sich ringsherum auf, boten eine Menge Platz für Besucher – Zuschauer, die von dieser Art des Kampfes begeistert waren oder einfach nur eine gute Show genießen wollten. Doch irgendetwas sagte mir, dass das hier keinerlei dieser Spielchen war. Hier wurde nicht gespielt, oh nein. Es war ein Schlachtfeld. Selbst jetzt wo es so harmlos wirkte.

Obwohl an der Decke ein riesiger Kronleuchter angebracht war, hingen an den Wänden ringsherum Fackeln; Manche entzündet, manche nicht. Prachtvolle Teppiche hingen neben den Flammen an den Wänden, zeigten verschiedene Szenarien. Rechts von mir erkannte ich einen Tiger, der jedoch auf zwei Beinen stand und links von dem Eingang blickte ich in das Gesicht einer Art Fee, mit leuchtend grünen Augen und langen, spitzen Ohren.

„Da seid ihr ja“, erklang eine laute, erfreute Stimme und ich erkannte Logan, der auf uns zu geschritten kam. Mit einem Lächeln kam ich ihm entgegen, nahm freundlicherweise seine Hand an, die er zur Begrüßung ausstreckte.

„Wird auch langsam Zeit“, knurrte jemand Weibliches und ließ mir das Blut in den Adern gefrieren.

„Halt‘ die Klappe, Talisha“, säuselte Cherry gespielt freundlich. „Es war meine Schuld.“

Dann hörte ich ein Schnaufen, das mich veranlasste, nach ihr zu sehen. Falls ich wirklich glaubte, dass mich das Pech verfolgte, handelt es sich bei diesem Anblick wohl um wahrhaften Hohn. Talisha war nicht alleine – im Gegenteil, das Biest saß zusammen mit Koen, viel zu nah für meinen Geschmack, auf der Tribüne und schmiegte sich an den jungen Mann, als wäre er ihr Kuscheltier. Das Bild hinterließ einen bitteren Geschmack auf meiner Zunge und auch, wenn mein Herz erneut schneller zu schlagen begann, verspürte ich das Verlangen, zu verschwinden.

Ich ertrug es nicht, die beiden in solch einer intimen Position zu sehen. Obwohl Talisha lächelte, schien Koen nicht sehr begeistert zu sein. Dennoch drückte er die Dame nicht von sich. Sie schienen sich offenbar prächtig zu unterhalten und die Unterbrechung, für die Talisha gerade gesorgt hatte, interessierte den Dunkelhaarigen offenbar nicht im Geringsten.

Die Wahrheit, die ich zu leugnen versuchte, kroch immer näher.

„Zeig' mir, was Cole dir für Waffen gegeben hat", bat mich Logan, bevor ich ihm die kleinen Handwaffen vor die Nase hielt. Er seufzte enttäuscht.

„Das war ja wieder klar", murrte er, fuhr mit Zeige- und Mittelfinger über seinen Nasenrücken. „Gut. Das bekommen wir schon hin. Offenbar hat er nicht sonderlich viel Vertrauen in dich."

„Fangen wir einfach an."

Cherry löste sich von mir, schenkte mir einen stummen Alles-wird-gut-Blick und setzte sich anschließend ebenfalls auf die Tribüne – weit weg von Talisha und Koen.

Kaum entfernte sich meine Freundin von mir, kehrte die aufgebrachte Nervosität zurück, zerrte an meinen Nerven. Was, wenn ich total versagte?

Logan befahl mich in die Mitte der Arena, dann blieb er lächelnd vor mir stehen. Offenbar plante er etwas anderes, als mich sofort zu Boden zu reißen.

„Ich erkläre dir erst einmal den Verlauf unseres Trainings", erklärte er, worauf ich aufmerksam nickte. „Wir werden zuerst ein paar Grundlagen durchgehen, dann beginnen wir mit der Selbstverteidigung. Cherry sagte mir, dass du bereits über etwas Erfahrung verfügst."

Das Lachen Talishas ertönte, das mich dazu brachte, stumm zu bleiben. Die restlichen Worte, die Logan an mich richtete, führten einfach an mir vorbei. Ich verstand sie nicht, hörte nur das Pochen meines schweren Herzens. Wie, zum Teufel, sollte ich mich in ihrer Nähe konzentrieren können?

Ein Zucken durchfuhr meinen Körper, als Logan meinen Hals umfasste. Auch, wenn es nur eine leichte Berührung war, schluckte ich.

„Diese Stelle solltest du bei einem Dämon abtrennen“, lehrte er mich. „Falls du aber nicht nah genug an ihn herankommst, hast du immer noch die Möglichkeit, sie zu verbrennen oder ihnen einen Dolch durch die Brust zu jagen. Falls du dies jedoch aus der Entfernung tust, solltest du sichergehen, dass es auch wirklich tief eingedrungen ist.“

Er löste seine Hand wieder und ich fragte mich, ob er bemerkte, dass ich nicht aufgepasst hatte. Anschließend erhob Logan wieder das Wort, während er um mich schlich wie eine Katze, die nur darauf wartete, ihre Beute zwischen die Krallen zu bekommen. Logan grinste leicht, als er mir erklärte, wie man Vampire tötete. Mein Körper erschauderte, als ich daran dachte, jemandem das Herz herauszureißen oder zu pfählen. Es ekelte mich an.

„Und dann sind da noch Hexen“, grunzte er. „Denen brichst du einfach das Genick.“

„Alle anderen Methoden funktionieren jedoch auch recht gut“, sprach Koen laut, ließ das Blut schneller durch meine Venen pumpen.

Ich schnaufte: „Wieso kann ich nicht einfach jedem das Genick brechen?“

Es erschien mir als die netteste Methode, jemandem das Leben zu nehmen. Wenigstens würde mir das Blut erspart bleiben. Jedoch richtete mein Gedanke die Aufmerksamkeit auf Talisha, die lauthals zu lachen begann.

„Bist du komplett verblödet?“, schellte sie laut, schlug ihre schlanken Beine übereinander.

Empörung zeichnete sich in meinem Blick ab, verwandelte sich jedoch in eine Art Trauer, die mir bis in die Knochen schlich. Warum behandelte mich Talisha so schlecht? Woher sollte ich all die Dinge wissen, die sie von mir abverlangten?

„Sie würden irgendwann wieder aufstehen“, erklärte Logan, der das Gerede der Rothaarigen ignorierte. „Du musst aber aufpassen. Manche Hexen sind unsterblich, da bringt es nichts, ihnen den Hals umzudrehen. Bei ihnen wirken die anderen Varianten besser.“

Ich nickte und zeigte ihm so, dass ich aufmerksam war. Ein kurzes Lächeln umspielte seine Lippen, bevor er erneut vor mir stehen blieb.

„Können unsterbliche Personen denn überhaupt sterben?“

Logan kicherte: „Unsterblich bedeutet nicht gleichzeitig unverwundbar. Es ist wie mit den Hütern. Brichst du ihnen das Genick, heilt es nach einiger Zeit wieder. Schlägst du ihnen jedoch den Kopf ab, sterben sie, weil diese Wunde unmöglich heilen kann. Verstehst du, worauf ich hinauswill?“ Ich nickte. „Gut. Nun nimm den Pfahl und greif‘ mich an.“

Verwirrt blinzelte ich und hob meinen Blick, um mich zu vergewissern, dass ich mich nicht verhört hatte. Sein Lachen schreckte mich auf. Seine Augen funkelten voller Belustigung, als wüsste er genau, was mir gerade durch den Kopf schoss.

„Nimm den Pfahl und greif' mich an", wiederholte er.

Okay, seufzte ich in Gedanken, *das schaffst du, Sky. Denk an das, was du bereits kannst.*

Ich legte den Dolch zur Seite, während ich den Pfahl fest umfasste – so stark, dass sich meine Haut weiß färbte. Tief holte ich Luft, bevor ich auf den Mann zustürmte.

Plötzlich starrte ich auf den sandigen Untergrund, keuchte und schüttelte mein Haupt, um den aufgewirbelten Dreck von mir zu drängen. Kichernd verdrehte Logan meinen Arm hinter meinen Rücken, drückte mich mit nur einer Hand zu Boden. Ich konnte Talisha laut grölen hören, ebenso das Fauchen meiner treuen Freundin.

„Du musst deinen Gegner vorher genau betrachten", erklärte mein Lehrer, während er mich wieder auf die Beine zog. „Einfach loszustürmen bringt nichts. Wie du siehst, konnte ich dich leicht überwältigen."

Ich nickte, klopfte mir beschämt den Dreck von den Klamotten. Logan beugte sich hinunter und nahm den Dolch an sich, den ich liegen gelassen hatte. Stumm wie ein Fisch kam er wieder auf mich zu, zog an dem Gürtel, den ich trug und steckte den Dolch durch die Lasche, die dort entstanden war.

„Praktisch so etwas, nicht?", grinste er und deutete auf die zweite Lasche, die für den Pfahl gemacht war. „Und nun, schlag' mich."

Ohne wirklich darüber nachzudenken, tat ich es. Doch ich traf nicht, also versuchte ich es nochmal - wieder nichts. Logans Bewegungen waren zu schnell. Meine Schritte wurden fester und meine Fäuste schneller, dennoch schaffte ich es nicht, den Mann gegenüber zu erreichen – obwohl ich mich nur auf ihn konzentrierte, schien es nicht zu klappen, da war es mir auch egal, dass ich den Pfahl verlor.

„Das ist doch unfair", rief Cherry. „Logan, kämpfe fair!"

Das rothaarige Biest kicherte leise – kaum hörbar –, dennoch vernahm ich ihre helle, glockenähnliche Stimme.

Ein leises Keuchen schlich sich über meine Lippen, als ich stehen blieb und mir die pochende Seite hielt. Meine Atmung war falsch gewesen, was von meinem Seitenstechen bestätigt wurde.

Unsicherheit sammelte sich in mir, als ich in das grinsende Gesicht Logans blickte, der offenbar Spaß darin fand, mich schwach aussehen zu lassen.

„Das schaffst du, Sky", rief mir Cherry aufmunternd zu. „Ich glaube an dich."

Glücksgefühle umschlossen mich, brachten mein Herz fester zum Schlagen, was auch der Grund dafür war, wieso ich den nächsten, bösen Kommentar des Biests ignorierte.

Logan, der sowohl Cherry als auch Talisha ignorierte, schnaufte leicht – lächelte aber.

„Das ist vollkommen normal“, sagte er. „Niemand kann das von Anfang an und keine Sorge, deine Reflexe werden noch besser. Es wird eine Weile dauern, bis du deine Kräfte einsetzen kannst.“

Unsanft zog ich meine Lippe zwischen meine Zähne, versuchte, dem Drang zu widerstehen, mich loszureißen und aus der Arena zu rennen. Ich fühlte mich fehl am Platz und auch, wenn Logan mir versprach, dass sich das alles legen würde, vertraute ich darauf nicht so sehr, wie ich es eigentlich sollte. Vor allem nicht, wenn diese Zicke in meinem Nacken saß und mir Dinge zurief, die ich nicht wahrnehmen wollte. Doch das war nicht alles, was mich so verrückt machte. Als ich meinen Blick zur Seite wandern ließ und Talisha sah, wie sie mit einem lauten Lachen auf Koens Worte reagierte, zog sich alles in meiner Brust zusammen. Wo waren die schönen Momente hin, die wir gestern verbracht hatten?

Gott, rief ich mir bitter zu, *du machst dir etwas vor. Sieh dir diesen Gesichtsausdruck an, Sky. Das gestern. das war doch nur aus Höflichkeit geschehen.*

Es schmerzte, drückte meine Brust fest zusammen und ließ hitzige Tränen in mir aufsteigen. Wieso fühlte ich mich plötzlich so verlassen, so einsam? Ich war mir sicher, dass dort etwas zwischen uns gewesen war. Es gab sicherlich etwas, das uns verband, doch was sollte dies sein? Ich suchte nach Hinweisen, Gedankengängen, die mir helfen konnten. Doch mein Verstand zog blank.

„Versuch‘ es noch einmal“, lächelte Logan, der meinen inneren Konflikt nicht bemerkte.

Ohne etwas zu erwidern, rannte ich auf ihn zu, stolperte jedoch über den Pfahl, den ich fallen gelassen hatte und stürzte zu Boden. Ich keuchte, als ich etwas unsanft landete.

„Sky!“, keuchte Cherry, die auf mich zustürmte. Doch Logan packte sie, zog sie von mir weg. Im Augenwinkel sah ich, wie er mit dem Kopf schüttelte, was bei ihr auf Empörung stieß.

Ich blickte zu Koen, der die laut lachende Frau im Arm hielt. Übelkeit zog in mir auf, ließ mich bittere Galle schmecken.

Mein Blick richtete sich wieder auf den Boden, während ich mich langsam auf die Beine zog. Verschwinden, das war es, was ich wollte. Jetzt und sofort. Noch nie hatte ich mich zuvor so gedemütigt und beschämt gefühlt. Ihr Lachen hallte durch meinen Kopf, ließ mein Blut schneller durch meine Venen fließen.

„Wie peinlich ist das denn?“, prustete die Rothaarige. „Oh, Himmel. Das hätte man aufnehmen müssen.“

Mein Blick wurde trüb, während ich meine Hände fester zusammenballte, die aufsteigenden Tränen zu verstecken versuchte. Doch ich konnte es ihnen nicht mehr verwehren. Langsam und voller Hitze rannen mir die Tränen über die mit Dreck beschmutzen Wangen, sammelten sich an meinem kleinen Kinn und vollführten einen gewagten Sprung, der sie hinunter schleuderte und zu Boden prallen ließ. Ein leises Schluchzen folgte, bevor ich mir die Hand auf den Mund presste, versuchte, das Schlimmste zu verhindern.

„Skylar ... nicht", flüsterte Cherry.

Ich wimmerte leise, spürte plötzlich eine unglaubliche Wut in meinem Körper. Mit einem Ruck drehte ich mich zu Talisha und ihr Lachen erstarb. Anstelle der hässlichen Töne erklang ein lauter, weiblicher Schrei, der mich stark an Scarlett erinnerte. Dann begann der Boden plötzlich zu beben und mich erfasste ein komisches Gefühl, das nur für wenige Sekunden hielt.

„Der Schutzwall", keuchte Koen, der wie durch Zauberei auf einmal schützend vor mir stand. Verwirrt blickte ich mich um, erkannte Panik in dem Blick meiner Freundin.

Erleichterung breitete sich in mir aus, als die Blonde die Treppen hinunter stürmte und zu uns kam. Sie keuchte stark, hielt ihre Hand fest auf ihre Hüfte gedrückt, die etwas blutete.

Ich wollte nach ihr greifen, auf die verletzte Frau zugehen, doch Koen schlang seine Arme um meinen Bauch und drückte mich bestimmt an sich. In seinem Blick lag Sorge, die sich jedoch nicht gegen Scarlett richtete. Ich schluckte, als ich all das Blut an ihren Händen bemerkte.

„Ihr müsst verschwinden!"

„Was ist passiert?", erkundigte sich Logan, der das Messer zog, das an seinem Gürtel baumelte.

„Sie haben sie gefunden. Ich weiß nicht wie", keuchte sie und ich erblickte etwas in ihren Augen, was mich erschrocken zusammenzucken ließ. „Ich habe wohl den Zauber nicht stark genug gehalten. Keine Ahnung, aber ihr müsst so schnell wie möglich fliehen!"

Cherry packte plötzlich meine Hand und ohne auf Koen zu achten, der mich noch immer im Arm hielt, zog sie mich mit sich. Sie raste direkt auf die Wand zu, brachte mich zum Schlottern.

„Cherry! Was tust-"

Keuchend schloss ich meine Augen, öffnete sie aber wieder, als der Zusammenprall mit der Wand ausblieb. Auf einmal befanden wir uns in einem breiten, hell erleuchteten Gang, der auf wundersame Weise erschienen war.

„Magie", antwortete sie bloß, verstärkte den Griff um meine Hand.

Als ich meinen Blick zurückwarf, erkannte ich Koen, der uns mit schnellen Schritten folgte. Er schien nicht sofort gefolgt zu sein, schaffte es jedoch ohne große Anstrengungen, uns einzuholen.

Schluckend fragte ich etwas: „Wohin gehen wir? Wohin führt dieser Gang?“

Doch es blieb still zwischen uns dreien. Niemand hielt es für nötig, mir zu antworten. Diese Tatsache verstärkte die Wut in mir und trocknete meine feuchten Wangen.

Es sollte still sein, da war ich mir sicher, dennoch erklangen plötzlich laute und aggressive Stimmen. Ich vernahm das Rascheln von Blättern, Schritte, wie als wenn jemand über Papier gehen würde, und Schreie.

Der Durchgang endete plötzlich und wir erreichten einen Wald.

„Wohin gehen -“

Ich schluckte die letzten Worte hinunter, da Koen mir fest seine Hand auf den Mund presste. Bestimmt schüttelte er seinen Kopf, durchbohrte mich mit seinem Blick, der mich augenblicklich verstummen ließ. Still, obwohl Blätter unter unseren Füßen raschelten, die zu dieser Jahreszeit überhaupt nicht dorthin gehörten, hasteten wir zwischen Bäumen hindurch, verkrochen uns einige Mal für einen kurzen Moment hinter vollen Büschen und fanden uns schließlich an einem Parkplatz wieder. Irritiert hob ich meine Brauen. Ein Parkplatz? Mitten im Wald?

„Wie verrückt ist das denn“, keuchte ich – lauter als gewollt.

Cherry zischte und sprang plötzlich zurück, um einem Dolch auszuweichen, der ihr Herz hätte treffen können.

Wie aus dem Nichts sprangen zwei Männer hervor – einer trug eine schwarze Pistole, während der andere keinerlei Waffen hielt, offenbar mit seinen Händen kämpfte.

„Sky! Sofort zum schwarzen Van“, schrie meine Freundin, die sich auf einen der Männer stürzte.

„Pass auf, Cherry! Er hat eine Waffe“, wimmerte ich, griff nach ihr. Doch Koen zog mich hinter seinen Rücken, presste seine Hand fest auf meinen Arm.

„Tu‘ was sie dir sagt“, befahl er in einem Ton, der keine Widerworte erlaubte. Schluckend und mit zittrigen Händen nickte ich, bevor ich einen Schuss vernahm. Mit geweiteten Augen starrte ich zu meiner blonden Freundin, die keuchend nach hinten taumelte, fiel. Angst kroch in mir, versteckte sich in meinen Gliedern, wie ein Feigling.

Mit schwerem Herzen drehte ich mich um und hastete zu dem einzigen Van, der auf diesem Parkplatz stand. Ich rüttelte an der Tür, um festzustellen, dass sie sich nicht öffnen ließ.

„Wen haben wir denn hier“, hauchte eine weibliche Stimme, nahe an meinem Ohr.

Mein Körper erstarrte und ich fühlte mich träge, bewegungsunfähig. Mein Verstand riet mir, nach Koen zu schreien, ihn an meine Seite zu ziehen. Ich öffnete meinen Mund, um anschließend zu bemerken, dass ich ihn nicht benutzen konnte.

„Bemühe dich nicht“, kicherte sie leise und ich spürte, wie ihre Lippen meinen Nacken streiften. Sie sog meinen Duft ein und schenkte mir ein leises, wohliges Stöhnen, das die Übelkeit zurückbrachte. Sie umfasste meine Schultern, drehte mich langsam zu sich um. Das Gesicht der Fremden war hübsch, von schwarzen Locken umschlungen, die das Purpur in ihren Augen zum Strahlen brachten.

„So ein nettes Gesicht“, gackerte sie leise, blickte für einen Moment an mir vorbei, an den Ort, an dem gekämpft wurde. „Schade das du es nicht lange genug behalten wirst.“

Sie riss mich nach vorne, rammte ihre Zähne tief durch den Stoff meiner Trainingsjacke und jagte sie direkt in mein Fleisch. Ein stummer Schrei entfloh mir. Nur zu deutlich spürte ich das Fließen meines Blutes, wie es sich an dieser Stelle sammelte und wie Gift aus einer Wunde gesogen wurde.

Die Frau stöhnte erneut – dieses Mal jedoch voller Freude und einem Hauch Erregung –, während mein Geist schwach wurde. Mein Blick näherte sich der Dunkelheit, die mich zu schnell einzuholen drohte. Dennoch hörte ich ihn. Koen, wie er meinen Namen brüllte, mit weit ausgestreckten Armen nach mir verlangte.

Plötzlich löste sich das Geschöpf von mir, taumelte einen Schritt zurück. Zittrig betrachtete ich den Dolch, der fest in ihr Herz gestoßen wurde, dann das Blut, das wie klebriges Öl an meinen Fingern klebte. Die Haut der Dame ergraute langsam, bis sie plötzlich zu Staub zerfiel.

„Skylar!“, brüllte Koen, schaffe es jedoch nicht, mich zu erreichen.

Ich starrte lediglich auf meine besudelten Hände. Getötet – ich hatte jemandem das Leben genommen. Es traf mich wie ein Schlag, bevor auch ich taumelte und mit schmerzender Schulter die Schwärze in Empfang nahm, die bereits auf mich wartete.

KAPITEL 9

Betrübt öffnete ich die Tür des schwarzen Vans, trat hinaus in das Licht der rötlichen Sonne und blickte hinüber zu dem großen Holzhaus, das bereits auf unseren Eintritt wartete. Mein Blick richtete sich gegen die Helligkeit, die erbarmungslos durch das Geäst des Waldes fiel. Kühler Wind umfing mein braunes Haar, erhob es für einen Moment in die Lüfte und ließ die Strähnen anschließend wieder auf meine Schulter fallen. Ein ungutes, drückendes Gefühl breitete sich in mir aus, als Cherry sanft nach mir rief. Ich löste mich von der untergehenden Sonne und folgte meiner Freundin und Koen hinein in das Haus.

Mir war bewusst, das Cherry und die Anderen Anonymität für angebracht hielten, doch dieses Haus war so offensichtlich, sodass ich mir nicht erklärten konnte, wieso wir gerade hier Halt gemacht hatten. Auch, wenn es recht gemütlich und familiengerecht wirkte, konnte ich mir vorstellen, dass auch dieses Gebäude von Scarletts Schutzzauber ummantelt worden war – wenn auch hoffentlich besser als der Ort zuvor.

Stillschweigend folgte ich Cherry durch den kleinen Flur, der direkt in ein großes Zimmer führte. Es handelte sich um Küche, Wohn- und Esszimmer. Alle drei Räume in einem. Rechts an der Wand hatte man einen Kamin erbaut, vor dem ein Sofa und mehrere kleinere Sessel Platz fanden. Auf dem Boden lag ein breiter Teppich, der mich an das Fell eines Bären erinnerte. Neben einem leeren Ständer, der dazu diente, Feuerholz zu tragen, standen einige hübsche Pflanzen. Daneben befand sich eine Tür: Wahrscheinlich ein Badezimmer oder eine winzige Abstellkammer.

Die andere Seite des Raumes wurde geteilt. Während sich weiter entfernt Kacheln über den Boden verbreiteten, die man für die Küche verwendete, passte sich der Rest des Bodens dem Laminat an, der sich auch über das Wohnzimmer erstreckte. In der Essecke befand sich ein langer Tisch, an dem sechs Personen Platz fanden. Auch dieser Bereich wurde von Grünzeug umschlungen, die das Ganze wirklich schön aussehen ließen. Obwohl das Haus nicht modern wirkte, war die Küche ein Traum für jeden Hobbykoch. Es schien, tatsächlich alles hier zu sein, was man brauchte. Ich erkannte einen neumodischen Herd, eine Fritteuse und andere Dinge, die ich in meiner kleinen

Küche nicht fand. Gut, ich brauchte diesen ganzen Schnickschnack auch nicht. Gegenüber der Spüle, die in der Richtung des Esstisches stand, hatte man eine Bar angebracht. Der Tresen war gerade so groß, dass dort drei Personen Platz fanden.

„Dieses Haus gehört Shawn", erklärte Cherry und schenkte mir ein aufmunterndes Lächeln. „Wir nutzen es als Versteck oder Ruheort. Koen, du bist früher oft hierhergekommen, oder?"

Er sagte nichts, deutete nicht einmal ein Nicken an. Ohne ein Wort ging er hinüber in die Küche, öffnete den Kühlschrank und zog eine Dose Bier hervor. Seine Mine verzog sich angeekelt, dennoch öffnete er sie und nahm einen Schluck. Anschließend wanderte sein Blick zu dem Kamin, der seit einiger Zeit wohl nicht mehr genutzt worden war.

„Ich werde etwas Feuerholz besorgen."

Dann verschwand er aus dem Haus. Deutlich vernahm ich seine Schritte, das Rascheln der Blätter, die von dem sanften Wind umtänzelt wurde. Meine Freundin seufzte leise.

„Gut. Komm, Skylar. Ich zeige dir das Obergeschoss."

Sie schritt zu der Treppe, die neben der Kammer hinaufführte und zog mich regelrecht in das nächste Stockwerk. Der Flur war nicht ausgesprochen breit, auch nicht sonderlich groß. Mehrere Türen erstreckten sich vor uns.

„Das sind alles Schlafzimmer", erklärte sie, zeigte jedoch auf die Tür links von uns, „außer das hier. Das ist das große Badezimmer. Unten befindet sich noch ein Kleineres." Ihr Blick zeigte mir, dass sie sich nicht sicher war, wie sie mit mir umgehen sollte. Ihr gefiel es nicht, dass ich kaum sprach. „Möchtest du dich waschen? Ich werde dir frische Sachen besorgen. Notfallklamotten haben wir überall."

Sie lächelte vorsichtig, drückte zärtlich meine Hand, entlockte mir jedoch keinen Laut. Ich schenkte ihr nur ein leichtes Nicken, was sie schweigend hinnahm.

Auch, wenn sie bereits jahrelang meine Freundin war, so war solch eine Situation doch neu für uns und vor allem für mich. Cherry öffnete lächelnd die Tür zum Badezimmer und bat mich hinein. Es war etwas frisch hier drin, dennoch genoss ich das prickelnde Gefühl, das die Kühle auf meiner Haut hinterließ.

„Du musst nicht absperren. Koen wird etwas Zeit brauchen und ich lege dir frische Kleidung auf den Hocker hier, ja? Handtücher und Shampoo findest du im Regal oberhalb der Toilette."

Anschließend ließ sie mich mit meinen Gedanken alleine, die mich zum Seufzen brachten, bevor ich mich langsam entkleidete und dabei hinüber zum Fenster schlenderte. Helle, grüne Vorhänge verdeckten das Glas und erschwerten mir die Sicht. Bedrückt schob ich sie zur Seite und starrte hinaus in die Nacht. Ein Schauer jagte über meinen Körper, als ich Koen erblickte. Er hatte sein Shirt über den Kopf gezogen und nutzlos irgendwohin geworfen. Nun schnappte er sich einige Holzstücke, die er mit einer Axt locker spaltete.

Es schien, als würde er dabei nicht einmal ins Schwitzen geraten. Ich suchte seine Augen, die geistesabwesend auf die Holzscheite gerichtet waren. Kummer überkam mich, als ich seinen starren Blick erfasste, seine mechanischen Bewegungen. Koen wirkte so unglücklich.

Unsanft biss ich mir auf die Lippe, während ich meine Hände gegen die Scheibe drückte. Wie gerne wäre ich nun bei ihm dort unten, würde seine Nähe genießen und ihm zur Hand gehen, wenn er danach verlangte. Nur zu deutlich war das Verlangen, nach seinem Befinden zu fragen, ihm eine helfende Hand anzubieten, eine Schulter zum Ausweinen. Wie sehr wollte ich nun durch sein wuscheliges Haar streichen, zärtliche seine Hände liebkosen und anschließend in einem Kuss verschmelzen?

Oh, Himmel. Erregung durchfuhr meinen Körper, machte das Kribbeln immer schlimmer. Ich wusste, dass diese Gedanken enden mussten, dass dies hier nur ein Hirngespenst war. Doch ich konnte es nicht abstellen. Erinnerungen schossen durch meinen Kopf, zeigten mir die Bilder seines Gesichtes, seiner leuchtenden Augen, als er seine Finger tief in mir versenkt hatte – mein Stöhnen sichtlich genoss. Ein Keuchen entfloh mir, während ich kaum bemerkte, wie meine Hände sich zu meinen Brüsten arbeiteten, sie fest umfassten.

„Koen", hauchte ich und erstarrte, als sein Blick hinauf zum Fenster wanderte.

Seine Augen weiteten sich und ich realisierte, was genau ich hier gerade tat. Hastig schloss ich die Vorhänge und quetschte mich in die enge Dusche, die kaum für eine Person reichte. Röte umfing meine Wangen, während sich heiße Tränen in meinen Augen sammelten, meinen Körper mit Scham bedeckten. Fest ballte ich meine Hände zu Fäusten, drückte sie hart gegen die weißen Fliesen, die die Wände überzogen. Ich schämte mich für meine Berührungen, für die Gefühle, die ich verspürte. Ein leises Schluchzen entfloh mir, bevor ich den Wasserhahn öffnete und das kühle Nass auf mich prasseln ließ. Für einen kurzen Moment fühlte ich mich gereinigt, als würde ich all das Schlimme von mir waschen können. Mein Blick wanderte zu meinen Händen, die vor wenigen Momenten noch mit Blut besudelt waren. Dann hielt ich es nicht mehr aus. Heiße Tränen wanderten über meine Wangen, während ich an der Wand hinunterglitt und meine Beine fest an mich zog.

Ich wollte im Erdboden versinken, nie wiederauftauchen und andere mit meiner Anwesenheit belästigen.

Los, Schmerz, zerfleische mich. Ich habe es nicht anders verdient.

„Sky! Was ist los? Hey!", keuchte meine Freundin, bevor sie die Kleidung fallen ließ und zu mir hinübereilte. Mein Herz blutete. Zu deutlich spürte ich wie das Pflaster, mit dem man es versucht hatte zu heilen, an Halt verlor. Dann nahm sie mich fest in den Arm.

*

Es herrschte eine unangenehme Stille, als ich frisch gewaschen und neu eingekleidet die Küche betrat. Koen kniete vor dem Kamin und entfachte das Feuer, indem er weitere Scheite Holz hineinlegte. Meine Freundin hingegen stand in der Küche und zauberte ein wirklich gut riechendes Mahl. Sie lächelte schwach, als ich mich zu ihr an den Tresen setzte.

„Danke für die Kleidung", murmelte ich verlegen, woraufhin sie lässig ihre Hand hob.

„Ist schon in Ordnung. Irgendetwas musst du schließlich anziehen. Die anderen bringen dir später etwas mit."

Ich wollte mich nach den anderen erkundigen, doch Koen erhob sich und gesellte sich stumm zu uns. Starr blickte er auf die Kochkünste meiner Freundin. Er wirkte auf mich so, als würde er etwas ansprechen wollen. Doch er tat es nicht.

Erneut kroch Verlegenheit in mir auf. Ich wusste nicht, wie ich mich verhalten sollte. Koen anzusprechen wagte ich mich nicht, aber ein Gespräch mit Cherry konnte ich ebenfalls nicht beginnen. Es war deutlich zu erkennen, dass Cherry an etwas herumkaute, was nicht sie selbst betraf. Mir war bewusst, dass sie über den Vorfall im Badezimmer nachdachte. Zum Glück wusste Koen nichts von der Sache, obwohl … Das, was er gesehen hatte, war nicht viel besser gewesen. Nein, ich wünschte, ich hätte mich besser im Griff gehabt. So oft hatte ich mir eingeredet, dass ich die Gefühle zu diesem Mann unterdrücken musste. Er durfte davon nichts erfahren, aber stattdessen stellte ich mich ihm halbnackt in den Weg und massiere vor seinen Augen meine Brüste. Himmel, wie peinlich konnte das Ganze noch werden?

„So, das Essen ist soweit", sprach Cherry heiser, bevor sie die Teller füllte und vor uns stellte.

Anschließend zwängte sie sich zwischen uns, ebenfalls mit Teller und Besteck bewaffnet, sodass auch sie einen Platz zum Essen fand. Das Schweigen breitete sich erneut aus, machte mich unheimlich nervös. Es war mein Fehler und wenn ich könnte, würde ich ihn zu Nichte machte. Ich wollte ihnen meinen Gedanken mitteilen, ihnen sagen, dass es mir leidtat. Doch ich konnte nicht. Die innere Lady in mir betete, saß in einem Nonnengewand vor einem Altar und hoffte auf Gnade. Ich hingegen konnte nur davon träumen.

Das Essen dauerte nicht lange, wurde schließlich von Koen unterbrochen, der den Anschein machte, sich erheben zu wollen.

„Es hat gut geschmeckt", keuchte ich leise, während ich den letzten Bissen hinunterschlang. Augenblicklich erhellten sich die Augen meiner Freundin.

„Tatsächlich? Das freut mich, aber du kennst meine Kochkünste ja." Dann wanderte ihr Blick zu Koen, der sich erneut zum Kamin begab und in den Flammen herumstocherte. „Und was ist mit dir, Koen? Hat es dir geschmeckt?"

„War ganz nett", antwortete er, woraufhin Cherry beleidigt ihre Wangen aufplusterte.

„Was? Nur ganz nett? Du Arsch."

Ein kurzes Kichern, das mir eine Gänsehaut über den Nacken jagte, entfloh ihm. Verdammt.

„Cherry?", hob ich nach einiger Zeit meine Stimme, woraufhin sie mich fragend anblickte. „Was ist da vorhin passiert? Geht es Scarlett und den anderen gut? Ist es wegen der Sache, die Ames erledigen musste?"

Sie blinzelte überrascht, schüttelte dann aber schmunzelnd ihren Kopf.

„Mach' dir darüber keine Gedanken. Ihnen geht es gut."

„Das habe ich nicht gefragt! Wieso weicht ihr ständig meinen Fragen aus? Kann ich nicht einmal eine vernünftige Antwort bekommen?", fauchte ich wütend, bevor ich mich erhob und der Stuhl klappernd zu Boden stürzte. Das wollte ich nicht, nein. Seufzend griff ich nach der Sitzgelegenheit und stellte sie wieder aufrecht hin. „Verzeih'. Ich wollte dich nicht so ankeifen."

Sie seufzte und ihre Stirn legte sich in tiefe Falten.

„Du hast ja recht", murmelte sie schließlich, während Koen sich auf die Couch setzte. Er schien nicht sonderlich gesprächig zu sein. „Wir versuchen, dich zu beschützen, aber wenn es dir so wichtig ist-"

„Ist es!", beteuerte ich. Cherry schien unzufrieden, aber irgendwie auch nachdenklich, während sie das Besteck zur Seite legte und auf den Rest Erbsen starrte, der über ihren Teller rollte.

„Was der Auftrag von Ames war, kann ich dir nicht sagen, da ich den Grund selbst nicht kenne. Gerrit ist der Einzige, der weiß, wohin er Ames geschickt hat."

Diese Erklärung akzeptierte ich, verspürte dennoch Skepsis, da sie mir das schließlich auch vorher hätte sage können. Fordernd sah ich sie an und Cherry sprach weiter.

„Du weißt doch, dass Scarlett für den Schutz des Hauptquartiers zuständig ist. Offenbar war die Magie nicht stark genug, sodass er von einer anderen Hexe gebrochen werden konnte. Die Leute, die einen Kampf herausforderten, waren wegen dir dort. Zuerst dachte ich, sie wollten dich lebendig fangen, aber da dich einer von ihnen gebissen hat, waren wir uns sicher, dass sie deinen Tod wollten."

Ich schluckte schwer. So etwas zu hören war nicht einfach. Mit einem unguten Gefühl in der Magengrube fasste ich mir an die Wunde, die bereits verheilt war.

„Keine Sorge. Es gibt keine Nebenwirkungen", versicherte sie mir schnell, als sie meinen Bewegungen folgte. „Die Vampirin wollte dich lediglich aussaugen, mehr nicht."

Super Aussichten.

„Und was ist mit den Anderen? Woher willst du wissen, dass es ihnen gut geht?"

Koen lachte, lenkte meine Aufmerksamkeit auf ihn. Sein Blick richtete sich stur in die Flammen, als würde er sich weigern wollen, sich umzudrehen.

„Wir sind ausgebildete Mörder", erklärte er leise. „Denkst du wirklich, sie lassen sich von einem Haufen Amateure umbringen?"

Ich knurrte: „Aber wieso sind sie noch nicht hier? Sie kommen doch hierher, oder?"

Cherry nickte. „Ja und sie brauchen einige Zeit, um ihre Spuren zu verwischen, oder willst du, dass dasselbe hier geschieht?"

Sofort verneinte ich. Natürlich wollte ich das nicht. Ich wollte überhaupt nicht, dass irgendetwas geschah, was meine Freunde verletzen könnte. Vor allem Cherry nicht. Wenn ich es vermeiden könnte, würde ich alles tun. Genau daran lag mein Problem, dachte ich.

„Heute Nacht werden sie hier sein", murmelte der Mann unter uns, bevor er sich aufrichtete. „Ich werde Wache halten. Vielleicht finde ich ja einen Spion, den ich zermalmen kann."

Plötzlich klang seine Stimme so bösartig und heiser, dass es mir fast die Sprache verschlug.

Ich spürte, wie meine Knie weich wurden und war mir sicher, wenn ich noch eine Sekunde länger als nötig mit ihm in einem Raum verbrachte, würde ich komplett durchdrehen.

„Oh nein, mein Freund", stoppte Cherry ihn. „Ich werde gehen. Wir wissen beide, dass du viel stärker bist als ich und außerdem bist du ihr Hüter. Mach' deinen Job!"

Frech wie eh und je steuerte sie auf die Tür zu. Erschrocken tapste ich ihr nach, griff nach ihrer Hand.

„Und was ist mit deiner Wunde? Du wurdest angeschossen und tust so, als wäre nichts geschehen."

Ich fühlte mich etwas dumm, als ihr Lachen erklang-. Vor allem, nachdem ich ihren Angriff bis jetzt verdrängt hatte. Belustigt hob sie das Ende ihres Shirts und zeigte mir ihre glatte, reine Haut.

„Mir geht es prächtig, Süße. Durch meine Dämonenzellen heilen meine Wunden schnell. Kaum eine Minute später war alles wieder in Ordnung. Außerdem war es nur ein Streifschuss."

Auf mich hatte das ganz anders gewirkt, dennoch konnte ich keinerlei Verletzungen an ihr ausmachen.

„Na gut", gab ich mich zufrieden, wollte ihre Hand jedoch nicht loslassen. Aufmunternd zwinkerte sie mir zu, bevor sie mich abwimmelte und mit erhobener Hand hinaustrat.

„Benehmt euch", konnte ich sie noch rufen hören und am liebsten wäre ich ihr hinterher gesprungen.

„Also gut", grummelte Koen, der nicht sehr begeistert zur geschlossenen Tür blickte, durch die Cherry gerade verschwunden war. „Komm. Du solltest dich etwas ausruhen."

Dieses Mal wagte ich es nicht, zu widersprechen und an meiner Müdigkeit zu zweifeln. Als Koen die Treppen emporstieg, folgte ich ihm ohne einen Mucks. Der Mann brachte mich in das Zimmer, was sich neben dem Bad befand. Mit einer kurzen Bewegung drückte er auf den Lichtschalter, wodurch das Licht für eine Sekunde hell, brennend in meinen Augen, aufleuchtete und in der nächsten Sekunde wieder erlosch. Ich vernahm ein leises, klirrendes Geräusch. Offenbar war die Glühbirne zu Bruch gegangen. Leise fluchend durchquerte Koen den Raum, bis er plötzlich stehen blieb und das Licht der Nachttischlampe einschaltete. Sie war nicht sehr hell, aber erfüllte ihren Zweck.

„Danke, Koen."

Er antwortete nicht, kehrte mir jedoch den Rücken zu, als ich mich tiefer in das Zimmer hineinwagte. Obwohl ich keine Ahnung hatte, ob ich hier in Sicherheit war, fühlte ich mich auf Anhieb wohl. Der Stil des Schlafzimmers ähnelte dem Wohnbereich der unteren Etage, auch, wenn es hier weder einen Kamin, noch eine Couch gab. Das Bett war riesig, umfasst von hellem, braunen Saum, der das exotische Holz wie ein Himmelbett erscheinen ließ. Davor lag ein großer Teppich, der ebenfalls dem Fell eines Bären ähnelte. Die Wände waren mit Tierbildern geschmückt worden, während auf der gegenüberliegenden Seite des Raumes eine Kommode aufgebaut war. Viel mehr gab es hier nicht, war meinem Anschein zufolge auch nicht nötig.

Ein angenehmer Schauer umschlang meinen Körper, er verkrampfte sich leicht. Ich war mir nicht ganz sicher, aber ich glaubte, Koens Blick auf mir zu spüren. Augenblicklich kehrte die Nervosität zurück, die sich zusammen mit meiner inneren Lady aus der Verbannung kämpfte.

Schnapp' ihn dir!, kreischte sie wie ein kleines Schulmädchen. *Ihr seid zusammen in einem Schlafzimmer. Zeig' ihm, was du hast.*

Etwas unsanft kaute ich auf meiner Lippe, versuchte, die richtigen Worte zu finden, mit denen ich Koen zum Bleiben überreden konnte.

„Seid du und Talisha eigentlich ein Paar?“, entkam es mir, ohne wirklich darüber nachzudenken.

Als dann sein Lachen ertönte, füllten sich meine Wangen mit einer heißen Röte, die mein Blut in Wallung brachte. Ich wusste nicht, wie ich mich nun benehmen sollte. Also entschloss ich mich, nichts zu tun und für den Moment meinen Mund zu halten.

„Warum?“, sein Lachen verhallte. „Bist du eifersüchtig?“

Empörung stieg in mir auf und ersetzte das Gefühl von Scham.

„Eifersüchtig? Ich wäre ein Idiot, wenn ich tatsächlich eifersüchtig wäre.“

Verdammt, wieso verschwand Koen nicht einfach? Mir war bewusst, dass ich ihn bei mir haben wollte, doch so konnte ich seine Nähe nicht ertragen. Ich war der Wahrheit so nah und dennoch so unendlich fern. Im Grunde wollte ich doch gar keine Antwort auf meine Frage, im Gegenteil. Ich genoss dieses unwissende Gefühl, das mir verliebte und verträumte Dinge ins Ohr säuselte. Koen war vielleicht der Mann, der sich in meinem Kopf und meiner Brust verankert hatte, doch mehr würde er nicht sein. Mehr als ein Idiot war ich nicht, wenn ich diesen Blödsinn zuließ.

Laut, erschrocken von der plötzlichen Nähe, keuchte ich, als ich Koens Hände auf meinem Bauch spürte, seine Brust fest an meinem Rücken und seine Lippe, wie sie fast schon hauchend meine Schulter liebkosten. Was, um Himmels Willen, geschah gerade?

Eine Hand löste sich von meinem Bauch, fuhr vorsichtig über meinen Hals und schob die losen Haarsträhnen zurück, die ihm den Anblick auf meine nackte Haut verdeckten. Ich genoss das prickelnde Gefühl, das er in mir auslöste, diese wundervolle Gänsehaut.

„Da hast du allerdings recht“, raunte er leise, während seine Berührungen fester wurden. „Wo doch ich derjenige sein sollte, der vor Eifersucht platzt. Du verdrehst ihnen den Kopf.“

Mein Verstand schaltete sich von selbst aus. Ich war mir nicht mehr sicher, worüber Koen eigentlich sprach oder was er vorhatte. Alles, was ich wollte, waren seine Berührungen zu spüren und dieses wunderschöne Gefühl einzufangen.

„Das war nicht meine Absicht.“

Es war nur ein Flüstern, das meine Lippen für einen Moment umschloss. Ein leiser, fast stummer Schrei entfloh meiner Kehle, als Koen den Stoff meines Oberteiles mit nur einer Bewegung in Fetzen von mir riss.

Entgeistert keuchte ich auf, als auch mein BH dem Stoff folgte, der nun nichtsnutzig auf dem Boden lag. Koens Hände umfassten meine Brüste, während sein Daumen langsam über meine Brustwarze strich, sie anschließend zwischen Zeige- und Mittelfinger gleiten ließ. Nur zu deutlich spürte ich den kühlen Hauch, der meinen nackten Oberkörper umfing, unterdessen hinunter zu meiner Hüfte schlich, eine angenehme Gänsehaut auslöste und die Berührungen meines Liebsten umso schöner werden ließ.

Träumte ich gerade oder geschah das wirklich?

„Du bist ein unanständiges Mädchen“, raunte er leise, hinterließ seinen heißen Atem an meinem Nacken. „Was sollte denn die hinreißende, kleine Geste am Badezimmerfenster?“

Ich vermochte, in dieser Situation nicht zu antworten. Nicht, dass ich nicht wollte, aber ich schaffte es nicht. Einer seiner Hände löste sich von meinen Brüsten, während seine Finger über meinen Bauch glitten, bevor sie sanfte Kreise um meinen Nabel zeichneten. Seine Worte hallten durch meinen Verstand, scheuchten meine innere Lady aus ihrem Versteck. Sofort war die Müdigkeit von ihr gewichen und eine Aura, die gnadenlose Lust ausstrahlte, umfing sie. Sie leckte sich genüsslich über die Lippen, bevor die Lady sich willig auf den Laken wälzte. Ihre Schreie hallten in meinem Kopf wider, machten mich vollkommen kirre.

Ein Wimmern entkam meinen Lippen, als er erneut begann, meine Schulter mit sanften Küssen zu verwöhnen. Das Kneten, mit dem er meine Brüste verzauberte, wurde stärker, bis seine Hand schließlich den Bund meiner Hose erreichte. Mir stockte der Atem, ich stöhnte dann jedoch frustriert auf, als die Spielereien um meine Brüste herum verschwanden. Seine Finger umspielten den Stoff der Hose, zogen an ihr, bevor er kurz darunter glitt, um gleich wieder.

Hitze sammelte sich in meiner Brust, verbreitete sich schließlich über meinen gesamten Körper. Er flehte nach seinen Berührungen, wollte, dass Koen seine Hand tiefer wandern ließ. Doch das tat der Dämon nicht, im Gegenteil. Seine Finger strichen erneut um meinen Nabel, während seine Zähne frech über meine Haut rieben. Er drückte mich bestimmt an seinen Körper, so, als sollte ich wissen, dass es nun kein Entkommen mehr gab.

„Das hättest du nicht tun sollen“, seufzte er erregt, bevor er mich mit Leichtigkeit in die Höhe hob und zu dem großen Bett trug. Sachte, als könnte ich zerbrechen, setzte er mich auf der Tagesdecke ab. Ich wollte ihn berühren, erneut von seinen sinnlichen Lippen kosten, doch bevor ich näher an ihn heranrücken konnte, zog er sich das Shirt über den Kopf und richtete seinen Blick starr auf die Bettdecke.

„Leg‘ dich hin“, befahl er mir und ich wusste, dass er keine Widerworte erlaubte. „Leg‘ dich auf den Bauch.“

Die innere Lady brüllte, griff nach dem Mann. Sie wollte geküsst, nicht dominiert werden.

Ich wollte meinem Willen nachgehen, über seine Brust fahren und über die rosa Knospe lecken, doch ich wagte es nicht, meine Stimme zu erheben. Zu groß war die Neugier, was er alles mit mir anstellen wollte. Etwas ungalant drehte ich mich auf alle Vieren, bevor mein Oberkörper nach unten gedrückt wurde.

„Lass' deinen Hintern ja oben", knurrte er leise und ließ mich damit erschaudern.

Als ich plötzlich seine Küsse an meinem Rücken spürte, krallte ich mich leise wimmernd ins Laken. Seine Lippen streiften zuerst meine Schulter, bis sie schließlich hinunter zu meiner Wirbelsäule wanderten.

Ein Schauer überkam mich, als seine Zunge langsam an ihr herunterglitt. Mein Körper bebte, als seine Hände sanft, fast schon zärtlich, über meinen Bauch streichelten, erneut andeuteten, in meiner Hose zu verschwinden. Doch sie taten es wieder nicht, ließen mich frustriert aufstöhnen.

Meine Schenkel kribbelten, wurden schwach unter seinen Berührungen, wie mein Verstand, der dem Ganzen nicht entgegensetzen konnte. Stattdessen lag ich da, mit erhobenen Hintern und drücke meine Stirn in den Stoff der Decke, um irgendeinen Halt zu finden.

„Bitte", flehte ich leise.

Ein lautes Stöhnen entfloh mir, als er seine Zähne unsanft in mein Fleisch bohrte und zu saugen begann. Zuerst verspürte ich Angst, dass er an mein Blut wollte, als ich jedoch bemerkte, dass er alles, nur nicht das wollte, steigerte es meine Lust und brachte mich vollkommen aus dem Konzept.

Oh Gott. So etwas hatte ich vorher noch nie verspürt. Keiner meiner früheren Freunde war in den Sinn gekommen, solch kleine – für mich verführerische und großartige – Details an mir zu streicheln und ihnen Liebkosung zu schenken. Ich spürte, wie das Blut durch meine Venen pumpte, konnte es deutlich in meinen Ohren rauschen hören. Koen knurrte erneut, als seine Küsse abwärts wanderten und seine Hände endlich den Stoff meiner Hose nach unten schoben, bis hinunter zu meinen Kniekehlen. Dann umfasste er meinen Slip.

„Den brauchen wir auch nicht mehr."

Fest zog er an dem dünnen Band und riss ihn entzwei. Auch dieser, nun unbrauchbare, Fetzen flog zu Boden. Nun lag ich vollkommen entblößt vor ihm. Mein elektrisierter Körper summte vor Hitze, als er seine Hand zwischen meine Beine schob, vorsichtig über meinen feuchten Hügel glitt und seine Lippen auf meine Backen presste. *Himmel!*

Mit wachsender Begierde zerrte ich an der Überdecke, spreizte meine Beine, so weit wie es die Hose zuließ, die mir meinen Willen verweigerte.

Die Lady in mir seufzte wohlig, fuhr sich durch das Haar und zwang sich anschließend in dieselbe Position, die auch mich quälte. Auch, wenn das hier nicht das war, was ich eigentlich wollte. Ich verlangte nach seinem Gesicht, seinen stechenden, dunklen Augen, all das wollte ich erblicken, während er mich über die Klippe beförderte. Doch ich verspürte nicht die Kraft, ihn zu bitten, mich umdrehen zu dürfen. Irgendetwas hielt mich davon ab. Was das jedoch genau war, konnte ich nicht sagen.

„Oh, Koen!", stöhnte ich erschrocken auf, als er langsam seinen Finger in mich gleiten ließ.

Augenblicklich sammelte sich die Hitze in meinem Unterleib, hinterließ ein prickelndes Gefühl auf meiner Haut. Ich vernahm sein leises Lachen, während sich das Tempo seines Fingers erhöhte. Und, oh Himmel, es folgte ein zweiter. Automatisch begannen sich meine Hüften mitzubewegen, während ich lüstern meinen Kopf in den Nacken warf. Schnell bemerkte ich, dass es nicht mehr allzu lange dauern würde, bis ich ihn erreicht hatte: meinen Höhepunkt. Kein Mann hatte es jemals zuvor so schnell geschafft, mir diese wundervolle emotionale Explosion zu schenken, nach der ich momentan so sehr verlangte. Trotzdem versuchte ich dieses Gefühl zu unterdrücken, so lange auszuharren, bis er mich zwang, ihn anzusehen, um unter seinem dominanten Blick zu kommen. Bei dem Gedanken zog sich alles in mir zusammen. Gott, ich brauchte diesen Mann. Auf der Stelle!

Mein Stöhnen wurde lauter, als er das Tempo noch einmal anhob, seine Finger tief in meiner Nässe versenkte. Ich konnte es spüren, fühlte die Klippe, die auf mich wartete. Es fühlte sich so gut an – bis er plötzlich aufhörte.

„Nein!", keuchte ich wild, drückte meine Stirn fester in die unordentlichen Decken. „Nicht aufhören! Oh, bitte nicht!"

Koen lachte, bevor er seine Finger aus mir herauszog und mit den Zähnen über meinen Hintern fuhr.

„Kann da etwa jemand nicht warten?" Es war nur ein Flüstern und doch durchstießen mich seine Worte. Um nicht wieder laut aufzustöhnen, biss ich mir fest auf die Lippe. „Entspann' dich, Süße."

Das ging nicht. Nicht so, verdammt und das wusste Koen.

Ich krächzte die Worte, die ich von Beginn an unbedingt aussprechen wollte.

„Bitte, ich will dich sehen. Lass' mich dich berühren."

Seine Lachen verhallte und Stille durchschnitt den dunklen Raum. Angst drang durch meinen Körper, versteckte sich, flüsterte mir leise etwas zu.

Er hat es sich anders überlegt, keifte die Lady. *Und das nur, weil du dämliche Forderungen stellst.*

Gewissensbisse umschlossen mich, zogen mich langsam in ein Loch, in dem keinerlei lüsterne Gefühle verharrten. Hier gab es nichts. Nichts außer Einsamkeit.

Es dauerte nur einen Moment, bis die Dunkelheit wieder verschwand und Koen seine Hand zärtlich über meinen Bauch wandern ließ. Die andere streifte meinen mit Gänsehaut überzogenen Oberschenkel. Anschließend hob er mich in die Lüfte, drehte mich auf den Rücken und zog mir das letzte Stück Stoff vom Körper.

Mit großen Augen starrte ich ihn an, betrachtete seine prächtige Statur. Breitbeinig stand er am Rand des Bettes. Mit den Händen öffnete er seine Jeans, die er ohne den Blick von mir abzuwenden, zu Boden fallen ließ. Oh, verdammt. Er trug keine Unterwäsche.

Ich starrte direkt auf seine riesige Erektion, dir mir sofort entgegensprang. Ein Schauer durchfuhr meinen Körper und das Kribbeln kehrte zurück, ebenso die Hitze, die sich in meinem Unterleib sammelte. Ich wollte sie berühren, mich aufbäumen und von seiner Männlichkeit kosten, Koen zeigen, was ich ihm alles bieten könnte. Aber ich traute mich nicht.

Langsam hob ich mein Gesicht, suchte nach seinen Iriden, die sein sonst so schönes Braun in dunkle, verführerische Schatten gezogen hatte. Langsam, so verdammt langsam, beugte er sich über mich, drängte mich auf das Laken. Die dunklen Schatten zogen mich in ihren Bann, verursachten ein Verlangen in mir, das ich nicht erklären konnte. Ich hob mein Bein, legte es zögerlich um seine Hüfte, wo es schließlich verharrte.

„Koen“, fing ich leise an, stockte jedoch, als er seine Lippen mit meinen vereinigte.

Keuchend erwiderte ich die Zärtlichkeit, die sich in einen Sturm verwandelte. Ein Schnurren erklomm seine Kehle, während zeitgleich seine Zunge stürmisch in meine Mundhöhle glitt. Koen erkundete mein heißes Inneres und ich konnte es schmecken. Der Geschmack von Zitrone leckte mir über die Zunge, gefolgt von einem anderen, köstlichen Wohlgeschmack.

Seinem Geschmack.

Wohlig stöhnend schlang ich meine Arme um seine breiten Schultern, krallte meine Hände fest in sein dunkles Haar, zog an den feinen Spitzen. Der Kuss vertiefte sich, er zog meine Lippe zwischen seine Zähne, saugte daran. Koens Hände schienen, überall zu sein. Ich spürte wie seine heißen, prächtigen Hände sich erneut auf meine Brüste legten, meine Knospen liebkosten. Er rieb sie zwischen seinen Fingern, zog frech an ihnen. Willig warf ich meinen Kopf in den Nacken, stieß laut seinen Namen aus. Koens Lippen legten sich auf meinen Hals, positionierten sich auf meiner Halsschlagader. Langsam schloss ich meine Augen, gab mich dem Gefühl hin, das mich vollkommen in Besitz nahm. Der Dunkelhaarige seufzte leise, bevor seine Zunge quälend langsam hinunter zu meinem Schlüsselbein wanderte.

Er machte mich vollkommen verrückt.

„Du bist so schön", hauchte er leise, brachte mein Herz um den Verstand.

Alles in mir pulsierte, verlangte, endlich belohnt zu werden. Langsam fuhr ich mit meinen Fingern über seinen Rücken, bohrte meine Nägel grob in sein Fleisch. Überrascht hob Koen seine Brauen, bevor ich ihn erneut in einen Kuss verwickelte. Bestimmter, wilder.

Ein leiser Schrei entfloh mir, als ich meinen Kopf zurück in den Nacken warf, seine Finger tief in mir spürte, wie sie mich reizten und an den Rand des Wahnsinns trieben.

Sein Daumen fuhr rau über meinen kleinen Hügel – rieb, streichelte, verwöhnte.

„W ... Wieso tust du das?", stotterte ich unter leisem Wimmern.

Er antwortete nicht, sondern richtete seine Aufmerksamkeit auf meine Brüste, die bereits von der aufkommenden Hitze zu brennen begannen. Ein kleines Lächeln huschte über seine Lippen, als er meinen steifen Nippel zwischen seine Lippe zog, sanft daran zu saugen begann.

„Oh Gott. Koen!"

Er verstärkte den Druck, zeichnete kleine Kreise um meine Knospe und bewegte seine Finger fester, ruckartiger. Ich konnte es deutlich spüren, krallte mich fest in sein Fleisch, während ich meine Hüften rhythmisch hin und her bewegte. Ein lauter, lustvoller Laut entkam mir, als er mich endlich über die Klippe beförderte. Ich kam. Mein Körper war von kleinen Schweißtröpfchen bedeckt und zitterte.

Seine Zähne fuhren über das rosa Fleisch, bevor er sich über mir aufbäumte und seine Zunge über seine Fingerspitzen fahren ließ. Er kostete von meinem Saft, während er mich, nur durch diesen dunklen, erregten Blick, fast ein weiteres Mal zum Höhepunkt brachte.

Mein Herz hämmerte mir gegen den Brustkasten, während ich versuchte, meinen Puls unter Kontrolle zu bekommen – vergebens. Ich verfolgte gierig, wie er die letzten Spuren von sich leckte, leise aufstöhnte und sich zwischen meine Beine drängte.

Mir war auf einmal komisch.

Mein Magen rebellierte, mein Verstand schrie, dass ich doch aufhören sollte. Doch die Lady in mir brüllte, verzerrte sich nach diesen festen Muskeln, nach dem wunderbaren, männlichen Geruch. Jetzt lag es an mir, mir über Lippen zu lecken. Meine Zunge fuhr gierig über mein geschwollenes Fleisch, bis sie die Spitzen meiner Zähne streifte. Ein Schaudern durchfuhr mich, während eine Hitzewelle meinen Körper aufsuchte. Ein wohltuendes Kribbeln streifte mein Zahnfleisch und hinterließ ein Vibrieren, was sich durch meine Zähne zog, bis es sich schließlich nach unten dehnte, durch meine Brüste wanderte und den Druck zwischen meinen Beinen verstärkte.

Willig presste ich mich gegen die Hüfte meines Gegenübers, spürte deutlich seine harte Erektion an meiner Öffnung. Das Grinsen auf seinen Lippen lenkte meine Aufmerksamkeit auf seinen Mund – er entfachte etwas in mir, was nicht gestillt werden konnte –, den ich plötzlich vollkommen anders betrachtete. Mein Verstand zog blank. Ein pulsierendes Gefühl umschloss meinen Leib, entflammte Gier und Wollust. Langsam öffnete ich meine Lippen und bevor ich mich zu ihm hoch beugte, fiel mein Blick auf seine Halsschlagader. Es war so verlockend, doch Koen schien mich durchschaut zu haben.

Ruckartig zog er meine Arme über meinen Kopf und drückte sie mit Leichtigkeit auf das Laken.

„Konzentriere dich auf etwas anderes."

Das Reiben seines Schwanzes machte das nicht gerade schwer. Stöhnend schloss ich für einen Augenblick die Augen, während seine Zähne über meinen Hals streiften und die Stelle reizten, die ich so gerne bei ihm berühren wollte. Seine linke Hand, die noch immer meine Arme zusammendrückte, blieb an Ort und Stelle, während die andere über meinen Schenkel fuhr.

„So verdammt nass", säuselte er erotisierend, während sein Daumen erneut über meinen Hügel glitt.

Mein Körper bäumte sich auf, als er mit all seiner Pracht in mich eindrang. Ein leiser Schrei entfloh mir, als er fest in mich stieß.

„Oh Gott, ja!"

Koen füllte mich komplett aus, verdoppelte mit jedem Stoß die Hitze in meinem Körper. Ich fühlte mich endlich vollständig und das Vibrieren in meinem Mund verschwand. Plötzlich umhüllte mich eine Art Kälte, die der Wärme in meinem Körper Konkurrenz bot. Sie wurde von seinen Berührungen ausgelöst, wie er seine Finger über mein Knie wandern ließ, dann über meine Schenkel fuhr und sie anschließend in meine Hüfte krallte. Ein kurzer, süßer Schmerz durchzuckte meinen Körper, verankerte sich in dem tiefen Griff seiner Fingernägel, die sich unsanft, nein, fast schon grob in mein Fleisch bohrten. Erneut warf ich mein Haupt zurück, versuchte, meine Beine um seinen erhitzten Körper zu schlingen, doch Koen hatte andere Pläne.

Seine freie Hand hob meine Hüfte etwas weiter in die Höhe, füllte mich mit jedem Stoß etwas tiefer aus. Dann stoppte er, zog sich frustrierend langsam zurück und stieß erneut in meine Nässe, die ihn voller Wonne in sich aufnahm. Ich wimmerte lustvoll, bewegte meine Hüften und merkte dadurch kaum, dass er meine Hände losgelassen hatte. Meine Nägel krallten sich einen kurzen Moment in das Kissen, rissen den samtenen Stoff in kleine Fetzen, was niemanden von uns beiden zu stören schien.

Verrucht hauchte ich seinen Namen, bevor er mich mit einem letzten Ruck anhob, sodass ich meine Arme um seinen Hals schlingen konnte. Bald hatten wir den passenden Rhythmus gefunden, der uns an den Rand des Wahnsinns drängte, nah an dem Gefühl, das ich mit ihm zusammen erleben wollte.

Meine innere Lady biss in ihre Lippe, während ich durch sein dunkles Haar fuhr und an den Spitzen zu ziehen begann. Erneut entfloh ihm ein leises Knurren, das die Lady mit einem lauten Stöhnen erwiderte. Der Duft von Schweiß und seinem unglaublich anziehenden männlichen Touch zog sich in meine Nase, vermischte sich mit dem Parfüm, das ich stets auflegte. Es erinnerte mich an das Aroma, das ein kühler, starker Regen in Sommernächten verursachte und hinterließ eine Gänsehaut auf meinem Körper, die sich nun auch an Koen schmiegte. Mein Blick wanderte von den kurzen, feuchten Strähnen, die an seiner Stirn klebten, von seinem anbeißenden Hals zu den breiten Schultern, die Verlockung in mir ausriefen. Spielerisch streichelte ich über sein Schulterblatt, bevor ich meine Lippen auf seine mit Feuchtigkeit benetzte Haut legte – mit der Zunge von ihm kostete. Meine Begierde stieg mit jedem Tropfen, der sanft über meine Zunge rollte. Stöhnend bäumte ich mich ein weiteres Mal auf, fuhr zärtlich von seinen Schulterblättern hinunter zu seinen Hüften.

Unter meinen Berührungen fühlte er sich fantastisch an.

„Das fühlt sich unbeschreiblich gut an!“, keuchte ich, bevor unsere Lippen sich ein weiteres Mal trafen. Ich nahm seinen wundervollen Wohlgeschmack in mir auf, versicherte mich, dass ich ihn nie wieder vergessen würde, und genoss das Ziehen, als er an meinen Lippen zu saugen begann. Benebelt von meinen Gefühlen drückte ich meine nackten, gereizten Brüste gegen seine muskelbepackten Körper. Deutlich vernahm ich seinen heißen Atem, wie er verführerisch meinen Namen zwischen den Küssen murmelte.

Koens Stimme erhob sich laut, seine Hände, die auf meinem Hintern ruhten, drückten mich fester an seinen Leib und mit einem tiefen Stoß ergoss er sich in mir. Sein Stöhnen hallte in meinem Verstand wider, benebelte meinen Körper und erneut gab ich mich ihm hin, als gäbe es kein Morgen. Ein weiterer Orgasmus erfasste mich wie eine Welle und brachte mich zum Erzittern.

Keuchend wurde ich zurück aufs Laken gelegt, wo sich Koen von mir löste und seinen Platz neben mir fand. Wir rangen nach Atem, während das Zimmer von unseren Stimmen umschlungen wurde.

„Verdammt“, wimmerte ich leise und zog die Decke über meinen Körper, um mich wenigstens etwas zu bedecken. Koen lachte leise. Ein Lächeln überzog mein Gesicht, als ich einen Schritt weiterging und mir erlaubte, mich an ihn zu schmiegen. Zu meiner Freude legte er seinen Arm um mich. Irrte ich mich oder spürte ich etwas Besitzergreifendes?

Meine innere Lady jubelte schwach, während sie vollkommen erschöpft, aber durchaus zufrieden, auf ihrem Bett lag.

„Das ist vollkommen verrückt“, murmelte Koen, noch immer etwas benebelt. „Das, was wir gerade getan haben, kann so nicht richtig sein.“

Empört beugte ich mich über ihn, bevor ich ihn sanft küsste. Doch den Kuss löste ich schnell wieder, da ich seine Anspannung bemerkte.

Mit einem erotisierenden Grinsen auf den Lippen verteilte ich zärtliche Küsse auf seinem Kinn, ignorierte das mulmige Gefühl, das in meiner Magengrube hauste.

„Fühlt sich das tatsächlich nach einem Fehler an?“

Koen knurrte und ich spürte, wie sich der Druck an meinem Hintern verstärkte. Sein Schwanz, der gerade noch schlaff zwischen seinen Beinen gehangen hatte, erhob sich augenblicklich wieder.

„Siehst du?“

Mit verdrehenden Augen zog er nun ebenfalls die Decke über seine Hüften, ignorierte sein erigiertes Glied, das erneut nach der Erlösung einer Frau schrie.

„Du solltest wissen, dass ich gefährlich sein kann, Skylar.“

„Laut den anderen kann ich viel gefährlicher sein, Koen.“

Dann küsste er mich wieder und das Knistern, das den Raum umhüllte, war deutlich zu spüren. Seine Hände, die mir bereits so viel Lust verschafft hatten, umschlossen meine Pobacken und mit einem Mal, rollte er sich über mich, drückte mich zurück in die Laken – bis plötzlich Cherrys Stimme erklang. Anschließend ertönten laute Geräusche, die von einem Auto stammten. Offenbar waren die anderen angekommen.

Koen erhob sich und obwohl er mich noch vor wenigen Sekunden berührt hatte, fühlte ich mich plötzlich verlassen – so unberührt, wie ich es schon seit langem nicht mehr war.

„Ich werde nach unten gehen“, kommentierte er sein Tun, während er sich etwas überzog.

Meine Beine schwang ich über die Bettkante, um es ihm gleich zu tun.

„Ich werde mit dir kommen.“

Bestimmt drückte er mich an den Schultern zurück, schüttelte sein verschwitztes Gesicht, das noch immer etwas im Licht der gedämmten Lampe funkelte.

„Nein. Ruh‘ dich etwas aus. Schlafe. Es wird dir guttun.“

„Aber-“

„Kein aber. Versuche es wenigstens.“

Seufzend gab ich mich geschlagen, nickte nur schwach, bevor ich mich erneut unter die Decke kuschelte. Ich erwartete einen Kuss, irgendeine Liebkosung, die mir zeigte, dass unsere gemeinsame Zeit noch nicht vorbei war. Doch es folgte nur ein müdes Lächeln, bevor er zur Tür schritt und verschwinden wollte.

„Koen!“

Der Mann stoppte, drehte sich jedoch nicht um.

„Warum habe ich dich nicht gebissen? Nicht *richtig* gebissen?“

„Mach dir darüber keine Gedanken, Skylar“, seufzte er.

Mit diesen Worten verschwand er und ließ mich alleine zurück in der Dunkelheit. Traurig blickte ich ihm nach, starrte noch so lange auf die Tür, bis ich die ersten, fremden Stimmen unten hören konnte. Die Lady in mir weinte und warf mit dreckigen, benutzen Taschentüchern um sich. Ich jedoch verdrängte die Tränen, die sich in meine Augen schlichen. Nicht jetzt – nicht hier.

Anschließend drehte ich mich auf die linke Seite, sodass meine Aufmerksamkeit von der Tür abgewandt wurde und schloss meine Augen. Mit kribbelnden Lippen und einem befriedigten Körper, fiel ich dann plötzlich in einen dunklen Schlaf.

KAPITEL 10

Helles, warmes Sonnenlicht fiel über die weiten, grünen Felder. Ein angenehmer Windhauch umspielte die großgewachsenen Bäume, ließ ihre Blätter tanzen und wirbelte sie in kleinen Pirouetten durch die Lüfte. Vogelgezwitscher war zu vernehmen und verhallte in den Ohren der fröhlichen Familie, die gerade auf der Terrasse den Tee anrichtete. James, der Butler der Familie, füllte die kleinen Tassen mit dem Lieblingstee des Kindes, das lachend eine Vorwärtsrolle vollführte und sich anschließend auf das weiche Gras fallen ließ. Ein wunderschönes Lächeln zierte ihre Bäckchen, während sie ihrer Mutter freudestrahlend zuwinkte. Diese erwiderte die Geste, während der Herr des Hauses, der an dem Tisch Platz genommen hatte und in einem seiner Bücher blätterte, das Szenario stumm belächelte.

Skylar rappelte sich langsam wieder auf, bevor sie nach einem ihrer Stofftiere griff, das sie heute geschenkt bekommen hatte. Schließlich war heute ein sehr wichtiger Tag für die kleine Dame. Heute, an einem heißen Sommertag, feierte das Mädchen ihren fünften Geburtstag. James gluckste, als er das kleine Mädchen beobachtete, wie es erneut über den Rasen rollte und anschließend auf die steinerne Terrasse trat – zusammen mit ihrem Stofftier.

„Wann gibt es Kuchen, Mama?", fragte sie mit zuckersüßer Stimme.

Skylar drückte den kleinen Stoffhasen an ihr helles, lilafarbenes Kleid. Die Pfote des Hasen verhedderte sich in der Schleife, die ihre Mutter dem Mädchen um die Taille gebunden hatte. Skylar kicherte.

„Da wirst du wohl noch etwas warten müssen", antwortete Madelyn und drückte ihr einen zarten Kuss auf den Haaransatz. Etwas enttäuscht seufzte das Kind.

„Nun schau' nicht so, Engelchen", grinste ihr Vater, der das Buch nun zur Seite legte. „Heute ist ein wichtiger Tag, da solltest du fröhlich sein."

„Das bin ich!", versicherte das Mädchen. Ihre Mutter lachte leise.

„Natürlich bist du das. Skylar. Wie wäre es, wenn du in dein kleines Schloss schlüpfst?"

Verwirrt blinzelte die Jüngste, bevor ihr Blick sich auf das kleine Haus richtete, das unter einem Kirschblütenbaum stand. Ihr Vater hatte es zu ihrem zweiten Geburtstag bauen lassen. Es war ein Traum für jedes kleine Mädchen. Von außen ähnelte es einem Märchenschloss, das einen an verschiedene Geschichten erinnerte, die die Fantasie der Kinder anregte und Mädchen den Traum erfüllten, eine Prinzessin zu sein – wenn auch nur täglich für wenige Stunden. Skylar liebte dieses Häuschen und sah es als ihr kleines Versteck, in das sie immer flüchten konnte, wann immer sie sich schlecht oder einsam fühlte. Leider traf dies in letzter Zeit häufiger zu, als sie es erwartet hatte, denn der Kontakt zu den anderen Kindern, mit denen das kleine Mädchen so oft Zeit verbracht hatte, wurde immer weniger. Seit einigen Wochen gab es kaum noch ein Spiel, das sie mit ihren Freundinnen teilen konnte, da ihre Eltern es ihr strikt verboten.

„Es ist im Moment etwas unpassend", hatte ihre Mutter immer wieder wiederholt. „Lange wird es nicht mehr dauern, bis ihr wieder etwas zusammen unternehmen könnt."

Skylar glaubte ihr und auch, wenn sie am heutigen Tag etwas Trauer darüber verspürte, den Geburtstag ohne lustige Spiele und lachenden Kinder zu verbringen, wusste sie, dass ihre Mutter nur das Beste wollte. Sie würde warten.

Skylar rannte mit kleinen Schritten auf ihr Schloss zu, kletterte durch die Eingangstür und erstarrte. Ihr Blick richtete sich auf den Tisch, der in der Mitte des Raumes stand. Dort saß eine wunderhübsche Puppe, gekleidet in feinste Seide und verziert mit hübschen, bunten Schleifen. Die blauen Augen des Kindes begannen augenblicklich zu strahlen, als sie sich an das Spielzeug erinnerte, dass sie in der Stadt in einem Schaufenster erblickt hatte.

„Oh, Mama!", kreischte sie erfreut, umschloss die Puppe fest mit beiden Armen.

Skylar gab der Puppe einen Kuss, bevor sie zurück zu ihren Eltern rannte – das Spielzeug fest an ihren Leib gedrückt. Der Vater grinste breit und erhob sich aus seinem Gartenstuhl.

„Herzlichen Glückwunsch, Prinzessin", lachte Eadgar, als seine Tochter etwas holprig in seine Arme sprang.

„Vielen, vielen Dank! Das ist das tollste Geschenk, das ihr mir je gemacht habt."

Herzlich blickte Madelyn ihrer Tochter entgegen. „Das ist doch das Mindeste, Süße. Ich habe noch eine Überraschung für dich. Wir werden morgen deine Freunde besuchen gehen."

Das Herz des Kindes überschlug sich und sie konnte ihr Glück kaum fassen. So lange hatte sie auf diesen Moment gewartet – auf den perfekten Tag, an dem alles richtig lief. Sie drückte Eadgar einen Kuss auf die Wange und als er sie schließlich wieder auf die Füße stellte, umschlang sie die Beine ihrer Mutter. Kleine Tränen glitzerten in ihren Augenwinkeln, die sie vor ihren Eltern zu verstecken versuchte, jedoch hatte die schwarzhaarige, erwachsene Frau sie bereits durchschaut.

„Ich bin stolz auf dich", flüsterte sie, zog das Mädchen auf ihren Schoß. „Du bist so ein tapferes Mädchen."

„Wie eine Prinzessin", stotterte Skylar leise und Madelyn nickte.

„Ja, wie eine-"

Plötzlich löste James den wundervollen Familienmoment, indem er an der Seite eines Mannes auf der Bildfläche erschien. Das Lächeln, das vorhin noch so freundlich gewirkt hatte, war verschwunden. Stattdessen versteifte sich seine Haltung und das Lächeln fungierte als Anker, den er aus Höflichkeit benutzte. Der Körper von Skylars Vater verkrampfte und sein Blick verdüsterte sich, als er den Neuankömmling erblickte.

„Was soll das werden?", erkundigte er sich grob, woraufhin der Fremde gluckste.

„Oh, in solch einem Ton redest du mit mir? Vor deiner Tochter?"

Eadgar knurrte leise und nickte seiner Frau vorsichtig zu.

„Komm, Sky", sagte diese, „gehen wir etwas in dein Zimmer."

Ohne eine Antwort von der Kleinen abzuwarten, stand Madelyn mit ihr auf und trug Skylar hinein in das Anwesen. James blieb bei den Herrschaften, bevor er jedoch ebenfalls fortgeschickt wurde. Skylar vernahm die Männer, wie sie zusammen das Haus betraten und im Arbeitszimmer verschwanden – in das Zimmer, das sie nicht allzu oft besuchte. Ihre Eltern legten viel Wert auf gute Manieren und hatten ihr stets gesagt, dass das Eindringen in einen geschlossenen Raum, böse ausgehen konnte. Das Mädchen hatte nie verstanden, was ihre Mutter damit sagen wollte, jedoch hinterfragte sie das auch nicht.

„Ist alles in Ordnung?", fragte sie schüchtern, als Madelyn sie auf ihrem Bett absetzte.

Normalerweise verbrachten sie ihren Geburtstag im Garten, da sie mit ihrer Familie das schöne Wetter genießen wollte. Doch Skylar stellte sehr schnell fest, dass dieses Jahr alles anders war. Es gab keine Kinder, die sich zusammen mit ihr um das letzte Stück Kuchen stritten, keine Großeltern, die sonst bereits einige Tage vorher eintrafen und das Mädchen mit Geschenken und Liebe überhäuften und dann auch noch dieser fremde Mann, den Skylar vorher noch nicht kennengelernt hatte. Es verwirrte sie. Sie wusste nicht, wie sie mit all den neuen Dingen umgehen sollte. Als sie das Lächeln ihrer Mutter erblickte, vergaß sie all die trüben Gedanken, die sich in ihren Kopf geschlichen hatten. Letztendlich war es immer noch ihr Geburtstag.

„Mach' dir keine Sorgen, mein Engelchen. Das ist nur jemand von Daddys Arbeit. Wie fändest du es, wenn wir jetzt etwas mit deinen neuen Sachen spielen? Möchtest du deiner neuen Puppe nicht dein Zimmer zeigen?"

Augenblicklich befand sich das Mädchen wieder in ihrem Märchenschloss, auch, wenn sie im Moment nicht in das Häuschen im Garten gehen konnte. Stürmisch nickte sie, suchte nach der Puppe, die sie jedoch auf der Terrasse liegen gelassen hatte.

„Ich werde schnell euer Geschenk holen, ja?"

„Nein!", warf ihre Mutter schnell ein. „Ich werde sie holen. Bleib' du bitte in deinem Zimmer und bau' dein Puppenhaus auf, damit wir gleich loslegen können."

Skylar nickte brav und blickte ihrer Mutter hinterher, bis sie das Klacken ihrer Absätze auf den Stufen vernahm. Sie entschloss, der Bitte ihrer Mutter nachzukommen und öffnete das Puppenhaus, räumte die Möbel in das obere Stockwerk und die anderen Puppen nach unten, wo Skylar sie in ein Bett legte. Doch das war schnell erledigt. Bald fühlte sich das Mädchen gelangweilt und Spaß machte ihr das Warten auch nicht. So kam es auch, dass, als ein dumpfer Knall ertönte, die Neugier des Kindes automatisch siegte und Skylar hinaus in den Flur trat. Die Geräusche kamen geradewegs aus dem Büro ihres Vaters und obwohl sie wusste, dass sie dort nichts zu suchen hatte, näherte sie sich der Tür. Das Mädchen schluckte, als sie die laute Stimme ihres geliebten Daddys vernahm.

„Was bildest du dir ein? Es ist der Geburtstag meiner Tochter und du wagst dich in mein Zuhause?", fauchte er bedrohlich, hinterließ ungewollt eine unangenehme Gänsehaut auf dem Leib seiner Tochter. Der Fremde stöhnte, bevor es erneut rumpelte.

„Eadgar! Verstehst du nicht? Es sind Zeichen aufgetaucht und der Kreis wird unruhig. Sie werden bald herausfinden, dass sie etwas damit zu tun hat. Du wirst deine Position verlieren."

Eadgar polterte. „Halt dein dreckiges Maul. Es gibt keine Zeichen, keine verfluchten Kreise, die sich Sorgen machen müssten. Du verlierst den Verstand!"

Für einen Moment blieb es ruhig, bis der Fremde leise, fast verrückt lachte.

„Du weißt es! Ihr beide wisst es, habe ich recht? Ihr verdammten Jäger seid so eingebildet und das Gesetz kümmert euch einen Dreck. Melden, ja, ich werde es melden."

„Nein, Grog, das geht nicht. Es gibt nichts zu melden."

Ein Zittern umfasste Skylars Körper, hinderte sie jedoch nicht an der Neugier, die noch stärker wurde. Elegant, wie eine Elfe in einem ihrer Lieblingsfilme, tänzelte sie näher an die Tür heran, legte ihre nackten, kleinen Hände auf das Holz, das unter ihrer Berührung erzitterte, doch sie wagte es nicht, zurückzuweichen.

„Du wirst mich nicht aufhalten Eadgar, mein Entschluss steht fest. Der Rat wird nicht glücklich darüber sein."

„Das wagst du dich nicht!", brüllte der sonst so ruhige Vater und erneut drang lautes Poltern an die Ohren des jungen Mädchens. Sie zuckte. Ihr Körper zitterte, als sie sich auf ihre Zehenspitzen stellte und ihr Auge über das Schlüsselloch legte. Zuerst war alles dunkel, verdeckt von der Kleidung Grogs, der gerade zur Tür geschritten war. Doch ruckartig zog Eadgar an seiner Schulter und machte somit das Loch frei, durch das das Mädchen spähte. Ihre Finger vibrierten und in ihrem Magen rumorte etwas, als sie das Gesicht des fremden Mannes erkannte. Seine Augen waren geweitet, sein Mund offen und an seinem Mundwinkel zog sich ein Faden, der aus seinem Speichel entstanden war. Panisch, so voller Angst, ging er einen Schritt zurück, umfasste den Griff einer Lampe und erhob sie langsam. Der Vater lachte und der Blick des Mädchens schnellte nach links, erblickte eine Waffe in seinen Händen, die sie noch nie zuvor gesehen hatte.

„Damit wirst du nicht durchkommen", wimmerte Grog ängstlich, bevor er die Lampe höher hob. Er versuchte tatsächlich, sich die Lampe als Waffe anzueignen und gegen einen Mann mit Pistole anzutreten. Grog wollte nicht sterben, aber ihm war sichtlich klar, dass er keinerlei Chancen gegen seinen ehemaligen Freund hatte.

„Ich muss, ich werde", flüsterte der Dunkelhaarige, richtete die Waffe auf den Kopf des Mannes.

„Bitte", weinte dieser. „Ich nehme alles zurück. Niemandem werde ich etwas verraten, versprochen. Verschone mich. Ich bitte dich, Eadgar."

Doch dieser lächelte nur schwach. Skylars Herz schlug fest, schnell und unerbittlich. Tränen sammelten sich in ihren Augen, Schweiß bedeckte ihre kleinen, zierlichen Hände.

„Du warst schon immer ein Feigling, Grog."

Er drückte den Abzug und Skylar sah, wie die Pistolenkugel schnell auf den Fremden zustürmte. Dieser stieß sich vom Schreibtisch ab, versuchte, die Lampe gegen den Hausbesitzer zu richten – doch vergebens. Der Atem des Kindes stoppte, als die Kugel das Auge des Mannes durchbohrte, durch den Hinterkopf wieder austrat und fest in dem Gemälde hängen blieb.

Grogs Leiche fiel, landete mit einem dumpfen Schlag auf dem Boden und löste etwas in dem Kind aus, das ihre Kehle zuschnürte, ihr Herz zum Brennen brachte. Fest drückte sie die Hand auf ihren Mund, wollte fliehen, doch ihre Beine bewegten sich nicht. Sie blickte durch das Schlüsselloch und Angst umschloss sie, als ihr Vater sich der Tür näherte. Plötzlich wurde alles still, nicht einmal die Schritte ihrer Mutter, die langsam wieder die Treppen hinaufging, erklangen in dem Gehör des Mädchens. Etwas verdeckte das Schlüsselloch und sie schloss die Augen – panisch, was sie nun sehen würde. Dann vernahm man leises Rascheln, das Papier von Bonbons. Also öffnete sie ihre Lider, langsam, zaghaft und erblickte ein dunkles, blutunterlaufenes Auge. Skylar schrie.

Fest drückte ich mir die Hand vor den Mund, erwachte aus einem unruhigen, albtraumhaften Schlaf. In meinem Kopf drehte sich alles und ein ungutes Gefühl umschloss meinen Verstand, der sich bis in meinen Magen hinunterzog und zu rebellieren begann. Ich spürte das Essen, das sich mit meiner Galle vermischt hatte, wieder in mir aufsteigen. Meine Hand verstärkte sich, während ich mich schnell aus dem Bett schwang, hinüber ins Badezimmer stürmte und mich über die Kloschüssel beugte. Im nächsten Moment verließ mich das Essen, was vorhin noch so gut geschmeckt hatte. Mein Hals fühlte sich gereizt an und ein bitterer Geschmack lag auf meiner Zunge, den ich unbedingt von mir waschen wollte. Doch erneut überrollte etwas meinen Magen und zwang mich, auch den Rest der Mahlzeit von mir zu geben.

Meine Hände zitterten, während ich mich an der Toilette festkrallte. Ich schloss langsam meine Lider, auch, wenn die Dunkelheit mir Kopfschmerzen bereitete und meine Augen schmerzten, versuchte ich beruhigend ein- und auszuatmen. Es funktionierte nach kurzer Zeit und das Rumoren verwandelte sich in ein Prickeln, das sich vom Bauch zu meinen Armen zog und in den Fingerspitzen Halt machte. Es ging mir gar nicht gut, aber mein Magen beruhigte sich langsam wieder. Ein drittes Mal verabschiedete ich mich von meinem Mageninhalt, bevor ich mit dem Handrücken über den Mund wischte und den Versuch startete, mich zitternd aufzurichten. Ich brauchte zwei Anläufe, bis ich es auf die Beine schaffte und an das Waschbecken herantrat. Ein Blick in den Spiegel zeigte mir, dass ich genauso aussah, wie ich mich fühlte: schrecklich. Meine Haut war blass, die Augen gerötet und meine Lippen geschwollen, was jedoch nicht von dem Albtraum stammte. Ich sah so verdammt müde aus.

Das kommt davon. Cherry und die anderen hatten offenbar recht. Ich brauche mehr Ruhe, als ich es mir eingestehen möchte.

Leise gähnend ließ ich etwas Wasser in meine Hände fließen, bevor ich dieses in mein Gesicht spritze, versuchte, die Müdigkeit von mir zu waschen. Das klappte jedoch nicht sonderlich gut, dennoch fühlte ich mich etwas frischer. Ich suchte nach einer Zahnbürste, die tatsächlich die meine war. Irgendjemand, wahrscheinlich Cherry, hatte mir meine Sachen ins Badezimmer gebracht und dafür gesorgt, dass ich versorgt war, wenn ich aufwachen würde. Wie süß von ihr, denn eine Zahnbürste war etwas, was ich jetzt dringend brauchte.

Nachdem ich mir gründlich die Zähne geputzt hatte, beschloss ich, dass eine Dusche unumgänglich war. Erst nach diesem Gedanken realisierte ich, dass ich nichts trug. Natürlich, schließlich hatte ich mir nach dem Sex nichts mehr angezogen. Nach diesem Gedanken sollte ich eigentlich erröten, doch ich fühlte mich nicht dazu in der Lage. Auch das verliebte, kindliche Schmunzeln, bei dem ich mich an seine Nähe erinnerte, blieb aus und machte Platz für eine träge Linie. Der Albtraum machte mir mehr zu schaffen, als ich erwartet hatte, dabei handelte es sich doch nur um eine Fantasie, die sich einen Spaß mit meiner Kindheit erlaubt hatte.

Ein weiteres Mal rieb ich mir über die Augen, bevor ich mich unter die Dusche stellte, das warme Nass auf mich prasseln ließ. Stumm und still stand ich da, dachte über die Bilder nach, die noch immer in meinem Kopf herumschwirrten. Ich verstand ihre Bedeutung nicht, auch nicht, weshalb mich nun solch ein Chaos plagte. Fest biss ich mir auf die Lippe, starrte trübe gegen die Duschwand, die nun vollkommen beschlagen und benetzt von kleinen Wassertropfen war.

Mit den Augen verfolgte ich einen Tropfen, der langsam an der Wand hinunter wanderte, sich in einem anderen verfing. Doch eigentlich achtete ich nicht darauf, sondern dachte angestrengt darüber nach, wie mein fünfter Geburtstag abgelaufen war. Zu deutlich erinnerte ich mich an das Schloss, an die wundervollen Geschenke und an die Puppe, mit der ich selbst Jahre danach noch gespielt hatte, selbst, nachdem meine Eltern verstorben waren. Diese Puppe war mein Anker gewesen, der mich durch Pflegefamilien und Heime brachte. Ob sie noch immer in einem der Kartons im Abstellschrank verstaut lag?

Kurz schüttelte ich den Kopf, bevor ich meinen Verstand auf die wichtigen Gedanken richtete. In diesem komischen Traum erschien ein Mann, Grog. Innerlich durchforstete ich meine Erinnerungen, suchte nach einer Person, die auf seine Beschreibung zutraf, fand sie jedoch nicht. Es kam mir niemand in den Sinn, den ich als Grog identifizieren konnte. Verdammt, also musste mir meine Fantasie einen dämlichen Streich gespielt haben, denn ich erinnerte mich nicht an das, was ich in meinem Traum gesehen hatte. Auch die anderen Dinge, die dort vorgefallen waren, konnten nicht wahr sein. Mein Vater war nie gewalttätig oder aggressiv gewesen, niemals! Gut, ein oder zwei Mal hatte er das Wort erhoben, doch das war meiner Meinung nach vollkommen normal. Keine Person konnte durchgehend fröhlich und nett sein. Das war einfach unmöglich und mit Waffen hatte er auch nichts zu tun gehabt, selbst wenn ich mir heute vorstellen konnte, dass er eine Pistole aus Verteidigungsgründen bei sich getragen, beziehungsweise in seinem Büro versteckt hatte. Das könnte auch der Grund gewesen sein, weshalb ich dieses Zimmer damals nicht betreten durfte, schließlich sollte solch ein gefährliches Werkzeug nicht in die Hände eines Kindes gelangen.

„So ein verdammter Mist!“

Überfordert strich ich mir durch mein nasses Haar, versuchte erneut, das Erlebte neu aufzurollen und mich zu ordnen, doch plötzlich schien alles nur noch verwirrender. Der Gedanke an meinen fünften Geburtstag verblasste, während das Lächeln meiner verstorbenen Eltern blieb. Was war das?

Warum, zum Teufel, konnte ich mich nicht mehr ganz daran erinnern? Weshalb schienen meine Erinnerungen so benebelt? Tief holte ich Luft, bevor ich meine Lider schloss und meinen Kopf nach vorne beugte, sodass das Wasser an meinem Nacken hinabwandern konnte.

Jäger, dieses Wort hatte Grog laut und angeekelt ausgesprochen, so hatte er meinen Vater genannt. Doch mir war fremd, dass er jemals irgendein Tier geschossen hatte. Er konnte den Anblick von toten Tieren nicht ertragen. Gaben die Worte des fremden Mannes überhaupt einen Sinn oder bedeuteten sie im Grunde gar nichts? Das passte doch überhaupt nicht zusammen!

Jetzt gab es nur noch eine wichtige Frage, die alle anderen von sich stieß und sich in meinen Verstand brannte: Wenn mein Dad keine Tiere schoss, was, um Himmels Willen, war er dann für ein Jäger gewesen?

*

Seufzend schloss ich die Reisetasche, die plötzlich auf meinem Bett gestanden hatte, voll von meinen Sachen, und stellte sie neben das Bett. Dafür musste ich Cherry wirklich zum Essen einladen, denn seit dem Vorfall bei der Modeschau behandelte sie mich besser als sich selbst. Sie kümmerte sich rührend um mich und ich war froh, dass sie an meiner Seite war, mir die Unterstützung lieferte, die ich wirklich brauchte. Doch jetzt fehlte sie. Ich konnte ihre Stimme eine Etage tiefer vernehmen: sie lachte, quatschte lauthals mit einer anderen Person über banales Zeug. Ich glaubte, sie einmal über das Abendessen sprechen zu hören.

Nervös strich ich mir eine Strähne meines braunen Haares aus dem Gesicht, ließ sie hinter mein Ohr gleiten.

Mach' dich nicht verrückt, versuchte ich, mich irgendwie zu beruhigen. *Dir geht es gut.*

Ich fühlte mich komisch, gedankenverloren und aufgewühlt. Der Schock, der von dem Traum ausgelöst wurde, saß mir noch immer tief in den Knochen und regte dazu an, noch weiter über meine Kindheit nachzudenken. Während ich unter der Dusche gestanden und mich anschließend angezogen hatte, dachte ich nur an das Schloss, an Stofftiere und die lieben Blicke meiner Eltern.

Ich konnte mir einfach nicht vorstellen, dass sie jemals etwas Böses getan hatten. In meinen Erinnerungen waren sie stets liebevoll und höflich gewesen. Ab und an waren ihre Mienen verdüstert gewesen, doch sobald ich zu ihnen getreten war, hatte sich der Nebel gelichtet und ihnen das Lächeln entlockt, das ich heute so sehr vermisste. War das etwa alles nur Fassade gewesen? Natürlich, vor den Kindern konnte man sich nie so geben, wie man sich eigentlich fühlte, schließlich wollte man nicht, dass sie sich Sorgen machten. Dennoch kam es für mich nicht infrage, dass ihr Glück nur vorgespielt gewesen sein sollte. Nein, das konnte ich nicht akzeptieren.

Schluckend ließ ich mich auf das Bett sinken, vergrub meine Hände tief in meinen Haaren, zerrte leicht an ihnen und entlockte mir einen Schmerz, der mir versicherte, dass alles real war. Immer und immer wieder zog ich an ihnen, hoffte, trotz all der Geschehnisse nur in einem Albtraum verfangen zu sein. Mir war bewusst, dass ich mich kindisch – idiotisch und äußert beschämend – benahm, doch ich konnte dieses Gefühl nicht abstellen, egal, wie sehr ich es von mir verlangte.

Als plötzlich ein fremdes Geräusch ertönte, schoss mein Kopf nach oben.

„Scarlett?“

Die Hexe lächelte vorsichtig, trat langsam auf mich zu, bevor sie sich schließlich still neben mich setzte. Ihre Augen, die bei unserer letzten Begegnung voller Besorgnis gewesen waren, wirkten traurig. Selbst den Glanz in ihnen konnte ich nicht erkennen. Das Lächeln verschwand, als sie mit der Hand über meine Wange streichelte, mich anschließend fest in ihre Arme zog.

„Alles wird gut“, flüsterte sie leise, fuhr zärtlich meine Wirbelsäule entlang. „Wir passen auf dich auf.“

Erschrocken weiteten sich meine Augen. Plötzlich verstand ich die Welt nicht mehr.

„Scarlett? Hey, was ist los?“

„Ich hätte den Schutzwall stärken sollen“, antwortete sie schließlich betroffen. „Es ist meine Schuld, dass sie in das Gebäude eindringen und dir Angst machen konnten. Es war meine Idee gewesen, den Parkplatz außerhalb zu errichten – für den Notfall, doch auf die Idee, auch diesen mit einem Wall zu schützen, kam mir nicht. Verzeih, Skylar. Ich habe uns alle – vor allem dich! – in Gefahr gebracht.“

Was um Himmels willen …?

Erschrocken starrte ich sie an, löste die Umarmung und umschloss etwas gröber als geplant ihr Gesicht.

„Was redest du denn da? Nichts davon ist deine Schuld. Vergiss doch den albernen Wall.“

„Das kann ich nicht“, stotterte sie betrübt. „Es ist meine Aufgabe, für deine Sicherheit zu sorgen.“

„Sieh‘ mich an, Scarlett. Mir geht es gut. Hörst du? Mit mir ist alles in Ordnung.“

„Ich habe es doch gesehen! Du hast dir Schmerzen zugefügt und ich konnte fühlen, dass etwas nicht mit dir stimmt. Leugne es nicht, Sky. Mein siebter Sinn betrügt mich nicht.“

Die Trauer war aus ihrem Gesicht gewichen, machte Platz für etwas Anderes. Sturheit. Doch ihre Worte kümmerten mich mehr, als irgendwelche Blicke. Endlich verstand ich die Situation. Sie hatte mich gerade gesehen, beobachtete, wie ich mich an einen Gedanken krallte, der nicht real sein konnte. Scarlett war der Meinung, dass ich traurig, vielleicht sogar verletzt war, weil ich Angst verspürte und das wegen dem Angriff, der uns alle aus dem Konzept brachte. Ich schämte mich für mein Verhalten und am liebsten wäre ich ihr in die Arme gefallen. Sie war so eine nette Person!

Es ist alles deine Schuld!, brüllte die Lady in mir. *Diese Frau leidet wegen dir, siehst du das nicht? Deine Nähe tut ihr nicht gut. Du tust niemandem gut. Denke an all die Menschen, die bei der Modeschau gestorben sind – wegen dir!*

Betroffen zuckte ich, versuchte die Lady in mir zu unterdrücken und das Gerede auszublenden. Dennoch kam die erste Frage auf: War es tatsächlich meine Schuld?

„Ich verurteile dich nicht, Scarlett“, erklärte ich ihr sanft. „Das, was du gesehen hast, hat nichts mit dir zu tun. Ich hatte einen Albtraum, der mir ziemliche Sorgen macht und ich habe versucht, alles zu verdrängen.“

Ich zögerte, überlegte, ob ich ihr tatsächlich mehr darüber sagen sollte. Ihr fragender Blick verleitete mich dazu, mehr zu erzählen und sie in meine Geschichte einzuweihen, doch dann änderte ich meine Meinung. Noch war ich nicht bereit und wenn ich darüber sprechen wollte, dann mit Cherry. Sie verstand mich und wusste mehr, als sie manchmal zugab. Vielleicht konnte sie mir dabei helfen, meine Gedanken zu ordnen und den Zweifel auszulöschen.

„Du willst nicht darüber sprechen, habe ich recht?“

„Nein. Verzeih, aber das ist etwas, das nur mich angeht.“

Oder Cherry, fügte ich in meinen Gedanken hinzu.

Scarlett lächelte und plötzlich war die schlechte Stimmung vergessen. Als hätte man einen Knopf betätigt, verschwand die bedrückte Laune der Hexe und sie schloss mich ein drittes Mal in die Arme.

„Gut. Wenn du reden möchtest, komm ruhig zu mir. Ich habe stets ein offenes Ohr für dich, aber jetzt wäre es besser, wenn wir nach unten gehen. Oder soll ich Cherry hochholen?“

Ich verneinte freundlich, bevor ich mich erhob und ihre Hand nahm. Anschließend zog sie mich mit sich, als würde sie sichergehen wollen, dass ich ihr auch folgte.

„Warte“, stoppte ich sie, bevor wir an der Treppe anlangten. Verwirrt blieb sie stehen, musterte mich mit einem Blick, der deutlich sagte: Was gibt es?

„Ich weiß, das kommt nun vielleicht etwas spät, im Anbetracht dessen, dass du bereits einige Zeit bei mir saßt, aber geht es euch allen gut? Wurde irgendjemand verletzt?“

Zuerst schien die Hexe etwas irritiert und blieb stumm, doch dann schüttelte sie ihr Schopf.

„Nein. Allen geht es gut und niemand wurde verletzt. Wir waren zwar etwas überrascht, konnten die Amateure dennoch besiegen. Obwohl wir gesiegt haben, können wir leider erst einmal nicht zurück. Es wäre unklug, dorthin zu gehen, wo wir bereits überfallen wurden.“

Erleichtert nickte ich, schenkte ihr ein sanftes Lächeln, das sie sofort erwiderte. Es war plötzlich alles wieder gut. Der Zweifel war verschwunden und die Schuldgefühle verblichen langsam. Das Gefühl von Freiheit flog durch meinen Körper, umschloss mein Herz mit sanften Berührungen und ließ mich erzittern – bis Scarlett ihre Hände sanft auf meinen Wangen positionierte und verbissen in meine Augen starrte.

„Egal, wie das Ganze ausgegangen wäre, jeder von uns ist bereit, für dich zu sterben."

Augenblicklich kehrten die Schuldgefühle zurück, der Nebel verschwand und eine unsichtbare Hand umschloss das Organ, das ich zum Überleben brauchte. Mein Herz schmerzte.

„Sag so etwas bitte nicht. Ich kann mich mit diesem Gedanken nicht anfreunden."

„Und das musst du auch nicht", versicherte sie mir, lächelte erneut, ließ meine Schuldgefühle jedoch nicht verschwinden. „Wir sind deine Beschützer, verstehst du, Skylar? Die Hüter werden an deiner Seite stehen und alles tun, was in ihrer Macht steht um-"

„Nein! Bitte, hör' auf!"

Von schrecklichen Gedanken überfallen, wich ich zurück. Meine Beine trugen mich zurück zum Bett, auf das ich mich fallen ließ, bevor ich meine Finger ein weiteres Mal in meinen Haaren vergrub. Scarlett kam sofort auf mich zu, kniete sich vor mich und blickte in mein Gesicht. Ich konnte ihr nicht entgegen schauen, ertrug die Gefühle in ihren Augen nicht, mit denen sie mir mitteilen wollte, dass sie mich nicht verstand. Es war einfach zu viel für mich. Alles fiel in mir zusammen. Wie ein Film verlief vor meinem inneren Auge der Traum, der meine Angst wachsen ließ.

Sieh' dich doch einmal an, lachte meine innere Lady bitter. *Du sollst etwas Besonderes sein? Die auserwählte Schwester? Dass ich nicht lache!*

„H-hör' auf!"

„Skylar? Hörst du mich?"

Doch die Stimme Scarletts ging einfach an mir vorbei. Ich wollte sie umarmen und ihr sagen, dass es mir gut ging, doch das konnte ich nicht. Irgendetwas in mir zwang mich in die Knie.

Wie kannst du dich nur so kindisch benehmen? Eine Schande für alle Dämonen in der Umgebung. Du bist so beschämend!

„Ich versuche doch, mein Bestes zu geben. Bitte, verurteile mich nicht."

Dein Bestes? Mehr hast du nicht drauf? Wenn Koen dich so sehen könnte ...

„Nein. Nein, bitte."

... Wer würde dich so wollen? Das ist einfach nur peinlich!

Plötzlich durchzuckte mich ein spitzer Schmerz, der sich zuerst in meiner Wange ausbreitete, bis er sich schließlich durch meinen gesamten Körper zog. Erschrocken schreckte ich auf und sah mit feuchten Augen zu meiner Freundin, die mir eine Ohrfeige verpasst hatte.

„Ich weiß nicht, was mit dir los ist", sagte sie laut. „Aber was auch immer passiert. Ich bin bei dir."

Tränen rannen unaufhaltsam über meine Wangen. Mich umfasste ein Hauch von Sorglosigkeit, die das Gepäck von meinen Schultern nahm und mich endlich wieder tief durchatmen ließ.

Verkrampfungen lösten sich und für einen klitzekleinen Moment verlangte ich nach einer Schwerelosigkeit, die meine Sorgen davon spülte und die wunderbaren Emotionen in mir hervorrief, die ich seit langem nicht mehr in mir finden konnte.

Verdammt, ich wollte doch einfach nur normal sein – ein Leben führen, das jeder Mensch sich erträumte. Warum verwehrte man mir diesen Traum und zwang mich jeden Tag aufs Neue, um mein Leben zu fürchten? Ein leises Schluchzen entfloh mir, während mir die Hexe zärtlich die fallenden Tropfen von den Wangen wischte.

„Schh, es ist alles gut. Hörst du, du bist nicht alleine."

Ich wollte verneinen und den Kopf schütteln, wollte ihr sagen, dass ich vielleicht nicht alleine, aber dennoch einsam war, doch ich schaffte es nicht. Es gelang mir nicht, weitere Worte von mir zu geben. Es hinterließ Schmerzen in meiner Brust, die ich einfach nicht verdrängen konnte und das zerfraß mich.

„Sky, Süße. Bei allen Kreisen der Hexen!" Auf einmal veränderte sich die Haltung der Blondine und sie erhob sich schluckend, küsste zärtlich meinen Haaransatz, bevor sie sich zur Tür wandte. Überrascht blickte ich auf, sah, wie sie mit schnellen Schritten und flüchtigen Worten das Zimmer verließ. „Ich werde dir helfen."

Für mich fror die Zeit ein. Zitternd fuhr ich über meine Arme, spürte deutlich die Gänsehaut, die durch die Kälte ausgelöst wurde, die meinen Körper umschlossen hielt – als säße ich inmitten eines schneebedeckten Feldes, mit nichts anderem als einem T-Shirt und einer kurzen Hose. Obwohl der Raum geheizt sein musste – ich erinnerte mich deutlich an die Wärme, die ich in den vergangenen Stunden verspürt hatte –, schien mein Körper sie nicht wahrzunehmen. Erneut umschlang mich ein eisiger Windhauch, der ein unangenehmes Kribbeln in meinen Zehen auslöste und ich zu frösteln begann. Mir kam es so vor, als würden meine Zähne klappern, doch das Geräusch, das sich ganz danach anhörte, kam von draußen.

„Scarlett. Wovon sprichst du?", erklang schließlich eine männliche Stimme.

Die Hexe trat zusammen mit Koen ins Zimmer; dann richtete sie ihren Finger auf mich.

Als seine hellen Iriden auf meine trafen, war es für mich so, als würde das Eis schmelzen, das mich umschlungen hielt. Der Sturm aus Frost und Kälte verschwand aus meiner Magengrube, machte Platz für warme, schöne Dinge. Obwohl es doch gerade noch Winter war, entfaltete sich die vereiste Knospe in meinem Herzen, wuchs zu einer offenen Blüte heran, die durch die Strahlen der Frühlingssonne geschützt wurde.

„Was ist hier passiert?", erkundigte sich Koen. Dann knurrte er, so, als läge eine Gefahr vor ihm.

Scarlett zuckte mit den Schultern und strich sich eine lose Strähne aus dem Gesicht. Ihre Miene zeigte Koen deutlich, dass sie keine Ahnung hatte. Dennoch war ich mir sicher, auch, wenn sie es zu verbergen versuchte, eine Vermutung besaß sie bestimmt.

Der Dunkelhaarige blickte irritiert von Scarlett zu mir, dann wieder zurück zu seiner älteren Freundin. Mit einer Kopfbewegung zeigte sie ihm, dass er sich zu mir gesellen sollte.

Fast schon vorsichtig setzte er sich neben mich. Die Hexe lächelte schwach, bevor sie sich wieder aus dem Zimmer stahl – noch bevor Koen etwas dagegen einwenden konnte.

„Es ist nichts passiert", antwortete ich schließlich auf seine gestellte Frage. Er schnaufte.

„Ja, das *Nichts* kann ich deutlich sehen. Also, was ist hier los?"

Kurz überlegend, ob ich ihm auf diese Art und Weise vertrauen konnte, schossen mir erneut die Bilder des Traumes durch den Kopf. Mein Leib zuckte, was Koen nicht entging.

Kannst du ihm vertrauen, dem Mann, der dich die letzte Nacht öfter berührt hat, als einer dieser Schmierlappen, die du damals in dein Bett gelassen hast? Deine Wahl fiel doch noch nie auf jemand Gutes, habe ich nicht recht? Warum sollte es also jetzt anders sein?

Die Stimme in meinem Kopf, die innere Lady in mir, erhob ihre Stimme, wiederholte dieser Worte immer und immer wieder, bis mein Kopf zu platzen drohte.

„Hey. Richte deine Aufmerksamkeit auf mich."

Koen legte seine Hand unter mein Kinn, zwang mich, seinen besorgten Blick zu erwidern. Ich spürte seine Berührung, vernahm seinen warmen Atem, der mein Gesicht streifte. Plötzlich kehrte eine ungewohnte Stille in meinem Kopf ein und die innere Lady, deren Worte mich verrückt machten, blieb stumm. Kein einziges Wort sagte sie.

„Albträume", sagte ich schließlich. „Ich habe grässliche Träume, die an mir zerren."

„Welcher Art?"

Ich hielt inne, um meine Worte zu überdenken, mich zu erinnern, nicht verrückt zu klingen.

„Ich bin mir nicht sicher“, gestand ich leise. „Normalerweise träume ich von dem Monster, das mich als kleines Kind angegriffen hat. Doch letzte Nacht ... ich weiß nicht ... war es ganz komisch. Es schien, eine Kindheitserinnerung zu sein, doch im Nachhinein kann ich mich an diesen Tag nicht erinnern und auch nicht an das, was passiert sein soll.“

„Wurdest du mehrere Male angegriffen?“ Ich schüttelte meinen Kopf.

„Nein, das ist es nicht. Mein Vater war involviert, hatte Streit mit einem fremden Mann.“

„Starb er?“

„Ja.“

Er seufzte, bevor er mich in seine Arme zog, vorsichtig über meinen Rücken streichelte.

Augenblicklich legte sich ein angenehmer Schauer auf meinen Körper und obwohl ich seine Nähe unglaublich toll fand, verspürte ich das Verlangen nach einem anderen Ort – anderen Sachen.

„Koen, ich möchte nach Hause. Ich *muss* nach Hause. Meine Miete ist bald fällig und dort sind all meine persönlichen Dinge. Gott, mein Auto steht dort.“

Ein Grunzen entfloh ihm, als er sein Lachen zurückhielt.

„Du sorgst dich tatsächlich um dein Auto, obwohl dein Leben in Gefahr ist?“

Gekonnt ignorierte ich diesen Satz.

„Ich brauche mein Eigentum. Hier bin ich umringt von Dingen, die mir nicht gehören. Es ist mir zu fremd, als dass ich mich daran gewöhnen könnte.“

„So einfach ist das nicht, Skylar, und ich denke, das weißt du.“

Schnaufend zog ich mich aus seiner Umarmung, sprang auf und hastete hinüber zum Fenster. Mir war bewusst, dass mein Benehmen äußerst kindisch war, aber ich musste es versuchen. Versuchen, endlich wieder nach Hause zu kommen.

Wieso plagte mich plötzlich Heimweh? Vor wenigen Minuten vergoss ich Tränen wegen eines Traumes, der mir vollkommen surreal erschien, und nun verhielt ich mich wie ein Kleinkind, das noch vor Stunden geschworen hatte, diese Nacht bei jemand anderen übernachten zu können, ohne die Eltern mit einem Anruf zu belästigen, sie sollen das Kind doch bitte abholen.

„Ich bitte dich, Koen, lass‘ mich wenigstens ein paar persönliche Dinge holen. Von mir aus kannst du mir zwei deiner Freunde mitschicken, die Babysitter spielen.“

Überrascht, wahrscheinlich über die Bewilligung der Aufpasser, hob Koen eine Braue, drehte sich ebenfalls in die Richtung des Fensters.

„Du würdest einen Begleiter akzeptieren?“ Nett ausgedrückt, wirklich. Als er sich aufraffte, schenkte ich ihm ein kleines Nicken, das er sofort verstand. „Ich werde sehen, was sich machen lässt, aber ohne einen Hüter gehst du nicht aus dem Haus.“

„Verstanden. Ich denke, damit kann ich im Großen und Ganzen leben.“

Ironisch verbeugte ich mich, drehte mich jedoch anschließend wieder zum Fenster. Seit Koen in mein Zimmer gekommen war, ging es mir von Minute zu Minute besser. Meine verschlagene, sarkastische Art kehrte zurück, nachdem sie doch solange als verschollen galt.

Doch auch, wenn es mir offensichtlich besserging, verspürte ich noch immer den Kummer in meiner Seele, der von diesen bescheuerten Albträumen getränkt wurde.

„Gibt es noch etwas, worüber du reden möchtest? Etwas, was dir auf dem Herzen liegt?“

Ich wollte laut brüllen: *Gott, verdammt. Ja, das will ich!*

Kurz bevor ich entschloss, meinen Mund zu halten, fielen mir die Worte des fremden Mannes noch einmal ein. Sie fielen wie eine Sternschnuppe in meinen Verstand. *Jäger* hatte er meinen Vater genannt.

„Wie nennt man einen Dämon, der seinesgleichen tötet?“

Offenbar schien er etwas erschrocken, da er nicht sofort antwortete, doch schnell fasste er sich wieder: „Wenn sie im Auftrag eines anderen getötet werden, so, wie die Auftragskiller in der Menschenwelt, nennt man sie Schlächter. Es kommt jedoch selten vor, dass jemand einen Schlächter engagiert, da man sich ansonsten der Ehre beraubt fühlt. Die meisten Kreaturen würden lieber sterben, als sich von einem anderen helfen zu lassen.“

Mit einem Lächeln auf den Lippen bedankte ich mich, worauf er jedoch still blieb, nicht wissend, warum ich solch eine Frage stellte. Im Grunde beantwortete das jedoch nicht meine Frage, denn das Wort *Jäger* war nicht gefallen. Natürlich hätte ich einfach fragen können, doch irgendetwas hielt mich davon ab. Vielleicht war es doch nur ein Hirngespenst mit einem Hauch Fantasie, das mich letzte Nacht besuchte.

„Hey, ihr beiden“, schmunzelte Cherry fröhlich – bis sie mein verheultes Gesicht erblickte. „Was ist hier gelaufen?“

„Nichts“, antwortete ich schnell, „Es ist alles gut.“

Während sie mich in die Arme zog und Koen dabei einen wütenden Blick zuwarf, den der Mann gekonnt ignorierte, seufzte meine beste Freundin.

Innerlich wünschte ich mir, dass Cherry nicht aufgetaucht wäre, sodass ich den Moment mit Koen noch weiter, hätte auskosten können. Ich wollte ihn so viel fragen, Dinge über letzte Nacht und über die Träume. Doch nun entging mir diese einmalige Chance.

„Gut. Wir sprechen später darüber. Die anderen sitzen unten und erwarten dich."

Ohne auch nur auf Koen oder mich zu achten, verschränkte sie unsere Hände miteinander und zog mich in den Flur. Himmel, was wollte man bloß jetzt wieder von mir?

KAPITEL 11

IM KREIS DER ZEHN HEXER

Ein Blick aus dem Fenster zeigte den Anwesenden, dass es vollkommen düster war. Der Mond, der am heutigen Abend den Himmel erhellen sollte, versteckte sich hinter vereinzelten Wolken, die sich zu einer großen Form zusammengefunden hatten. Das Licht, das an diesem Abend so wichtig gewesen war, wagte es nicht, hinter den dunklen Wolken hervorzukriechen.

Der Mann, der das ganze Schauspiel am Himmel beobachtete, seufzte resigniert, bevor er seine alten, faltigen Hände unter seinem Mantel verbarg. Seine Mine verzog sich und er befeuchtete seine rauen Lippen mit der Zunge, bis er seinen Blick schließlich von dem dunklen Himmel nahm. Die Sohlen seiner Stiefel quietschten, als er sich vom Fenster abwandte und durch den hellen Raum schritt, geradewegs auf den runden, großen Tisch zu, an dem noch weitere Leute – sieben Hexer des Rates der vier Kreise – ihren Platz fanden. So auch ich, Arcor Thar, ihr Oberhaupt, der Stärkste des Zirkels, mit einer gefährlichen, elementaren Kraft, die der der Göttern glich.

„Das ist ein schlechtes Omen", krächzte der Alte.

Er ließ sich neben Imara sinken, die mit ihren knapp fünfundsiebzig Jahren noch recht jung aussah. Im Gegensatz zu Aga, der nur zehn Jahre älter war als Imara, sah man an seinen faltigen Händen und seinen zittrigen Gliedmaßen, dass er bereits ein abenteuerliches Hexer-Leben hinter sich gebracht hatte. Dennoch konnte Aga kämpfen wie ein Jüngling, zaubern wie der Älteste von allen Hexern und Sternbilder lesen, oh ja, das konnte er. Trotzdem sah man deutlich, dass ihn die Unsterblichkeit, die einem Ratsmitglied geschenkt wurde, langsam verließ. Zu viel Magie hatte er in seinem Leben angewandt – zu viel von der starken, mächtigen Magie.

„Wir werden warten", beschloss Imara, deren graue Haare heute zu Berge standen. „Es wird nicht der letzte Mond sein, den wir zu sehen bekommen."

„Aber diese Position", rief Radia zynisch. „Lange haben wir auf diese Stelle gewartet. Wann wird der Mond dieselbe Position erreichen? Wir wissen es nicht."

Radia war eine tapfere, aber durchaus anstrengende Frau mittleren Alters. Sie war nicht die Schlauste unter uns, was ihr jedoch niemand übelnahm, denn ihre Tränke waren die Gefährlichsten. Nur ein Tropfen ihres nach Lilien duftenden Gesöffs und dir würden sämtliche Zähne ausfallen, anschließend die Fingernägel. Erst dann erlaubte sie dir, zu sterben. Erst, nachdem du nicht nur deine Würde, sondern auch deinen Verstand verloren hattest.

„Die Position, die Position!", äffte Taxus, der jüngste Mann unter uns, ihr nach. „Ich kann deutlich sehen, dass wir bald eine Gelegenheit bekommen werden. Habt Geduld, Freunde, die Zeit für die Tochter ist noch nicht gekommen."

Obwohl er bereits Mitte zwanzig war, wusste der junge Mann sich oft nicht zu benehmen. Er verhielt sich kindisch, spielte mit seinen blonden Haaren herum und ignorierte die Worte der Ältesten. Ärger drohte ihm leider kaum, da er die Position des Sehers übernahm und somit äußerst wichtig war. Taxus erblickte Omen, Prophezeiungen und manche Male sogar das Schicksal wichtiger Personen. So war es auch möglich gewesen, die erste Tochter der schrecklichen Lilith, Skylar, aufzuspüren. Er hatte ihren Arbeitsplatz gefunden und uns den Rest überlassen. Leider gab es an seiner Gabe auch etwas Negatives, was uns bei der Suche nach Skylar nicht sonderlich helfen konnte, denn die Prophezeiungen, die Blicke in die Zukunft, konnten nicht kontrolliert werden. Er wurde ständig mit ihnen überrascht und so kam es, dass, als er die richtigen Bilder empfing, alles bereits zu spät gewesen war. Man hatte sich das Mädchen vor uns geschnappt.

„Nichtsnutziges Gör", keifte Radia erzürnt. „Du solltest dich zurückhalten, Taxus. Viele Menschen sind tot! Gestorben durch deine langsame Gabe. Man hätte sie retten können."

Überraschenderweise schwieg der Jüngling, starrte still zum geschlossenen Fenster und musterte das Schwarz.

„Es reicht", mischte sich nun auch meine Gefährtin Karda ein. „Wir werden niemandem etwas vorwerfen. Taxus hat keine Kontrolle über das, was er sieht. Er hat sein Bestes gegeben, verurteilen wir ihn nicht."

„Du wieder. Karda, Mädchen. Du bist viel zu gutmütig."

Die Angesprochene lächelte Imara an, die ihre Hände ineinander faltete und betrübt Taxus musterte, der noch immer starr aus dem Fenster blickte – als würde er versuchen, die Welt, um sich herum abzuschalten.

„Komm zu dir, Junge", befahl Orga mit tiefer Stimme. „Wir haben weitaus Wichtigeres zu tun, als uns nun um dein Schmollen zu sorgen."

Orga warf sein schulterlanges Haar zurück, während er den Kopf auf seinen Handknöcheln stützte. Man sah dem Krieger deutlich an, dass er ungeduldig war – etwas, dass der Dunkelhaarige gar nicht leiden konnte. Orga war eine Person für sich: stark, laut und exzentrisch. Er war bekannt für seine ungeduldige und planlose Art, seinem lockeren Auftreten und seinen erfolgreichen Schlachten. Orga war einer der ältesten Hexer in diesem Kreis: fast fünfhundert Jahre lang war er nun schon Mitglied dieses Zirkels und besaß ebenso viel Erfahrung. Doch trotz all dieser benahm sich der Mann des Öfteren kompliziert und nicht sehr teamfähig. Manchmal jagte er ohne einen konkreten Plan durch den Untergrund, hoffend, eines seiner Opfer zu erwischen. Das war auch der Grund für all seine vielen Verletzungen, die langen Narben die seinen Körper zierten. Er passte einfach nicht auf sich auf.

„Halt!", befahl Karda und erhob ihre manikürten Finger. „Ich glaube, er hat eine Vision. Stören wir ihn nicht dabei, es könnte wichtig sein."

Augenblicklich wurde es still. Keiner machte auch nur einen Mucks. Lediglich das Flüstern des Windes und das leise Atmen der Anwesenden waren zu vernehmen.

Die Augen von Taxus, einst so dunkel wie der Nachthimmel, wurden von einer bunten Flut von Farben überschwemmt, bis sie bei einem orangefarbenen Ton innehielten. Ein weißer Kreis legte sich über seine Pupille, verankerte sich dort. Wimmernd, leise schluchzend, krallte sich der Jüngling an den Tisch. Augenblicklich begann das Holz zu vibrieren; Tee überflutete den Rand der Tassen und Zucker plumpste aus einer kleinen Schale.

Karda näherte sich ihm besorgt, als seine Bewegungen stoppten. Normalerweise erwachte er früher aus seiner Trance, doch dieses Mal schien seine Vision, sich in die Länge zu ziehen.

„Taxus?", startete sie schließlich den Versuch, ihn anzusprechen, ließ ihre Finger sanft über seine Wangenknochen gleiten. Er reagierte kaum, nur seine Lippen öffneten sich einen Spalt. Worte, die wir uns erhofften, die vielleicht etwas Licht in das Dunkel gebracht hätten, blieben verborgen.

„Verdammt nochmal! Beende es endlich!", bellte Orga, dessen Ungeduld ihn packte.

Fest schlug er mit den Fäusten auf den Tisch, zerbrach dabei die graue Schale, in der der Zucker geruht hatte, und schreckte Taxus aus seiner Vision.

Der Blonde schrie, als er aus seinem Stuhl sprang, Karda dabei von sich stieß und nach vorne stolperte. Schweiß bedeckte seine Stirn und seine Nase kräuselte sich, während die Verdrängte sich wutentbrannt zu dem Ältesten drehte.

„Was, um Himmels Willen, sollte das? Du weißt genauso gut wie jeder andere, dass man einen Seher nicht aus seinen Visionen reißen darf! Weißt du, wie gefährlich das für Taxus war?"

Orga lachte laut, bevor seine Fäuste ein zweites Mal das Holz des Tisches trafen.

„Dieser Bengel ist sowieso viel zu unvorsichtig“, gackerte Radia, die keinerlei Verständnis zeigte. „Hätte er sich mit einem Bann belegt, hätte nichts und niemand ihn aus der Trance reißen können.“

Karda fauchte. „Das ist nicht der Punkt! Arcor, bitte!“

Ihr Blick richtete sich auf mich, zeigte mir flehend, dass ich ihr helfen sollte.

„Schon okay“, keuchte Taxus, der sich langsam wieder auf seinen Platz sinken ließ. „Mir geht es gut.“

Meine Gefährtin widersprach ihm, strich vorsichtig einige Schweißperlen aus seinem Gesicht und schenkte ihm die Aufmerksamkeit, die er vorhin noch verlangt hatte. Orga verdrehte seine Augen, während Aga leise Flüche vor sich hin murmelte.

„Holen wir die anderen“, riet Imara. „Jupiter wird ihm schnell wieder auf die Beine helfen.“

Barbarisch protestierte Orga. Er hasste Menschen, die zuerst eine große Klappe für angemessen hielten, im Nachhinein jedoch wie Feiglinge zurück zu ihrer Mutter gekrochen kamen.

Steh‘ deinen Mann, Junge, hatte er früher zu sagen gepflegt. *Schwächlinge kommen nicht weit, also heb‘ dein Haupt und unterdrücke die Tränen.*

„Es reicht, Orga“, erhob ich schließlich mein Wort und raffte mich auf. „Wie es bereits erwähnt, wir haben Wichtigeres zu tun, als uns untereinander auf Streitigkeiten einzulassen. Das gilt vor allem für dich, lieber Freund.“

Ich erwartete keine Widerworte, die glücklicherweise auch nicht folgten. Auf eine momentane Diskussion hatte ich wirklich keine Lust. Meine Zeit war teuer, ebenso ihre.

„Was hast du gesehen, Taxus? Was sah dein inneres Auge?“, erhob nun schließlich Neele das Wort. Die Jüngste unter den Hexen, die den ganzen Abend lang stumm geblieben war, erhob sich ebenfalls und stellte sich vor das Fenster. Ihr Blick wanderte zu dem Mond, der noch immer von den dichten Wolken verdeckt wurde. Sie zwirbelte eine blonde Locke um ihre Finger, während sie ihren Rücken zu uns gedreht hielt. In der freien Hand hielt sie ein Amulett, umschlungen von wunderschönen Goldfäden, die sich zu einem Stern verbanden, drückte es so fest, dass ihre Knöchel weiß hervortraten.

Seine Augen, die zuvor orange gewesen waren, wanderten überfordert durch den Raum. Seine Hände zitterten, als er sich die Schläfe rieb.

„Ich bin mir nicht ganz sicher, was ich gesehen habe“, gestand Taxus. „Auch, wenn es mir unmöglich erscheint, ich glaube, ich habe den Traum eines anderen Menschen gesehen.“

„Welches Menschen?“, erkundigte sich Neele neugierig.

Der Hexer zuckte mit den Schultern, bevor er sich zu mir umdrehte.

„Ich habe schon öfter die Träume von anderen gesehen, doch bei ihnen handelt es sich meistens um einen Film, der ihre sehnlichsten Wünsche zeigt. Meist geben sie viel Geld aus oder flirten mit dem netten Nachbarn gegenüber, aber das war etwas vollkommen anderes."

„Was sahst du?", wiederholte Neele ihre Frage, ohne darauf zu achten, dass der Jüngling vollkommen verstört schien.

„Lassen wir ihn erst zur Ruhe kommen", entschloss ich, warf die Schleppe meines Mantels nach hinten. Meine Beine trugen mich fort von dem nun verdreckten Tisch, hin zu der blauen Kristallkugel, die nur wenige Meter daneben auf einem Podest stand. Sie war das Herz unseres Kreises.

Jeder Hexenzirkel besaß einen Gegenstand, der ihre magischen Kräfte teilte, Erinnerungen speicherte und Banne brach. Ich erinnerte mich an den Zirkel des Nordens, dessen Heiligtum ein warmer Mantel aus Bärenpelz war. Andere, wie die Hexen im südlichen Kalifornien, benutzten einen Traumfänger als Amulett.

Meine Lippen zu einer Linie verzogen, legte ich meine Hand auf die Mitte der Kugel, spürte augenblicklich das Prickeln, das durch all die fließenden Energieströme ausgelöst wurde.

„Mir geht es gut", versicherte Taxus, der noch einmal laut hustete. „Ich kann sprechen."

„Dann tu' es! Los, zeige uns die Macht eines arroganten Sehers."

Orgas Meinung ignorierend, schnappte der Jüngling tief nach Luft, bevor er in meine Richtung starrte. Zuerst herrschte eine bedrückte Stille, da er offenbar nicht wusste, wo er mit den Erzählungen beginnen sollte. Schlussendlich fing er sich wieder, lächelte bitter.

„Ich habe den Geburtstag eines kleinen Mädchens gewesen, vielleicht vier oder fünf Jahre alt."

Orga war der Erste, der in lautes Gelächter ausbrach. Radia stimmte anschließend mit einem rauchigen Lachen mit ein.

„Ein Kind? Du hast von einer verdammten Feier eines Kindes *geträumt*?", brummte der Mann.

Taxus fauchte, erhielt offenbar plötzlich seine freche und reizende Art zurück.

„Halt' die Klappe, alter Mann. Ich bin noch am Anfang und nun höre mir zu! Es geht um die Eltern des Mädchens."

„Sprich weiter, Taxus", befahl ich laut. „Lassen wir die Unterbrechungen und fahren fort."

Das Lachen verklang, bis die Stille zurückkehrte, die vor wenigen Momenten den Raum umschlossen hatte. Der Angesprochene nickte brav, bevor er erneut das Wort erhob.

„Es gab ein Gespräch zwischen dem Vater und einem Fremden. Der Fremde - mir ist der Name entfallen - nannte ihn einen Jäger. Verstehst du, Arcor? Einen Jäger!"

Überrascht hob ich meine Brauen, löste mich von unserem Heiligtum und verschränkte meine Arme vor der Brust. Ein Jäger also, interessant.

„Was soll uns diese Information nun bringen?", unterbrach Neele ihn. „Was hat ein Jäger mit unserer Aufgabe zu tun? Sie können tun und lassen was sie wollen, solange sie die Richtigen vernichten, war es nicht so? Und solange sie nicht hinter Skylar oder den anderen unbekannten Schwestern her sind, kann uns das Ganze doch vollkommen egal sein."

„Sag' so etwas nicht, Neele", seufzte Karda, die sich wieder auf ihren Platz sinken ließ – so, als hätte sie diesen niemals verlassen. „Unsere Aufgabe ist es, unsere Augen auf jeden zu legen und einzugreifen, wenn es erforderlich ist. Also sind uns auch die Jäger nicht unwichtig."

Ich ignorierte die Konversation der anderen, während ich mich direkt an Taxus wandte. Dieser blickte zwischen den beiden Frauen hin und her, bis er mein Starren bemerkte.

„Hast du den Jäger erkannt? Sahst du sein Gesicht oder etwas, das uns weiter helfen kann?"

Augenblicklich wechselten seine trüben Augen zu einem leuchtenden Feuerwerk. Seine Lippen zogen sich zu einem breiten Grinsen, während er mit der Zunge schnalzte.

„Oh und wie ich das habe."

„Wer ist es? Sprich Junge, rasch", befiel Imara nüchtern.

Die Antwort folgte auch recht schnell: „Eadgar Coleman."

Ein Raunen umfasste den Saal, blieb an Orga hängen, der belustigt seine Brauen hob. Er kannte diesen Mann besser als jeder andere von uns – abgesehen von mir.

Bei dem Namen Eadgar Coleman handelte es sich um niemand geringen als um den Hauptmann der menschlichen Truppe, die gegen Dämonen und anderes Ungeziefer vorgingen. Sie lebten nur für ein Ziel: die Ausrottung aller nichtmenschlichen Monster auf dieser Welt. Jedoch gab es verschiedene Arten von Jägern. Die meisten, dazu auch noch die Gefährlichsten, waren Auftragskiller, die für die Regierung arbeiteten, versuchend, Dämonen und Gestaltwandler, auch die friedlichen unter ihnen, zu finden und auszurotten. Bei Hexen war man sich noch nicht einig, da sie die Gestalt eines Menschen teilten. Doch seit Neustem war es den Jägern egal, ob man aussah wie einer von ihnen, oder wie eine verfluchte Ratte. Für sie galt lediglich das vergossene Blut.

Eine andere Art, man nannte sie Sammler, durchsuchten die bereits abgeschlachteten Monster und entnahmen ihnen ihre wichtigsten Organe, um sie danach auf dem Schwarzmarkt für viel Geld zu verkaufen. Die Leber eines Succubus war wirklich eine Menge Geld wert.

Früher, vor weniger als zwanzig Jahren, gab es kaum Menschen, die die Ausbildung eines Jägers überstanden. Ich hatte bereits einiges darüber in Erfahrung gebracht, vor allem aber, dass sie mehr als hart sein sollte – tödlich. Nur die Besten wurden in ihre Kreise aufgenommen und erfuhren das Wissen, das man unbedingt brauchte, wenn man auf die Jagd gehen wollte.

Einen der Männer, der früher für den Zusammenhalt dieser Truppe zuständig gewesen war, nannte man Eadgar. Laut den Erzählungen handelte es sich um einen sehr gefährlichen Mann. Dass er aber ein Kind großgezogen hatte, war mir bis heute unklar gewesen.

„Eadgar", schmunzelte Orga, als würde er sich an verschleierte Dinge erinnern, die ihm entfallen waren. „Ein harter Brocken. Ich habe gehört, dass er von einem Diener Liliths getötet worden sei."

„Das ist genau das, worauf ich hinaus will", sagte Taxus laut.

„Worauf genau? Taxus, dass du den Jäger gesehen hast, bringt uns rein gar nichts."

Neele schien frustriert, als sie vom Fenster wich und sich erneut zu uns an den Tisch setzte. Man sah ihr deutlich an, dass sie keinerlei Interesse mehr an seiner Vision zeigte, die uns offenbar nicht so viel brachte, wie der Jüngling sich erhoffte. Doch Taxus schien zuversichtlich, denn sein Lächeln erstarb nicht; auch nicht, als Imara bat, das Ganze ruhen zu lassen und zum eigentlichen Thema zurückzukehren.

Nachdenklich stützte ich mich auf der Tischplatte ab, ließ meinen Blick über den Seher wandern.

„Ich weiß, dass du nicht umsonst ausgewählt wurdest, im Rat der Hexer zu dienen, doch Imara hat Recht. Vielleicht sollten wir uns wieder auf die Schwestern konzentrieren."

„Aber das tun wir doch", beharrte der Jüngling und sein Lächeln wurde breiter. „Denn Skylar ist niemand Geringeres als die Adoptivtochter von Eadgar Coleman."

„Jetzt bleibt nur noch eine Frage, die ungeklärt bleibt", murmelte Karda nachdenklich. „Warum adoptiert ein Jäger, der Schlächter aller Dämonen, ein Mädchen, in dem sogar königliches Blut fließt, von einer Rasse, die die Jäger seit Jahrhunderten verabscheuen?"

Noch bevor die Frage geklärt werden konnte, wurde die große, breite Doppeltür geöffnet.

Die letzten beiden Ratsmitglieder Ilex und Jupiter betraten den Saal, hinter ihnen zwei in schwarz gekleidete Personen, deren Gesichter ich nur ungern in meinen Reihen sah. Zeria, die Anführerin des Vampirrats, eine Nachtwandlerin mit langen, roten Haaren und ein Mann namens Lorr, der seine braunen Haare zu einem Zopf gebunden hatte, der Vertreter des Dämonenbundes.

„Was sucht ihr beide hier?“, erhob ich unhöflich mein Wort, während die Vampirin ihre Zähne fletschte.

„Glaube mir“, fauchte Zeria. „Ich bin nicht gerne hier.“

Lorr verdrehte seine Augen, während er seine Hände tief in den Hosentaschen vergrub.

„Der Werwolf wird später auch hier auftauchen“, gähnte er, bevor er gelassen zum Tisch trat. Zeria folgte ihm, sprang elegant auf die Tischplatte und schlug ihre Beine übereinander.

„Und weswegen seid ihr nun hier?“

Die Vampirin zog einen Briefumschlag aus ihrer Tasche und schmiss ihn mir entgegen, worauf sich der Inhalt leerte. Bilder von Personen in verschiedenen Perspektiven waren auf ihnen zu erkennen.

Radia fauchte, als sie einen Mann identifizierten.

„Das ist Gerrit! Ihr habt ihn also gefunden?“

Zeria kicherte überheblich.

„Oh, natürlich. Meine Familie macht eine gute Arbeit. Wie ich sehe, habt ihr jedoch keine weitere Spur, hm? Ups, was ist denn das?“

Sie zog ein weiteres Bild, das lose in ihrer Tasche gelegen hatte, hervor und warf es in die Mitte des Tisches.

„Skylar.“

„So“, gackerte sie zufrieden und warf ihr Haar zurück. „Nun seid ihr an der Reihe. Ich habe getan, was ich konnte.“

Orga knurrte aufgebracht, während er seine Hände zu Fäusten ballte. Er hasste diese Frau mehr, als dass er Ungeduld verachtete.

„Meister!“, keuchte plötzlich die Stimme meines treuen Dieners. Er stürmte durch die geöffnete Tür, stolperte fast. „Wir haben sie gefunden.“

Ein breites, gehässiges Grinsen legte sich auf meine Züge, als ich von der Neuigkeit erfuhr. Zerias Gesicht verzog sich erzürnt, wissend, dass ihre Informationen nun nebensächlich geworden waren.

„Macht euch bereit“, befahl ich laut. „Holen wir uns das Prinzesschen.“

KAPITEL 12

Obwohl ich so viele Stimmen vernommen hatte, stellte sich später heraus, dass nicht einmal annähernd so viele wie erwartet, eingetroffen waren. Die restlichen beiden Hüter, Gerrit und Ames hatten gemütlich vor dem warmen Feuer gesessen und sich lautstark unterhalten. Cherry, die sich vorher mit Scarlett unterhalten hatte, setzte sich, kaum, dass wir im Erdgeschoss angekommen waren, zwischen die Männer und belächelte das kleine Treffen, was mir sichtlich unangenehm war. Der Angriff war lange vorbei, denn niemand interessierte sich mehr für die Personen, die das Hauptquartier angegriffen hatten. Obwohl Scarlett mir gegenüber Bedrückung aussprach, verhielten sich die Männer wie kleine Kinder. Sie lachten über die kindischsten Dinge und als Ames erwähnte, dass er trotz der Dusche den Geruch von Koen an mir vernehmen konnte, war es um alle geschehen. Stundenlang hatte ich mir die belustigten und frechen Sprüche anhören müssen. Vor allem der kleine Vampir fand die Situation ziemlich witzig. Er konnte gar nicht mehr aufhören, zu lachen. Ich war so verlegen gewesen, dass ich kaum ein Wort auf seine Witzeleien erwidern konnte. Zu meinem Bedauern jedoch hielt Koen nicht viel von dem Gespräch seiner Freunde. Die ganze Zeit über hatte er still am Tresen gesessen und zusammen mit Cherry einige kleine Leckereien genascht.

Obwohl sich meine Laune nach dem Gespräch mit Koen deutlich besserte, fühlte ich mich alleine gelassen – verraten. Die wunderschönen Stunden, die wir zusammen verbracht hatten, waren offenbar nicht mehr so wundervoll, wie ich sie in Erinnerung behalten hatte. Koen zeigte nicht das geringste Interesse daran, mit mir in weiteren intimen Kontakt zu treten. Sobald ich seine Nähe aufsuchte, drückte er mich von sich und wechselte das Thema – interagierte mit seinen Kameraden.

Nichtsdestotrotz beschloss ich, dass sich später noch eine Gelegenheit finden würde, um mit ihm über das Vergangene zu sprechen.

Trotzdem war ich mir nicht sicher, ob Koen überhaupt eine Ahnung besaß, wie sehr mich das Ganze bedrückte. An nichts anderes hatte ich denken können – bis jetzt.

Gerrit stimmte meinem Wunsch widerwillig zu, nachdem Scarlett ihm gesagt hatte, dass es besser für mich wäre, meine persönlichen Dinge bei mir zu haben, sodass wir nur einen Tag später in einem blauen Corsa aufgebrochen waren. Und nun saßen wir, die drei Hüter, Cherry und ich, in dem kleinen Auto, auf der gegenüberliegenden Straßenseite und observierten das Gebäude, indem sich meine winzige Wohnung befand. Seit fast zwanzig Minuten standen wir nun schon hier, starrten auf die Eingangstür, die sich seit unserem Eintreffen erst einmal öffnete. Eine alte Dame, die zusammen mit ihrer schwarzen Katze Oreo unter mir wohnte, war dabei gewesen, erschöpft ihre Einkäufe nach drinnen zu schaffen.

Ungeduldig biss ich mir auf die Lippe, drehte mich seufzend nach hinten um, musterte Cherry, Aaron und Cole, die gespannt nach draußen blickten.

„Ich bin mir im Klaren, dass dort etwas in meiner Wohnung lauern könnte, aber können wir nicht trotzdem einfach hereingehen?"

Koen stöhnte genervt, während Cole seine Augen verdrehte.

„Gleich", antwortete Cherry, die Cole einen Stoß in die Rippen versetzte. „Wir warten noch."

„Aber auf was?", murrte ich. „Mir gefällt das Warten nicht."

Erschrocken hob Cole seine Brauen, bevor er sich etwas nach vorne beugte und seinen Schopf senkte.

„Verzeihung, Prinzessin", sagte er in einem Ton, der meine Ohren vor Scham rot färbte. „Ich wusste nicht, dass unsere Hoheit gewisse Ansprüche stellt. Verzeih meine Dummheit, dass ich das nicht sofort erkannt habe!"

Ein weiterer Stoß von meiner Freundin folgte, als sie ihn böse anfunkelte.

„Ignorier' ihn einfach. Er hat seit längerer Zeit ein paar Probleme. Ich habe schon darüber nachgedacht ihn einschläfern zu lassen."

„Nennst du mich gerade einen Hund, Weib?"

„Oh, hast du etwas gehört, Sky? Irgendwas hat mir laut ins Ohr gebellt."

Kichernd beobachtete ich die beiden, worauf Aaron genervt den Kopf schüttelte und die Tür öffnete.

„Kommt. Ansonsten verteilt der Köter noch seine Flöhe."

Erleichtert tat ich es ihm gleich und kletterte aus dem kleinen Auto. Unterdessen entfachte eine Diskussion zwischen den Dreien, die zuvor auf der Rückbank Platz fanden. Cole beschwerte sich, da er als Hund dargestellt wurde, während Cherry ihn gekonnt ignorierte und so tat, als würde sie ein Winseln vernehmen. Aaron spielte schließlich mit, da er sich über einen Gestank äußerte, der ihn an einen nassen Hund erinnerte.

Koen war der Erste, der die Tür erreichte. Sein Blick wanderte immer wieder umher, während ich meinen Schlüssel aus der Hosentasche zog und die Tür entriegelte. Kaum war sie geöffnet, kam mir der Geruch von Kokosnuss und dem Parfüm meiner Nachbarin entgegen. Meine Freundin verzog angeekelt ihren Mund, als auch sie den Gestank vernahm.

„Himmel", meckerte sie leise. „Die nimmt das Zeug ja immer noch."

„Welches Appartement ist deins?", erkundigte sich Aaron.

„Folge mir", antwortete Cherry für mich, stürmte die Stufen in die zweite Etage hinauf.

Kopf schüttelnd folgte ich ihr, blieb zwischen Koen und Cole, die sofort bemerkten, dass etwas nicht mit mir stimmte, als ich die letzte Stufe überschritten hatte. Ein unangenehmer, säuerlicher Geruch drang in meine Nase, löste in mir einen Brechreiz aus, dem ich versuchte standzuhalten. Augenblicklich rumorte etwas in meinem Magen und er flehte mich an, den Inhalt meines Frühstücks endlich loszuwerden. Doch diesen Gefallen tat ich ihm nicht.

Cherry schritt geradewegs auf meine Wohnungstür zu, die am weitesten von uns entfernt war. Die Blondine rümpfte ihre Nase, bevor sie ihr Ohr an die Tür drückte und horchte. Mit einer kurzen Handbewegung zeigte sie uns, dass wir ruhig sein sollten.

Keiner sagte auch nur ein Wort, dennoch war es nicht still. Aus dem oberen Stockwerk erklang lautes Geschrei. Ein junges Pärchen, das vor kurzem erst ein Kind bekommen hatte, stritt sich über belanglose Dinge. Vergessene Windeln, stinkende Socken und ungewaschenes Geschirr. Kurz darauf erklang Babygeschrei und der Streit verflog. Währenddessen ertönte aus einer anderen Wohnung laute Heavy Metal Musik. Man hörte wie jemand Möbel verrückte und dann ein kurzes Klirren; irgendwas ging zu Bruch. Zwei Männer fluchten, anschließend lachten sie.

Aus der Wohnung, die direkt neben meiner lag, vernahm man das leise Miauen einer Katze, die offenbar ungeduldig auf ihren Besitzer wartete. Ich kannte die Person, die in diesem Apartment lebte. Es war ein Mann mittleren Alters: dunkles, fast schwarzes Haar und grüne, stechende Augen. James Harrison war sein Name. Er arbeitete als Hausmeister in einer Grundschule. Wenn er seine kranke Mutter besuchte, war ich gewillt gewesen, auf seinen kleinen Kater aufzupassen. Leider mochte er mich nicht allzu gerne, was man deutlich an den Kratzer sah, die er mir voller Lust und Laune zufügte. Dennoch lehnte ich nie ab, denn Mister Harrison war wirklich ein sehr lieber Mann. Heute schien er offenbar nicht da zu sein, sonst würde dieses kleine Fellknäuel nicht laut nach ihm schreien.

„Koen!", flüsterte Cherry und nur kurz darauf, zog mich der Angesprochene hinter sich. Seine Haltung versteifte sich, als meine Freundin leise und vorsichtig den Türknauf drehte. Ich wollte widersprechen, ihr den Schlüssel reichen, doch Koen drückte seine Hand fest auf meinen Mund. Die Tür öffnete sich.

„Hier stinkt's", knurrte Aaron leise und zog seine Waffe aus dem Halfter.

Die Blondine öffnete vollständig die Tür, bevor sie sich keuchend die Hand vor die Nase drückte. Gott, Aaron hatte recht. Es roch fürchterlich. Der Gestank von Verwesung war zu vernehmen, vermischte sich mit Kokosnuss und Zitrone, als hätte man den Raum mit Frischhaltetüchern tapeziert. Zuerst betraten Cherry und Aaron den kleinen Wohnbereich, während Cole hinter und Koen vor mir standen.

„Ist das wirklich nötig?", erkundigte ich mich, obwohl mir der Gestank laut *Ja!* entgegen brüllte. Doch niemand antworte mir. Stattdessen blieben wir solange stumm, bis Aaron mürrisch wiederkehrte. Der Ausdruck in seinem Gesicht verriet mir, dass das, was er gefunden hatte, nicht sehr positiv sein konnte.

„Blutritual", murrte er, bevor er uns passieren ließ.

Die Tür fiel laut ins Schloss, erschreckte mich einen Moment. Ohne weiter auf mich zu achten, gingen sie ins Wohnzimmer, während Koen sich an der Tür jedoch noch einmal umdrehte.

„Such dir die Sachen zusammen, die du mitnehmen möchtest."

„Ich möchte ..."

Doch er schüttelte seinen Kopf. Er verbot mir das Eintreten in meine eigenen vier Wände? Schön, heute würde ich seinem Willen nachkommen, denn ich wollte wirklich keine Diskussion heraufbeschwören, schließlich hielt ich noch immer an meinem Plan fest, mit ihm zu sprechen. Also nickte ich brav und bog nach rechts, in das kleine, gemütliche Schlafzimmer.

Mein Blick wanderte durch den hell erleuchteten Raum. Es war noch immer so, wie ich es verlassen hatte; Kissen wild auf dem Bett verstreut, die Decke lustlos zur Seite geschlagen und der Pyjama, der wie sonst auch über dem Geländer hing. Die beige - farbigen Vorhänge waren zur Seite geschoben, wurden mit einem kleinen Band an der Wand befestigt.

Obwohl auch dieser Raum voll von dem grausamen Gestank war, fühlte ich mich automatisch zu Hause. Mit einem Lächeln auf den Lippen öffnete ich meinen Schrank, schnappte mir einen schwarzen Rucksack – meine ehemalige Schultasche, wie ich mich erinnerte –, den ich seit Jahren nicht mehr benutzt hatte, und legte ihn auf mein Bett.

Überrascht wanderten meine Iriden durch den halbleeren Schrank. Mir war gar nicht bewusst gewesen, dass Cherry wirklich jedes einzelne Teil mitgenommen hatte. Die Tasche, die ich vor zwei Tagen vorgefunden hatte, war lediglich mit ein paar Kleidungsstücken und Toilettenartikeln befüllt worden. Ich würde mich wohl erkundigen müssen, wohin sie all meine Sachen verschleppt hatte.

Den Gedanken aus dem Kopf vertreibend, schloss ich den Schrank wieder, bevor ich begann, den Rucksack zu füllen; ein altes Schmuckkästchen, Bilder aus vergangener Zeit, Briefe und die kleine, niedliche Puppe, die mir meine Mutter einst schenkte.

Plötzlich traf es mich wie einen Blitzschlag. So liebevoll wie ich die Puppe auch eingepackt hatte, so unsanft zog ich sie wieder hervor. Es war tatsächlich das Spielzeug aus meinem Traum – das Geburtstagsgeschenk, als ich gerade fünf Jahre alt geworden war. Mit zittrigen Fingern fuhr ich über die blauen Augen der Puppe, die bei jeder Bewegung hin und her wippten. Ihr Kleidchen sah noch genauso schick aus, wie vor ein paar Jahren, dennoch merkte man, dass sich langsam die Naht zu lösen begann.

Mir wurde schlecht. Das Gefühl, mich übergeben zu müssen, kehrte zurück und zwang mich in die Knie. Zitternd ließ ich das Spielzeug wieder in den Rucksack fallen, bevor ich einen Schritt zurückwich und auf den Boden sank. Fest drückte ich mir die Hand auf den Mund, um den Inhalt meines Magens bei mir zu behalten.

Tief ein- und ausatmen. Alles wird gut. Du hyperventilierst nur.

Du bist ein Schwächling, lache die innere Lady in mir. *Wer bekommt denn schon durch den Anblick einer kleinen, niedlichen Puppe eine Panikattacke? Du bist erbärmlich.*

Der Gestank wurde auf einmal stärker, zog sich bis hin zu meinen Augen, die zu Tränen begannen. Die Stimme in meinem Kopf behielt Recht. Ich benahm mich wie ein verstörtes, voller Angst zerfressenes Kind. Doch wie konnte ich das stoppen? Wie, um Himmels Willen, sollte sich alles wieder normalisieren?

„Brauchen Sie Hilfe, Herrin?", erklang plötzlich eine raue, klägliche Stimme.

Ich begriff überhaupt nicht, woher die Stimme kam. Zuerst redete ich mir ein, dass die Lady in mir ihre Stimme verstellte und mich zu verspotten versuchte. Doch als sich die Laute wiederholten, zuckte ich kaum merklich zusammen.

„Herrin, soll ich Ihnen den Schmerz nehmen? Brauchen Sie meine Hilfe?"

Ich blinzelte einige Male, ließ vereinzelte Tränen aus meinem Sichtfeld verschwinden, bis ich die rot, glühenden Augen erblickte, die das helle Gesicht schmückten, das unter dem Bett hervorgekrochen kam. Es handelte sich um einen jungen Mann – für mich sah er nicht älter als zwanzig aus – mit eingefallenen Wangen, dunklen, eindringlichen Augen und silbernem Haar. Ein Lächeln schmückte sein müdes Gesicht, entblößte die spitzen Eckzähne.

Ich wusste nicht, was ich tun oder sagen sollte, als der Mann auf mich zu gekrochen kam.

Schwächling!, schrie die Lady, doch ich protestierte nicht.

Ich schrie. Ein lauter, spitzer Schrei entfloh meiner Kehle und der Fremde keuchte erschrocken. Beruhigend hob er seine Arme, wollte noch etwas auf mich zu kriechen, bis er jedoch an der Kehle gepackt und an die Wand gedrückt wurde. Koen funkelte ihn wutentbrannt an und ich konnte sehen, wie er den Druck seiner Hand verstärkte. Der Mann röchelte.

„Wer, zum Teufel, bist du?", knurrte Koen bedrohlich.

Cherry eilte an meiner Seite, strich mir vorsichtig eine Träne aus dem Gesicht. Doch ich schob ihre Hand unbedacht weg, starrte auf das riesige Tattoo, das die Brust des fremden Mannes bedeckte.

„Ein Freund", keuchte er und Koen zog ihn mit Leichtigkeit ein Stück höher.

Die Beine des Mannes baumelten in der Luft wie Weihnachtsschmuck, der vom Wind auf und ab gehoben wurde. Er umschloss die Hand seines Peinigers und versuchte, den Griff zu lösen. Vergebens.

Der Hüter lachte bitter, bis Aaron ihm die Hand auf die Schulter legte.

„Er spricht die Wahrheit. Lass ihn los."

„Bist du verrückt geworden?", knurrte *mein* Hüter. „Er ist ein Dämon und in der Wohnung mein- Skylars. Er muss einen Hintergedanken haben und das bedeutet, er verdient den Tod."

Mein Herz pochte laut und der Gestank, die Übelkeit, sowie die feuchten Tränen waren vergessen. Hatte er gerade wirklich *meiner* sagen wollen?

„Nein, nein", keuchte der Mann, „Ich möchte unsere Herrin beschützen. Wir alle möchten das."

„Lass ihn runter, Mann", gähnte Cole. „Er ist ein Todesdämon. Sieh' dir das Tattoo auf seiner Brust einmal genauer an. Er kann Skylar nichts anhaben."

Mit einem lauten Poltern fiel der Todesdämon zu Boden, rieb sich keuchend über die Stellen an seinem Hals, die sich bereits dunkel verfärbte. Ein Gefühl von Erschrockenheit umschloss meinen Verstand, als ich realisierte, wie stark Koen sein musste, um dem Fremden in solch kurzer Zeit solche Verletzungen zuzufügen.

Es dauerte nicht einmal zehn Sekunden und die dunklen Striemen waren verschwunden.

Das Lächeln kehrte auf sein Gesicht zurück, als er sich wie ein bettelnder Hund vor mich setzte, nach meinen Händen griff. Koen richtete seine Waffe auf den Kopf des Dämons, der seine Hände augenblicklich zu sich zog.

„Wage es noch einmal, sie zu berühren und ich pulverisiere dein kleines Gehirn."

Cherry kicherte leise, als sie sich wiederaufrichtete. Der Dämon sagte nichts, nickte aber zustimmend.

„Herrin", sprach er wieder, während ich im Augenwinkel beobachtete, wie sich Cole auf mein Bett fallen ließ. „Ich wollte Ihnen keine Angst einjagen. Wir sind gute Dämonen, Eure Untergebenen. Wir sind hier um Euch zu helfen und beizustehen. Können wir helfen?"

Kurz fragte ich mich, wieso er in der Mehrzahl sprach, ließ diesen Gedanken jedoch wieder fallen. Das war wohl die unwichtigste Frage, die ich zu stellen verlangte.

„Wie ist dein Name?", erkundigte ich mich unsicher.

Unter den Blicken der Anwesenden fühlte ich mich wie ein Schlachtschwein, das mit einem Apfel im Maul zum Tisch getragen wurde.

„Conner, Herrin. Mein Name ist Conner und ich werde Ihnen dienen, solange Sie das wünschen."

Während Conner mich mit einem neugierigen Blick musterte, gesellte Cherry sich zu Aaron, der noch immer an der Tür stand. Sie tuschelte irgendetwas, was ich nicht verstehen konnte. Er zuckte mit den Schultern, bevor er mit einem Nicken andeutete, dass sie doch mit Koen sprechen sollte. Und das tat sie. Kaum war jenes Gespräch zum Ende gekommen – es dauerte nicht länger als eine Minute –, ließ sie sich zu Cole auf das Bett fallen.

Diese Situation gefiel mir ganz und gar nicht. Als Conner erneut nach mir griff, da ich nicht reagierte, und Koen ein weiteres Mal seine Waffe hob, stellte ich die Frage, die mir zu aller erst in den Sinn kam.

„Bist du für den Gestank zuständig, Conner?"

Er blinzelte zuerst irritiert, bis er schließlich zu lachen begann.

„Oh nein, Herrin. Haben Sie etwa alles vergessen, was Eure Mutter Euch gelehrt hat? Das ist der Geruch eines Blutrituals. Kerzen, die nach Kokosnuss duften, Blut von einem beliebigen Tier und der Gestank eines Calcíor-Dämons. Voilà, man hat einen wundervollen Kreis erschaffen."

Zuerst konnte ich mir nichts darunter vorstellen. Weder unter einem Calcíor-Dämons noch unter dem Wort Blutritual. Angestrengt versuchte ich, mich an all die vielen Fantasy-Serien im Fernsehen zu erinnern: Vampire Diaries, Supernatural oder Game of Thrones.

Ich erinnerte mich an einen Zauber, den man durch viele Kerzen und laut ausgesprochene Worte formen konnte. Jedoch opferte man dabei kein Tier, nein, man nahm das Blut eines Unschuldigen. So war es doch immer in solchen Serien und in Büchern, die über das große Dunkel sprachen: die Hölle. Jedes Mal musste es eine Jungfrau sein, eine Unschuldige.

„Warte mal", zerrte mich Cherry aus meinen Recherchen. „Du riechst mehr als nur den Duft von Kokos?"

Ich nickte, worauf sie angespannt zu Koen blickte, der die Pistole zurück in den Halfter steckte und seine Arme vor der Brust verschränkte.

„Was ist? Sprecht mit mir!", befahl ich laut, worauf Conner stürmisch nickte – er war voll und ganz auf meiner Seite.

Koen seufzte. Dann verzog er sein Gesicht, als suchte er nach einer Notlösung. Doch dieses Mal war ich schneller. Ich richtete mich hastig auf, trat nah an Koen heran, wobei ich ihm gegen die Brust tippte.

Was dieses Selbstvertrauen in mir ausgelöste, wusste ich nicht, doch ich genoss den überraschten Blick, den Koen mir schenkte.

„Ihr verheimlicht mir ständig irgendwas und das habe ich allmählich satt. Entweder ihr verratet mir endlich das, was ich wissen will, oder ich verschwinde von hier. Ihr könnt mich schließlich nicht gegen meinen Willen festhalten!"

Die Züge meines Hüters verhärteten sich.

„Ach, denkst du das?", knurrte er, während sich sein Gesicht zu mir hinunter beugte. „Du weißt doch gar nicht wozu ich alles fähig bin."

Provokant musterte ich ihn, stemmte die Hände gegen meine Hüften.

Mein Herz schlug mir bis zum Hals, als ich seinen Atem auf meinen Lippen spürte. Gott, selbst in diesem Gestank faszinierte mich sein anziehender Geruch.

„Dann zeig' es mir doch!"

Und für einen Moment schien die Welt für mich stehen zu bleiben. Als er seine Hände um mein Gesicht schlang, mich mit einer bestimmten Bewegung an sich zog, schien es, als würde es niemand anderen mehr geben. Nur Koen und mich. Ich spürte den Ärger in seinen Berührungen, die Wut, die mich plötzlich fesselte, so, als wäre sie das Schönste, was mein Auge jemals zu Gesicht bekommen würde.

Sein Daumen fuhr, zu sanft für diesen Ausdruck in seinen Augen, über meinen Mundwinkel, bevor er unsere Münder miteinander vereinigte. Seine Zunge drängte sich den Weg zwischen meinen Lippen hindurch, bevor sie die meinige zu einem gefährlichen Kampf herausforderte.

Wild, fast animalisch, krallte ich mich an seine Arme, presste meinen Körper gegen ihn, verlangte nach der Hitze, die ich in jene Nacht verspürte. Ein Knurren entfloh seiner Kehle, als ich mit den Nägeln über seine Haut kratzte, zu schwach, um ihn zu verletzen.

In meinem Magen breitete sich ein Kribbeln aus, das sich mit einer rasenden Geschwindigkeit in meinem Körper ausbreitete und den Puls in die Höhe schießen ließ.

Das Kribbeln veränderte sich zu einem angenehmen Brennen, als er seine Hand von meinem Gesicht nahm, mit den Fingern fast schon liebevoll an meinem Hals hinab wanderte. Ich erschauderte, während seine Berührungen mir ein wohliges Stöhnen entlockte.

Keuchend bemerkte ich den Druck, der sich langsam in ihm aufbaute und direkt nach Süden zog. Seine Erektion drücke sich gegen mich, brachte das Karussell in meinem Bauch dazu, sich wild zu drehen – bis plötzlich ein Räuspern erklang.

„Schön, dass ihr euch so gut versteht", erklang die belustigte Stimme Coles. „Aber geht zum Vögeln doch bitte in einen anderen Raum. Das ist ja peinlich."

Seine Stimme traf mich wie ein Blitzschlag und brachte meinen Verstand wieder in die Realität zurück.

Erschrocken sprang ich nach hinten, stieß etwas unsanft gegen meinen Kleiderschrank, während Koens Augen mich musterten, so, als wäre ihm nicht klar, weshalb ich ihn von mir drängte.

Dieser Bastard! Ignorier' diese Trottel und widme dich dem heißen Feger.

Die Lady brüllte zynisch, warf Cole bösartige Beleidigungen an den Kopf und zückte einige Waffen, die ich nicht in ihren Händen sehen wollte.

Cherry schluckte, als sie erneut neben mich trat und unsere Hände miteinander verschränkte. Conner hingegen sah nicht allzu überrascht aus. Der Dämon lächelte, kicherte in sein Fäustchen und hüpfte immer wieder vom einen Bein zum anderen. Offenbar teilte er den Humor von Cole.

„So", sprach dieser lauter als nötig. „Ich wäre dafür, dass, wenn eure Eheprobleme geregelt sind, wir uns dem stinkenden Blut im Wohnzimmer widmen. Hält das noch jemand für eine gute Idee?"

Mit erröteten Wangen drehte ich mich zur Tür, nickte etwas abfällig und versuchte, die aufkommende Peinlichkeit zu verdrängen.

„Conner, nimm meine Tasche und folge uns."

Anschließend, Hand in Hand mit Cherry, verließ ich mein altbekanntes Schlafzimmer.

Von außen gab ich mich kühl, versuchte, die Situation mit Normalität zu überdecken, doch innerlich sah es vollkommen anders aus.

Das Karussell, das nur durch ihn seinen Antrieb fand, quietschte, rostete noch während der letzten Drehung. Meine Haut, die durch seine Berührungen kribbelte und mein Herz, dass so laut, so verdammt schnell schlug, normalisierte sich wieder.

Es war so, als wäre vorher nie etwas zwischen uns vorgefallen, auch, wenn ich wusste, dass ich das alles nur in meinen Hinterkopf verdrängte und die Vergangenheit mit Lügen überzog.

Benimm dich nicht wie ein verzogenes Gör, fauchte die Lady, während sie mit ihren gefeilten Nägeln über ihre Hose kratzte. *Du stehst auf ihn, Punkt. Also, auf was wartest du noch?*

Mir war durchaus bewusst, dass ich mehr als nur eine Art Freundschaft für Koen empfand. Weshalb sollte ich ihm denn sonst so verfallen und mich, während meine Freunde im Raum waren, an seinen Hals werfen? Doch ich hatte nachgedacht.

Koen, er war mein Hüter, mein Beschützer. Was, wenn diese Zugneigung, die ich für ihn empfand, nur die Reaktion auf die Tatsache war, dass er sich um mich sorgte, mir half, wenn ich in Not war und mir zur Seite stehen musste?

Früher, als ich noch mit meinem Ex-Freund ein Paar gewesen war, hatte ich mich danach gesehnt, von ihm behütet und beschützt zu werden. Ich wollte neben ihm stehen, wissend, dass ich mir um nichts mehr Sorgen machen musste, denn er war nun bei mir. Doch dieses Gefühl, das ich unbedingt erfahren wollte, erschien in seiner Nähe nicht.

Aber bei Koen war es etwas ganz anderes. Sobald er an meiner Seite war, fühlte ich mich sicher und so, dass ich etwas wagen wollte. Er machte mich zu einem ganz anderen Menschen, obwohl er eindeutig mehr von mir kannte, als ich von ihm.

So viele Fragen schwirrten in meinem Kopf hin und her und ich wusste nicht, wie ich sie beantworten sollte.

Einen kurzen Blick warf ich zu Cherry und sah, dass ihr Blick Besorgnis ausstrahlte, dass sie meine Hand festdrückte und nicht den Anschein erweckte, sie bald wieder loszulassen.

Vielleicht sollte ich mit ihr sprechen, ihr von meinen Gedanken und den verzweifelten Gefühlen gegenüber Koen berichten. Es könnte mir helfen, endlich klar zu kommen und das zu akzeptieren, was sich gerade zwischen ihm und mir aufbaute – wenn sich dort überhaupt irgendwas befand, das real war.

Als wir im Wohnzimmer ankamen, sah zuerst alles aus wie sonst. Helles Licht fiel durch die dünnen Vorhänge, die mit sanften Wellen vom Wind hin und her getragen wurde. Jemand musste wohl das Fenster geöffnet haben. Höchstwahrscheinlich wegen des wirklich extremen Gestankes.

Die Normalität verschwand jedoch, als ich sah, dass man meinen Wohnzimmertisch zur Seite geschoben hatte. Ich schluckte und schmeckte etwas Bitteres, als ich sah, warum.

Dort, genau zwischen Fernseher und Couch, hatte jemand mit Blut ein großes Dreieck gezeichnet, in dem sich ein Kreis befand – ebenfalls mit Blut gemalt. Obwohl mein Boden aus Laminat bestand und jeder Tropfen, der zu Boden fiel, eigentlich zur Seite laufen müsste, so war das Blut an Ort und Stelle geblieben. Auf dem Blut, das den

Kreis bildete, der sich an drei Stellen mit dem Dreieck verband, hatte man insgesamt acht Kerzen aufgestellt.

Vier davon waren weiß, höchstwahrscheinlich mit dem Geruch von Kokos und die anderen in einer bläulichen Farbe. Jede von ihnen brannte, manche offenbar bereits so lange, dass die Kerze sich langsam dem Ende zuneigte. Das Wachs zog sich an dem Hals der Kerze hinunter, sammelte sich in einer kleinen, festen Masse.

Ein ungutes Gefühl überkam mich, als ich das Zeichen betrachtete, das mit Sand in die Mitte des Kreises gemalt worden war. Ich wusste nicht, woran es mich erinnerte, doch ich war mir sicher, dieses Symbol schon einmal irgendwo gesehen zu haben.

„Schrecklich", murmelte Conner, der immer wieder meine Nähe suchte.

Plötzlich fühlte ich mich nicht mehr so gut.

Mein Magen rebellierte und meine Kehle verlangte nach einem Glas Wasser.

Ohne dass ich es wirklich bemerkte, ging ich einen Schritt auf das Ritual zu, betrachtete das Symbol, das sich tief in meinen Kopf brannte. Die Stimme meiner Freundin erhob sich, als sie meine Hand drückte, mich gleichzeitig zurückziehen wollte.

Irgendetwas stimmte nicht, das war mir klar. Mein Verstand verblasste für einen Moment und ich konnte die Lady in meinem Inneren lachen hören. Es war laut, hallte in meinen Gedanken, verursachte das Gefühl von Übelkeit in meinem Körper.

Mein Blick wurde starr. Ich blendete die Stimmen der anderen aus, ignorierte Conners Hand, die sich um meinen Arm schlang und von Koen beseitigt wurde. Alles, was mich interessierte, war dieses Zeichen – bis mir plötzlich schwarz vor Augen wurde.

Cherry schoss nach vorne, legte ihren Arm unter meine Schultern und stützte mich.

„Skylar, was ist los? Kannst du das Blut nicht sehen? Hey, rede mit mir."

Sie rüttelte leicht an mir, während ich von ihr noch einmal zu der Verunstaltung meines Wohnzimmers blickte und da sah ich es. Die Glyphe hatte sich verändert, formte kleine Buchstaben, die einfach zu lesen waren.

„Finden", las ich wie in Trance. „Finden und Fangen."

Erschrocken schüttelte ich meinen Kopf, als mich Aaron plötzlich packte und an die Wand drückte. Koen fauchte bedrohlich, legte seine Hand auf dessen Schulter, zugleich er versuchte, ihn von mir zu schieben. Doch Aaron schien kein Interesse an Koens Beschützerinstinkt zu haben.

„Kannst du es lesen?", erkundigte sich Aaron aufgebracht. „Erkennst du die Buchstaben?"

Überfordert nickte ich, woraufhin er sich stöhnend, den Griff lösend, von mir abwandte.

„Ja, Leute was war das? Zuerst sah es für mich wie eine einfache Glyphe aus. Und dann plötzlich veränderte sich das Bild und verwandelte sich zu einem Wort, das ich lesen konnte."

Mein Körper beruhigte sich wieder und das Gefühl, mich augenblicklich übergeben zu müssen, verschwand komplett. Abgesehen von leichten Kopfschmerzen ging es mir blendend.

„Das sind die dämonischen Gene in dir", erklärte Cherry sachte, warf Aaron jedoch einen bösen Blick zu. „Du wirst bald Dinge lernen, die du vorher noch nicht konntest. Das Symbol, das du dort sehen kannst, ist in deiner Muttersprache geschrieben worden."

„Aber warum?"

Obwohl es so offensichtlich war, konnte ich mir das Ergebnis nicht zusammenreimen. Ich hatte bereits all die Fetzen, die zur Lösung führten, schaffte es jedoch nicht, sie zusammenzufügen. Für einen Augenblick fühlte ich mich wie ein hilfloses Kitz, das laut kreischend nach seiner Mutter rief. Doch Cherry schenkte mir Kraft, indem sie mich in ihre Arme schloss.

„Es wird alles sehr neu für dich sein, Süße, aber ich verspreche dir, wir werden dir zur Seite stehen. Das schaffst du schon. So schlimm ist es gar nicht."

Conner huschte an Koen vorbei, der sich mit breiten Schultern vor ihn gestellt hatte, lächelte mich freundlich an und setzte sich auf die Ecke des Sofas. Den Rucksack, den er für mich tragen sollte, stellte er vor sich auf den Boden.

„Ich kann Euch helfen, Herrin", säuselte er und senkte seinen Kopf. „Ich weiß, wie Ihr alles schneller lernt."

„Vergiss es", schimpfte Cole, der sich aus dem Geschehen rausgehalten hatte. „Du wirst gar nichts tun. Skylar, du wirst ihn um nichts bitten, ist das klar?"

Ich wusste zwar nicht, weshalb sich Cole so aufregte, entschloss jedoch, klein beizugeben sowie seine Forderung zu akzeptieren. Er würde schon wissen, was das Beste für mich war. Schließlich war auch er mein Hüter.

Ich beschloss, das Thema zu wechseln, um etwas an der angespannten Stimmung zu verändern – auch, wenn ich nicht wusste, weshalb sie so aufgebracht waren, schließlich wussten sie doch bereits, dass ich mich verändern würde.

Schluckend stellte ich fest, dass ich das besser hinnahm, als ich dachte. Ob das auch an diesen Genen lag?

„Was haben die Wörter *Folgen und Finden* zu bedeuten? Ist das so etwas wie eine Art Zauber?"

„Richtig", nickte Cole zustimmend. „Diese Art von Magie hilft der Person jemanden zu finden, der untergetaucht ist oder sich willentlich mit einem Schutzzauber verstecken will. Deswegen vollbrachte man es auch in deiner Wohnung. Hier ist die Bindung zu dir sehr stark." Bevor ich das Wort erheben konnte, sprach er weiter. „Keine Sorge. Die Magie von Scarlett ist stärker als das hier. Man wird dich nicht einfach aufspüren können."

„Jetzt, nachdem deine Gene sich so weit ausgebildet haben, sowieso nicht", seufzte Cherry, als sie sich wieder von mir löste.

Auf ihren Lippen lag ein sanftes Lächeln, das mich augenblicklich aufmunterte.

Dann herrschte für einen Augenblick Stille. Cherry starrte auf das Blut, das sich langsam dunkler färbte. Während Aaron durch das Zimmer schritt, dachte ich zurück an alles, was passiert war.

Es überrascht mich ungemein, dass ich in diesem Moment die Ruhe in Person war. Noch vor wenigen Tagen flippte ich wegen jedem und allem aus, weinte wie ein verängstigtes Kind, während ich mich in irgendeinem Zimmer verkrochen hatte. Dass das nur wenige Stunden her war, dass ich das letzte Mal dieses Gefühl von Angst verspürt hatte, ignorierte ich einfach gekonnt, denn das hier war für mich ein Fortschritt, auch, wenn es nur an Koen und meinem Blut lag.

Ich nieste, als mir ein weiterer ekelhafter Geruch in die Nase stieg. Fürchterlich!

„Was, zum Teufel, ist das denn?"

„Das", erklärte Aaron, „nennt man eine tote Katze."

Ohne Mitgefühl hob er das tote Geschöpf an den Hinterbeinen nach oben – man hatte die Leiche einfach hinter die Couch geschleudert –, zeigte uns das arme Tier.

Augenblicklich kehrte die Übelkeit zurück, gefolgt von einem Anflug von Wut und Entsetzen.

„Oh mein Gott!"

Erschrocken hielt ich mir die Hand vor den Mund, wandte mich, auf den Boden blickend, von Aaron ab. Ich wusste ganz genau, wer diese Katze war und wem sie gehörte.

Sie hieß Minka, eine wunderschöne schwarz-weiße, reinrassige Katze, die einem Pärchen im Erdgeschoss gehörte. Viele aus diesem Haus kannten dieses verschmuste Tier, da es jede Gelegenheit genutzt hatte, um aus ihrem Zuhause zu flüchten und die Nachbarn zu besuchen.

Ich erinnerte mich an einen Tag, an dem ich vom Einkaufen nach Hause gekommen war, die Tür aufgeschlossen und der Katze Eintritt gewährt hatte. Sie war so schnell und leise an mir vorbei geschlichen, dass ich sie erst bemerkt hatte, als sie schnurrend auf meinem Sofa lag.

Das war auch der Grund gewesen, weshalb Minkas Frauchen ihr eine kleine Glocke gekauft hatte, die jedoch nun locker an dem bunten, mit Blut besudelten Bändchen hing, das fast von ihrem Hals rutschte.

„Wie kann man nur so bösartig sein?", schluckte ich heftig. „Das arme Ding."

Cole schnaufte: „So sind diese Biester eben. Wir sollten froh sein, dass sie das Tier nicht auch gege-"

Cole stoppte und nur eine Sekunde später stand Koen neben mir, dieser hielt die Tasche, die gerade noch auf dem Boden gestanden hatte, in seinen Händen, dann nickte er Richtung Tür. Ich verstand.

Stumm, gefolgt von Conner, Cherry und Koen – die anderen wollten wohl die Schmiererei verschwinden lassen – lief ich zur Haustür, machte jedoch noch einmal kehrt.

„Ich möchte, dass sie begraben wird", bat ich schwach lächelnd. „Sie hat so einen Tod wirklich nicht verdient. Ich mochte sie."

Meine Freundin nickte verständnisvoll, beugte sich vor, um mir einen Kuss auf die Stirn zu geben.

„Ich werde nachkommen, wenn ich es den anderen gesagt habe."

Mit diesen Worten drehte sie sich auf dem Absatz um und verschwand ein weiteres Mal, während Koen mich etwas unsanft nach vorne drängte.

Ich bemerkte, dass dieser abartige Geruch langsam verschwand – zum Glück.

Leise verließen wir meine kleine Wohnung, die ich, da war ich mir sicher, so schnell nicht wieder betreten durfte, und machten uns auf den Weg zurück zum Auto. Bevor wir jedoch das Haus verließen, drehte sich mein Hüter noch einmal zu dem Neuankömmling um, der uns wie ein Hund folgte.

„Du wirst nicht mit uns kommen", bestimmte Koen kühl. „Wir können dich nicht gebrauchen. Du gefährdest die Sicherheit Skylars."

Conner schrie vor Empörung fast auf, denn er konnte nicht fassen, was der Tätowierte da sagte.

„Ich, die Sicherheit meiner Herrin gefährden? Niemals! Meine Aufgabe ist es, sie zu beschützen!"

„Schön und gut, aber nicht während ich an ihrer Seite bin."

Mein Herz überschlug sich zweimal, obwohl dies gewiss nicht der richtige Zeitpunkt dafür war.

Er wollte sich verteidigen, Koen die Stirn bieten, doch dessen Blick ließ ihn verstummen.

„Du hast mich verstanden. Wenn ich dich auch nur in ihrer Nähe rieche, breche ich dich auseinander, ist das klar?"

Conner zischte, schien sich jedoch unterzuordnen, worauf er schließlich einwilligte, doch sein Gesicht sagte etwas anderes. Seine Augen strahlten vor Trotz und seine Hände ballten sich zu Fäusten, dennoch versuchte er es nicht noch einmal.

„Ich werde für Euch da sein, Herrin. Sobald Ihr mich braucht, ruft nach mir. Ich werde da sein."

Ich blinzelte, als er plötzlich verschwand.

„Ich glaube, du hast ihm Angst gemacht", seufzte ich nüchtern.

Er zuckte lediglich mit den Schultern, bevor er die Tür für mich öffnete.

Unwissend, wieso Koen sich so komisch gegenüber Conner benahm, hing ich meinen Gedanken nach.

Mich traf es vollkommen unerwartet, als Conner sich sozusagen als mein Untergebener zu erkennen gegeben hatte. Wenn ich daran dachte, irgendwelchen Leuten Befehle zu erteilen, graute es mir. Als Kind hatte ich es genossen, James in der Villa hin und her zu scheuchen, heute verachtete ich meine Tat – auch, wenn ich noch unschuldig, so klein gewesen war.

Das ist sein Job, du hirnloses Stück! Er wird alles für dich tun, hörst du? Rufe ihn und zwinge ihn, dich auf Händen zu tragen. Hm, klingt das nicht fürchterlich gut?

Fürchterlich – ja. Gut – nein.

Die Lady in mir lachte, hielt sich den Bauch, während sie sich über das Bett wälzte. Sie fand das alles wohl ziemlich interessant, im Gegensatz zu mir, die wirklich mit sich kämpfte.

Ja, das Blut hatte mir tatsächlich nicht so viel ausgemacht, aber das Bild der Katze, wie sie dort zwischen Aarons Fingern hing, leblos und ihr Fell getränkt mit Blut – nein, das werde ich niemals wieder vergessen können.

„Komm", forderte Koen, dessen Stimme plötzlich sanfter klang. „Steig ein."

Ich war so tief in meinen Gedanken versunken gewesen, dass ich gar nicht merkte, wieder am Auto angekommen zu sein. Als er mit einem ausdruckslosen Gesicht die Beifahrertür öffnete, stieg ich ein. Er folgte meinem Beispiel.

Da saßen wir nun in einem kleinen Auto und sprachen nicht miteinander.

Mein Puls beschleunigte sich, wissend, dass ich nun alleine mit meinem Hüter war und nach der Aktion im Schlafzimmer, war das auch kein Wunder.

Küss ihn, los! Er wartet doch nur darauf. Skylar! Sei nicht so ein Feigling!

Sie trug eine rosarote Brille auf der Nase, als sich die Laune der Lady schlagartig veränderte. Kokett grinste sie, während sie mich immer wieder aufforderte, den ersten Schritt zu machen.

„Schluss jetzt", fauchte ich leise, zuckte, als ich bemerkte, dass ich die Worte laut aussprach.

Koen blickte mir fragend, doch auch säuerlich entgegen.

„Mit was?"

„Nichts, vergiss es."

„Nein, raus damit", knurrte er. „Was ist dein verdammtes Problem?"

Erschrocken, aber dennoch belustigt, schreckte ich auf, starrte ihn ungläubig an.

„Mein Problem? Das könnte ich eher dich fragen Mister Ich-mache-was-ich-will!"

Bitter lachte er, schüttelte zusätzlich seinen Kopf, um mir zu zeigen, dass er mich für verrückt hielt.

Du machst ihn wütend!, brüllte die Lady in mir. *Willst du ihn vertreiben?*

„Mann!", fluchte ich laut, bevor ich meine Arme vor der Brust verschränkte und mich in den Sitz fallen ließ. Er lachte erneut.

„Oh, unsere Prinzessin ist heute wohl etwas kratzbürstig."

In meinem Körper pulsierte es. So langsam wurde ich wütend, worauf ich mich ein weiteres Mal sauer zu ihm umdrehte.

„Du bist so ein Vollidiot! Was bildest du dir eigentlich ein?"

Er blieb stumm, sah jedoch nicht sonderlich eingeschüchtert oder betroffen aus. Im Gegenteil. Irgendwie wirkte er gelassen, richtig amüsiert.

„Weißt du, was mein Problem ist?", fragte ich ihn, ohne wirklich eine Antwort zu erwarten. „Du bist mein verdammtes Problem! Deine Arroganz macht mich verrückt! Was soll das Ganze überhaupt werden? Erst schläfst du mit mir, dann bist du wieder total abwesend und jetzt küsst du mich. Ich-"

Erschrocken weiteten sich meine Augen, als Koen seine Hand fest um meinen Nacken schlang, mich nach vorne zog und unsere Lippen ein weiteres mal miteinander verschmolzen.

Stürmisch leckte er mir über die Unterlippe, bat dominant um Einlass, den ich ihm ohne zu zögern gewährte. Meine Wut verflog in dem Moment, als sich mein Körper wie von alleine näher an ihn schmiegte und Koens Wärme sich auf mich übertrug.

Ein kleiner Kampf entfachte zwischen unseren Zungen, während der Hüter deutlich die Oberhand behielt.

Meine Haut wurde von einer Gänsehaut überfallen, als er seine zweite Hand an meinen Arm hinuntergleiten ließ. Seine Berührungen entfachten in meiner Brust ein Feuer, das mit keinem Wasser der Welt gelöscht werden konnte. Als er meine Lippe dann zwischen seine Zähne zog, war es um mich geschehen.

Automatisch schaltete sich mein Verstand aus, während ich noch etwas weiter zu ihm hinüberkletterte und meine Arme um seinen Hals schlang. Fest krallte ich mich an sein dunkles Haar, spürte, wie mein Körper darum bettelte, berührt zu werden.

„Koen."

Es war nur ein Hauchen ohne jegliche Besinnung. Seine Lippen, die mich wohlig zum Seufzen brachten, schlichen hinunter zu meinem Hals, legten sich hauchdünn auf die pochende, heiße Haut. Er entlockte mir ein Stöhnen, als seine Finger weiter hinunterglitten, sich grob auf meine Oberschenkel legten. Ich spürte seinen Daumen, der so unglaublich sanft über die Innenseite streichelte. Meine Augen schlossen sich und das Kribbeln, das sich zwischen meinen Beinen ausbreitete, wurde stärker.

Aus Reflex spreizte ich etwas meine Schenkel, erschauderte gewaltig, als seine Hand nach vorne wanderte, zwischen meine Beine.

Bis er plötzlich rau lachte.

„Setz dich ordentlich hin, Skylar", befahl er mir und seine Stimme durchfuhr mich wie ein Blitzschlag. „Du willst bestimmt nicht, dass die anderen dich so sehen."

Dieses von Lust getränkte Ziehen in meinen Lenden verschwand, als er seinen Satz beendete, doch mein schneller Herzschlag blieb. Ich bemerkte erst jetzt die starke Hitze in meinem Gesicht, die meine Wangen wahrscheinlich rot färbte.

Kopfschüttelnd rückte ich zurück, starrte hinaus, erblickte einen älteren Mann, der etwas entfernt an einer Bushaltestelle stand und uns mürrisch beobachtete. Er fuchtelte mit seinen Händen in der Luft herum, zeigend, dass ihm unsere Knutscherei ganz und gar nicht gefiel.

Verlegenheit machte sich in mir breit.

Gott, war das peinlich!, wimmerte ich in Gedanken. Die Lady gackerte laut.

Der alte Knacker sollte froh sein, so etwas Heißes sehen zu dürfen.

„Um Himmels willen", stöhnte ich peinlich berührt.

Ich verspürte nicht den Drang, meine Privatsphäre aufzugeben, die mir wirklich wichtig war, um mich von einem alten Mann bei Intimitäten beobachten zu lassen.

Nichtsdestotrotz war es nicht meine Schuld, das redete ich mir zumindest ein. Koen war derjenige ohne jeglichen Verstand.

Wenn du dich damit nicht belügst, Kleine.

„Oh, ist dir das etwa unangenehm?", grinste Koen, der plötzlich total frech wirkte. „Dafür hast du aber ganz schön schnell die Beine breitgemacht."

„Arschloch! Ich hasse dich!" Er lachte, verstummte aber viel zu schnell wieder.

„Du solltest es zumindest versuchen, Skylar."

Entsetzt richtete ich erneut meinen Blick auf Koen, der stur nach vorne blickte und seine Arme auf das Lenkrad drückte. Er hielt es fest umklammert, fast so, als würde er darin eine Stütze sehen, die ihm Ablenkung verschaffte, um nicht etwas zu tun, was er irgendwann bereuen würde.

Ich konnte schwören, vorher Gier in seinen Augen gesehen zu haben, die nun jedoch von Sturheit und einem Hauch Angst bedeckt wurde.

Warum drängte er mich in den Hintergrund, während er mich doch mit seinen Küssen und seinen wundervollen Berührungen an sich heranzog?

Noch bevor ich etwas sagen oder ihm meine Hand reichen konnte, wurden die Türen des Autos geöffnet und Cherry kletterte zusammen mit Cole und Aaron in den Wagen.

„Wir haben uns um die Katze gekümmert", lächelte sie, worauf ich Erleichterung verspürte. „Hinten in dem kleinen Garten, dort haben wir ihr ein kleines Grab geschaufelt."

„Haben wir in der Zwischenzeit irgendwas verpasst?", grunzte Cole belustigt.

Ich schüttelte schüchtern meinen Kopf, wandte mich von den Neuankömmlingen ab und blickte nach draußen.

Koen startete still den Motor, bevor wie uns auf den Weg machten.

Die Rückfahrt verlief vollkommen anders als zuvor. Es herrschte eine drückende Stille, so, als würde niemand es wagen, etwas zu sagen, da sie erwarteten, es wäre das Falsche.

Es machte mich regelrecht verrückt und das die Lady in mir immer wieder zu mir sprach, riet, Koen in der Hütte einfach in ein freies Zimmer zu ziehen, um ihn schließlich mit wilden Küssen zu überhäufen, machte das Ganze nicht angenehmer.

Ich versuchte mich auf meine Gedanken zu konzentrieren und im Kopf noch einmal durchzugehen, was dort in meiner Wohnung passiert war. Auch, wenn ich all die neuen Informationen bei mir behalten wollte, zwang ich mich, Minka aus meinem Verstand zu scheuchen.

Sie noch einmal so zu sehen, voll von dieser roten Flüssigkeit und einem zerstörten Fell, brachte mein Herz zum Bluten. Dennoch erleichterte es mich, dass sie nun einen Platz fand, an dem sie in Frieden ruhen konnte, wenn auch durch schreckliche Gründe, die nur meinetwegen geschahen.

Als der Wagen schließlich zum Stillstand kam, stieg ich hastig aus und atmete diese erdige, wundervolle Waldluft ein. Sie entspannte mich einigermaßen.

„Da seid ihr ja endlich", erklang Talishas zynische Stimme.

Diese saß auf der Veranda des Hauses und nippte an einer Tasse, in der sich, wie ich riechen konnte, Kamillentee befand.

„Oh, schon so früh am Morgen zickig?“, kicherte Cole, der zu ihr sprintete und ihr die Tasse abnahm. .Sie fauchte, streckte sich um das Gestohlene wiederzuerlangen, doch Cole trank den Rest aus und stellte das leere Geschirr auf den Tisch. Talisha fand das gar nicht toll.

„Schade, dass du dabei nicht umgekommen bist.“

„Nett wie eh und je, aber du vergisst, dass ich nicht sterben kann.“

„Kann er nicht?“

Fragend blickte ich zu Cherry, die genervt ihre Augen verdrehte, anschließend den Kopf schüttelte, mir freundlicherweise meine Tasche abnahm und Richtung Haustür zog. Diese stand weit offen und ich konnte die anderen hören, wie sie sich erheitert miteinander unterhielten. Scarletts Lachen folgte und stimmte mich augenblicklich munter.

Gerade als wir durch die Tür schritten, Cherry dabei war, mir zu erklären, warum Cole doch umkommen konnte, rannte die Hexe auf mich zu und zog mich fest in ihre Arme.

Scarletts Augen strahlten, während sie mich fest an sich drückte – so, als hätten wir uns Jahre lang nicht mehr gesehen.

„Schön, dass ihr wieder da seid!“

Durch diese stürmische Begrüßung überrascht lächelte ich verlegen.

„Du siehst gut aus, Scar“, schmunzelte meine beste Freundin. „Ist in der Zwischenzeit irgendetwas passiert? Ihr seht alle ziemlich nachdenklich aus.“

Zusammen betraten wir das Wohnzimmer, in dem bereits die anderen ihren Platz fanden. Der Werwolf war ebenfalls da.

Derek saß lustigerweise auf dem Teppich vor dem Kamin und blickte stur in die Flammen, bis er unsere Stimmen vernahm und sich zu uns umdrehte.

„Nichts Großartiges“, antwortete sie. „Wir grübeln nur etwas nach. Du weißt, wir können nicht ewig hierbleiben. Das hier ist nur eine Notlösung.“

„Habt ihr für so etwas keinen Plan B?“, erkundigte ich mich fragend.

Scarlett schüttelte schwach lachend ihren Kopf. Plötzlich wirkte sie nicht mehr so fröhlich und aufgeschlossen.

„Nein, leider nicht. Wir arbeiten noch an einer Lösung, aber wir finden einfach kein Gebäude, welches was hier in der Nähe und frei von unschuldigen Menschen ist.“

„Wir könnten nach Kanada“, schlug Derek vor. „Oder nach Australien. Griechenland wäre doch auch recht passend.“

Genervt verdrehte die Hexe ihre Augen, schenkte dem Werwolf keine Aufmerksamkeit mehr und ließ sich auf die Couch fallen.

„Wir finden schon etwas, ohne das Land zu verlassen.“

Wolltest du ihnen nicht helfen? Du kennst einen Ort, Skylar. Einen Ort, den du seit deiner Kindheit nicht mehr betreten hast, säuselte meine innere Lady verführerisch.

Meine Nackenhaare richteten sich auf, während sich mein Verstand gegen diese Idee sträubte.

Natürlich, ich kannte solch einen Ort, doch diesen wollte ich nicht betreten. Nicht jetzt und auch nicht in naher Zukunft. Ich fürchtete mich davor, das Anwesen zu sehen, zusammen mit meinen Kameraden durch die großen Flure zu streifen und in dessen Räume Ruhe zu finden.

Oh verdammt, nein. Selbst vor dem Gedanken grauste es mir.

„Skylar, alles in Ordnung?"

Schnell schüttelte ich die Überlegung von mir. Ich würde mir darüber keine Sorgen mehr machen müssen. Gerrit würde bestimmt das richtige Gebäude finden, darauf würde ich wetten.

Oh, wenn Koen herausbekommt, dass du ihnen nicht helfen willst, wird er dich nicht mehr wollen.

Die innere Lady versuchte ich, so gut es ging, zu ignorieren, verbannte sie in den hintersten Teil meines Kopfes. Zum Glück funktionierte diese Methode, sodass sie tatsächlich nach wenigen Sekunden den Mund hielt oder zumindest so tat, als würde sie mich in Ruhe lassen wollen.

„Alles okay", versicherte ich Cherry, die sich Derek näherte, der jedoch gerade aufstand und hinüber zur Kochecke schlenderte.

Ihr Gesichtsausdruck wirkte bedrückt, fast schon traurig.

Unsanft biss ich mir auf die Lippe und fragte mich, wie ich Cherry helfen konnte. Ich kannte ihre Gefühle, die sie für den Werwolf hegte, dass sie ihn mehr mochte, als einen Freund. Früher hatten wir oft nächtelang nur über ihn gesprochen, ohne Cherrys Zukunft mit ihm auf den Punkt zu bringen. Doch was Derek fühlte, ob er nur mit ihr spielte, oder tatsächlich Verliebtheit verspürte, konnte ich nicht sagen.

Ich kannte ihn zwar etwas, sprach des Öfteren mit ihm und war bereits zusammen mit Cherry und Derek in einer Bar gewesen, durchschaute ihn jedoch dennoch nicht. Für mich war der Werwolf ein Buch mit sieben Siegeln.

Als ich gerade entschloss, zu meiner Freundin zu gehen und sie aufmunternd in den Arm zu nehmen, spürte ich plötzlich eine starke Hand auf meiner Schulter.

Fragend drehte ich mich um, starrte in Koens Gesicht, der bestimmt seinen Kopf schüttelte.

Obwohl er nicht das Recht besaß, mir zu befehlen, was ich tun sollte oder nicht, ließ ich es bleiben und kam seinem *Rat* nach. Stumm drehte ich mich wieder nach vorne, musterte meine Freundin besorgt.

Ob ich mich wohl richtig verhielt?

Cherry seufzte leise, streckte die Arme für einen Moment über ihrem Kopf aus und setzte sich anschließend auf die Armlehne des Sessels, auf dem Ames Platz genommen hatte.

Überraschenderweise blieb der Vampir dieses Mal stumm. Sein Blick ruhte auf dem Boden und für mich sah es so aus, als würde er gründlich über etwas nachdenken, was ziemlich wichtig erschien, denn er reagierte auch nicht, als Cherry ihn aus Versehen schubste, oder es war ihm einfach egal. Derek kehrte mit einem vollen Glas zurück, das er der zerstreuten Scarlett überreichte.

Verwundert nahm die Hexe das Getränk entgegen, bedankte sich leise und nahm einen Schluck. Ein wohliges Seufzen folgte.

„Du brauchst einen kühlen Kopf“, lächelte er. „Wir werden schon das Richtige finden. Ich bin mir sicher, dass wir nicht alles durchsucht haben. Es gibt bestimmt noch ein altes, leeres Gebäude, das du auf Vordermann bringen kannst.“

Scarlett wirkte plötzlich viel entspannter und man erkannte deutlich, dass sie ihm für diese Worte sehr dankte. Als sie den Rest der Flüssigkeit austrank, gähnte sie müde.

„Derek hat recht. Wir suchen uns morgen ein neues Quartier. Es wird alles gut werden.“

Mit diesen Worten erhob sie sich von ihrem Platz, streckte ihre Glieder und wünschte uns eine gute Nacht, bevor sie, zusammen mit Gerrit, im oberen Stockwerk verschwand.

„Wir sollten uns ebenfalls etwas Ruhe gönnen“, verkündete Cherry. „Genug Überraschungen für einen Tag.“

„Ach, kommt schon“, kicherte Cole, der zusammen mit Talisha das Wohnzimmer betrat. „Lasst uns etwas am Feuer sitzen und in alten Geschichten schwelgen.“

Von der Idee nicht sehr begeistert, verzog die Rothaarige ihr Gesicht, bevor sie ebenfalls, ohne ein Wort an uns zu richten, nach oben verschwand.

Ames schüttelte trostlos seinen Kopf, stand auf und schlenderte Richtung Haustür.

„Nein, danke. Ich würde ja gerne, aber ich muss Wache halten. Ich bin raus.“

Somit verschwand auch der Vampir.

Cole seufzte, unzufrieden über das Ergebnis und war nicht sehr angetan von der Tatsache, dass man ihn nun hängen ließ. Cherry, die das Ganze offenbar witzig fand, winkte mich zu sich. Sie hatte ihr Lächeln wiedergefunden, wenn auch nur für einen Moment.

Koen, der sich noch immer in meiner Nähe aufhielt, schob mich in die Richtung der Treppe.

„Geh'", sagte er bestimmt. „Schlaf'."

Zögerlich schüttelte ich meinen Kopf. Es war gerade einmal der Nachmittag angebrochen, da wollte ich doch nicht schlafen gehen. Vor allem nicht jetzt, wo ich doch nach Antworten verlangte.

„Komm", lächelte Cherry schließlich, als sie die Unruhe zwischen dem Hüter und mir bemerkte. „Lass uns nach oben gehen und quatschen. Ich denke wir haben uns eine Pause verdient."

Erleichtert nahm ich ihre Hand, verdrängte Koen aus meinem Blickfeld und huschte mit ihr die Treppen hinauf.

Es dauerte nicht lange, bis wir uns schließlich in meinem Zimmer verbarrikadierten und uns anschließend auf das Bett setzten. Das Schmunzeln, das ihre Lippen bedeckte, verwandelte sich schnell in ein breites Grinsen.

„So, du und Koen also, ja?"

Augenblicklich schoss mir die Röte in die Wangen, die meine Verlegenheit verstärkte. Ich war mir nicht sicher, wie ich meiner Freundin das Ganze erklären, wo und wie ich beginnen sollte. Also versuchte ich mich am Anfang, schluckte den Klos in meinem Hals herunter und drückte ein Kissen, das sich unglaublich weich anfühlte, an meine Brust.

Oh, Himmel. Es war eindeutig, dass das noch ein langer Tag werden würde.

Cherry und ich redeten uns all die Laster von der Seele, die sich seit einigen Tagen in unseren Herzen aufgestaut hatten. Es ging um Gott und die Welt, Dämonen, Hüter und gezielt um Koen, was mich immer wieder zum Erröten brachte.

Ich schaffte es endlich, ein paar Fragen über die Modenschau zu stellen, doch Cherry war nicht gewillt, darüber zu sprechen. Sie versprach mir, dieses Gespräch auf morgen zu verlegen, weil ich die Informationen an diesem Abend nicht verkraften würde. Ich wusste nicht, warum sie mich für so schwach hielt, ließ ihr jedoch den Willen. Schließlich versicherte sie mir, am Morgen sofort mit mir über das zu sprechen, was ich unbedingt erfahren wollte.

Und damit gab ich mich zufrieden.

Wir quatschten bis in die Dunkelheit hinein, bis der Mond hell am Himmel stand und durch das Fenster schien, als würde er uns mitteilen wollen, dass es nun Zeit war, um zum Ende zu kommen.

KAPITEL 13

Mein Körper fühlte sich schwerelos an, als mich die Dunkelheit umhüllte und mir einen traumlosen Schlaf schenkte. Doch dieses Schwarz, das meine Gedanken umschlungen hielt, wurde von einem hellen, streng riechenden Nebel umfasst, der mir Kopfschmerzen bereitete.

Nach Luft schnappend, öffnete ich meine müden Augen, blickte direkt an die erleuchteten Wände.

Ich konnte die Stimmen meiner Freunde vernehmen, doch ich verstand nicht, was sie mir zu sagen versuchten. Hustend, noch vollkommen in Trance, versuchte ich, den Worten zuzuhören, die die anderen von sich gaben – doch ohne Erfolg. Dass Einzige, dass ich hören konnte, war mein Name, der zu laut aus Cherrys Mund erklang.

Hitze überkam mich und brachte mich dazu, meine Decke gekonnt mit einem Tritt von mir zu stoßen. Überraschenderweise kostete mich das eine enorme Anstrengung. Meine Glieder zitterten und mein Hals fühlte sich so trocken an, wie nach einer weiten Wanderung, ohne einen Schluck Wasser bei mir zu tragen.

Doch auch mein Magen, der sich vor Stunden von der ekelerregenden *Malerei* erholt hatte, begann zu rebellieren. Plötzlich, aus heiterem Himmel, ging es mir furchtbar schlecht.

„Skylar!", konnte ich Cole laut brüllen hören, der sich wohl in der Nähe meines Zimmers befand.

Seine Stimme holte mich aus meiner Trance, drängte die Müdigkeit aus meinem Körper.

Ich öffnete meine Augen weit, als ich mich aufrichtete und heftig zu husten begann.

Der Nebel, den ich in meinem Traum gesehen hatte, befand sich genau vor mir. Doch es handelte sich nicht einfach um einen feinen Nebel, den man oft auf dunklen Straßen erhaschen konnte, nein. Es war Rauch, der sich rasant ausbreitete und bereits in meinen Lungen saß. Rauch, der dabei war, mich zu ersticken.

Erschrocken drehte ich meinen Kopf, blickte mich schnell um. Flammen leckten das dunkle Holz der Tür, zogen sich über den Teppich und die Wände. Bilder, die ich so schön fand, färbten sich schwarz und fielen zerstört zu Boden. Das Feuer breitete sich schnell aus. Seine Flammen umschlossen die Kommode, hingen an den Klamotten, die darüber gelegen waren, verbrannte all meine Sachen. Auch das Ende meines Bettes erwischte es und begann sich, ganz plötzlich, an meiner Decke hinauf zu hangeln.

Mit einem spitzen Schrei sprang ich auf, drückte mich gegen die einzige Wand, die noch nicht von den heißen Flammen umfasst wurde.

Panik breitete sich in mir aus, während ich erneut hustete und versuchte, den Rauch aus meinen Lungen zu pressen.

Mir wurde schwindelig, als ich meine Hand fest auf meinen Mund legte.

Zitternd sah ich mich um, suchte nach einem Ausweg. Durch die Tür konnte ich nicht verschwinden, da diese durch das Feuer blockiert wurde und auch das Fenster, auf das ich anschließend meinen Blick legte, war nicht sehr geeignet für eine Flucht. Die Gardinen, die sonst in einem hellen Ton strahlen, wurden ebenfalls von dem gefährlichen Licht umschlossen.

„Verdammter Mist."

„Skylar! Kannst du mich hören? Ich bin bei dir!"

Coles Stimme drang erneut zu mir durch, doch ich war unfähig zu antworten. Meine Lippen bewegten sich zwar, doch kein Ton wollte mir entkommen. Der Rauch, der sich immer schneller in meinen Lungen ausbreitete, benebelte meinen Verstand, brachte mich ständig zum Husten, das einen quälenden Schmerz in meinem Hals hinterließ.

Schweiß rann über meine Stirn, tropfte von meinem Kinn und verdunste, als es auf dem Boden aufschlug.

Luft! Ich brauche dringend Luft zum Atmen!, hechelte ich innerlich, richtete meinen Blick erneut auf das Fenster.

Mir war bewusst, dass man mich hier oben nicht herausholen konnte. Ich befand mich im zweiten Stock in einem Raum, der von Flammen umzingelt wurde. Wie, zum Teufel, sollte man mich aus diesem Zimmer befreien können?

Entsetzt stellte ich fest, dass ich erwartete, gerettet zu werden. Ich nahm an, dass jemand, Cherry, Koen oder einer der anderen Hüter, vielleicht auch Talisha, ohne auf sich selbst zu achten, in dieses Zimmer gestürmt kam, um mir das Leben zu retten. Mir wurde schlagartig bewusst, dass ich ein Egoist war, denn ich nahm die Tatsache in Kauf, dass andere verletzt werden könnten.

Was war ich nur für eine Person geworden?

Ich erinnerte mich an das Gespräch vom vergangenen Tag, wo sich Scarlett Gedanken über ein neues Quartier gemacht hatte. Auch dort war ich egoistisch gewesen. Nur, weil ich dieses Haus nicht mehr betreten wollte, hatte ich den Mund gehalten und meine Hilfe verweigert.

So ging das nicht mehr weiter. Ich konnte nicht immer im Mittelpunkt stehen und die anderen meinetwegen in Gefahr bringen.

Entschlossen, laut krächzend, nahm ich all meine Kraft zusammen und richtete mich auf.

Obwohl meine Beine wackelig waren und mein Kopf höllisch schmerzte, hastete ich, so schnell ich konnte zum Fenster.

Das Feuer hatte sich in der Zwischenzeit weiter ausgebreitet. Während mir der Schweiß über den Körper floss, erhoben sich die Flammen wie eine Festung in die Höhe.

Ich suchte nach einer Möglichkeit, bis ich meinen Rucksack erblickte, den ich gestern achtlos neben meinem Nachttisch stehen gelassen hatte. So fest ich konnte, nahm ich ihn in meine Hände, versuchte, kräftig auszuholen, und warf ihn gegen das Fenster. Nichts.

Ein weiteres Mal holte ich aus, ohne an die Konsequenzen zu denken, und schleuderte den gefüllten Rucksack gegen die Scheibe. Sie klirrte für einen Moment, zerbrach jedoch nicht.

Komm' schon! Ich flehe dich an, geh' kaputt. Ich will nicht sterben!

Meine Stimme hallte in meinem Kopf, als ich zum dritten Mal den Rucksack gegen die Scheibe donnern ließ. Mit einem lauten Geräusch zerbrach das Glas.

Für einen kurzen Moment spürte ich den kühlen Hauch der Morgenluft auf meiner Haut und öffnete automatisch meinen Mund.

Fassungslos weiteten sich meine Augen, als ich die unglaubliche Hitze in meinem Genick spürte. Die Flammen, entfacht durch den Sauerstoff, der in den Raum gelang, fuhren in die Höhe und schossen auf mich zu. Panisch griff ich nach der Fensterbank, wissend, dass ich nicht schnell genug war. Ich hatte nur einen Gedanken: Fliehen.

Ein Schrei entrann meinen Lippen, als sich die Flammen um meinen Körper schlossen. Ich erwartete den Schmerz, den das Feuer auf meiner Haut verursachen sollte. Doch dieser kam nicht. Stattdessen legte jemand behutsam seinen Arm um meine Schulter und drückte mich sanft gegen einen Baum.

„Es ist alles gut", sagte Ames, doch seine Worte gingen in der lauten Explosion unter, die genau in dem Raum stattfand, in dem ich mich gerade noch aufgehalten hatte.

Mein Körper bebte, während ich schwer atmete, die reine Luft in mir aufsaugte.

Ames musterte mich besorgt, strich mir eine Strähne aus dem Gesicht und zuckte, als Coles lauter, quälender Schrei erklang.

„Verdammt, nein!", fluchte er, bevor Ames sich erneut zu mir wandte. „Geh' ja nicht weg. Du bist hier in Sicherheit. Mach' nichts auf eigene Faust."

Und dann, wie ein Blitz, war er verschwunden.

Mir wurde flau im Magen, als ich mich zur Seite beugte und mich übergab. Noch immer spürte ich die Hitze auf meiner Haut, den Rauch, der sich in mir eingenistet hatte. Jedoch befand sich dort auch etwas anderes. Es fühlte sich an wie ein Stechen, das sich in meiner Brust ausbreitete und meine Lunge reinigte. Nur zwei Sekunden später keuchte ich heftig, spürte deutlich, wie gut mir die frische Luft tat.

Zittrig wischte ich mir mit dem Handrücken über den Mund und blickte mich erschöpft um.

Ich erstarrte und es war so, als könnte ich mein Herz fühlen, wie es vor Angst zersprang.

Das, was ich erblickte, war nicht die friedliche Landschaft, die ich mir gestern voller Freude angesehen hatte. Es war ein Schlachtfeld.

Die wundervolle Hütte stand in Brand und die Flammen drohten, alles zu verschlingen. Links von mir lagen zwei Männer auf dem Boden – offensichtlich tot. Dem einen, er sah durch sein rotes, weites, kariertes Hemd für mich aus wie ein ganz normaler Holzfäller, steckte ein Pfahl in der Brust, während der andere Mann, er trug einen langen, schwarzen Mantel, mit weit geöffneten Augen und einem abgetrennten Kopf danebenlag.

Angewidert drehte ich mich von den Leichen weg, bevor ich mich ein zweites Mal übergab.

Mein Magen brannte und ich schmeckte deutlich meine Galle, die sich zur Begrüßung an meinem Hals hinaufzog.

Ein lautes, bekanntes Schluchzen lenkte mich von dem Schmerz ab. Schwach hob ich meinen Blick, erkannte Scarlett, die weinend und blutverschmiert auf dem Boden kauerte. Neben ihr lag ebenfalls eine Leiche, die, eine Erleichterung breitete sich in meiner Brust aus, ich nicht als einen Freund identifizieren konnte.

„Scar", stotterte ich leise, während ich versuchte, auf sie zuzugehen.

Doch ich schaffte es nicht, mich aufzuraffen. Ich konnte keinerlei Kraft aufbringen, sodass ich nur bei dem Versuch, mich auf die Beine zu ziehen, mein Gleichgewicht verlor und zur Seite sank.

„Das wirst du bereuen", brüllte eine fremde Person, zeigte mit seiner behandschuhten Hand auf die Hexe.

Er ballte seine Hand zu einer Faust, drehte diese. Im selben Moment erhob sich das Feuer, als würde es von etwas gesteuert werden, umschloss sich zu einer Art Kugel und flog auf die Hexe zu. Entsetzt starrte ich sie an, wollte ihr etwas zurufen, doch erneut versagte meine Stimme.

Der Fremde grinste, bis plötzlich jemand vor Scarlett auftauchte und der Feuerball in der Luft explodierte.

„Lass deine Finger von meiner Frau, Hexer", donnerte Gerrit wutentbrannt.

In seinen Händen hielt er eine Klinge, deren Schneide aussah, als würde sie Wellen schlagen.

Wäre meine Angst nicht gerade dabei, mich vollkommen in Besitz zu nehmen, hätte ich die Waffe fasziniert und neugierig gemustert.

Der Mann, der offenbar ein Hexer war, schien meine Anwesenheit gar nicht zu bemerken. Er richtete seine Aufmerksamkeit nur auf unseren Anführer, der kochend vor seiner Liebe stand, sie mit allem beschützte, was er besaß.

Gerrit hielt die Waffe fest in seinen Händen, richtete sie gegen seinen Feind.

Seine ganze Körpersprache veränderte sich und ich erkannte etwas Gefährliches in seinen Augen. Es war das Funkeln in ihnen, das ihn so bedrohlich wirken ließ. Scarlett, deren Gesicht durchnässt von Tränen war, heftete ihren hilfesuchenden Blick auf ihn, den er scheinbar ohne hinzusehen, bemerkte.

Ein lautes Grollen erklomm seine Kehle, bevor er sich auf den Feind stürzte.

Ich zuckte, als eine Gestalt laut zu kreischen begann und wandte mich von dem Kampf ab, der sich vor meinen Augen abspielte.

Talisha zog gerade einen Dolch aus der Brust einer jungen Frau, die leblos zu Boden fiel. Auch sie trug einen dunklen Umhang, weshalb ich mir sicher war, dass auch sie zu den Hexern gehörte.

„Gerrit!", rief die Rothaarige laut über das Schlachtfeld. „Es kommen noch mehr."

Mit einer unglaublichen Eleganz sprang sie zurück und wich gekonnt einer Klinge aus, die ihr entgegen geschleudert wurde und sie mit Leichtigkeit hätte verletzten können.

Weitere Hexer und andere Gestalten, die für mich wie ganz normale Menschen aussahen, traten aus dem Gebüsch und richteten sich gegen die Dämonin. Sie fauchte bedrohlich, bevor sie eine Waffe aus dem Halfter zog, der an ihrem Gürtel befestigt war. Talisha richtete die Pistole auf eine der Hexen und drückte den Abzug, was jedoch nichts brachte. Die Kugeln fielen mitten im Flug lustlos zu Boden, als wären sie niemals abgefeuert worden.

Aaron, der plötzlich auf den Rücken eines Hexers sprang, durchschnitt ihm die Kehle und lachte.

„Waffen nutzen dir hier nichts, das solltest du eigentlich wissen, Tal."

Er schwang eine Art Kurzschwert und traf einen weiteren Feind, dessen Aufmerksamkeit noch immer auf Talisha ruhte.

„Dann kümmere du dich um diese beschissenen Hexen und ich halte mich an die Vampire“, knurrte Talisha, deren schlechten Laune ich fast schon spürte.

Meine Knie schlotterten, als ich etwas nach hinten krabbelte und gegen einen Baum stieß. Mein Herz schmerzte, mein Magen brannte und ich verspürte den Drang, mich noch einmal übergeben zu müssen.

Einen klaren Gedanken fassen, konnte ich nicht, egal, wie sehr ich mich bemühte.

Das Klirren der Messer, wenn sich ihre Klingen trafen und die lauten Geräusche der Pistole hallte in meinem Verstand, machte mich vollkommen verrückt.

Das unheimliche Zittern kehrte automatisch zurück in meinen Körper und umschlang mich wie eine Umarmung. Tränen der Angst sammelten sich in meinen Augen, als ich Scarletts Wimmern hörte und das Keuchen von Gerrit, der um das Leben seiner Freundin kämpfte.

Sie setzten sich alle zur Wehr und ich saß hier, unter einem alten Baum, vor Panik schlotternd.

Du bist eine Schand-

Meine innere Lady verstummte, als plötzlich jemand seine Hand fest auf meinen Mund presste.

Ich wollte schreien, um mich schlagen, was meine müden Knochen jedoch nicht unterstützen.

„Still!“, befahl Koen, den ich sofort erkannte. „Nicht schreien. Sie können dich hier weder sehen, noch riechen und das soll auch so bleiben.“

Langsam löste er seine Hand von meinem Mund, wissend, dass ich nicht schreien würde.

„Was ist hier los, Koen?“, schluckte ich verzweifelt. „Wer sind all diese Menschen? Woher wissen sie wo wir uns aufhalten?“

Er antwortete nicht, sondern zog mich mit einer ruckartigen Bewegung auf die Beine, indem er meine Hand nahm. Koens Blick zu deuten stellte sich als schwierig heraus, trotzdem erkannte ich, dass irgendwas nicht stimmte – abgesehen von den bewaffneten Eindringlingen.

Meine Angst vergrößerte sich, obwohl ich versuchte, stark zu sein. Sie stieg, als ich die Schnittwunde an seinem Arm erblickte.

„Oh, Gott! Du blutest!“

„Ein Kratzer“, seufzte er. „Es wird von selbst heilen.“

„Du solltest es dennoch verarzten lassen. Es könnte sich entzünden.“

Koen knurrte bedrohlich und sein Griff verhärtete sich.

„Wir haben Wichtigeres zu tun, als uns um diesen kleinen Kratzer zu kümmern, verdammt."

Dann sagte er nichts mehr, verschränkte unsere Hände miteinander und zog mich hinter den Baum, um einem Dolch auszuweichen, der in unsere Richtung geflogen kam.

Während sich Koen genau umsah, nach einer Bedrohung in unserer Nähe suchte, spähte ich zurück auf die andere Seite, auf dem gerade ein Kampf stattfand.

Zuerst blickte ich zu Gerrit, dessen Blick noch immer von Wut getränkt war und der offenbar die Oberhand besaß. Der Hexer versuchte sich etwas zurückzuziehen, rechnete aber nicht mit Gerrits Motivation, ihn niederzustrecken. Der Succubus sprang auf den Hexer zu, wich den Flammen aus, die auf ihn zustürmten, und, bevor der Hexer ihn richtig erwischen konnte, packte Gerrit seinen Arm. Mit einer ruckartigen Bewegung durchtrennte er Fleisch und Knochen des Hexers, der vor Schmerz aufschrie.

Jedoch war er nicht der Einzige, dessen Schrei ertönte.

Talisha heulte auf, als sie zu Boden gedrückt und von zwei verschiedenen Vampiren belagert wurde.

Die Waffe, die sie zuvor benutzt hatte, war zur Seite gerutscht und unerreichbar für die Frau. Sie rammte ihren Ellbogen in das Gesicht des Mannes, der auf ihrer linken Hälfte lag, während sie mit der anderen Hand versuchte, den Mund, dessen Zähne gefährlich blitzten, von sich schob, um einen Biss zu vermeiden.

Erschrocken drehte ich mich zu Koen, symbolisierte ihm, dass er ihr helfen sollte. Doch alles, was er tat, war zu grinsen.

Aaron lachte und als ich mich wieder zu ihnen umdrehte, entdeckte ich ihn, wie er einem der Typen mitten ins Gesicht trat. Vollkommen überrascht wurde dieser davon geschleudert und Talisha schaffte es dadurch, den zweiten loszuwerden und ihn Aaron vor die Füße zu werfen.

Dieser erschoss ihn ohne Scheu, bevor er der Rothaarigen auf die Füße half.

„Du musst besser auf deine Deckung achten", lachte er spielerisch, tadelte sie jedoch. Anschließend wandte er sich an Gerrit. „Es werden weniger."

Im selben Moment traten die übriggebliebenen Feinde zurück und ihnen entfloh ein Fauchen.

„Wir haben, was wir wollten", rief eine der Hexen. „Lasst uns verschwinden! Rückzug!"

„Derek! Lasst ihn in Ruhe!"

Cherry brüllte verzweifelt, als sie um das Haus bog und keuchend zum Stehen kam.

Entsetzt schlug ich mir die Hand vor den Mund, während Koen mich augenblicklich schützend hinter sich zog.

„Diese Mistkerle“, fauchte dieser gereizt, konnte nicht fassen, was dort geschah.

Ein Vampir mit langen, blonden Haaren lachte hämisch, schlug dem Mann, den er sich über die Schulter geworfen hatte, unsanft auf den Rücken. Es handelte sich dabei um niemand Geringeren als den ohnmächtigen Derek.

„Ihr wollt euren kleinen Wolf zurück?“, grinste der Fremde und zeigte seine Reißzähne. „Dann solltet ihr wohl an einem Tauschgeschäft interessiert sein. Bringt uns die Tochter und ihr bekommt den streunenden Köter wieder.“

„Du mieser, dreckiger ...“

Meine beste Freundin zitterte, ballte ihre Hände zu Fäusten und rannte auf den Vampir zu. Doch dieser gackerte bloß, bevor er zu der Hexe blickte, die neben ihn trat. Noch bevor Cherry sie erreichen konnte, begannen sich ihre Leiber zu verzerren. Im nächsten Augenblick waren sie verschwunden.

„Nein!“

„Oh mein Gott.“

Es war nur ein Flüstern meinerseits, doch Cherry hatte mich trotzdem gehört. Völlig außer sich drehte sie sich in meine Richtung, ich konnte schwören, dass sie mich mit ihrem Blick zu durchlöchern versuchte, bis sie schließlich zu Scarlett hastete, die nun in Gerrits Armen lag.

Der Körper der Hexe bebte und ihre Hände krallten sich fest an das blutige Shirt, das ihr Freund trug. Sie sah total verstört aus.

Während ihr Gerrit zärtlich über den Rücken fuhr, küsste er ihren Kopf und sagte etwas, was ich von hier nicht verstand.

Ohne ein Wort nahm Koen erneut meine Hand, zog mich in die Richtung der beiden Verliebten.

„Du musst etwas unternehmen!“, winselte Cherry. „Benutz‘ einen Zauber, um herauszufinden, wohin sie ihn gebracht haben. Schnell!“

Scarlett verkrampfte sich auf einmal, bevor sie langsam ihren Kopf schüttelte.

„Auf was wartest du? Scarlett, los! Bitte.“

„Ich ... Ich kann nicht ...“

„Verdammt Scar“, fluchte meine beste Freundin. „Jetzt reiß‘ dich endlich zusammen und hilf ihm.“

„Es reicht“, forderte Gerrit böse. „Sie wird ihm jetzt nicht helfen können. Wir müssen eine andere Lösung finden.“

Doch damit wollte sie sich nicht zufriedengeben. Cherry klagte, artikulierte wild um sich und wandte sich zu Aaron, der nur wenige Meter daneben bei Talisha stand. Sie erwartete von ihm, dass er auf ihrer Seite stand, und die Hexe darum bat, den Wolf aus den Fängen der Bösen zu befreien.

Allerdings schien er ihre Meinung nicht zu teilen, worauf sie fassungslos zurück zu Scarlett starrte.

„Ist das euer Ernst? Derek ist unser Freund, wir können ihn doch nicht im Stich lassen! Er würde uns niemals so hängen lassen. Bitte, Scarlett, ich flehe dich an."

„Ich kann nicht", ihre Stimme brach. „Meine Magie ... Ich kann sie zwar in meinem Körper spüren, aber sie zu benutzen, funktioniert nicht. Irgendjemand muss sie versiegelt haben."

Erneut schossen ihr Tränen ins Gesicht, die sie an Gerrits Shirt abwischte. Dieser hob sie in seine Arme, drückte sie sanft an seine Brust, worauf sie sich näher an ihn presste.

Schmerz breitete sich in meinem Herzen aus, als ich das Bild der niedergeschlagenen und trauernden Scarlett musterte.

Kurz fragte ich mich, ob es nicht noch einen anderen Grund gab, weswegen sie hier zusammengekauert saß und weinte, ihren Gefühlen freien Lauf ließ.

Sie litt, ich konnte es deutlich fühlen, mehr als wir alle zusammen. Auch, wenn ich in Wirklichkeit keine Ahnung hatte, was genau in ihr vorging, war ich mir sicher, dass ich ihre Gefühle nachvollziehen, sie verstehen konnte.

Du glaubst, du weißt, was sie denkt oder fühlt? Bitte, du kannst dich doch noch nicht einmal selbst verstehen, wie willst du dich so um einen anderen Menschen kümmern können?

Die Lady in meinem Verstand lachte, doch ich drängte sie zur Seite. Jetzt war wirklich kein guter Zeitpunkt, um mit ihr zu streiten.

„Aber du bist doch eine Magierin", schluchzte meine Freundin, der nun ebenfalls die Tränen kamen. „Hebe die Versiegelung auf und kümmere dich um Dereks Sicherheit! Das bist du ihm schuldig."

Der Succubus ließ sie mit einer einzigen Handbewegung verstummen. Sein Gesicht, das er vor Ärger verzerrte, zeigte deutlich, dass er auf eine Diskussion verzichten wollte.

Auch Cherry schien, das zu sehen, da sie wimmernd nach hinten wich und sich auf den Boden fallen ließ. Staub wirbelte auf und für einen Moment schwebten kleine, grüne Blätter über dem Untergrund.

„Scheiße!"

„Das kannst du laut sagen", murrte Ames, der mit Cole, dem er einen Arm um die Schulter gelegt hatte, zu uns schritt.

Um Himmels willen!

Der Vampir sah genauso aus wie vorher, besaß keinerlei Verletzungen. Alles, was darauf deutete, dass er dem Feuer nähergekommen war, war schwarzer Ruß, der an seiner Kleidung haftete. Bei Cole sah es jedoch vollkommen anders aus.

Als ich seine Verletzungen sah, kam mir seine Stimme erneut in den Sinn. Er hatte meinen Namen gerufen, versucht herauszufinden, ob ich noch am Leben gewesen war. Ich hatte nicht antworten können, da meine Stimme durch den vielen Rauch wie verschwunden schien. Cole, einer der Hüter, war zu meinem Zimmer gestürmt, um mir zur Hilfe zu eilen und ich, so dumm und naiv wie ich war, sprengte den Raum in die Luft.

All seine Verbrennungen waren meine Schuld.

Sie zogen sich von seinem Handgelenk aus über seinen linken Arm, endete, soweit ich es sehen konnte, an seinem Hals. Die Wunden bluteten, Gott, sie stanken auch, was ich nicht wagte, laut auszusprechen. Nein, selbst wenn ich gewollt hätte, ich konnte es nicht.

Der Vampir zog seine Stirn in tiefe Falten, als er die weinende Scarlett betrachtete, die wie ein Baby in den Armen ihres Geliebten kauerte. Seine Lippen verzogen sich zu einer glatten Linie, die Bedrückung ausstrahlte. Ihm gefiel das ganz und gar nicht.

„Das ist meine Schuld“, hauchte ich leise, eher zu mir selbst als zu den anderen.

„Glaub‘ mir, das ist es nicht“, versicherte Cole, der mich trotz der Verletzungen lächelnd anblickte.

Ich verstand diese Leute nicht – nicht ein bisschen.

Obwohl sie sich durch meine Dummheit Verletzungen zugezogen, ihre Freunde an irgendwelche Monster verloren hatten oder das Haus in Flammen stand, sie waren trotzdem der Meinung, dass es nicht meine Schuld war. Wie konnte man nur so liebenswürdig mir gegenüber sein?

Das verdiente ich sicherlich nicht.

„Ich weiß, das klingt wirklich nicht sehr nett, aber wir haben keine Zeit, um hier herumzustehen“, sagte Aaron, der gerade die Klinge seines Kurzschwertes mit einem Fetzen säuberte.

Cole nickte zustimmend. „Er hat recht. Ich werde an diesen Verbrennungen nicht sterben, aber, wenn wir hierbleiben, könnten wir den Tod finden und das wisst ihr. Sie kennen nun unseren Standort und ich denke nicht, dass sie sich lange von hier fernhalten werden.“

„Selbst dann nicht, wenn sie eine Geisel besitzen“, fügte Cherry leise hinzu.

Es kehrte eine bedrückende Stille ein, die mir eine eisige Gänsehaut über den Rücken jagte. Auch, wenn es niemand laut aussprach, wusste ich, was alle so belastete.

Alles lief schief und einen Plan B gab es nicht. Das hier war bereits eine Notlösung gewesen. Normalerweise hätten wir gar nicht hier sein sollen, sondern in einem Haus, das uns mit Magie schützte. Doch es war anders eingetreten als erwartet und niemand hatte es kommen sehen.

Das war auch der Grund, weshalb hier niemand genau wusste, wie es nun weitergehen sollte.

Alles, was sie geplant hatten, wurde einfach über Bord geworden und ihnen war nicht bewusst, wie es passieren konnte. Auch ich stellte mir diese Frage.

Ich hatte bereits einiges mit ihnen erlebt, konnte sie beobachten und von ihnen lernen, deswegen war ich mir zu hundert Prozent sicher, dass sie nicht die Art Menschen waren, die ohne einen Plan in eine Schlacht rannten. Im Gegenteil, vor allem Gerrit erschien mir als ein sehr kluger und nachdenkender Mann.

Diese *Mission*, die sie auszuführen versuchten, sollte man nicht auf die leichte Schulter nehmen. Es ging um Leben, die man beschützen wollte und um das Schicksal aller Menschen. Wenn sie es nicht schafften, Lilith davon abzuhalten, wieder aufzuerstehen, würde etwas passieren, vor dem ich mich sehr fürchtete. So erging es auch den Personen, die überhaupt nichts hiermit zu tun hatten.

Deswegen kämpften sie. Und deswegen würde ich auch kämpfen.

Du spinnst dir da irgendwas zusammen, kicherte die Lady in mir. *Sie kämpfen doch alle nur um ihr eigenes Leben, um die Gunst, die sie dadurch erlangen. Verdammt, sie machen das doch nur, weil es ihre Aufgabe ist, nicht, weil so viel auf dem Spiel steht.*

Vielleicht behielt sie damit recht. Womöglich war alles nur Lug und Trug und die Gründe, weswegen sie das alles taten, waren nicht die, die man sich wünschte, doch es war mir egal.

Ich glaubte an das Gute und an das, was es ausrichten konnte. Wenn wir alle zusammenarbeiteten, auch ich, die nicht viel beisteuern konnte, würde alles gut werden.

Deswegen muss nun ich meinen Teil dazu beitragen, seufzte ich innerlich.

Tief holte ich Luft, hob meinen Kopf und blickte zu Gerrit. Doch ich war nicht schnell genug.

„Wohin sollen wir gehen?“, erkundigte sich Talisha. „Unser Plan ist gescheitert und die Hütte übrigens nicht mehr bewohnbar, wie man sehen kann.“

Niemand sagte etwas, bis ich schließlich mutig das Wort erhob.

„Ich ... Ich kenne da vielleicht einen Ort, der recht passend wäre.“

Augenblicklich schossen die Blicke zu mir und selbst Scarlett, die ihr Gesicht in der Brust ihres Freundes versteckte, musterte mich neugierig, sowie überrascht.

„Na los, raus damit. Auf was wartest du noch?“

In Coles Blick lag Spannung, als könnte er nicht fassen, dass tatsächlich ich auf eine Idee gekommen war. Ames, der dessen Reaktion teilte, hielt jedoch den Mund und wartete darauf, dass ich endlich mit der Sprache herausrückte. Er kaute unsanft auf seinen blassen Lippen herum.

Sie machten mich furchtbar nervös.

„Nun, es gibt ein Anwesen, in dem ich früher gewohnt habe, als Kind versteht sich. Es gehört noch immer mir, da ich es nicht übers Herz gebracht habe, es zu verkaufen und steht seitdem leer.“

Koen, der sich dicht neben mich stellte, seufzte theatralisch, als hätte er selbst auf diese Idee kommen müssen.

Cherry richtete sich langsam auf, blinzelte vereinzelte Tränen aus ihren Augenwinkeln. Sie wirkte nicht sehr glücklich, was ich natürlich nachvollziehen konnte, doch plötzlich agierte sie mehr wütend als trauernd. Verwirrt musterte ich sie.

„Das klingt wundervoll“, schmunzelte Scarlett erfreut. „Wo befindet sich dieses Haus?“

„Ich kann euch hinbringen“, erklärte sich Koen bereit. „Ich war bereits einmal dort.“

Irritiert wollte ich mich an ihn wenden, ihn fragen, was genau er damit meinte, doch Cherry kam mir dazwischen. Grob packte sie mich an den Schultern, krallte ihre Nägel etwas zu tief in mein Fleisch und brachte mich dazu, laut zu keuchen.

„Warum hast du das nicht schon gestern gesagt? Wieso rückst du jetzt erst mit der Sprache heraus? Weißt du denn nicht, wie wichtig ein guter Unterschlupf ist?“

Sieh mal einer an. Ich habe es dir gleich gesagt, kleine Skylar, sie werden dir für diesen Einfall nicht dankbar sein, denn deine Worte kommen eindeutig zu spät.

Schüchtern tapste ich von einem Fuß zum anderen.

„Ich ... Ich wollte es nicht betreten. Es ist doch der Ort an dem meine ... Doch jetzt möchte ich es euch zur Verfügung stellen, damit auch ich etwas dazu beitragen kann!“

Gerrits verhärtete Mine veränderte sich und verzog sich zu einem sanften Lächeln. Für einen kurzen Augenblick schien er beeindruckt zu sein, rechnetet wohl nicht damit, dass ich nun auf ihrer Seite stand. Freude kroch hervor, verzog sich jedoch schnell wieder.

Mein Blick huschte zu meiner besten Freundin, um daraufhin festzustellen, dass sie außer sich vor Wut war. Verwirrt schluckte ich.

„Ist das dein Ernst?“

„Cherry!“ Koens Haltung versteifte sich.

„Nichts, Cherry! Ich glaube es nicht. Gestern noch haben wir darüber gesprochen, wie wichtig ein Hauptquartier ist und jetzt plötzlich kennst du einen Ort, an dem wir

Deckung finden können? Was ist los mit dir? Siehst du das hier alles nicht? Cole hätte nicht verletzt werden müssen, Scarlett hätte deswegen ihre Kräfte für den Moment nicht verloren und das Gebäude wäre nicht in die Luft geflogen. Verdammt nochmal, sie hätten Derek nicht in ihrer Gewalt. Das ist alles deine Schuld!"

„Es reicht", fauchte Koen und ich zuckte betroffen zusammen. „Ich kenne ebenfalls diesen Ort. Auch mir hätte einfallen können, dass das Anwesen leer steht."

Ihre Hände bebten, als sie von mir wich. Wild fuchtelte sie durch die Gegend, bevor sie durch ihr Haar fuhr, das wild über ihre Schultern fiel.

„Natürlich. Der werte Herr vögelt nicht nur mit ihr, nein, er ist auch noch auf ihrer Seite. War ja wieder klar."

Verletzt wollte ich mich von ihr entfernen, drückte mich jedoch so nur noch enger an Koen, der nun seine Hand beruhigend auf meine Schulter legte.

Ich spürte den stechenden Schmerz, der sich von meinem Magen ins Herz zog, dort verharrte. Die Lady behielt vollkommen recht, Cherry war mehr als sauer auf mich und das aus einem sehr guten Grund. Das alles hätte man vermeiden können.

Gott, auch, wenn ich es mir selbst immer schönredete, sie hatte vollkommen recht. Es war tatsächlich alles meine Schuld, doch mir all diese Dinge an den Kopf zu werfen, war noch schlimmer als die Tatsache, dass alles, was sie sagte, stimmte. Es tat weh, doch die Beschuldigungen war nicht das, was mich am meisten verletzte.

Nein, es war der Spruch, den sie an Koen gewandt gesagt hatte.

Oh, gefällt das unserer Prinzessin nicht? Sie spricht doch nur die Wahrheit, mehr als eine Bettgeschichte bist du doch sowieso nicht, also tu' nicht so, als würde es dir etwas ausmachen.

Aber es machte mir etwas aus. Mir gefiel dieser Gedanke überhaupt nicht.

Ja, ich hatte mit Koen geschlafen, doch für mich war das nicht nur eine kurze Bettgeschichte. Ich, für meinen Teil, fühlte mich nicht wie ein Betthäschen, das von dem heißesten Typen angezogen wurde, im Gegenteil.

Ich war hemmungslos in diesen mysteriösen und starrköpfigen Mann verliebt.

Für mich waren diese warmen, wunderschönen Gefühle nicht nur mit Sex verbunden. Es war mehr wie eine Anziehungskraft, die von mir verlangte, an seiner Seite sein zu wollen.

War daran etwas verkehrt? Wünschte sich Cherry als meine beste Freundin nicht, dass ich glücklich war?

„Es reicht! Du solltest so nicht mit ihr sprechen."

„Wisst ihr was? Leckt mich! Macht doch alle, was ihr wollt!"

Mit glitzernden Tränen in den Augen drehte sie sich auf dem Absatz um und stürmte in Richtung Osten. Ich wollte ihr nach, sie aufhalten und fest in den Arm nehmen. Doch Koen hielt mich davon ab, so, wie er es zuvor auch im Haus getan hatte.

„Aaron, Talisha, kümmert euch um das Feuer. Es soll sich nicht weiter ausbreiten und du, Koen, erzählst uns erst einmal, wo sich dieses Haus befindet“, befahl Gerrit.

Die Angesprochenen nickten. Koen löste sich von mir und trat näher zu seinem alten Freund, während sich die anderen beiden um das Feuer kümmerten.

In der Zwischenzeit setzte sich Cole auf den Boden, verzog schmerzlich sein Gesicht. Ich schluckte.

Er lächelte in meine Richtung und versicherte mir, dass alles gut sei. Auch, wenn ich seinen Worten keinen Glauben schenkte, nickte ich vorsichtig.

Während sich Ames um Coles Arm kümmerte, den er offenbar nicht sehr gut bewegen konnte, blickte ich nachdenklich auf meine nackten Füße.

Obwohl mein Körper von der Hitze des Feuers umschlungen wurde, fühlte sich meine Haut plötzlich eisig an. Ich zitterte und mir war kalt, was jedoch nicht an dem kurzen Pyjama lag, den ich noch immer trug.

Etwas unsanft biss ich mir auf die Lippe, schlang meine Arme um meinen Oberkörper und versuchte mir damit die gewünschte Wärme zurückzugeben, die ich brauchte. Erschrocken zuckte ich, als jemand seine Hand auf meine Schulter legte.

Als ich meinen Kopf hob, erkannte ich Talisha, die mich aufmunternd anblickte.

„Mach‘ dir keine Vorwürfe. Niemand erwartet von dir, dass du sofort mit einer Lösung auftauchst, um uns den Arsch zu retten. Wir sind schließlich diejenigen, die auf dich aufpassen sollen.“

Ihr Lächeln erschien mir auf einmal so warm, dass es die Kälte aus meinem Körper vertrieb. Ihre Hand lag noch immer sanft auf meiner Schulter, bis sie jedoch ganz vorsichtig zu meinem Gelenk wanderte und zärtlich zudrückte.

Ich war von ihrer freundlichen Geste so überrascht, dass ich nicht wusste, was ich dazu sagen sollte.

„Ach ja, den hier hast du vergessen.“

Sie hielt mir lächelnd meinen Rucksack entgegen, den ich dazu genötigt hatte, das Fenster einzuschlagen. Zu meiner Freude erkannte ich schnell, dass er noch immer geschlossen und unversehrt war. Einzelne, kleine Glassplitter hatten sich in dem Stoff verfangen, was jedoch nicht allzu schlimm war.

Noch bevor ich mich bedanken konnte, sprach sie weiter.

„Erinnerungen sind etwas Wertvolles, Skylar. Pass gut auf sie auf."

Als Talisha sich jedoch im nächsten Moment wegdrehte, ohne, dass ich mich bedanken konnte, sich gänzlich von mir löste und den Blick verachtend abwandte, war die Verwirrung in mir groß.

Für einen Moment dachte ich, dass wir uns langsam etwas annäherten, doch jetzt schien es so, als hätten ihre höflichen Worte niemals stattgefunden.

Sie hastete hinüber zu Aaron, bei dem sie schließlich auch blieb.

Fassungslos stand ich nun da, beobachtete die Rothaarige und fragte mich, was ich wohl falsch gemacht haben musste, um so schlecht behandelt zu werden.

Als mein Hüter jedoch dann neben mir auftauchte, beschloss ich, diesen Gedanken zu verwerfen. Der Dunkelhaarige lächelte matt, was für mich recht gekünstelt wirkte.

„Komm. Du wirst bei mir mitfahren."

*

Die Autofahrt verlief ziemlich still.

Scarlett, die zusammen mit mir auf dem Rücksitz saß, blickte stets hinaus aus dem Fenster, als würde sie nach etwas oder jemandem suchen. Obwohl meine Neugier mich plagte, wagte ich es nicht, zu fragen. Wahrscheinlich hielt sie Ausschau nach den Hexern und stellte sicher, dass sie uns nicht folgten. Da sie jedoch so ruhig blieb, schienen wir alleine zu sein.

Im Augenwinkel konnte ich sehen, dass sie sich immer wieder mit dem Handrücken über die feuchte Wange rieb, versuchte, die aufkommenden Tränen zu entfernen. Die Hexe so zu sehen, tat mir wirklich in der Seele weh und irgendwas in mir verlangte, ihr zu helfen. Aber was hätte ich Großartiges tun können?

Ich war mir sicher, dass ich alles nur noch verschlimmerte, auch, wenn ich nicht genau wusste, ob das überhaupt ging.

Zum Glück beruhigte sie sich langsam wieder, wenn sie auch noch etwas bedrückt aussah.

Koen, der vorne am Steuer saß, starrte gebannt auf die Straße. Er hatte nicht mehr mit mir gesprochen, seitdem wir ins Auto gestiegen waren, geschweige denn mich angesehen. Sein Verhalten war distanziert, wenn auch nicht so arrogant wie das von Talisha.

Ich nahm es ihm nicht übel, dass er auf einmal so komisch zu mir war. Der Morgen war hart genug gewesen, da wollte ich mich nicht auch noch über solche Kleinigkeiten ärgern.

Mein Blick huschte zu meinem Rucksack, der in meinem Schoß lag und den ich fest an mich drückte. Seit unserem Aufbruch verspürte ich das Verlangen, den Rucksack zu öffnen und die Gegenstände zu betrachten, die für wundervolle Erinnerungen sorgten.

Ich trug, auch, wenn sie sich von mir abgewandt hatte, Talishas Worte in meinem Herzen.

Mit einem schwachen Lächeln auf den Lippen umschloss ich den Rucksack etwas fester, drückte ihn wie einen Schatz an meine Brust.

Anschließend blickte ich wieder nach draußen, beobachtete die Umgebung, die in Windeseile an uns vorbeirauschte. Mir kamen es wie Stunden vor, die wir nun schon in diesem Auto verbrachten, doch im Grunde war gerade erst eine Dreiviertelstunde vergangen, was ich an der Digitaluhr des Wagens erkennen konnte.

Nach nur einer weiteren Viertelstunde ließen wir den Wald hinter uns und überquerten die Stadtgrenze. Als wir an den ersten Wohnhäusern vorbeikamen, begann es zu regnen. Große, harte Tropfen klopften an die Scheiben, hinterließen einen kühlen Hauch, der sich durch das offene Fenster zog und sich in Windeseile ausbreitete.

Eine unangenehme Gänsehaut überzog meinen Körper, als auch mich die Frische erfasste.

Als Koen an der nächsten roten Ampel hielt, griff er nach einem Pullover, der neben ihm auf dem Beifahrersitz zusammen mit anderen Dingen lag und reichte ihn mir.

„Hier", sagte er leise. „Zieh ihn dir über, dann wird dir etwas wärmer."

Schnell schüttelte ich meinen Kopf. Bei dem Gedanken, seinen Pullover zu tragen, der voll mit seinen Gerüchen war, wurde mir ganz schwindelig. Ich zwang mich dazu, abzulehnen.

„Nein, danke. Es geht schon."

„Nun, nimm schon. Wir wollen doch nicht, dass du krank wirst."

„Ich komme auch gut ohne ihn zurecht, danke."

Mürrisch legte er das Kleidungsstück zurück auf den Sitz und als es wieder grün wurde, drückte er rasch aufs Gaspedal.

Du dummes Stück!, brüllte die innere Lady. *Das war eine wunderbare Chance ihm näher zu kommen und du verbockst es! Schäm' dich.*

Scarlett, die unsere kleine Auseinandersetzung beobachtet hatte, wirkte plötzlich sehr nachdenklich. Ihre Stirn zog sie in tiefe Falten und in ihren Augen erschien ein Funkeln, das ich zuvor schon einmal sah. Obwohl sie so wirkte, als läge ihr etwas auf dem Herzen, sagte sie nichts. Die Hexe blieb stumm, wandte sich dann wieder der Umgebung zu.

Ich seufzte leise.

Ein weiteres Mal wurde es still zwischen uns. Einzig und alleine die Laute des fallenden Regens und der brummende Motor durchschnitten die Ruhe, die langsam unangenehm wurde.

Es dauerte nicht lange, bis sich der Regen etwas zurückzog und einzelne Tropfen vom Himmel fielen.

Genau zu dieser Zeit erreichten wir das Tor des riesigen Anwesens, in dem ich früher meine sorglose Kindheit verbracht hatte. Das alte, rostige Gitter war bereits geöffnet worden, sodass wir ohne Probleme eintreten konnten. Koen fuhr die Einfahrt hinauf, kreiste einmal um den großen Brunnen, der in der Nähe des Einganges stand und parkte anschließend auf einem der freien Parkplätze. Daneben standen bereits zwei andere Autos, die, wie ich mich erinnern konnte, den anderen Freunden gehörten. Es überraschte mich, dass die Fahrzeuge den kleinen Krieg am heutigen morgen unbeschadet überstanden hatte.

„Das ist ja mal ein großes Anwesen“, staunte Scarlett und begann kurz darauf zu kichern.

Hastig stieg sie aus, streckte ihre Glieder und schritt zur Tür, die von Gerrit geöffnet wurde. Dieser war offenbar bereits früher zusammen mit den anderen eingetroffen.

Obwohl auch Koen den Wagen verließ, blieb ich weiterhin sitzen und starrte auf den Rucksack. Ich wollte aussteigen, doch mein Körper rührte sich einfach nicht. Er weigerte sich, diesen sicheren Platz zu verlassen und in ein Haus zu gehen, das voll von Erinnerungen war.

Was würde mich hier erwarten? Konnte ich einfach so, nach all den Jahren, ins Haus meiner verstorbenen Eltern zurückkehren, in das Haus, indem alles begann?

Ein Schauer lief mir den Rücken hinunter, während meine Hände zu zittern begannen.

So sehr mich die Tatsache auch beschämte, ich fürchtete mich vor dem, was vor mir lag.

Es ist doch nur ein Haus, versuchte, ich mir einzureden. *Niemand wird dir hier etwas tun.*

Erschrocken zuckte ich zusammen, als Koen meine Tür öffnete und mir seine Hand entgegenstreckte. Obwohl er nichts sagte, verstand ich, was er von mir wollte. In seinen Iriden funkelte Verständnis, das in meiner Brust unheimliche Wärme erzeugte.

Schluckend schnallte ich mich ab und als ich seine Hand ergriff, zog er mich sanft auf die Beine. Koen nahm den Rucksack entgegen, ließ meine Hand jedoch nicht los, bevor er mit einem Ruck die Tür schloss und mich zu Gerrit führte, der mich mit einem Schmunzeln begrüßte.

Mir wurde etwas flau im Magen.

Zusammen traten wir in das Foyer und augenblicklich traten mir kleine Tränen in die Augenwinkel. Hastig blinzelte ich sie weg, blickte mich schüchtern um.

Es war noch immer alles genau wie vor wenigen Jahren.

Das Foyer bestand aus einer breiten Fläche, vielleicht zwanzig, fünfundzwanzig Meter breit. Rechts und links führten verschiedene Türen in die unterschiedlichsten Räume. Vor uns, in der Mitte am Ende des Raumes, befand sich die Wendeltreppe, die hinauf in das zweite Stockwerk führte. Sie endete an beiden Seiten, sodass man selbst entscheiden konnte, in welche Richtung man gehen wollte. Ich erinnerte mich, als wäre ich erst gestern hier gewesen. Bog man in die rechte Seite des Hauses ein, kam man an den Schlaf- und Arbeitsräumen entlang. Es gab drei Arbeitszimmer - eines davon sollte ich irgendwann für meine Schulaufgaben benutzen -, sowie ebenfalls drei Schlaf- und ein großes Badezimmer.

Entschied man sich aber, die andere Seite hinaufzugehen, kam man in den Lieblingsraum meines Vaters. Es war eine Art Museum. Dort hingen verschiedene Kunstwerke, aufwendig angefertigte Skulpturen und ein paar Bücher, in die ich nie hineinblicken durfte. Diese Sammlung hatte meinem Dad gehört – voller Liebe war er mit den Gegenständen umgegangen, hatte sie wie einen Schatz gehütet. Heute wurden sie nicht mehr angesehen, geschweige denn gepflegt.

„Ich dachte, hier wohnt niemand mehr“, stellte Koen gespielt überrascht fest. „Kein bisschen Staub.“

Nervös schritt ich über das gesäuberte Parkett, bevor ich antwortete.

„Die ehemalige Firma meines Vaters hat sich bereit erklärt, zwei Mal im Monat alles sauber zu machen. Zumindest bezahlen sie es, weil sie nicht wollen, dass die Erinnerung an ihn verschwindet.“

„Wie nett von ihnen.“

Auf die Tatsache, dass er nicht wirklich überrascht aussah, wollte ich etwas sagen, aber beließ es dabei. Ich wollte wirklich nicht darüber sprechen, doch mit seinen Worten behielt er recht.

Es war wirklich sehr nett von ihnen, das Anwesen jeden Monat aufs Neue herzurichten, obwohl ich das am Anfang abgelehnt hatte. Als Kind hatte sich ein entfernter Verwandter um diese Angelegenheiten gekümmert, doch als er umgekommen und ich alt genug geworden war, hatte sich die Firma an mich gewandt und gebeten, das Instandhalten für mich zu übernehmen. Der erste Vorschlag war ein anderer gewesen, woran ich mich jedoch nicht mehr erinnern konnte. Dennoch hatten die Kollegen meines Vaters freudestrahlend eingestimmt und sich für diese Chance bedankt.

Er musste ihnen wohl wirklich viel bedeutet haben.

„Wo sind die anderen?“, erkundigte ich mich und hoffte, dass ich damit etwas Ablenkung fand.

„Im Salon“, Gerrit zeigte auf die zweite Tür, die in den linken unteren Flügel führte. „Dort ist genügend Platz für alle.“

Wie auch im Rest des Hauses.

Die Hexe, die noch immer stumm blieb, hielt uns die Tür auf, sodass wir hindurchgehen und zu den anderen stoßen konnten.

Gerrit behielt recht. Die gesamte Truppe versammelte sich hier, war in ein lautstarkes Gespräch vertieft, bis auf Cherry, die ich nirgendwo erblicken konnte.

Die Erinnerungen brachen in sich zusammen, als ich das vertraute Wohnzimmer betrat.

Gegenüber von der Tür befand sich ein großer, offener Kamin. Davor standen zwei, lange moderne Sofas und ein riesiger Sessel, auf dem locker zwei Personen Platz gefunden hätten. Unter den Sitzgelegenheiten war ein großer, schwarzer Teppich ausgebreitet worden.

Links von der ersten Couch stand sich ein großes Regal, in dem sich kleine Dekorationen befanden. Bücher, kleine, unechte Pflanzen und andere Dinge, wie zum Beispiel die Spieluhr meiner Mutter, waren dort aufgestellt worden. Daneben stand eine kleine Palme, die etwas verwässert wirkte.

Die Wände wurden von hübschen Bildern geschmückt, die verschiedene Szenarien zeigten. Auf dem einen hatte man ein Mädchen gezeichnet, das vor einem verletzten Tier kniete und um dessen Leben flehte und auf dem anderen blickte man direkt auf eine wunderschöne Meereslandschaft.

Ich erinnerte mich genau an dem Tag, an dem meine Mutter diese Bilder gekauft und aufgehängt hatte. Ihr gesamtes Gesicht strahlte, als sie mir mit einem Lächeln sagte, dass ich den Sinn dieser Bilder bald verstehen würde. Leider wusste ich bis heute nicht, was sie damit gemeint hatte.

Auf der anderen Seite strahlte helles, leuchtendes Licht durch die breiten Panoramafenster. Hier führte eine Tür direkt in den Obstgarten, den meine Eltern vor Jahren angelegt hatten.

Hastig blinzelte ich die aufkommenden Tränen davon.

Ames, der am Fenster lehnte und nach draußen starrte, war der Einzige, der stumm blieb. Er wirkte bedrückt und seine strahlende Art, die mich vorher so in den Bann zog, war erloschen. Ein leiser Seufzer entfloh ihm, als er sich durch das blonde Haar fuhr und anschließend den Kopf schüttelte.

Währenddessen erhob sich Talisha und beendete die Diskussion.

„Es reicht. Wir können noch Stunden hier sitzen und darüber reden, was falsch gelaufen ist, aber das hilft uns nicht weiter. Also entspannt euch endlich."

„Das sagst du so einfach", murrte Cole und starrte auf seinen verbrannten Arm.

Schluckend erblickte ich erst jetzt die Auswirkung des Feuers. Er hatte sein T-Shirt ausgezogen und es durch ein Muskelshirt ersetzt, sodass man die Verbrennungen besser sehen konnte. Sie zogen sich von seinem Handgelenk hinauf zu seiner Brust, wo sie fast an der gegenüberliegenden Schulter endeten. Erschüttert sah ich weg. Überraschenderweise hatten sich die Wunden etwas gebessert. Einige waren dabei, sich zu schließen und wurden bereits mit neuer Haut überzogen.

„Es tut mir leid."

Scarlett zitterte, verkrampfte sich und krallte sich in die dünne Jacke, die sie trug.

Das Gespräch wurde augenblicklich unterbrochen, als die anderen uns bemerkten. Traurig musterte Talisha sie, zeigte Verständnis.

„Du musst dich nicht entschuldigen. Es ist nicht dein Fehler."

Leise ging Scarlett auf das Sofa zu und fand dort einen Platz, auf dem sie sitzen konnte. Ihre Stimme bebte, als sie sprach.

„Doch, ist es. Ich hätte es merken müssen."

„Merken?", fragte ich. „Was meinst du damit?"

Als hätte ich etwas Falsches gesagt, funkelte mich Talisha an, verlor die sanften Gesichtszüge, die sie der Hexe schenkte. Doch bevor sie meine Worte kommentieren konnte, antwortete Scarlett.

„Ich kenne nun den Grund, weshalb ich meine Kräfte nicht mehr benutzen kann."

„Und der wäre?"

„Es gibt ein Mittel, entweder ein Pulver oder als eine helle Flüssigkeit, die die magischen Kräfte einer Hexe für einige Stunden außer Gefecht setzt. Sie müssen es irgendwie geschafft haben, es mir einzuflößen. Eine andere Möglichkeit gibt es nicht."

„Aber wie hätten sie das schaffen können? Du warst zu keiner Zeit alleine."

„Es muss während des Angriffes geschehen sein", erklärte sie, hob vorsichtig ihre Hand und betrachtete sie. Als sich in ihrer Handfläche ein kleines, grünes Licht bildete, zuckte sie.

„Komisch."

„Ich weiß, was du meinst", rief Ames laut, starrte jedoch noch immer nach draußen. „Wenn es irgendjemand tatsächlich geschafft hat, dir eine Spritze zu verpassen, dürftest du jetzt keinen Zauber anwenden können."

„Was bedeutet das?"

Verwirrt näherte ich mich ihr, stellte mich hinter die Couch und betrachtete die anderen. Aaron verzog angewidert sein Gesicht, rieb sich dann jedoch mit den Daumen über die Schläfen. Logan knurrte leise, verschränkte die Arme vor der Brust. Auch er sah nicht sonderlich erfreut aus.

„Das bedeutet", erklärte er, „dass sie es bereits vorher eingeflößt bekommen hat. Im Haus, gestern."

Ein Schrecken umschlang mich, als ich realisierte, was er damit sagen wollte. Aber wie konnte das möglich sein? Das Haus wurde von Dämonen bewacht und Gerrit, der zusammen mit Scarlett nach oben gegangen war, hatte ihre Seite niemals verlassen. Wie, zum Teufel, hatte man sie dann vergiften können?

Gerrit, der sich offenbar dieselbe Frage stellte, zitterte am ganzen Körper. Ich konnte die Wut sehen, die sich auch am heutigen Morgen in seinen Augen versteckte.

„Dafür bringe ich sie um! Alle nacheinander!"

„Deswegen hat sich also auch der Bann gelöst, den du über das Haus gelegt hattest."

Als die Hexe nickte, ließ sich Scarlett stöhnend zurück auf das Sofa fallen.

Obwohl jetzt alle Fragen geklärt waren – nun ja, halbwegs zumindest –, schwirrte noch immer etwas in meinem Kopf herum, was mich mulmig stimmte.

„Ich bin etwas irritiert", murmelte ich schließlich. „Nachdem Ames mich aus dem Haus geholt hat, wurde ich an einem Ort abgesetzt, an dem mich niemand sehen konnte. Wenn du deine Kräfte verloren hast, wie konnte ich dann nicht entdeckt werden?"

Talisha lächelte spöttisch, so, als läge die Lösung auf der Hand.

„Cherry hat dir etwas ins Essen gemischt", antwortete Scarlett. „Ich dachte eigentlich, du wüsstest das. So war es den Feinden unmöglich dich zu erkennen oder deine Fährte aufzunehmen. Logan hat sich das Ganze ausgedacht, nachdem wir aus unserem Hauptquartier vertrieben wurden. Er wollte so etwas verhindern."

„Was offenbar nicht funktioniert hat."

Niemand achtete auf den Kommentar der Rothaarigen.

Mein Blick wanderte durch den Raum, während ich zusätzlich meine Gedanken auf den vergangenen Tag richtete, bis ich merkte, dass Shawn, nicht hier war. Ebenso wenig wie der junge Mann, der mich im Hauptquartier fast umrannte. Auch waren sie nicht in der Hütte im Wald aufgetaucht, was mich etwas verunsicherte.

„Einige Stunden sollte es dauern, bis sich meine Kräfte wieder normalisiert haben", sagte Scarlett. „Bis dahin sollten wir uns ruhig verhalten und hoffen, dass niemand diesen Ort findet. Erst dann werde ich nämlich den Schutzzauber sprechen können."

„Talisha, Ames und Logan, ihr drei werdet draußen alles Auskundschaften und Wache halten“, befahl Gerrit, doch bevor Talisha sich darüber aufregen konnte, sprach er weiter. „Jetzt.“

Das war das Zeichen für sie, zu verschwinden und ihrer Arbeit nachzukommen. Nachdem sie das Zimmer verlassen hatten, wurde es wieder still.

Es hinterließ starke Spuren in meinem Herzen, sodass ich etwas unruhig hin und her wippte.

„Wäre es in Ordnung, wenn ich mir etwas Richtiges zum Anziehen besorge?“

Gerrits Hand streichelt sanft die seiner engsten Vertrauten, bis er stoppte und den Kopf schüttelte.

„Ja, geh‘ ruhig, aber pass‘ auf dich auf. Deine Sicherheit ist noch nicht garantiert.“

Ich machte ihm klar, dass er sich keine Sorgen zu machen brauchte, und entzog mich ihnen. Ohne noch einmal zu Koen zu blicken, dessen Blick ich deutlich in meinem Nacken spüren konnte, verließ ich den Salon, beschloss jedoch, bevor ich in das ehemalige Zimmer meiner Mutter ging, um mir ein paar frische und vor allem wärmere Klamotten anzuziehen, durch die vertrauten Gänge zu spazieren und das Gemälde zu finden, das mir damals das Leben rettete.

Vorsichtig, bewusst sehr langsam, stolzierte ich durch die verschiedenen Flure, versuchte, mich daran zu erinnern, in welchem Bereich des linken Teiles des Hauses sich das Bild befand.

Du solltest dich lieber um Koen kümmern, damit dieser etwas zu tun hat, kicherte meine innere Lady, die es sich zur Aufgabe machte, mich zu nerven.

Gedankenverloren schüttelte ich meinen Kopf, blieb, als ich etwas von früher entdeckte, jedoch stehen und starrte auf das faltige, weiße Tuch, das jemand wohl verloren hatte.

Es handelte sich um das Einstecktuch meines Vaters, das erkannte ich sofort. Es musste wohl einer der Damen, die so nett waren, das Haus zu putzen, aus den Händen gerutscht sein, denn anders konnte ich mir nicht erklären, weshalb es hier auf dem Boden lag.

Ich beugte mich runter und griff nach dem Tuch, fühlte den feinen Saum und die winzigen Rüschen, die an den Seiten angebracht waren, deutlich unter meinen Fingern. Es fühlte sich so vertraut an, dass ich für einen Moment überlegte, es zu behalten. Aber ich entschied mich dagegen und entschloss, das Tuch später wieder in das Schlafzimmer meiner Eltern zu bringen. Dort gehörte es hin.

Als ich Schritte vernahm, drehte ich mich hastig um, erkannte jedoch niemanden.

Spinn' nicht herum, Sky, dachte ich meckernd. *Es werden die anderen sein. Niemand wird dir hier Schaden zufügen können.*

Tief holte ich Luft, bevor ich weiterging. Es dauerte nicht lange, bis ich genau wusste, wo ich mich befand. Ich war nicht mehr weit von dem Gemälde entfernt – was ich sofort bemerkte, als ich um die Ecke bog.

Am Ende des Ganges hing es an der Wand, genauso hübsch wie damals.

Mir stockte der Atem, als ich das Porträt erblickte und mein Puls beschleunigte sich. Als ich mich zögernd näherte, fühlte sich mein Körper komisch an und das Vibrieren, das mich heimsuchte, machte das Ganze nicht erträglicher. Eine Flut von Gefühlen schwappte in meinem Herzen über, die mir große Mühe machte, nicht schon wieder in Tränen auszubrechen.

Es kam mir so unwirklich vor, hier ohne meine Eltern zu stehen.

Als ich über den hölzernen Rahmen des Gemäldes strich, durchzuckte es mich wie ein Blitz. Erinnerungen aus vergangen Tagen kamen in mir zum Vorschein und der Albtraum, der mich Nacht für Nacht jagte, schlich sich in meinen Verstand.

„Beruhige dich, Skylar, es ist alles gut."

Erschrocken schrie ich auf und drehte mich hastig um. Koen, der schmunzelnd seine Hände erhoben hielt, versuchte, mich zu beruhigen.

„Ich bin es bloß."

„Du hast mich fast zu Tode erschreckt! Was machst du hier unten?"

Er seufzte und das Lächeln verflog. „Du solltest nicht alleine unterwegs sein."

Allmählich beruhigte sich mein Herz wieder, obwohl es in seiner Nähe noch immer unheimlich schnell schlug. Auch dieses unschöne Gefühl, das zusammen mit der Vergangenheit auftauchte, verschwand. Ich wusste nicht, was passiert wäre, wenn Koen mich nicht aus dem angehenden Albtraum gezogen hätte. Die Vorstellung, all diese schrecklichen Bilder erneut zu sehen, machte mir Angst.

„Das heißt, du bist mir gefolgt?"

„So könntest du es nennen. Ich wollte dich nicht stören, du sahst so abwesend aus."

Ich wandte mich von ihm ab, richtete meine Aufmerksamkeit wieder auf das wunderschöne Gemälde.

Dieses Bild ist sehr kostbar für unsere Familie, hatte mein Vater früher einmal gesagt. *Denke immer daran, es mit Sorgfalt zu behandeln.*

Heute war ich mir sicher, dass er nicht nur den blauen Drachen meinte, den man bewundern konnte, sondern der Geheimgang das Wichtige war, den er mir näherbringen wollte. Ob er gewusst hatte, dass dort draußen etwas so Gefährliches lauerte?

Fest umschloss ich den Rahmen, bevor ich daran zog und sich das Bild fast selbstständig von der Wand löste und einen Durchgang zeigte, den ich als Kind des Öfteren durchschritten hatte.

„Nicht schlecht“, sagte Koen bewundernd. „Sie haben wohl an alles gedacht.“

„Offenbar nicht, sonst wären sie noch am Leben.“

Ich spürte Koen nähertreten, dann seine Lippen an meinem Nacken. Seine Hände fuhren sanft von meinen Schultern hinunter zu meinen Ellbogen. Ein Kribbeln überzog meinen Körper.

„Verzeih‘, ich wollte sie nicht beleidigen.“

Seine Stimme bestand nur aus einem leisen Flüstern, doch ich konnte es problemlos verstehen.

„Das hast du nicht“, versicherte ich ihm schließlich, musterte all die Spinnweben, die sich in den Jahren angesammelt hatten. Überall wimmelte es von Schmutz und man konnte deutlich erkennen, dass niemand diesen Gang mehr betreten hatte. „Ich bin nur ziemlich aufgewühlt.“

Er küsste vorsichtig meinen Kopf.

„Das ist vollkommen normal. Du stehst schließlich in einem Haus, in dem deine Eltern ermordet wurden.“

Das hättest du mir wirklich nicht noch einmal sagen müssen, Koen.

Die innere Lady kicherte spöttisch, sagte aber nichts.

„Es hätte eigentlich anders kommen müssen“, seufzte ich schließlich.

„Was meinst du? Wünschst du dir etwa den Tod, nur, weil du überlebt hast?“

Er traf es genau auf den Punkt. Tatsächlich gab es eine Zeit, in der ich so dachte. Ich war kurz davor gewesen, mein Leben zu beenden, bis ich irgendwann realisiert hatte, dass dieser Gedanke eine Schande für alles war, was meine Familie für mich getan hatte. Meinen Tod hätten sie niemals gewollt und so hatte ich beschlossen, mein Leben in vollen Zügen zu genießen. Ich ging fleißig zur Schule, verliebte mich und erlebte wunderbare Dinge – zumindest *tat* ich das.

„Nein, aber ich hätte ebenfalls sterben sollen. Weißt du Koen, mich rettete jemand und ich habe mich all die Zeit gefragt, wieso mich? Ich bin nicht undankbar, aber wieso war er nicht früher dort gewesen? Er hätte meiner Familie helfen können!“

Als ich mich erneut zu ihm wandte, erkannte ich deutlich die tiefen Falten auf seiner Stirn. Sein Blick war trüb, von Traurigkeit durchsetzt. Sofort verspürte ich das

Gefühl ihn in meine Arme zu nehmen, mich fest an ihn zu schmiegen und den Schmerz zu nehmen, der ihn plagte. Wenn ich das könnte, würde ich es tun, aber mir wurde schnell klar, dass ich solch eine Fähigkeit nicht besaß.

„Er konnte ihnen nicht helfen, Skylar, weil er zu spät kam."

Überrascht hob ich meine Brauen, starrte ihn komisch an.

„Woher willst du das wissen, Koen?"

Dann schmückte erneut ein sanftes Lächeln seine Züge.

„Weil ich dieser jemand war. Ich habe dir das Leben gerettet."

Und auf einmal machte alles Sinn. Ich erinnerte mich an das befremdliche Gefühl, was ich im Fahrstuhl verspürt und mir gesagt hatte, dass etwas nicht mit diesem Mann stimmte. Im Grunde war das auch der Fall, doch ich hatte es vollkommen falsch interpretiert. Er kam mir bekannt vor, deswegen hing er ständig in meinen Gedanken und deshalb faszinierte er mich.

Du hast dich außerdem direkt bei eurem ersten Treffen in ihn verliebt, vergiss das nicht. Bilde dir nicht ein, dass du das ändern könntest. Sieh' der Wahrheit ins Auge, rief mir die Lady entgegen.

Leider stimmte das, was sie sagte, denn ich versuchte mich in Dinge zu verstricken, die das genaue Gegenteil von der Wahrheit waren. Warum tat ich das ständig?

„Skylar, ich hätte es dir wohl schon früher sagen sollen, aber ich wusste nicht, wann und wie."

Er fuhr zärtlich mit den Fingern über mein Gesicht, liebkoste meinen Mundwinkel mit seinem Daumen, der mir eine Gänsehaut bescherte.

„Nein, ich habe es wohl schon immer geahnt", seufzte ich wohlig, legte meine Hand auf die seine.

Als auch seine andere Hand mein Gesicht umschloss, es mit liebevollen Berührungen verwöhnte, blickte ich direkt in seine hellen Augen. Es war so, als würde die Zeit stehen bleiben und als er sich schließlich zu mir hinunterbeugte, entflammte in mir ein unheimliches Feuer. Sehnsüchtig starrte ich auf seine rosigen Lippen, wandte mein Gesicht jedoch ab, als Derek vor meinem inneren Auge erschien.

„Entschuldigung. Ich kann nicht."

Er war sichtlich verwirrt, löste sich aber nicht von mir. Seine Hände fuhren hinunter zu meinem Hals, an dem sie verharrten.

„Was ist los? Ich sehe, dass dich etwas bedrückt."

„Es ist die Sache mit Derek. Cherry hasst mich und er vermutlich auch. Ich wollte doch nicht, dass jemand zu Schaden kommt."

Belustigt musterte er mich.

„Das wissen wir, Süße. Niemand hat das Recht auf dich wütend zu sein, hast du mich verstanden? Cherry wird sich bald beruhigt haben, glaube mir."

„Und wenn nicht? Sie ist meine älteste und beste Freundin! Ich will sie doch nicht wegen so etwas verlieren! Oh Gott, und der arme Derek! Er ist wer weiß wo und niemand kann sagen, ob er das überleben wird."

Hysterie versuchte, mich zu umschlingen, doch Koen war schneller. Fest drückte er mich an seine Brust, streichelte beruhigend über meinen Rücken und gab mir das Gefühl, nicht alleine zu sein.

„Derek ist nicht wehrlos und weiß sich zu verteidigen. Vertrau' mir, er wird es schaffen."

Und das tat ich. Ruhe kehrte in mir ein, umfing mich wie ein wohltuender Windhauch und brachte mich zum Lächeln. Koen brachte mich zurück auf den Boden der Tatsachen, erinnerte mich an das, was ich vergessen hatte.

Verteidigen bedeutet, sich zu wehren, was wiederum bedeutet, dass man Hilfe gebrauchen könnte.

„Wie wäre es, wenn wir Conner um Hilfe bitten würden? Vielleicht kann er uns helfen, Derek zurückzuholen."

„Vergiss diese Idee schnell wieder", knurrte Koen, der nicht so begeistert aussah, wie ich erwartet hatte. „Wir brauchen Conner nicht. Damit kommen wir auch alleine zurecht."

Irritiert legte ich meinen Kopf etwas schief. Was sollte dieses Verhalten?

„Aber wieso? Wenn er uns helfen kann, sollten wir ..."

„Ich habe nein gesagt! Wir werden ihn nicht um Hilfe bitten."

„Warum bist du so komisch?", erkundigte ich mich verwirrt. „Du bist seit der ersten Begegnung total mies ihm gegenüber. Ist es, weil er in meine Wohnung eingebrochen ist?"

Erst jetzt realisierte ich, dass das tatsächlich nicht sehr vertrauenswürdig klang. Koen lachte auf.

„Okay, reden wir mal Klartext. Conner ist kein Dämon, mit dem man einen Deal eingehen möchte. Das ist verdammt gefährlich", offenbarte er.

Selbst nach seiner Erklärung verstand ich noch immer nicht, was er damit meinte. Natürlich war mir bewusst, dass ich Conner nicht einfach mein Vertrauen schenken sollte, schließlich kannte ich ihn nicht, aber er kam mir so nett und besorgt vor, dass ich es einfach nicht übers Herz brachte, ihn nicht auf meiner Seite zu wissen.

„Was redest du da? Was ist er denn bitte für ein Dämon, dass er dich so wütend werden lässt?"

Koen seufzte: „Man nennt ihn einen Todesdämon."

Ein gewaltiges Zucken durchfuhr meinen Körper. War er doch nicht der liebe, junge Mann, für den ich ihn gehalten hatte?

„Bedeutet das, er versucht, uns zu töten?", fragte ich mit leiser Stimme.

„Nicht auf die Art, wie du vielleicht denkst. Ein Todesdämon kann einen einzigen Wunsch erfüllen. Jedoch entscheiden sie selbst, ob sie dir helfen oder nicht, denn während sie ihre Kräfte benutzen, um den Willen dieser Person durchzusetzen, sterben sie. Um jedoch auch etwas davon zu haben, markieren sie dich mit einem Fluch, der sich aktiviert, wenn du dein Leben verlierst. Im Klartext bedeutet das: Stirbst du, kommst du mit ihnen in den Untergrund der Hölle und sie dürfen mit deinem dortigen Körper alles machen, was sie wollen und glaub mir, sie sind wirklich keine netten Gesellen."

Entrüstet starrte ich ihn an. Ich war empört über die Tatsache, dass sich Conner mir gegenüber so nett gezeigt hatte, wo er doch nur meine Seele in die Hölle schicken wollte und gleichzeitig auch erleichtert, endlich die Wahrheit von Koen erfahren zu haben. Trotzdem verspürte ich auch einen Hauch von Wut gegenüber meinem Liebsten, dass er es mir so lange verheimlicht hatte. Es war nicht das erste Mal, dass ich mich fragte, wieso er mir nicht sofort von einer Sache berichtete, aber lange konnte ich darüber nicht sauer sein.

„Oh, das klingt wirklich nicht sehr gut."

Das war das Einzige, was ich darauf erwidern konnte. Mir war wirklich nicht bewusst, was ich darüber denken, ob ich froh oder beschämt sein sollte. Zum Glück nahm mir Koen diese Entscheidung ab, als er mir einen Kuss auf die Stirn hauchte und lächelte.

„Vergiss Conner einfach. Er wird dir nur Schwierigkeiten bereiten."

„Und von denen haben wir genug", fügte ich hinzu, entlockte ihm ein leises Lachen.

„Ja, ja, das haben wir."

Mein Herz pochte wie verrückt, als Koen sich schließlich zu mir hinunterbeugte und unsere Lippen miteinander verschmolzen. Ein Feuerwerk explodierte in meiner Magengegend, als seine Finger zu meinem Nacken wanderten und zärtlich zu streicheln begannen. Wie ein Schauer umhüllte er mich, versetzte mich in einen wundervollen Traum, aus dem ich nicht mehr aufwachen wollte.

Ich vergaß einfach alles: Cherry, die Erinnerungen, Conner.

Zuerst war der Kuss hauchzart, so sanft, dass ich mich fürchtete, dass er wieder zurücktreten würde. Doch das änderte sich, als die andere Hand unter meinen Rücken wanderte, mich fest an seinen Körper drückte. Ich konnte nicht anders als aufzustöhnen, um ihm zu zeigen, wie sehr ich seine Streicheleinheiten genoss.

Keuchend schlang ich meine Arme um seinen Hals, krallte mich stürmisch in sein dunkles Haar. Als ich sein leises Lachen vernahm, errötete ich, bis ich mich verlegen von ihm löste.

Seine Iriden verloren ihren hellen, klaren Ausdruck. Stattdessen blicke ich direkt in ein dunkelbraunes Wunder, das mich mit seinem Strahlen vollkommen in den Bann zog.

„Bleib‘ bei mir“, hauchte ich erregt. Ich spürte deutlich das verlangende Ziehen in meinem Unterleib, das mich dazu veranlasste, meinen Körper noch enger an ihn schmiegen zu wollen.

„Ich will nicht, dass du gehst. Bleib‘ heute Nacht bei mir.“

Alles passierte auf einmal so schnell. Koen küsste mich so grob und leidenschaftlich, dass es mir fast den Verstand raubte. Als seine Hände sich zu meinem Hintern schlichen, mich locker in die Höhe hoben, war es um mich geschehen.

Sein herber Geruch stieg mir in die Nase, hinterließ ein Feuerwerk unter meinem pochenden Herzen. Wie in Trance strich ich durch sein dunkles Haar, zog verführerisch an den Spitzen, erwiderte all die hingebungsvollen Küsse, die er mir schenkte – bis er mich schließlich auf ein Bett legte.

Ich hatte keine Ahnung, in welchem Zimmer wir uns befanden, wusste nicht, in welchem Teil des Hauses wir uns aufhielten, doch das alles interessierte mich auch nicht. Alles, was ich wollte, war Koen, der sich mit einer schnellen Bewegung das T-Shirt über den Kopf zog.

Mein Atem ging schnell und mein Herz pochte so laut, dass ich einen kleinen, ziehenden Schmerz spürte, der sich in Windeseile in meinem vor Lust zitternden Körper ausbreitete.

Ich brauchte Koen, jetzt.

„Quäl‘ mich nicht so, Koen, bitte“, wimmerte ich, während er sich grinsend, unbeschreiblich langsam, die Hose über die Beine zog.

Als er schließlich auf die Knie ging, mein Bein umfasste und leichte Küsse auf meiner Haut verteilte, entglitt mir ein ungeduldiges Stöhnen. Seine Finger liebkosten meinen Knöchel, strichen langsam mein Bein hinauf, das er noch immer mit seinen Lippen bedeckt hielt, bis er an meinen Schenkeln stoppte. Sie strichen über das Ende meiner kurzen Hose, schlichen sich immer wieder unter den Stoff, um sich anschließend wieder zurückzuziehen.

„Bitte!“

Es war mein Flehen, was ihn zum Schmunzeln brachte und mir zeigte, dass er nicht vorhatte, meinen Wünschen nachzugeben, denn viel zu langsam beugte er sich nach oben, gelang mit den Lippen an meine Hüften und ließ mich erschaudern. Mit den Zähnen zog er an dem Stoff der Pyjamahose, streifte dabei immer wieder zärtlich meine Haut. Als seine Zähne gröber über meine Haut glitten, umschloss mich eine wahnsinnige Gänsehaut.

Keuchend wand ich mich unter ihm, spürte deutlich den Druck, der sich in mir aufstaute, danach verlangte, von Koen gestillt zu werden. Noch nie war ich solch ein gieriges Mädchen gewesen und niemals, bei keinem anderen Mann, hatte ich um Erlösung betteln müssen.

Eine gewaltige Hitze umschloss mein Leib, ließ mich so hilflos wirken, wie ein verlorenes Kind.

Knurrend zog Koen mir endlich die Hose aus, ließ sie und meinen Slip zu Boden gleiten. Verlangend griff ich nach ihm, gierte danach, meine Finger erneut durch sein Haar gleiten zu lassen. Doch er packte meine Hände, pinnte sie über meinem Kopf zusammen und ließ seine Finger währenddessen sachte zwischen meine Schenkel wandern.

Eine Flut von Gefühlen umschloss mich, machte mich vollkommen verrückt. Ich hatte niemals gewusst, dass man so viel auf einmal fühlen konnte. Wut war das Erste was ich verspürte, darüber, dass er mich so lange zappeln ließ und dann war da noch Freude, die deutlich zeigte, wie sehr ich all seine Berührungen genoss.

Das erregte Stöhnen meiner inneren Lady hallte durch meinen Verstand, sowie das Geräusch, das ihre Fingernägel machten, als sie über den Stoff des Bettbezuges kratzen. In meinen Ohren klang es fast genauso erotisierend, wie die leisen Worte meines Liebsten.

Es machte mich immer wilder.

Als seine Lippen zu meinem Bauch wanderten, mein Shirt bis zu meinen Brüsten hinaufzog, drehte sich alles in mir. Ich spürte die Dringlichkeit seiner Berührungen.

Mit der Zunge zeichnete er einen Kreis um meinen Bauchnabel, zog mit den Zähnen grob an meiner Haut und entlockte mir Töne, die mich früher erschreckt hätten.

Der Druck, der sich in mir aufstaute, wollte endlich gelöst werden. Doch nicht nur er, sondern auch ein sonderbares, neues Gefühl überkam mich, hinterließ in jedem Teil meines Körpers ein gefährliches Kribbeln.

Stöhnend bäumte ich mich auf, gab mich dem Unbekannten hin. Es war wie eine geheimnisvolle Kraft, die mich umschloss und Koen mit einem Mal auf das Bett beförderte.

Animalisch, wie ein wild gewordenes Tier, setzte ich mich auf seinen Schoß, fuhr rau mit den Fingernägeln über seinen muskulösen Bauch.

In seinem überraschten Blick erkannte ich, dass er damit nicht gerechnet hatte – ich ebenso wenig. Doch dieser verwirrte Ausdruck in seinen Augen verschwand schnell, wurde von einem unheimlichen Funkeln überdeckt, das meine Nackenhaare zwang, sich zu sträuben.

Meine Sinne spielten total verrückt und meine Emotionen stapelten sich. Ich merkte deutlich, wie sehr ich diesen Mann brauchte, was ich von ihm verlangte. Mein Körper sehnte sich nach seinen Händen, wie sie durch mein Haar wanderten oder meinen Hintern bearbeiteten.

Bei dem Gedanken umfasste mich eine Welle von Gefühlen, die dabei waren, meinen Höhepunkt schneller heraufziehen zu lassen.

„Heute so böse?", grinste Koen, umschloss meinen nackten Hintern mit beiden Händen.

Ich kicherte frech. „Du weißt gar nicht, wie böse ich sein kann."

Stürmisch beugte ich mich nach vorne, presste meine Lippen auf die seinen. Meine Zunge umspielte seine Lippen und als sich eine Chance eröffnete, dass Innere seines Mundes zu erforschen, nahm ich sie sofort wahr.

Meine Hand wanderte währenddessen hinunter zu seinen Boxershorts, das einzige, nervige Kleidungsstück an seinem Leib, das ich mit präzisen Bewegungen nach unten schob. Das Feuer in mir loderte, als mir seine Erregung entgegenkam und ich meine Hand um sie legte, als wäre sie dafür geschaffen worden.

Koen keuchte, während seine Erregung härter wurde. Langsam begann ich, meine Hand zu bewegen, presste mich enger an seinen harten Schwanz und drückte meinen Hintern gegen seine erhitzten Schenkel. Lust schimmerte in seinen Augen, als sich unsere Blicke vereinigten, miteinander verschmolzen. Aufregung übermannte mich, als ich meine Hüften zu bewegen begann, mich an ihm rieb. Die Bewegungen meiner Hand wurden schneller, bestimmter und als wir uns erneut küssten, wilder und lüsterner als zuvor, biss er mir in die Lippe. Koen schlag seinen Arm um meine Hüfte und rollte uns auf die Seite, sodass er die Oberhand gewann. Ein freches, aber dennoch dominantes Grinsen zierte seine wunderschönen Lippen.

„Ich sage, wo es lang geht", knurrte er erotisierend.

Seine Shorts landeten ebenfalls auf dem Boden, bevor er mich auf seinen Schoß zog und in mich eindrang. Es war wie eine Erleichterung, als ich meine Arme um seine Schultern schlang und meine Nägel tief in sein Fleisch bohrte. Sein Körper bebte unter meinen Berührungen, was mich umso verrückter werden ließ. Dieses Gefühl war unglaublich.

Stöhnend lehnte ich mich gegen seinen nackten Oberkörper, drückte meine Lippen gegen seine Schultern und liebkoste sie auf die Art, die ihm sichtlich gefiel.

„Oh … oh ja!"

Meine Hüften bewegten sich ungestüm, nahmen alles, was Koen mir schenkte, in sich auf. Schmetterlinge flogen stürmisch durch meinen Bauch, umschlossen mein

Herz und ließen es viel zu schnell schlagen. Bei jedem Stoß durchflogen mich Funken, verbreiteten die heiße Leidenschaft, die sich in einem Feuer widerspiegelte.

Wild keuchte ich seinen Namen, fuhr mit meinen Nägeln etwas gröber über seine Haut, küsste mit einem verschwommenen Blick seine Halsschlagader. Ihr Pulsieren tänzelte über meine Lippen.

Ich konnte sein Blut rauschen hören, spürte, wie sehr sich meine Seele danach verzehrte. Mein Mund kribbelte und erneut breitete sich dieser unheimliche Schmerz aus, der mich dazu zwang, meine Zähne über sein Fleisch streichen zu lassen. Es fühlte sich an wie eine Sucht, die mich umschlungen hielt, mich ermutige, meiner Droge nachzugeben.

Ein lustvoller Schrei entfloh mir, als er sein Tempo beschleunigte, brachte mich dazu, meinen Kopf in den Nacken zu legen und sein Blut für eine Sekunde zu vergessen. Deutlich spürte ich, wie sich der Höhepunkt näherte. Der Druck zwischen meinen Beinen erhöhte sich, benebelte meinen Verstand und machte mich vollkommen willenlos.

Koens Atem streifte mein Gesicht, als er keuchend meinen Namen rief, mich mit einem Ruck auf die Laken drückte. Mit einem letzten Stoß beförderte er mich über die Klippe, brachte mich zum Aufschreien. Der Orgasmus übermannte mich, hinterließ das prickelnde Gefühl in jeder Faser meines Körpers. Ich spürte, dass Koen nur wenige Sekunden nach mir das Feuerwerk teilte, bevor er sich auf mich fallen ließ.

Sein Gesicht drückte er an meinen Hals, verteilte sanfte Küsse und brachte mich zum Lächeln. Mein Atem ging schwer und es fiel mir nicht leicht, mich unter dem Gewicht des Mannes zu bewegen, dennoch legte ich meine Arme um seinen Körper und fuhr zärtlich mit den Fingerspitzen an seiner Wirbelsäule entlang. Der Gedanke, den starken Krieger in meinen Armen zu wiegen, machte mich so glücklich. Himmel, in seiner Nähe fühlte ich mich so unheimlich geliebt.

Verlegen verkniff ich mir ein Kichern, drückte meine geschwollenen Lippen gegen seine Schläfe, dann spürte ich seinen gleichmäßigen Atem, den ruhigen Herzschlag.

Verwirrt blinzelte ich, hätte fast laut aufgelacht.

Koen war eingeschlafen. Verlegen schüttelte ich meinen Kopf, überrascht, dass er bereits so müde gewesen war, und versuchte an die Decke zu kommen, die während unseres Aktes zur Seite gerutscht war. Als es mir jedoch nicht gelang, entschloss ich, dass es das Beste sein würde, die wundervolle Wärme meines Geliebten als meine Decke zu betrachten. Erneut hauchte ich ihm einen Kuss auf sein dunkles Haar, setzte die Streicheleinheiten fort, bis ich es nicht mehr aushielt und jetzt, da er schlief, würden mich auch keine Schuldgefühle plagen.

Tief holte ich Luft, versuchte, mich etwas zu entspannen und lächelte verliebt. Ich kam mir vor wie ein verträumter Teenager, der ihrem Schwarm einen Zettel zusteckte, auf dem er ankreuzen sollte, ob er mit ihr gehen wollte oder nicht.

„Ich mag dich, Koen, so unbeschreiblich sehr, dass es mir in der Seele schmerzt. Ich ... Ich mag dich nicht nur. Es ist viel mehr als das.“ Mein Herz schlug mir bis zum Hals. „Ich liebe dich.“

Alles, was ich dann hörte, war das schallende Lachen meiner inneren Lady.

KAPITEL 14

IM KREIS DER ZEHN HEXER

Dunkle, fast schwarze Wolken, zogen über unser Versteck, wir bereiteten uns auf ein gewaltiges Unwetter vor, das bald folgen sollte. Die Luft, die durch einzelne Löcher kroch, sich durch die kleinen Schlitze der Fenster zog, umhüllte uns mit ihrer kühlen Temperatur, ließ den Saum meines Mantels über das Parkett schweben.

Mit einem mulmigen Gefühl blickte ich aus einem großen, bunten Panoramafenster, suchte nach den Männern und Frauen, die ich vor einiger Zeit auf eine wichtige Mission geschickt hatte. Obwohl sie bereits zurück sein sollten, hatte ich noch keinen von ihnen zu sehen bekommen.

„Arcor", es war die Stimme meiner liebsten Karda, die mich aus meinen Sorgen zog. „Ich möchte nicht, dass du so ein Gesicht ziehst. Die Schwester wird bald in unseren Händen sein."

Schnaufend blickte ich sie an, wissend, dass sie nichts Positives von mir erwartete.

„Auf die Bitte von Jupiter haben wir die Jüngsten unsres Kreises geschickt. Karda, sie waren noch nicht für solch eine Aufgabe bereit."

Ihre rosigen, zum Küssen geschaffenen Lippen verzogen sich zu einem belustigten Lächeln. Sie strich vorsichtig über meinen Unterarm, hauchte kleine Küsse auf meine bedeckte Schulter.

„Ich kenne dich bereits sehr lange Arcor und ich weiß, dass du so etwas niemals zugelassen hättest, wenn du ihnen keinen Sieg zugetraut hättest."

Seufzend wandte ich mich wieder von ihr ab, starrte hinaus in das aufkommende Gewitter und sah den ersten Blitz des Tages.

Karda hatte natürlich recht. Niemals wäre mir in den Sinn gekommen, einen meiner Schützlinge zu opfern, wenn ich nicht sicher wäre, dass sie überlebten. Ich hatte ihre Ausbildung beobachtet, erkannt, dass ihr Wissen bereits sehr fortgeschritten war und ihre Kräfte stark genug, um einen Dämon für mehrere Jahre auf Eis zu legen. Dennoch machten sie mir Sorgen. Um nicht mit den Vampiren in einen Streit zu geraten, erlaubte ich ihnen, einige von ihren in den Kampf zu schicken.

Das war auf einer Seite auch gut so, da sie viel Erfahrung und Kampfkraft besaßen, aber dennoch war ich mir sicher, dass es nicht gut laufen konnte.

Hexer und Vampire waren eben kein eingespieltes Team. Das würden sie auch niemals sein.

„Sie hätten bereits zurückkehren sollen – mit der Tochter."

„Das weiß ich genauso gut wie du, Arcor, aber müssen wir uns dennoch Sorgen machen?"

Ich belächelte ihre Worte. Manches Mal wollte ich genauso naiv und dennoch so unglaublich klug sein wie sie. Karda war die Gerechtigkeit in Person. Nie würde sie ohne eine lange, andauernde Diskussion jemanden verurteilen oder über dessen Leben bestimmen. Für sie musste es immer eine Möglichkeit geben, zudem schenkte sie jedem Vertrauen, selbst denen, die es nicht verdienten.

Für meine Liebste war jeder Mensch, jeder Verdammte in der Lage, das Böse aus seinem Herzen zu vertreiben und auf die bessere, gute Seite zu wechseln – unsere Seite.

„Du bist viel zu gutgläubig, meine Liebe", seufzte ich schließlich.

Karda lächelte, hauchte erneut einige Küsse auf meinen Arm, bevor sie zärtlich nach meiner Hand griff. Ihre Wangen glühten in einem hellen Rosa, als sie unsere Hände miteinander verschränkte.

„Schließlich liebst du mich deswegen, Geliebter."

Bevor ich etwas darauf erwidern konnte, erklang eine laute, schrille Glocke. Der Ton hallte durch das gesamte Gebäude, brachte das Buntglas zum Erzittern. Augenblicklich verzogen sich meine Lippen zu einem breiten Grinsen.

„Siehst du, Arcor? Sie haben ein Portal genommen, deswegen hast du sie nicht ankommen sehen."

Ich löste mich von ihr, richtete meine schwarzen Handschuhe, die ich trug. Sie knirschten unter meinen Bewegungen.

„Du hattest wohl wieder einmal recht, Karda. Rufe die anderen in den großen Saal. Ich werde mich um unseren Gast kümmern und komme anschließend nach."

Doch bevor ich gehen konnte, packte sie erneut meine Hand und schüttelte ihr hübsches Haupt.

„Sie werden die Glocke gehört haben und von alleine auftauchen. Ich begleite dich."

Ihr Blick zeigte mir, dass sie nicht erwartete, fortgeschickt zu werden. Also beließ ich es dabei und schenkte ihr ein Nicken, woraufhin sie erfreut lächelte.

Zusammen - ich schritt eilig voran - hasteten wir durch die verschiedenen, schwach beleuchteten Gänge hinunter in den Keller. Dort gab es verschiedene Arten von Gefängnissen, die wir nur bei bestimmten Personen bevorzugten – bei Gestalten, die länger blieben oder auf ihre gerechte Strafe warteten. Normalerweise bevorzugte ich einen kurzen Prozess, doch dies war nicht immer möglich – so auch nicht bei der Prinzessin der Dämonenkönigin Lilith.

Als wir die Treppe zum Kerker hinunterstiegen, wurde die eisige Stille durchbrochen. Laute Stimmen waren zu hören, offenbar stritt sich jemand.

„Wie oft soll ich noch sagen?“, fauchte eine wütende, männliche Stimme. „Ich bin niemand, den man in ein Gefängnis sperrt.“

Jemand trat an die Wand, was einige kleine Bröckchen löste und zu Boden fallen ließ. Dann hörte ich leises Gelächter.

Ein ungutes Gefühl beschlich mich. Normalerweise sollte niemand von ihnen mit der Gefangenen sprechen. Keiner von ihnen hatte das Recht, sie auch nur ein klein bisschen wie eine von uns zu behandeln. Das sollte ihnen eigentlich klar sein.

Die Schritte von Karda und mir hallten durch die engen Gänge, ließen die Stimmen unter uns verstummen. Offenbar hatte man uns endlich bemerkt.

Als ich zu ihnen stieß, pfiff ich ungeduldig etwas Luft zwischen meine Zähne hindurch. Mein Blick wanderte zu dem Gefangenen und es verschlug mir für einen Moment die Sprache, bis sich plötzlich Wut in meinem Bauch sammelte und aufschäumte.

„Was, um Himmels Willen, geht hier vor? Wo ist das Mädchen?“

„Nun“, antworte ein blonder Vampir. „Wir konnten sie nicht aufspüren, also hielten wir es für das Beste, eine Geisel zu nehmen.“

Magie zog von meinem kleinen Finger hinauf durch meinen gesamten Körper, sammelte sich in meiner Faust, mit der ich fest den Kragen des Blutsaugers packte.

„Wollt ihr mich hinters Licht führen? Ihr hattet einen einzigen Auftrag und was bringt ihr mir? Einen verfluchten Hund!“

Meine Stimme war ein Grollen, das man bis hinauf hören würde, und meine Wut kaum zu bändigen.

Karda schnappte entsetzt nach Luft, legte hastig ihre Hand auf meinen Arm, versuchte, mich vergebens von der blassen Gestalt zu ziehen. Sie dachte an die Folgen, die kommen würden, wenn ich mich nicht sofort von dem Bleichgesicht löste.

„Willst du den Vertrag brechen, Arcor? Lass ihn frei!“

Fauchend, wütend schnaufend, löste ich mich von dem Blutsauger, richtete meine Aufmerksamkeit auf die Hexe, die auf der anderen Seite stand, schluckend und bebend eine Strafe erwartend.

„Wie kamt ihr auf diese miserable Idee? Ich verlangte nach dem Mädchen."

Die junge Hexe hüstelte, rieb ihre behandschuhten Hände aneinander.

„Niemand von uns hat sie aufspüren können, Herr. Wir wussten, dass starke Magie am Werk war, doch wir konnten sie nicht ausfindig machen. Verzeiht."

Ich fragte mich, wie man nur so leichtfertig und dumm sein konnte. Man hatte ihnen nicht ohne Grund diese Aufgabe überschrieben, nein, wir waren uns ihrer Fähigkeiten im Klaren gewesen und dennoch hatten sie uns nicht zufrieden gestellt. Durch ihr undurchdachtes und dummes Denken schadeten sie unserer Ehre, dem Ruf, den wir vertraten.

„Ich bin enttäuscht von euch allen! Kehrt zurück in den Trainingsbereich und lernt! So etwas möchte ich nicht noch einmal sehen."

Der Vampir wollte verschwinden, doch ich hielt ihn davon ab, während die Hexe jedoch mit gesenkten Kopf nach oben schritt.

Nach den restlichen Hexern musste ich nicht fragen. Mir war nach solch einem Ergebnis bewusst, dass nicht viele überlebt haben konnten. Was für eine unheimliche Enttäuschung.

„So eine Schande", murmelte ich unzufrieden, bevor ich mich an den Wolf wandte, der vor den Gittern des Kerkers kauerte und die Stäbe so fest umklammert hielt, als könnte er sie aus eigener Kraft verbiegen.

„Hilf mir hier heraus", bat der Wolf, funkelte den Vampir böse an. „Sie haben mich ohnmächtig geschlagen, Arcor. Ich verlange, dass jemand dafür bestraft wird."

„Das kommt darauf an", sagte ich, „was du zu sagen hast."

Vorsichtig legte ich meine Hand um eines der Gitterstäbe und im nächsten Moment öffnete sich das alte Tor mit einem ohrenbetäubenden Quietschen.

Derek seufzte erfreut, als er sich aufraffte, klopfte sich den Dreck von den Fetzen, die er Kleidung nannte, und schritt über die Pforte des Verlieses.

„Bringe ihn in eines der freien Zimmer und reicht ihm auch etwas von unserem Mahl", befahl ich dem Vampir, der gehorsam nickte. „Frische Kleidung fände ich auch sehr angebracht."

Das waren die letzten Worte, die ich an den Blutsauger richtete, nickte dem Werwolf einmal zu und schritt anschließend wieder die Treppe hinauf, gefolgt von Karda, die ansonsten still gewesen war. Dennoch erblickte ich eine Sorgenfalte auf ihrer Stirn, die mir sagte, dass etwas nicht so war, wie sie es gerne hätte. Natürlich war es das nicht. Skylar Coleman war nicht in unserem Besitz und das musste schleunigst geändert werden.

Noch immer entrüstet, wütend über meinen eignen Fehler Jünglinge zu schicken, schritt ich in den großen Saal, in dem sich bereits die anderen aufhielten.

Zu meiner großen Überraschung hielten sich die Vampirin Zeria und der Vertreter des Dämonenbundes Lorr hier nicht auf, entschieden, dieser Sitzung fernzubleiben. So sollte es mir recht sein. Ich würde sie nun wirklich nicht gebrauchen können.

Orga schien nicht allzu erfreut, mein schlecht gelauntes Gesicht zu erblicken. Er grummelte, verschränkte seine breiten Arme vor der Brust und starrte in die Runde.

„Ist etwas schiefgelaufen? Du siehst nicht gerade fröhlich aus."

„Es war die Schuld der Jünglinge."

Jupiter stöhnte: „Du kannst nicht alles auf sie schieben. Wir haben sie ausgebildet."

„Nicht allzu gut", fügte ich wütend hinzu. „Sie haben die Tochter nicht gefunden und hielten es für brillant, eine Geisel zu nehmen."

Aga war der Erste, der sich dazu äußerte.

„Wen haben sie genommen? Meine missratene Tochter oder einen der dreckigen Dämonen?"

Die Worte verließen verachtend seinen Mund, als würde er von dem Ekel höchstpersönlich sprechen. Auf diesen bösen Ton achtete ich nicht, als ich mich an meinen Platz begab und meinen Blick über meine Kameraden wandern ließ.

„Weder noch", seufzte Karda, die sich betrübt neben mich setzte. „Sie haben uns Derek gebracht."

Radia lachte laut, als sie die Neuigkeiten hörte. Belustigt, als hätte jemand einen Scherz gemacht, schüttelte sie ihre schwarzen, langen Haare. Doch ihr Lachen verblasste, als sie auf einmal wutentbrannt auf die Tischplatte schlug. Das Holz vibrierte unter ihrem Schlag.

„Das kann doch nicht wahr sein! Eine Schande ist das, für den gesamten Kreis! So haben wir es ihnen nicht gelehrt!"

„Halt dich etwas zurück", bellte Taxus, der das alles nicht sehr komisch fand. „Sie haben einen Fehler gemacht. Das hätte uns auch passieren können."

Glaubte er tatsächlich daran? Ich erkannte Unsicherheit in seinem Blick, was Orga offenbar auch bemerkte.

„So spricht nur jemand, der keine Ahnung hat."

Bevor er und Taxus in einem Streit zusammenkamen, erhob ich mich wieder, nicht fähig, länger still sitzen zu bleiben. Mir kam eine wunderbare Idee und der Fehler, der uns Ratsmitgliedern niemals passiert wäre, konnte ausgenutzt werden.

„Still", befahl ich laut. „Wir haben Derek hier und werden das nun auch ausnutzen, auch, wenn es für uns etwas komisch erscheint, ihn eine Geisel zu nennen. Wir werden der Tochter eine Nachricht zukommen lassen. Darum wirst du dich kümmern, Neele."

Die Angesprochene nickte, doch Orga war nicht sonderlich beeindruckt. Er gähnte leise, bevor er das eine Bein über das andere schlug. Sein Blick huschte über die anderen, als würde er auch bei ihnen etwas Misstrauen suchen, was er jedoch nicht fand.

„Und wie lautet diese Idee? Wir können uns keinen Fehler mehr leisten", fragte er mürrisch.

Ein grausames Grinsen verschlang meine Lippen, bevor ich zurücktrat und meine Hände hob, ein Bild erschuf, das meinen Plan in jedem Detail erklärte. Die Brauen des Mannes hoben sich. Offenbar rechnete er mit allem, nur nicht damit.

„Vertraut mir", grinste ich. „Das wird auf jeden Fall funktionieren."

Karda war nicht überzeugt, ich konnte es in ihren Augen erkennen. Dennoch wagte sie es nicht, zu widersprechen.

Erneut hob ich meine Hand, ließ das Kunstwerk meines Planes verschwinden. Genau in diesem Augenblick öffnete sich die Tür und Derek, der endlich etwas ordentliches trug, betrat den großen Saal.

„Ich würde gerne etwas von meiner Schwester hören", sagte er, ohne den anderen eine Begrüßung zu schenken. Unhöflicher Wolf.

„Man sollte sich in solchen Räumen benehmen", knurrte Aga, der wohl dasselbe dachte. „Dieser Ort ist heilig und für solch stinkende Wölfe eigentlich nicht erbaut worden."

Derek ignorierte den Ältesten, der seiner Abneigung gegenüber Wölfe genüsslich nachgab. Doch auch das kümmerte unseren Besucher nicht, da er mit erhobenem Haupt vor uns stand und uns zeigen wollte, dass er sich nicht fürchtete.

Mumm besaß er, das musste ich zugeben, doch dieser würde ihn hier nicht sehr weit bringen.

„Alles zu seiner Zeit", sagte ich schließlich, während sich der Plan in meinem Kopf ausbreitete. „Du kommst genau im richtigen Augenblick."

Bösartig - ich achtete nicht auf Karda, die mich erschrocken musterte - ging ich auf den Neuankömmling zu, zog dabei genüsslich den Handschuh von meiner rechten Hand und ließ diesen unbekümmert zu Boden gleiten, bevor ich sie mitten in das Gesicht des Mannes drückte.

Alles, was folgte, war sein schmerzverzerrter Schrei, der laut und ungehemmt durch die kühlen Gänge unseres Schlosses hallte, während man draußen den ersten lauten Donnerschlag vernahm.

KAPITEL 15

Als ich eine brennende Hitze auf meiner Haut verspürte, schreckte ich wie aus einem Albtraum erwacht auf, sah mich erschrocken um. Dabei bemerkte ich, dass das, was mich so warm fühlen ließ, die Sonnenstrahlen waren, die gnadenlos durch das geöffnete Fenster fielen.

Erleichtert über die fehlenden Flammen, die ich zunächst vermutet hatte, wischte ich mir etwas Schweiß von der Stirn, bevor ich den leeren Platz neben mir bemerkte. Mit der flachen Hand strich ich über die verlassene Hälfte und fragte mich, wo Koen hingegangen sein könnte.

Vielleicht holt er uns etwas Leckeres zu essen, reimte ich mir verzweifelt zusammen.

Um mich nicht noch länger mit irrationalen Gedanken herumzuschlagen, musterte ich meine Umgebung.

Ich erkannte das Zimmer nicht auf Anhieb, erinnerte mich jedoch nach einigen Momenten daran, welche Räume sich hier unten befanden. Dieses hier, in dem ich mich nun aufhielt, hatte einmal einer Haushaltsdame gehört, die Jahre lang bei meinen Eltern angestellt gewesen war. Sie hatte uns jedoch nach fast acht treuen Jahren verlassen, da sie den Traum ihres Gatten gefolgt und in ein anderes Land gezogen war.

Im Nachhinein betrachtet eine wunderbare Idee. So befand sie sich viele Kilometer von hier entfernt, außerdem machte es mir Hoffnung, dass ihr nichts passieren konnte. Zumindest nichts, was sich im Moment in dieser Umgebung herumtrieb.

Seufzend ließ ich mich zurück in die Laken fallen, bettete mein Kopf in dem weichen Kissen, das halb über dem Bettrand hing, gleichzeitig kämpfend, um nicht zu Boden zu fallen.

Jetzt, als ich einfach nur stumm auf dem Bett lag, alle vier von mir gestreckt, spürte ich erneut das Prickeln, das Koen auf meiner Haut hinterlassen hatte. Eine wundervolle Wärme, die eindeutig nicht von den hellen Sonnenstrahlen stammte, umfasste mein Unterleib und brachte mich dazu, meine Fingernägel tief in den Stoff der Bettdecke zu krallen. Es war so, als könnte ich seine Berührungen noch immer auf meiner Haut spüren, so intensiv, dass es mir fast den Verstand raubte.

Ich dachte an die vergangenen Stunden zurück, erinnerte mich an seinen dunklen, wollüstigen Blick, der den meinen durchschlagen, sowie mit Emotionen getränkt hatte. Dieses Gefühl war einfach wunderschön gewesen – weswegen ich es nicht missen wollte –, dennoch fühlte ich mich gerade so, als wäre ich vor meinen Augen bestohlen worden.

Seine Berührungen waren so zaghaft gewesen, bis sie sich mit seiner Dominanz füllten und etwas in mir hervorholten, was ich zuvor nicht gekannt hatte. Auch jetzt, obwohl Koen nicht einmal in der Nähe war, fühlte ich das seltsame Etwas, was ich auch während unserem Liebesspiel gespürt hatte. Dieses war ebenfalls dominant und ebenso hartnäckig.

Ich fragte mich noch immer, was genau das in meiner Brust war, was mich so wild werden ließ. Vielleicht lag es an den Genen, an der Art meines Daseins oder es handelte sich um die versteckten Wünsche meiner selbst – ich wusste es einfach nicht. Mir nun auch noch Gedanken darum zu machen, erschien mir plötzlich seltsam, auch, wenn ich nicht bestimmen konnte wieso.

Ein zweites Mal seufzend, setzte ich mich wieder auf, drückte die Decke an meinen nackten Körper und blickte mich noch einmal Mal um, als würde ich erwarten etwas Neues vorzufinden. Jedoch war noch immer alles genauso wie zuvor, worauf ich begann, mich langsam aus dem Bett zu pellen. Dabei achtete ich genau darauf, nicht über den Saum der Decke zu stolpern.

Nachdem ich es geschafft hatte, aufzustehen, kämpfte ich mich hinüber zu einer breiten, großen Kommode, die damals als Kleiderschrank diente. Vielleicht würde ich etwas zum Anziehen finden, was aus mehr Stoff als mein Pyjama bestand.

Leise gähnte ich, als ich die obersten Schubladen öffnete und diese überraschenderweise nicht leer vorfand. Anstelle von Leere erblickte ich verschiedenes, frischgebügeltes Bettzeug. Als ich einen Blick in die nächste Schublade warf, sah ich Socken, T-Shirts und einige BHs.

Die Sachen irritierten mich. Normalerweise sollten diese leer sein, auch, wenn ich natürlich gehofft hatte, etwas vorzufinden. Als ich auch die letzten Fächer öffnete, zeigten sich weitere Kleidungsstücke wie eine lange, schwarze Hose und etwas, das in eine Folie gewickelt war.

Ich platzte fast vor Neugier, als ich die verpackte Kleidung herausnahm, lächelte jedoch, als ich es als eines der Kleider meiner Mutter identifizierte. Doch warum lag es hier unten? Es sollte eigentlich in ihrem Zimmer hängen.

„Ich werde wohl mit dieser Putzfirma telefonieren müssen“, murmelte ich vor mich hin.

Vorsichtig legte ich das Kleid zurück, schloss die Schublade und suchte nach etwas Passendem. Ich entschied mich für die schwarze Jeans und ein rosa T-Shirt, das an den

Schultern frei und hinten etwas länger war. Kleine Pailletten zierten die Ärmel, so wie auch den Saum, der mit kleinen Rüschen verziert wurde. Es war etwas zu niedlich für meinen Geschmack, doch etwas anderes konnte ich mir nicht aussuchen, da es zu wenig Auswahl gab, um mich für etwas Neutraleres zu entscheiden. Außerdem fand ich es gar nicht so schlecht.

Da ich hier keine Slips finden konnte, zog ich meinen wieder an, suchte mir einen passenden BH dazu aus und schlüpfte schließlich in die Sachen, die ich mir ausgesucht hatte. Zum Glück passten sie mir, sodass ich nicht noch einmal nach oben gehen und mir andere Kleidung besorgen musste.

Ich lächelte, erschrak mich jedoch, als ich etwas knacken hörte. Langsam drehte ich mich um, sah mich forschend, aber auch neugierig um. Als ich einige, kleine Blätter am Fenstersims erkannte, schob ich das Geräusch auf die Bäume, die draußen vor dem Zimmer in die Höhe ragten.

Kurz schüttelte ich meinen Kopf, schritt anschließend zum Fenster, ließ die Blätter vom Sims fallen und schloss es. Da ich gleich den Raum verließ, brauchte das Fenster nicht mehr offen zu stehen.

Für einen Moment überlegte ich, wer wohl das Fenster geöffnet hatte, ließ den Gedanken jedoch wieder fallen, da Koen als Einziger dazu in der Lage gewesen wäre. Obwohl natürlich auch jemand der anderen hereinkommen und nach mir sehen konnte, was mich kurz erröten ließ, da ich schließlich vollkommen nackt geschlafen hatte.

Eine unheimliche Gänsehaut überrannte mich, als ein eiskalter Windstoß über meinen Körper fuhr. Erschrocken, weil das Fenster schließlich geschlossen war, drehte ich mich wieder um. Doch dort war niemand. Alles war wie vorher, auch, wenn mein Gefühl etwas anderes sagte.

Du musst dich getäuscht haben, redete ich mir ein. *Skylar, du wirst noch paranoid.*

Obwohl ich versuchte, alles auf meine Einbildung zu schieben, fühlte ich, dass sich etwas geändert hatte. Ja, es sah alles normal aus, aber mein Verstand riet mir, der Ruhe nicht zu trauen.

Trotz meiner aufgewühlten Gefühle, rüttelte ich das Misstrauen von mir und begann, das Zimmer wieder in Ordnung zu bringen. Ich schüttelte Kissen und Decken auf und strich das Laken glatt.

Alles hätte perfekt sein können, wenn da nicht ein Geräusch gewesen wäre, das mir einen unangenehmen Schauer über den Rücken jagte. Als es erneut erklang - dieses Mal erkannte ich die Richtung, aus der es kam -, drehte ich mich hastig zum Fenster um. Mit schnellen Schritten ging ich erneut darauf zu, öffnete es ein zweites Mal und blickte hinaus.

Der Wind zischte leise durch die Baumwipfel, einzelne Blätter tanzten elegant durch die Luft und Vogelgezwitscher war zu hören.

Nichts deutete auf etwas Unnatürliches hin und ich sah auch nichts weiter, was mich stutzig werden ließ.

Schon wieder wickelt dich deine Einbildung um den Finger, schnurrte die Lady spöttisch.

Kopfschüttelnd trat ich zurück, fuhr mir kurz durch mein dunkles Haar und schloss das Fenster. Als ich mich dann jedoch umdrehte, traf mich der Schlag.

Da, genau vor mir auf dem Bett, lag ein schwarzer Briefumschlag. Ich war mir zu hundert Prozent sicher, dass dieser vorher nicht hier gewesen war. Wie hätte das auch sein können? Schließlich hatte ich dort meine Ruhe gefunden und geschlafen. Vor wenigen Momenten noch, kurz vorher, hatte ich die Kissen aufgeschüttelt. Woher, zum Teufel, kam also dieser Umschlag?

Neugierig, aber dennoch sehr zögerlich, näherte ich mich dem Bett, griff mit zitternden Fingern nach dem Papier – es war federleicht. Überrascht weiteten sich meine Augen, als ich die feine geschnörkelte Schrift erkannte, in der mein Name geschrieben war. Als ich den Umschlag umdrehte, starrte ich auf einen blutroten Stempel, der dafür sorgte, dass der Brief verschlossen blieb. Obwohl ich Reue verspürte, da das Siegel unglaublich schön aussah, riss ich den Stempel entzwei und zog ein beschriebenes Blatt Papier heraus.

Erstaunt hob ich meine Brauen, betrachtete die Verschnörkelungen an den Seiten, die sich über das gesamte Blatt zogen. Es sah aus wie eine Art Ranke, die durch das Papier wuchs. Oben in der Mitte prangte erneut dieses hübsche Siegel, enthielt auch eine Unterschrift, die ich nicht identifizieren konnte. Als ich die schwarzen, feinen Linien und die Wörter, die man an mich richtete, betrachtete, lief es mir eiskalt den Rücken herunter.

Skylar Coleman,
zweite Tochter der Dämonenkönigin Lilith.
Wie ich sehe, konnten Sie meiner kleinen Überraschung entkommen.
Haben Sie wirklich geglaubt, einfach fliehen zu können?
Wir, der Rat der Geschöpfe, werden Ihre Verwandlung in einen reinen Dämon nicht gestatten und Einhalt gebieten.
Die Hexer werden dafür sorgen, dass Ihnen die Unsterblichkeit enthalten bleibt.
Bei unserem letzten Besuch haben wir etwas an uns genommen, was Euch sicher von großer Bedeutung ist – den Wolfsjunge Derek.

Sollten Sie unseren Anforderungen gerecht werden, krümmen wir dem Werwolf keine einzige Kralle.
Was halten Sie von einem Tauschgeschäft?
Ihr Leben gegen das eines Hundes?
Finden Sie sich in der heutigen Mitternachtsstunde im südlichen Wunschgarten ein.
Treffen Sie, Skylar, den Wolfsjungen am dortigen Brunnen.
Sie kennen den Weg.
Wir erwarten Ihre alleinige Ankunft, ansonsten trifft Ihr Freund noch etwas viel Schlimmeres als der Tod.

Mit Blut gezeichnet – Neele, Mitglied des Rates der Hexer.

Ich sank zu Boden und lehnte mich gegen das Holz des Bettes, biss mir unsanft auf die Lippe, während ich ununterbrochen auf die schwarze Tinte starrte.

Das erste, was ich mich fragte, war, wie dieser Brief in dieses Zimmer kam. Woher kannte man unseren Standort? Hatten sie uns bereits ausfindig gemacht und versuchten nun, da der Wall das Anwesen offenbar wieder schützte, auf einen anderen Weg an mich heranzukommen?

Es irritierte mich, ließ die Sorgen schwerer auf meinen Schultern lasten. Ich musste etwas übersehen oder nicht richtig realisiert haben. Mir war bewusst, dass ihre Magie stark sein musste, doch warum versuchten sie keinen weiteren Anschlag, wie sie es auch auf die Hütte verübten? Irgendwie leuchtete mir diese neue Variante nicht ein, machte mich dennoch ziemlich nervös.

Es traf mich wie ein Schlag, als ich erkannte, wie der Brief seinen Weg in dieses Zimmer fand. Man hatte mich benutzt, die durch komische Geräusche das Fenster geöffnet und den Weg freigemacht hatte. Es musste eine Art Zauber gewesen sein, der das Kuvert hierherbrachte.

Ich Idiot, fluchte ich in Gedanken, *diente ihnen als Hilfsmittel!*

Kopfschüttelnd räumte ich die vielen Fragen bei Seite, verstärkte den Druck, den meine Zähne verursachten, sodass meine Lippe zu schmerzen begann. Doch der spitze Schmerz war mir egal, als ich an die Möglichkeit dachte, die dieser Brief hervorbrachte.

Ich wäre in der Lage, Derek zu helfen, und meine beste Freundin glücklich zu machen. Natürlich erkannte ich, dass man mich nicht zurückkehren lassen würde. Sie würden mich in Gefangenschaft nehmen. Da ich keinerlei Erfahrung besaß – außerdem beherrschten sie Magie, was mir keinen Vorteil verschaffte –, konnte ich mich nicht einmal richtig verteidigen.

Nachdenklich legte ich meinen Kopf in den Nacken, zerknitterte das Papier durch den Druck meiner Hände. Wenn ich mich heute Nacht dort einfinden würde – es kam einfach keine andere Möglichkeit infrage, da ich niemanden an meiner Seite wissen durfte –, wäre mein Leben verwirkt. Ich war mir nicht sicher, was genau sie mit mir planten, aber das die Hexer mich nicht zu einem Tee einluden, konnte ich mir durchaus denken.

Obwohl ich ängstlich und zerstreut sein sollte, fühlte ich Mut in meiner Magengrube, die davon zeugte, dass ich Derek retten wollte. Er würde wieder frei sein, in Cherrys Armen liegen und sie über meinen Verlust hinwegtrösten. Liebe konnte durchaus stärker sein als Freundschaft, zudem glaubte ich fest daran, dass Derek der Richtige für sie war, auch, wenn ich diese Entscheidung nicht begründen konnte.

Jetzt gab es nur ein kleines Problem. Wie sollte ich dieses Anwesen heimlich verlassen, ohne das Scarlett oder Koen davon Wind bekamen? Sie schützen mich, ließen mich kaum aus den Augen.

Die innere Lady lachte drückend: *Bist du nicht gerade auch alleine?*

Ich verstand, was sie damit ausdrücken wollte, doch jetzt abzuhauen, heimlich und am helllichten Tag, wäre nicht die klügste Idee. Wahrscheinlich würde ich nicht sehr weit kommen, schließlich war auch Scarlett eine Hexe, die mich durch mein Blut, das in ihrem Besitz war, ausfindig machen konnte.

War ich überhaupt sicher, dass sie meine Blutprobe besaß? Konnte es nicht sein, dass Scarlett diese im Durcheinander liegen gelassen hatte?

Schnell schüttelte ich meinen Kopf und verwarf den naiven Gedanken. Es war egal, ob sie mein Blut besaß und mich am heutigen Abend aufspüren konnte, mein Entschluss stand fest.

Ich würde Derek nicht sterben lassen.

Erneut warf ich einen Blick auf das Papier, prägte mir die einzelnen Worte genau ein.

Erschrocken knüllte ich den Brief zusammen, schob den Rest unter das Bett und drehte mich um, als sich die Tür öffnete.

Scarlett – sie wirkte plötzlich viel fröhlicher und die Angst, die gestern in ihren Augen gehaust hatte, war vollkommen verschwunden – lächelte mich an, legte ihren Kopf jedoch fragend schief, als sie mich auf dem Boden sitzen sah.

„Ist alles in Ordnung? Fehlt dir irgendwas?“

Hastig rappelte ich mich auf, schob heimlich mit dem Fuß den Umschlag unter das Holz, bevor ich ihr ein aufrichtiges Lächeln zeigte.

„Mir geht‘s fantastisch, aber was ist mit dir? Du sahst gestern wirklich schlecht aus.“

Sie winkte belustigt ab, kam jedoch mit einer besorgten Miene auf mich zu, ließ mich nervöser werden. Ich musste sie von hier fernhalten, nicht, dass sie den Brief noch sah und sich fragte, was der Fetzen unter dem Bett bedeutete.

Also kam ich ihr entgegen, schmunzelte vorsichtig.

„Bist du sicher, dass es dir gut geht?“, erkundigte sie sich, ohne auf meine Frage einzugehen. „Hast du etwa geweint?“

Lachend schüttelte ich meinen Kopf, umarmte sie für einen Moment und drückte sie gleichzeitig Richtung Zimmertür.

„Nein, nein. Ich habe mich nur ausgeruht, aber kommen wir doch zurück zum Thema. Wie geht es dir?“

Zuerst schien sie, zu zögern, antwortete jedoch, als wir zusammen das Zimmer verließen. Scarlett wirkte plötzlich viel gelassener, als wäre all die Last, die sie zu tragen hatte, von ihren Schultern gefallen.

„Es ist alles wieder gut“, versicherte sie, wirkte dann aber verlegen. Peinlich berührt strich sie sich eine Strähne aus dem Gesicht, verschränkte ihre Hände miteinander. Eine sanfte Röte umschloss ihre Wangen, breitete sich aus und färbte schließlich auch ihre Ohren. „Ich sollte mich wohl für mein Benehmen gestern entschuldigen. Es war ziemlich ... peinlich.“

Überrascht blinzelte ich, musterte sie verwirrt. Was, um Himmels Willen, sollte das denn nun bedeuten? Es gab nichts, für das sie sich zu entschuldigen brauchte.

„Wovon redest du, Scarlett?“

„Von meiner Heulerei“, murmelte sie leise, drehte ihr errötetes Gesicht von mir weg. „Ich habe mich wie ein kleines Kind benommen, was sich das Knie aufgeschlagen hat. Anstatt zu weinen, hätte ich helfen sollen, schließlich bin ich auch ohne meine Magie nicht kampfunfähig.“

„Dafür musst du dich doch nicht entschuldigen!“, sagte ich erschrocken. „Dir ging es eben nicht gut. Außerdem ist alles gut ausgegangen, also mach dir keine Gedanken.“

„Nett gesagt, aber ich hätte mich zusammenreißen sollen. Das passiert mir jedes Mal.“

Sie seufzte, während ich irritiert meine Hand auf ihre Schulter legte. Scarlett drehte sich zu mir um, zog eine Grimasse, die unglaublich süß aussah. Fast hätte ich dadurch meine Frage vergessen, die ich ihr unbedingt stellen wollte.

„Jedes Mal? Wurde dir schon einmal die Magie genommen?“

Sie schüttelte ihr blondes Haupt und ihr Blick verdüsterte sich. Augenblicklich war der süße Ausdruck verschwunden und die Röte, die ihre Wangen erhitzte, war ebenfalls fort.

„Ich weiß es nicht. Als Teenager fing das alles an. Mein Hexenmeister, der Mann, der mir zeigte, wie ich Zauber einsetzen und verwenden konnte, kümmerte sich zwar rührend um mich, verlangte jedoch beim Training zu viel von mir. Oftmals belegte er mich mit kleinen Flüchen, die meine Kräfte stilllegten und zwang mich, sie durch meine eigene Kraft zurückzuerlangen."

„Wie grausam von ihm!"

„Damals wusste ich nicht, was ich davon halten sollte, aber heute weiß ich, dass er das nur zu meinem eigenen Schutz tat. Aber trotz des intensiven Trainings war ich nie in der Lage diesen Fluch zu brechen, woran ich ziemlich knabbere."

„Bis heute nicht?"

Verblüfft zog ich meine Hand zurück, strich mir nervös über den Nacken und betrachtete die junge Frau, wie sich auf ihren Lippen ein Anzeichen eines Lächelns bildete. Dennoch sah sie nicht sonderlich fröhlich aus, obwohl sie doch so ein lebhaftes, nettes Wesen besaß.

„Nein, anstatt dass ich lernte, damit umzugehen, entwickelte ich so etwas wie eine Zwangsstörung. Sobald mich meine Magie verlässt, drehe ich durch und fange hysterisch an zu weinen. Ich fühlte mich schwach, einsam und komplett leer. Natürlich klingt das total dämlich, aber ich kann daran einfach nichts ändern. Mein Lehrer sagte mir einst, dass es mit meiner Kindheit zu tun hätte, doch ich erinnere mich nicht mehr daran. Die Erinnerungen, die ich suche, sind einfach nicht mehr in meinem Kopf. Das Letzte, an das ich mich erinnern kann, ist mein zwölfter Geburtstag."

Fassungslos schluckte ich, griff nach Scarletts Hand und zog sie ein weiteres Mal in meine Arme. Ich wollte sie an mich drücken, ihr solange gut zureden, bis ich das wundervolle Lächeln erblickte, was jedes Herz erwärmte. Scarlett musste viel durchgemacht haben, wenn sie sich an nichts mehr erinnern konnte.

Erneut biss ich mir auf die Lippe, als ich kurz darüber nachdachte, wie schön es doch wäre, mit ihr zu tauschen – einfach zu vergessen.

Doch das konnte nicht der richtige Weg sein, denn Erinnerungen, Dinge, die einst geschahen, waren der Grund für unser Wesen, für alles, was wir bisher taten. Wer wäre ich heute, wenn mir jemand all die Geschehnisse genommen hätte?

„Jetzt bemitleide mich doch nicht", lachte Scarlett, löste sich glucksend von mir. „Es ist sehr lange her und ich habe mich damit abgefunden. Denke einfach an die starke, nervige Hexe, die du an deinem ersten Tag kennen gelernt hast, ja?"

„Das tue ich", versicherte ich ihr ehrlich. „Aber dennoch finde ich es schade, dass du nicht einmal weißt, wo du aufgewachsen bist."

„Oder wer meine Eltern sind", fügte sie leise hinzu, hob aber ihre Hände, als sie in mein Gesicht blickte. „Oh, Himmel. Schau' doch bitte nicht so bedrückt. Es gibt viele Menschen, die ihre Eltern nicht kennen."

Noch bevor ich antworten konnte, packte die Hexe mich und zog mich durch den Korridor.

Obwohl wir erst heute Morgen eingetroffen waren, fand sie sich super zurecht. Sie schritt durch die verschiedensten Gänge, als wäre sie hier aufgewachsen. So dauerte es auch nicht lange, bis wir schließlich den Salon erreichten, der als Ruheort unserer Freunde diente.

Doch anstatt erneut auf dem weichen Sofa Platz zu nehmen, zerrte sie mich bis zur geöffneten Glastür, die direkt in den Garten führte.

Meine Augen weiteten sich, als ich die herrlichen Farben, die vielen duftenden Blüten, sah.

Vor uns erstreckte sich ein Meer aus wunderschönen Blumen.

Wir traten auf die Veranda, die ich ebenfalls in meinem Traum gesehen hatte. Die Gartenstühle und der Tisch, die ich während des Schlafens sehen konnte, waren nicht mehr da. Stattdessen gab es nun eine gemütliche Sitzecke mit einer Art Couch, die im freien Stand. Daneben ragte eine große Palme in die Lüfte, schenkte einem der Sitzgelegenheiten etwas Schutz vor der prallen Sonne, die auch hier unerbittlich schien.

Vor dem Steinboden der die Veranda vom grünen Rasen trennte, erstreckte sich ein etwa zwei Meter langes Blumenbeet, in dem die unterschiedlichsten Blumen wuchsen. Als ich die Gartenarbeit näher betrachtete, erkannte ich Blüten, die ich sofort identifizieren konnte. Man hatte Rosen gepflanzt, Iris, Lilien und Gerbera, auch vereinzelte Chrysanthemen erblickte ich.

Wer hatte es geschafft, so viel verschiedene Blumenarten in einem Beet zu pflanzen? Ich hatte nicht einmal gewusst, dass einige zu dieser Jahreszeit – vor allem unter dem Blick der heißen Sonne – so wunderschön wachsen und gedeihen konnten. Das Ganze erschien mir rätselhaft, warum oder wer das Beet in diesem Zustand hielt.

Die leichteste Erklärung war, alles auf Scarlett und ihre magischen Fähigkeiten zu schieben. Sie musste dafür verantwortlich sein. Wer sonst würde sich solch eine Mühe machen?

Erstaunt ging ich etwas weiter auf das Farbenspiel zu, nahm vorsichtig den Stiel einer Rose zwischen die Finger und ging in die Knie, um besser an dem Gewächs riechen zu können. Ihr dunkles Rot leuchtete, der atemberaubende Geruch umfasste mich.

Ein leichter Wind umschloss das grandiose Bild, ließ einige Hälse hin und her wippen, brachte die Blüten dazu, in seinem Takt zu tanzen und sich regelmäßig zu erheben. Als sich ein stärkerer Hauch an uns heranschlich, prallten die Düfte aller Gewächse gegen meine Nase, die auf einmal viel feiner wirkte.

Es umschloss mich wie dichter Nebel, hinterließ eine angenehme Gänsehaut auf meinem Körper und brachte mich anschließend zum Niesen. Ein herrlicher Geruch.

Ich fühlte mich plötzlich viel lebendiger, beruhigter und der Plan, den ich mir in meinem Kopf zusammenspann, wirkte plötzlich kinderleicht.

„Pass' auf", feixte Scarlett. „Sie sind mit Magie verstärkt. Zu viel von ihrem Geruch und du erlebst die gleiche Reaktion, als wenn du high wärst."

Augenblicklich sprang ich zurück, brachte die Hexe mit meinem Verhalten laut zum Lachen. Es war sehr schön, sie wieder so erheitert zu sehen. Diese Art an ihr gefiel mir immer am besten. Es war nur schade, dass ich sie nicht noch näher kennenlernen durfte.

Während sich Scarlett genüsslich auf die Sitzgelegenheiten fallen ließ – sie zog dabei irgendeinen Zettel aus ihrer Hosentasche, den sie mit Aufregung betrachtete –, sah ich mich in meinem alten Zuhause etwas um. Abgesehen von den Blumen war alles beim Alten.

Eine riesige Rasenfläche breitete sich vor mir aus, die von mehreren Bäumen umschlossen wurde. Mein Blick fiel auf die reifen Früchte, die von den Ästen getragen wurden: Äpfel, Birnen und Kirschen.

Früher war meine Mutter auf eine Leiter geklettert, hatte leise mein Lieblingslied gesummt und die Früchte in einen Korb fallen lassen, den ich halten durfte, bis er irgendwann zu schwer wurde. Es war eine schöne Zeit gewesen und ich wünschte mir auf der Stelle, zur Erinnerung an meiner Mutter, auf einen der Bäume zu klettern und von den Leckereien zu kosten, die ganz oben in der Krone hausten.

„Das ist echt langweilig", vernahm ich Aarons Stimme. „Wie wäre es mit einem richtigen Kampf?"

Seite Stimme zog mich zu den drei Männern, die sich nur ungefähr zehn Meter von mir Oberkörper frei aufhielten. Aaron saß etwas weiter hinten, stütze sich mit dem Ellbogen an seinen Knien ab und beobachtete das Szenario, das sich ihm bot.

Ames, einer der anderen beiden, grinste hämisch, zog einen Dolch aus seiner Gürteltasche und warf sie in die Richtung seines Gegenübers. Koen.

Der Dunkelhaarige parierte den Dolch mit seinem, wich einer weiteren kleinen Waffe geschickt aus und bückte sich. Mit einem Hechtsprung warf er sich auf den Vampir und drückte ihn zu Boden, worauf auch er Bekanntschaft mit dem Rasen machte. Doch während Ames wie ein Sandsack fiel, rollte sich mein Liebster geschickt ab und drückte seinem Partner einen Pfahl gegen die Brust, den er heimlich gezogen hatte.

„Was sollte das denn?“, lachte der Vampir, musterte seinen Gegner belustigt. „Wir sind nicht zum Turnen hier.“

Aaron grinste. „Hat aber offensichtlich funktioniert.“

Auch Koens Mund, der zuvor einer Linie glich, zog sich zu einer spöttischen Grimasse, bevor er seinem Freund auf die Beine half. Anschließend stellte er sich wieder auf den Platz, auf dem er zuvor den Angriff abwehrte und fuhr sich unglaublich sexy durch sein leicht verschwitztes Haar.

Wie ein Blitz durchzuckte mich etwas, verankerte sich mit einer unaufhaltsamen Lust zwischen meinen Beinen. Das neue Gefühl, das durch meinen gesamten Körper schoss, verwandelte sich in ein erotisierendes Kribbeln, hinterließ ein angenehmes Ziehen in meinen Brüsten.

Tief schnappte ich nach Luft, schloss für einen Moment meine Lider und versuchte mein Herz zu beruhigen, das wild wie ein Tiger in meiner Brust hämmerte. Als ich meinen Blick erneut auf den Kämpfer richtete, umschloss mich eine Hitze, die ich sonst nur in seinen Armen verspürte. Flammen, heiß und leidenschaftlich wie die eines Drachen, umhüllten meinen zierlichen Körper, brannten sich durch meinen Verstand.

Meine Sinne waren benebelt und keinen klaren Gedanken konnte ich fassen. Ich fühlte mich hoffnungslos verloren.

Koen, der den Gefühlsausbruch in meiner Brust nicht bemerkte, zeigte seine Zähne, strich sich den rechten Arm hinauf, verharrte an seiner Schulter, die er begann, kreisen zu lassen.

Himmel, dieser Mann war das Abbild eines Gottes.

Kleine aufgestellte Härchen und meine Gänsehaut waren die einzigen Zeugen der Anziehungskraft Koens. Ich erschauderte, als ein wohltuender, kühler Windstoß unsere Leiber umtänzelte, vereinzelte Blüten in die Höhe erhob und sie durch mein Blickfeld fliegen ließ. Sie machten Koens Gestalt dadurch nur noch attraktiver.

Die innere Lady knurrte erregt, begann, sich langsam aus jedem Kleidungsstück zu schlängeln und wartet nur darauf, von Koen empfangen zu werden.

Ich gierte nach ihm, bebte nur bei dem Gedanken, seine Berührungen auf meiner Haut zu spüren. Verlangend schluckte ich den Kloß hinunter, der sich langsam in meinem Hals gebildet hatte. Meine Sinne mussten mir einen Streich spielen, denn ich konnte plötzlich das Blut in meinen Venen rauschen hören, vernahm jeden Schlag meines Herzens intensiver als zuvor. Ich horchte auf, als ich das Summen von Bienen bemerkte, das Geräusch von Kirschen, wenn sie von einem kleinen Ast fielen und zu Boden plumpsten, um auf dem trockenen Rasen ihren neuen Schlafplatz zu finden.

Meine neu gewonnenen Fähigkeiten ließen Furcht in mir aufkommen, doch das Begehren – all die verruchten Gedanken, die mich in diesem Moment packten – zwang die Angst in die Knie und verscheuchte sie.

Hingebungsvoll musterte ich Koens Körper, fuhr jeden Bauchmuskel mit meinem Blick nach, mir vorstellend, immer wieder über die harte Haut zu streicheln, um schlussendlich an seiner weichen Brust anzukommen. Ich würde sie liebkosen, ihm hundert, nein abertausende Küsse schenken.

Meine Knie wurden bei der Vorstellung weich und mein Puls beschleunigte sich, ließ das Pochen in meiner Brust fast schmerzen.

Himmel, würde ich so etwas Wundervolles überleben?

„Hey! Du bist doch Skylar", lachte plötzlich eine fremde Stimme und jemand legte seinen Arm um meine Schulter.

Irritiert, aber dennoch mit Wut geladen, dass er mich einfach aus meinem Tagtraum zog, starrte ich den Fremden an. Ich erkannte sein Gesicht, hatte es einmal im ehemaligen Hauptquartier gesehen. Seinen Namen kannte ich jedoch noch nicht.

„Oh, dann bist du wohl die Geliebte meines Bruders", sagte ein anderer, trat vor mich.

Mit großen Augen musterte ich den Neuankömmling.

Seine Augen funkelten in einem dunklen Braun – sie tauchten fast in eine seltsame Dunkelheit, so finster waren sie – und seine hellbraunen Haare reichten ihm bis zur Schulter. Er trug sie offen. Sein Körper wurde trotz der prallen Sonne und der unglaublichen Hitze von einem langen Mantel umhüllt und er trug eine lange Khakihose, dazu schwarze Springerstiefel.

Kurz hielt ich mich mit dem Gedanken auf, dass ihm doch viel zu warm sein musste, vertrieb ihn jedoch schnell wieder.

„Sie ist echt hübsch, findest du nicht auch, Lyras?", säuselte derjenige, dessen Arm sich noch immer auf meinen Schultern befand.

„Kannst du laut sagen. Ich hätte nicht gedacht, dass mein Bruder so guten Geschmack hat."

Ich wollte etwas sagen, als ich noch einmal über seine Worte nachdachte.

Moment! Sein Bruder … Koen?

Blinzelnd versuchte ich, die neue Information zu verarbeiten, suchte nach Anhaltspunkten, dass ich überreagierte und mich von Täuschungen befallen ließ.

Lyras, so wie ihn der andere Mann genannt hatte, lächelte kokett und durch seine liebreizenden Gesichtszüge sah er für mich wie eine sanfte Person aus, jemand, der viel lachte und seine Späße trieb.

Dennoch erkannte ich etwas in seinen Augen, die so unheimlich düster waren, dass ihm irgendwas auf dem Herzen lag. Ich konnte es nicht wirklich beschreiben. Auch der Grund, weshalb ich so dachte, war nicht zu benennen. Es war wie eine Vorahnung, die gnadenlos durch meinen Verstand rauschte.

Lyras hielt eine Flasche Bier in der Hand, eine Sorte, die ich wirklich nie zu schätzen gelernt hatte, nahm einen großen Schluck und wischte sich mit dem Handrücken über die rosigen Lippen. Er zeigte seine Zähne in einer weiteren Grimasse, klopfte seinem Freund anschließend feixend auf die Schulter.

„Offenbar haben wir ihr die Sprache verschlagen. Ob ich sie mit einem Kuss wecken sollte?"

„Bruder, es reicht. Treibt eure Spiele woanders und an einer anderen Person", knurrte Koen, der innehielt und unser kleines *Gespräch* misstrauisch musterte.

Mein Herz schlug Purzelbäume, als ich zu meinem Geliebten blickte, der nicht gerade erfreut aussah, fast verärgert. Die Fremden lachten, lösten sich belustigt von mir und Lyras zeigte Koen, dass er ihn für verrückt hielt.

„Ach Bruder, denkst du wirklich, ich würde mit dir um eine Frau kämpfen?"

Er hielt diese Situation offenbar für sehr komisch, da er immer wieder kicherte. Irgendwas an ihm machte mich furchtbar fuchsig.

„Still!", befahl Koen mit einem bösen Unterton. „Es reicht. Lasst sie gefälligst in Ruhe."

„Wie langweilig", murmelte derjenige, der den Arm um mich geschlungen hatte. „Wir wollen doch nur sehen, wen wir genau beschützen müssen."

„Das sind Shawn und Lyras", erklärte Scarlett, ohne den Kopf von ihren Materialien zu heben. „Koens bester Freund und sein Bruder. Ignorier' sie einfach."

Das war leichter gesagt als getan, denn als ich erfuhr, wie genau die beiden zu meiner Liebe standen, konnte ich nicht anders, als daran zu denken, wie ich ihnen schmeicheln könnte. Sie gehörten offenbar zu Koens Familie und jede Person die ihm nahestand, sollte auch an meiner Seite sein.

Das Gefühl, die Frau dieses Mannes zu werden, mit ihm und seiner Familie zu leben und etwas Eigenes zu gründen, brachte mich fast zum Weinen. Anstatt mit ihnen näher in Kontakt zu treten, entfernte ich mich einen Schritt von den beiden Herren, wobei ich ihnen ein zurückhaltendes Lächeln schenkte.

Ich wagte es nicht, ihnen näher als nötig zu treten und Fragen zu stellen, sie an meinen Gedanken und aufbrausenden Emotionen teilhaben zu lassen. Innerlich kämpfe ich dagegen an, doch meine Vernunft siegte.

Vorsichtig blickte ich erneut zu Shawn, betrachtete ihn etwas näher. Er war ein großer, stämmiger Mann mit rotbraunen Haaren. Kleine Locken kringelten sich durch seine Stirn, versteckten seine spitzen Ohren. Es wäre fast süß gewesen, doch seine blasse Haut und die glühenden, roten Augen brachten einen dazu, sich zu fürchten. Tatsächlich wirkte es angsteinflößend auf mich, doch je länger ich ihn musterte, desto freundlicher wurde Shawns Abbild.

Seine Grimassen zeugten von Freude und selbst die tiefen, blutroten Augen behielten auf einmal ein Schimmern, das den Mann ungefährlich werden ließ.

Shawn gluckste leise, bevor er seine Arme hinter dem Kopf verschränkte. Ich erstarrte, als er seine Zähne zeigte – spitze, lange Zähne.

Ich erinnerte mich an diese Beißerchen, hatte sie bereits mehrfach zu sehen bekommen.

Noch ein Vampir, konnte ich die innere Lady sagen hören, *und ein hübscher dazu.*

Neugierig wandte sich Lyras an die Männer, die ihr Training nun komplett abbrachen.

„Wo sind die anderen und wo, zum Teufel, hat sich unsere Kirsche versteckt?"

Aaron seufzte: „Talisha und Cole halten Wache, während Logan versucht herauszufinden, wie die Hexer es geschafft haben, unseren Standort ausfindig zu machen."

„Und Cherry?", harkte Lyras nach.

Ich konnte ihrem Gespräch nicht folgen, wollte nicht hören, wie sie ihm mitteilten, dass ich der Grund für ihre Abwesenheit war. Fest biss ich mir auf die Lippe, als ich an den Neuankömmlingen vorbeischritt und Richtung Obstbäume huschte. Scarlett rief besorgt meinen Namen, doch ich wollte nicht reagieren.

Mein Körper bewegte sich vollkommen von alleine, denn meinen Verstand brauchte er jetzt nicht. Er regelte alles nach seinem Willen und führte mich an dem kleinen Schloss vorbei an einen großen Kirschbaum.

Meine Glieder zitterten betrübt, als ich mich auf das Grün niederließ und mich gegen den Baumstamm lehnte. Ich hasste mich für meine jetzigen Gefühle, verachtete diese Schwäche in mir. Wie sollte ich Derek retten, wenn ich mich wie ein nerviges Kleinkind benahm?

Frustriert seufzte ich, zog ich meine Beine an mich und schloss für einen kurzen Moment meine Augen.

Um mich zu beruhigen, atmete ich tief ein und aus, versuchte an etwas anderes als an meine beste Freundin zu denken. Als mich eine sanfte Brise umschmeichelte, schmunzelte ich zaghaft und gab mich den Gedanken hin, denen ich sonst keine Beachtung schenkte.

Ein anormales, wohltuendes Prickeln breitete sich in meiner Magengrube aus. Ich ahnte eine Art Veränderung, als sich das schöne Gefühl auszubreiten begann, mich nicht so durchwanderte, wie ich es erwartete. Es fühlte sich an, als würde es durch meine Venen wandern.

Meinem Verstand beraubt, schaltete ich jedes andere Gefühl ab, konzentrierte mich lediglich auf mich selbst.

Ein Lächeln zog sich über mein Gesicht, als sich der Geruch von erdigem und frisch gemähten Rasen in meine Nase schlich. Das Rascheln der Bäume drang an mein Ohr, ja selbst das Tapsen kleiner Eichhörnchenpfoten konnte ich hören. Kichernd legte ich meinen Kopf zurück, ließ mich von den heißen Sonnenstrahlen berieseln.

Langsam wirst du verrückt, Mädchen, säuselte die Lady, bevor sie laut auflachte.

Doch nicht einmal sie konnte mir diesen seltenen, wunderbaren Moment zerstören. Für nur eine Minute hielt ich mich an einem Ort auf, den andere Menschen Paradies nannten und hier wollte ich bleiben – fühlte mich pudelwohl.

Bis sich plötzlich ein Schatten auf mich warf und die Wärme, das Kribbeln – einfach alles – mit sich riss. Mein Wunderland zerfiel und ich zwang mich, meine Augen zu öffnen.

„Gerrit?"

Während ich mich sofort unwohl fühlte, schien der Anführer durch mich hindurch zu starren. Sein Blick, die schwarzen Augen waren plötzlich so unendlich, unmöglich zu deuten. War er nun bedrückt oder kochte in ihm eine unaufhaltsame Wut?

„Entschuldige die Störung", meinte er schließlich. „Aber ich bräuchte für eine Sekunde deine Aufmerksamkeit."

Automatisch schossen mir hundert Fragen durch den Kopf. Ob er den Brief gefunden hatte? War Cherry vielleicht wieder da und wollte mit mir sprechen? War es vielleicht nur etwas Banales wie ein fertiges Abendessen?

Ich habe tatsächlich ziemlichen Hunger.

Als Gerrit sich sicher war, dass ich ihm aufmerksam zuhörte, veränderte sich seine Mine.

„Eines der Büros ist abgeschlossen und ich würde gerne sichergehen, dass dort keinerlei Gefahr droht. Ich möchte jedoch auch nichts in diesem Anwesen zerstören. Gibt es vielleicht einen Ersatzschlüssel?"

Sofort fiel mir ein Stein vom Herzen. Zum Glück war nichts aufgeflogen, was meinen Plan verhindern könnte.

Augenblicklich erhob ich mich, nickte ihm freundlich zu.

„Ja, in der Statue, die vor dem Zimmer steht, gibt es ein Geheimfach. Ich zeig's dir."

Obwohl ich noch länger hier gesessen und die Umgebung genossen hätte, folgte ich Gerrit zurück zum Haus. Dabei konnte ich sehen, dass Koen und Ames erneut miteinander kämpften, dieses Mal jedoch auch noch von den beiden Neuankömmlingen beobachtet wurden.

Shawn zeigte belustigt auf Ames, der dessen Anwesenheit wohl nicht annähernd genoss wie die anderen, da er ziemlich verärgert aussah. Das änderte sich auch nicht, als Ames einen Pfahl nach ihm warf. Er lachte nur und tuschelte hin und wieder mit Lyras, der ausschließlich an Koens Kampfkunst Interesse zeigte.

Mein Blick fiel auf Koen, dessen Gestalt richtig entspannt wirkte, was mein Herz erneut fester zum Schlagen brachte.

Als mir klar wurde, dass ich ihn heute zum letzten Mal begutachten konnte, blieb ich stehen. Das pochende Organ in meiner Brust schmerzte, zog sich in sich zusammen. Die innere Lady seufzte theatralisch, doch ich schenkte ihr keine Beachtung. Alles, was ich nun wollte, war meinen Liebsten anzusehen und sein Bild mir deutlich einzuprägen. Nie wieder würde ich ihn vergessen wollen.

„Skylar?" Gerrits Stimme zog mich aus der Trance. „Komm'."

Seine Stimme war befehlend und ich wusste, dass ich nun nicht mehr trödeln sollte. Ich strapazierte seine Nerven, wenn auch unfreiwillig.

Ich schüttelte kurz mein Haupt, bevor ich meinen Weg fortsetzte und fest daran glaubte, dass Koens Blick mich verfolgte.

Unser Pfad führte uns in den rechten Flügel des Hauses und zudem in den zweiten Stock. Das Büro, das Gerrit untersuchen wollte, gehörte einmal meinem Vater und befand sich gegenüber von meinem alten Kinderzimmer.

Neben der Tür aus Mahagoni befand sich ein Steinpodest, auf dem ein Drache posierte. Sah man genauer hin, erkannte man, dass das Wesen gerade davonfliegen wollte.

Etwas verwirrt betrachtete ich das Kunstwerk und fragte mich, ob es wirklich schon immer dort gestanden hatte. Meine Erinnerungen waren in dieser Angelegenheit etwas verschwommen, doch ich war mir eigentlich sicher, diesen Drachen vor Jahren in einem anderen Raum erblickt zu haben.

Als ich aber unter die Deckenplatte des Podests strich und den kleinen Mechanismus auslöste – meine Eltern waren verrückt nach solchen durchgeknallten Sachen gewesen – erschien vor unseren Augen eine kleine Öffnung, in der sich ein alter Schlüssel verbarg.

„Habt ihr überall solche Verstecke?", fragte Gerrit, als ich die Tür aufschloss.

„So ziemlich. Mein Dad hat einen Mann angeheuert, der ihm alles Mögliche entwerfen sollte. Ich glaube, in den meisten Verstecken befindet sich nicht einmal etwas. Sie existieren einfach."

Gerrit zog seine Stirn in Falten, ließ in mir die Sorge aufkommen, dass etwas nicht in Ordnung sein könnte. Doch obwohl der Anführer recht düster schaute, sah es für mich nicht so aus, als würde er Gefahr erwarten. Verpasste ich irgendwas?

Ich verwarf diesen Gedanken, bevor sich die Tür, die ich gerade aufgeschlossen hatte, wie von Geisterhand öffnete und gegen das Regal, das direkt hinter dem Holz lauerte, knallte.

Augenblicklich packte mich Gerrit am Handgelenk und zog mich beschützend hinter sich.

„Bleib' hinter mir", befahl er leise.

Verwirrt blinzelte ich – natürlich verstand ich, weshalb er so reagierte, aber es war dennoch meiner Meinung nach übertrieben – und lugte neugierig an ihm vorbei. Obwohl die Neugier wild in mir pochte, konnte ich die Vorsicht deutlich in meinen Knochen spüren. Eigentlich wollte ich mich verstecken, für meine Sicherheit sorgen, doch ich konnte nicht länger ein Feigling sein.

Als ich jedoch entschloss, Gerrit zu ignorieren und in das Büro zu stürmen, kam der Dämon mir zuvor. Er trat in den Raum, sah sich einige Sekunden lang um und seufzte dann.

Ich kann keinen fremden Geruch vernehmen, murmelte die Lady.

Noch bevor ich mich um ihren Kommentar kümmern konnte, drehte sich der Dämon mit einem gespielten Lächeln zu mir um.

„Hier ist niemand, aber irgendjemand hat sich an den Sachen deines Vaters zu schaffen gemacht."

Erschrocken trat ich näher und erkannte, was Gerrit damit gemeint hatte.

Der Schreibtisch, der früher immer von Ordnung geprägt war, stand inmitten eines völligen Chaos'. Akten, die eigentlich in die verschiedenen Regale und Schubladen gehörten, waren geöffnet und wild durch den Raum geschleudert worden. Die Papiere verteilten sich durch das gesamte Zimmer, lagen auf dem Boden, bedeckten die gesamte Tischplatte. Eines davon hatte sich sogar in den Blättern der kleinen Palme verfangen, die in der Ecke neben einem kleinen Beistelltisch stand. Durch den Luftzug, den die Tür bei ihrer Öffnung verursacht hatte, tänzelte das Papier spielerisch zu Boden, riss dabei andere ihrer Art aus deren Träumen.

Ein grauer Aktenschrank – von dem ich mich fragte, wieso er überhaupt hier drinstand, denn er passte wirklich überhaupt nicht zum Rest des Mobiliars – war grausam zu Boden geschleudert worden. Die Rückseite war mit irgendeinem Gegenstand brutal aufgeschlagen worden, während man ihm viele Beulen und Dellen geschenkt hatte.

Was, um Himmels Willen, war hier passiert und vor allem wann?

Niemand hatte das Recht, dieses Anwesen zu betreten, schon gar nicht in die Akten meines verstorbenen Vaters zu schauen. Auch, wenn er nicht mehr unter uns weilte, durfte niemand irgendetwas von diesen Sachen anfassen. Selbst ich sträubte mich dagegen.

„Oh mein Gott", stotterte ich erschüttert. „Wer würde so etwas tun?"

Gerrit zuckte mit den Schultern, ließ seinen Blick noch einmal durch den Raum wandern, so, als würde er nach wichtigen Hinweisen suchen.

„Ich weiß es nicht, aber es muss ein Mensch gewesen sein. Ich bemerke nichts Außergewöhnliches."

„Also höchstwahrscheinlich irgendein Irrer", seufzte ich, richtete meine Aufmerksamkeit aber wieder auf Gerrit. „Dann ist es ausgeschlossen, dass es der Dämon war, der in meiner Wohnung diesen magischen Kreis gezeichnet hat?"

Er antwortete ohne auch nur kurz darüber nachzudenken. Offenbar gab es keine Zweifel.

„Ja, ansonsten würde ich ihn riechen können. Weißt du, Skylar, egal, zu welcher Zeit ein Dämon in deinem Haus gewesen war, sie hinterlassen so feine Geruchspartikel, dass man sie auch nach Jahren riechen kann. Zumindest wenn du eine feine Nase hast."

Instinktiv hob ich meinen Kopf, senkte meine Lider und konzentrierte mich einzig auf mich selbst. Meine Nasenflügel bebten, als ich versuchte, den Geruch des Eindringlings wahrzunehmen.

Es war wie ein Rausch, als ich die vielen Düfte erfasste. Obwohl es sich komisch anfühlte, genoss ich die neue Erfahrung.

Ich versuchte, mich auf die verschiedenen Aromen zu konzentrieren und es funktionierte.

Meine Nase empfing den Geruch von alten Bücher, ausgetrockneter Tinte und der Erde, die die Pflanzen in einer festen Umarmung hielt. Gleichzeitig roch ich etwas Metallisches, das alte Aftershave, das mein Vater auf Festlichkeiten getragen hatte, zudem etwas Säuerliches, was ich nicht identifizieren konnte.

„Du hast recht, nichts riecht so ähnlich wie ihr, aber es gibt einen Geruch, den ich nicht ausmachen kann."

Als ich meine Augen wieder öffnete, starrte mich Gerrit eindringlich an. Es schien, als würde er etwas sagen wollen, doch er wandte sich nur wieder von mir ab und als seine Nasenflügel sich hoben, wusste ich, dass er erneut nach einem fremden Aroma suchte.

„Stimmt", sagte er schließlich, als habe er tatsächlich etwas übersehen. „Ich erkenne etwas Säuerliches."

Zustimmend nickte ich, bevor ich nach den Dokumenten tastete. Ich konnte die Arbeiten meines Vaters nicht einfach hier liegen lassen und darauf warten, bis sie durch einen Unfall zerstört wurden. Also kniete ich mich hin und sammelte brav jedes einzelne Blatt auf.

„Kommt dir dieser Geruch auch bekannt vor?“, erkundigte ich mich.

Im Augenwinkel konnte ich sehen, dass der Dämon meinen Taten folgte.

„Was meinst du damit? Erkennst du ihn?“

Obwohl ich spüren konnte, dass Gerrit nervöser wurde, tat er so, als wäre alles in Ordnung. Seine Haltung war ruhig, seine Bewegung flüssig. Nichts an ihm wirkte so, als würde ihm irgendwas Sorgen bereiten. Doch ich wusste es besser, auch, wenn ich nicht begriff, wieso.

„Ich bin mir nicht sicher. Er ähnelt einem Menschen, findest du nicht auch? Gott, das hört sich bescheuert an, aber ich bin mir sicher, dass *normale* Menschen genauso riechen.“

„Nichts an deinen Worten ist bescheuert“, versicherte Gerrit, legte die gesammelten Blätter auf den letzten freien Platz des Schreibtischs. „Es liegt sehr nahe, dass deine Sinne nun schärfer sind. Deine Verwandlung erfolgt von Stunde zu Stunde.“

Ob ich mich darüber freuen sollte, wusste ich nicht. Ich besaß noch immer keine Vorstellungen, was meine Verwandlung überhaupt bedeutete.

Bekam ich Flügel oder Klauen, mit denen ich Metall zuschneiden konnte? Wurden meine Haare vielleicht länger und meine Körperproportionen anders?

Dieses Rätsel machte es mir nicht leichter, mich auf meinen Plan zu konzentrieren.

Als hätte Gerrit meine Gedanken gehört, schüttelte er seinen Kopf.

„Keine Sorge. Alles wird gut werden, das verspreche ich. Solange du bei uns bist, wird dir kein leid widerfahren.“

Solange du bei uns bist, wiederholte ich immer wieder in meinem Kopf.

Bald würde ich nicht mehr bei ihnen sein, dann konnten sie mich nicht mehr beschützen. Doch das war auch gut so. Die Zeit der kleinen, weinerlichen Skylar war vorbei – so hatte ich entschieden und das würde ich nun auch durchziehen. Auch, wenn ich keine Ahnung hatte, was mich dort erwartete. Ob es wehtat, wenn man starb?

Als Gerrit bemerkte, dass ich ihm nicht mehr zuhörte, erhob er sich – er war gerade dabei gewesen die Palme von den Papieren zu befreien – und schenkte mir ein leichtes Lächeln.

„Würdest du Aaron bitte für mich holen?“

„Selbstverständlich.“

Doch noch bevor ich den Raum verlassen konnte, packte mich Gerrit am Handgelenk und zog mich zurück. Das Lächeln, was er mir gerade gezeigt hatte, war verschwunden, wurde von tiefen Sorgenfalten überdeckt. Ein Schauer umfasste mich, als der Druck sich verstärkte.

„Wo arbeitete dein Vater noch gleich?"

Seine Stimme klang gedämpft, irgendwie hohl.

„I ... In der Automobilindustrie", stotterte ich überfordert.

„Weißt du von einem Zweitjob? Hat er nebenbei noch woanders gearbeitet?"

Er klang fast zynisch und sein Griff tat mir weh.

„Nein. Gerrit, worauf möchtest du hinaus?"

Mutig trotze ich ihm und als er den Griff löste, sowie das Lächeln auf seinen Lippen wiederkehrte, fühlte ich mich augenblicklich verraten.

„Vergiss es. Ich habe nur an etwas gedacht. Geh' ihn nun bitte holen."

Ist das nicht offensichtlich?, lachte die Lady in mir. *Er vertraut dir nicht.*

Die junge Frau ignorierend, drehte ich mich von Gerrit weg und verließ anschließend das Büro. Ich wartete draußen eine kurze Zeit, hörte ihn leise auf einer Sprache fluchen, die ich kaum verstehen konnte. Doch eines der Wörter war genau das, dass mein Herz auf Hochtouren brachte. *Jäger.*

Nachdenklich, mit einem pochenden Schädel, schritt ich die Treppen hinunter, blieb auf dem Absatz jedoch stehen und hob meinen Kopf. Ich wusste nicht, wieso, aber plötzlich brach alles in mir zusammen. Mein Kopf schmerzte und Tränen schossen mir in die Augen, als würde ich erst jetzt realisieren, was dieser Brief, die ganzen Umstände, überhaupt bedeuteten.

Ich würde verschwinden, höchstwahrscheinlich sterben und niemandem durfte ich davon erzählen. Heute Abend würde es mich nicht mehr geben, mein Körper verscharrt unter der trockenen Erde würde leblos darauf warten, von Würmern und anderem Ungeziefer umzingelt zu werden. Trotzdem spielte ich nun den Laufburschen und suchte nach einer anderen Person, wo ich mich doch um das kümmern sollte, was mir seit Tagen auf dem Herzen lag.

Ich beschloss, diese Gelegenheit zu nutzen, um wenigstens mein Gewissen zu erleichtern, wenn ich schon nicht all meine Fragen beantwortet bekommen würde. Also rannte ich die Treppen erneut hinauf, hastete zum Büro meines Vaters und hielt inne, musterte Gerrit, dessen Blick in einer Akte lag, die er eigentlich nicht lesen durfte. Diesen Gedanken verwarf ich jedoch, zu wichtig fand ich meinen jetzigen Gedankengang. Darum würde ich mich später – nein, nein würde ich nicht, denn soweit ich wusste, gab es kein später mehr. Jedenfalls nicht für mich.

„Skylar?" Gerrit klang verwirrt. „Wo ist Aaron?"

Ohne auf seine Frage einzugehen, – ich schüttelte meinen Kopf, der bei jeder Bewegung etwas mehr schmerzte –, holte tief Luft und kam aufgeregt einen Schritt näher.

„Ich möchte dich etwas fragen, Gerrit, und ich möchte eine ehrliche Antwort, keine Ausreden."

Seine Stirn zog sich in Falten, als er die Akte hinlegte und sich auf die Ecke des Schreibtisches setzte. Als er nicht antwortete, wusste ich, dass er auf meine Worte wartete, die ich für so wichtig hielt.

„Diese äh ... ich weiß leider nicht mehr wie diese Gestalten hießen, aber sie haben Menschen verletzt – unschuldige Menschen, die mit all dem nichts zu tun hatten. Außerdem ... haben sie meine Chefin umgebracht. Was ist mit den anderen? Konnten sie unbeschadet fliehen oder ... starben noch andere wegen mir?"

„Du meinst die Phynox, die die Modenschau angegriffen haben, richtig?"

Ich nickte, schluckte hart, als ich seinen kühlen, aber dennoch traurigen Blick erhaschte. Das konnte nichts Gutes verheißen, ansonsten würde er mir ein Lächeln schenken, oder?

Mach dich nicht lächerlich, Sky. Sie haben diesen Angriff nicht überlebt, seufzte die Lady gelangweilt, als würde es sie gar nicht interessieren.

„Ich glaube, du solltest solche Fragen -", begann Gerrit, doch ich unterbrach ihn.

„Bitte, selbst wenn jeder von ihnen getötet wurde, ich möchte wissen, was geschehen ist. Zudem, was ist mit mir? Die Polizei wird wissen, dass auch ich dort gewesen bin. Sucht man nach mir oder hält man mich ebenfalls für tot? Gerrit, bitte!"

„Die Polizei weiß zwar von dem Vorfall, geht dem Ganzen jedoch nicht nach."

„Was meinst du damit? Menschen sind gestorben!"

Er murrte: „Ja, aber wir leben in einer Welt, in der vieles möglich ist. So etwas dürfte in der Menschenwelt nicht passieren, weswegen sich der Rat darum gekümmert hat. Sie haben allerlei Erinnerungen ausgelöscht oder verändert. Niemand weiß von den Gestalten, die ihre Freunde und Bekannte ermordet haben. Sie denken auch, dass du noch am Leben bist, Skylar. Du arbeitest aber nicht mehr bei der Modefirma."

Verwirrt, vollkommen von der Rolle starrte ich ihn an, verstand die Worte nicht, die er mir mitteilte. Warum arbeitete ich dort nicht mehr? Hatte man die Firma aufgelöst und deren Mitarbeiter entlassen? Er schien, offenbar genau zu wissen, um was ich mir gerade Gedanken machte, denn er sprach weiter, bevor ich meinen Mund zum Sprechen öffnen konnte.

„Logan reichte deine sofortige Kündigung ein. Tut mir leid, Skylar, aber wir wissen nicht einmal, ob du jemals wieder normal arbeiten gehen kannst. Wir haben sehr viel um die Ohren, da wollten wir uns nicht auch noch damit befassen."

Es klang hart, doch ich wusste, was er damit sagen wollte. Außerdem hatte er recht. So sehr ich auch versuchte, wütend auf ihn zu sein, weil er alles ohne mein Einverständnis erledigte, ich konnte es nicht. Innerlich wusste ich, dass es das Richtige war. Schließlich könnten dort erneut Dämonen oder dergleichen auftauchen und Menschen verletzen, weil sie mich dort erwarteten.

„Sie halten den Tod deiner Chefin für einen Unfall“, erklärte Gerrit weiter. „Jeder, der an diesem Abend getötet wurde, erscheint in den Augen der Angehörigen wie ein Unfall. Ich weiß, das wird in deinen Ohren vielleicht sehr kalt klingen, aber mach dir bitte keine Sorgen. Nur wenige sind von uns gegangen. Es gab mehr Leben als Leichen.“

Mir stockte der Atem und obwohl ich nun endlich wusste, wonach ich verlangt hatte, schnürte es mir die Kehle zu. Ich fühlte mich schwerelos, fast benebelt, dennoch verschwanden die Kopfschmerzen. Mir ging es auf einmal viel besser.

„Geht es dir gut, oder soll ich dich auf ein Zimmer begleiten?“

Dankbar schüttelte ich meinen Kopf, hob beruhigend meine zittrigen Hände.

„Nein, mir geht es überraschenderweise gut. Ich bin nur etwas von der Rolle. Gerrit, danke für deine Offenheit, das bedeutet mir wirklich viel.“

Er wollte etwas sagen, ich konnte es in seinen schimmernden Augen sehen, doch ich zwang ihn dazu, den Mund zu halten. Tief holte ich Luft, versuchte, meinen Puls etwas herunterzuschrauben, und schenkte dem Dämon schließlich ein aufrichtiges, dankbares Lächeln.

„Du wolltest, dass ich Aaron suche, richtig?“ Gerrit nickte. „Dann werde ich dies nun tun.“

Mit diesen Worten drehte ich mich um und verließ das Büro. Tränen sammelten sich in meinen Augen, als ich gedanklich allen Opfern mein Beileid wünschte, mich dafür entschuldigte, dass sie wegen mir sterben mussten.

Und doch, obwohl es unheimlich fürchterlich klang, fühlte ich mich besser als zuvor.

*

Als ich Aaron bat, seinem Freund zur Hand zu gehen, war er schnell verschwunden.

Zu dieser Zeit hatte ich mich – mein Herz ließ sich einfach nicht von ihm trennen – zu Koen und seinen Freunden gesetzt. Er und Ames – sie hatten zuallererst gekämpft – waren von ihren Plätzen gewichen und hatten Platz für Shawn und Lyras gemacht. Der Bruder meines Geliebten war der Erste gewesen, der zu Boden gegangen war. Anschließend hatten sie immer wieder den Partner gewechselt. Zu meinem Erstaunen ging Koen meist als Sieger hervor – zum Nachteil seines Bruders.

Wie ich erfahren konnte, war Lyras drei Menschenjahre jünger als Koen. Wie alt er genau war, konnte er mir nicht sagen, da er sich nicht mehr genau daran erinnerte. Ich hatte das Gefühl, dass er log, beschloss aber, darauf nicht weiter einzugehen. Jeder hatte seine Geheimnisse und das war auch gut so.

Ich erfuhr eine Menge Dinge über Lyras, die er mir mit einem Glucksen erzählte, während er Koen und Shawn beim Kämpfen beobachtet hatte. Zum Beispiel erfuhr ich, dass er eine Abneigung gegen Engel hegte. Er hasste die Himmelsritter – so wie er sie nannte. Einen bestimmten Grund nannte er nicht, aber ich war mir sicher, dass es etwas gab, dass zwischen ihnen vorgefallen war.

Was mich jedoch vollkommen erschütterte, war die Tatsache, dass der Dämon ein Bordell führte. Jedoch handelte es sich dabei nicht um ein gewöhnliches Freudenhaus, oh nein, dort arbeiteten ausschließlich weibliche Vampire.

Ich hatte schnell vom Thema abgelenkt, als es mir zu unangenehm wurde. Daraufhin hatte Ames Witze darüber gemacht, mich eine prüde Magd genannt, was ich wirklich nicht verstand. Mein Geliebter hatte sich herausgehalten, sprach kein einziges Wort mit mir und obwohl es mir Schmerzen bereitete, tat ich nichts, um daran etwas zu ändern.

„Bist du fertig?“, erkundigte sich Ames, der auf meinen Teller starrte.

Kichernd reichte ich ihm den Rest meines Menüs und beobachtete ihn dabei, wie er auch diesen Teil verputzte. Er schien, einen gesunden Appetit zu besitzen. Sein Dank bestand nur aus einem schmatzenden Grunzen.

„Gott, iss doch mal anständig“, motzte Lyras, der das gar nicht lustig fand.

Ich hingegen hätte am liebsten laut losgelacht, doch als Koen sich erhob, verschlug es mir die Sprache. Er strich sich die feuchten Haare zurück, wobei er sich gleichzeitig das Shirt über die Schultern warf.

„Eh, bleib doch noch etwas. Du hast nicht mal aufgegessen.“

Lyras warf seinem Bruder einen schmollenden Blick zu, den Koen nur mit einem schiefen Grinsen erwiderte.

„Lass‘ stecken, Bruder. Ames soll sich den Rest nehmen, bevor er noch zu Grunde geht.“

Er lachte, drehte sich auf dem Absatz um und schlenderte zurück ins Haus. Mein Blick folgte jedem seiner Schritte. Verlangen zerrte an mir, während die innere Lady mich mit lautem Gebrüll dazu bringen wollte, ihm in sein Schlafzimmer zu folgen.

Ich war mir unsicher, was Verführung anbelangte, vor allem am heutigen Abend. Was, wenn er mich dazu brachte, meine Meinung zu ändern? Das konnte ins Auge gehen!

„Weißt du“, lächelte Lyras und stieß mir leicht gegen den Arm. „Vielleicht solltest du ihm folgen und etwas Vergnügen bereiten.“

„Ich ... äh … ich denke nicht, dass ich ...“

„Ach komm schon“, prustete Ames, der sich nun an Koens Teller zu schaffen machte. „Wir wissen alle, dass ihr bereits was am Laufen habt, also zier dich nicht so.“

„Nein, also ...“

„Stell‘ dir vor, ihr würdest euch heute das letzte Mal sehen. Dann würdest du es tun, stimmt‘s?“

Sie hatten vollkommen recht. Warum sollte ich mich an meinem letzten Abend von etwas trennen, was mir so guttat? Ich würde Koen nie wiedersehen, geschweige denn berühren können, niemals mehr seine Stimme hören, seinen wunderbaren, herben Geruch riechen.

Hastig rappelte ich mich auf, hob grinsend meinen Daumen – im Nachhinein schämte ich mich dafür –, bevor ich Koen hinterhereilte. Unverhohlen war das Lachen der Männer zu hören, doch ich störte mich nicht daran.

Obwohl ich nicht wusste, in welchem Zimmer Koen schlief, stürmte ich instinktiv auf das zweite Gästezimmer zu, das in der Nähe des Raumes des ehemaligen Dienstmädchens lag.

Ich rang nach Atem, als ich schließlich vor der hölzernen Tür stand, wusste nicht, was genau ich nun tun sollte. Einfach klopfen oder hineinstürmen?

Schluckend biss ich mir auf die Lippe, strich mir eine lose Strähne aus dem Gesicht und entschloss mich, meinen Instinkten freien Lauf zu lassen. Nur einmal wollte ich wild und hemmungslos sein und nur dieses Mal würde ich das machen, wonach ich so dringlich verlangte.

Also öffnete ich ruckartig die Tür und stürzte in den Raum, in dem sich Koen gerade auszog. Das einzige, was er noch trug, war seine Shorts – es überraschte mich, dass er überhaupt Unterwäsche anhatte. Bei seinem Anblick lief mir das Wasser im Mund zusammen.

Augenblicklich schaltete sich mein Verstand ab, die Vernunft blieb still.

„Ist irgendwas?“, erkundigte sich Koen, der mein Erscheinen falsch interpretierte. „Braucht Gerrit noch mehr Hilfe?“

„Nein“, hauchte ich und hoffte, dass meine Stimme nicht versagte. „Aber jemand anderes braucht dich.“

Er wirkte verwirrt, bis ich die Tür ins Schloss fallen ließ und auf ihn zustürmte. Wild, überaus entschlossen, legte ich meine Arme um seinen Hals, stellte mich auf die Zehnspitzen – so war es einfacher – und küsste ihn.

Koen wirkte erschrocken, denn er rührte sich keinen Zentimeter, doch ich ließ mich nicht beirren. Leidenschaftlich fuhr ich durch sein feuchtes Haar und zog an den Strähnen, als sie mir durch die Finger gleiten wollten.

Wahrscheinlich war er etwas irritiert oder überrascht über mein plötzliches Verhalten, doch das änderte sich, als ich ihm spielerisch in die Lippe biss – ihn wie ein Tier herausforderte.

Etwas grob umschloss er mich, legte seine Hände frech auf meine beiden Pobacken und hob mich mit Leichtigkeit in die Höhe. Eine Hand löste er kurz, schmiss mit ihr die unnützen Dinge von der Kommode, bevor Koen mich auf die freie Fläche setzte. Ich schlang meine Beine um ihn, zog kräftiger, viel wilder an seinen Haaren. Er beantwortete meine Berührungen mit einem herrischen Knurren, das mir das Blut in den Adern gefrieren ließ.

Währenddessen wanderten seine Hände über meinen gesamten Körper. Fast schon zärtlich strichen sie über meine Schultern, umschlossen meine Oberarme und huschten anschließend zu meinem Bauch, zogen ungeduldig an meinem Shirt. Doch im nächsten Augenblick – obwohl ich spüren konnte, dass sein Körper nicht warten wollte – löste er sich wieder von dem Stoff und umschloss meine Schenkel, die er fest an seine Haut presste. Grob, so als verspürte er eine unglaubliche Wut in seinem Bauch, drückte er zu, massierte meine schlanken Schenkel. Die Berührungen wurden fordernder, wollüstiger.

Ein leises Stöhnen entfloh meinen Lippen, als er seine Hand durch mein Haar fahren ließ und anschließend daran zog – meinen Kopf nach hinten ziehend.

„Was machst du hier?“, fragte er sauer, ließ aber nicht von mir ab.

Unsere Blicke trafen sich – das Knistern, das zwischen uns entstanden war, hätte jeder Mensch mit einem Funken Verstand wahrnehmen können –, fesselte mich auf eine Weise, die mir unbekannt war.

Mein Herz schlug mir bis zum Hals und erneut konnte ich mein Blut in den Ohren rauschen hören. Doch dieses Mal fühlte es sich anderes an. Etwas, was ich vorher noch unangenehm gefunden hatte, hinterließ nun Spuren der Leidenschaft auf meinem Körper, brachte mich dazu, alles zu vergessen, was nach unserer Nacht geschehen würde.

„Weißt du das etwa nicht?“

Frech leckte ich mir über die Lippe, ließ meine Hände zu seiner Brust wandern. Muskeln, die ich vor weniger Zeit noch begutachtete, nach ihnen verlangt hatte, spannten sich unter meinen Berührungen an und eine Gänsehaut umschloss den prachtvollen Körper meines Geliebten.

Nebel umschloss den Teil meines Verstandes, der sich langsam an die Oberfläche kämpfte. Meine innere Lady lachte lauter als ich es für möglich hielt, zwang mich, meine Berührungen fortzuführen.

So ist es gut, hauchte sie geheimnisvoll, schubste mich näher an Koen. *Küss' ihn.*

Ich tat, was sie verlangte. Obwohl er mich an den Haaren gepackt hielt, zog ich Koen zu mir hinunter und ließ unsere Lippen miteinander. Der Kuss war hart, grob und doch so voller Leben, dass er meinen Körper zum Beben brachte.

Ich erwartete, dass er mich von sich stieß, aber nein, das tat er nicht. Stattdessen drückte er mich fester an sich, legte erneut seine starken Arme auf meine Schenkel. Dieses Mal jedoch spreizte er sie und ich spürte sein Grinsen, als ich unter seinen Berührungen erschauderte.

Keuchend löste ich unsere Lippen, wurde anschließend durch seine Küsse – er verteilte sie überall auf meinem Hals – in eine Welt gezogen, die ich nie wieder verlassen wollte.

In diesem Moment waren wir beide hoffnungslos verloren.

Während Koen immer wieder seinen Mund von meiner Haut hob, zum Sprechen ansetzte, aber von mir zum Schweigen gebracht wurde, wehrte ich mich nicht gegen das ungeheuerliche Gefühl in meiner Magengrube. Ich liebte es.

Erneut verschlossen sich unsere Münder und ich spürte seine Zunge, die um Einlass bat. Genüsslich öffnete ich meine Lippen, nahm ihn freudig in Empfang. Ein kleiner Kampf entstand, bei dem Koen eindeutig die Überhand behielt, bevor es sich zu einem sinnlichen Spiel verwandelte.

Meine Nase kribbelte, als ich seinen herben Geruch wahrnahm, ihn wie eine Droge einsog und dann auch noch der süße Geschmack seines Mundes, der mich verrückt werden ließ. Alles in mir schrie nach mehr.

Als hätte Koen meine Gedanken gelesen, hob er mich erneut in die Höhe und setzte mich auf dem Bett ab. Ohne den Kuss zu lösen, richtete er seine Aufmerksamkeit auf meine Hose, die sehnsüchtig darauf wartete, ausgezogen zu werden. Sie landete durch eine ruckartige Bewegung auf dem Boden – mein T-Shirt folgte.

Frustriert seufzte ich, als er unsere Lippen voneinander trennen musste, umfasste den Stoff seiner Shorts und versuchte, ihn an mich zu ziehen. Ich war bereit, wollte ihn endlich in mir spüren.

Wie ein wildes Tier fühlte ich mich, ausgehungert und nach Beute geifernd. Sehnsüchtig musterte ich den Schönling, den Mann, den ich in kurzer Zeit so sehr lieben gelernt hatte.

Koen lachte leise und ich war mir sicher, dass er genau wusste, wie sehr ich nach ihm verlangte. Dennoch, trotz dem Wissen, dass es mich quälte, ließ er seine Hose an Ort und Stelle, beugte sich jedoch hinunter und verteilte sanfte, fast zärtliche Küsse auf meinem Dekolletee.

Ein angenehmer Schauer durchzog meinen Körper, als er auch meinen BH zu Boden fallen ließ und eine meiner aufgestellten Knospen in den Mund nahm. Stöhnend, vor Erregung zitternd, legte ich meinen Kopf in den Nacken, krallte mich wie kleine Widerhaken an sein Haar.

Koen seufzte wohlig, als seine Hand über meinen Bauch streichelte, überall eine Gänsehaut auslöste und mich dazu brachte, meine Beine zu spreizen.

„So wunderschön", hauchte er leise.

Eine Röte der Verlegenheit umschloss meine Wangen, ich konnte es deutlich spüren. Lust sammelte sich in meinem Unterleib, füllte meine Lippen mit einer Nässe, die von Koen gestillt werden wollte. Wimmernd sah ich den Dämon an, versuchte ihm, mein Verlangen klar zu machen.

Es fühlte sich vollkommen anders an.

„Bitte, Koen", flehte ich. „Ich brauche dich. Mein Körper verlangt nach dir!"

Er lachte nur, gab mir jedoch keine Antwort. Stattdessen fuhr seine Hand zwischen meine Beine, streichelte über mein bereits feuchtes Höschen.

Plötzlich überkam mich das Gefühl von Scham. Irgendetwas in mir schrie mir zu, dass ich mich nicht so ausliefern, mich so einfach hingeben sollte. Doch ich konnte nicht widerstehen – wollte es auch nicht.

Koens Küsse wanderten nach unten und ich spürte seine Zunge, die spielerisch um meinen Nabel kreiste, um im nächsten Moment einzutauchen. Obwohl er mich hinhielt, sich meiner Lust bewusst war, zog er mir langsam das letzte Teil meiner Unterwäsche aus und ließ es achtlos zu Boden fallen.

Heiße, unendliche Flammen, schossen durch meinen Leib, als ich nackt unter ihm lag. Ausgeliefert.

Meine Brust hob und senkte sich unregelmäßig und mein Herz, es pochte so unendlich schnell, dass es schon schmerzte. Ich wollte den Schönling berühren, erneut von seinen süßen Lippen kosten und die Linien seiner Muskeln streicheln. Alles war ich bereit zu tun – ein letztes Mal.

„Du bist zu ungeduldig", säuselte er schließlich, als seine Lippen meinen Schoß erreichten.

Ein leiser, rauer Schrei entfloh mir und ich warf erneut meinen Kopf zurück, als ich seine Zunge spürte, wie sie mich zu lieben begann. Seine starke Hand umfasste meine Brust, massierte sie mit so viel Sinnlichkeit, bis ich nicht mehr wusste, was real war. Ich war wie benebelt, stöhnte ununterbrochen seinen Namen.

Der Dämon neckte mich mit seinen Zähnen, fuhr mit seiner Zunge geschickt über die empfindlichsten Stellen, tauchte immer wieder zwischen meine feuchte Spalte.

Die Hitze stieg und ich spürte, dass es soweit war. Ein unheimlicher Druck umschloss meinen Unterleib und als ich meine Lenden etwas hob, meine Finger tief in sein Haar bohrte, kam ich.

Ein letztes Mal streichelte seine Zunge meine Perle, bevor er wieder nach oben wanderte und mich keuchend zurückließ. Koen lachte leise, so, als würde er mein Anblick genießen.

Koen leckte sich über die Lippen, bevor er mich mit einem Ruck küsste, der mich fast bewusstlos werden ließ. Ich kostete meinen salzigen Geschmack, dann fühlte ich seine Hände, die sich unter meinen Rücken legten und mir halfen, mich aufzusetzen.

„Bleib‘ bei mir“, befahl er dominant. „Ich bin noch nicht fertig mit dir.“

Seine Augen, die sonst so hell waren, wurden plötzlich düster. Sie hatten sich verdunkelt, wirkten jedoch nicht verängstigend, nein, im Gegenteil. Ich verlor mich in seinem geheimnisvollen Blick, in dem schönen Funkeln in seinen Augen, das wie ein Stern am Himmel einer der dunkelsten Nächte glänzte. Koen verzauberte mich.

Er beugte sich erneut zu mir hinunter, lehnte seine Stirn für einen Moment gegen meine und verstärkte somit den Zauber, der mich meinem Verstand beraubte. Sanft, mit vorsichtigen Berührungen, legte ich meine Hand auf seine Brust, fuhr jede Kontur seiner Muskeln nach, bis ich schließlich zu seinen Schultern wanderte. Sie waren wundervoll breit, genauso, wie ich es mochte.

„Koen ...“

Meine Stimme war lediglich ein Hauchen, ließ aber dennoch ein Lächeln auf seinen Lippen erscheinen. Das Herz – wild um sich schlagend – durchbohrte meine Brust und der Schmerz verwandelte sich in etwas, was mir Lust bescherte. Ich brauchte Koen, jetzt.

Ich wusste nicht, wie lange wir uns ansahen: Sekunden, Minuten, vielleicht sogar Stunden. Es war wie ein Traum, aus dem ich nie wiedererwachen wollte. So wundervoll, faszinierend und umschlingend.

Wie viel ich für diesen Mann, diesen unglaublichen Dämon wirklich fühlte, wurde mir erst jetzt bewusst. Mein Körper wollte ihn nicht nur, nein, selbst mein Wille, der unter seinen Händen wie Butter schmolz, unterlag seinem Befehl, all seinen wohltuenden Berührungen. Das, was er mir sagte, würde ich tun, auch, wenn ich die Macht in mir spürte, ihn zu unterwerfen. Die innere Lady knurrte, als ich realisierte, dass ich nur ein Spielzeug war, das dem Spielmacher selbst in die Hände fiel. Sie wollte die Zügel an sich reißen, sich den Träumen entsinnen und Koen zu ihrem machen, doch so weit konnte ich es nicht kommen lassen.

Ich, das *Ich* des kleinen Mädchen Skylar, zeigte endlich etwas von meiner Wirklichkeit.

Zärtlich umfasste ich seinen Hals, überbrückte die wenigen Zentimeter und küsste ihn. Doch dieses Mal war es anders, intensiver. Koen erwiderte die Liebelei auf dieselbe Art und Weise, ließ mich somit wissen, dass er nicht abgeneigt gegenüber diesem neuen, sanften Weg war.

Ich wusste nicht, wann er sich seiner Shorts entledigt hatte und keuchte erschrocken auf, als er mich auf seinen Schoß hob und seine Erregung gegen meinen Schoß drückte. Als ich sie mutig umfasste, spürte ich deutlich ihre Härte und das Blut, das willig durch seine Venen floss.

Koen hob wohlig seufzend seine Hüften, als ich mit meinen Fingern einen Ring formte und ihm das schenkte, was er auch mir gab.

Der Anblick, wie der prächtige Schönling erbebte, unter meinen Griffen erzitterte und keuchte, brachte mich erneut in die Nähe des Gipfels. Bei jedem Stöhnen, jedem auch so kleinen Laut, durchzog etwas meine Lenden und brachte meine Haut zum Kribbeln. Das, was ich im Augenblick verspürte, war etwas, das ich immer wieder erleben wollte.

Meine Augen hafteten an dem Mann, dessen Finger sich an meine Schenkel krallten. Ich konnte ihn spüren, wusste, dass auch er bald zu mir stoßen würde, doch das wollte ich noch nicht. Ich brauchte ihn sofort!

Leise flüsterte ich seinen Namen, als ich meine Hüften hinabsenkte und ihn in mich eindringen ließ. Wie ein Gürtel umschlang er meine Hüften, drückte mich fest in seinen Schoß. Sein Stöhnen, das laut mit meinem durch das Schlafzimmer hallte, klang wie Musik in meinen Ohren.

Schnell fanden wir unseren Rhythmus und während ich meine Fingernägel fest in sein Fleisch bohrte, gab ich ihm alles, was ich besaß. Schweiß floss über unsere Körper, lüsterne Worte durchschnitten das Zimmer, nur für unsere Ohren bestimmt. Er trieb mich nach oben, führte mich direkt zur Klippe, nach der ich mich so unglaublich sehr sehnte.

„Fuck, ja! So ist es gut“, stöhnte er laut.

Mit einem Ruck stieß er tief in mich und als er seine Hand auf meinen Hintern schnellen ließ, war es komplett um mich geschehen. Mit einem Schrei auf den Lippen beförderte er mich über die nächste Bergspitze und als auch Koen nur kurz darauf kam, fühlte ich mich, als stünde mir ein weiterer Höhepunkt unmittelbar bevor.

Er sank keuchend zurück, musterte mich dabei wortlos. Lächelnd ließ ich mich neben ihn fallen, schmiegte mich eng an seine warme, verschwitze Brust. Ich streichelte ihn liebevoll – wollte kichern wie ein kleines Kind, weil ich so unglaublich glücklich war. Für mich erschien es wie ein Traum, der endlich nach langen, vergehenden Nächten in Erfüllung ging.

Berührt von all den Gefühlen, die in meinem Inneren hausten, verteilte ich kleine Küsse auf seinem Oberkörper, genoss das wohlige Schnurren, dass aus Koens Kehle kam.

Nachdem er seinen Arm um meine Schulter legte, begann er vorsichtig über meinen Rücken zu streicheln. Eine angenehme Gänsehaut umfasste meinen Körper, brachte auch meine innere Lady dazu, sich zu entspannen. So sollte es immer sein, doch schnell wurde mir klar, dass das auch nur ein Traum war. Ein kurzer Blick auf die Uhr an der Wand machte mir klar, dass ich nur noch wenige Stunden hatte, um Dereks Leben zu retten.

Obwohl ich meine Entscheidung bereits getroffen hatte, spürte ich, dass etwas in mir unzufrieden damit war. Mein Verstand schickte mich hinaus, doch mein Herz animierte mich dazu, hierzubleiben – an Koens starker Seite.

Bitte mich, bei dir zu bleiben, flehte ich im Stillen. *Koen, ich bitte dich. Zwing' mich zu bleiben.*

„Skylar."

Bei seiner Stimme schlug mir das Herz bis zum Hals und als er sich etwas aufrichtete, um mich besser ansehen zu können, schluckte ich. War dies nun der Moment, den ich so sehr herbei ersehnte? Würde er mich nun bitten, bei ihm zu bleiben, an seiner Seite zu sein? So viele Fragen schwirrten durch meinen Kopf, wurden aber gestoppt, als der Dämon leise seufzte, den Blick abwandte.

„Wir sollten das nicht mehr tun", sagte er schließlich.

Verwirrt blinzelte ich. *Wie bitte?*

„Was meinst du? Ich ... ich verstehe nicht ganz."

„All das hier. Die Blicke, Küsse und auch den Sex, all das sollten wir nicht mehr tun. Ich bin dein Hüter, Skylar, nicht dein ... Ich denke, du verstehst mich."

Seine Worte hallten in meinem Kopf, hinterließen einen bitteren Geschmack auf der Zunge. Das wundervolle Kribbeln, das durch meinen Körper geschossen war, verblasste mit dem letzten Schlag meines glückseligen Herzens. Stattdessen pflanzte sich dort ein unersättlicher Schmerz fort, der mir fast den Atem raubte.

Sag' mir, dass du scherzt! Bitte, tu' mir das nicht an.

„Koen ... ich ... also-“

„Ich habe dich gestern gehört, Skylar und wir können so nicht weitermachen. Ich bin ein Dealórc-Dämon und du königlichen Blutes, so etwas geht niemals gut.“

„Aber ich lie-“

Fest nahm er mein Gesicht in seine Hände, lehnte seine Stirn gegen die meine. Als er schließlich in meine Augen blickte und mir ein kleines Lächeln schenkte, zerbrach mein kleines, mit Liebe gefülltes Herz.

Er hatte recht, nichts wäre gut zwischen uns gelaufen und nun, da ich wusste, dass er nichts für mich empfand, um was wir beide hätten kämpfen können, richtete sich meine Aufmerksamkeit einzig allein auf meine Mission. Das hier war der Schubs, den ich gebraucht hatte.

Falsch erwiderte ich das Lächeln, löste mich von ihm.

„Ich wollte nur sagen, dass es in Ordnung ist. Auch ich denke nicht, dass zwischen uns so etwas wie Liebe herrscht. Es war einfach nur der Trieb, so, wie ihr es mir erklärt habt.“

Er nickte und ich wusste nicht, ob er mir Glauben schenkte. Nichtsdestotrotz legte er sich hin und löschte das Licht. Dann drehte Koen sich auf die Seite, weg von mir, zog die Decke bis zu seinen Hüften.

„Schlaf‘ etwas, Prinzessin. Morgen werden wir mit deinem Training weitermachen.“

Ich konnte nicht sagen, ob er sehen konnte, wie ich nickte, tat es aber trotzdem und folgte seinem Beispiel. Mein Leib zitterte und mein Herz, das so schnell geschlagen hatte, verstummte. Ich zog mir meine Decke bis zum Kinn, drücke meine Hände auf meinen Mund und versuchte, das leise Schluchzen und die aufkommenden Tränen so gut es ging zu unterdrücken. Stark und reif wollte ich sein, doch der pure Schmerz, der sein Egoismus in mir auslöste, brachte mich um alles, an das ich gerade glauben wollte. Als sich schließlich eine einzelne Träne in meinen Wimpern verfing, konnte ich nicht anders als mein Schicksal zu verfluchen, bis ich dann aber lächelte.

Traurig drehte ich mich zu Koen, musterte seinen breiten Rücken und seufzte.

Es war genauso, wie es Ames gesagt hatte. Dies hier war das letzte Mal.

KAPITEL 16

Es war mein Blick auf die Uhr – sie hing leise tickend an der gegenüberliegenden Wand –, die mich daran erinnerte, dass die Zeit war, aufzustehen.

Als ich den Versuch startete, mich zu erheben, streikte mein Körper und auch mein Verstand versuchte, mich zu überreden, noch etwas – eingehüllt von weichen und flauschigen Decken – liegen zu bleiben. Während ich also innerlich mit mir kämpfte, musterte ich den schlafenden Koen, der sich mit dem Rücken zu mir gedreht hatte. Durch das leichte Vibrieren seiner Schultern erkannte ich, dass er ruhig schlief. Das musste er auch, ansonsten würde ich nicht verschwinden können.

Kurz überlegte ich, was wohl passieren würde, wenn Koen nun aufwachte und mich dabei erwischte, wie ich mit meinen Kleidern aus dem Zimmer huschte. Es gab zwei Möglichkeiten. Entweder er ließ mich ziehen, da er der Meinung war, dass ich ging, weil uns nichts mehr miteinander verband oder er zog mich zurück zu sich ins Bett. Irgendwie gefiel mir die zweite Variante besser.

Trotz der widerspenstigen Gedanken, wusste ich, dass nichts davon geschehen würde. Ich wusste es natürlich nicht wirklich, aber mein Gefühl stimmte mich positiv.

Zögernd streckte ich meine Hand nach Koen aus, ließ meine Finger zärtlich durch sein Haar wandern. Mir war klar, dass dies das letzte Mal war, dennoch konnte ich nicht anders, als zu lächeln und den Moment, so kurz er auch war, zu genießen.

Er fühlte sich so gut zwischen meinen Fingern an, so, als wäre es dafür bestimmt, von mir gestreichelt zu werden. Es fehlte mir jetzt schon, obwohl ich noch gar nicht gegangen war.

Als mir klar wurde – ich hätte es von Anfang an wissen sollen –, dass mir der Abschied zu schwerfiel, löste ich mich von ihm und setzte mich auf. Genügend Zeit hatte ich bereits damit verschwendet.

So leise ich konnte, schlängelte ich mich aus der Bettdecke und suchte meine Sachen zusammen, bevor ich mich wieder anzog. Still schlenderte ich zum Fenster, betrachtete die Dunkelheit, die die Stadt längst umschlungen hielt. Die wehenden Äste, sowie die tanzenden Blätter machten mir klar, dass es wohl ziemlich kühl sein musste. Das brachte mich dazu, an mir herunterzuschauen.

Bis auf die lange Hose trug ich nichts, was mich vor dem Wind schützen konnte. Logisch, an eine Jacke hatte ich nicht gedacht, was jedoch kein Wunder war. Wer erwartete auch von mir, mitten in der Nacht aus dem Haus zu schleichen, um in den Park zu gehen?

Kopf schüttelnd sah ich mich um, bevor ich Koens Jacke erblickte, die locker über der Stuhllehne hing. Tausend Gedanken kreisten durch meinen Kopf. Manche von ihnen fragten sich, ob es gerecht war, seine Jacke an mich zu nehmen, andere konnten ihr Glück jedoch kaum fassen.

Ich hatte nicht das Recht, seine Sachen an mich zu nehmen, doch ich wollte etwas bei mir haben, was mich an ihn erinnerte. Es war meine Chance, ihn im letzten Moment bei mir zu haben, wenn auch nicht auf eine reale Weise.

Ohne weiter darüber nachzudenken, schlüpfte ich in das Kleidungsstück. Sie war mir zwar zu groß, doch der Stoff schmiegte sich wie eine zweite Haut an mich. Der Zweifel, ob mein Tun gerecht war, verschwand, als ich den Geruch von meinem Liebsten einsog, der wie Honig an der Jacke klebte. Ein angenehmer Schauer umschloss mich, ließ mich für einen Moment beschämt erröten.

Fertig angezogen drehte ich mich noch einmal zu der schlafenden Gestalt, die unwissend in ihrem Bett lag. Langsam und so leise wie es ging, trat ich neben sein Bett, wo ich mich schließlich in die Hocke begab.

Koen sah unglaublich entspannt aus. Seine Brust hob und senkte sich gleichmäßig, seine Hand ruhte unter dem Kissen, auf das er seinen Kopf bettete.

Ich hatte den Dämon als einen arroganten und eingebildeten Mann kennengelernt. Damals im Aufzug war er nichts weiter als ein Typ gewesen, den ich am liebsten wieder fortgeschickt hätte. Niemals im Leben wäre mir in den Sinn gekommen, mich in einen Kerl wie ihn zu verlieben, doch die Zeit die wir miteinander verbrachten, bewies mir das Gegenteil. Ich lernte ihn kennen, wenn auch nicht alle Seiten von ihm. Viele davon waren noch verborgen und auch, wenn mich die Neugier packte, wenn ich an diese Dinge dachte, wusste ich im Geheimen, dass es dazu zu spät war. Er hatte mir seine sanfte, beschützende Art gezeigt, war immer und überall für mich da – auch, wenn er meist die Entfernung suchte, doch ich war mir sicher, dass er dies aus einem guten Grund tat.

„Ich liebe dich, Koen, egal, ob ich hier bin oder an einem Ort, an dem du mir nicht folgen kannst."

Traurig lächelte ich, bevor ich ihm einen sanften Kuss auf die Wange hauchte. Auch, wenn es schmerzte, aber meine Zeit war gekommen.

Als ich an die Uhrzeit dachte, erstarrte ich, denn meine Wenigkeit hatte eindeutig zu lange getrödelt. Ein kurzer Blick an die Wand zeigte mir, dass es bereits kurz vor elf war und ich mich schleunigst aus dem Staub machen sollte.

Vorsichtig öffnete ich schließlich die Zimmertür und spähte hinaus. Als ich mich versicherte, dass niemand in der Nähe war, trat ich hinaus und schloss die Tür genauso leise, wie ich sie geöffnet hatte. Danach ging es recht schnell.

Ich schlich die Gänge entlang, versteckte mich bei Geräuschen hinter irgendwelchen Kunstwerken, sodass ich es schnell bis zum Eingang schaffte. Nur noch ein kleiner Schritt lag zwischen mir und dem Foyer, als ich Stimmen vernahm. Hastig huschte ich hinter eine Säule, verbarg mich in der schützenden Dunkelheit.

Talisha und Aaron traten in das Licht. Die Dämonin verzog angewidert ihren Mund, doch Aaron grinste. Es sah nicht nach einem Streit aus und doch spürte ich eine negative Energie, die sich wie ein eifersüchtiger Lover zwischen die beiden drängte.

„Nimm‘ es doch einfach gelassen, Tal. So verkehrt ist sie nicht."

„Woher willst du das wissen? Verbringst du etwa heimlich Zeit mit dem Prinzesschen?"

Er lachte auf, blickte ihr ungläubig entgegen.

„Ist das dein Ernst? Du benimmst dich wie eine eifersüchtige Ehefrau."

Mir war nicht klar, ob Aaron es ihr ansah, doch ich war mir sicher, dass die freche Dämonin errötete. Dennoch, obwohl sie vollkommen verlegen wirkte, straffte sie ihre Schultern und zischte überheblich.

„Eifersüchtig? Ich? Bitte, Aaron, ich dachte, du kennst mich besser."

Versöhnlich hob er seine Hände, zeigte seiner Begleitung so, dass er aufgab.

„Gut, gut. Ich will nichts gesagt haben."

Interessiert fragte ich mich, ob die beiden eine gemeinsame Vergangenheit besaßen, verscheuchte diesen Gedanken jedoch, als Aaron verharrte. Seine Mimik veränderte sich, wirkte plötzlich hart und aufmerksam.

„Hast du das gehört?", erkundigte er sich leiser als zuvor.

Sie wirkte für einen Moment irritiert, richtete ihre Aufmerksamkeit dann aber wieder ihrer Umgebung zu. Ihre Nasenflügel bebten und ich erstarrte. Konnte sie meinen Geruch aufnehmen?

„Es scheint alles normal", sagte sie schließlich. „Vielleicht hast du dir das nur eingebildet."

„Vielleicht, aber ich will auf Nummer sicher gehen. So etwas wie das letzte Mal brauchen wir nicht noch einmal. Teilen wir uns auf und suchen noch einmal alles ab."

„Verstanden."

Talisha war wenig davon begeistert, man sah es an ihrem düsteren Blick, dennoch gehorchte sie Aaron und verschwand mit schnellen Schritten im Salon. Aaron hingegen huschte die Treppen hinauf, auf der er jedoch Lyras traf. Ich erkannte ihn an seiner Stimme.

Sie sprachen kurz in einer Sprache miteinander, die ich zuerst nicht erkannte, aber kleine Bruchstücke schaffte zu übersetzen. Es musste also ihre Muttersprache sein, die ich durch meine Gene, durch das königliche Blut, das durch meine Adern floss, etwas identifizieren konnte.

Dann verstummten sie wieder und während Lyras die Treppe herunterkam, verschwand Aaron im linken Flügel.

Verdammt nochmal! So gelange ich nie hier raus.

Ich fluchte innerlich, denn Lyras setzte sich auf die unterste Treppenstufe, so, als hätte er wirklich rein gar nichts zu tun. Was, zum Teufel, sollte das werden?

Frustriert biss ich mir auf die Lippe, überlegte, welche Möglichkeit mir noch blieb. Durch den Salon konnte ich nicht gehen, da Talisha sich in diesem Bereich aufhielt und die Hintertür war verschlossen. Mein Einfall traf mich wie ein Schlag. Der Tunnel!

Beeil' dich! Los!, brülle die Lady in mir.

Mit dem Befehl der Lady im Hinterkopf rannte ich durch die einsamen Gänge. Obwohl es dunkel war – kein einziges Licht wagte ich, zu entzünden –, wusste ich genau, wohin ich gehen musste. Geschickt wich ich den Statuen aus, umlief die Steinsäulen und fand schließlich meinen Weg zum Drachengemälde.

Ich lächelte, als ich stoppte und vorsichtig mit den Fingern über den Rahmen fuhr. Mir war nicht ganz wohl bei der Sache. Es erschien mir plötzlich alles wie ein Traum, der an meine Kindheit anschloss. Ein weiteres Mal würde ich durch diesen Tunnel klettern und jemandem entwischen, der mich nicht zwischen die Klauen bekommen durfte.

Halt! Sie sind deine Freunde, keine Monster, die dich umbringen wollen.

Leise seufzend zog ich an dem Bild und öffnete somit den geheimen Durchgang.

Ekel überkam mich, als mein Blick sich auf die vielen Spinnenweben legte. Trotz der dämmrigen Umgebung konnte ich sie deutlich erkennen, erblickte selbst eine kleine Spinne, die sich gemütlich zwischen einzelnen Weben hin und her schwang. Es lief mir eiskalt den Rücken hinunter, wenn ich daran dachte, dort hindurch kriechen zu müssen.

Tief atmete ich durch, bevor ich langsam begann, einzelne Spinnenweben zu entfernen. Als ich jedoch bei der Spinne ankam, graute es mir. Ich hatte wirklich keine Angst vor diesen Tierchen, aber sie ekelten mich an.

Langsam wickelte ich einige Weben um meinen Zeigefinger – glücklicherweise saß an einem von diesen Fäden auch das Spinnentierchen –, legte es auf den Boden und versuchte dann den Faden von mir zu lösten. Erleichtert stellte ich fest, dass es einigermaßen gut klappte und ich mir keine Sorgen zu machen brauchte, das Tier bei dem nächsten Schritt hinter mir her zu ziehen.

Mein Plan war es, das gesamte Rohr in diesem Tempo frei zu bekommen, doch ich wusste, dass das viel zu lang dauern würde. Dennoch, obwohl die Lage so ernst war, bestand ich auf einen Spinnen-freien Weg. Jedoch stellte ich schnell fest, dass man mir diese Entscheidung nicht selbst überließ, denn im nächsten Moment erklang Aarons genervte Stimme.

„Einen Moment noch, Tal. Warte einfach oben."

Sie protestierte, doch ich konnte nicht verstehen, was genau sie sagte. Das musste ich auch nicht, denn etwas anderes begann, mich zu plagen. Aaron war auf dem Weg hier her, zu dem Ort, an dem ich mich gerade heimlich aufhielt. Wenn er mich hier fand, würde er mich zurück in mein Zimmer bringen, wenn nicht auch zu Gerrit, damit ich ihm verriet, was mein Vorhaben bedeutete.

Hastig sah ich mich um, konnte durch die schützende Dunkelheit jedoch keinen anderen Ausweg finden. Keinen, außer dem Durchgang. Ich fühlte deutlich den Konflikt in meiner Brust, gab jedoch nach, als Aaron näherkam.

Ohne auf die restlichen Spinnenweben und Insekten zu achten, kletterte ich in den Tunnel und schloss das Bild hinter mir. Rechtzeitig, denn plötzlich waren seine Schritte ganz nah.

Fest verdeckte ich meinen Mund mit den Handflächen und hoffte, dass Aaron mich nicht hören konnte. Keinen Mucks traute ich, von mir zu geben, auch kleine Bewegungen verbot ich mir.

„Hast du was gefunden?", erkundigte sich Talisha, die ihrem Kameraden offenbar folgte.

„Nein, ich muss es mir wohl eingebildet haben. Lass' uns Gerrit Bescheid sagen."

Es herrschte einen Moment Stille, weswegen ich schluckend aufhorchte. Nichts war zu hören, doch als ich an den unteren Rand des Porträts blickte, erkannte ich ein flackerndes, helles Licht. Offenbar der Strahl einer Fackel oder einer Taschenlampe.

„Kommst du?"

Talishas Stimme hallte durch den Flur, ließ mich zusammenfahren. Mein Herz pochte mir bis zum Hals, machte mich immer nervöser. Doch das Glück stand auf meiner Seite, denn erneut vernahm ich Schritte, die deutlich zeigten, dass sie meine Gegenwart verließen.

„Ja, lass uns gehen. Er wartet sicherlich auf uns."

Ich blieb noch einen weiteren Moment in meiner Position, schließlich musste ich mit Sicherheit wissen, dass die beiden verschwunden waren, bevor ich mich flink umdrehte und meinen Weg fortsetzte.

Dadurch, dass es hier drin kein Licht gab, war es schwer, zu erkennen, wohin ich ging. Erfolgreich, wie ich danach feststellte, versuchte ich, mich auf meine Instinkte zu konzentrieren, die mich durch den Tunnel leiteten. Meine innere Uhr schien zerbrochen, denn auf mein Zeitgefühl konnte ich mich nicht mehr verlassen. Ich versuchte, zu erahnen, wie viel Zeit mich dieser Umweg wohl kostete, doch eine Antwort erhielt ich nicht.

Ein kühler Windstoß ließ meine wilden Haare aufwirbeln und Erleichterung kroch in mir hoch, als ich die Luke zur Außenwelt öffnete und anschließend herauskletterte. Tief holte ich Luft, genoss die eisige Luft. Wie ich feststellte, war meine Entscheidung, die Jacke von Koen mitzunehmen, richtig gewesen.

Nachdem ich mich umgesehen hatte – ich musste sicher sein, dass sich niemand in der Nähe aufhielt –, hastete ich hinüber zu den Bäumen, versteckte mich dort für einen Moment. Offenbar hatte ich meinen Plan nicht völlig durchdacht, denn plötzlich wurde mir klar, dass ich keine Ahnung besaß, wie ich von diesem Grundstück entkommen sollte.

Zuallererst viel mir der geheime Ausgang zwischen eng überwucherten Büschen ein, der sich in der Nähe meines Schlosses befand, doch dorthin konnte ich unmöglich ungesehen kommen. Hinter all dem Gewächs versteckte sich ein altes, rostiges Tor, das ich jedoch von meinem Plan ausschloss. Bis ich dort angekommen wäre, hätten mich die anderen bereits gesehen und wieder hineingebracht. Außerdem war ich mir nicht sicher, ob sich das Metall bewegen ließ, denn Zeit, die Gräser von der Tür zu lösen, gab es keine.

Dann gab es noch den Hinterausgang, doch dieser war viel zu weit weg, sodass ich den Bus, den ich nehmen wollte, verpassen würde. Also blieb nur der Haupteingang, der zum Glück nur circa hundert Meter entfernt lag. Doch konnte ich dort ungestört hinhuschen, ohne Aufmerksamkeit auf mich zu ziehen? Ich war mir zudem sicher, dass einer meiner Freunde das Gitter verschlossen, vielleicht sogar mit einem Zauber geschützt hatte.

Du musst es versuchen. Sonst ist es deine Schuld, wenn Derek sein Leben verliert.

Fest biss ich mir auf die Lippe, blickte zum Eingang, der im Licht der hellen Lampe seinen Platz fand. Ich starrte in jedes einzelne dunkle Fenster, doch zum Glück konnte ich dort niemanden erkennen. Anschließend wanderte mein Blick zurück zum Tor und ich schluckte schwer.

Der Weg, der mit Kiesel übersät war, wurde ebenfalls beleuchtet. Zu meiner Überraschung flimmerte eines der Lichter, bis es schließlich erlosch. Doch auch, wenn eine Schwierigkeit verschwunden war, gab es noch genügend andere Lampen, die meine

Flucht erschwerten. Nichtsdestotrotz glaubte ich, dass ich es schaffen würde. Irgendwas sagte mir, dass meine Stunde des Ruhmes schlug, auch, wenn ich das ganz und gar nicht begründen konnte.

Mann, der Gedanke klang furchtbar dämlich.

Bevor ich noch einmal ins Grübeln kam, beschloss ich, loszulegen. Also sprintete ich so schnell, aber auch so leise ich konnte über den gemähten Rasen. Immer wieder versteckte ich mich, blickte zurück zum Haus. Ich erkannte nichts, über was ich mir hätte Sorgen machen sollen. So dauerte es auch nicht lange, bis ich den Eingang erreichte und als ich an dem Knauf drehte, bemerkte ich, dass abgeschlossen war.

„Verdammter Mist."

Obwohl ich damit gerechnet hatte, stöhnte ich frustriert auf. Jetzt gab es nur noch eine Möglichkeit: klettern. Ohne noch weiter Zeit zu verlieren, begann ich einen Fuß nach dem anderen zu setzen.

Augenblicklich bereute ich es, dass ich in der Schule die Sportstunden, in denen wir an einer Wand hochklettern mussten, absichtlich versäumt hatte. So etwas hatte mich nie interessiert und ich war der Meinung gewesen, obwohl ich Sport mochte, dass ich so etwas niemals brauchen würde. Heute bereute ich diese Entscheidung zutiefst.

„Verdammt", fluchte ich leise, als ich mit dem Fuß abrutschte.

Schnell fing ich mich jedoch wieder, sodass ich weiter klettern konnte. Als ich jedoch oben angekommen war, gerade mein Bein über die oberste Eisenstange hob, hörte ich, wie Türen zu geschlagen wurden. Stimmen erklangen laut und als ich mich umdrehte, konnte ich sehen, dass nacheinander jedes Zimmer beleuchtet wurde.

Sie hatten mein Verschwinden bemerkt, wussten jedoch noch nicht, wo ich mich befand. So sollte es auch bleiben. Da ich Zeit sparen wollte und außerdem auch nicht weiter darüber nachdachte, sprang ich das letzte Bisschen hinunter und landete etwas unsanft auf meinen Füßen, stützte mich irgendwie mit den Händen, während sich kleine Steinchen in sie bohrten.

Ich ignorierte den kurzen Schmerz und rannte ich los. Jeden einzelnen Gedanken schaltete ich ab, konzentrierte mich lediglich auf den Bus, den ich unbedingt erreichen musste.

Da war er, kurz vor der Bushaltestelle, an der niemand stand. Als er seine großen Türen öffnete – offenbar, wenn es Mitfahrer gab, wollte hier niemand aussteigen - beschleunigte sich mein Puls. Als der Busfahrer die Türen jedoch wieder schloss, drohte, vor mir davon zu fahren, fühlte ich mich, als würde ich hyperventilieren.

Wie eine Verrückte hob ich meine Arme und versuchte, ihm mit heftigen Gesten klar zu machen, dass er warten sollte. Ich wollte auch nach ihm rufen, verstummte jedoch, als ich daran dachte, von den anderen gehört zu werden. Viel zu nah war ich dem Ziel, um mich nun schnappen zu lassen.

Bitte, dachte ich. *Ich bitte dich, halt an!*

Als hätte er meine Gedanken laut und deutlich zur Kenntnis genommen, stoppte das Fahrzeug ein weiteres Mal und erneut öffneten sich dessen Türen, was mich unglaublich glücklich machte.

Keuchend, schwer atmend, kam ich vor einem Mann mittleren Alters zum Stehen. Grimmig blickte er sich um, doch trotz seiner anscheinenden miesen Laune, lächelte er schließlich in meine Richtung, musterte mich von oben bis unten. Er bemerkte meine ungekämmten Haare, auch die Jacke, die eindeutig von einem Mann stammte.

„War wohl ein wilder Abend“, meinte er, doch es wirkte eher wie eine Feststellung.

Verlegen wippte ich von einem Fuß auf den anderen.

„Kann man so sagen.“

Er lachte leise, zeigte mit dem Daumen dann auf die hinter sich liegenden Sitze.

„Spring rein, hier ist es wenigstens etwas wärmer. Komisch, nicht? Erst werden wir mit solch heißen Tagen gequält und dann kommt die Nacht, die sich anfühlt, als steckten wir in eisigen Wintertagen fest. Das Wetter spielt in letzter Zeit echt verrückt.“

Ich wollte nicht unhöflich wirken, doch ich verspürte nicht das Verlangen, mich mit ihm zu unterhalten. Zudem konnten meine Freunde jede Sekunde um die Ecke spazieren, mich erkennen und versuchen zurückzubringen. Also lächelte ich und betrat hastig das Fahrzeug.

„Ja, echt schlimm. Man weiß gar nicht mehr, was man anziehen soll.“

Er lachte wieder, ließ mich passieren, sodass ich mich schließlich in die Mitte des Busses ans Fenster setzte. Seufzend sank ich in meinen Sitz, drückte Koens Jacke etwas fester um mich und schloss für einen Moment meine Augen. Als ich sie wieder öffnete, hatten wir die Haltestelle verlassen und bogen in die Hauptstraße ein.

Jetzt, wo mein Adrenalinspiegel sank, kehrte die Nervosität zurück und durchflutete meinen Körper wie eine Welle, die mit voller Wucht an den Strand gespült kam. Aufgeregt blickte ich mich um, versuchte, mir etwas Ablenkung zu verschaffen.

Nur drei Sitze hinter mir saß ein Pärchen, das sich aneinander kuschelte. Offenbar hatten sie einen harten Tag hinter sich, denn beide schienen, zu schlafen. Wenigstens waren sie ruhig, nicht so wie die drei Jugendlichen, die ganz hinten ihren Platz fanden. Sie lachten ungehalten, ließen laute Musik aus ihrem Handy erklingen, was dem Busfahrer anscheinend egal war. Da es mich nicht großartig störte, drehte ich mich wieder nach vorne. Auch dort saßen nicht viele Personen, logisch um diese Uhrzeit. Ich musterte eine Frau, die mit ein paar Tüten auf einem Dreisitzer saß. Sie kaute ununterbrochen Kaugummi und zwirbelte immer wieder eine Strähne um ihre manikürten Finger. Neugierig überlegte ich, wo sie wohl gewesen sein könnte, stoppte jedoch, als ich darauf keine Antwort fand.

Ich schüttelte mein Haupt, bevor ich nach vorne blickte und einen Mann musterte, der wie gebannt einen Zeitungsartikel las. Sein Mund stand etwas offen, ab und zu kaute er. Der Artikel muss gut gewesen sein, denn als der Bus hielt – er bemerkte zu spät, dass er soeben seine Station verpasst hatte –, fluchte er lautstark, sodass der Fahrer freundlicherweise noch einmal anhielt und den Mann gehen ließ. Im Spiegel konnte ich ihn seinen Kopf schütteln sehen, da der Mann mit einem leisen Danke verschwunden war. Er hätte ihm mit etwas mehr Höflichkeit gegenübertreten können.

Seufzend lehnte ich mich wieder zurück, starrte hinaus in die Dunkelheit. Die meisten Fenster waren dunkel und nur wenige Menschen erblickte ich auf den Straßen.

Heute Nacht sollten sie alle zu Hause bleiben, seufzte ich innerlich. *So wird niemand verletzt werden.*

Denkst du wirklich, dass du etwas ausrichten kannst? Ganz allein auf dich gestellt?

Meine innere Lady gähnte gelangweilt und war somit der Grund dafür, dass sich meine Nervosität steigerte. Sie glaubte nicht an mich, doch das tat sie schon lange nicht mehr.

Ich weiß es nicht. Doch ich werde alles tun, was in meiner Macht steht, gestand ich.

Sie lachte nur, hielt aber dann ihren Mund. Offenbar wollte sie dazu nichts mehr sagen, was mir nur recht war. Noch mehr Aufregung konnte ich wirklich nicht gebrauchen, auch, wenn sie von einer Person kam, die im Grunde nicht existierte.

Jetzt, wo ich zur Ruhe kam, wurde ich müde. Es schien, als würde sich meine Stimmung immer wieder verändern. Wurde ich als Nächstes vielleicht wütend? Blödsinn, dennoch machte ich mir auf einmal mehr Sorgen als zuvor. Ich wollte mir gar nicht ausmalen, was geschehen würde, wenn ich versagte. Eine Hürde hatte ich bereits gemeistert, doch die Schwerste – wahrscheinlich die Nervenaufreibendste in meinem Leben –, stand noch vor mir. Ich durfte auf keinen Fall scheitern.

Verwirrt blinzelte ich, als sich jemand bei der nächsten Station neben mich setzte, schließlich war noch jeder andere Platz frei und ich fand es gruselig, sich ohne einen treffenden Grund zu einem Fremden zu setzen. So etwas mochte ich gar nicht, doch als ich dann zu der Person blickte – ich wollte sie bitten, sich woanders hinzusetzen –, verschlug es mir die Sprache. Ich brauchte nicht erst mein Spiegelbild zu betrachten, um zu wissen, dass ich kreidebleich geworden war.

Der junge Mann, der sich zu mir gesellt hatte, gluckste. Die Beine übereinandergeschlagen, lehnte er sich hochnäsig zurück. Er war von sich und der Lage, in der wir uns befanden, furchtbar überzeugt.

„Wohin geht die Reise, Skylar?“, fragte Shawn belustigt.

Fuck! Ich bin so was von am Arsch!

Schluckend versuchte ich, etwas zu sagen, doch kein Wort kam zu Stande. Verwirrung, aber auch Schrecken übermannte mich, als ich den besten Freund meines Geliebten betrachtete.

Lässig strich er sich das Haar zurück, verschränkte die Arme vor der Brust. Er wirkte unheimlich cool.

„Wir fanden dein Verschwinden nicht sehr prickelnd“, sagte er, ohne auf eine Antwort zu warten. „Du glaubst gar nicht, wie enttäuscht Scarlett war. Vor allem von dir, obwohl sie sich schon wieder die Schuld gegeben hat. *Der Wall war zu schwach*, hat sie ständig gesagt. Mann, oh Mann, weißt du eigentlich, welchen Unfug du im Orden anrichtest? Koen war von deinem Abgang auch nicht sehr begeistert.“

Überfordert rieb ich meine Hände aneinander und wusste nicht, auf was ich zuerst antworten sollte.

„Woher weißt du, dass ich hier bin?“, erkundigte ich mich schließlich stotternd.

Überraschenderweise begann er schelmisch zu lachen, bevor er belustigt seine Brauen hob.

„Ich bin wirklich nicht dumm, Skylar. Du musst über den Haupteingang geklettert sein. Das erklärt die Geräusche, die Talisha gehört hat und außerdem hättest du es niemals geschafft, an mir vorbei zu kommen. Das bedeutet, dass du kein Auto hattest, auch ein Taxi hättest du nicht betreten können, da wir es anfahren gehört hätten. Die einzige Möglichkeit ist der Bus, dessen Fahrplan du mit Glück noch kennen solltest. Gott, schau doch nicht so. Meine Art kann sich schnell fortbewegen, also habe ich den Bus eingeholt und nun sitze ich hier.“

Er schien, die ganze Situation furchtbar lustig zu finden. Alles, was er zeigte, war ein breites Grinsen.

Arroganter Bastard!, konnte ich meine innere Lady schreien hören.

Sie zeigte eine richtige Abneigung gegen den Mann, während ich nur Bewunderung aussprechen konnte. Natürlich war mir von Anfang an klar gewesen, dass sie nicht dumm oder naiv waren, aber seine Auffassungsgabe raubte mir den Atem. Immerhin gab es noch andere Wege, die ich hätte einschlagen können.

„Oh.“

Das war das Einzige, was ich zu Stande brachte und das amüsierte ihn nur noch mehr.

„Also, Prinzessin, sag mir doch wohin es geht und vor allem, wie ist dein Plan?"

Ich suchte etwas in seinen Augen, auch, wenn ich nicht genau wusste, was. Vielleicht versuchte ich, nach dem Witz zu greifen, den er ausgesprochen hatte oder nach der Wut, die in dieser Lage angemessener erschien. Doch beides erkannte ich nicht. Stattdessen erwiderte ich seinen ernsten Blick und bemerkte, dass er weder wütend war, noch versuchte, alles mit einem Scherz zu überspielen.

„In den Wunschgarten", seufzte ich schließlich. „Man erwartet mich dort."

„Wer erwartet dich?"

Mir war so, als würde er die Antwort bereits kennen.

„Die Hexer."

Als hätte er es erwartet, stöhnte er frustriert auf. Mit den Händen fuhr Shawn sich erneut durch das Haar und wirkte auf einmal recht nervös, unheimlich aufgebracht.

„Du weißt, dass du direkt in die Höhle des Löwen trittst, richtig? Was erhoffst du dir?"

„Ich möchte helfen", war das Einzige, was ich darauf antwortete.

Er schüttelte missbilligend seinen Kopf und schnaufte.

„Du wirst sterben. Ist dir das bewusst? Alles andere wäre sinnlos gewesen und was denkst du, denkt Koen darüber?"

„Das ist mir egal. Alles, was für mich zählt, sind Cherry und dieser Abend. Ich bin an allem schuld, Shawn, hat dir das Talisha nicht unter die Nase gerieben? Ich mache ständig nur Probleme. Wenigstens heute möchte ich etwas richtigmachen."

Er feixte. „Du denkst wirklich, dass das hier kein Problem ist? Skylar, wir sind für deinen Schutz zuständig!"

„Das ist mir egal. Ich will einfach nur für Dereks Sicherheit sorgen."

Plötzlich schien es, als würde er mein Vorhaben verstehen. Überraschung spiegelte sich in seinem Gesicht wieder, bis er sich die Schläfe rieb und einen ernsten Gesichtsausdruck aufsetzte.

„Sie haben dir also versprochen, Derek freizulassen. Ist das richtig?" Ich nickte. „Und du denkst nicht, dass das eine Falle ist? Sie sind tückisch und interessieren sich nicht für Versprechen."

Ich machte mir Sorgen. Alles, was ich über die Hexer wusste, war, dass sie sich in einem Verbund mit anderen Geschöpfen vereinigten, um die Welt im Gleichgewicht zu halten. Zuständig für die Sicherheit der Menschen – sozusagen die Stellvertreter der Engel, über die man mich bereits aufgeklärt hatte –, versuchten sie Recht und Ordnung zwischen den Welten zu halten. Genau deswegen konnte ich Shawn nicht glauben, wenn er davon sprach, wie fies die Hexer sein konnten. Immerhin dienten sie einer höheren Macht, der sie Treue geschworen. Sollten solch hohe Wesen wirklich bösartig sein?

Mir war natürlich bewusst, dass im Grunde ich die Person war, die böse sein sollte. In mir lebte ein Teil meiner furchtbaren, wahren Mutter und genau dieser Teil sollte verbannt werden. Deswegen wollten die Hexer mich in ihrer Gewalt wissen, damit ich niemandem etwas tun konnte. Vielleicht schaffte ich es, sie zu überzeugen, dass ich nicht gefährlich war.

Ob ich überhaupt eine Chance besaß?

„Ich werde ja sehen, ob sie mich hereinlegen oder nicht", antwortete ich selbstsicher.

Shawn seufzte erneut, bis er sich von seinem Sitz erhob und mir ein aufmunterndes Lächeln schenkte. Verwirrt mustere ich sein Tun.

„Na dann komm. Das hier ist deine Haltestelle."

Ich brauchte einen Moment, um zu realisieren, dass er es vollkommen ernst meinte und als der Bus schließlich hielt, traten wir beide hinaus in die Dunkelheit.

Ein unheimlicher Wind zischte durch das Geäst, riss Blätter von ihren Schlafplätzen und beförderte sie in tanzenden Bewegungen hinauf in die Lüfte. Fasziniert beobachtete ich eines der Blätter – es leuchtete in einem wunderschönen, grellen Grün –, wie es Saltos schlug, schließlich auf einer einsamen Bank landete, dort einen neuen Platz fand.

„Ich werde mit dir kommen", beschloss Shawn, während er in Richtung Parkeingang ging.

Mit einer gezielten Bewegung hielt ich ihn davon ab und begann, heftig mit dem Kopf zu schütteln. Ich wusste, dass er mich nur beschützen wollte, doch er durfte nicht an meiner Seite sein. Man hatte es in dem Brief deutlich beschrieben: Bring jemanden mit und Derek stirbt.

„Das geht nicht", sagte ich sofort, versuchte, meine Stimme nicht allzu laut werden zu lassen. „Die Abmachung gilt nur, wenn ich alleine auftauche. Sie werden Derek töten, Shawn. Willst du das?"

Er murrte, schien mit meiner Entscheidung nicht zufrieden zu sein.

„Ich kann dich doch nicht einfach alleine-"

„Du kannst", versicherte ich ihm. „Und du wirst."

Ich konnte in seinem Blick lesen, dass er mich nicht gehen lassen wollte. Shawn kämpfte mit seinem Inneren, das von ihm verlangte, mein Verschwinden zu verhindern. Doch sein Herz siegte.

„Gut, aber ich werde hierbleiben. Wenn irgendetwas sein sollte, rufst du meinen Namen, hast du mich verstanden?"

Nickend bestätigte ich seinen Wunsch, beobachtete daraufhin, wie er sich auf die Bank setzte. Mit einer eisigen Miene zeigte er mir, dass ich verschwinden sollte, was ich schlussendlich auch tat. Meine Schritte waren schnell, als ich durch den Torbogen schritt und den Weg entlang schlich.

Die Nervosität kam zurück, quälte mich und die Dunkelheit, die hier noch schlimmer wirkte, machte die Situation auch nicht viel besser.

Mein Blick wanderte immer wieder zu den Seiten. Ich versuchte, herauszufinden, ob ich nicht jemanden oder etwas erkennen konnte. Doch bis jetzt schien, ich alleine zu sein. Und das war auch gut so, dennoch fühlte ich mich nicht wohl, irgendwie beobachtet.

Bleib' wachsam, forderte meine innere Lady. *Sie lauern überall. Verlass' dich auf deine Instinkte.*

Ich verstand nicht genau, was sie damit meinte, erblickte dann jedoch die kleinen, schwachen Lichter, die sich in den eng verwachsenen Gebüschen versteckten. Man spionierte mir nach, sodass sie sich sicher sein konnten, dass ich ihren Bedingungen Folge leistete. Obwohl sie das taten, schienen sie, Shawn nicht gesehen zu haben. So weit, so gut. Ich versuchte, mir nicht anmerken zu lassen, wie sehr mich die versteckten Gestalten verschreckten. Sie machten mir mehr Angst als die Tatsache, dass ich direkt in die Höhle des Löwen wanderte, in der Hoffnung, mit dessen Mähne zurück ins Rampenlicht zu treten und den Ruhm zu ernten.

Schwach schüttelte ich meinen Kopf, sah mich etwas genauer um. Als ich mich umdrehte, konnte ich sehen, dass ich den Eingang bereits weit hinter mir gelassen hatte. Stattdessen stand ich zwischen hohen Gräsern und geschnittenen, hochgewachsenen Büschen. Obwohl ich lange nicht mehr hier gewesen war, erinnerte ich mich, als wäre es gestern gewesen. Ich befand mich vor dem Eingang des Labyrinths der Liebenden, der Teil des Parks, der gerne besucht wurde. Es gab etwas, was die Leute von nah und fern anlockte und den Park somit am Laufen hielten.

Es war die Statue einer wunderschönen Frau, die in der Mitte des Labyrinths platziert worden war. Laut einer Legende handelte es sich um die Göttin Aphrodite, die in ihren Händen eine steinerne, mit Wasser gefüllte Waagschale hielt. Wenn man zusammen mit seinem Partner ein paar Münzen zurückließ, würde es Glück und Zufriedenheit in eine Beziehung bringen. Manche behaupteten sogar, dass es ewige Liebe heraufbeschwor, die länger als ein Leben anhielt. Doch einen Beweis dafür hatte es nie gegeben, auch, wenn es viele Verschwörungstheorien gab, angebliche Hinweise und Augenzeugen, die niemals in die Öffentlichkeit traten.

Für mich jedoch war es einfach nur eine romantische Geste zweier Menschen, die sich wünschten, für immer miteinander verbunden zu sein. Nichts Spirituelles oder Übernatürliches. Ein Mythos.

Als ich bemerkte, dass ich vor dem Torbogen Halt fand und darüber philosophierte, was wohl passieren würde, wenn Koen zusammen mit mir eine Münze in die Schale legen würden, graute es mir. Der Gedanke war wunderschön, doch jetzt, genau in dieser Situation, war er unpassender als alles andere. Ich hatte mich entschieden, endgültig. Auch, wenn mein Herz noch nicht damit zurechtkam, so war mein Verstand sich sicher. Alles in mir sehnte sich nach dem Dämon. Es fühlte sich an, als würde etwas in mir fehlen, das spürte ich.

Mir schossen verräterische Tränen in die Augen, als ich an meine verträumte Zukunft dachte, die in meinem Kopf bereits verblasste. Mein Herz sehnte sich so sehr nach dem Mann, der mich im Sturm erobert hatte, dass ich mir etwas mit ihm vorstellte, was niemals wahr werden konnte.

Er will dich nicht, redete ich mir stur ein. *Alles, was er begehrt ist dein Körper.*

Egal wie oft ich diese Worte in meinem Kopf wiederholte, Glauben konnte ich ihnen keinen schenken. Ich wollte es einfach nicht.

Alles in mir schreckte zusammen, als ich plötzlich einen lauten Glockenschlag vernahm. Mitternacht und meine Zeit lief ab. In nur elf Schlägen war alles vorbei.

Panisch vergaß ich meine Gedanken, nahm meine Beine in die Hand und lief. So schnell ich konnte, huschte ich durch die verschiedenen, kurzen Wege.

Weitere Glockenschläge folgten. Die Zeit wurde knapp.

Beeil' dich! Los, komm schon, Skylar!

Als der zehnte Schlag erklang, erblickte ich den Brunnen. Kleine Fontänen erhoben sich und umspielten das Gestein, das das Wasser im Zaum hielt. Helle, weiße Lampen, die man unter dem Wasser montiert hatte, ließen die Flüssigkeit erstrahlen und schenkten ihr einen unheimlich schönen Glanz. Leuchtkörper, die am Boden befestigt waren, halfen, den Rest zu erleuchten, sodass man die Umgebung recht gut erkennen konnte.

Keuchend kam ich schließlich zum Stehen und der letzte Schlag verhallte in der dunklen, kühlen Nacht. Obwohl meine Brust von dem kurzen Sprint schmerzte, ich kaum nach Luft ringen konnte, blickte ich mich um und suchte nach einem Anzeichen von Derek. Es herrschte Leere.

Angst schäumte in mir auf. War ich zu spät gekommen? Hatte ich alles vermasselt, weil ich in meinen Träumen versinken musste? Erneut kamen mir die Tränen.

Noch bevor ich nach meinem Kameraden rufen konnte, raschelte etwas. Mein Körper versteifte sich, noch ehe ich die kalte Stimme vernahm.

„Wie ich sehe, hast du uns erfolgreich gefunden“, kicherte eine Frau gehässig.

Es waren zwölf, nein dreizehn fremde Personen, die mich intensiv musterten. Abgesehen von drei von ihnen trugen alle einen schwarzen Umhang. Ich erkannte auch eine Kapuze, die nur von wenigen getragen wurden. Mir war sofort klar, wer oder was sie waren. Hexer.

Die restlichen drei sahen im Gegensatz zu ihren Kameraden wie ganz normale Leute aus. Auf eine abgetragene Jeans folgte ein nettes, gebügeltes Hemd oder ein kurzes Shirt. Einer der Männer, die keine Umhänge trugen, bereicherte sich einer braunen Lederjacke. Zu meinem Entsetzen hielt der anderen offensichtlich nichts von Jacken, denn alles, was seinen Oberkörper verdeckte, war ein enges Muskelshirt. Bei der dritten im Bunde handelte es sich um eine bildschöne Frau. Rotes, leuchtendes Haar fiel ihr sanft über die Schultern, sie hielt ihre spitze Nase leicht arrogant in die Höhe und ihre hohen Wangenknochen ließen mich automatisch neidisch werden. Recht gefährlich sah sie nicht aus, doch ich sollte mich nicht vom Äußeren beeinflussen lassen.

Ein Mann mit kurzen, schwarzen Haaren trat vor, ließ die Dame mit einer Handbewegung verstummen. Seine schmalen Lippen wurden zu einem gespielten Lächeln verzogen. Mir war klar, dass er versuchte, freundlich zu wirken, doch das machte ihn nur noch unheimlicher.

„Willkommen, Skylar. Es ist uns eine Freude, dich endlich kennenzulernen.“

Egal, was du machst, schenke ihm kein Vertrauen!

Das Verhalten meiner inneren Lady veränderte sich. Augenblicklich wirkte sie angespannt, gereizt, aber dennoch vorsichtig. Sie ließ die Hexer nicht aus den Augen.

„Wo ist Derek?“, fragte ich, anstatt auf seine Begrüßung einzugehen.

Die Frau, die mich zuvor angesprochen hatte, lachte leise und zwirbelte eine schwarze Strähne um ihren Finger. Für mich sah sie sogar noch gefährlicher, wenn auch verrückter, als der Mann, der vorgetreten war, aus. Ihre Lippen bewegten sich, doch ich konnte nicht verstehen, was sie sagte.

„Mein Name ist Arcor“, sagte der Mann, ignorierte meine Frage. „Ich bin das höchste Ratsmitglied.“

Irgendetwas prickelte in meinen Fingerspitzen, ließ mich frecher werden.

„Mich interessiert das nicht. Wo ist Derek? Ihr habt mir versprochen, dass ihm nichts passieren würde.“

„Ein dummes Mädchen. Ich hielt sie für klüger.“

„Schluss jetzt, Radia“, fauchte eine Frau mit blonden Haaren. Sie trat neben Arcor, sah ihn mit einem Blick an, den ich nur zu gut von mir selbst kannte. Sie waren Verbündete, Partner, Liebende.

„Ist in Ordnung, Karda. Radia weiß, was gut für sie ist, nicht wahr?"

Die Frau, deren Name offenbar Radia lautete, verstummte nun vollkommen.

Verwirrt musterte ich die Hexer, fragte mich, was an ihnen so besonders sein sollte. Bis jetzt sahen sie eher aus wie eine große Familie, die oft einem Streit unterlag. Nichtsdestotrotz strahlten sie Boshaftigkeit aus. Doch das war nicht alles. Je länger ich sie musterte, desto stärker wurde das Verlangen, ihnen meinen Respekt zu zollen und mich ihnen zu Füßen zu werfen.

Widersteh' ihnen, ansonsten wirst du es bereuen.

Wissend, dass die Lady Recht behielt, versuchte ich, ihrer Forderung nachzukommen. Während ich tief nach Luft schnappte, wanderte mein Blick über die Personen, die dort vor mir standen. Obwohl ich unter ihren Augen Angst verspürte, wagte ich es nicht, ihnen auch nur einen Hauch davon zu zeigen. Ich musste stark sein, wenn auch nicht für mich allein.

„Wo ist er?", wiederholte ich. „Lasst mich ihn sehen."

Arcor, der Anführer des Rates, seufzte theatralisch, was in meinen Augen vollkommen fehl am Platz wirkte. Dennoch nickte er auf einmal, hob seine behandschuhten Finger. Das war wohl ein besonderes Zeichen, denn plötzlich kamen zwei Männer aus ihren Verstecken, einer davon Derek. Trotz der Tatsache, dass er in der Gewalt dieser Menschen war, sah er recht gut aus. Er trug andere Kleidung und als ich mich an den Schmutz erinnerte, der bei seiner Entführung an ihm klebte, wusste ich, dass man ihm erlaubt hatte, ein Bad zu nehmen. Offenbar standen sie zu ihren Worten. Waren sie vielleicht doch nicht so schlecht, wie alle befürchteten?

Dereks Arme wurden von einem Kerl mit breiten, hohen Schultern hinter seinem Rücken verdreht. Er zischte, wehrte sich jedoch nicht. Wahrscheinlich konnte er das gar nicht oder etwas, was ich nicht zu sehen bekam, hinderte ihn daran.

„Wie du siehst, geht es ihm gut", sagte Karda, die mir ein sanftes Lächeln schenkte.

Sie wirkte von allen am freundlichsten. Ungespielt, echt.

„Nun lasst ihn gehen. Er hat damit nichts zu tun und ich bin hier, alleine, so wie ihr das wolltet. Also bitte, lasst ihn frei."

Das Lachen der meisten Hexer erklang. Es fügte sich wie eine Symphonie zusammen, vereinigte sich zu einer Melodie, die mir eine unheimliche Gänsehaut bescherte. Mein Herz fühlte sich schwer an, so, als wäre jemand dabei, es direkt vor meinen Augen zu zerbrechen.

„Er ist bereits frei. Dein kleiner Wolf war niemals in Gefahr", sprach Arcor laut.

Ich verstand nicht, doch als ich zu Derek schielte und in seinen Augen eine unglaubliche Trauer, eine Art Entschuldigung lesen konnte, zerbrach ich wie ein Handspiegel, den man versehentlich fallen ließ. Das Ding, welches das ununterbrochen in meiner Brust pochte, stoppte für einen Moment und ließ einen spitzen Schmerz durch meinen Körper fahren. Fassungslosigkeit umhüllte meinen Körper, meinen ganzen Verstand. Ich konnte nicht anders, als mit dem Kopf zu schütteln.

„Das ist nicht richtig", stotterte ich, war auf einmal ganz außer Atem. „Eine Täuschung! Ja, genau! Es muss eine Täuschung sein. Das ist nicht Derek."

Das alles wollte nicht in mein Hirn hinein. Niemals würde dieser Wolf, der Mann, der das Herz meiner besten Freundin, dem letzten Teil meiner Familie, erobert hatte, uns verraten.

„Oder es ist ein Scherz! Verarscht mich nicht!"

Meine Stimme hörte sich brüchig an. Ich wusste, dass ich mich gerade zum Affen machte, doch das Gefühl, das ich gerade einfach nicht beschreiben konnte, ließ eine Änderung nicht zu. Die Kontrolle über mich selbst verlor ich bereits.

„Du hast dich täuschen lassen", sprach ein anderer Mann. Eigentlich hätte ich seinen Namen nicht wissen dürfen, wir trafen uns heute zum ersten Mal, doch aus irgendeinem Grund kannte ich ihn.

Nebel überrannte mein Sichtfeld, als ich mit wackeligen Knien einen Schritt zurücksetzte. Ich suchte nach Halt, den ich nirgendwo finden konnte. Augenblicklich verlangte ich nach Koen.

Die rechte Jackeninnenseite, Skylar. Streng' dich an. Ich bin bei dir.

Die Stimme – meine Stimme – der inneren Lady fühlte sich aus heiterem Himmel wie ein Geschenk an, wie ein Summen, was schon immer in mir gehaust und mir geholfen hatte. Sie beschützte mich, selbst wenn ich nicht wusste wie oder weshalb sie dies tun sollte. Mir war egal, dass sie mich oft beschimpfte und komisch behandelte, denn jetzt zählte nur dieser eine Moment, in dem sie nett und zuvorkommend war. Sie gab mir die Kraft, die mir bis gerade eben versagt war. Die, die mich so unheimlich an Koen klammerte. Diese Lady bedeutete Hoffnung.

Wie in Trance - der Nebel wollte sich einfach nicht lichten - griff ich in die Jacke meines Liebsten und zog einen Pfahl heraus, den ich bis jetzt überhaupt nicht bemerkt hatte.

War ich tatsächlich so blind für das Offensichtlichste?

„Ich werde nicht aufgeben", knurrte ich steif, als ich Derek musterte, wie sein geglaubter Entführer ihn losließ, er jedoch an Ort und Stelle blieb.

Erneut erklang Gelächter. Dieses Mal jedoch lauter, wilder.

Als sich plötzlich der Mann, der Derek gerade noch gepackt hatte, zu Boden stürzte, schluckte ich hart. Angst durchschüttelte mich bis aufs Mark, denn das, was ich erblickte, war nichts Grauenhafteres als eine Verwandlung zu einem Wolf. Einem Werwolf. Sein Fell bedeckte lang und grau seinen tierischen Körper, seine Augen blitzen in einer Farbe, die mich erzittern ließ. Speichel lief an seinen spitzen Zähnen hinunter, während er eine Pfote nach der anderen auf mich zu setzte. Die Ohren legte er an, während sein Knurren durch die Nacht hallte.

Das Lachen wurde hemmungsloser, doch als Arcor erneut seine Hand hob, verstummten alle. Auch der Wolf, der mich wohl als Beute sah, stoppte.

„Ich gerate nur ungern in eine Situation, in der ich eine junge Lady zu Fall bringen und sie regelrecht entführen muss. Also, wie wäre es, wenn du dich etwas beruhigst?" Im Grunde machte er sich über mich lustig, doch er meinte es dennoch todernst. „Entweder du wirst freiwillig mit uns kommen oder wir regeln es auf eine Art, die dir nicht gefallen wird."

Bleib' in deiner Rolle. Lass' dir von ihnen keine Angst einjagen!

„Wir wollen dich wirklich nicht verletzen."

Das passte überhaupt nicht zusammen. Wenn sie mich nicht verletzen wollten, warum waren sie dann in Scharen hier aufgetaucht? Hätten ein oder zwei Hexer nicht gereicht, mich von hier fortzubringen? Waren nicht sie diejenigen, die es auf einen Kampf absahen? Was wäre sonst der Grund für eine riesige Anzahl Wesen, die nicht einmal halbwegs menschlich waren?

„Was soll das bringen? Letztendlich tötet ihr mich, habe ich recht?"

Bei jedem Gelächter, jeder einzelnen Grimasse sank ein Teil meines aufgebauten Mutes, verwandelte sich in Furcht. So sehr ich mich dagegen sträubte, ich erreichte nichts, was mir hätte helfen können. Meine Beine verwandelten sich langsam zu Pudding und es war schwer, mich aufrecht zu halten.

„Nur, wenn sich das Gen ausgebreitet hat. Wir sind für die Sicherheit dieser Welt zuständig, nicht, um grundlos Menschen umzubringen. Du wirst lediglich in Gewahrsam genommen und kommst bei uns unter."

Arcors Worte klangen halbwegs glaubwürdig, aber ich wusste nicht, ob ich ihm vertrauen sollte. So viel Schlechtes hatte ich bereits zu hören bekommen und nichts davon wirkte vertrauensvoll auf mich. Ich fragte mich, ob meine Freunde übertrieben, ob diese Menschen nicht vielleicht doch netter waren, als gedacht. Ich konnte mir vorstellen, dass sie für die Sicherheit der Menschen, alles tun würden. Waren sie gewillt, einen Bogen um meinen Tod zu machen? Trotzdem machte mir noch etwas anderes zu schaffen. Ich verstand nicht, worauf sie hinauswollten, was meine Gene überhaupt bedeuteten.

„Ich weiß nicht, was ihr damit meint“, gestand ich schließlich. „Meine Gene oder das königliche Blut sind doch vollkommen egal. Ich bin ich. Niemals würde ich jemandem etwas zuleide tun.“

Karda lächelte, als sie einen Schritt auf mich zu wagte. Ich hielt sie prinzipiell nicht für bösartig, wich jedoch dennoch etwas zurück und stieß dabei an den Rand des Brunnens. Mir wurde flau im Magen, denn das kleine Grüppchen teilte sich auf. Sie versuchten, mich einzukreisen. Ich hätte auf Shawn hören sollen – es handelte sich um eine Falle.

„Das ist ganz einfach, zu erklären“, begann die Hexe schließlich, als sie zum Stillstand kam. „Die Macht deiner Mutter ruht noch immer in dir, sie lebt in jeder von euch Schwestern. Sie liegt verborgen, kann jedoch hervorgelockt werden, wenn man weiß, wie. Wir versuchen, diesen Teil zu verbannen, sodass sie aus euren Körpern verschwinden. Dieses Stück Seele ist bösartig und darf nicht an die Oberfläche gelangen. Sie kann deinen Körper übernehmen und etwas entfesseln, was die ganze Welt ins Chaos stürzen könnte. Es ist gefährlich.“

Ihr Blick wurde bedrohlich. Ihre Hände zitterten. Sie meinte das vollkommen ernst, doch ich konnte mir nicht vorstellen, dass so etwas in mir hauste. Mein Leben lang war ich ein anständiges, freundliches Mädchen gewesen, hatte Befehle befolgt, mich um die Menschen gekümmert, die meine Hilfe brauchten und war für meine Freunde dagewesen. Gut, ich spendete niemals Geld oder nahm Obdachlose mit zu mir nach Hause, doch machte mich das sofort zu einem schlechten Menschen?

„Und woher wollt ihr wissen, dass dieser Teil der Seele bereits ... äh ... aktiviert wurde?“

Ich brauchte mehr Beweise, um ihnen glauben zu können, auch, wenn ich noch nicht erahnte warum. Mein Verstand sagte mir, dass ich bereits wusste, worauf die Hexer hinauswollten.

„Sie wird sich zeigen“, antworte Arcor. „Es wird sich langsam in dir ausbreiten, genauso wie die Kräfte, die dir normalerweise zur Verfügung stehen. Wenn sie es geschafft hat, die Kontrolle zu übernehmen, wird es zu spät sein. Dann wird es für dich nur noch den Tod geben.“

Ich erstarrte, als ich realisierte, was er genau damit meinte. Er sprach von einem Teil in mir, der gegen mich ankämpfte, versuchte, mich auf eine Seite zu ziehen, die mir nicht gefiel. Arcor, der Anführer der Hexer, sprach von meiner inneren Lady. Der Schock ließ mich erzittern. Etwas, was der Grund für die Zerstörung der Welt sein könnte, wohnte in mir und ich redete mit ihr! Nein, ich sprach mit mir selbst, dem Ich, das vor Jahrhunderten gelebt hatte.

„D-Das ist doch Blödsinn“, stotterte ich, doch das Lachen der Lady wurde lauter, hallte in mir wieder.

Die Augen des Hexers verzogen sich zu Schlitzen und nun war er derjenige, der nähertrat. Ohne etwas zu sagen – es bereite mir noch mehr Angst, als wenn er mit mir sprach –, zog er den Handschuh von seiner rechten Hand und richtete sie gegen mich. Ich blickte in seine Handfläche, auf der ein schwarzes Symbol abgebildet war, das langsam zu glühen begann. Dann fauchte er leise, dennoch laut genug, um von den anderen wahrgenommen zu werden.

„Sie vollzieht bereits die Verwandlung. Ich kann es in ihren Augen lesen! Ergreift sie!“

Schlagartig veränderte sich die Situation, so hastig, dass ich mich kaum zu wehren wusste. Panisch hob ich den Pfahl, schlug nach einem der Feinde, der ruckartig auf mich zu gestürmt kam. Ich wusste nicht, wie ich mich verteidigen sollte. Ungeachtet dessen, schien mein Körper, die Bewegungen zu kennen, die ich ausführen musste, um zu überleben. Blitzschnell duckte ich mich weg, wich einem Hieb aus, bis ich plötzlich nach hinten taumelte. Rasch suchte ich nach Halt, fand jedoch keinen und stolperte zu Boden.

Wehr‘ dich! Wehre dich, verdammt nochmal!

Es war zu spät. Orga, einer der Hexer, packte mich fest am Oberarm. Grob zog er mich auf die Beine, bevor ein Kribbeln durch meinen Körper schoss.

„Warte nur, Prinzessin. Das wird ein Spaß werden.“

Ich spürte einen Schmerz in meiner Magengrube, der sich durch meinen gesamten Körper zog, bis es plötzlich stoppte. Die Augen des Mannes weiteten sich, als er sich im nächsten Moment von mir löste und im hohen Bogen über den Brunnen flog, wo er sich keuchend wieder erhob.

„Weg von ihr, Bastard!“, fauchte niemand geringeres als Cherry, die sich schützend vor mich warf.

Ihr Leib bebte, wobei sich ein Funkeln in ihren Blick schlich, das ich nicht kannte. Es graute mir, dass ich ihre wahre Natur hier und jetzt zum ersten Mal erkannte.

„Wie kannst du es wagen dich gegen ein Ratsmitglied zu stellen?“, brüllte Orga.

Cherry lachte nur, leckte sich frech über die Lippen. Sie verspottete ihn.

Ich erschrak, als jemand hinter mir auftauchte, seine Hände schützend auf meine Schultern legte. Koen! Kein Wort bekam ich zustande, konnte nur wie gebannt auf sein wutverzerrtes Gesicht starren.

„Verräter“, bellte Talisha, die urplötzlich in der Masse auftauchte, einen der Hexer mit einem Tritt zur Seite beförderte. Da fielen mir erst die anderen auf.

Zuerst waren sie nicht da gewesen, doch binnen weniger Sekunden schleusten sie sich zwischen ihre Feinde, um sie von innen zu vernichten. Nur waren die Hexer nicht dumm, sodass sie nach dem zweiten Angriff ihre Strategie änderten, zur Seite sprangen und sich aufteilten.

Fast hätte ich aufgeschrien, als Aaron zusammen mit einem Vampir – ich erkannte ihn an den spitzen, blutverschmierten Zähnen –, aus dem Gebüsch sprang. Sie wälzten sich über den Boden, bis er an seinen Pfahl kam, der an seinem Hosenbund befestigt war und ihn dem Fremden ins Herz stieß.

Das war offensichtlich ein Fehler, denn schlagartig begann der Boden zu vibrieren. Ich wäre wohl zu allen Seiten getaumelt, wenn Koen mich nicht festgehalten hätte.

Karda, deren milder Blick auf mir lag, hob ihre leuchtenden Hände in die Höhe. Für einen kurzen Moment strahlte sie wie ein Leuchtfeuer in der Dunkelheit, doch dann schlängelte sich ein blaues Licht um ihren Körper, breitete sich über das gesamte Feld aus. Es umschloss uns.

„Ein Kraftfeld! Kümmere dich darum, Scarlett", forderte Cherry, während unsere Hexe breit grinsend auf den Rand des Brunnens sprang. Ich konnte die Magie spüren, die von ihr ausging, wie sie sich mit der von Karda vermischte.

Ames, dessen Gesicht von einer Art komischer Freude überzogen war, leckte sich über die spitzen Eckzähne, als er zu uns trat.

„Schön, dich wiederzusehen, Zeria", sprach er die Frau an, deren Körper nicht von einem Umhang umschlossen wurde. Als auch sie lächelte, zeigte sich, dass es sich ebenfalls um einen Vampir handelte. Arrogant, aber dennoch unglaublich elegant, kam sie auf ihn zu.

„Na, wollen wir ein Tänzchen wagen?"

„Koen! Schaff' Skylar hier weg. Wir kümmern uns darum", knurrte Gerrit. Er beanspruchte meine Aufmerksamkeit, sodass ich nicht mehr mitbekam, wie sich Ames auf die Vampirin stürzte. „Jetzt!"

Innerlich wollte ich protestieren, verlangte danach, hier zu bleiben und zu helfen, doch ich wusste nur allzu gut, dass es mein Ende wäre, wenn ich blieb. Ich wäre nur im Weg.

„Komm!"

Somit packte Koen mein Handgelenk und versuchte, mich durch die Masse zu ziehen, die sich nun gegenseitig in einen Kampf verwickelten. Jeder kämpfte, selbst Gerrit, der sich Arcor an den Hals schmiss. Als ich mich noch einmal umdrehte, erblickte ich Cherry, die Derek einen verletzen Blick zuwarf. Aus seiner Kehle klang ein leises Winseln, das sich in ein klägliches Heulen verwandelte. Er versuchte, auf sie zuzugehen, wagte es sogar, Worte gegen sie zu erheben. Für mich sah es so aus, als würde er die Situation entschärfen wollen, ihr sagen, warum er uns, nein, sie verriet. Doch meine beste Freundin hörte nicht auf ihn. Kleine, glitzernde Tränen standen ihr in den Augen, als sie eine Waffe aus dem Halfter zog und diese auf ihren einstmaligen Geliebten richtete. Geschockt starrte er sie an und als sich ein Schuss löste, verwandelte er sich auf der Stelle in einen großen, rotbraunen Wolf. Er winselte, als der Schuss seine Schulter durchstieß, doch er wagte es nicht, sich zu wehren. Stattdessen rannte er an der Menschenmenge vorbei, blickte zuvor aber noch einmal zu Cherry und verschwand dann in den Schatten. Trotz der Wunde gelang ihm seine Flucht, doch Lyras, der das Ganze wütend beobachtete, stürmte ihm nach.

Ich spürte, dass Cherry Trost brauchte, doch sie kam gar nicht dazu, sich noch weitere Gedanken um den Wolf machen, denn ein Vampir stürzte sich auf sie.

„Cherry!"

„Sie kommt alleine klar," sagte Koen, zog mich rasch weiter. „Kümmere dich nicht um sie."

Der Dämon wollte mit mir verschwinden. Ich konnte mir vorstellen, dass es seine Absicht war, mich sicher zurück zum Anwesen zu bringen und das, ohne von den anderen verfolgt zu werden. Doch so einfach kamen wir nicht davon. Drei fremde Männer tauchen auf, zwei andere standen hinter uns. Niemand konnte uns helfen, es waren einfach zu viele. Die Gestalten, die ich bei meinem Eintreffen in den Gräsern bemerkt hatte, waren dazugekommen und sie befanden sich in der Überzahl.

„Sie wird mit uns kommen müssen", sagte ein stämmiger, rothaariger Mann. Er war weder ein Hexer, noch ein Vampir, doch als ich seine Augen betrachtete, die immer wieder ihre Farben wechselten, erkannte ich eine Ähnlichkeit mit Koen. Er war ein Dämon. „Händige sie uns freiwillig aus. Ich kann es nicht leiden, wenn ich meine eigene Rasse vernichten muss."

Der Mann lachte, seine Kumpanen grinsten nur. Koen knurrte bedrohlich, bäumte sich dominant auf und fletschte seine Zähne.

„Wenn ihr sie wollt, müsst ihr erst an mir vorbei."

Ein anderer, kleiner Mann mischte sich ein, indem er lautstark gackerte.

„Du bist genauso hochnäsig wie der Rest deiner Sippschaft. Verfluchte Dealórc-Dämonen."

„Ruhig Blut, Jordan", grunzte der erste der Typen. „Er wird sterben, genauso wie der Rest seiner verfluchten Rasse."

„Dann probiert es doch aus!", forderte Koen provokant. „Ich werde euch schneller in die Hölle schicken, als euch lieb ist."

Duck' dich! Auf der Stelle!

Kaum hörte ich die Stimme der Lady, senkte ich mein Haupt und der Dolch, den man in meine Richtung schleuderte, wurde von Koen gefangen. Es sah so einfach aus, dass ich dachte, es hätte sich lediglich um einen Trick gehandelt, doch zum Scherzen war niemand aufgelegt, im Gegenteil. Obwohl Koens Worte selbstsicher klangen, erkannte ich, dass er unter Spannung stand. Seine Glieder bebten und sein Blick wechselte immer wieder von einem Gegner zum anderen. Niemand bewegte sich.

„Verschwinde von hier, Skylar. Renn' so schnell du kannst, und versteck' dich."

Perplex lauschte ich seinen leisen Worten. Er schickte mich fort, um es mit fünf seiner Art aufzunehmen? Das war doch purer Selbstmord! Noch bevor ich ihm widersprechen konnte, stoppte er mich mit einem einzelnen Wimpernschlag, der nur eines bedeutete: Verschwinde.

„Männer, packt sie!"

Und plötzlich ging alles so schnell. Die Männer stürzten sich auf uns, aber Koen war flink. Er blockte die Angriffe, beförderte einen unserer Angreifer zurück und verpasste einem anderen so einen kräftigen Kinnhaken, dass ich fürchtete, er würde nicht mehr aufstehen. Wie ich mich doch irren konnte. Sie sahen nicht nur kräftig aus, nein, sie kamen nach jedem Angriff auch rasch wieder auf die Beine. Doch selbst wenn sie in meine Augen unaufhaltsam aussahen, konnte man deutlich erkennen, dass ihnen jeder Schlag zusetzte.

„Verschwinde endlich! Skylar, tu, was man dir sagt!"

Koens Stimme zerrte mich aus meinen Gedanken, ließ mich aufschrecken. Ich musste schleunigst von hier verschwinden. Ich warf ihm einen letzten Blick zu, bevor ich seinem Willen folgte und zu rennen begann. Einer der Männer fauchte, wollte mir nachrennen, wurde aber, als ich mich noch einmal umdrehte, von Koen aufgehalten.

„Ich lasse euch hier nicht durch! Nur über meine Leiche!"

Mein Herz klopfte mir bis zum Hals, füllte meinen Körper mit einer Menge Adrenalin. Mir blieb keine andere Wahl, als zu fliehen, auch, wenn ich nicht wusste, wohin ich genau verschwinden sollte. Zumindest nicht, bis ich am Torbogen des Labyrinths stoppte. Mit zittrigen Beinen hastete ich hinter die hohen Büsche, sank in die Hocke und hielt mir die Hand vor den Mund. Es erwies sich als schwer, meinen Atem flach und leise zu halten, so aufgeregt wie ich war.

Du Feigling! Dämonen fliehen nicht vor ihren Kämpfen!

Hektisch schüttelte ich meinen Kopf, versuchte die Stimme meiner inneren Lady, nein, der Dämonin in mir zu verbergen. Ich wollte sie ausbremsen, ihre Gestalt aus meinem Verstand verbannen. Doch sie lachte nur, machte mir deutlich, dass ich sie nicht einfach aus meinem Körper schmeißen konnte. Die jetzige Situation führte mir vor Augen, wie schwach ich eigentlich war. Zu schwach, denn die Lady versuchte mich hinter sich zu zerren. Zum ersten Mal konnte ich Arcors Reaktion nachvollziehen. Sie versuchte, mich zu kontrollieren, zwang mich aufzustehen und aus meinem Versteck zu kriechen.

Ich wehrte mich, so gut ich konnte, schaffte es, die Oberhand zurückzugewinnen. Jedoch nicht für allzu lange, denn der böse Teil meiner Seele wollte auch den Rest der Hülle erobern, endgültig. Sie ergriff die Chance.

Ein Kampf, weder blutig, noch brutal, entflammte zwischen zwei Persönlichkeiten, die doch dieselbe waren. Ich wusste, dass ich als Siegerin hervorgehen musste, doch als ich plötzlich Koens Schrei vernahm, so voller Leid und Schmerz, durchzuckte mich etwas, jenes stärker als das Verlangen, meinen Körper für mich zu gewinnen.

Ohne auch nur einen Gedanken daran zu verschwenden, rannte ich zurück. Mir war egal, was er mir befahl, was Koen für das Beste hielt. Ich war mein eigener Mensch mit Entscheidungen, die ich selbst treffen konnte und in diesem Fall auch musste.

Es dauerte nicht lange, bis ich das Bild erblickte, das das Blut in meine Adern gefrieren ließ.

Koen lang keuchend auf dem dreckigen Boden und seine Hand verdeckte die rot gefärbte Stelle an seiner Hüfte. Drei seiner Verfolger lagen tot auf dem Boden, kopflos, durchtrennt und gepfählt. Der Vierte stand über Koen, in seinen Händen ruhte der Dolch seines Opfers.

„Hör auf, bitte", flehte ich, während ich langsam auf ihn zu trottete. Koen schüttelte seinen Kopf, zischte leise und es sah so aus, als würde er mir etwas mitteilen wollen. Dennoch reagierte ich nicht, lächelte den Fremden zaghaft an, hoffend, dass er die Waffe sinken ließ. „Ich bin diejenige, die ihr wollt. Hier bin ich."

Langsam richtete sich Koen auf, doch der Mann drückte ihn mit seinem Fuß zurück auf den Boden. Ein breites, bösartiges Grinsen bildete sich in seinem Gesicht, ließ meine Knie vor Angst schlottern. Nichtsdestotrotz versuchte ich es weiter, ließ mich von der Beklommenheit nicht leiten.

Ich blendete alles aus: die Kämpfe, die vor uns geführt wurden, die Schreier aller Beteiligten und das Knurren, das Koen dem Kerl entgegenwarf. Alles, was ich wollte, war ihn in Sicherheit zu wissen.

„Töte sie", befahl er plötzlich und Koen umfasste seinen Knöchel.

Meine Augen weiteten sich, als ich mich umdrehte, zu langsam, um wirklich zu erkennen, was mir entgangen war. Der Fünfte von ihnen, stand direkt vor mir, schmunzelnd und seine Hand ruhte direkt vor meine Brust.

Dann verlief alles unglaublich schnell. Der Fremde, der Koen zu Boden drückte, schrie auf, während das Lächeln seines Partners verblich. Ich hörte die Stimme meines Geliebten und vernahm, wie meine Freunde meinen Namen riefen, panisch, fast schon verzweifelt. Ich schloss meine Augen, wollte nicht sehen, was der Mann mit mir anstellte. Doch seine Berührung fiel aus.

Wieder Schreie, lauter, kreischender. Shawn schrie den Namen seines besten Freundes. Ein kühler Windstoß durchstieß die Barrikade, die ich hatte um mich entstehen lassen, zwang mich, meine Augen wieder zu öffnen.

Koen hielt seine Arme schwach um mich geschlungen, Blut lief über seine Mundwinkel. Verängstigt sah ich ihn an, umfasste so zärtlich ich konnte sein Gesicht, das meinem immer näherkam.

„Ko-Koen?"

Seine Augen – so oft hatte ich mich in ihnen verloren, davon geträumt, nie wiederaufzutauchen – waren glasig, leer. Ein Zucken durchzog seinen Körper und er spuckte rote Flüssigkeit. Für einen Moment bewegten sich seine Lippen, doch er blieb still. Zitternd blickte ich an ihm herunter, erkannte deutlich die Hand, die in seiner Brust steckte und mich mit seinem Blut befleckte. Heiße, salzige Tränen stiegen mir in die Augen und Übelkeit machte sich in mir breit. Erneut zuckte sein Körper und die Hand verschwand. Doch mit ihr, auch das, was ich am meisten begehrte.

Ich konnte mich nicht rühren, erstarrte zu Eis, als Koens lebloser, verlassener Körper in die Tiefe stürzte, wie ein Stein zu Boden prallte. Staub wirbelte auf. Wie hypnotisiert löste ich den Blick von meinem Geliebten, sah zu dem Mann, der Koen das nahm, was ich liebte.

Er, der fremde, abartige Dämon, hielt Koens Herz in den Händen.

Mein Körper bebte und als mich ein unaufhaltsamer Schmerz erfasste, schrie ich. Tränen suchten sich einen Weg nach unten, während ich wie in Trance auf das Organ zwischen seinen Fingern starrte. Der Schmerz wurde größer, die Wut unbändiger und die Stimme der inneren Lady lauter.

Ich entsagte mich meiner Selbst, verkroch mich hinter einem Schatten, der mein gebrochenes Herz und mein verlorenes Leben versteckte. Schließlich wurde die Welt zusammen mit mir in Dunkelheit gehüllt.

KAPITEL 17

Es fühlte sich wie ein Hammerschlag an, der direkt auf dem Herzen landete und mich zwang, hechelnd nach Luft zu schnappen, um die Leere in meinen Lungen zu füllen. Ein Schmerz, verursacht durch einen heftigen Treffer, durchzog meinen Körper und sickerte in jede einzelne Pore, trieb heiße, salzige Tränen in meine Augenwinkel. Mit wildflackernden Wimpern versuchte ich, die aufkommende Nässe von mir zu drücken, und hoffte, nicht der Schwäche vor die Füße zu fallen. Leider funktionierte es nicht, wie ich feststellen musste, als sich die erste Träne einen Weg an meiner Wange herunterbahnte.

Angst umhüllte mich, obwohl ich mir nicht vorstellen konnte, warum. Während ich mit mir selbst kämpfte, die Augen geschlossen zu halten, versuchte ich mich an das Vergangene zu erinnern. Es schien schier unmöglich, denn das Einzige, was ich im Geiste erkannte, war eine gesichtslose Person, die eine andere verletzte. Was, zum Teufel, war passiert?

Mein Herz, das Pochen war so unglaublich laut, dass es in meinem Verstand widerhallte, schlug mir fest gegen den Brustkorb, versicherte mir somit, noch vorhanden zu sein. Ich spürte kleine Schweißperlen, die sich ihren eigenen Weg suchten und an meiner Haut hinab glitten. Mein Körper musste schwitzen, doch ich verspürte keinerlei Hitze. Im Gegenteil, ich fühlte mich irgendwie unterkühlt. Schluckend ballte ich meine Hände zu Fäusten, versuchte, das kribbelige Gefühl aus ihnen herauszudrücken, was jedoch scheiterte. Irgendetwas lief hier komplett in die falsche Richtung.

„Soll das ein Witz sein?", erklang eine laute, wütende Stimme. Sie schreckte mich aus meiner Starre, zwang mich dazu, meine Lider zu heben. „Lass' mich gehen, Mutter. Ich bitte dich. Nur weil meine Schwester solch eine Hure ist, bedeutet das nicht, dass auch ich mich durch die Betten vögeln muss."

Verwirrt blinzelte ich, bevor ich meinen Kopf zur Seite wand, um herauszufinden, woher die Stimme kam. Wieso kam sie mir auf einmal so vertraut vor? Zu meinem Erstaunen befand sich hier niemand, nicht ein einziger Mensch. Ich wusste nicht einmal, wo ich mich befand, also ich entschied, mich zu erheben. Der Gedanke, dass ich mich vor diesem neuen, eigenartigen Ort fürchten sollte, schoss mir durch den Kopf, wurde jedoch von der Faszination, die durch hübsche, rote Blumen geweckt wurde, in die Knie gezwungen. Wo, um Himmels Willen, war ich? Alles, was ich darüber sagen konnte, war, dass es eine Art Garten sein musste, denn alles, was man sehen konnte, waren Blumen. Überall wucherte es von den unterschiedlichsten Pflanzen, die jedoch eine Farbe teilten: rot. Orchideen, Rosen und auch Osterglocken erkannte ich, doch alle besaßen diese eine Bemalung. Ob sie auf diese Art und Weise gezüchtet worden waren?

„Nein, genau das ist das Problem, mein Kind. Du bist nicht bereit, den Teil deiner Herkunft zu akzeptieren. Deswegen bleibst du hier“, erklang eine neue Stimme.

Immer wieder drehte ich mich um und versuchte, die Personen ausfindig zu machen, deren Stimmen bei jeder Drehung lauter wurden. Doch ganz so einfach, wie ich es mir vorstellte, war es dann doch nicht. Dann aber, als ich mich ein weites Mal Richtung Osten drehte, erkannte ich etwas Neues. Etwas, das gerade noch nicht da gewesen war. Eigentlich hätte mich das Erscheinen des Springbrunnens verunsichern sollen, doch diesen Teil nahm ich gar nicht richtig wahr. Stattdessen näherte ich mich dem spuckenden Wasser, erkannte kleine, schwarze Fische darin, denen ich kaum Aufmerksamkeit zollte.

Mit einem mürrischen Laut auf den Lippen zog ich den Ast eines Baumes zur Seite, achtete genau darauf, ihn nicht zu zerstören und zwängte mich zwischen die Büsche, die man erfolgreich neben dem Brunnen angepflanzt hatte. Meiner Meinung nach ein echt ungünstiger Platz.

Kopfschüttelnd blickte ich geradeaus, erstarrte bei dem Anblick, der sich mir bot. Ich befand mich in einer Art Gewächshaus – mir waren erst jetzt die Glasscheiben aufgefallen, die über mein Haupt hinweg erbaut worden waren. Es wimmelte hier nur so von unterschiedlichen Gewächsen. Von wunderschönen, leuchtenden Blüten bis hin zu riesigen Bäumen. Zwischen all den Gräsern führte ein Weg aus Kieseln entlang, endete an einem weiteren Springbrunnen und einer danebenstehenden Bank. Auf der Bank saß eine Frau mittleren Alters, deren Schönheit niemand zu übertreffen wagte. Sie war eine Augenweide und ich schwor, nie jemand Schöneren gesehen zu haben.

Es gab keine einzige Falte in ihrem Gesicht, weswegen ich mir im Nachhinein doch nicht ganz sicher war, ob es sich nicht doch um einen Teenager handelte, doch die Art wie sie dort saß, so elegant und nobel, verriet mir, dass ich mit meiner Vermutung richtiglag.

Ihr dunkles, fast schwarzes Haar reichte ihr bis zur Hüfte, wurde von einigen, glitzernden Steinen verziert, die gleichzeitig einen Teil ihres Ponys an Ort und Stelle hielten. Ein unheimliches Gefühl umschloss mich, als ich in die purpurnen Augen blickte, die

Härte und Dominanz ausstrahlten. Ihr gutgebauter, schlanker Körper wurde von einem enganliegenden Kleid, das weder ihre Beine, noch ihre Arme freilegte, umhüllte.

Doch auch, wenn die Schönheit dieser Frau alles überstieg, was ich je zu Gesicht bekommen hatte, verspürte ich Furcht, als ich die Hörner erblickte, die aus ihrem Kopf wuchsen. Auch ihre rechte Hand war abnormal, ähnelte eher einer Klaue, als zierlichen Fingern. Als ich dann auch noch die spitzen Zähne erblickte, die sie durch ein gehässiges Grinsen entblößte, lief es mir eiskalt den Rücken hinunter. Diese Frau war das pure Böse.

„Nicht schon wieder, Mutter. Ich kenne diese Leier bereits und bin nicht gewillt, dem Succubus-Dämon in mir die Oberhand gewinnen zu lassen", stöhnte eine weitere Person, deren Gestalt ich zuerst gar nicht wahrnahm.

Erschrocken, unheimlich bestürzt, starrte ich die junge Frau an, die am Rande des Brunnens saß, starrte *mich* an. Diese Person sah nicht nur aus wie ich, nein, sie *war* ich.

Wütend verschränkte mein Doppelgänger die Arme vor der Brust, bevor sich die andere Dame, offenbar ihre Mutter, erhob und ohne ein Wort das Gewächshaus verließ. Stattdessen näherte sich ein blondes, liebreizendes Mädchen mit mausgrauen Augen. Das Lächeln, das ihr hübsches Gesicht zierte, drückte Bedauern, aber auch Verständnis aus.

„Was willst du?", murrte mein Doppelgänger.

„Nimm' dir Mutters Worte nicht allzu zu Herzen, ja?", lächelte sie. „Sie will, dass wir irgendwann, falls es tatsächlich möglich sein sollte, sie von ihrem Thron zu stürzten, ihren Platz übernehmen. Bis dahin müssen wir aufpassen und lernen. Alles, was sie möchte, ist, uns auf den rechten Weg zu führen." Kaum hatten die Worte ihren Mund verlassen, verzog sie das Gesicht und setzte sich zu ihrer *Schwester.* „Okay, so betrachtet hast du allen Grund, schlecht drauf zu sein."

Das Lachen der beiden Schwestern hallte durch das Gewächshaus, brachte mein Herz dazu, Purzelbäume zu schlagen. Ich konnte nicht anders, als sie zu beneiden, während ich noch immer zwischen Blättern und Ästen stand. Die Blondine musste nur ein kleines Wort von sich geben und schaffte es damit, meinen Doppelgänger glücklich aussehen zu lassen. Es war so unglaublich faszinierend, schön, dass ich mich fast aus meinem Versteck geschlichen hätte.

Siehst du das? Es war die innere Lady, die mit mir sprach. *Willst du auch so glücklich sein? Möchtest du nicht auch endlich wieder eine Familie an deiner Seite wissen, die dich unterstützt und so nimmt, wie du wirklich bist?*

„Ich habe bereits solch eine Person", verkündete ich stolz. „Cherry ..."

... hat dich verlassen!

„Sie ist wütend. Das wäre ich auch."

Denkst du nicht, sie übertreibt? Schau' dir diese beiden an. Sie harmonieren perfekt.

„Weil sie Geschwister sind."

Weil sie deine Schwester ist!

Diese Erkenntnis schlug mich mit voller Wucht nieder. Das Szenario, das sich vor mir aufbaute, zeigte nicht nur mich, wie ich erschreckend feststellen musste, sondern auch eine der Schwestern, nach denen die anderen so dringend suchten. Das bedeutete, dass Schwester Nummer zwei genauso aussehen musste, wie die Dame, die sich vor meinen Augen amüsierte. Ich musste es den anderen sagen. Sie würden es wissen wollen.

Noch bevor ich wirklich realisierte, was ich gedacht hatte, zuckte ich zusammen. Von wem sprach ich eigentlich?

„Man erwartet mich", murmelte ich leise, eher zu mir selbst. Die innere Lady kicherte leise und es war so, als würde ich ihre Hand auf meinem Kopf spüren. „Sie müssen es wissen."

Wer muss was wissen, meine Liebe?

„Sie. Ich ... erinnere mich nicht an ihre Namen."

Mein Kopf schmerzte plötzlich so sehr, dass ich gezwungen war, meine Augen zu schließen und meine Finger, tief in meine Haare zu krallen. Verzweifelt versuchte ich, das Pochen aus meinem Verstand zu schieben, dem Schmerz Einhalt zu gebieten. Doch egal, was ich auch versuchte, es wurde einfach nicht besser. Im Gegenteil, es fühlte sich irgendwie dröhnend an, als stünde ich unter Drogen. Ich spürte eine Hand auf meiner Schulter, zuckte erschrocken zusammen und öffnete automatisch meine Augen, die direkt in den grauen Seelenspiegel der Blondine starrten.

Verblüfft hielt ich den Atem an, wodurch sich mein Puls unheimlich beschleunigte. Ich wollte etwas sagen, irgendwie verhindern, dass sie mit mir sprach, doch mein Mund blieb regungslos. Kein Wort entwischte mir, während ich darauf wartete, etwas von dieser fremden, aber dennoch bekannten, Gestalt zu hören. Auch sie blieb stumm, doch nicht nur das. Ihr gesamter Körper regte sich nicht, obwohl ihre Hand noch immer auf meiner Schulter ruhte.

„Hallo?" Meine Stimme klang so unwirklich in meinen Ohren. Fast so, als würde sie mir gar nicht gehören. Dieser Gedanke machte mir mehr Angst, als ich im ersten Moment geglaubt hatte, aber ich verdrängte ihn, als ich den geöffneten Mund der Frau musterte. „Kannst du mich hören?"

Deine Schwester ist erstarrt, siehst du das nicht? Sieh' an dir herunter.

Ungeachtet der Angst, die mich wie eine stürmische Welle erwischte, verspürte ich blanke Panik, als ich mich entschied, den Befehl der inneren Lady auszuführen. Mein

Blick wanderte zögernd nach unten, wo ich die Seide musterte, die ich trug. Ich war mir sicher, dass dort zuvor noch eine andere Art von Kleidung gewesen war, doch jetzt erkannte ich ein Kleid aus dem feinsten Stoff, den ich jemals gesehen hatte.

Schwarze Fäden schlängelte sich an dem engen Korsett hinunter zu meinen Hüften, endeten in einer niedlichen Schleife, die überhaupt nicht zum Rest des Kleides passten. Erst jetzt bemerkte ich, wie eng meine Brust zusammengedrückt wurde. Wer sich auch immer um die Schnüre kümmerte, war offenbar kaum an meinem Wohlsein interessiert gewesen.

„Halt!", stöhnte ich erschrocken, blickte mich, so gut es ging um, bis ich schließlich den Busch entdeckte, hinter dem ich mich versteckt gehalten hatte. Doch dort war niemand mehr.

Ich verstand, was das hier bedeutete, realisierte endlich, was es mit diesem Ort, mit all den Personen auf sich hatte. Es war so einfach gewesen, doch ich sah es nicht, hatte versucht, es zu verdrängen. Diese Person, die zusammen mit ihrer Schwester Zeit verbrachte, war ich. Das hier war die Realität, in der ich mich befinden würde, wenn Lilith nicht verbannt worden wäre. Zumindest war das die einzige Möglichkeit, die mir zurzeit einfiel. Diese Menschen waren meine Familie.

Bemerkst du es nun endlich, kleine Skylar? Das hier ist die Realität, die man dir genommen hat. Hier besitzt du deine geliebte Familie, eine Welt voller Magie und Zauber. Was begehrst du mehr?

Nervös biss ich mir auf die Lippe, versuchte, den Klos hinunter zu schlucken, der sich erneut in meine Kehle schummelte.

„Was ... ich begehre?"

Ich wiederholte ihre Worte, als ob ich sie nicht verstand. Ohne Umschweife wollte ich antworten, ihr die Sache unter die Nase reiben, die ich mehr begehrte als Magie und Familie. Doch alles, was ich in meinem inneren Auge erblickte, war die Gestalt eines Mannes. Ein Typ, an dessen Gesicht ich mich zu erinnern versuchte, aber scheiterte. Weshalb konnte ich meine Erinnerungen nicht mehr wie gewünscht abrufen? Irgendwas stimmte mit mir nicht, das war klar, allerdings erkannte ich nicht, was genau.

Vergiss veraltete Erinnerungen. Sie sind Ballast, den du nicht mehr benötigst. Vertrau mir.

Zweifel durchströmten meinen Körper, brüllten mich an, der inneren Lady kein Vertrauen zu schenken. Dennoch gab es etwas, was mutig gegen die Zweifel kämpfte und versuchte, sie zu Boden zu drücken.

Entsetzt zuckte ich zusammen, als sich die Hand auf einmal zu bewegen begann. Die Lippen des vorher starren Mädchens verzogen sich zu einem sanften Lächeln.

„Ich kann fühlen, dass es dir nicht sonderlich gut geht. Deine Kopfschmerzen werden wohl schlimmer, hm?“ Außer zu einem Nicken war ich zu nichts imstande. „Na gut. Wir bringen dich erst einmal rein, dann kümmere ich mich um dich. Versprochen.“

Ihre Grübchen, die so unglaublich süß aussahen, brachten mich dazu, ebenfalls zu lächeln. Es war ein wunderbares Gefühl, als sie unsere Finger miteinander verschränkte, um mich anschließend auf die Beine zu ziehen. Ohne es wirklich zu merken, folgte ich ihr.

Dieses wunderbare, positive Mädchen stellte meine Welt total auf den Kopf, auch, wenn ich mich nicht mehr an die Welt erinnerte, in der ich einst gelebt haben sollte. Ich wusste nur, dass sie einmal da gewesen war. Irgendwann, weit in der Vergangenheit.

Mein Blick wanderte zu der jungen Dame, umfasste jeden einzelnen Zentimeter ihres Körpers, bis er schließlich an unseren vereinten Händen innehielt. Ein Kribbeln durchfuhr mich, hinterließ ein warmes, aber auch sanftes Gefühl in meiner Brust. Es fühlte sich heimisch an, wunderschön.

Das war der Moment, als ich auch den Rest verdrängte, die Personen, an die ich vorher noch gedacht hatte. So, als würde niemand auf mich warten. Das hier, zusammen mit dieser mausgrauen Schönheit, war mein Leben.

„Komm‘ Schwesterchen“, lächelte die Blondine. „Ich helfe dir.“

Ich konnte mich nicht mehr erinnern, wann ich das letzte Mal so glücklich gewesen war. Alles hier, die Umgebung, die Person und die Gefühle stimmten, füllten mich mit Emotionen, die mein Herz wild zum Pochen brachten.

Vertraue mir, Skylar. Bleib‘ hier und träume zusammen mit deiner wahren Familie. Nimm‘ dich dieser Personen an und werde glücklich.

Ein weiteres Wort wollte ich nicht hören, denn es war mir egal. Alles, was sie mir hätte sagen können, wäre nutzlos gewesen. Denn meine Entscheidung stand bereits fest.

„Ich bin zu Hause.“

*

Entschlossen öffnete ich meine Augen, blickte direkt auf die Leiche, die vor mir auf dem Boden lag. Eine Lache aus Blut hatte sich gebildet, während noch immer die rote Flüssigkeit aus der riesigen Wunde sickerte. Mein träger Blick wanderte zu dem Kerl, der dem Schönling das Herz herausgerissen hatte. Ein Schnaufen verließ meine Kehle, dann ein leises Schluchzen. Tränen, heiße, salzige Tropfen, flossen über meine Wangen, die ich mit meinem Handrücken entfernte. Ich hasste solche Gefühle, sie zeugten von Schwäche. Und genau diese wollte ich nicht zeigen. Ich war viel mehr als nur ein Mädchen mit Emotionen und das würde dieser Kerl gleich am eigenen Leib erfahren.

Die Stimmen der anderen wurden lauter. Sie hallten in meinem Verstand wider, befahlen mir, in Deckung zu gehen und von dort zu verschwinden. Man wollte, dass ich mich versteckte, den Kontakt mit diesen Dämonen verhinderte, sodass sie sich darum kümmern konnten. Dabei strömte Wut durch ihre Körper, füllten ihre Seelen mit dunklen Gedanken, hemmungslosen Rachegelüsten. Ich genoss den Duft ihrer Panik, den unheimlichen Zorn.

Es war wie ein Zwang, als sich meine Lippen zu einem Grinsen verzogen, das die Brauen des Mörders in die Höhe schießen ließ. Als schließlich ein schwaches Lachen über meine Lippen wanderte, schien es so, als würde die Zeit stoppen. Meine *Freunde* blieben stehen, schlugen Wurzeln und starrten mich an. Ihre Blicke waren deutlich zu spüren, doch ich reagierte nicht auf sie. Gerrit sprach laut meinen Namen aus, fragend, aber auch misstrauisch. Cherry atmete schwer, wagte es jedoch nicht, näher zu treten. Mir wurde bewusst, dass sie die Veränderung spürten. Niemand von ihnen gehörte mehr zu hundert Prozent zur menschlichen Rasse, weswegen sie alle die pulsierende Kraft wahrnehmen konnten, die sich in meinem Körper sammelte.

Lächelnd hob ich meinen rechten Arm, zog den Ärmel der Lederjacke zurück und starrte auf die weiße, reine Haut. Meine Adern stachen dunkel heraus, zerstörten das Bild des blassen, schönen Hintergrundes. Die blauen Linien begannen, sich zu bewegen, schwangen immer wieder hin und her. Deutlich war das Pochen, das von ihnen ausging, zu fühlen. Es tat nicht weh, verursachte jedoch ein unangenehmes Gefühl, dass ich schnell wieder loswerden wollte. Dennoch ignorierte ich es, als meine Augen die Veränderung mit ansahen. Kleine, schwarze Schuppen bedeckten meine Haut, legten sich über mein Handgelenk und verdeckten die Adern, die sich inzwischen purpurn färbten. In der Zwischenzeit zog sich ein wohltuendes Ziehen durch meine Hand, sammelte sich in meinen Fingerspitzen, wo es schließlich Halt fand. Meine Nägel verlängerten sich und färbten sich schwarz, bevor sie sich in Klauen verwandelten. Auch mein Kopf begann, wehzutun. Es war nur ein kurzer, schwacher Schmerz, dennoch war er vorhanden, machte mir aber nicht sonderlich viel aus. Ich wusste genau, was das bedeutete. Spitze, schmale Hörner wuchsen aus meinem Kopf heraus, ließen die Augen des Mannes vor mir größer werden.

Stolz erfüllte mich, doch der Hass, der in meiner Seele wuchs, dominierte mein Tun. Blitzschnell – die Chance sich zu wehren, gab es nicht mehr – umfasste ich den Hals des Mörders und zog ihn in die Höhe. Obwohl ich deutlich kleiner war als er, konnte ich ihn ohne Probleme vom Boden lösen. Erneut kicherte ich, bevor sich der Druck meiner Klaue verstärkte und ihm die Luft raubte.

„Du bist also der Meinung, entscheiden zu können, wer leben und wer sterben darf, hm?“

Meine Stimme klang kratzig, verlangte nach einem Glas Wasser, doch ein einfaches Räuspern löste das Problem. Der Mörder versuchte, etwas zu sagen, doch durch meine Klauen, die ihm die Kehle zudrückten, bekam er kein Wort heraus.

„Lass ihn los“, forderte Gerrit. Seine Stimme wurde lauter, was bedeutete, dass er sich näherte. „Wir müssen nicht noch mehr Blut vergießen.“

„Blut?“, lachte ich leise. „Ich denke nicht, dass ich damit einverstanden sein kann.“

Noch bevor irgendjemand etwas dazu sagen konnte, schlang sich auch meine andere, freie Hand um seinen Hals, die ihm schließlich das Genick brach. Sein Leib erzitterte und seine Augen weiteten sich, bevor seine Lider erschlafften. Mit einem unschönen Geräusch fiel Koens Herz aus seinen Händen, plumpste neben seine Leiche auf dem Boden. Erneut brodelte es in mir, bevor ich mich von dem Kerl löste und ihn ohne Reue fallen ließ. Automatisch drehte ich mich zu den anderen.

Cherrys Mund stand offen und ihre Augen strahlten nur so von Entsetzen. Sie schlucke schwer, starrte dann jedoch zu Gerrit, der noch immer nähertrat. Obwohl er an mich herankommen wollte, blieb er einige Meter vor mir stehen. Gute Entscheidung.

„Das hättest du nicht tun dürfen“, sagte er leise, fast so, als wäre es ein Fehler gewesen.

Ich hielt es nicht für nötig, zu antworten, richtete meine Aufmerksamkeit jedoch auf Arcor, der mit einem finsteren Blick nur wenige Meter dahinterstand. Der Saum seines Mantels schwebte kurz über dem Boden, während er langsam seine Hände hob, sie auf mich richtete.

„Lange ist es her, Hexer. Schade, dass sich noch niemand um dich gekümmert hat.“

Karda, seine Geliebte, knurrte bedrohlich, stellte sich so, dass sie mir die Sicht versperrte.

„Zügel deine Zunge, Dämon.“

Radia verkniff sich ein Lachen, musterte ihre Freundin mit einem einfältigen Blick. Offenbar kannte sie Karda so nicht, doch ich war mir sicher, dass ich Gefallen an ihrer neuen, aufmüpfigen Seite finden konnte. Mir gefiel ihr freches Mundwerk. Es würde mir eine Freude sein, ihr dieses zu stopfen. Ohne auf die verliebte Hexe zu reagieren, trat ich einen Schritt zur Seite, blickte erneut zu dem Hexenmeister.

Meine Haut kribbelte und in meinem Bauch schwirrten Schmetterlinge umher, genossen den Anblick des Leides und der Angst, die durch die Unsicherheit erschaffen wurde, was als Nächstes passieren würde. Genüsslich leckte ich mir über die Lippen, schenkte Cherry und den anderen keine Aufmerksamkeit, was ihnen gar nicht zu gefallen schien. Dennoch sagten sie nichts, ließen es einfach Geschehen. Kurz seufzte ich, als der kühle Wind gegen mein Gesicht drückte und somit meine Wangen rot färbte. Meine Hände schlossen sich um das Leder, das ich trug, pressten es fester an mich. Dabei sog ich erneut den wundervollen Geruch des Schönlings ein, was den Pegel meiner Wut wieder steigen ließ. Wie konnte dieser Bastard es nur wagen, seine dreckigen Pfoten an meinen Mann zu legen? Mein Lächeln schwand, hinterließ einen Geschmack von Bitterkeit auf meiner Zunge.

„Ihr alle", erhob ich schließlich meine Stimme, „richtet euren Blick auf mich."

Zufrieden beobachte ich die Dämonen – ich erkannte in den Blicken der Hexer, dass ihnen die Taten ihrer Gefolgsleute gar nicht passten –, wie sie sich zu mir drehten, stur und ohne einen Wimpernschlag in meine Richtung blickten. Alles lief nach Plan. Überheblich zeigte ich auf einen der Diener, deutete dann auf den Brunnen, bei dem sich nun niemand befand.

„Ich bin mit deinem Geruch unzufrieden", begann ich. „Wasch dich."

„Was soll das werden?" Ames' Stimme erklang, wurde jedoch nicht wahrgenommen. „Leute?"

Der junge Mann, den ich durch meine Macht in den Händen hielt, ging mit einem kurzen Nicken hinüber zum Brunnen, betrat das Wasser ohne mit der Wimper zu zucken. Schadenfreude überkam mich, als er sich auf den Grund setzte, sich das Wasser über Arme und Gesicht laufen ließ. Man konnte deutlich sehen, dass die Kälte nicht an ihm vorbeiging, doch er beschwerte sich nicht. Im Gegenteil, er schloss seine Augen, bevor er sich vollkommen von dem Nass umhüllen ließ.

„Ist das nicht spaßig?" Ein Kichern meinerseits folgte. „Was meint ihr, soll ich weiter machen?"

„Ich weiß nicht, wie du das machst", gestand Cherry schließlich, kam mir dabei entgegen, „aber du musst damit aufhören, bitte. Erinnere dich, Skylar, das bist nicht du."

Ihre Worte ließen mein Inneres kochen, brachten mich zur Weißglut. Wie konnte sie es wagen, so zu tun, als würde sie mich kennen? Sie wusste nicht, wer oder was ich war, was ich hätte sein können, wenn sie mich nicht all die Jahre in diesem Körper versteckt gehalten hätten. Ich war die Tochter einer Königin, mein Blut reiner als das von jedem anderen. Cherry sollte vor mir auf die Knie gehen, meine Füße küssen, um sich meine Gunst zu verdienen. Stattdessen versuchte sie, mich mit Worten zu verändern.

„Du wirst damit aufhören“, befahl Arcor, dachte nicht daran, mich antworten zu lassen. „Deine Macht wird dir bei uns Hexern nichts nützen, das weißt du. Wir werden dich aufhalten, falls nötig. Denke über deine nächsten Schritte lieber nach, Dämon.“

Ich hätte gelacht, wenn ich nicht dabei gewesen wäre, mich von der Wut beherrschen zu lassen. Hitze erfüllte meine Magengrube, schob sich hinauf in meine Brust und umfasste mein Herz, verbreitete dort ein unangenehmes Prickeln. Es veränderte etwas in mir, zwang mich dazu, meine Kraft zu bündeln. Meine Hände ballten sich zu Fäusten, während sich der kleine Absatz meines Schuhs in den Untergrund drückte, kleine Furchen hinterließ. Ohne es wirklich zu wollen, entfloh mir ein Fauchen, hinterließ Sorgenfalten auf der Stirn Kardas.

Arcor hob seine Finger, deutete seinen Kameraden mit einem Nicken, dass sie sich bereitmachen sollten. Die Wallung zwischen uns war deutlich zu spüren. Ich hätte danach greifen können, wenn ich gewollt hätte.

„Nicht!“, schrie Cherry, als sich der Rat erneut auf mich zu bewegte. „Tut ihr nicht weh. Sie weiß nicht, was sie da tut. Skylar ist nicht sie selbst.“

Es war Orga, der ihr antwortete: „Das ist nun nicht mehr euer Problem, sondern unseres. Verschwindet. Wir kümmern uns um den Dämon.“

Lyras knurrte, sein Körper zitterte vor Zorn. Seine Augen schimmerten in einem leuchtenden Rot. Fast wäre ich deswegen überrascht gewesen, doch ich entschied, dass Interesse zu zeigen, nicht angebracht war. Ich brauchte keinen kleinen Dämon, der nur mittels Wut zu seinen ursprünglichen Kräften fand. So etwas bezeichnete meine Rasse als schwach. Man musste in der Lage sein, seine Fähigkeiten zu kontrollieren, ansonsten wäre es lediglich ein vergeudetes Talent.

Meine Mutter hasste vergeudete Talente.

Der Bruder meines ehemaligen Geliebten löste seine Sohle von dem staubigen Untergrund, trat ohne etwas zu sagen vor mich und spreizte seine Arme. Kochend starrte er den Hauptmann der Hexer an, dessen Brauen sich überrascht, aber auch verärgert in die Höhe erhoben. Fest biss Lyras sich auf die Lippe, so, als müsste er sich davon abhalten, seine Fänge augenblicklich in den Hals des Mannes zu stoßen, der mich verletzen wollte.

Gott, das machte mich gerade furchtbar scharf.

Und unattraktiv war er nun auch nicht.

Ein besonderer Leckerbissen, den ich mir vielleicht für den Schluss aufheben würde.

„Du wirst sie nicht anfassen“, fauchte mein *Held* zwischen zusammengepressten Lippen hervor. „Nur über meine Leiche.“

Verdammt, ich konnte das Blut in seinen Venen rauschen hören, vernahm deutlich den schnellen, aufgeregten Herzschlag in seinem Brustkorb. Der Dämon meinte es vollkommen ernst.

Gut für ihn, besser für mich.

„Das werde ich wohl in Anspruch nehmen müssen", herrschte Arcors Stimme. Seine Lakaien traten zu ihm, entblößten ihre Fänge und auch der restliche Rat, machte sich kampfbereit. Aufregung pulsierte durch meine Venen. „Tötet sie."

Plötzlich geschah alles wie in Zeitlupe. Ich beobachtete die Dämonen dabei, wie sie auf mich zustürmten, ihre prächtigen, großen Hände gierig nach mir ausstreckten. Zauber wurden gesprochen, schmückten den Garten mit prachtvollen Farben. Ketten tauchten mit einem lauten Krachen durch den steinernen Boden, bahnten sich ihren Weg um meine Klaue und packten sie und versuchten, mich am Boden fest zu pinnen.

Wirklich niedlich, wenn man bedachte, dass die Hexer keine kleinen, schwachen Schulkinder waren. Jemand *normalen* hätten sie im Nullkommanichts in Fetzen reißen können, doch ich befand mich in einer anderen Liga und würde mich nicht einfach hinrichten lassen.

Freude kam in mir auf, als die Ketten sich auch an meinen Beinen zu schaffen machten, und dort versuchten, mich in Schach zu halten. War das etwa alles, was die Hexer konnten? Belustigt hob ich mein Kinn, zeigte ihnen, dass sie mich nicht niederdrücken konnten. Hier galten meine Regeln und der Spielmacher verlor nicht. Niemals.

„Halt!" Es war mein lauter Ausruf, der die Dämonen blitzschnell zum Stehen brachte. Ihr Atem ging schnell und ihre verwirrten Blicke wanderten immer wieder zu Arcor, bettelten um Hilfe, doch dieser tat nichts, um ihnen beizustehen. „Ihr werdet nun meinen Befehlen unterliegen. Ich bin eure Herrin, Nachfolgerin der großen Dämonenkönigin Lilith und ihr werdet meinen Worten gehorchen. Mein Blut kontrolliert all eure Taten, bestimmt über jeden einzelnen Atemzug." Ein kühler, stürmischer Wind sauste durch den Garten. „Lasst niemanden am Leben!"

Die Szene wandelte sich. Noch bevor einer der Hexer reagieren konnte, drehten sich meine neuen Untertanten auf dem Absatz um und stürmten auf ihre Opfer zu. Das Bild, das sich vor mir ergab, brachte mich zum Grinsen.

Bewundernd musterte ich meine angeketteten Hände, bevor ich die Ketten mit einem einzigen Ziehen sprengte. Klirrend flogen die zerstörten Teile zu Boden, sammelten sich vor meinen Füßen.

„Was hast du getan?"

Cherry brüllte, hastete auf mich zu, doch Lyras, ein weiteres, gehorsames Hündchen, brachte Cherry dazu, erneut zu stoppen. Ihre Iriden weiteten sich, während ich den Spaß freudig beobachtete. Es war ein Bild für die Götter: Zwei Freunde, die kurz vor einem Kampf standen.

Einem Kampf auf Leben und Tod.

„Nur über meine Leiche", wiederholte er.

Lyras zog einen blauen Dolch, richtete die Spitze der Waffe auf seine Kameradin, die zerknirscht zurückwich. Bei dem Geruch, der durch das Ziehen des Dolches versprüht wurde, rümpfte ich die Nase. Es war keine gewöhnliche Waffe, die er da in seinen Händen hielt, nein. Sie war giftig, durchaus tödlich für einen schwachen Geist, denn die glatte Klinge war mit Meerjungfrautränen verstärkt worden. Ihre Tränen waren sehr selten und eines der teuersten Gifte auf dem Schwarzmarkt.

Lyras gefiel mir immer besser.

Das hier war ein unglaublich berauschender Moment, als der Ur-Dämon auf das Halbblut traf, das Geräusch der Klingen, die sich mit unheimlicher Wucht trafen. Obwohl ich Interesse an dem Kampf hegte, musste ich mich von den beiden lösen, denn einer der Hexer kämpfte sich durch meine Lakaien. Orga war bereit, mich zu erledigen, ich spürte es. Doch so schnell ließ ich mich nicht unterkriegen. Im Gegenteil, vielleicht würde mir ein kleines Gefecht Spaß bereiten.

Mit einem leisen Lachen auf den Lippen wich ich seiner Faust aus, verpasste ihm einen Tritt in die Magengrube, der ihn nach hinten schleuderte. Doch Orga war kein Anfänger. Elegant fing er sich, stieß sich vom Boden ab und wiederholte seinen Schlag. Dieses Mal blieb es jedoch nicht nur bei einem, denn der Hexer hatte ein Geschenk für mich. Blitze wirbelten um seine Faust herum und ich bemerkte ihr Funkeln zu spät, sodass er mich erwischte, als ich erneut auszuweichen versuchte.

Die Attacke war trotzdem nicht annähernd so stark, dass sie mich hätte wirklich verletzen können. Ich war nicht die Einzige, die das bemerkte.

Mein Gegner krächzte, saugte vorsichtig an seiner Unterlippe. Ich wusste genau, was das bedeutete. All die Jahre, die ich hinter der Maske eines naiven Mädchens verbracht hatte, war ich nicht untätig gewesen. Ohne es die junge Frau wissen zu lassen, sammelte ich wichtige Informationen, kümmerte mich um Dinge, von denen sie keine Ahnung hatte. So war es auch nicht überraschend, dass ich mehr über den Hexer wusste, als andere vermuteten.

Orga war ein Krieger, ein Kämpfer, der für sein Ziel sein Leben opfern würde. Von Geduld verstand er nichts, alles, was er machte, musste undurchdacht und planlos sein. Für so etwas besaß er keine Nerven. Soweit ich wusste, gab es bereits ziemlich viele Probleme zwischen ihm und dem Rat, sowie mit dem Orden. Natürlich, denn wie sollten sich zehn Hexer um das Wohl der hilflosen Menschen kümmern, wenn einer von ihnen sich immer an seiner Nase orientierte und den Schutz der anderen, außer Acht ließ? Da war es wirklich kein Wunder, dass der Körper des Mannes nur noch aus Narben und offenen Wunden bestand.

Jetzt, wo ich darüber intensiver nachdachte, fand ich den Gedanken nicht schlecht, auch etwas auf seinem Körper zu hinterlassen. Ob ihm ein Loch im Kopf gefallen würde?

Lässig sprang ich zurück, pfiff leise, um den Lakaien zu zeigen, dass ich ihre Aufmerksamkeit benötigte. Kaum eine Sekunde später stürzten sich zwei Dämonen auf den Hexer, der frustriert versuchte, den Schwereren von sich zu stoßen. Irgendwie putzig, wenn man bedachte, dass es sich um ein Ratsmitglied handelte, einem Hexer, der dazu ausgewählt wurde, die Welt zu schützen.

Lächerlich.

Nun stand ich da, legte meinen Kopf zur Seite und beobachtete das Szenario, von dem ich nicht gedacht hatte, so früh mit ihm Bekanntschaft zu machen. Ich war der Meinung gewesen, dass das naive Mädchen noch ein Jahr länger in diesem Körper hausen würde, doch gut für mich. So würde es ein Leichtes sein, meine Schwestern zu finden. Auch, wenn ich mich nicht mehr an ihr Aussehen erinnerte, geschweige denn an ihren Charakter. Halt. Das stimmte nicht ganz, schließlich gab es einen Anhaltspunkt, mit der ich die andere Skylar in meinen Bann ziehen konnte.

Eine junge Frau mit blonden Haaren und mausgrauen Augen.

Ich sollte mich sofort auf die Suche machen, Mutter konnte wirklich ungemütlich werden, wenn sie wollte. Und das würde sie, schließlich steckte Lilith schon seit über zwanzig Jahren in der Hölle fest – ohne einen Mann, was ihr wohl am meisten Schmerzen bereitete.

Typisch Sexdämon.

Um den unsinnigen Gedanken aus meinem Hirn zu drängen, schüttelte ich meinen Kopf und ließ meinen Blick über das Schlachtfeld wandern. Gerrit und die anderen hatten sich mittlerweile angeschlossen, verteidigten sich gegen Lakaien und Hexer. Niemand wusste mehr genau, wer eigentlich der Feind war. Lyras schien, keinen Unterschied mehr zu erkennen. Sein Verstand wurde von meiner Macht vernebelt, sodass mein einziger Befehl größeren Ausmaß nahm, als ich dachte. Ich beobachtete ihn, wie er wütend seine Klinge in die Schulter eines Lakaien rammte, bevor er sich blitzschnell zur Seite drehte, um nach Ames zu treten. Dieser fand das alles andere als lustig, was mir wiederum noch mehr Freude bereitete.

Wirklich, ich hätte mir diesen Moment nicht besser vorstellen können. Er war rundum perfekt. Nun, bis auf die Leiche des Schönlings, die ich immer noch innerlich betrauerte. Unsere Babys wären wirklich niedlich geworden. Nun musste ich mir wohl einen anderen Dämon suchen und falls Lyras überlebte, würde er als Genträger auf jeden Fall in Frage kommen. Wenn man schon nicht den ganzen Kuchen bekam, nahm man sich eben nur einen Teil davon. Ich war mir sicher, dass Lyras sich nichts anderes erträumte, als eine Göttin zur Frau zu haben.

Hoffentlich kam meine Mutter nicht auf die Idee, mir mein Spielzeug wegzunehmen. Mit ihr würde ich mir nämlich sicherlich keinen Mann teilen. Allein der Gedanke daran ließ mich erschaudern. Abartig. Einfach nur widerwärtig, unter meinen Artgenossen jedoch nicht ungewöhnlich.

Der Kampf schien, kein Ende nehmen zu wollen. Egal wie oft ein Dämon zu Boden geworfen wurde – die Hexer wollten bei ihren Kameraden tödliche Wunden vermeiden –, es dauerte nur einen kurzen Moment, bis sie sich wieder erhoben und einen weiteren Angriff starteten. Das war vollkommen normal, wenn man unter meinem Einfluss stand. Das hatte ich meiner Mutter zu verdanken, die mir die Macht über ihr Heer und die Verantwortung der Truppen vererbt hatte. Wirklich nett von ihr, wenn man daran dachte, dass sie es hasste, Dinge zu teilen.

Gerrit und seine Freunde hatten es wiederum auch nicht sehr einfach. Scarlett stand auf einem Podest – überraschenderweise wurde sie die gesamte Zeit über von Aga gemustert, der immer wieder einen Zauber gegen sie schleuderte – und während sie ihre Magie sammelte, schütze sie Logan, um ihr das Leben zu retten. Für einen kurzen Augenblick fragte ich mich, was sie wohl versuchte zu erschaffen, was mich aufhalten könnte, verdrängte den Gedanken jedoch, als Arcor erneut in meinem Sichtfeld erschien.

Gott, ich liebte dieses Durcheinander, denn es half mir, mein Leben zu behalten. Die Hexer wollten mich tot sehen, sicherer konnte etwas nicht sein, doch die anderen wollten sie nicht verletzen, auch, wenn sie so sehr danach verlangten, den Orden auszuschalten. Aga war der Einzige, der offenbar nicht nur damit prahlte, andere in den Tod schicken zu wollen. In meinen Augen hatte er es auf Scarlett abgesehen, doch das kümmerte mich nur wenig, um noch mehr Aufmerksamkeit damit zu verschwenden.

Langsam wanderte ich zwischen den Personen umher, wich ein oder zwei Faustschlägen aus, bevor ich meinen Weg durch den Garten fortsetzte – Richtung Ausgang. Es dauerte nicht lange bis ich erneut am Labyrinth vorbeispazierte, den riesigen Hecken nur einen kurzen Moment meiner Zeit schenkte, bevor sich mein Blick wieder nach vorne richtete.

Irgendetwas schlug plötzlich in mir Alarm und sagte mir, dass ich sofort verschwinden sollte, doch ich konnte nicht erahnen, vor was genau ich flüchten sollte. Langsam und unauffällig musterte ich meine Umgebung, versuchte, meinen Verfolger ausfindig zu machen. Doch zu meiner Überraschung erkannte ich niemanden. Außer Cherry, die keuchend durch eine Hecke stürzte und schließlich anhielt, um mich genau anzusehen. Sie sah erschöpft aus, Kratzer bedeckten ihren Körper, teilten ihren Platz mit Blut, das sich in den Stoff ihrer Klamotten sog.

„Du!", zischte sie, ballte ihre Hände zu Fäusten. „Ich weiß nicht, wer du bist, aber Skylar kannst du nicht einfach verschwinden lassen. Sie ist noch irgendwo in diesem Körper und ich werde ihr helfen, dich zu besiegen. Verlass' dich ‚drauf."

Wie niedlich! Sie versuchte, mir zu drohen.

Ihre Augen, sie strotzen vor Wut, während sie gleichzeitig so benebelt von ihrer Sorge waren, dass sie mich so sehr faszinierten, dass ich tatsächlich darüber nachdachte, Cherry zu meiner Dienerin zu machen. Wahrscheinlich hätte sie sich gefreut, wenn sie mich in diesem Moment nicht abgrundtief hassen würde. Ob ich sie dennoch dazu bewegen konnte?

Erneut schüttelte ich mein Haupt, entfernte diesen nutzlosen Einfall. Der Halbdämon war zwar loyal, etwas, was in meiner Gefolgschaft wichtig war, doch lag ihre Treue in den Händen anderer. Wenn ich sie nun mitnehmen, sie zu meiner machen würde, käme ich nicht um den Verdacht herum, dass sie mich hintergehen und mir schaden könnte. Jetzt, wo ich so weit gekommen war, konnte ich mir keinen Fehler mehr erlauben.

Das merkte ich besonders, als die wilden Schreie, die berauschenden Töne des Kampfes, verstummten. Stattdessen erbebte der Boden unter den Schritten der Personen, die sich zusammentaten. Hexer und Dämonen, die Wesen, die sich am meisten hassten, rannten auf uns zu. Sie stoppten, als ich, ohne es wirklich zu realisieren, meine Hand hob. Oh, wie gerne würde ich nun mit meinen Fähigkeiten prahlen und jeden Einzelnen in die Hölle schicken, doch mein Plan war ein anderer. Ich musste mich daranhalten.

„Ich habe keine Zeit für euch", sagte ich langsam. „Ihr müsst euch wohl mit jemand anderem die Zeit vertreiben."

„Das denke ich nicht." Arcor trat vor die Gruppe. „Das wird dein Ende, Dämon. Wir werden dich kein weiteres Unheil mehr anrichten lassen."

Seine Worte hinterließen in mir ein Déjà-vu.

„Weiter wirst du nicht kommen", flüsterte Aaron, doch ich verstand jedes Wort. „Für Koen."

Es brauchte nur dieses eine Wort, um meinen Verstand auszuschalten und die Gefühle preiszugeben, die ich zu verbergen versuchte. Meine Brust entflammte, verbrannte mit einem leidenschaftlichen Feuer mein Herz und hinterließ ein Gefühl der Leere. Es erinnerte mich an Koens Berührungen, dessen Worte und seinen unbeschreiblichen Geruch. Sein Aroma hing noch immer in der Luft, ging von der Jacke aus und zwang mich, meine Nase tief in das Leder zu drücken. Es war ein berauschendes Gefühl, als die Erinnerungen durch meinen Verstand schossen und in mir ein Kribbeln hinterließen, das mein Herz dazu brachte, wild Achterbahn zu fahren. Doch das hinderte mich nicht daran, Wut zu verspüren.

„Wie ... wie könnt ihr es wagen?“, begann ich aufgebracht. „Ihr habt kein Recht auch nur seinen Namen auszusprechen. Niemand von euch!“

All meine Pläne wurden durch die unheimliche Wut über Bord geworfen. Das Einzige was ich wollte, war ihre Köpfe rollen sehen. Ihr Tod war alles, wonach ich momentan gierte.

„Ihr bescheuerten, nichtsnutzigen ...“

Ein leiser Schrei entfloh mir, als sich etwas tief in meine Schulter bohrte. Automatisch griff ich nach dem Objekt, das eindeutig keine Kugel gewesen war, bekam eine Art Feder zu fassen. Noch bevor ich sie aus meinem Fleisch ziehen konnte, erfasste mich noch etwas, drang tief in meinen Oberschenkel ein.

„Verdammt!“

Cherry rief erschrocken meinen Namen, doch jemand anderes lachte. Ich bemerkte schnell, dass ich die Kontrolle über meine Glieder verlor. Sie fühlten sich plötzlich taub an und hinterließen ein unangenehmes, hässliches Vibrieren in jedem Teil meines Körpers. Laut wollte ich schreien, brüllen, wie sehr sie das bereuen würden, doch kein einziges Wort kam mir über die Lippen. Ich war wie verstummt. Meine Beine glichen Pudding, als ich auf die Knie fiel und schließlich zu Boden knallte. Staub wirbelte auf, während ich es gerade noch schaffte, meine Klauen in die Erde zu graben. Der Dämon in mir wehrte sich gegen das Mittel, das sie mir eingeflößt hatten. Deutlich konnte ich die Flüssigkeit spüren, wie sie sich ihren Weg in meine Adern bahnte und sich mit meinem Blut vermischte.

Es paralysierte mich.

„Was hast du mit ihr angestellt?“, schrie Cherry, als sie sich zu mir herunterbeugte.

Sanft wischte sie mir den Dreck aus dem Gesicht, strich einige Strähnen zur Seite. Anschließend nahm sie meine Hand und ich verspürte den Drang, ihr ins Gesicht zu spucken, während meine Krallen sich durch Haut und Knochen bohrten, um ihre Hand in Fetzen zu reißen.

„Wir haben sie ruhig gestellt“, antwortete eine weibliche Stimme, die ich nicht kannte.

Konzentriert schloss ich für einen Moment die Augen, richtete die Aufmerksamkeit auf meine Umwelt und erfuhr dadurch schnell, dass sich zwei Fremde näherten.

Innerlich verfluchte ich mich dafür, dass ich mich zu sicher gefühlt hatte. Ich ließ meine Rückdeckung fallen, nur um diesen Verrätern eine Lektion zu erteilen, was mir schließlich zum Verhängnis wurde.

Als ich meine Augen wieder öffnete, erblickte ich schwarze Springerstiefel, die eindeutig zu einem Mann gehörten. Mehr konnte ich jedoch nicht erkennen, da es unmöglich war, meinen Kopf zu heben. Das Gift nahm meinen Körper bereits vollkommen ein.

Die Dame – ihr Parfum war stechend, brannte in meinen Nasenflügeln – die zuvor gesprochen hatte, beugte sich zu mir hinunter und kicherte.

„Keine Sorge, *Prinzessin*, der Schlaf wird dir guttun. Wir kümmern uns um dich."

Ich spürte etwas Kühles, Dünnes an meinem Hals, bemerkte deutlich die zähe Flüssigkeit, die mir unter die Haut geschossen wurde. Im nächsten Moment breitete es sich in mir aus, brachte meine Venen zum Brennen, so heiß fühlten sie sich nun an, bevor ich schließlich das Bewusstsein verlor.

Das Letzte was ich vernahm, waren die besorgten Worte meiner Freundin, die sich mit denen des Hexers kreuzten, als dieser eine Klinge aus der Scheide zog.

Das musste mein Ende sein.

KAPITEL 18

SICHT DES ORDENSMITGLIEDES LYRAS

Wie vom Blitz getroffen schoss mein Kopf nach oben und drehte sich in alle Richtungen. Ich fühlte mich schräg, verletzt, etwas ausgeknockt. Panisch versuchte ich mich, an das Vergangene zu erinnern, erfasste jedoch nur das Bild meines toten Bruders. Blutüberströmt. *Tot.*

Erschaudernd schüttelte ich meinen pochenden Schädel, versuchte, die schrecklichen Bilder aus meinem Kopf zu verdrängen. Verdammt nochmal. Koen hatte mich all die Jahre lang vor diesem Tag gewarnt! Nun, wo er gekommen war, wollte ich mich nur noch in einem tiefen Loch verkriechen und hoffen, dass ich irgendwann aufwachen und feststellen würde, dass ich nur in einem Traum gefangen gewesen war.

Ich erinnerte mich an die Worte meines Bruders, als wäre es erst gestern gewesen.

Irgendwann wird der Tag kommen, an dem ich nicht mehr da sein werde. Vielleicht falle ich in einem Kampf, werde wegen meiner Untaten in die Hölle geschickt oder lande bei Claudia, um für all meine Sünden zu bezahlen. Wenn dieser Tag kommt, darfst du den Krieger in dir nicht ignorieren, Lyras. Halte deine Tränen in Ehren und folge ihnen, wenn wir uns wiedersehen.

Genau jetzt wollte ich seine Worte ignorieren, verlangte nach unaufhaltsamen Tränen, die jedoch versiegt waren. Keine einzige Träne wagte sich aus seinem Versteck. Auch dann nicht, als ich bemerkte, dass ich mich in einem Bannkreis befand, der es mir nicht erlaubte, zu flüchten.

Verwirrt blinzelte ich, starrte auf die rote Linie, die auf dem Boden einen Kreis bildete. Lange brauchte ich nicht zu überlegen, um zu wissen, zu wem diese Magie gehörte. Das war Scarletts Zauber. Was, um Himmels Willen, hatte ich verbrochen, um in einem ihrer Bannkreise zu landen? Sie benutzte diese Magie nicht sehr oft, da sie eine Menge Energie benötigte.

Überrascht wandte ich meinen Blick den Männern und Frauen zu, die ohnmächtig auf dem Boden, aber dennoch innerhalb des Kreises lagen. Ihre Körper sahen schlimm aus, übersät mit tiefen Schürfwunden, Blutergüssen und gebrochenen Knochen. Einen Mann hatte es ganz schlimm erwischt. Selbst von hier - ich befand mich einige Meter von ihm entfernt - konnte ich den Knochen seines Beines erkennen, der durch die Haut gestoßen worden war. Zum einen hatte er Glück, denn als Dämon verfügte man über eine Selbstheilungskraft, die einem das Leben retten konnte. Leider würde ihm dieses Glück sehr lange Schmerzen bereiten, denn der Heilungsprozess dauerte seine Zeit. Vor allem, wenn es sich um solch eine Verletzung handelte. Er sollte trotzdem einen Heiler aufsuchen, denn ohne ärztliche Hilfe würde er irgendwann Probleme beim Laufen bekommen. Bei solchen Knochenbrüchen musste man unheimlich vorsichtig sein.

Als ich zu sprechen versuchte, spürte ich lediglich ein unangenehmes Kratzen in meinem Hals, was mich zum Husten brachte. Gott, was hatten die mit mir angestellt? Langsam versuchte ich, mich aufzuraffen, was zu meiner Überraschung ganz gut funktionierte. Bald stand ich also wieder auf meinen Beinen, wenn auch etwas wackelig, und versuchte mich erneut an das Vergangene zu erinnern. Der Nebel lichtete sich etwas, als mir Skylar in den Sinn kam, die mich mit einem komischen Blick gemustert hatte.

Plötzlich hatte ich den Drang verspürt, alles für sie zu tun.

„Lyras? Alter, geht's dir gut? Ich hoffe, du bist wieder der Alte, ansonsten muss ich dir noch eine verpassen", erklang Shawns belustigte Stimme.

Obwohl ein kleines Grinsen seine Lippen zierte, hörte ich deutlich die Besorgnis, die in seiner zittrigen Stimme verborgen lag. Seine roten, sonst so dunklen Augen wurden von einem Nebelschleier verdeckt, der versuchte, seine aufkochenden Emotionen zu verstecken. Es war selten, dass man Shawn so sah, denn sein Kokon, hinter dem er immer Schutz suchte, war ihm etwas sehr Wichtiges. Er hasste es anderen gegenüber Emotionen zu zeigen, auch, wenn er ein recht lustiger und lebensfroher Typ war. Etwas Dunkles hauste in seinem Herzen, von dem er mir jedoch noch nie etwas erzählt hatte. Nur einer kannte diesen Teil seiner Vergangenheit, mit dem er jeden Tag kämpfte. Und dieser war ... tot.

„Was ist passiert?", erkundigte ich mich leicht irritiert.

„Sorry, aber für eine Erklärung haben wir keine Zeit. Die dahinten schlagen sich gleich die Köpfe ein. Ich bin nur hier um nach deinem Wohlbefinden zu sehen und dich, falls du wieder normal bist, hier herauszuholen."

„Ich bin normal", versicherte ich ihm, klopfte mir den Dreck von der Hose. „Also hol' mich endlich hier raus. Ich fühl' mich wie ein Schwerverbrecher."

Shawn lachte, doch es klang unecht. Ich wollte ihn nach seinen Sorgen fragen, verlangte förmlich danach, meinen Freund endlich besser zu verstehen, doch sah ich schnell ein, dass das hier nicht der richtige Ort und vor allem nicht der rechte Zeitpunkt war. Irgendetwas, von dem ich noch keine Ahnung hatte, war hier vorgefallen.

Der Vampir zeigte seine Fänge, bevor sein Blick von den ohnmächtigen Personen zurück zu mir glitt. Als er sich schließlich sicher war, dass keiner der Fremden aufstehen und angreifen würde – ich glaubte wirklich nicht, dass sie die Lust verspürt hätten, uns anzugreifen –, trat er über die Linie, die mit einem Mal zerbrach und sich auflöste.

„Komm, dort hinten brennt die Luft. Außerdem haben wie Besuch bekommen."

„Besuch?" Skeptisch hob ich meine Brauen. „Was meinst du damit?"

„Das musst du selbst sehen, ansonsten glaubst du mir das nicht. Vertrau' mir."

Ich folgte Shawn, dessen Hände stark zitterten. Nun wusste ich jedoch nicht, ob sein Körper die Wut verarbeitete oder ob ihm etwas anderes auf dem Herzen lag. Verdammt nochmal. Am liebsten hätte ich ihm gegen die Schulter geboxt und ihn anschließend in den Arm genommen. Ich kannte ihn schon so viele Jahre, weshalb ich es einfach nicht ertrug, ihn so erbärmlich zu sehen. Um ehrlich zu sein, hasste ich es seine blutroten Vampiraugen in Trauer gehüllt zu sehen.

Mein Gleichgewicht normalisierte sich langsam wieder, sodass ich Shawn schnell aufholen und sein Tempo halten konnte. Ich spürte deutlich, wie sich die Wunden, die sich unter meinen Klamotten befanden, verschlossen. Einzig und alleine das Blut, das sich in den Stoff gesaugt hatte, zeugte von einem heftigen Kampf. Schlussendlich verschwand auch das dröhnende Pochen in meinem Schädel, was mich zufrieden zum Seufzen brachte. Ein Problem weniger. Das Nächste ließ nicht lange auf sich warten.

Ungefähr zehn Meter von uns entfernt standen die Hexer, gegenüber von ihnen meine Freunde, die den Rat bösartig musterten. Skylar lag ohnmächtig auf dem Boden, während eine fremde Frau vor ihr saß, immer wieder über den Rücken des Mädchens strich. Eine andere Person stand schützend vor ihr, offenbar war es ihr Partner, zumindest sah es so aus und richtete seinen Blick auf Arcor, der den Fremden ganz und gar nicht leiden konnte. Augenblicklich verdoppelten wir unser Tempo, gesellten uns zu Scarlett, die sich vor Aga in Sicherheit brachte. Ich wusste wirklich nicht, was sein Problem war, doch ich konnte mir sicher sein, dass wenn Arcor ihn nicht wutentbrannt gestoppt hätte, nun auch Scarletts Leiche am Boden liegen würde.

Was, zum Teufel, hatte ich verpasst?

„Das werden wir nicht zulassen", knurrte das Oberhaupt der Hexer. „Wir sind Vertreter der Engel, Schützer der Menschheit und die Personen, die für die Einhaltung der Regeln sorgen. Niemand außer uns wird Skylar mit sich nehmen."

„Und wenn du ein Engel höchstpersönlich wärst", lachte der Fremde, „sie wird mit uns kommen. Wir kümmern uns um sie."

„Ihr werdet unter den Konsequenzen leiden!"

„Oh, ich bin gespannt. Was wollt ihr mit uns anstellen, hm? Lasst ihr Vögel unser Haus vollscheißen oder erledigt ihr auch das selbst?"

Orga knurrte bedrohlich, kam einen Schritt näher.

„Zügel deine lose Zunge oder ich werde sie dir das nächste Mal in einem hübschen Paket liefern."

„Nett, aber, wenn du sie mir schon herausreißt, kannst du sie mir gleich in die Hand drücken. Ich hasse unnötige Briefmarkenverschwendung."

Fast hätte ich gelacht, wenn ich mir nicht bewusst gewesen wäre, wie ernst diese Situation war. Normalerweise legte sich niemand freiwillig mit dem Rat an, wirklich niemand. Das war reiner Selbstmord, denn die Hexer waren nun wirklich nicht für ihren Humor bekannt. Mit Werwölfen hätte man das machen können. Wenn man ihnen etwas Speck servierte und ihnen kostenlos ein paar Bier überreichte, ließen sie fast alles mit sich machen.

Dieser Fremde besaß wirklich Eier, sich mit dem Rat anzulegen. Obwohl ich auch jemanden kannte, der sich am liebsten mit allen möglichen Waffen gegen sie richten würde. Mein Blick wanderte automatisch zu Shawn, dessen Augen sich wieder verdunkelten. Der Nebel verschwand, doch das Zittern blieb, wobei er seine Hände zu Fäusten ballte. Die Luft um ihn herum wurde dicker, fast so, als würde er jeden Augenblick wie eine Piñata platzen. Seine Fänge blitzen im Licht des Mondes, als er leise, aber gefährlich zu knurren begann.

„Wage es ja nicht, du nichtsnutziger Wurm. Wir stehen über euch, weswegen euch eine Diskussion nicht zusteht. Händigt sie uns aus oder ihr bezahlt mit dem Leben."

Orga schien wirklich nicht gut gestimmt. Doch soweit ich wusste, war er das nie.

„Ruhig Blut", seufzte Arcor, der seine Nase zwischen Zeige- und Mittelfinger rieb. „Orga, sie werden sich an die Regeln halten. Selbst Menschen müssen das."

„Arcor." Nun war es die Frau, die das Wort erhob, ihrem Partner jedoch ein zerstörendes Funkeln zuwarf. „Mein Freund und ich sind nicht hier, um euch Ärger zu bereiten. Wir kennen einen Weg, ihr zu helfen. Sie wird keine Gefahr mehr darstellen, das verspreche ich."

„Das könnt ihr nicht. Dämonen werden kommen und ihr Blut verlangen. Unsere Aufgabe ist es, die Menschheit zu beschützen und das Gleichgewicht aller Rassen aufrecht zu erhalten. Das wird jedoch nicht gehen, wenn es jemandem gelingt, Lilith wieder zurückzuholen."

Der Ton des Hexers strotze nur so vor Abscheu und Gehässigkeit. Nicht, weil es ein Mensch war, der ihn herausforderte, sondern weil sie gerade offenlegten, klüger und weiser als er zu sein. Und das waren sie, wenn sie tatsächlich einen Weg gefunden hatten, Skylars Dämonenhälfte zu bändigen. Kein Zauber der Welt war stark genug, so etwas zu vollbringen. Zumindest nicht ohne das Leben eines anderen zu verwirken.

„Das wissen wir", versicherte die Dame, „Aber dann wird es umso schwieriger. Wir können Skylar wieder zu dem Mädchen machen, das sie war, doch ihre neuen Fähigkeiten bleiben. Und ihr wisst nun, welche Schwester sie ist. Sie besitzt die Gabe der Macht, die Fähigkeit die Armeen ihrer Mutter zu kontrollieren. Dämonen, die ihrem Befehl unterstehen, müssen ihr gehorchen."

„Kannst du das versichern?"

Karda war die Erste, die diese Möglichkeit in Betracht zog. Sie wirkte zuversichtlich, als sie Skylar musterte. Offenbar glaubte sie, dass die Menschen die Wahrheit sprachen. Warum sollten sie auch lügen? Dafür gab es keinen offensichtlichen Grund.

Für einen Moment fragte ich mich, woher diese Menschen all das Wissen besaßen. Es gab eine Möglichkeit, die das alles glaubhaft erklären würde – die Waffen, die sie trugen, sprachen dafür –, doch ihre Kleidung war nicht die einer Person, die andere Kreaturen jagte.

„Das kann ich", die Dame lächelte. „Ich bürge für sie. Ihr kennt das Gesetz genauso gut wie ich. Wenn etwas passieren sollte, händige ich euch meinen Kopf auf einem Silbertablett aus. Ihr habt mein Wort."

Orga wollte protestieren, doch Arcor schüttelte stumm sein Haupt. Dieser schien von den Worten der Fremden überzeugt, verschränkte seine Arme vor der Brust und schnaufte.

„Einverstanden, aber wir behalten sie im Auge. Ein Fehltritt und ihr bezahlt alle dafür. Wir werden wiederkommen und euer Werk bestaunen. Wenn wir erfahren, dass es ein Fehler war, euch zu vertrauen, nehme ich euch mehr als euer Leben."

Anschließend blickte er auffordernd zu Karda – man spürte deutlich den Ärger, den Arcor ausstrahlte –, die sofort verstand. Ihre Hände flackerten in einem hellen Blauton, bevor sich die Körper des Rates langsam auflösten. Im nächsten Moment waren sie verschwunden. Sie hatten ein Portal benutzt, das sie selbst zuvor erschaffen hatte. Offenbar war sie dazu imstande. Interessant.

Gerrit, der die ganze Verhandlung im Stillen verbrachte, richtete sich nun an die beiden Fremden. Der Mann – er machte sich nicht einmal die Mühe zu verheimlichen, dass er uns ignorierte – hob den schlafenden Körper unserer Prinzessin in seine Arme, während seine Partnerin Skylar zwei kleine Pfeile aus dem Körper zog.

„Wer seid ihr?", erkundigte sich schließlich Ames, dem ihre Art offenbar gar nicht gefiel.

„Oh, wo bleiben unsere Manieren?", herrschte die Dame, deren Wangen augenblicklich dunkel erröteten. „Mein Name ist Lucy und mein Freund hier ist Elliot. Freut uns."

Erst jetzt kam ich dazu, die beiden richtig zu betrachten. Elliot war, so viel man unter seiner Jeansjacke erkennen konnte, ein recht muskulöser Typ mit breiten Schultern. Sein blondes Haar streifte seine Schulter, war an einer Seite jedoch rasiert, sodass man nur einen blonden Flaum erkennen konnte. Sein Gesicht wirkte sehr nett, was an dem breiten Grinsen lag. Hätte ich ihn unter anderen Umständen kennengelernt, würde ich ihn wahrscheinlich sympathisch finden.

Lucy, hingegen, war genau das Gegenteil von ihm. Während er eher wie ein braver, sportlicher Typ wirkte, war sie eine schlanke, rebellische Schönheit. Lila Strähnen vermischten sich mit ihrem schwarzen Haupt, die sie zu einem hohen Zopf zusammengebunden hatte. Ihr Körperbau war recht zierlich, wodurch ich kaum fassen konnte, dass sie eine Armbrust, sowie eine Schusswaffe am Rücken tragen konnte. Selbst für mich – eigentlich stand ich auf einen vollkommen anderen Typ – sahen die vielen Piercings, die sie im Ohr trug, heiß aus. Auch das Tattoo einer Drachenklaue, die man wegen ihres weiten Ausschnitts und dem wenigen Stoff an ihrem Hals erkennen konnte, machte sie nicht gerade unattraktiv. Auch sie lächelte. Gott, wenn wir uns jetzt in einem Club begegnen würden, wäre ich der Erste gewesen, der ihr einen Drink spendiert hätte.

„Nur für die, die eins und eins nicht zusammenzählen können", sprach sie weiter und rutschte damit in meiner *Frauen-mit-denen-ich-ausgehen-würde-Liste* um einige Plätze nach oben, „wir sind ausgebildete Jäger, aber nicht daran interessiert, Skylar oder irgendjemanden von euch zu schaden. Das klingt im ersten Moment vielleicht etwas verrückt, aber ich denke, dass sobald unsereiner hier verschwunden sind, wir darüber sprechen können."

Sie wirkte fast schon wie eine Psychologin, wodurch sie in meiner Liste um einige Zeilen wieder sank. Schade, sie sah wie ein guter Fang aus.

„Warum sollten wir euch vertrauen?"

Gerrit schien sichtlich irritiert. Doch nicht nur ihm ging es so. Auch wir anderen, selbst, wenn wir es nicht zeigten, verstanden den Sinn hinter dieser Tat nicht. Weshalb, falls sie nicht logen, war ein Jäger bereit, seiner Beute das Leben zu retten? Falls es irgendein krankes Spiel sein sollte, würden wir nicht darüber lachen können. Dennoch, obwohl das alles komisch und skeptisch zu betrachten war, wirkten die beiden durchaus vertrauenswürdig. Gehörte auch das zu ihrem Spiel oder versuchte mein Verstand, mich zu verarschen?

„Eure Meinung uns gegenüber interessiert uns nicht", gab Lucy zu. „Wir halten uns lediglich an ein Versprechen, dass wir Skylars Vater vor langer Zeit gaben."

Neugierig beobachtete ich Aaron, der Shawn den Ellbogen in die Seite drückte, bevor er ihm etwas ins Ohr flüsterte. Sein Gesichtsausdruck wurde hart, dennoch schenkte er ihm ein Nicken. Sie verschwanden beide wieder zu dem Ort, an dem Scarlett mich gefangen hielt. Dort, wo Koens Leichnam lag.

Augenblicklich zuckte ich zusammen.

„Verschwinden wir endlich, bevor der Rat seine Meinung ändert und zurückkommt", schlug Elliot vor, der die junge Frau sanft in seinen Armen wiegte. Er behandelte sie mit Vorsicht, aber nicht, weil in ihr ein Dämon steckte, der uns alle umzubringen versuchte, sondern wegen der Person, die sie wirklich war. Ich persönlich wusste nicht, wie viel sie über Skylar wussten und ob diese die beiden bereits kannte, doch ich konnte mir nicht vorstellen, dass sie ihr etwas Böses antun wollten. Dafür lag zu viel Zuneigung in ihren Blicken.

„Eine letzte Frage noch", Gerrit seufzte leise. „Um was handelt es sich bei dem Versprechen?"

Unsere Blicke lagen auf Lucy, die zärtlich hinüber zu Skylar blickte. Sie holte tief Luft, bevor sie uns antwortete.

„Ihr Vater wollte, dass ihre Sicherheit garantiert ist. Er wusste von Anfang an, dass sie eine Blutsverwandte von Lilith ist, doch er liebte sie von ganzen Herzen. So auch ihre Mutter. Alles, was sie verlangten, war, dass wir uns um sie kümmern, wenn die Zeit gekommen ist. Wir werden sie euch nicht wegnehmen, falls ihr das denkt. Bei euch ist sie sicherlich gut aufgehoben und wir werden für sie da sein, wenn sie uns braucht."

Scarlett schniefte, kleine Tränen schlichen sich in ihre Augenwinkel. Verlegen, weil sie von mir erwischt worden war, schüttelte sie ihren Kopf, blinzelte die verräterischen Spuren hinfort, bevor sie ihre Hand mit der von Gerrit verschränkte.

„Das reicht mir", sagte dieser und wandte sich zu Scarlett, während er sanft ihre Hand drückte. „Öffne ein Portal. Auch, wenn es schon spät ist, dürfen wir kein Risiko eingehen. Es ist nicht nötig, von den Menschen gesehen zu werden."

Die Hexe verstand und im nächsten Moment öffnete sich vor unseren Augen ein Portal, erschaffen aus Energie und magischer Kraft. Blitze schossen um die runde Öffnung, die einen Menschen um einige Zentimeter überragte. Einer nach dem anderen trat durch das magische Feld, verschwand unmittelbar danach.

„Ames, folge Shawn und Aaron und hilf ihnen, das Schlachtfeld zu entfernen. Wir sollten keine Beweise hinterlassen."

Somit war auch der Vampir verschwunden, der seinen Freunden zur Hilfe eilte. Als Nächstes traten die Jäger durch das Portal, gefolgt von Gerrit. Bevor ich hindurchging, holte ich tief Luft und blickte mich noch einmal um. Mir wollte der Gedanke einfach nicht aus dem Kopf gehen, dass wir irgendwas vergaßen. Dennoch trat ich schließlich durch das Portal.

Und im nächsten Augenblick stand ich zusammen mit den anderen im Speisesaal des Anwesens.

KAPITEL 19

TOR DER UNTERWELT – KOENS SICHT

Mein Blick haftete an dem riesigen, schwarzen Tor, das sich vor mir erhob. Solch ein großes Gebäude bekam man nicht alle Tag zu Gesicht. Es war höher als jedes Haus in der Menschenwelt und breiter als alles, was man in der Unterwelt finden konnte. Der Anblick dieses Tors hinterließ einen bitteren Geschmack auf meiner Zunge, hätte mich zum Übergeben gebracht, wenn ich mir nicht sicher gewesen wäre, dass das nun nicht mehr möglich war.

Jahrhundertelang verbrachte ich meine Tage mit derselben Frage: „Wohin wird mich meine Sünde bringen?"

Für mich war der weiße See, der die Seelen der guten Personen beherbergte und sie zurück zur Erde schickte, um wiedergeboren zu werden, keine Option und kam selbst in meinen Gedanken nicht in Frage. Es gab einige Momente, in denen ich der Schwäche erlag, wo ich darüber grübelte, ob man mir meine Taten verzeihen würde. Doch schnell waren diese Ideen wieder verdrängt worden. In meinen Augen war das Blödsinn, selbst zu beten, darum zu bitten, nicht in die Hölle geschickt zu werden. All das fand ich lächerlich. Menschen waren die einzigen Lebewesen, die das wirklich versuchten. Wenn sie erfuhren, dass ihre Zeit gekommen war, versuchten sie all ihre schlechten Taten zu rechtfertigen, sie durch gute, warmherzige Worte zu ersetzen und das zu tun, was sie in ihrem Zustand noch konnten.

Es funktionierte nicht. Ich hatte es mehr als einmal mit ansehen müssen. All die vielen Jahre musste ich zusehen, wie Menschen starben und dabei um ihr Leben flehten. Viele warfen mit Schimpfworten um sich, um ihre Trauer zu überspielen und andere baten um mehr Zeit. So oft sah ich bereits, wie sich Personen um hundertachtzig Grad drehten, um festzustellen, was für ein scheußlicher Mensch sie zu Lebenszeit gewesen waren. Auch, wenn sie es sich nicht selbst eingestanden, doch irgendwann bereuten sie alle. Egal, welche Dummheiten sie gemacht oder ausgelassen hatten, sie bereuten sie.

Doch ich, wo ich nun vor dem Ende stand, bereute nicht. Ich bereute weder den Tod meiner einstigen Liebe, noch das Blut, das an meinen Händen klebte. Nichts davon. Und vor allem bereute ich nichts, was mit ihr in Verbindung stand. *Überhaupt nichts.*

„Geh' endlich, Arschloch. Es gibt noch andere Tote, die die Grenzen überschreiten wollen."

Emotionslos drehte ich mich zu dem Fremden um, erkannte am goldenen Stern, den er an seiner Brust trug, dass er ein Sheriff gewesen sein musste. Wenn man nach den Falten gegangen wäre, die sein ganzes Gesicht bestückten und ihn unglaublich kaputt aussehen ließen, hätte ich sein Alter auf siebzig geschätzt. Vielleicht auch etwas älter, doch die Art, wie er dort stand und mich mit funkelnden Augen betrachtete, sagte mir, dass er jünger sein musste. Als ich mich nicht rührte, erklang erneut sein spanischer Akzent.

„Bist du taub? Ich sagte, du sollst deinen Arsch bewegen. Zeit ist Geld."

Ohne ein Wort zu sagen, trat ich zur Seite, ließ den Mann passieren, der sofort an mir vorbeischritt. Er schnaufte, fluchte leise und verschwand schließlich hinter dem Tor. Dann hörte man sein Schreien, laut und qualvoll. Offenbar war er in der Hölle gelandet und um ehrlich zu sein, war das auch kein Wunder. Wenn er wirklich Sheriff gewesen war, hatte er einen furchtbaren Job geleistet. Niemand verdiente es, auf solch eine Art und Weise behandelt zu werden. Auch er hatte kein Recht dazu, selbst wenn er im Leben einmal der Sheriff gewesen war. Ich konnte mir gut vorstellen, dass er den Gang hier herunter nicht auf natürlichen Weg fand.

Nun stand ich da, stumm und trostlos. Keiner der Toten, die an mir vorbeizogen, sprach mit mir. Mussten sie auch nicht, denn jeder würde irgendwann durch das Tor schreiten müssen. Man schenkte mir etwas Zeit, was mir wirklich seltsam vorkam, beschwerte mich jedoch über diese nette Geste nicht.

Niemand wusste, was in dem Kopf des Höllenmeisters vor sich ging. Hades war eine Person für sich. Er tat nur das, wonach er verlangte. Aufgestellte Regeln kümmerten ihn nicht, denn an diesem Ort war er der Spielmacher. Er wusste immer, welchen Zug man setzen würde, um einen in seinem eigenen Spiel zu schlagen und sich eine neue Marionette anzueignen. Er genoss, liebte das Gefühl der Stärke, der aufkommenden Macht, wenn jemand in seinem Spiel verlor.

Hades verbrachte seine Zeit nicht nur mit dem Einordnen von Toten. Nein, er machte ihnen ein Angebot. Wenn sie ihn in seinem Spiel schlugen, würde er sie zurück auf die Erde schicken. Jedoch wusste keiner der Spieler, dass es keinen Ausweg gab. Tot blieb tot und konnte nicht wieder lebendig gemacht werden. Selbst von dem Herrscher der Unterwelt nicht. Doch Menschen waren naiv und glaubten an Wunder, an die Möglichkeit, mit ihren Fähigkeiten fliehen zu können.

Menschen waren dumm.

Noch immer kam mir kein Wort über die Lippen, kein kleiner Atemzug, als ich mich um die eigene Achse drehte und meine Umgebung betrachtete. Sie war trostlos, öde. Ein kahler, grauer Steinuntergrund erstreckte sich Kilometer weit, ließ mich furchtlos in die Ferne blicken. Ich fragte mich, was sich dahinter verbarg, hinter all dem Nichts.

Es war nicht das erste Mal, dass ich den Untergrund betrat. In dieser Welt war ich geboren worden, hatte meine fröhliche Kindheit ausgelebt, bis meine Eltern verstarben und der Herrscher der Unterwelt mich auf die Straße gesetzt hatte. Nun, eigentlich geschah genau das Gegenteil, denn ich ließ mich auf die Straße setzen, indem ich die Flucht ergriff.

Der Unterschied zwischen dieser Welt und der der Menschen war kaum ein Katzensprung. Man arbeitete, suchte sich eine Frau, um eine Familie zu gründen und zog seine Kinder groß, bis sie bereit waren, ein eigenes Leben zu führen. Ein großer, aber auch einziger Unterschied war, dass man hier um sein Überleben kämpfte. Man interessierte sich weniger dafür, ob genug Essen zu Hause war, um die hungrigen Mäuler zu stopfen, sondern um das Wohlergehen aller Beteiligten. Wenn man sich hier nicht verteidigen konnte, verlor man. Ein Mensch würde hier kaum einen Tag durchhalten. Monster plünderten, vergewaltigten und ermordeten. Der Großteil tat es aus Freude, ohne einen ersichtlichen Grund. Andere suchten lediglich ihren Meister, der sie in ihren Fähigkeiten schlug und anschließend ausbildete.

Der Stärkere überlebte und niemand in diesen Ländereien wollte der Schwächere sein.

Doch es gab auch schöne Orte, umhüllt von Frieden und wunderschönen Landschaften, soweit das Auge reichte. In solchen Gebieten gab es meist nur Gruppen, die sich zu Familien vereinigten. Desto größer deine Familie, desto größer die Chance zu überleben. Jedoch gab es dort auch ein ruhigeres Klima, denn es gab jemanden, der Regeln aufstellte, an die sich jeder halten musste. Verstieß man gegen eine davon, wurde man getötet. Oder Schlimmeres.

Obwohl all das grausam und fürchterlich klang, liebte jeder diese Welt. Man fand sich mit dem Natürlichen ab, vergoss keine einzige Träne über verlorene Familienmitglieder. Zumindest nicht in der Öffentlichkeit, aber hinter verschlossenen Türen sah es schon anders aus. Auch Monster genossen das Gefühl von Liebe.

Monster, wie ich eines war.

Während ich mich von der trostlosen Landschaft wieder abwandte, schüttelte ich meinen Kopf, um meine Gedanken zu sammeln. Es war vollkommen unnötig, noch einmal an die Vergangenheit und an mein altes Zuhause zu denken. An die Zukunft, die ich hätte haben können, wenn ich nicht aufgepasst und friedlich gelebt, die Regeln nicht missachtet hätte. Nichtsdestotrotz war ich froh darum. Ihr Ableben aus der privilegierten Gesellschaft hatte mir Kraft geschenkt, mich dazu gezwungen, zu einem Krieger zu mutieren. Nur dadurch hatte ich überleben können.

Als ich feststellte, dass ich erneut mit den Gedanken abdriftete, öffnete sich das riesige Tor. Kurz sah ich mich um, suchte nach einer weiteren toten Seele, die nach Zuflucht suchte. Doch es gab niemanden. Mir wurde schnell bewusst, dass man es für mich öffnete. Meine Zeit war nun gekommen. Noch länger konnte ich meinem Schicksal nicht entfliehen.

Tief atmete ich ein, straffte meine Schultern und trat auf das Gebilde zu. Obwohl ich keine Angst verspürte, begannen meine Hände, zu zittern. Ich fühlte, wie die Nervosität in mir aufstieg, die ich jedoch zu überspielen versuchte.

Gott, ich war hier um meine verstorbene Seele in die Hölle zu schicken. Es gab wirklich keinen Grund, nervös zu sein, und dennoch konnte ich dieses lästige Gefühl nicht abschütteln. Wenn ich keine Seele gewesen wäre, die an diesem neutralen Ort physisch nicht verletzt werden konnte, wäre ich nun verrückt geworden.

Fest ballte ich meine Hand zu einer Faust, bevor ich langsam, aber bestimmt durch die Tür schritt. In meinem Kopf versteckte sich kein einziger Gedanke. Es herrschte komplette Leere, die von meiner Nervosität ausgelöst worden war. Beim Eintreten brannte mein Körper, hätte mich zum Schreien gebracht, wenn ich meine Stimmbänder gefunden hätte. Für einen Moment beherrschte mich ein Gefühl, das tatsächlich der Angst ähnelte. Ich sah mein Leben an mir vorbeiziehen, erblickte Gesichter, die ich nach all den Jahrhunderten wieder vergessen hatte. Männer, Frauen, Kinder. Jede einzelne Erinnerung wurde mir wie ein Film vorgeführt, der mit dem schönsten Gesicht endete, dass ich jemals erblicken durfte. Mit der Frau, deren Herz ich in Beschlag genommen und zerbrochen hatte. Skylars wunderschöne, blaue Augen.

Abrupt endete der Schmerz, hinterließ einen bitteren Nachgeschmack auf meiner Zunge. Die Erinnerungen verblassten, die Hitze verschwand, verwandelte sich jedoch in eine angenehme Wärme, die sich wie eine Decke an mich schmiegte. Als ich die Augen öffnete, erwartete ich meterhohe Flammen, Lava und Hitze. Ich erwartete leidende Seelen, deren Wächter und Elend. Tränen, fluchende Personen, die um ihr *Leben* flehten. Doch vor mir war nichts dergleichen. Stattdessen blickte ich auf einen blütenweißen, reinen See, der sich in der Mitte gegen das knöchelhohe, leuchtende

Gras kuschelte. Die Umgebung wurde von großen, wundervollen Bäumen aller Art geschmückt. Manche trugen Früchte, andere schenkten den Seelen lediglich ein angenehmes Bild voller leuchtender Blätter.

Das musste ein Traum sein, anders konnte ich mir dieses wunderbare Bild nicht erklären.

Ich kannte diesen Ort nur vom Hörensagen. Natürlich, niemals hatte es ein Toter zurück in die Welt der Lebenden geschafft. Selbst wenn er neugeboren und zurückgeschickt wurde, erinnerte er sich nicht mehr an das vergangene Leben, geschweige denn an die Zeit dazwischen. Es war ein Bild für die Götter, doch noch immer konnte ich nicht glauben, dass man mir den Aufenthalt gewährte. Das musste sich um einen Fehler handeln.

„Es ist kein Fehler", sagte eine liebliche Stimme, als hätte sie meine Gedanken gelesen. Ich erstarrte, als ich realisierte, wessen Stimme ich dort vernahm.

„Claudia."

Erschrocken drehte ich mich zu der Dame um, die mich verstummen ließ. Sie schließlich zu erblicken, ihr Antlitz zu sehen, ließ mich schlucken. Claudia sah noch genauso aus wie damals. Ihr goldbraunes, langes Haar hing ihr verspielt über die Schultern und ihre Augen, die so grün funkelten wie der schönste Jadeit, leuchteten liebevoll. Die schmalen Lippen verzogen sich zu einem Lächeln, ließen die Sommersprossen auf ihren erröteten Wangen tanzen.

„Hallo, Koen, lange nicht mehr gesehen."

Ich wusste nicht, wie ich reagieren sollte. Mein Herz machte einen Hüpfer, hinterließ jedoch ein Stechen, das ich früher jedoch nicht gekannt hatte. Trotzdem ging, nein rannte ich zu der jungen Frau und schlang meine Arme um ihren schmalen Körper. Ihr Lachen erschallte, als sie sich an meine Brust schmiegte. Ihre zierlichen Finger krallten sich in meine Arme, so, als würden sie nach Halt suchen.

„Du hast dich verändert", sagte sie schließlich und löste sich widerwillig. „Aber das ist auch kein Wunder. Es ist schließlich eine Weile her, seitdem wir uns das letzte Mal gesehen haben."

Ich sollte verrückt werden, mich über diese lockere Art aufregen, doch überraschenderweise konnte ich das nicht. Früher trieb sie mich mit dieser Art in den Wahnsinn, während sie es genoss, mich zu ärgern. Dennoch hatte ich nie genug davon bekommen können, sie oft angestachelt, damit sie erneut auf diese Weise reagierte. Doch jetzt, wo sie wieder in meinen Armen lag, wollte ich das nicht mehr. Diese erwachsene, reife Geste übte nicht mehr den gleichen Effekt aus. Deswegen irritiert löste ich meine Arme von ihrem Körper, konnte jedoch nicht verhindern, ihren heftigen Herzschlag in meinen Ohren klopfen zu hören. Er klang noch genauso wie damals.

„Ja, eine Weile", bestätigte ich schließlich, fuhr mit dem Daumen über ihre sanfte Wange. „Trotz des Fehlers bin ich froh, dich getroffen zu haben."

Ihr Lachen erstarb, bevor Claudia mir sanft gegen die Brust boxte. Sie zeigte mir, wie unzufrieden sie meine Worte machten.

„Schon wieder diese Leier. Koen, du wurdest hierhergeschickt, weil du eine gute Person warst und es immer noch bist. Dir wird die Chance auf eine Wiedergeburt gewehrt. Hör bitte damit auf, dich selbst schlecht zu machen. Wir haben dasselbe Gespräch schon einmal geführt, erinnerst du dich?"

Als wäre es gestern gewesen.

„Und nur wenige Stunden später bist du getötet worden, Claudia. Ich erinnere mich noch deutlich daran, deinen leblosen und blutverschmierten Körper in den Armen gehalten zu haben, durch die Klinge, die dazu bestimmt war, mich zu töten. Ich erinnere mich besser daran, als ich sollte."

Verärgert wiederholte sie den Schlag, zog die Nase kraus und legte ihre Stirn in tiefe Falten. So hatte sie mich immer angesehen, wenn sie sauer gewesen war. Ihr Haupt schüttelte sich, fast so, als fände sie meine Aussage so unfassbar, dass sie sich darüber ärgern müsste.

„Diesen Schuh wirst du dir nicht anziehen, mein Lieber. Mein Tod ist nicht deine schuld, verstanden? Ich war zur falschen Zeit am falschen Ort. Ich sage nicht, dass ich nicht gerne an deiner Seite gewesen wäre oder dass ich dir nachtrage, dass du an diesem Abend zu spät kamst, sodass ich aus meiner eigenen Dummheit zu Kriegszeiten den Schutz des Hauses verließ, aber meine Zeit war gekommen. Koen, du hättest nichts dagegen tun können, hörst du mich?"

„Ich hätte", widersprach ich, wollte ihre dummen Argumente nicht hören. „Wäre ich damals nicht auf Streit aus gewesen, hätten sie ihre Wut niemals an dir ausgelassen."

Nun lachte sie, schüttelte erneut ihren Kopf, wodurch ihre Locken hin und her sprangen.

„Doch, das weißt du genau! Diese Männer waren Idioten, die sich am Leid anderer Menschen ergötzen. Koen, diese Personen sitzen nun am anderen Ende, gequält und gefangen. Doch du bist hier."

„Ein Versehen, Claudia. Menschen mit Sünden müssen bestraft werden."

„Himmel nochmal, Koen! Du klingst genauso wie mein Vater. Nur weil du dir die Schuld an diesem Schlamassel gibst, bedeutet es noch lange nicht, dass es auch wahr ist." Sanft legte sie ihre Hände auf meine Wangen, schenkte mir das Lächeln, das ich vor Jahrhunderten so geliebt hatte.

„Ich liebe dich und daran wird sich nichts ändern. Nichts davon war ein Fehler, gar nichts. Weder dein Aufenthalt hier, noch dieser Abend. Sieh' es endlich ein. Du bist vielleicht kein Unschuldslamm, doch du bist ein guter, aufrichtiger Mann mit Herz, der durch die Hölle gegangen ist."

Als sie bemerkte, was sie da eigentlich sagte, lachte sie. Es war ein helles, glückliches Lachen, das mich zum Grübeln brachte. Vielleicht würde es meine Meinung ändern – nicht sofort, aber vielleicht in baldiger Zukunft. Nun, wo ich nicht mehr auf der Erde verweilte, würde ich sehr lange Zeit zum Nachdenken haben. Die Ewigkeit könnte mir dabei helfen, den Kopf frei von Schuld und Selbsthass zu bekommen. Womöglich würde es mich sogar auf eine gewisse Art und Weise heilen.

Ich erwiderte ihr Lächeln, seufzte geschlagen. Sie hatte schon immer Recht behalten.

„Und ich liebe dich, Claudia."

Ihr Lächeln verblasste nicht, als sie verneinte. Ihre Wangen schimmerten in einem hellen Rot, als ihre Fingerspitzen über meine Schultern strichen.

„Das war einmal und irgendwo in deinem Herzen habe ich noch einen gewissen Platz, doch ich spüre deutlich, dass dort nun jemand anderes wohnt. Komm' über das Vergangene hinweg und widme dich deiner Zukunft, die strahlend und unter guten Sternen vor dir liegt."

„Dir ist bewusst, dass ich tot bin, oder? Es wird wohl-"

Claudia schmunzelte: „Schenke der Zukunft deinen Glauben, Koen. Mein Tod war nicht umsonst und ich bin mir sicher, dass alles einen guten Grund hat. Vielleicht war mein Ableben eine neue Liebe, die ich dir dadurch schenken konnte. Nur dadurch hast du diese Person kennen- und lieben gelernt." Sie zwinkerte, bevor sie auf den See zeigte. „Außerdem befinden wir uns an einem Ort, an dem sich Liebende, Seelenverwandte wiedersehen. Du hast eine Ewigkeit auf sie gewartet, was machen da ein paar Jahre?"

Fassungslos starrte ich sie an, nicht wissend, was ich dazu sagen sollte. Doch als ich an Skylar dachte, das verrückte, liebreizende Mädchen, das ich kennenlernen durfte, machte mein Herz einen Sprung, wo es doch bei Claudia versagt hatte. Ich spürte das Verlangen, Skylar in den Arm zu nehmen, sie zu küssen und ihr das zu geben, was sie verdiente. Bald würde ich meinen Fehler wieder gutmachen können, es war nur eine Frage der Zeit. Claudia hatte vollkommen recht. Mein einziger Fehler lag darin, die Frau von mir wegzudrängen, sie trotz der Anziehungskraft von mir zu schieben.

Ich hätte sie aufrichtig lieben sollen, so wie sie es verdiente.

„Wann bist du nur so klug geworden?", lachte ich leise, worauf sie nur mit den Schultern zuckte.

„Eine Ewigkeit ist lange. Ich hatte viel Zeit, um darüber nachzudenken und nun komm. Lass' mich dir dein Paradies zeigen."

Fröhlich griff sie nach meiner Hand, drückte meine Finger mit einer Zärtlichkeit, die mir damals den Verstand geraubt hätte und zog mich Richtung See, an dem ich nun andere erblickte. Seelen, die sich noch nicht an den nächsten Schritt herantrauten. Seelen, die auf ihren Partner warteten.

Genauso, wie ich es nun tun würde.

Ich würde einfach warten.

Als ich schließlich am See stand, meinen Blick über all das Grüne und Schöne gleiten ließ, blieb er an einem Mann in schwarz gekleidet hängen, der am anderen Ufer des Sees stand. Er schien nicht sonderlich glücklich, als er eine Uhr aus seinem Mantel zog und sie in die Luft hielt, als wäre ihr Anblick für mich bestimmt. Er bewegte langsam seinen Kopf von links nach rechts, bevor er seinen freien Zeigefinger auf seine Lippen presste. Ich konnte das Ticken der Uhr in meinem Kopf hören.

Ein unheimlicher Schauer überkam mich, als der Mann beim nächsten Wimpernschlag verschwunden war. Doch das Ticken der Uhr hallte in meinen Verstand wider, so, als würde es mich nie wieder loslassen wollen.

KAPITEL 20

Das war alles andere als mein Ende.

Als ich meine Augen öffnete, verspürte ich ein unheimliches Dröhnen in meinem Schädel, was nur eines bedeuten konnte. Entweder waren mir die Flaschen Alkohol, an die ich mich nicht im Geringsten erinnern konnte, zu Kopf gestiegen, oder jemand hatte es gewagt, mich niederzustrecken. Obwohl die zweite Möglichkeit – nur daran zu denken, brachte mein Blut zum Brodeln – in meinen Ohren sehr unwahrscheinlich klang, zeugten die Ketten, die meine Handgelenke fest umklammert hielten, davon, dass ich, verdammt nochmal, in der Scheiße steckte.

Fest rüttelte ich an den Ketten, versuchte nach einem Schlupfloch zu suchen, irgendeinem kleinen Hinweis, der mir den Arsch retten könnte. Doch der Orden war fleißig gewesen. Sie hatten die Stahlketten mit viehischen Gift verfeinert, das durch das Reiben und die Schnitte in meiner Haut, die meine Gefangenschaft verursachte, in meinen Körper eindrang. Warmes, rotes Blut floss in Rinnsalen meine Arme hinunter, sog sich in die kurzen Ärmel meines T-Shirts und beschmutze mich mit der Hauptspeise eines Vampirs.

Mein Atem ging flach und obwohl das Gift in meinem Körper bereits abgebaut worden war, spürte man deutlich das Kribbeln, das die Taubheit hinterlassen hatte. Ein verführerischer Gedanke kam mir, als ich versuchte, meine Beine zu bewegen. Er verflog jedoch schnell wieder, als mir der untere Teil meines Körpers keinen Gehorsam leistete. Ich stieß einen ruchlosen Fluch aus, bevor ich erneut an den Ketten zerrte – vergebens.

In meinem Kopf ging ich alle Möglichkeiten durch. Es waren zwar nicht viele, doch ich testete sie, ohne an die Folgen zu denken. Schmerzen, die mir eindeutig bevorstanden, sich wahrscheinlich auch verschlimmern würden, waren mir egal. Ich schenkte ihnen genauso viel Aufmerksamkeit, wie sie benötigten. Keine.

Fest umklammerte ich das kühle, glitschige Metall – das Blut machte das Ganze nicht viel einfacher. Mein Plan war es, mich soweit hochzuziehen, bis ich mich auf den Beinen halten konnte, um anschließend meine Kräfte zu bündeln und die Ketten aus ihren Verankerungen zu reißen.

Es war ein totaler Fehlschlag.

Das taube Gefühl in meinen Beinen verhinderte, dass ich mich richtig aufstellen konnte, ließ meine Glieder wie Pudding zusammenfallen. Es war ein beschissenes Gefühl.

Mir wurde langsam klar, dass ich so nicht fliehen würde können. So schwer es mir fiel – das tat es, mehr als irgendetwas anderes –, ich musste akzeptieren, dass ich zu schwach war, um von hier abhauen zu können.

Müde, obwohl mein Körper nur so vor Adrenalin und Energie strotzte, legte ich meinen Kopf in den Nacken, wo ich schließlich auch meine Augen schloss. Dunkelheit umhüllte mich für einen Moment, hinterließ etwas Vertrautes. Doch der Augenblick verweilte nicht, sondern wurde von mir selbst auseinandergerissen. Ich musste hier verschwinden und Trübsal blasen, half dabei nicht!

Als ich meine Lider wieder hob, zwang ich mich, einen Blick auf die Umgebung zu werfen.

Überraschung verzog mein Gesicht, als ich dem Unbekannten entgegenblickte. In meinem Kopf ging ich jeder Information nach, die ich über das Anwesen kannte, konnte jedoch nichts über diesen Raum herausfinden. Wie auch, so etwas hätte man keinem Kind gezeigt. Zumindest nicht in dieser Welt.

Es war eine Art Verlies. Die Wände bestanden aus kaltem Gestein, der Putz bröckelte bereits gefährlich schnell zu Boden. Eine klare, dickflüssige Mischung rann durch die Ritze der Steine, zwang sich in jede abgebrochene Ecke und sammelte sich in einer kleinen Pfütze, ein paar Meter weiter. Wie ich feststellte, war das unbekannte Zeug geruchlos. Es war bestimmt kein Zufall, dass so etwas hier unten ein Zuhause fand. Sofort erschien eine Notiz in meinem Kopf, die mir befahl, der Flüssigkeit aus dem Weg zu gehen.

Rechts von mir befand sich eine geschlossene Tür, die ebenfalls aus Stahl bestand. Ich würde mein Hab und Gut darauf verwetten, dass sich auch an dieser Gift befand. Ihr Joker, falls ich es tatsächlich schaffte, mich von den Fesseln zu lösen.

Mein Blick streifte weiter, blieb an weiteren Ketten hängen, die von den Wänden baumelten und leise vor sich hin klimperten. Es war irgendwie merkwürdig, sie so hin und her schwingen zu sehen, wo sich hier doch kein einziges Lüftchen befand. Recht schnell realisierte ich, dass auch das zu einem Trick gehören musste. Ein Jäger, wie es *mein Vater* gewesen war, würde solch eine Dummheit niemals begehen.

Seine wahre Identität herauszufinden, war wirklich nicht schwer gewesen. Verstecke in denen Geheimnisse lauerten, unangekündigte Besucher mit Handfeuerwaffen, die zwischen Arsch und Hose klemmten und der Fluchtweg im Keller deuteten alle daraufhin, dass es sich nicht um einen einfachen, reichen Mann mit Interesse an kleinen Spezialitäten handelte. Jetzt, wo ich wirklich darüber nachdachte, merkte ich die Einfachheit des gesamten Bildes. Skylar, das kleine, schwache Mädchen, wohnte gute sieben Jahre mit diesem Mann zusammen, sah ihn Tag für Tag, spürte seine Präsenz, die ihr so vertraut vorgekommen war und doch kam sie niemals auf die Idee, ihr Vater sei ein böser Mann. Er sei *anders.* Eigentlich sollte es mich nicht überraschen. Skylar hatte schon früher die Augen vor dem Unnatürlichen verschlossen, fast so, als wüsste sie, dass das Wesen in ihr, genauso ungesehen bleiben sollte. Man konnte spekulieren, wie man wollte, sie war nur ein Kind gewesen, was nichts davon verstand. Hexer hatten ihre Sinne vernebelt, ihr der Kräfte beraubt und sie in etwas verwandelt, was sie von Geburt an nicht war. Normal.

Skylar war niemals *einfach* und *normal* gewesen. Ich hatte sie beobachtet – Tag für Tag und Nacht für Nacht. Sie konnte Dinge sehen, außergewöhnliches spüren, doch sie war nie auf die Idee gekommen, über das, was sie gesehen und gefühlt hatte, nachzudenken.

Wahrscheinlich erinnerte sie sich nicht einmal mehr an diese Zeit oder an die Personen, in dessen verzerrte Gesichter sie geblickt hatte. Nein, dieses Mädchen war niemals nur ein Kind gewesen, das adoptiert und mit Liebe aufgezogen worden war. In ihr lebte schon immer die Prinzessin, deren dunkles, reines Blut die gesamte Welt verändern konnte.

Ein leises, trostloses Lachen entfloh mir, als ich an die Zeit zurückdachte. An die Stunden, die ich mit Grübeln und Planen verschwendet hatte. Sie begannen, als mein Körper das siebte Jahr erreicht hatte und schließlich attackiert wurde. Vorher war ich nicht mehr als ein verdorbener und eingesperrter Gedanke gewesen, den das Mädchen nicht wahrnehmen hatte können. Doch dann, als sich die spitzen Fangzähne des widerlichen Kerls in den Nacken des unschuldigen Kindes rammten, war ich auf eine gewisse Art und Weise wiedergeboren worden. Er gab mir eine Chance.

Eine Chance, die ich durch meinen Stolz verbockte.

Erneut rüttelte ich an den Ketten und verspürte einen kurzen, brennenden Schmerz. Das Kribbeln, das zuvor in meinen Beinen gesessen hatte, wanderte hinauf zu meinen Armen und versicherte mir, dass sie durch das ewige Halten in der Luft, eingeschlafen waren.

Super, besser konnte es wirklich nicht laufen.

Laut und durchaus frustriert stöhnte ich auf, verzog meine Miene zu einer scheußlichen Grimasse, bevor ich den kalten Untergrund musterte, auf dem ich seit gefühlten Stunden saß. Mir war bewusst, dass er alles andere als bequem sein sollte, doch es war eine ungeheuerliche Sache, eine Prinzessin, eine Frau mit reinem Blut, in solch einem Raum gefangen zu halten. Ich verspürte das Verlangen, irgendetwas in die Luft zu sprengen. Mein erster Gedanke blieb bei den Ketten hängen.

Logisch, sie waren die ersten Dinge, die ich zerstören wollte. Zerstören würde.

Der Untergrund bestand genauso wie die Wände aus hartem, kühlem Gestein. Nur für eine Sache gemacht. Um zu foltern und anderen Wesen das Leben zu nehmen. Meine Theorie wurde durch das eingetrocknete Blut bestätigt, das den Boden zierte. Ich hätte nicht erwartet, dass dieser Mann, den *ich* einst Vater genannt hatte, zu so etwas fähig war. Auch, wenn ich ihn beobachtet, seine Taten und jeden Gesichtszug studiert hatte, wäre ich nie darauf gekommen, dass er hinter einer Fassade lebte, die man mit Blut anderen Personen schmückte. Eine ziemliche Überraschung, die mich aber auch irgendwie zum Lachen brachte.

Es war nur eine Frage der Zeit gewesen. Jeder Jäger fing, folterte und tötete. Man entlockte ihnen Informationen, Aufenthalte anderer Spezies und sprach leere Versprechen aus, die den Dämon dazu brachten, einzuknicken. Den Verstand eines Dämons zu brechen, war, wenn man genug über sie wusste, ein Leichtes. Man brauchte nicht viel, um sie an den Rand der Verzweiflung zu bringen, ihnen die Seele zu zerstören. Wir waren sanfte Wesen, auch, wenn niemand daran glaubte.

Aber nicht jeder Dämon konnte leicht gebrochen werden. Im Gegenteil, es gab eine Rasse, die nur dafür gezüchtet wurde, Schmerzen zu ertragen und Geheimnisse für sich zu behalten. Man nannte sie Amón-Dämonen. Dabei handelte es sich um eine unsterbliche Rasse, die nur dazu diente, um zu kämpfen und den Verstand zu bewahren. Die einzigen Dämonen, die man mit offenen Armen empfangen und sie nur wenige Augenblicke später zu Dienern machen würde. So etwas wie Respekt kannten diese Dämonen nicht und auch die Bedeutung von Liebe war ihnen fremd. Sie waren eine reine Kämpfernatur, gezwungen für Adlige sowie reines Blut zu arbeiten – ihnen ihre Seele zu überlassen. Doch sie waren nicht nur für den Kampf zu gebrauchen, nein. Man machte aus ihnen Informationsträger, schenkte den Dämonen Wissen, was bei anderen Umständen den Kopf kosten konnte. Sie waren gezwungen stumm zu bleiben, jegliche Qual durchzustehen, um dem Herren weiterhin dienen zu können.

Lilith war dafür bekannt gewesen, arme, klägliche Seelen bei sich aufzunehmen und ihnen einen neuen Sinn zu geben. Sie herrschte, kontrollierte und tötete, wenn ihr etwas nicht passte. Doch am liebsten verwendete sie diese Männer als Sklaven, die sie ihren Körpern beraubte. Sex war eines der wenigen Dinge, die meine Mutter über alles andere stellte. Sie lebte dafür und für das Geschenk, das ein Amón mit sich brachte. Ein Geschenk, das ihr dabei half, die anderen Dämonen zu kontrollieren, sie ebenfalls zu ihren Bettgefährten zu machen. Amón-Dämonen waren in der Lage die Gedanken eines anderen zu verändern. Eine Eigenschaft, die der Königin zugutekam.

Aaron, der hübsche, stille Hüter, gehörte zu solch einer Rasse. Ich fühlte es, sah es in dem Blick, den er mir zuwarf. Er verabscheute meine Blutlinie für das, was man seiner Spezies antat.

Zurecht, denn sobald ich hier herauskam, würde ich ihn mit Händen und Füßen zur Wiedergeburt meine Mutter schleifen und ihn ihr als Präsent überreichen.

Es würde sie milder stimmen. Zumindest für einen kurzen Augenblick.

Hastig schüttelte ich meinen Kopf, zwang mich diesen Gedanken von mir zu stoßen und für den Moment zu vergessen. Wenn ich Aaron wirklich meiner Mutter überreichen wollte, musste ich von hier entkommen. Lebend.

Doch so, wie es gerade aussah, war ich davon noch weit entfernt. Das Kribbeln in meinen Armen wurde stärker, die Taubheit in meine Beine kehrte zurück. Ohne meine dämonischen Kräfte, die mir meine Mutter vererbt hatte, würde ich nicht entkommen können. Leider hatten die Jäger es geschafft, meine Fähigkeiten auszuschalten, beziehungsweise zu betäuben. Nutzen würde ich sie auf jeden Fall nicht können.

Ich schwor mir, sie dafür bezahlen zu lassen.

Zuerst konnte ich an nichts anderes als an die fremden Personen denken, obwohl ich nicht wusste, wer oder was sich mit mir anlegen wollte, stellte mir vor, ihnen den Kopf abzureißen und als Denkmal irgendwie zu platzieren, doch als mich dann diese verfluchten Pfeile trafen, wurde mir schnell klar, dass es sich um Menschen handeln musste – was mich wirklich unerwartet traf. Kein übernatürliches Wesen würde solche Pfeile verwenden, dazu trug jeder zu viel Stolz in sich. Also stellte es sich als recht leicht heraus, herauszufinden, wer mich zu besiegen versuchte.

Natürlich tat ich dies nicht aus Langeweile oder Neugier, nein. Auch dabei dachte ich stets an meinen Plan, der leider mit allem, nur nicht mit Jägern gerechnet hatte.

Aber es gab noch eine andere Möglichkeit, ein Ass im Ärmel. Und dieses Ass betrat gerade das menschenunwürdige Verlies.

Cherrys blondes Haar, die sie gerade zu einem hohen Zopf gebunden hatte, wippte bei jedem Schritt hin und her. Ihre Augen wirkten müde und gequält, als schliefe sie schon lange nicht mehr. Zudem wirkte sie um Jahre gealtert. Sie war ganz blass um die Nase herum und das, obwohl sie ein recht dunkles Puder aufgelegt hatte, dessen Rand man an Kinn und Ohr sehen konnte. Solch ein Anfängerfehler passte gar nicht zu ihr, zeigte mir nur, dass sie sich Sorgen um *mich* machte. Obwohl sie so müde aussah, wirkte sie unheimlich hektisch. Die Finger waren zittrig, ihre Schritte vorsichtig und als sie schließlich vor mir auf die Knie ging, zwang sie sich zu einem schwachen Lächeln.

„Hallo, Skylar. Wie fühlst du dich?"

Ich wollte ihr ins Gesicht spucken, ihr mit Fäusten zeigen, wie *wundervoll* es mir hier ging. Meine Wut ließ sich kaum zügeln, verlangte danach, Cherry das bescheuerte Grinsen aus dem Gesicht zu prügeln, doch ich zwang mich zur Ruhe. Ich musste meinen Ärger bändigen, wenn auch nur für eine kurze Zeit.

Stumm blickte ich ihr schließlich entgegen, antwortete nicht auf ihre bescheuerte Frage. Cherry seufzte, als sie ihren Fehler selbst bemerkte.

„Es tut mir leid", fing sie leise an, rieb sich ermüdend über die Stirn. „Es war nicht meine Idee, dich hier festzuhalten. Nun, eigentlich wussten wir nichts von diesem Ort, bis die Jäger ihn uns gezeigt haben. Sie kennen sich wohl sehr gut aus, hier, in deinem Zuhause."

Cherry kam ins Stocken, knabberte unruhig an ihrer Lippe. Wollte sie nun wirklich Smalltalk mit mir halten? Einer Gefangenen? Fast hätte ich gelacht, schaffte es jedoch, mich zu kontrollieren.

Nichts an ihren Worten überraschte mich. Weder die unangebrachte Entschuldigung, noch die Tatsache, dass wir uns im Anwesen befanden. Mir war klar gewesen, dass sie mich nicht irgendwo anders hingebracht hatten. Zum einen, weil dieser Platz der einzige Ort war, wohin sie hätten zurückkehren können und zum anderen roch ich die wildwachsenden Blumen, die Scarlett gepflanzt hatte. Ihr Duft veränderte die Wahrnehmung, so, als befände man sich in einer Art Rausch, weswegen ich gut darauf achtete, nicht zu viel davon einzuatmen. Ich verspürte keine große Lust auf weitere Komplikationen.

„Ich wünschte, wir könnten das anders lösen. Skylar, ich hoffe, du weißt das. Dich hier unten festzuhalten, gelähmt durch das Gift einer Schlange, ist falsch. Aber wir wissen nicht, wie wir dich sonst im Zaum halten sollen."

Sie waren sich also nicht einig gewesen, was im Klartext bedeutete, dass es Streit gegeben hatte. Diese Information würde ich ausnutzen können und auch die Tatsache, dass das Gift von einer Schlange stammte, brachte mich deutlich einen Schritt nach vorne.

Wusste dieses Mädchen nicht, dass sie mit ihren Worten direkt in ihr Verderben rannte?

Als ich wieder nicht antwortete, stieg Verzweiflung in ihr auf, sammelte sich in ihren trägen, grünen Augen. Ihre Lippen bebten, als würde sie jeden Augenblick anfangen zu weinen.

War sie schon immer so eine Heulsuse gewesen? So ein schwaches, dummes Gör.

„Ich wollte stärker sein, für dich", flüsterte sie plötzlich und ihre Stimme brach, „aber ich kann es nicht. Es ist alles meine schuld. Wäre ich nicht sauer gewesen, hätte ... hätte dich von mir gestoßen, dann wärst du nicht auf diese dumme Idee gekommen. Dann wäre er niemals von uns gegangen und der Dämon hätte niemals von dir Besitz ergriffen. Es ist alles mein Fehler."

Perplex weiteten sich meine Augen. Mit allem hatte ich gerechnet, doch nicht damit. Es war viel zu einfach. Cherry verlor langsam die Fassung, ließ somit ihre Deckung fallen und verbarrikadierte ihren Verstand, der sie vor jeder entsetzlichen Lage hätte retten können. Stellte sich das Glück etwa auf meine Seite?

Schnell ging ich im Kopf noch einmal den Plan durch, den ich mir schnell einfallen gelassen hatte. Er war nicht ausgereift und nicht annähernd perfekt, aber er würde sein Ziel erfüllen. Zumindest wenn ich mit meiner Vermutung richtiglag und Cherry im Moment labiler, als es die andere Skylar jemals in ihrem Leben, war.

Sicher konnte ich mir nicht sein. Etwas in mir redete auf mich ein, versuchte, mich davon abzubringen, dem übereilten Plan Folge zu leisten. Vielleicht behielt diese Stimme recht und ich rannte in einen weiteren Fehlschlag, doch ich wollte es unbedingt versuchen. Ich gierte danach, zu erfahren, ob ich Cherry hereinlegen konnte. Spaß würde es mir auf jeden Fall bereiten.

Für einen Moment senkte ich meine Lider, atmete ruhig ein und aus, bevor ich meinen Blick erneut zu Cherry schnellen ließ. Salzige Tränen standen in meinen Augen, bereit, fallen gelassen zu werden. Ein falsches, aber echt klingendes Schluchzen erklang, erschreckte *meine* Freundin.

„Es ... es tut mir leid", stotterte ich leise. „Bitte hilf mir, Cherry."

Sie erstarrte, bevor sie sich die Hand vor den Mund schlug und nicht wusste, was sie tun sollte. Die Augen, die zuvor noch so verloren wirkten, begannen plötzlich zu leuchten. Sie glichen einem Kind, das am Weihnachtsabend die Pakete entdeckte, die unter dem Baum gelegt worden waren. Wenn ich nicht in solch einer verflixten Situation stecken würde, hätte ich den Anblick unheimlich niedlich gefunden.

Doch es gab keine Zeit, um irgendetwas niedlich zu finden. Nicht im Geringsten. Auf jeden Fall nicht in einem Verlies, indem man noch immer den Geruch des getrockneten Blutes wahrnehmen konnte. Und vor allem nicht mit dem Gedanken im Kopf, der Blondine eigenhändig den Hals umdrehen zu wollen.

„Himmel! Skylar, bist du's? Bitte sag mir, dass du die Richtige bist."

Obwohl Cherry äußerst zittrig und aufgebracht klang, erkannte ich dennoch so etwas wie Freude in ihrem Gesicht. Hibbelig stand sie auf, hastete aufgeregt hin und her. Tiefe Falten gruben sich in ihre Stirn, zogen ihre Brauen zusammen, ließen sie unheimlich nachdenklich aussehen. Mein tränender Blick haftete an ihrem Zopf, der an ihrem Hinterkopf zu tanzen begann.

Gott, wie gerne würde ich meine Hände darin vergraben, um ihren Kopf mit voller Wucht gegen die Wand zu schlagen.

Wimmernd ballte ich meine Hände zu Fäusten, rüttelte an den Ketten. Bei jedem Schnitt, der sich tiefer in meine Haut bohrte, zuckte ich zusammen, ließ sie glauben, dass die Schmerzen zu stark waren, um sie zu ertragen. Das Gesicht schmerzlich verzogen, blickte ich ihr entgegen, schluchzte fälschlich.

„Cherry, bitte. Ich bin ich, du kannst mir vertrauen. Ich schwöre es. Gott, bitte hilf mir. Es tut so weh."

Heiße Tränen wanderten über meine Wangen, tropften hinunter und vermischten sich mit dem Blut, das wie Kleister an meinem Körper haftete. Meine Freundin schluckte schwer und die Verzweiflung, die von ihr ausging, war zum Greifen nahe. Ich konnte mir vorstellen, wie es in ihr aussehen musste. Ein Kampf, der entscheidender war als alle anderen, wurde hinter ihrem hübschen Gesicht ausgefochten, versprach bei einem Sieg meine Freiheit. Cherrys Zähne verbissen sich fest in ihrer Unterlippe, während ihr Blick dem Meinen auswich. Es war gar kein gutes Zeichen, dass sie mir nicht in die Augen blicken konnte.

Flehend – wenn meine Mutter mich so sehen könnte, würde sie jeden Respekt verlieren – starrte ich sie an, ließ mein Schluchzen lauter erklingen. Ich wollte ihr Mitleid erregen, sie dazu zwingen, an das Mädchen zu glauben, dass sie beste Freundin schimpfte. Ihre Schwäche, das laute, pochende Herz in ihrer Brust, würde ich dazu verwenden, um ihren Untergang zu sichern.

Es fehlte doch nur ein letzter, kleiner Schritt.

„Warum hilfst du mir nicht? Ich dachte, du wärst meine Freundin! Ist das die Strafe für Dereks Entführung? Willst du mich deswegen in Ketten sehen?"

In unseren Ohren klang meine Stimme schrill, viel zu hoch als normalerweise, umhüllt von einem Hauch Ärger, einer Menge Verzweiflung und dem Fünkchen Trauer, was das Fass zum Überlaufen brachte. So, als betätigte ich einen Knopf, veränderte sich die Miene meiner Freundin, während sie bestimmt ihr Haupt schüttelte. Mit einem entschuldigenden Lächeln kniete sie sich ein zweites Mal vor mich, ließ ihre Finger so zärtlich sie konnte – es kostete mich eine Menge Überwindung, um meine Fänge nicht auszufahren und sie in die Halsschlagader der aufdringlichen jungen Frau zu schlagen – streichelte sie über meine Faust, zwang mich, sie zu öffnen und gleichzeitig zu entspannen. Besorgt beäugte sie die Wunden, an denen die enganliegenden Ketten schuld waren und schnalzte mit der Zunge.

„Es sieht zwar schlimm aus, ist aber nicht lebensgefährlich. Durch Lilith hast du das Glück, dass sich dein Blutverlust bereits ausgeglichen hat. Deine Wunden werden sich schließen, auch, wenn es etwas dauern wird. Immerhin sind deine Zellen erst vor kurzem unsterblich geworden."

Sie ratterte die Worte so schnell herunter, als würde Cherry sie als Schild benutzen, um mich daran zu hindern, erneut den Mund aufzumachen. Obwohl sie dagegen ankämpfte, misstraute sie mir noch immer. Es lag wahrscheinlich in ihrer Natur. Halbblüter konnten recht kompliziert sein.

Mir blieb keine andere Wahl, als erneut auf die Tränendrüse zu drücken und der Nässe, die wie Flüsse an meinen Wangen hinunterflossen, freien Lauf zu lassen. Wie ein kleines Kind, das nach einem Sturz vom Fahrrad zur Mutter gerannt kam, wimmerte und weinte ich. Es war eine Glanzleistung und wäre ich zu irgendeinem Preis nominiert worden, hätte ich mit Auszeichnung bestanden.

Erschrocken über meinen Ausbruch, nahm Cherry mein Gesicht zwischen ihre Hände, streichelte mit dem Daumen über meine trockenen Lippen. Ein sanfter Ausdruck nistete sich in ihren Augen ein, als sie mir einen liebevollen Kuss auf die Stirn gab.

„Ich werde dich hier herausholen", flüsterte sie. „Das verspreche ich."

Mein Herz – es überraschte mich, es noch immer in meiner Brust schlagen zu fühlen, wo es doch vor wenigen Stunden noch zerstört worden war – schlug Saltos. Obwohl ich damit gerechnet hatte, war ich vollkommen überrumpelt. Sie gab auf.

Cherry vertraute mir.

Die Augen, mit denen sie mich so angestrengt und mutig ansah, leuchtete vor Trotz und dem Willen, mich aus diesem Verlies zu holen. Es war unglaublich.

Noch bevor ich mich zügeln und mein Vorhaben bewahren konnte, erstarben die Tränen und mein schallendes Gelächter hallte durch den Raum. Belustigt warf ich meinen Kopf in den Nacken, während Cherry erschrocken zurückwich, mich mit geweiteten Iriden anblickte.

„Oh, ein paar Tränen bringen dich dazu, deine Deckung fallen zu lassen?", lachte ich laut, wohlwissend, dass es ein Fehler war. „Himmel, ist das lächerlich. Du bist eine Schande für alle, die deiner Rasse angehören! Kein Wunder, dass sich Derek von dir abgewandt und seine Treue den Hexern geschenkt hat."

Mein Lachen – mein Bauch begann zu brennen, ausgelöst von einem intensiven Seitenstechen – wurde lauter, bis mein Gesicht zur Seite geschleudert wurde. Keuchend erstarb jeder Ton, der aus meinem Mund kam, wobei sich das Brennen von meinem Magen hinauf zu meiner Wange zog. Ehrlich überrascht, schmückte ich mein Gesicht mit einem Grinsen, ignorierte das wenige Blut, das durch das Aufplatzen meiner Lippe, an meinem Mundwinkel hinunter tropfte.

Cherry war ein Bild für die Götter. Ihre Hand, mit der sie mich geschlagen hatte, zitterte ununterbrochen, während ihr Körper mir dennoch verriet, dass sie mir am liebsten noch eine verpassen würde. Ihre Lippen zog sie zu einer Linie. Ich beobachtete sie, sodass mir auch nicht entging, dass ihre Hand in der Hosentasche verschwand.

„Das soll ein Schlag gewesen sein?“, spottete ich, versuchte, sie zu provozieren. „Kannst du nichts anderes? Selbst ein Kind hätte mehr erreicht. Ist Derek deswegen weg, weil er sich nach einer *richtigen* Frau umgesehen hat? Glaube mir, Cherry, wenn ich ihn aufspüre, dann zeige ich ihm, was eine Frau ist!“

Sie fluchte und es war nicht zu übersehen, dass sie mit sich rang. Doch ihre Wut gewann und als sie mir zum zweiten Mal eine Ohrfeige verpasste, packte sie meinen Schopf und zog meinen Schädel etwas zur Seite, sodass mein Hals frei lag. Ein leiser Schrei entfloh mir, als sie schließlich eine Spritze zog und die Nadel absichtlich mit voller Wucht in meinen Hals schlug. Die Flüssigkeit, die sie mir einflößte, drang schnell in meinen Blutkreis ein, brachte den erschütternden Schmerz zurück und ließ mich erstarrten. Kurz bevor mein Körper komplett paralysiert wurde, vernahm ich leise, entschuldigende Worte. Dann wurde mir schwarz vor Augen.

*

Als ich das nächste Mal erwachte, lag etwas Metallisches auf meiner Zunge und erinnerte mich an das Blut, das eingetrocknet und dunkelrot schimmernd den Untergrund des Verlieses zierte. Ich muss spucken, während ich nach Luft schnappte, konnte das Husten nicht unterdrücken und sah, wie sich etwas Speichel mit Blut vermischte, anschließend von meinem Kinn tropfte und auf meinem Shirt landete. Entweder war der Schlag des Halbblutmädchens härter gewesen, als ich zuerst annahm, oder jemand hatte sich an mir vergriffen, während ich weggetreten war.

Zu spät realisierte ich das Pochen in meinem Schädel, sodass ich winselte, als ich ungehemmt den Kopf schüttelte. Verdammte Scheiße! Der Druck, der sich nun in meinem Kopf breitmachte, war noch viel schlimmer als das Dröhnen, das ich zuvor ertragen musste. Es machte mich wütend, andererseits jedoch auch Vorsichtiger.

Langsam hob ich meinen Blick, legte sie auf die Ketten, die noch immer meine Handgelenke gepackt hielten. Das Blut, das die Schürfwunden bedeckte, war abgewaschen worden, wurde jedoch durch neues ersetzt, als ich erneut an den Ketten rüttelte.

Es war aussichtslos. Diese Ketten würden niemals nachgeben. Nicht in einer Millionen Jahre. Nicht, solange das Gift an ihnen klebte.

Mit einem Seufzen auf den Lippen schloss ich meine Lider, genoss die Schwärze, die sich wie wohltuender Balsam über meinen Verstand legte. Fast entlockte es mir ein wohliges Stöhnen, wurde jedoch von dem tauben Gefühl in meinen Beinen ausgelöscht. Vergebens versuchte ich, das Ganze zu ignorieren, die Stille zu genießen, die mich umgab.

Es klappte nicht so, wie ich es mir wünschte. Im Gegenteil, ich fühlte mich von Minute zu Minute schlechter. Mein Körper fröstelte, was sich an der Gänsehaut erkennen ließ, die sich wie eine zweite Haut um mich schlang. Eine unheimliche Kälte kletterte über meinen Leib, ließ mich glauben, erfrieren zu müssen. Woher kam nur diese unbeschreibliche Frostigkeit?

„Es ist ein Zauber, den Scarlett nach deiner kleinen Aktion gesprochen hat. Tränen werden dir versagt, damit du nicht noch einmal daran denkst, sie als Waffe gegen uns einzusetzen. Nicht, dass sie jetzt noch funktionieren würden", erklang die Stimme von Lyras.

Überrumpelt öffnete ich meine Augen, erwartete nicht, jemanden hier vorzufinden. Ich hatte ihn nicht kommen gehört, geschweige denn atmen, falls er mir bereits eine Weile Gesellschaft leistete. Der Dämon lehnte gegen die stählerne Tür, verschränkte augenblicklich die Arme vor der Brust, als ich ihm meine Aufmerksamkeit zukommen ließ. Neugierig, ob meine Magie bei ihm noch immer Wurzeln schlug, versuchte ich, sein Hirn anzuzapfen, was jedoch nicht ansatzweise funktionierte. Ich konnte weder in seinen Kopf eindringen, noch schaffte ich es, den aufrechten Wall zu durchdringen, der sich wie Unkraut um sein Herz schloss. Leider gar nicht gut für mich, denn er hatte sich wieder gefangen, verdrängte den Schmerz und machte sich klar, dass er sich nicht so gehen lassen konnte. Heute war offensichtlich wirklich nicht mein Glückstag.

Lyras' Augen verengten sich zu Schlitzen und er zeigte seine Zähne, als er herablassend seinen Kopf hob. Offenbar nahm er mir übel, ihn gezwungen zu haben, gegen seine Familie zu kämpfen.

„Glaub ja nicht", begann er, wissend, über was ich gerade nachdachte, „dass deine Macht ein zweites Mal bei mir wirkt. Ur-Dämonen lassen sich davon nicht kontrollieren."

Ich belächelte seine Begründung, hätte fast erneut aufgelacht und mir damit eine Ohrfeige eingefangen, doch ich hielt dem Druck stand, wippte jedoch belustigt mit dem Kopf hin und her. Einen Kommentar konnte ich mir dennoch nicht verkneifen. Wie denn auch? Ich zwang mich bereits dazu, nicht zu lachen, da war eine kleine Stichelei doch vollkommen in Ordnung!

„Du, als Dealórc, solltest eigentlich wissen, wie sehr ihr der Macht von reinem Blut unterliegt. Deshalb gehört ihr auch zu den treusten Dienern meiner Rasse oder hast du das vergessen?"

Ein Zucken durchfuhr seinen Körper, während ich Mitansehen konnte, wie er sich anspannte. Oh, hatte ich etwa einen wunden Punkt getroffen? Faszinierend.

„Du weißt gar nichts", zischte er mit zusammengepressten Zähnen. „Man verbarrikadierte dich hinter Mauern, als du ein Baby warst, du weißt gar nichts!"

Kichernd hob ich meine Brauen, schenkte ihm einen weiteren Hauch von Belustigung. Es amüsierte mich köstlich, ihn so vor mir zu sehen. Offenbar sprach er nicht gerne über die Dienerschaft, die seine Rasse jahrhundertelang an der Spitze hielt. In meinen Augen sollte er dankbar dafür sein. Nicht jeder erhielt solch ein Privileg, selbst nicht die Männer, die meine Mutter mit ins Schlafgemach genommen hatte.

Es war ein Geschenk der Götter, als Dealórc geboren zu werden. Weibliche Dämonen vollbrachten ihre Arbeit in den Räumen des Königreichs. Es kam nur selten vor, dass man eine Frau in der Armee erblickte. Unmöglich war es jedoch nicht. Lilith war die letzte Person, die einen Dämon wegen des Geschlechts diskriminieren würde. Sie war zwar eine furchtlose, gerissene und böse Person, doch sie vertrat stets den Gedanken, dass Frauen mehr als eine Gebärmaschine waren.

Das männliche Geschlecht jedoch trat nach Vollendung des zehnten Lebensjahres in die Armeen der Königin ein, wo sie schließlich ausgebildet wurden. In ihrem Fall jedoch ohne Peitschen, nadelbesetzen Waffen und Wut, nein. Ihnen wurde ein liebevoller Umgang gewährt, der anderen Dämonen nicht einmal in den schönsten Träumen erlaubt war. Und dieses Privileg verdankten sie ihren unglaublichen Fähigkeiten, die, wenn sie unter Kontrolle gebracht worden waren, Lilith nur zugutekommen konnten.

Die zweite Sache, die man an seinem zehnten Lebensjahr bekam, war das erste Tattoo. Meist an Arm- oder Brustbereich. Man wollte, dass jedermann die Farbenpracht sehen und bestaunen konnte, denn es handelte sich um den wichtigsten Schritt des Erwachsenwerdens. Erst nach der Tätowierung war es den Dämonen erlaubt, sich eine Frau zu nehmen. Auf diese Regelung wurde streng geachtet, auch, wenn diese Jungen noch Kinder waren. Es handelte sich bei den schmerzhaften Bildern jedoch nicht um ein einfaches Kunstwerk, auf keinen Fall. Jedes auch so kleine Tattoo konnte sich in binnen weniger Sekunden in eine Waffe verwandeln, die nicht davon zurückschreckte, jemanden den Kopf vom Hals zu trennen. Und diese Fähigkeit begehrte die Königin, wo sie selbst doch so viel Macht besaß, solch einen kleinen Taschenspielertrick jedoch nicht beherrschte.

Die letzte und wahrscheinlich auch die nötigste Fähigkeit war der Gebrauch der Sprache der Toten. Dealórc-Dämonen gelang es, jede Art von Tod zu hören. Sie spürten ihn, lasen in den Seelen der Verstorbenen und verstanden die Ur-Wesen, die sich zur

Aufgabe machten, lediglich in ihrer Muttersprache zu sprechen. Die Sprache der Toten reichte bis in die frühen, ersten Tage der Erde zurück, so weit, dass sie bereits bestand, als Lilith geboren wurde.

Natürlich gab es auch aufständische Männer und Frauen, die ihrem Schicksal als Diener entkommen wollten und nach einem neuen, aufregenden Leben gierten. Doch es gab kaum jemanden, der sein Ziel erreichte. In solchen Dingen war die Königin erbarmungslos gewesen. Sie ließ die Familien der Aufständischen leiden, tötete deren Kinder vor den Augen aller Angehörigen und zwang sie in die Knie, bis sie um Gnade und ihre Gunst flehten. Doch dann war es zu spät, denn alles, was sie ab da an erwarteten, war der Tod. Leider war das nicht das Schlimmste, was ihnen widerfuhr, denn auch, wenn Dealórc-Dämonen Privilegien besaßen, bestand ihr Dasein aus einem Fluch. Ihr Weg, den sie nach ihrem Tod gehen mussten, führte augenblicklich hinunter zu Satan in die Hölle und dieser war kein angenehmer, netter Mann. Im Gegenteil, er genoss jeden einzelnen toten Dämon, der zu ihm hinuntergeschickt wurde, weil er ein Sadist war und seinen Spaß an dem Leid, den unglaublichen Schmerzen der anderen, fand.

Ein Grinsen umspielte meine Lippen bei der Erinnerung an die Hölle, in der meiner Mutter gerade ihren Schönheitsschlaf verbrachte – wenn ihr jemand das Ruhen erlaubte, was ich stark bezweifelte.

Als ich ein Baby war, stand sie an meiner Wiege und sprach mit mir, erzählte alle die Dinge, von denen ich nun Gebrauch machen konnte.

Oh ja, es war eine recht komische Art mit einem Neugeborenen über Folter, Diener und Satan zu sprechen, beziehungsweise dem Säugling etwas zu erzählen, worauf er nicht antworten konnte. Ich war mir sicher, dass ich mich daran eigentlich nicht hätte erinnern können, doch die Zeit, die ich in Skylars Kinderkopf verbrachte, bot mir sehr viel Freiraum und Ruhe, um über alles nachzudenken. Nach und nach kamen mir Dinge in den Sinn, von denen ich nicht wusste, woher ich sie kannte. Kriegsgeschichten, die Namen aller ehemaligen Könige, Stimmen einiger Dienerinnen und lachende Kinder, die den Frauen gehört haben mussten.

Mein Verstand war ein reines Tagebuch, das nur Schritt für Schritt geöffnet werden konnte.

„Ich weiß mehr, als du für möglich hältst", entfuhren mir die geheimnisvollen Worte, „so viel, dass es deine Vorstellung bei weitem übersteigt."

Nun war Lyras derjenige, der lachte, und sich mir mit schweren, lauten Schritten näherte. Die Hände immer noch vor der Brust verschränkt und die Hände in seinen Achseln vergraben, beugte er sich zu mir hinunter. Erst jetzt erkannte ich, dass er schauspielerte. Lyras versuchte, arrogant und wütend zu wirken, so, als würde er den kleinsten Fehler meinerseits bereuen, denn er würde nicht scheuen, mir Schmerzen hinzuzufügen. Doch ich sah mehr, als das Bild preisgeben wollte, schaffte es, für einen Moment in seine Seele zu blicken. Die Tür zu seinem Herzen stand offen, während sich langsam Risse in der Mauer bildeten, die dafür sorgten, mich von ihm fernzuhalten.

Törichter Junge.

„Denkst du also, ja? Dann bist du offenbar nicht die einzige Person in diesem Raum, die über irgendeine Art von Wissen verfügt. Weißt du, es ist mir eigentlich vollkommen egal, was du zu wissen glaubst, denkst oder sagst. Es interessiert mich einen Haufen Scheiße und warum? Weil du es nicht wert bist."

Obwohl ich wusste, dass es nicht mehr als eine schlechte Lüge war, trafen mich seine Worte härter als erwartet. Es fühlte sich an wie eine Faust, die mit einer gewaltigen Geschwindigkeit auf meine Magengrube zusteuerte, um mir im nächsten Moment quälende Schmerzen zuzufügen. Fuck, mein Herz zog sich für eine Millisekunde zusammen, durchschoss meinen Körper mit etwas Adrenalin und ließ mich nervös werden. Ohne wirklich darüber nachzudenken, rüttelte ich an den Ketten, schnitt somit nur tiefer in meine Haut. Doch es brachte nicht das gewünschte Ziel, nicht, dass ich in jenem Moment eines gehabt hätte. Alles, was ich wollte, war von Lyras wegzukommen und ihn soweit von mir zu schieben, wie es der Raum zuließ. Verdammter Mist, aus irgendeinem verkorksten Grund verspürte ich plötzlich unfassbare Angst.

Er löste seine eigene Umklammerung, richtete langsam seine Hand in meine Richtung und war drauf und dran, mich zu berühren. Ich schüttelte mich, schrie und versuchte, nach ihm zu treten, was tatsächlich funktionierte. Doch die Tritte waren schwach, viel zu langsam, um ihn ernsthaft zu verletzen. Geschickt packte er meine Schenkel, pinnte sie zu Boden und entblößte ein weiteres Mal seine Zähne. Ich kam mir so lächerlich vor, schreiend und windend unter ihm zu kauern, vergebens versuchend, die Fesseln mit meiner Power, die durch meine Willenskraft unterstützt wurde, zu zerstören. Aufgebracht versuchte ich, dieses Verhalten zu stoppen, meinen Puls zu verlangsamen, der bei jeder Annäherung um das Hundertfache schneller schlug. Seine Finger berührten fast mein Gesicht, als sich plötzlich mit einem lauten Knall die Stahltür öffnete. Mit einer gewaltigen Wucht, schlug der Ankömmling den Stahl gegen die bröcklige Wand, fast so, als bestünde sie nur aus Papier.

Empört und sichtlich wütend, drehte sich der Ur-Dämon zu seinem Freund herum. Auch, wenn ich seinen Blick nicht sehen konnte, war ich sicher, dass er diesen alles andere als freundlich musterte. Man konnte den Hass, den Lyras auf einmal verspürte, deutlich wahrnehmen. Verständlich, Aaron verdarb gerade sein Spiel, das – dafür würde ich mir, sobald ich frei war, selbst eine Ohrfeige verpassen – Lyras zu gewinnen dabei war. Sein Kumpan senkte seine Lider, kümmerte sich nicht ein Stück um die ansteigende Aggression des anderen, sondern machte lediglich Platz.

„Ich bin noch nicht fertig“, wies Lyras Aarons unausgesprochene Aufforderung ab. „Das hätte ich jedoch sein können, wenn du nicht aufgetaucht wärst.“

Unbeeindruckt blickte er seinen Freund an. Kein Muskel regte sich in seinem Gesicht, zeigte weder Freude noch Ärger. Alles, was er tat, war die Szenerie vor sich zu beobachtete, wie ein Jäger, der darauf wartete, bis seine Beute den sicheren Unterschlupf verließ, um schließlich loslegen zu können. Aaron wirkte alles andere als ein Schauspieler, so wie Lyras es versuchte zu sein. Ich durchschaute ihn bereits, noch bevor er auf mich zugekommen war.

Warum ich jedoch so ängstlich und verstört reagiert hatte, konnte ich mir selbst nicht erklären. Für mich ergab das keinen Sinn, doch Zeit darüber nachzudenken, besaß ich keine. Nicht, dass ich irgendeine Art von Freiheit für so etwas Banales verschwenden würde.

Lyras stöhnte laut auf, bevor er sich von mir abwandte und zu Aaron lief. Ohne noch einmal einen Blick zurückzuwerfen, verschwand er nach draußen. Sein Freund jedoch blieb noch einige Sekunden, in denen er mich genau beobachtete. Als sich seine Lippen bewegten, durchfuhr mich etwas, schnell wie ein Blitz. Kleine Härchen stellten sich in meinem Nacken auf.

„Du bist außergewöhnlich, aber noch lange nicht besonders.“

Es waren nur kleine Worte, die ich einfach hätte ignorieren können, doch aus irgendeinem Grund konnte ich es nicht. In meinem Hirn regte sich etwas, hinterließ solch starke Kopfschmerzen, dass mir Tränen in die Augen schossen, die eigentlich durch Scarlett verboten wurden. Der Schmerz zog sich hinunter zu meiner Brust, vergrub sich in meinem kalten Herzen. Fest biss ich mir auf die Lippe, versuchte, die schreckliche neue Erkenntnis zu bändigen und zu verbannen.

Aarons Mundwinkel zogen sich für einen Moment in die Höhe, bevor die Tür ins Schloss fiel und den Blick auf den Mann verbat, der mich unsagbar schrecklich fühlen ließ. Ein Schlüssel klimperte und ich realisierte, dass man mich eingesperrte.

Schmerz transformierte sich zu Ärger, verengte meine Augen zu Schlitzen. Es war mein eigener, lauter Schrei, der mich zusammenfahren ließ, bevor ich mit aller Kraft, die ich noch verspürte, an den Ketten rüttelte und um meine Freiheit rebellierte.

Irgendetwas lief hier vollkommen in die falsche Richtung.

KAPITEL 21

ANWESEN DER COLEMANS – LYRAS' SICHT

Als ich mit sechzehn Jahren aus der Kolonie floh, somit die Armeen der Königin, wie auch meinem älteren Bruder den Rücken kehrte, empfand ich nicht nur Angst. Ich war panisch gewesen und meine Verhaltensweise fast paranoid. Tagelang wanderte ich in der Kanalisation umher, versuchte, meinen außergewöhnlichen Geruch durch Fäkalien zu überdecken. Es war ekelhaft gewesen und wenn ich daran zurückdachte, graute es mir immer noch davor.

Mein Weg musste unter der Erde fortgeführt werden, da war ich mir zu dieser Zeit sicher gewesen. Die Wachen der Königin waren gründlich – so gründlich, dass sie sich selbst dort ihren Weg bahnten, wo sich höchstens Maden und Ghule suhlten –, weswegen ich mich unter gewissen Umständen dazu herablassen musste, unterzutauchen. Wortwörtlich. Nahrung hatte ich auf meiner Flucht keine besessen und selbst, wenn ich im Stande gewesen wäre, etwas ausfindig zu machen, hätte ich in dieser Umgebung keinen Bissen herunterschlingen können.

Lange hatte es nicht gedauert, bis ich nur noch Haut und Knochen gewesen war. Muskeln, die ich durch hartes Training erhalten hatte, waren durch das ewige hin und her robben, das Schwimmen und die gelegentlichen Kampfeinlagen zwar geblieben, doch mein Magen schrumpfte. In diesem einen Moment, in den Monaten, in denen ich nichts anderes getan hatte, als zu flüchten, hielt ich diese Tatsache für hilfreich. Weniger essen bedeutete weniger Kontakt mit der oberen Welt. Bald hatte ich mich auch an den schrecklichen Gestank gewöhnt, so sehr, dass ich bei der ersten Begegnung mit einer fruchtig riechenden Blume zurückschreckte. Kaum war ihr schöner Geruch in meine Nase gewandert, verlangte mein Körper nach dem abscheulichen Untergrund, in den ich bei der nächsten Gelegenheit zurückkehrte.

Als ich mich für einen Moment sicher fühlte, verließ ich den grässlichen Untergrund und erreichte einen klaren, reinen Fluss, in dem eine Menge Fische geschwommen waren. Obwohl es eine Weile gedauert und viel Überwindungskraft gebraucht hatte, war ich schließlich zusammen mit meinen kaputten Kleidungsstücken in das Wasser gestiegen und hatte das einzig Klare, das ich seit Wochen gesehen hatte, beschmutzt. Das Gefühl, dass ich in jenem Moment verspürt hatte, war unglaublich gewesen, bis mich plötzlich Reue packte. Dieser Fluss diente als Nahrungsquelle für Übernatürliches, Tiere, die sich in der Unterwelt weiterentwickelt hatten. So schnell ich konnte, war ich wieder in der Kanalisation verschwunden, hatte mich seitdem nicht mal mehr in die Nähe eines Flusses gewagt. Wenn ich ihr helles Plätschern hörte, war ich zusammengefahren und hatte eine andere Richtung eingeschlagen.

Auf meinen Weg zurück in die Zivilisation lernte ich eine ältere, sehr gütige Dame kennen. In ihren früheren, jüngeren Tagen war sie einst einmal eine Sirene gewesen, doch sie hatte sich dem Altern hingegeben und die Verwandlung, mit der sie ihre Beute anlockte und tötete, niedergelegt. Einst hatte sie gesagt, dass sie die Wandlung nicht mehr brauchte, denn sie lebte lieber wie ein Mensch, war jedoch zu alt, um in der Welt dieser zu leben. Einzig alleine den Gesang einer Sirene behielt sie, um Feinde von ihr fernzuhalten. Es waren harte Zeiten und das bedeutete automatisch, harte Maßnahmen.

Sie fand mich kurz vor dem Morgengrauen, halb verhungert und kraftlos. Ich war in eine Schlägerei geraten und da ich mich nicht durch etwas Nahrhaftes stärken konnte, war ich zum ersten Mal seit langem unterlegen gewesen. Meine Gegner nahmen mir meinen gesamten Besitz weg, auch meinen heißgeliebten Meerjungfrauendolch, den ich einst von meinem Vater bekommen hatte. Er war besonders, einzigartig.

Die Sirene, ihr Name war Ílios, was Sonne bedeutete, war für mich da gewesen. Ohne auf den Gestank zu achten, der mich zu dieser Zeit umgab, oder auf die zerrissenen Kleidungsstücke, brachte sie einen jungen Burschen dazu, mich zu sich nach Hause zu bringen. Laut ihrer Aussage hatte ich drei ganze Tage geschlafen, so erschöpft und müde war ich gewesen. Kein Wunder, meine Angst, dass die Wachen mich finden könnten, war so riesig gewesen, dass ich mich kaum traute, die Augen zu schließen.

Ílios wusch mich, schenkte mir frische Kleidung und kochte für mich jeden Tag ein Mahl, wohlwissend, dass ich es brauchen würde. Aber erst am Abend des dritten Tages lohnte sich ihre Mühe, denn als die ersten Sonnenstrahlen verblassten, öffneten sich meine Augen.

Ich war ausgeflippt, warf jede greifbare Sache von mir und versuchte zu realisieren, wo ich mich eigentlich befand. In meinem Kopf machte ich mich auf den Tod bereit, wo ich doch wusste, dass ich einen Kampf nicht überleben konnte. Ich klammerte mich an den Gedanken, dass ich mich in der Kolonie befand, weit weg von dem Ort, an den ich flüchten wollte.

Es hatte einige Zeit gedauert, bis ich meiner Heldin Glauben schenken konnte. Zu dieser Zeit war es nicht einfach, Menschen zu vertrauen. Vor allem ich konnte mir so etwas nicht leisten. Es war töricht von mir gewesen, mich in ein Gefecht hineinziehen zu lassen – obwohl es fast mein Leben gekostet hatte, erinnerte ich mich nicht mehr genau an die Sache, die mich dazu veranlasst hatte, einzugreifen –, mich bestehlen zu lassen, war jedoch noch viel dümmer gewesen.

Während meine Retterin mir ruhig erklärte, wo und warum ich mich in einem gemütlichen Bett in einer kleinen Hütte befand, erfuhr ich, dass die Wachen die jetzige Suche beendet hatten. Seit Liliths Verschwinden machten sie Fehler, denn ich war nicht der Einzige gewesen, der sich nach Freiheit gesehnt hatte. Nur war ich jemand gewesen, der überlebte – wenn auch mit unerwarteter Hilfe. Zudem erfuhr ich, dass ich in einem Teil des Landes war, in dem es kaum Dealórc-Dämonen gab. Wir befanden uns an der Küste, dem Gebiet der Meerhexen und Sirenen. Nur bestimmte Rassen von Dämonen mochten die Nähe von heiligem Wasser, in dem sich Meerjungfrauen tummelten, um mit Fischen zu plantschen. Sie bevorzugten Großstädte oder riesige Waldgebiete.

Ílios päppelte mich auf. Bekannte, die ihr noch einen Gefallen schuldeten, kümmerten sich um das Essen, während sie sich rührend um mich sorgte. Als ich wissen wollte, wieso sie mir half, hatte sie nur gesagt, dass ich sie an ihren ausgeflogenen Sohn in seinen jungen Jahren erinnerte. Diese Frau war ein wirklicher Schatz. Obwohl ich anfangs selbst den Geruch von gut gekochtem Essen nicht ertrug, servierte sie mir jeden Tag aufs Neue eine andere Köstlichkeit und als ich mich sogar bei dem ersten Bissen übergab, war sie an meiner Seite, um mir zu sagen, was für gute Fortschritte ich machte.

Es vergingen Wochen, bis ich mich revanchieren konnte. Gleich am Morgen, an dem ich tatsächlich die Speise in mir drin behalten konnte, machte ich es mir zur Aufgabe, für die alte Dame zu sorgen. Ich kümmerte mich um das Feuerholz, um das Besorgen der Lebensmittel und um einen Teil der Hausarbeit. Zum gefühlt ersten Mal in meinem Leben war ich glücklich gewesen.

Bis Ílios starb. Mein Aufenthalt sprach sich wie ein Leuchtfeuer herum, schließlich war es selten, dass sich ein Ur-Dämon mit einer Sirene vereinigte. Heute glaubte ich, dass Ílios genau wusste, dass die Wachen auf dem Weg waren, um mich *nach Hause* zu holen, denn sie schickte mich zum Wasser holen. Nicht, dass es uns an der klaren Flüssigkeit gemangelt hätte, nein. Der Brunnen, der sich hinter dem kleinen Häuschen befand, wurde als Quelle benutzt. Doch sie wollte *anderes* Wasser, getränkt von der Flosse einer Meerjungfrau. Natürlich hatte ich mir dabei nichts gedacht.

Als ich wiedergekommen war, mit zwei große Eimern Wasser in den Händen, fand ich ein zerstörtes, brennendes Gebäude. Gemüse, das die alte Dame in ihrem kleinen Vorgarten anzubauen versuchte, war komplett ruiniert worden, die Ziegel wutentbrannt vom Dach geworfen und die Büsche, die der kleinen Ernte Schutz vor Gaunern schenkte, niedergestreckt.

Ich erinnerte mich noch genau an die Flüssigkeit, die sich wie Blut in meine Kleidung sog, als die Eimer mit einem lauten Knall zu Boden fielen und zerbarsten. Meine Rufe waren laut gewesen, als ich, ohne an mich selbst zu denken, in die Flammen stürzte und die alte Dame auf dem Boden liegen sah, blutüberströmt und halb tot. Auch erinnerte ich mich an ihr Lächeln, das ihre Lippen schmückte, als sie erkannte, dass mir nichts geschehen war. Leise lachte sie, als Tränen der Wut und Trauer über meine Wangen rannen und auf ihrer geschwächten Haut fielen. Ihre Lippen, benetzt von Blut und Speichel, bewegten sich und ihre Worte waren kaum zu hören gewesen.

„Ich bin froh, dich gerettet zu haben, mein liebenswerter, starker Sohn. Lebe, Lyras, lebe für das Gute und für alle anderen."

Mein Körper hatte sich versteift, als Ílios lächelnd ihre Augen schloss und ihre Seele hinab in das Tal der Toten glitt. Die großen, grünen Flügel, die ihre Gestalt als Sirene widerspiegelten – sie lagen abgeschlagen, noch immer zappelnd auf dem Boden – zerbröselten zu funkelnden Staub, als der letzte Atemzug verging.

Mein Herz brannte, schlug wie wild gegen meinen Brustkorb, als ich Ílios' toten Körper an meine Brust drückte, die Armeen der eingesperrten Lilith verfluchte und Rache schwor. Die heißen, verfluchten Tränen wandelten sich zu Hass, brachten meinen Körper dazu, vor Rage zu beben.

Es war Koen gewesen, der mich mit Mühe überredete, die Wut zu vergessen.

Nachdem ich Ílios begraben hatte, machte ich es mir zur Aufgabe, ihr ehemaliges Zuhause neu aufzubauen, ordentlich und gepflegt zu halten. Ich pflanzte ihr Lieblingsgemüse, baute den hinteren Teil des Gebäudes aus, so wie sie es sich immer ausgemalt hatte und kümmerte mich um ihre Freundin, als diese durch die schreckliche Nachricht zusammenbrach.

Ich wurde zu einem neuen Menschen, der dafür lebte, den Willen Ílios auszuführen. Mit der Armee schloss ich innerlich ab, auch, wenn ich mich noch immer nach Rache sehnte. Ich wollte ihre Köpfe rollen sehen, sie für das bezahlen lassen, was sie meiner Helferin angetan hatten.

Meine Chance kam schneller als erwartet.

Als ich erfuhr, dass sich die Wachen ein weiteres Mal in der Nähe herumtrieben – ironischerweise waren sie nicht in der Lage, von mir abzulassen, was ich auf perverse Art und Weise faszinierend fand –, packte ich mir ein starkes Schwert, das ich durch eines der Tattoos heraufbeschwören konnte und machte mich auf dem Weg.

Meine Beine wurden von Zielsicherheit getrieben und gedanklich entstand ein Plan, der, als ich die Mörder meiner *Mutter* erblickte, augenblicklich verblasste. Mein Verstand war wie leergefegt und alles, wonach ich gierte, bezog sich auf einen Gedanken: Rache.

Ich war zu jung gewesen, nicht richtig ausgebildet, sodass ich geradewegs in mein Verderben rannte. Mit einer halb abgeschlossenen Ausbildung und kaum Kampferfahrung, zumindest nicht so, wie ich sie hätte haben sollen, lag meine Chance zu niedrig, um mit dem Sieg nach Hause zu kommen. In Wahrheit gab es nicht einmal eine geringe Chance gegen die Diener der gefürchteten Herrin zu bestehen. Niemals. Und dennoch sprang ich sozusagen in meinen Tod.

Und ich wäre tot gewesen, wenn Koen mir nicht plötzlich zur Seite gestanden hätte, um mir schließlich das Leben zu retten. Er war nach Vollendung seiner Ausbildung ausgetreten, wegen eines Mädchens namens Claudia. Nicht, dass man wirklich austreten konnte, er zog es ebenfalls vor, zu fliehen.

Koen war auf der Suche nach mir gewesen, wollte mich für seinen Auftrag rekrutieren, der aus der Suche nach den Schwestern bestand. Es brauchte fast zwei Jahre, bis ich die Tatsache, dass ich ihn damals im Stich gelassen hatte und verschwunden war, verdaute. Nachdem ich mit Sicherheit sagen konnte, dass mein Erbe, das Haus meiner Retterin, in Sicherheit und von anderen Sirenen übernommen wurde, nahm ich sein Angebot ohne Scheu an.

Mit ihm und dem Dolch, getränkt in Meerjungfrautränen, den er für mich zurückeroberte.

Nur drei Jahre später stießen wir schließlich auf Gerrit und seinen Bruder.

*

Ich verspürte dieselbe Wut wie damals, als man mir die Frau nahm, die sich um mein Leben und Wohlergehen gekümmert hatte. Doch dieser Ärger, der sich nun in meiner Seele aufstaute, handelte zusätzlich von Eifersucht, die ich mit jeder Faser meines Körpers versuchte, abzuschalten. Doch der Hass auf die Dämonin, die wir in einem Verlies einsperrten, siegte. Er überstieg die Wut auf Aaron, sowie die Eifersucht auf das Dasein der Hüter.

Erinnerungen, die ich zu verdrängen bemühte, traten wieder nach vorne. Skylar schaffte es irgendwie, obwohl die Mauer um mein Herz fest verschlossen gewesen war, in meinen Geist einzudringen und Dinge zu sehen, die mich bluten ließen. In diesem Moment verspürte ich lediglich Verachtung für das Mädchen, das im Grunde nichts dafürkonnte. Nicht sie war schuld an dem Dilemma gewesen, sondern ich. Nur ich floh aus der Kolonie, versuchte, meiner Pflicht zu entkommen, war schuld an dem kurzzeitigen Leben als Made und den Tod dieser alten, freundlichen Frau. Nicht Skylar, nicht einmal Lilith. Nur ich. Auch, wenn es mir bewusst war, konnte ich das Gefühl einfach nicht verdrängen, das in meiner Seele ihren Platz fand, das sagte, dass alles nur an den beiden lag. Es war Schwachsinn, natürlich war es das, dennoch konnte ich mich nicht dazu zwingen, meine Einstellung zu ändern.

Ich hasste mein Innenleben. Meine Gefühle und die Bosheit, die sich immer wieder an die Oberseite kämpften, waren einfach abartig. Es war nicht fair, mich so zu fühlen, in Anbetracht dessen, dass wir größere Probleme zu bekämpften. Im Gegenteil dazu besaß meine Vergangenheit das Ausmaß einer Kindergartenschlägerei.

Tief atmete ich ein und aus, bevor die Verachtung wieder von dannen zog, anschließend Platz für die Eifersucht machte, die durch den Anblick Aarons erschien, der mich langsam einholte. Selbst dafür wollte ich mich schlagen, Skylars jetzige Situation mit meiner ersetzen und das, obwohl Aaron nichts dafürkonnte. Gleichzeitig wollte ich auch ihm eine verpassen.

Es war nicht direkt Aaron, der mir solchen Kummer bereitete, sondern die Tatsache, dass er ein Hüter war. Genauso wie Koen. Warum wurde mein großer Bruder ausgewählt, ein Hüter der Schwestern zu sein, aber ich nicht? War ich nicht gut genug gewesen?

„Du hättest mich nicht unterbrechen sollen“, schnaubte ich säuerlich. „Ich hatte sie fast soweit und nur wegen dir ist alles zerstört worden. Denkst du, es ist einfach, so zu tun, als würde man sie verabscheuen?“

So schwer ist es mir nicht gefallen, obwohl es dennoch in meiner Seele schmerzte.

Aarons Stimme klang monoton. „Gerrit hat es angeordnet und ich widersetze mich ihm nicht, nur, weil du der Meinung bist, dass du Erfolge erzielst.“

Knurrend packte ich Aaron am Kragen, drückte ihn wutentbrannt gegen die helle Flurwand.

„Auf wessen Seite befindest du dich, Aaron? Verstehst du nicht, dass ich nur versuche, zu helfen? Skylar ist noch immer in diesem Körper, ihr Verstand existiert. Alles, was wir tun müssen, ist sie hervorzulocken.“

Es schien den Hüter überhaupt nicht zu interessieren, dass ich handgreiflich geworden war. Stattdessen lächelte er zaghaft und legte seine Hand auf meine Schulter.

„Ich bin kein Idiot, falls du das glauben solltest. Meine Aufgabe ist es, Skylar zu helfen und ihr Leben zu schützen und das tue ich auch, egal, was geschieht. Du solltest die Taten der Hüter nicht hinterfragen.“

„Ich scheiße auf euch Hüter."

Die Worte verließen schneller meinen Mund, als ich es wollte. Eigentlich wollte ich sie einsperren und die Möglichkeit ausmerzen, ihnen das Tageslicht zu zeigen, doch mein Plan scheiterte.

Fluchend löste ich mich von Aaron, schüttelte meinen Kopf und verschränkte die Arme vor der Brust. Obwohl ich seinen aufdringlichen Blick auf mir spürte, dachte ich nicht daran, ihm zu erklären, was das gerade sollte. Es hatte ihn nicht zu interessieren, dass ich Koen dafür hasste. Dass der Neid sich in jede Pore bohrte und mich fürchterlich werden ließ.

„Es tut mir leid, Lyras. Ich kann dir Koen nicht wiederbringen, aber ich werde auch nicht zusehen, wie du dich innerlich zerfressen lässt. Hör mir jetzt genau zu: Es war nicht deine Schuld. Es war niemandes schuld, abgesehen von dem Kerl, dessen Leiche ich verschwinden lassen musste. Verstehst du, was ich damit sagen will?"

Seine Worte erschütterten mich, wo ich doch gar nicht wusste, wovon er eigentlich sprach. Es ging mir nicht um Koens Ableben! Wie kam er auf solch eine bescheuerte Idee? Aaron lag vollkommen falsch. Ich war neidisch, beeindruckt durch die Verantwortung, die jeder der drei trug. Das hatte wirklich rein gar nichts mit seinem Tod zu tun. Oder?

„Du weißt nicht, wovon zu sprichst. Ich, zum Teufel, weiß nicht, was du da laberst. Komm erst einmal von deinem Trip runter, dann können wir uns unterhalten."

Alles, was meinen Mund verließ, ergab keinen Sinn. So unnötig die gesprochenen Zeilen auch waren, sie entflohen mir, noch bevor ich sie aufhalten konnte. Und es war mir unangenehm.

Hastig, als würde ich seinen Klauen entkommen wollen, trat ich an ihm vorbei, huschte den langen Flur entlang und bog schließlich in den Salon, in dem bereits die anderen warteten.

Cherrys Blick hob sich neugierig. Sie hoffte, dass ich etwas erreicht hatte, sank jedoch in sich zusammen, als ich stumm mit dem Kopf schüttelte. Nein, das war nicht ganz korrekt. Ich hatte etwas erreicht, was für mich jedoch noch nicht offenbart worden war. Das Rätsel, was dahintersteckte, erschlich sich mir noch nicht. Skylar hatte in meine Seele geblickt, den Schmerz und die Demütigung ein weiteres Mal aufflammen lassen und ich zweifelte nicht daran, dass auch sie die Bilder gesehen hatte. Waren ihr diese Schmerzen bekannt gewesen, oder was bedeutete ihre wilde Reaktion? Meine Berührungen schienen giftig, so kam es mir vor, denn der Dämon wollte sich einfach nicht anfassen lassen. War mir da etwas wichtig entgangen?

„Erfolglos also", schlussfolgerte Gerrit, der aufgebracht hin und her schritt. Seine Stirn war in tiefe Falten gezogen, während er sich ununterbrochen durch das Haar fuhr.

Scarlett, seine Geliebte, musterte ihn mit einem Blick, der ihre Sorge nur allzu deutlich preisgab.

Es waren nicht alle versammelt. Ames, Cole und Shawn fehlten, was mir Spanisch vorkam. Ich wusste nicht, was nun wichtiger sein konnte, erstarrte jedoch, als ich an meinen Bruder dachte. Sie kümmerten sich um seinen Leichnam, den wir momentan in einem der Räume zur Ruhe betteten. Scarlett hielt seinen Verwesungsprozess auf, sodass Skylar, wenn sie wieder zurückgekehrt war, sich richtig verabschieden konnte.

War es selbstsüchtig von mir, sich zu wünschen, Skylar wäre niemals aufgetaucht?

Mein Blick glitt zu Elliot, der barsch auf seiner Lippe herumkaute, nicht einmal versuchte, seine Nervosität zu verstecken.

„Was wollen wir nun machen? Ihr habt über euer Können gelogen und wenn diese Nachricht die Hexer erreicht, wird Skylar gefangenengenommen, wenn nicht sogar schlimmeres“, warf Cherry ein, unglücklich über den jetzigen Zustand.

Sie hatte recht, die Jäger hatten gelogen. Ein Mittel, um den Dämon aus ihrem Körper zu vertreiben, gab es nicht. Eine andere Möglichkeit, sie von dem Schicksal der Hexer zu befreien, wussten sie nicht, weswegen sie sich zu einer Lüge hinreißen ließen. Doch damit riskierten sie nicht nur Skylars Leben, sondern auch das unsere. Diese beiden Jäger waren mit den Hexern einen Bund eingegangen, der uns alle miteinschloss. Versagten sie, starben wir. Das jetzige Gift, das der Dämon im Körper trug, sorgte lediglich dafür, dass ihre Kräfte gebannt blieben. So würde sie uns wenigstens nicht umbringen können, was im Grunde jedoch vollkommen egal war. Sterben würden wir so oder so.

„Lyras hat es nicht geschafft, sie wiederzuholen, aber er hat etwas in ihr anregen können. Die richtige Person ist nicht in Erscheinung getreten, doch der Dämon ist ausgerastet. Könnt ihr damit etwas anfangen?“

Aarons Stimme war laut und deutlich zu vernehmen. Ich musste mich nicht umsehen, um zu wissen, dass er lässig an der Tür lehnte und die kleine Rauferei bereits vergessen hatte. Typisch Aaron, immer schön geheimnisvoll und cool.

Die Jäger sagten nichts und auch Gerrit schienen die Ideen ausgegangen zu sein. Er hätte nämlich seinen Arsch darauf verwettet, dass Cherry es im Alleingang regeln konnte – was natürlich nicht funktioniert hatte. Cherry war aber auch nicht Superwoman.

Es war das Klatschen Lucys, als sie sich von ihrem Platz erhob und den Rest mit ideenreichen Augen musterte, das uns herumfahren ließ. Ein Lächeln zierte ihr schmales Gesicht.

„Natürlich! Cherry hat es nicht geschafft, da sie sich zu nett benommen hat. Der Dämon hat daraus ein Spiel gemacht, doch du, du musst Koen erwähnt haben, oder Lyras?“

Ihr Blick huschte zu mir und ich schüttelte meinen Kopf. Alles hatte ich erwähnt, zumindest bildete ich mir das ein, aber bestimmt nicht meinen Bruder.

„Hat er", versicherte Aaron, als wäre er dabei gewesen. „Indirekt. Sie hat sich erneut in seinen Verstand geschummelt und Bilder gesehen. Dazu war seine Haltung sehr abweisend, fast böse. Auf all das zusammen hat sie ziemlich krass reagiert."

Mein Verstand befahl mir, mich umzudrehen, und meine Faust so fest in das Gesicht meines Freundes zu schlagen, bis ich den Knochen in seiner Nase brechen hören konnte. Er nahm sich die Freiheit zu lauschen und anschließend meine Ergebnisse zu präsentieren, so, als wären es seine gewesen?

Verdammt nochmal! Bekomm' dich in den Griff. Du bist doch kein kleines Kind mehr!

„Ich verstehe", lächelte die Jägerin, „wir müssen sie also auf Koen ansprechen. Logisch, schließlich ist auch er der Grund, weshalb sie sich verwandelt hat. Sie hat sozusagen mit ihrem Dämon getauscht, um dem Schmerz, den sie durch seinen Tod erlitt, auszublenden. Alles, was wir machen müssen, ist, diesen Schmerz erneut auszulösen."

„Und wie sollen wir das machen?", fauchte ich. „Sollen wir noch jemanden zum Sterben zurücklassen? Ist es das, was du willst? Uns tot sehen?"

Überrascht hoben sich ihre feinen Brauen, bevor sie sich schnalzend an Gerrit wandte, dessen Seufzen kaum zu überhören war. Sie hielten mich für verrückt, nicht wahr?

„Wir brauchen jemanden, der noch einmal hineingeht und mit ihr spricht", sagte Gerrit und sein Blick legte sich auf mich. „Aber du wirst nicht gehen."

Empört schnappte ich nach Luft.

„Und warum nicht? Ich bin der Einzige, der etwas erreichen könnte! Mich jetzt abzuziehen, ist vollkommener Schwachsinn."

„Dann ist es Schwachsinn, aber du wirst das Verlies nicht noch einmal betreten. Du nimmst dir eine Auszeit."

„Aber-"

„Nein, Lyras. Wir können und wollen nicht noch einen Mann verlieren, verstehst du?"

Er sagte noch etwas, doch ich lauschte seinen Worten schon lange nicht mehr. Stattdessen ließ ich mich beleidigt, aber auch gerührt auf den Platz neben Logan fallen, der das Ganze mit Interesse beobachtet hatte. Dennoch lag in seinem Blick Sorge und Trauer. Sehr viel Trauer. Zu viel. Offenbar nahm Gerrit an, dass mein Schweigen seinen Befehl befürworten würde, doch ich wollte lediglich einer weiteren Diskussion aus dem Weg gehen.

Auf einmal fühlte ich mich unheimlich erschöpft, irgendwie gequält. Fast so, als wären meine Tage sehr oft ohne ein Bett vorbeigegangen, in dessen Kissen ich mich hätte schmiegen können. Mein Magen brannte und ich verspürte Hunger, der jedoch von dem Brechreiz überdeckt wurde, der mich einholte. Es erinnerte mich alles an damals.

„Wen willst du rein schicken?", erkundigte sich Logan. „Ich könnte das übernehmen."

Elliot lächelte schwach: „Es muss jemand sein, der wirklich hart ihr gegenüber sein kann. Wenn sie nur etwas Gegenwind bekommt, ein Zeichen, dass alles gespielt ist, können wir den Plan vergessen. Sie wird vielleicht etwas die Kontrolle verlieren, doch Skylar bekommen wir dadurch nicht zurück."

„Schick mich", erklang Shawns laute Stimme, der mit blutverschmierten Händen und getränkten Klamotten in das Zimmer geschritten kam. „Lass mich zu ihr."

Noch bevor Gerrit zu einer Entscheidung kam, schüttelte Talisha ihren roten Schopf.

„Ich werde gehen", bestimmte sie, was uns alle überraschte. Sie konnte Skylar nicht leiden, vom ersten Tag an und tat das hier nur, weil sie sich dazu verpflichtet hatte. Freiwillig würde Talisha diese Rolle, diese riesige Verantwortung doch niemals übernehmen. Was, um Himmels Willen, hatte sie vor? „Ich werde es durchaus zu regeln wissen."

„Bist du sicher?" Cherry spuckte ihre Skepsis unbehelligt aus. „Du bist nicht gerade für deine Freundlichkeit bekannt, außerdem kannst du Skylar nicht leiden. Selbst wenn sie nur zu hören ist, meckerst du."

„Genau deswegen bin ich perfekt dafür."

„Sie hat recht", nickte Lucy zustimmend. „Talisha ist tatsächlich perfekt für diese Angelegenheit, auch, wenn man sich über den Rest streiten kann. Wir brauchen jemanden, der nicht einknickt. Die kleinste positive Bindung könnte alles zerstören."

„Gut", unser Anführer schien überzeugt. „Talisha, kümmere dich darum."

Ihr Grinsen zog sich in die Breite, als sie von ihrem Platz aufstand, Aaron einen gezielten Blick zuwarf und anschließend im Flur verschwand. Meinte Gerrit das wirklich ernst? Talisha und Skylar? Der wildeste aller Stürme gegen eine zarte Blume mitten auf einem belebten Feld?

„Es ist mir egal, was du davon hältst", vernahm ich seine Stimme, als hätte er meinen Gedankengang verfolgt, „diese Entscheidung musst du mir überlassen, aber ich bitte dich, geh zu seinem Leichnam."

Ich zuckte, ballte meine Hände fest zu Fäusten. Es traf mich so hart, als hätte er mich geschlagen.

„Du hast mir gar nichts zu befehlen", schrie ich aus Rage, obwohl ich nicht wusste, woher diese gekommen war. „Es ist Koens schuld, verstanden? Nur seine."

Mit diesen Worten sprang auch ich auf, bevor ich hastig und mit brennenden Tränen in den Augen den Salon verließ, meine bedrückten Freunde hinter mir ließ.

KAPITEL 22

KELLER DER COLEMANS – TALISHAS SICHT

Wer hätte gedacht, dass solch feine Leute wie die Colemans, ein Verlies in ihrem Keller besaßen? Wahrscheinlich niemand, bis auf die Jäger selbst, die womöglich öfter ein und ausgegangen waren, als ich mir vorstellen konnte. Im Grunde hätte es niemanden überraschen sollen, alle Jäger besaßen einen Ort, an dem sie um Informationen kämpften, die sie dringend benötigten. Und dabei war es egal, ob sie es für die Familie oder die Gemeinschaft taten. Die Ausführung war dieselbe, unglaublich barbarisch, dennoch nicht uninteressant.

Nicht, dass ich das Ganze anders handhaben würde. Höchstwahrscheinlich nicht. Auch ich hätte meinen Gegner angekettet und so lange mit ihm *gespielt,* bis er wie ein Vögelchen sang.

Die richtigen Informationen waren in unserer Welt Gold wert. Nichts funktionierte, ohne dass man sich über irgendetwas Gedanken machte. Man brauchte einen Plan, Grundwissen und dies erfuhr man selten allein durch eine Observation. Manchmal griff man zu schwereren Geschützen.

Mit schnellen und großen Schritten huschte ich die Treppen hinunter, die zum Keller führten. Kleine Lichter spendeten gerade genug Licht, damit man ungehindert durch die Flure spazieren konnte, ohne unbedacht gegen eine Wand zu laufen – so, wie es Ames aus purer Dummheit getan hatte.

Noch bevor ich an dem Verlies ankam, verharrte ich und lauschte. Ich musste wissen, ob unser Prinzesschen wach war, sie an einem Ausbruch arbeitete oder ob sie wütend die Ketten in ihre Handgelenke bohrte. Doch es war alles ruhig, was meine heimliche Vermutung bestätigte und mir zusätzlich zeigte, dass mir niemand der anderen folgte. Gut so, denn das, was ich nun tun wollte, war für niemanden anderen bestimmt. Eigentlich nicht einmal für Skylar, doch dies ließ sich aus technischen Gründen wirklich nicht vermeiden.

Das wäre auch allzu komisch geworden.

Nachdem ich mir der ungewöhnlichen Situation bewusstwurde, führten mich meine Beine zu der Geheimtür, die niemanden von uns aufgefallen war. Natürlich nicht, sie war schließlich ein Geheimnis und wäre es auch geblieben, wenn uns die Jäger nicht drauf aufmerksam gemacht hätten. Jetzt aber, wo ich von der versteckten Tür wusste, fiel es mir wie Schuppen von den Augen. An dem Leuchter, dessen Licht nicht gerade hell schien, hing ein kleines, recht unscheinbares Schloss. Wie hatte uns das bei der Durchsuchung entgehen können? Im Nachhinein betrachtet, handelte es sich hierbei um einen erheblichen Fehler, den selbst ein Idiot nicht gemacht hätte, weswegen es auf der Hand lag, dass es sich um einen Zauber handelte – auch, wenn ich keine Ahnung von der entsprechenden Wirkung besaß.

Ich zog eine Kopie des Schlüssels, den mir Lucy vorhin aushändigte, aus der kleinen Tasche meiner Bluse und öffnete das Schloss, bevor ich beides einsteckte. Es war meine Pflicht, beides gut zu verstauen, denn ich musste verhindern, dass Skylar sie zu fassen bekam. Selbst wenn sie ihr im ersten Moment nichts bringen würde. Es ging ums Prinzip.

Nachdem ich die Halterung nach vorne gedrückt hatte, sodass die leuchtende Hülle fast Kontakt mit dem Stein knüpfte, öffnete sich die Wand nach innen und offenbarte den Raum, der allen anderen verborgen lag. Meine Beine trugen mich hinein, bevor sich der Eingang mit einem lauten Knall schloss. Ohne einen Schlüssel würde uns niemand stören können, was jedoch nicht bedeutete, dass ich die Einzige war, die eines der kleinen Kunstwerke mit sich trug.

„Was willst du denn hier?“, keuchte Skylar atemlos, fast schon panisch.

Sie schien, mit allem gerechnet zu haben, doch, dass ich hier erscheinen würde, um ihr das Leben schwer zu machen, dieser Gedanke war ihr wohl nicht gekommen. Mir zuerst auch nicht, doch nun stand ich hier. Eine Antwort schuldete ich ihr nicht, weswegen es mich auch nicht dazu veranlasste, mit der Sprache herauszurücken. Stattdessen trat ich stumm auf sie zu, setzte mich mit einem Abstand von gut einem halben Meter vor sie und verschränkte die Arme vor der Brust. Nun besaß sie meine Aufmerksamkeit, mal sehen, was sie damit anfing.

Die Augen, die am Anfang voller Furcht, aber niemals ohne Neugier, geleuchtet hatten, verblassten, entwickelten sich zu einem Spiel aus dunklen, hässlichen Farben. Das Blau, dass mich von Beginn her an das offene Meer erinnert hatte, ergraute. Selbst die Röte, die ihre dämonische Seite angenommen hatte, existierte nicht mehr. Nun wusste ich jedoch nicht, ob es eine Art Trick war, oder, ob es Lyras tatsächlich geschafft hatte, einen Teil des Monsters von Skylar zu trennen. Doch, obwohl ihre Iriden den Glanz verloren hatten, zeigten die Krallen, dass ihr Körper noch immer kontrolliert wurde.

Es überraschte mich, dass die Ketten durch die Schuppen rieben, die ihren Arm bedeckten. War mir nicht so, als hätte ich Gerrit reden gehört, dass diese Schuppen unzerstörbar waren?

Verdammt, was für ein Gel klebte an diesen Metallringen?

Schnell schob ich den Gedanken beiseite, wo ich mich doch jetzt um etwas anderes kümmern musste. Zu aller erst würde ich mich um ihren Gemütszustand kümmern, denn es war wichtig zu wissen, in welcher Verfassung sie sich befand. Bedacht beobachtete ich sie, studierte jedes Zucken, jede schwache Bewegung ihrer Lippen und die schwarzen Pupillen, die aufgeregt auf mir ruhten.

Skylar sah verdammt schlecht aus: Ihr Haar wild zerzaust, die Arme aufgeschnitten und blutverschmiert, die Kleidung durchnässt, sowie zerrissen. Sie streckte ihre Füße von sich, soweit ich wusste nicht freiwillig. Die Betäubung spielte dabei eine große Rolle, sodass sie nicht in der Lage sein sollte, sich großartig zu bewegen. Erneut war das Mittel zur Anwendung gekommen, obwohl es nicht den gewünschten Effekt erzielte.

„Was, verfickt nochmal, willst du, Schlampe?"

Ihr Fluchen erklang wie Musik in meinen Ohren, brachte mich fast zum Lächeln. Ich verkniff mir das leichtgläubige Zeichen einer Belustigung und dachte nicht einmal daran, ihr Rede und Antwort zu stehen. Mit meiner Observation war ich noch lange nicht fertig.

Man konnte deutlich feststellen, dass sie mein Schweigen aggressiv und wütend machte. Obwohl sie zu anfangs schwach und kaputt auf mich wirkte, begann sie nun wild nach mir zu schlagen, versuchte, ihre Krallen in meinen Hals zu bohren. Zumindest glaubte ich, dass sie das wollte, daran jedoch scheiterte. Und das frustrierte sie nur noch mehr. Ein erregtes Stöhnen kam über ihre Lippen, während sich ihre Augen zu Schlitzen verzogen. Ihre Hände ballten sich zu Fäusten und nur kurz darauf fletschte sie die Zähne, um mir mit Stolz ihre Beißerchen zu präsentieren, die den Fangzähnen der Vampire so sehr ähnelten.

Wollte sie mich damit etwa beeindrucken? Wenn ja, zeigte es keinerlei Wirkung.

Überrascht stellte ich fest, als ich ihre Hörner musterte, dass diese bereits schrumpften. Sie waren nur noch halb so groß, wie zuvor auf dem Schlachtfeld. Offenbar konnte man Aarons Worten Glauben schenken. Gut für mich, es würde gleich unfassbar hilfreich sein.

Noch bevor der Dämon erneut das Wort ergreifen konnte, seufzte ich und symbolisierte ihr somit meine Langeweile, die sie in mir auslöste. Um es Skylar vollkommen klar zu machen, gähnte ich.

„Es reicht. Ich bin deine Spielchen leid. Merkst du nicht, dass du mit dieser Nummer nicht weit kommst? Sehe ich vielleicht nach einer Spielkameradin für dich aus?"

Meine Worte durchschnitten die Stille, erschreckten das entstellte Mädchen. Ihre Wangen begannen zu glühen. Ob aus Scham oder aus Wut konnte ich nicht entziffern, beschloss jedoch, mich nicht weiter darum zu kümmern. Schlicht: Es interessierte mich nicht.

Offenbar wusste Skylar nicht, was sie darauf erwidern sollte, war nicht darauf vorbereitet. Also entschloss ich mich, weiterzumachen, bis sie erneut zu Verstand kam.

„Ich könnte auch wieder gehen. Es dreht sich nicht alles um dich, Skylar. Für mich wäre es ein Leichtes, jetzt zu den anderen zurückzukehren und ihnen mitzuteilen, dass wir diese Angelegenheit lediglich mit deinem Tod lösen können. Denkst du mich interessiert es, ob du lebst oder nicht?"

Sie schnappte nach Luft, fand schließlich doch zurück zu ihrer Sprache.

„Was bildest du dir eigentlich ein? Du müsstest auf Knien vor mir kriechen und um meine Gunst flehen!"

Meinte sie das tatsächlich ernst? Das sie mir so etwas an den Kopf warf, war wirklich lächerlich und mehrere Jahrhunderte zu spät. Außerdem befand sie sich nun wirklich nicht in der Position, um Befehle zu erteilen, geschweige denn, sich aufzuführen wie die Königin höchstpersönlich.

Erneut rüttelte sie an ihren Fesseln, stärker als zuvor und versuchte, sich ihren Weg frei zu bahnen. Sie schrie, brüllte wie ein ausgewachsener Tiger, während die Hörner erneut zunahmen.

Mist, offenbar lief das in die vollkommen falsche Richtung.

Doch ich behielt einen kühlen Kopf, natürlich tat ich das. Dieses Mädchen bedeutete mir nichts, sie war nur ein Kind, das naiv genug gewesen war, in Koens Leben zu treten.

Fast hätte ich gegrinst, als ich mich an die Worte meiner Freunde erinnerte und an die Idee, die wie ein Blitz durch mein Hirn schoss. Genial – so sollte man mich nennen.

Skylar schnaufte, rang nach Atem. Bewusst, dass es nicht mehr lange so weitergehen konnte, schluckte ich das letzte Bisschen Bosheit hinunter. Irgendwann würde Skylar Nahrung brauchen, die wir ihr in diesem Zustand jedoch nicht erlaubten. In wenigen Stunden würde sie außerdem das Bad aufsuchen wollen. Auch das war so nicht möglich.

Kurz schweiften meine Gedanken ab, wobei ich mich fragte, warum es hier nicht nach Fäkalien und Urin stank. Auch der Geruch des Schweißes der Opfer, die hier einmal gequält worden waren, konnte ich nicht mehr aufspüren. Womöglich ein weiterer Zauber oder ein ganz normales Putzmittel.

Als ich meine unnötigen Gedanken wieder ordnete, erkannte ich, dass der Dämon schwächelte. Skylar zitterte ununterbrochen, röchelte leise, während ihre Arme langsam aber sicher erschlafften. Gut, kein Dämon der Welt war mit einer unaufhaltsamen

Ausdauer ausgestattet. Die Hörner, die leider wieder gewachsen waren, blieben. Schade, ohne sie wäre alles einfacher.

Ich musterte Skylar, doch sie senkte ihren Blick, starrte auf ihre tauben, nackten Füße. Sie schien, sich sichtlich unwohl zu fühlen, das konnte selbst ich spüren. Und Gefühle gehörten nun wirklich nicht zu meinen Fachgebieten. Als ich mir sicher war, dass sie nichts mehr zu sagen hatte, geschweige denn versuchen würde, mich umzubringen, begann ich mit Plan B.

„Ich bin noch nicht sehr lange im Orden, es müsste nächsten Monat ungefähr vier Jahre her sein, seit ich rekrutiert wurde. Mich interessiert diese Gemeinschaft überhaupt nicht, aber ich habe mich dazu entschlossen zu helfen. So hat sich auch Koen entschieden, als Gerrit ihn und dessen Bruder auf seiner Reise aufsammelte und zu einem der unseren machte."

Skylars Kopf zuckte für einen Moment in die Höhe, als ob sie geschlagen worden wäre. Mein Gehör war nicht allzu gut, doch ich konnte eindeutig hören, wie sich ihr Herzschlag verdoppelte. Und das nur wegen seines Namens.

„Ich konnte Koen noch nie ausstehen. Als ich ihn kennenlernte, hielt ich ihn für einen arroganten, selbstverliebten Idioten. Seine dämlichen, machohaften Sprüche waren kaum auszuhalten und obwohl er so offen und eingebildet erschien, verzog er sich oft und zeigte uns, wie ruhig er sein konnte. Shawn und Lyras waren die einzigen, die Koen nie anders behandelte, während er von dieser Stille umgeben war. Jedem von uns war klar, dass Koen von etwas gequält wurde, doch egal, wer von uns versuchte mit ihm zu sprechen, er teilte uns nie den Grund für seine Art und Weise mit."

Ihr Puls verdoppelte sich erneut und als Skylar mich ansah, erkannte ich Faszination, wie auch Sehnsucht in ihren Augen. Der Glanz kehrte zurück, wenn auch nur sehr langsam. Doch dieser Fortschritt reichte mir, um zu wissen, dass ich mich auf dem richtigen Weg befand.

„Mein Interesse wurde geweckt, als er sich von dem Orden abschirmte, worauf ich mit Aaron über ihn sprach. Er erzählte mir, dass Koen total vernarrt in ein kleines Kind war, das wohl in einem großen Anwesen lebte. Diesem Anwesen. Er kam, so oft er konnte, hierher, beobachtete das kleine Töchterchen und half ihr, soweit es ihm möglich war, ohne gesehen zu werden. Koen war so verdammt vernarrt in dieses Wesen, dass ihm das Offensichtliche vollkommen entging. Und so schließlich auch uns. Skylar, du bist dieses Mädchen, von dem ich spreche."

Sie schnappte laut nach Luft und hielt den Atem an, als würde sie darauf warten, unter Wasser gedrückt zu werden. Das Funkeln, das ihre Iriden zierte, wurde deutlicher.

„Er hat es sich zur Verantwortung gemacht, auf dich achtzugeben. Deswegen war es kein Wunder, dass er begann, seine Pflichten zur Seite zu legen, um dich zu sehen. Dabei wussten sie noch nicht einmal, dass du zu den gesuchten Schwestern gehörst. Gerrit konnte es nicht mehr mit ansehen und zwang Koen schließlich, sich von dir fernzuhalten. Du musst wissen, Koen hat das nicht gerne getan. Er protestierte, fluchte und entfachte somit einen Streit, der länger als eine Woche anhielt. Irgendwann konnte Koen seine Empfindungen nicht mehr zurückstufen. Aaron sagte mir, dass Koen von einem schrecklichen Gefühl geplagt worden sei, was ihn dazu veranlasste, erneut die Regeln zu brechen und sich zu dir zu begeben. Er tat dies ohne Einverständnis seines Anführers, denn alles, an das er denken konnte, warst du."

Das Zittern, das sie gefangen nahm, wurde stärker, willenloser. Sie biss sich fest auf die Lippen, versuchte, die aufkommenden Tränen zu unterdrücken – obwohl Scarlett einen Zauber verhangen hatte, schien er, bei ihr keine Wirkung zu finden. Ich konnte die Feuchtigkeit in ihren Augen sehen, beobachtete, wie kleine Tropfen sich in ihren dunklen Wimpern verfingen. Der Zauber verlor komplett seine Wirkung. Ein Wimmern entfloh ihren geschlossenen Lippen, während sich eine leichte Röte auf ihre Wangen legte. Heftig begann sie, ihren Kopf zu schütteln, doch ich reagierte nicht auf ihre stumme Bitte, sondern vervollständigte das Werk.

Ich holte tief Luft: „Als er dich erreichte, fand er die toten Körper deiner Eltern. Koen hielt dich zuerst auch für tot, bis er James traf, der ihm sagte, wohin du verschwunden warst. Du hattest Glück, dass der Butler es geschafft hat, zu entkommen, ansonsten wäre er nicht die letzte Leiche gewesen. Koen folgte dem Dämon und tötete ihn, rettete dir damit das Leben. Er war so in Rage, so durchströmt von seiner Wut, dass er nicht einmal realisierte, dass du die Tochter Liliths bist. Man kann von Glück sprechen, dass Shawn ihm damals gefolgt ist, denn ansonsten wären Probleme entstanden, mit denen niemand etwas zu tun haben wollte. Shawn verscharrte die Leiche, während Koen sich als Zeuge stellte, als deinen Beschützer. Seit jenem Tag hat er dich regelmäßig aufgesucht und sich nach deinem Wohlbefinden erkundigt."

„Hör auf. Bitte, hör auf", flehte meine Gefangene, rüttelte schwach an den Ketten. Doch ich konnte nicht aufhören, nicht jetzt. Sie war fast soweit, bald würde sie wieder die Alte sein.

„Er lebte, um dich zu beschützen, Skylar, und das hat er getan. Auch, wenn er dadurch sein Leben verwirkt hat und schließlich zum Tod fand. Früher war es vielleicht Faszination, brüderliche Sorge oder was auch immer gewesen. Ich weiß nur, dass er dich angefangen hat zu lieben, als ihr euch zum ersten Mal richtig kennen gelernt habt. Du darfst dir nicht die Schuld geben, hörst du? Niemand hat es kommen sehen. Wer hätte das auch erahnen sollen? Koen tat, was er für richtig hielt, Skylar. Du hast ihm sehr viel bedeutet, mehr als du dir vielleicht vorstellen kannst und mehr, als er es dich hat fühlen lassen. Das darfst du nicht einfach wegwerfen!"

Sanft verzogen sich meine Lippen zu einem Lächeln, bevor ich meine Hand ausstreckte und zaghaft über ihre gerötete Wange streichelte. Ich rutschte etwas näher, legte meine andere Hand auf ihren Kopf und umspielte die Spitze ihres Horns, bevor ich sie vorsichtig an ihrem Haar hinuntergleiten ließ.

„Wirf das Leben, das dir Koen gegeben hat, nicht einfach weg, Sky. Leben für das, was er dir geschenkt hat. Lebe für dich selbst."

Es war, als würde man einen Schalter umlegen, denn plötzlich brach Skylar laut in Tränen aus und ich wusste, der Dämon war gebrochen.

KAPITEL 23

Talishas Worte schmerzten in meiner Seele, hinterließen Verbrennungen, die mich vor Qualen zum Schreien brachten. Meine Stimme bebte, wurde von einem Schluchzen abgerissen, ausgelöst von ununterbrochenen Tränenflüssen, die sich ihren Weg an meiner Wange hinunter bahnten. Sie verfingen sich an meiner Nasenspitze, versammelten sich dort, bis sie in der Form eines Tropfens auf mein Shirt sprangen. Jede Träne, die ich fallen spürte, fühlte sich wie ein Schuss an. Der Aufprall vervielfachte den Schmerz, erfüllte mich mit einem Gefühl der Angst. Es machte mich schier verrückt.

Panisch, fast schon verrückt, rüttelte ich an den Ketten, die sich plötzlich so schwer wie Blei anfühlten. Sie wirkten von Sekunde zu Sekunde enger, schmerzvoller, unheimlich giftiger. Weinend warf ich meinen Kopf zurück, starrte wie paralysiert auf das Metall, als würde es nur durch einen einfachen Blick auseinanderbrechen. Doch es war unmöglich, nein. Im Gegenteil, es schien, als würden sie so eng zusammenziehen, dass sie sich langsam durch die Haut arbeiteten. Schuppen fielen von meinem Handgelenk, prallten so laut zu Boden, dass das Geräusch wie eine Sirene durch meinen Kopf hallte. Laut, unaufhaltsam.

Erneut entfloh mir ein Schrei, wurde jedoch durch eine Stimme gestoppt, die sich aus der Dunkelheit in mein Gehirn schlich.

Nein! Denk an die Zukunft, die du haben könntest! Was ist mit deiner Schwester, deiner Mutter? Wirst du sie nicht vermissen?

Die Stimme durchschnitt mich wie Butter, so einfach und doch unglaublich schmerzvoll. Fest presste ich meine Augen zusammen, versuchte das Dunkel zu genießen, das mich nun endlich umgab, verspürte jedoch nur eine unangenehme Kälte. Sie umschloss mich wie Wind, der durch ein offenes Fenster kroch, um den Kindern mit pfeifenden Geräuschen Angst einzujagen. Es machte mich wahnsinnig!

„Nein!" Ich wollte schreien, doch alles, was aus meinem Mund entkam, war ein wildes Keuchen. „Lass mich in Frieden. Verschwinde von mir, hau ab!"

Ich soll verschwinden? Oh nein, Skylar. Ich kann und werde nicht gehen, das hier ist mein Körper!

Irre schüttelte ich mein Haupt, spürte ein unheimliches Dröhnen in meinem Schädel, sodass ich kurz davorstand, all meine Sinne zu verlieren. Der Schmerz verschlimmerte sich erheblich, zerfraß mich wie ein Löwe seine Beute. Die Qual veränderte sich rasch zu einem Brennen, das sich erneut wie eine Hand um mein Herz schlang, fest darauf herumdrückte und kurz davor war, das Organ zu zerquetschen.

Ich flehte!

Du willst dieser Welt entkommen, Skylar, vertraue mir. Hier will dich niemand, nichts erwartet dich. Hör nicht auf dieses hinterhältige Miststück. Sieh dir dein Leben an!

Als ich meine Augen widerwillig öffnete, starrte ich in das hübsche Gesicht meiner Schwester. Sie lächelte und ihre Lippen bewegten sich, doch ich verstand ihre Worte nicht. Ich saß auf einer Art Stuhl, der sah so kunstvoll und modern aussah, dass ich mich kaum traute, mich darauf zu bewegen. Vor mir wurde ein Schachspiel aufgebaut und die weißen Figuren schienen zu gewinnen. Stumm starrte ich auf die schwarze Seite des Spieles, die mir gehörte. Ich war dabei zu verlieren. Ohne wirklich zu wissen, was ich tat, griff ich nach einem meiner letzten Bauern. Schluckend versuchte ich mich zu stoppen, schaffte es schließlich auch, doch nicht, ohne erneut das Brennen in meiner Brust zu verspüren.

War ich dabei, zu sterben?

Das Lächeln meiner Schwester verblasste und die Arme, die sie vor der Brust verschränkt hatte, lösten sich. Erschrocken beobachtete ich, wie sie ihre Hand auf meine legte, sie schließlich zu meinem König lenkte. Während das Mädchen sich von meinen Fingern löste, schüttelte sie ihren Kopf und erneut erschien ein sanftes, liebreizendes Lächeln auf ihren Lippen. Dann bewegten sie sich und dieses Mal verstand ich die Worte, die mich innerlich zerfraßen: Für Koen.

Mit einem heftigen Ruck schlug ich den König vom Brettrand und als er auf dem Boden aufprallte, verschwamm alles vor meinem inneren Auge, bis ich plötzlich in das Gesicht Talishas blickte.

Das war das erste Mal, dass ich sie vollkommen gelassen, fast zärtlich lächeln sah. Talisha tätschelte meinen Kopf, hauchte mir einen verstohlenen Kuss auf die Wange, bevor sie wieder zurückwich.

Tu das nicht! Ich warne dich, verdammt nochmal. Ich bin das Einzige, auf das du dich verlassen kannst. Was bist du schon ohne mich? Irgendein verfluchtes Gör mit unsterblichen Genen. Du brauchst mich!

Als ich in ihre kastanienbraunen Augen blickte, verstummte alles um mich herum und es schien, als würden die Schmerzen, das Blut und das Verrückte verschwinden. Es gab nichts mehr, außer Talisha und mich. Und, Gott, auch, wenn es furchtbar durchgeknallt klang, beruhigte mich ihre Gegenwart.

Meine innere Lady schlug gegen den Wall, der sich langsam um meinen Verstand aufbaute, versuchte, meine Verteidigung mit Worten zu durchbrechen. Sie versuchte ein weiteres Mal, mich in diesem einfältigen und dennoch schönen Traum gefangen zu nehmen. Doch jetzt, wo mir schlagartig klar wurde, dass das alles nicht echt gewesen war, konnte mir diese Illusion nichts mehr anhaben. Die Lady würde es nicht noch einmal schaffen, mich wegzudrängen und einzusperren. Ich war nicht gewillt, mich Schachmatt setzen zu lassen.

„Kannst du mich hören, Skylar?"

Talishas Stimme klang ruhig, aufrichtig besorgt. Ich wollte etwas sagen, doch meine Lippen trennten sich nicht, sodass ich lediglich mit einem Nicken antwortete. Das schien ihr offenbar auszureichen, denn ihr entschlüpfte ein erleichtertes Seufzen. Aber dieses verflog schnell wieder, machte Platz für etwas Tiefgründigeres. Ich versuchte, es zu entziffern, etwas unter dem Schleier, der ihre Augen verdunkelte, zu erkennen. Das gelang mir jedoch nicht, bis die Rothaarige ihren Kopf schüttelte und ihren rechten Arm ausstreckte.

Sie entblößte ein Tattoo, eine kleine, farblose Lilie, welche sich langsam hin und her wand. Obwohl es mich nicht überraschen sollte, staunte ich nicht schlecht, als ich das bewegliche Kunstwerk erblickte. Talishas Lippen zogen sich zu einer Linie, als sie auf ihren Daumen biss und etwas von ihrem Blut auf dem Tattoo verteilte, bis es schließlich überdeckt war. Ich wusste nicht, was ich sagen sollte, beobachtete deswegen das Geschehen stumm und neugierig.

Die Lilie begann für einen Augenblick, zu leuchten. Keuchend schnappte ich nach Luft, als Talishas linke Hand durch ihren rechten Arm griff und etwas aus ihrer Haut herauszog. Mit geweiteten Augen starrte ich auf den Griff des Schwertes, bis sie es vollkommen aus ihrem Arm gezogen hatte. Ein Wimmern entfloh ihr, während mein Blick zu der Lilie wanderte. Das Blut war verschwunden und alles schien normal. Was, zum Teufel, war gerade passiert?

„Wie ... hast du das gemacht?", stotterte ich, als ich meine Stimme wiederfand.

Sie lachte leise, antwortete jedoch nicht sofort. Vorher stand sie auf, musterte meine Ketten und strich mit dem Zeigefinger über meine Adern, die unter meiner Haut deutlich zu sehen waren.

„Die Wunden werden heilen", sagte sie nach einiger Zeit. „Es wird wahrscheinlich eine Weile dauern. Du bist jetzt zwar unsterblich, aber das bedeutet nicht, dass du außergewöhnliche Heilungskräfte besitzt."

Lächelnd hob sie die Klinge, zielte damit auf meine Ketten. Sie wollte doch nicht …?

Laut schrie ich, als das Schwert in meine Richtung schlug, verharrte jedoch, als ich sie lachen hörte.

„Meine Güte, dachtest du wirklich, ich hacke dir die Hände ab?“, prustete Talisha, sichtlich belustigt über meine Reaktion. War das ihr verdammter Ernst? Ich verspürte Angst, die wie ein wild gewordenes Tier durch meinen Körper trampelte. Schweiß tropfte über mein Kinn, vermischte sich mit den Tränenspuren, deren Auslöser bereits verschwanden.

Talisha zog ihre Lippen zu einem gehässigen Grinsen, bevor sie die Spitze der Klinge fest in den Boden schlug. Mit Leichtigkeit durchdrang das Schwert den harten Untergrund, blieb wie ein Zahnstocher stecken. Ich konnte das, was ich gerade sah, kaum fassen. Sie verdrehte schließlich die Augen, als sie meine Erschrockenheit erspähte, zog einen kleinen Schlüssel aus ihrer Hosentasche und schmunzelte.

„Ich werde dich jetzt losmachen. Das Schwert ist eine Warnung an dich und deinen Dämon. Wenn ich auch nur eine einzige Bewegung sehe, die ungewöhnlich erscheint, enthaupte ich dich.“

Mit trockenem Mund starrte ich sie an, schluckte schließlich und schenkte ihr ein kurzes Nicken. Dennoch überraschte es mich, dass sie mir einfach so ihr Vertrauen schenkte. Ich war nicht einfach, das war mir durchaus klar, dennoch dachte sie, dass man mich im Zaum halten konnte. Vielleicht konnte man *mich* auf dem Boden behalten, doch der Dämon in mir gehörte in eine vollkommen andere Kategorie. Das war nicht die einzige Sache, die mich nachdenklich werden ließ. Es war auch die Lady selbst, die sich nur durch Talishas Worte zurückdrängen ließ. Warum klang es nur so unheimlich unglaubwürdig?

Als wäre ich ein offenes Buch, in dem Talisha las, antwortete sie mir. „Es war nicht nur mein Verdienst, sondern auch deiner. Du hast gekämpft und das ist etwas, was dich unglaublich einzigartig macht. Nicht jeder kann einen inneren Kampf gegen einen Dämon gewinnen, der durchaus stärker ist, als man selbst. Vielleicht hattest du auch nur Glück, doch ich denke, wenn du es hören willst, dass es an Koen lag. Auch, wenn er nicht mehr hier ist, in deinem Herzen lebt er dennoch weiter.“

Ich erwartete Tränen, Schluchzer, irgendwas. Doch all meine Erwartungen blieben unerfüllt. Meine Tränen wurden zurückgehalten, hinter einer Tür, verschlossen durch stählerne Ketten und einem Schloss mit der Größe eines Handys. Ich verspürte deswegen Glück, Koen würde es nicht gerne sehen, dass ich mich so schwach und klein benahm. Für ihn würde ich mich erheben, die Brust rausstrecken und leben. Nur für ihn würde ich mein Leben in Ehren halten.

Mit einer unglaublichen Geschwindigkeit fielen meine Arme zu Boden und es brauchte einige Minuten, bis ich realisierte, dass mich Talisha befreit hatte. Fest biss ich mir auf die Lippen, als ich das verkrustete Blut erblickte, dazwischen einige frische Tropfen, die die kleinen Härchen auf meinen Armen umspielten. Zuerst konnte ich meine Finger nicht bewegen, selbst meine Hände zu heben, stellte sich als eine große Schwierigkeit heraus. Doch desto länger meine Arme an meinem Körper hinab hingen, desto mehr Blut in meinen Venen zirkulierte, umso besser gelang es mir, meine Glieder zu bewegen. Zu meiner Überraschung gelang es mir recht schnell, aufzustehen, denn das Kribbeln, sowie das taube Gefühl, verschwanden.

„Wie fühlst du dich?“, erkundigte sich Talisha, richtete die Spitze des Schwertes auf meinen Hals.

Ich räusperte mich erschrocken, wich zurück und knallte etwas unsanft gegen die Wand. Innerlich verfluchte ich sie, wagte es jedoch nicht, diese Worte laut auszusprechen.

„Besser“, stotterte ich schließlich, versuchte, meinen Puls unter Kontrolle zu bekommen.

„Gut, nun geh zur Tür. Ich werde dich nun zu Koens Leichnam bringen. Schau mich nicht so an. Du musst dich von ihm verabschieden, selbst wenn er das nicht wirklich miterleben wird. So etwas ist von großer Bedeutung. Außerdem war Koen ein Krieger und Krieger begräbt man nicht einfach, während seine Geliebte in Gefahr schwebt.“

Ich wollte sie bitten, den Mund zu halten, konnte ihre Worte einfach nicht mehr ertragen. Sie schmerzten in meiner Seele, ließen mich schlimmer fühlen, als ich es eigentlich wollte. Doch als sie erwähnte, dass ich Koens Geliebte gewesen sei, breitete sich eine zaghafte Wärme in mir aus. Stattdessen senkte ich beschämt den Blick, ließ ein kurzes Lächeln über meine Lippen schweben und zeigte ihr mit einer kurzen Geste, dass ich einverstanden war. Auf eine gewisse Art und Weise hatte sie natürlich recht, auch, wenn ich nicht wirklich Koens Geliebte gewesen war. Wir hatten Sex gehabt, uns giftige Blicke zugeworfen und ich hatte zugelassen, dass er mit seinem Charakter mein Herz eroberte. Selbst seine besorgten Augen, an die ich mich noch genau erinnern konnte, ließen mich nicht glauben, dass er dasselbe für mich empfunden hatte. Und wenn doch, war es nun zu spät. Jetzt war er fort, für immer.

Wie Talisha mir befohlen hatte, ging ich anschließend zur Tür, die sich wie von selbst öffnete. Neugier übertrumpfte meinen Verstand, doch ich zwang mich, den Mund zu halten.

„Geh hindurch. Ich bin direkt hinter dir und versuchte nicht abzuhauen, ansonsten durchbohre ich dich wie ein Stück Käse, das man auf Partys serviert.“

Aus ihrem Mund klang diese Drohung unfassbar unheimlich und ich zweifelte nicht daran, mich bei der falschen Bewegung durchbohrt vorzufinden. Ich kannte Talisha nicht sehr gut, aber dennoch konnte ich durchaus behaupten, dass sie das vollkommen ernst meinte.

Wir verließen den Kerker, ehe sie mich langsam den Gang entlangführte, immer wieder die Spitze des Schwertes gegen meinen Rücken drückte. Nachdenklich biss ich mir auf die Lippe, versuchte, den Gang zu analysieren, in dem wir uns gerade befanden. Doch es gelang mir nicht, ich konnte einfach nicht ausmachen, wo genau wir uns befanden. Mir fehlte jeglicher Orientierungssinn und das gab mir zu Denken. Hatte ich durch die Wandlung zu einem vollständigen Dämon etwas von meiner normalen Menschlichkeit verloren, kleine Dinge wie das Wissen über mein Anwesen, oder die Namen meiner ehemaligen Nachbarn? Aus irgendeinem Grund versuche ich, mich an deren Namen zu erinnern, was mir jedoch nicht gelang. Um nicht gleich den Verstand zu verlieren, entschloss ich, diesen Gedanken bei Seite zu legen. Später wäre noch genug Zeit, um mich zu erkunden, was sich nicht nur oberflächlich verändert hatte.

„Darfst du mich überhaupt befreien?“

Mein Mund bewegte sich schneller, als ich es überhaupt realisieren konnte. Eigentlich wollte ich leise sein, auf dem Weg zu seinem Leichnam das Schweigen bewahren, um die Stille nicht zu unterbrechen. Doch genau diese machte mir unheimlich zu schaffen. Es war keine angenehme Stille, kein wohliges Miteinander, indem wir uns auch ohne Worte verstanden. Nein, sie war drückend, penetrant und kaum auszuhalten.

„Nein“, gab Talisha zu, wo ich doch erwartete, dass sie stumm blieb. „Darf ich nicht, aber Koen ist nicht der Einzige, der Regeln missachtet.“

„Wirst du keinen Ärger bekommen? Ich dachte, eine eurer Regeln ist es, sich eben an diese zu halten.“

Sie lachte, als wäre ihr ein grandioser Witz zu Ohren gekommen. Fragend blickte ich zu ihr. Sie schüttelte ihren Kopf, strich sich anschließend eine rote Strähne nach hinten und verzog ihre Lippen zu einem gezwungenen Grinsen.

„Thema verfehlt, Skylar. Wir sind nicht hier, um über irgendwelche Regeln zu sprechen, die du sowieso alle gebrochen hast. Geh einfach weiter. Den nächsten Gang rechts und dann die Treppen hoch, falls du es vergessen haben solltest.“

Meine Beine folgten ihrer Anweisung und als wir die Treppen erreichten, fiel es mir wie Schuppen von den Augen. Offenbar war mir mein Orientierungssinn doch nicht genommen worden. Zusammen trotteten wir nach oben. Dort öffnete ich die Tür, die den Keller von dem Eingangsbereich trennte und stand nur einen Schritt weiter in eben diesem, der in seiner vollen Pracht erstrahlte. Der Kronleuchter, der hoch oben an der Decke hing, leuchtete so hell wie die Sonne, hinterließ ein Kribbeln auf meiner Haut. Leider konnte ich den Anblick nicht so lange genießen, wie ich es mir wünschte. Auch, wenn es sich nur um einen albernen Kronleuchter handelte.

Talisha packte mich am Arm und ich sah, wie sie ihre Ohren spitzte, bevor sie mich hastig mit sich zog. Und obwohl das Schwert nun nicht mehr in Reichweite schwang, um mich zu enthaupten, folgte ich ihr, so schnell ich konnte.

Meine Beine fühlten sich noch immer recht schwer an. Ich konnte von Glück sprechen, dass sie mich trugen, denn so wie meine Knie kribbelten und zitterten, war ich mir sicher, dass ich jeden Moment zusammenbrechen würde. Überraschenderweise tat ich dies jedoch nicht. Stattdessen verdoppelten sich meine Schritte, damit ich mit Talisha mithalten konnte.

Bis wir schließlich vor zwei großen, dunklen Flügeltüren Halt machten.

„Es befindet sich niemand anderes drin“, sagte sie. „Den Rest musst du erledigen.“

Ich war nervöser, als ich angenommen hatte. Die Nervosität hinterließ ein seltsames Gefühl in meiner Magengrube, als würde ich mich augenblicklich übergeben müssen. Meine Finger vibrierten, während ich sie fest um den Knauf schlang. Obwohl ich die Tür öffnen wollte, konnte ich es nicht. Mein Herz wollte einfach nicht mitspielen.

Das Schwert, das meine Begleiterin die gesamte Zeit über fest am Heft umklammert hielt, lehnte sie gegen die Wand, bevor sie mich wie eine Mutter in die Arme schloss. Verkrampft wusste ich nicht, wie ich reagieren sollte. Natürlich wusste ich das nicht, wer hätte auch damit gerechnet? Talishas schlanke Finger streichelten über meinen Rücken, bescherten mir eine Gänsehaut. Die Umarmung wurde fester, bis sie sich etwas von mir löste und mein Gesicht in ihre Hände nahm. Mit ernster Miene starrte sie mir direkt in die Augen, so, als würde sie in ihnen etwas suchen.

„Du brauchst keine Angst zu haben, vertrau mir. Ich weiß, dass du keine schwache Frau bist und das im Handumdrehen erledigen wirst. Egal, was passieren wird, ich werde die gesamte Zeit über genau hier stehen, wenn du wieder rauskommst und auf dich warten. Du kannst auf mich zählen.“

Ihre Worte zerrissen mein gebrochenes Herz und brachten es erneut wild zum Schlagen, obwohl ich es nie für möglich gehalten hätte. Sie klangen so sanft, so liebevoll, dass mein Schmerz für einen Moment vergessen schien. In diesem einen Augenblick gab es nur Talisha und mich, Freundinnen die keine Freundinnen waren. Es fühlte sich komisch an und ich wusste nicht, ob es zwischen uns so bleiben würde, doch ich wünschte es mir. Ich wollte sie an meiner Seite wissen, sicher sein, dass ich immer zu ihr kommen konnte, wenn niemand anderes mir Gehör schenkte.

Zwischen uns entstand eine verdammt außergewöhnliche Verbindung. Meine Erinnerungen betrogen mich nicht, sodass ich eindeutig feststellen konnte, so etwas niemals zuvor verspürt zu haben. Für einige Sekunden schämte ich mich dafür, wo doch Cherry meine bessere Hälfte war, verwarf es jedoch wieder. Cherry würde immer meine beste Freundin bleiben, doch das hier, war etwas vollkommen Neues und ich war nicht in der Lage es wirklich zu beschreiben.

Es fühlte sich einfach faszinierend an.

„Danke", hauchte ich leise, bevor ich sie in eine weitere Umarmung zog, die sie glücklicherweise erwiderte. „Ich danke dir für alles."

Leise lachend schüttelte sie ihren Kopf, drückte mir einen Kuss auf die Wange und löste sich.

„Und nun los, geh rein. Sonst trete ich dir in deinen hübschen Hintern."

Ich holte tief Luft, bevor ich die Bewegungen wiederholte, die mich anfangs stocken ließ. Als die Flügeltür sich mit einem schrillen Quietschen öffnete, lief es mir eiskalt den Rücken hinunter. Aber mit Talishas Worten im Nacken, trat ich schließlich ein. Sie war anschließend diejenige, die mich von ihr trennte und die Tür schloss.

Mein erster Gedanke galt dem Raum selbst. Den Ort, den sie für Koen gewählt hatten, war äußerst geschmacklos, dennoch verstand ich, warum sie es getan hatten. Dies hier war der Speisesaal, der Ort, mit dem größten Tisch im gesamten Anwesen.

Links befanden sich eine Menge Regale, verschleiert hinter beigen Vorhängen, in denen sich verschiedene Besteckarten, Teller und Töpfe befanden. Meine Mutter hatte das Kochen geliebt, sodass sie alles griffbereit haben wollte und da die Küche bereits von all ihren anderen Lieblingen besetzt wurde, beschloss sie, den Rest hier zu lagern. Neben den Regalen hingen Kunstwerke, die mein Vater eins ersteigert hatte. Ich erinnerte mich noch immer an das strahlende Lächeln, das er uns gezeigt hatte, als er mit diesen Kostbarkeiten nach Hause gekommen war.

Der Kronleuchter, den man an der hohen Decke angebracht hatte, leuchtete in wunderschönen, hellen Farben. Kleine, hübsche Sprenkel zierten die hellen Wände, zauberten ein märchenhaftes Farbenspiel. Wenn ich aus anderen Gründen hier gewesen wäre, hätte ich den Farben mehr Aufmerksamkeit zukommen lassen, mich der sanften Ruhe hingegeben, die in diesem Zimmer lag. Doch der Gedanke, dass Koen sich hier befand, zerstörte die idyllische Umgebung.

Erneut füllte ich meine Lungen mit der nötigen Luft, bevor ich meinen Blick auf den Tisch richtete, der sich in der Mitte des Zimmers befand. Die Stühle, die sonst immer darum gestellt wurden, waren verschwunden. Ich konnte mir vorstellen, dass Gerrit sie in einen anderen Raum gebracht hatte.

Meine Lippen bebten, als ich den ehemaligen Esstisch betrachtete. Eine weiße Decke, ob es eine Tischdecke oder lediglich ein nutzloses Laken war, konnte ich nicht feststellen, bedeckte das dunkle Holz der Platte, auf der Koens lebloser Körper ruhte.

Sein Anblick schnürte mir den Hals zu, erschwerte mir dadurch das Atmen.

Wie er hier lag, raubte mir fast den Verstand. Es brannte in meiner Seele und hinterließ ein Gefühl der Leere, die unbedingt ausgefüllt werden wollte. Langsam trat ich auf ihn zu, merkte mit jedem Schritt, wie schwerer es wurde, mich ihm zu nähern. Ein Kloß bildete sich in meinem Hals, als ich schließlich vor ihm stand, mit Beinen aus Pudding und dem Zwang, aus dem Raum zu rennen und mich solange zu verkriechen, bis das Ganze vorbeizog. Doch es würde niemals vorbei sein.

Vorsichtig, als würde ich erwarten, dass er sich jeden Moment erhob, nahm ich seine Hand und begann, die Knöchel zu streicheln, die kleine Kratzer aufwiesen. Seine Lider waren geschlossen worden, die Wunden gesäubert und frische Sachen, Kleidung, die an einen Soldaten erinnerten, hatte man ihm ebenfalls angezogen. Die wundervollen Haare, in denen ich gerne meine Finger vergrub, waren gewaschen worden. Es war, als würde ich ihren Duft riechen, Apfel mit etwas Zitrone.

Meine Lippe musste bereits bluten, so oft wie ich auf ihr herumkaute, während ich auf die Stelle seiner Brust, an der normalerweise sein Herz Platz fand, starrte. Die Neugier packte mich, obwohl ich mir am liebsten wünschte, von hier fliehen zu können. Langsam griff ich zu seinem Bauch, fuhr vorsichtig zu seiner Brust und streichelte über die Stelle. Und da war es, etwas Weiches.

Fast wäre mir ein Schrei entflohen, wenn ich mir nicht die Hand auf den Mund gepresst hätte. Sie hatten sein Herz an die richtige Stelle gepackt und die klaffende Wunde anschließend verbunden.

Mir kamen die Tränen und obwohl ich sie zu verstecken versuchte, sank ich schließlich auf die Knie und weinte. Erneut hielt ich seine Hand umklammert, während ich leise schluchzend vor ihm kauerte, mich dem Schicksal ergab.

Ich konnte und wollte mich nicht von ihm verabschieden. Alles, was ich jemals gewollt hatte, war eine Familie, Freunde und Liebe. Zuerst waren mir meine Eltern genommen worden, dann verfiel ich mit meiner besten Freundin in unseren schlimmsten Streit und nun ... nun das!

Dieser Mann war alles, was mein Herz begehrte, an das sich mein Verstand klammerte, wenn es sich einsam und traurig fühlte. Und nun hatte er mich verlassen, was allein meine Schuld war.

„Es tut mir so leid", schluchzte ich leise, schloss meine brennenden Augen. „Das wollte ich nicht."

Warum war ich nur als eine Schwester geboren worden? Wieso musste das Schicksal es so grausam mit den Menschen meinen, die in meiner Nähe lebten. Koen verdiente den Tod nicht, im Gegenteil, er war jemand, für das sich das Leben gelohnt hatte. Ihn an meiner Seite zu wissen, war mein größter Wunsch. Wie sollte ich ohne seine Anwesenheit überhaupt existierten? Mein Herz verspürte so viel Liebe für diesen Menschen, wie für keinen anderen. Niemals zuvor hatte ich mich so ergeben und schwach gefühlt, nur wegen eines Gedankens, der im Zusammenhang mit Koen stand.

Schwach löste ich unsere Hände, ließ mich auf meinen Hintern fallen und zog die Beine an mich, als würden sie mir die Nähe schenken, nach der ich so dringend verlangte. Die Tränen ließen sich nicht mehr stoppen, egal, wie es im Kerker ausgesehen hatte, ob ich der Nässe dort das Ende befahl, so war sie nun wieder zum Leben erwacht. Sie schmerzte, brannte in meinen Augen wie Feuer, das versuchte mich von innen heraus zu verbrennen. Doch die Qual interessierte mich nicht, sie kümmerte mich kaum mehr, als irgendeine andere Sache, die nicht mit dem Leichnam *meines* Mannes in Verbindung stand.

Es war alles meine Schuld.

Ich sah es endlich ein, nahm die gesamten Tage auf meine Kappe und ich wusste, egal, was Talisha mir einzureden versuchte, dass ich recht behielt. Vielleicht wäre alles anders gekommen, wenn die Hexer mich als Kind gefangen genommen oder getötet hätten. Meinen Eltern wären wahrscheinlich noch am Leben, Derek hätte Cherry nicht verraten müssen (wenn er nicht schon vorher korrupt gewesen war), und auch Koen würde seine Zeit noch immer mit seinen Freunden verbringen – lebendig.

Wie ein schmollendes, kleines Kind schlang ich meine Arme um die Knie, lehnte meine Stirn dazwischen und atmete tief ein und aus. Ich musste mich beruhigen, um das Drücken in meiner Brust unter Kontrolle zu bekommen. Es war nicht gut, dass ich mich hier gerade selbst fertigmachte. War ich in der Lage, etwas zu verändern? Nein, und damit musste ich leider leben, auch, wenn ich alles gerne ungeschehen machen würde.

Die harte Wahrheit traf mich nicht so fest, wie ich glaubte. Wahrscheinlich, weil ich mir die Tatsachen innerlich bereits eingestanden hatte. Ich musste mich endlich zusammenreißen und das tun, was Koen von mir gewollt hätte. Dennoch, obwohl ich diese Wörter in meinem Kopf immer wieder wiederholte, entfloh mir ein Schluchzen.

„Ich wünschte, ich könnte dir persönlich sagen, wie viel du mir bedeutest, wie sehr ich dich liebe. Alles, was ich möchte, ist deine Hand zu halten, mit dir romantische Momente erleben und über Familie sprechen. Gott, wie gerne ich dich in einem Anzug gesehen hätte, selbst, wenn die Liebe nur einseitig gewesen wäre. Es hätte mir vollkommen ausgereicht, deine Nähe zu spüren, dich von der Ferne aus zu betrachten. Wenn ich doch nur einen einzigen Wunsch besäße, wärst du mein einziger Gedanke. Alles, was ich mir wünschen würde, wäre dein Leben. Wenn ich doch nur einen Wunsch ..."

Erschrocken fuhr ich zusammen und die Tränen stoppten in binnen weniger Sekunden. Mein Herzschlag beschleunigte sich, während ich mir fassungslos die Hand vor den Mund schlug.

Wie konnte ich nur so blind gewesen sein?

Ich war ein Narr, ein unheimlicher Idiot! Hier zu sitzen und heulen konnte ich, doch nur einen ruhigen Moment darüber nachdenken, was alles in letzter Zeit passiert war, dazu war ich offenbar nicht in der Lage!

Mit neuem Mut erhob ich mich, legte Koens Hand auf seine Brust und schnaufte.

Mir wurde schlagartig bewusst, dass ich Koen helfen konnte. Er würde nicht in der Hölle schmoren, niemals würde ich das zulassen! Nicht, solange ich die Tochter eines Dämons war und damit die Kontrolle über ein Heer besaß, das in der Lage war, Wünsche zu erfüllen.

Teure Wünsche.

Conner! Ich brauche Conner!

In meinen Augen klang es tatsächlich nach einem guten Plan, der durchaus funktionieren konnte. Jedoch blieb dennoch ein klitzekleines Problem. Wie, um Himmels Willen, sollte ich Conner rufen? Während ich mich langsam wieder abregte, versuchte ich, angestrengt darüber nachzudenken, was Conner gesagt hatte, erinnerte mich jedoch nicht. Verdammt nochmal! Jeder unnötige Gedanke war präsent, doch die Dinge, die ich zu reminiszieren versuchte, waren einfach verschwunden. Das konnte doch nicht wahr sein.

Plötzlich schwirrte mir nicht nur diese Frage durch den Kopf, sondern auch Koens Worte, mit denen er mich darauf hinwies, niemals den Wunsch dieses Dämons zu beanspruchen. Es war kein ausführliches Gespräch gewesen, das er mit mir geführt hatte, dennoch waren Worte gefallen, die ich nicht vergessen konnte.

Koen hatte mir den *Umgang* mit Conner verboten, gesagt, dass ich seine Fähigkeiten niemals verwenden sollte. Weil er meine Seele verfluchen würde oder Ähnliches. Doch mir war meine Seele egal und mir war nicht wichtig, ob ich nach meinem Tod dem Dämon gehörte. Ich würde alles für Koen geben, selbst mein jetziges, verfluchtes Leben.

Den Kloß, der in meinem Hals Halt fand, schluckte ich bestimmt herunter und entfernte mich von Koen. Obwohl ich nicht wusste, wie ich beginnen sollte, drehte ich mich zögernd im Kreis, rief den Namen des Todesdämons.

„Conner! Ich brauche deine Hilfe!“, sprach ich laut.

Der gewünschte Erfolg trat nicht ein. Conner erschien nicht. Ich versuchte es erneut, lauter und dazu noch bestimmter, doch auch das schien keine Früchte zu tragen, denn er reagierte nicht. Niemand reagierte. Alles, was ich hörte, war aufeinanderprallendes Metall und Talishas Husten.

Machte ich irgendetwas falsch, oder vergaß ich einen wichtigen Zwischenschritt, von dem ich nichts wusste?

Wut kochte in mir auf, überdeckte die Trauer, die in mir keimte. Ob Conner mich angelogen hatte, um am Leben zu bleiben? Ich konnte mir nicht vorstellen, dass er solch ein Mistkerl war, denn abgesehen von der Tatsache, dass er nach meiner Seele gierte, hielt ich ihn für sehr sympathisch. Das konnte doch nicht wahr sein!

Frustriert trat ich wild wie ein stures Pferd aus, rammte meine nackten Knöchel in den laminierten Untergrund. Berauscht von dem Ärger bemerkte ich nicht einmal das Pochen, dass durch meinen Fuß fuhr und mich einen Moment zum Humpeln brachte. Bis ich auf einmal stoppte, um meine Gedanken zu ordnen und darüber nachzudenken, was ein Dämon tun würde.

Ich hatte bereits von der Macht meiner inneren Lady gekostet, da sollte es doch ein Leichtes sein, so zu tun, als wäre ich sie.

Meine Lider schlossen sich und meine Brust hob und senkte sich regelmäßig. Der Atem strich über meine geöffneten Lippen, bevor ich sie mit der Zunge befeuchtete und meinen Hals in die Luft reckte.

„Ich, Skylar Coleman, die Tochter von Lilith, Dämonenkönigin der Unterwelt, befehle dem Todesdämonen Conner zu mir zu stoßen, um seinen Eid einzulösen.“

Ungeachtet dessen, dass überhaupt nichts geschah, fühlte ich mich für einen Augenblick unglaublich stark und stolz wie ein Löwe. Meine Stimme hinterließ eine Gänsehaut auf meinem Körper, brachte mein Herz dazu, schneller zu schlagen. Es war unglaublich. Dennoch verspürte ich Enttäuschung, weil Conner mein Rufen nicht erhörte. Übersah ich das Wesentliche?

Mein Stolz sank so schnell, wie er sich aufgebauscht hatte. Betrübt richtete ich meinen Blick auf den Boden, zwang mich dazu, nicht erneut in Tränen auszubrechen. Ich hätte Koens Rettung sein können.

„Verzeih, Liebster."

„Sie brauchen Sich nicht zu entschuldigen, Herrin. Es war sicherlich nicht Ihr Fehler."

Erschrocken drehte ich mich um die eigene Achse, um schließlich meinen Blick auf den Dämon zu werfen, der wie ein Sklave auf dem Boden kniete und seine Stirn gegen den kalten Boden drückte.

„Oh Gott, Conner du bist hier!", schrie ich entzückt.

Er blieb in seiner Position, nickte jedoch einmal kurz.

„Ja, Herrin. Sie haben Conner gerufen und Conner folgt den Rufen seiner Herrin."

Seine Stimme triefte vor Unterwürfigkeit, sodass mir fast übel wurde. So etwas kannte ich nicht, befriedigte mich nicht im Geringsten. Die innere Lady würde an dem Zustand sicherlich Gefallen finden. Als ich nicht antwortete, redete der Dämon weiter.

„Was kann ich für Sie tun, Herrin? Brauchen Sie Conners Hilfe?"

Der Ton, in dem er sprach, gefiel mir ganz und gar nicht, denn er spickte ihn mit etwas Tückischem. Ich konnte es nicht beschreiben, wusste auch nicht, ob ich nicht zu viel hineininterpretierte, doch seine Haltung, passte eindeutig nicht zu seiner Stimmlage.

„Steh bitte erst mal auf", sagte ich schließlich. „Du musst dich nicht hinknien."

Es dauerte einen Moment, bis er begriff, was ich von ihm wollte. Als er seinen Blick hob, erkannte ich Erstaunen in seinen Iriden schimmern. Dann richtete er sich auf, klopfte sich etwas Staub von der Hose und näherte sich mir, um nach meiner verschwitzen Hand zu greifen, und seine Lippen auf die beschmutze Haut zu drücken. Ekel überkam mich.

„Meine Herrin, Sie sehen nicht gut aus. Was ist geschehen? Soll Conner Ihnen ein Bad einlassen oder brauchen Sie etwa ein Mahl? Conner ist ein außergewöhnlicher Koch."

Warum, zum Teufel, sprach er plötzlich in der dritten Person? Auch das verunsicherte mich, machte mein Vorhaben um einiges schwieriger. Kurz schüttelte ich meine Haarpracht, bevor ich dem Dämon meine Hand entzog, sie heimlich an meiner Hose abwischte.

„Nein, nein so etwas brauche ich nicht", winkte ich schließlich ab, überlegte, wie ich meinen Wunsch äußern sollte. Offen gestanden hielt ich es für äußerst schwierig.

Irgendwie traute ich mich auch nicht, obwohl ich mir nicht erklären konnte, woran das lag.

Meine Gedanken überschlugen sich deswegen nicht, was bedeutete, dass ich nicht einmal ansatzweise darüber nachgedacht hatte, doch ich redete mir ein, dass dies nicht nötig sei.

„Herrin?"

Einfach aussprechen. Tu es für Koen.

Sein Gesicht wandte sich von mir ab, richtete sich auf den leblosen Körper meines Freundes. Etwas Unerklärliches begann in seinen Augen zu glitzern, was ich nicht zu beschreiben wusste. Dennoch machte es mir fürchterliche Angst, sodass sich der Stolz, der mich zuvor wie ein Tintenfisch umschlungen hielt, verabschiedete.

„Haben Sie einen Wunsch für mich?", erkundigte sich der Dämon, als wüsste er die Antwort bereits. „Herrin, Sie wissen doch, dass ich Wünsche erfüllen kann, oder?"

Ich schluckte. Verdammte Scheiße. Wann war Conners Ausstrahlung so gefährlich geworden?

Er kam wie in Zeitlupe auf mich zu, umkreiste mich, als wäre ich seine Beute. Sein Blick bohrte sich durch meinen Körper, hämmerte wie ein Presslufthammer gegen die Schale meines gebrochenen Verstandes, als suchte er etwas Bestimmtes, was er jedoch nicht fand. Seine Lippen befeuchtete er frech mit der Zunge, während seine Finger verführerisch über meine Schulter glitten. Himmel, mir wurde augenblicklich schlecht. Mein Magen zog sich krampfhaft zusammen, als wollte er jeden Schmetterling verhindern, der aus Zufall schlüpfen könnte.

„Sie wollen, dass ich den Dämon wieder zum Leben erwecke, richtig? Sie wollen, dass ich mein Leben gegen seines tausche."

Seine Stimme klang rau, scharf wie ein Messer, das mit Leichtigkeit durch Knochen schneiden konnte. Ich wusste, er erwartete keine Antwort, dennoch zwang ich mich, der Konversation standzuhalten. Wenn ich etwas nicht durfte, dann war es jetzt den Rest meines Stolzes aufzugeben und dem *Feind* zu überreichen.

„Ich will es nicht, ich befehle es", sagte ich laut, konnte das Beben meiner Stimme jedoch nicht unterdrücken. Mist, konzentrier' dich!

Conner veränderte sich vollkommen, denn anstatt untergeben und treu zu handeln, lachte er.

„Warum sollte ich das tun? Mir bedeutet dieser Mann nichts. Und ich finde Gefallen an meinem unsterblichen Leben."

„Das ist mir egal." Dieses Mal klang ich glaubwürdiger. „Ich bin deine Herrin und du bist dazu verpflichtet, mir meinen Wunsch zu erfüllen."

Sein Lachen wurde lauter, belustigter.

„Gewiss, das bin ich, aber dennoch werde ich Ihrem Willen nicht Folge leisten."

„Wieso nicht? Es ist deine Pflicht! Du unterstehst mir!"

„Ich unterstehe Ihrer Mutter", kicherte er.

Wut packte mich und zwang mich zum Äußersten, bevor ich reagieren konnte. Grob und so fest ich konnte, schnappte ich nach Conner und drückte ihn mit einer gewaltigen Kraft zu Boden, von der ich selbst überrascht war. Verärgert starrte ich in seine funkelnden Augen.

„Meine Mutter verrottet in der Hölle. Ich bin dem Thron nur einen Katzensprung entfernt und sollte ich, Skylar Coleman, mein Erbe antreten, befördere ich dich ebenfalls in die Gesellschaft des Monsters, das einst die Unterwelt beherrschte. Verstehst du, was ich damit sagen will, Conner? Entweder du erfüllst mir meinen Wunsch oder ich verbanne dich."

Seine Augen weiteten sich vor Schock, während sich seine gelblichen Zähne in seine Unterlippe bohrten, bis dunkles Blut aus einer Wunde rann. Offenbar rang er mit sich, gab schließlich jedoch nach.

Ich erhob mich siegessicher, konnte das selbstgefällige Grinsen nicht länger verbergen. Ich schwebte auf einer Wolke des Ruhmes, trotz der Gedanken, dass die innere Lady hier die Oberhand übernommen hatte, obwohl ich nicht genau wusste, wie sie das gemacht haben sollte.

Conner folgte meinem Tun, senkte seinen Schädel und seufzte.

„Ich tue nichts ohne Bezahlung, Herrin. Ich -"

„Du verlangst meine Seele, richtig?" Er nickte und sein überhebliches Getue verebbte. „Wenn ich sterbe, gehört sie dir. Und nun rette ihn, hole ihn zurück aus dem Reich der Toten."

„Sind Sie sicher, Herrin? Es wird-"

„Mich interessiert es nicht. Ich lebe bereits in der Hölle, schlimmer kann es bestimmt nicht mehr werden!"

Ich merkte, dass er noch etwas sagen wollte, sich die Worte jedoch verkniff. Stattdessen streckte er sich und verzog seine Lippen erneut zu einem Grinsen, als hätte die Einschüchterung überhaupt nicht funktioniert.

„Sagt es. Noch einmal, Herrin! Sprecht die Worte."

Somit tat ich, was er von mir verlangte.

„Ich, Skylar Coleman, Tochter der Dämonenkönigin Lilith, verlange den Dienst von dem Todesdämon Conner! Nun erfülle meinen Wunsch und schenkte Koen erneut das Leben."

Und plötzlich brach das Chaos aus.

Ein erstickender Schrei entfloh mir, als ein unheimlicher Sturm durch das Zimmer jagte. Conners Haut färbte sich schwarz und seine Sclera vereinigte sich mit der Pupille, worauf ein Meer aus Dunkelheit entstand. Krallen schossen aus seinen Fingerspitzen, dunkles Blut spritzte und bedeckte den hellen Untergrund. Seine Kleidung zerriss, bis er plötzlich nackt vor mir stand, seine Arme ausgebreitet und den Blick in den Himmel richtete. Ein grässlicher, wilder Laut entfloh ihm, als sich spitze Fangzähne durch seine Lippen bohrten, das Fleisch mit Leichtigkeit durchtrennten.

Die Tür wurde mit einem Ruck geöffnet. Talisha versuchte, in meine Richtung zu stürmen, wurde jedoch von dem starken Wind, der den Raum wie ein Orkan umspielte, zurückgedrängt. Ihre Finger krallten sich an das Heft des Schwertes, während sich ihr Körper gegen die Luft drückte, die ihr den Weg versperrte.

„Tu das nicht!“, brüllte sie, doch ihre Stimme erstarb. „Lehn‘ sofort ab!“

Doch ich tat es nicht. Selbst dann nicht, als Conner kurz vor mir Halt machte, seine Pranken in mein kaputtes Shirt drängte und den Stoff von meinem Körper riss. Ich wollte brüllen, um mich schlagen und ihn von mir schieben, schaffte es jedoch nicht. Vor seinen Augen erstarrte ich zu Stein.

Conner lachte laut, bevor er seinen Kopf zu mir hinunter beugte und seine Fänge in meine linke Brust schlug, das Fettgewebe mit Leichtigkeit durchstieß. Dunkles Blut rauschte durch meine Venen, deren Summen sich mit dem stürmischen Klopfen meines Herzens vermischten. Erschrocken verkrampfte ich mich, krallte mich an das Geschöpf vor mir. Conners Lachen erfüllte den Speisesaal, polterte durch meinen Verstand und ließ mich für einen Moment erblinden. Ein helles Licht fiel durch die geschlossenen Fenster, drang in jede einzelne Ritze und durchströmte mich mit einer seltsamen Wärme, die mich fast zum Stöhnen brachte.

Doch dann - es war so schnell vorbei, dass ich kaum realisierte - durchzog ein kräftiger Schmerz meine Brust, verwandelte sich in Feuer und verbrannte mich.

Plötzlich herrschte Totenstille. Talishas Schreie verstummten, das Licht erlosch und das Brennen, das mich verrückt werden ließ, verschwand. Conner löste sich wie in Zeitlupe von mir, streichelte mit einer Kralle über meine geschwollenen Lippen und lächelte.

Daraufhin zerfiel er zu Staub, womit der Zeitstillstand verflog und ich keuchend zu Boden sackte. Der Orkan verschwand und nichts zeugte mehr von seinem Besuch. Selbst der Staub, die Überreste des Todesdämons, sickerten durch das Laminat, hinterließen nicht mehr als die Erinnerung.

Talisha stürmte auf mich zu und der Knall, als das harte Metall des Schwertes zu Boden knallte, dröhnte in meinen Ohren. Sie schlang die Arme um meinen bebenden Körper, wiegte mich und drückte mir Küsse auf die Stirn, als würde sie mich in den Schlaf wiegen wollen.

„Du dummes Mädchens“, fauchte sie, doch ihre Stimme klang brüchig. „Du kannst mir doch nicht solch einen Schrecken einjagen! Bist du verrückt geworden, verdammt?“

„Ich lebe“, antwortete ich krächzend, „mir geht es gut. Vertrau mir, Talisha.“

„Dir vertrauen? Du solltest froh sein, dass ich dich nicht umbringe! Todesdämonen sind gefährliche Wesen, hat dir das niemand gesagt?“

Doch. Koen hatte es getan und die Erinnerung traf mich, wie ein Steinschlag. Trotzdem bereute ich es nicht, nein. Im Gegenteil. Ich fühlte mich außerordentlich erleichtert.

Als sie sich schließlich von mir löste, zog sie mich auf die Beine. Wackelig stand ich nun da, kaum bekleidet und die Arme vor dem BH verschränkt. Mein Blick blieb an dem Brandzeichen hängen, das die Fänge des Monsters hinterlassen hatten.

Auf meiner linken Brust existierte nun ein schwarzer, kleiner Kreis, indem sich ein Pentagramm befand. Zwischen den einzelnen Zacken befanden sich Hieroglyphen, fünf um genau zu sein. Und überraschenderweise war ich in der Lage, jedes Einzelne davon zu übersetzen.

Wunsch, Schmerz, Fluch, Tod und Feuer

Ich wollte Talisha gerade darauf aufmerksam machen, als ein leises, schwaches Stöhnen erklang. Mein Puls verdreifachte sich, Talisha erstarrte. Wie paralysiert starrte sie auf Koens *Leichnam*. Erschaudernd drehte ich mich zu meinem Geliebten. Ich sah wie seine Finger sich verkrampften und anschließend über seine Brust strichen, als würde er die Wunde suchen. Sein Körper vibrierte, bevor er sich mit einem weiteren lauten Stöhnen aufrichtete. Er blinzelte, hüstelte und berührte sich weiter. Koens Kopf drehte sich in alle Richtungen, bis er zu uns blickte und innehielt.

Meine blauen Augen trafen auf den schönsten braunen Seelenspiegel, den ich je erblicken durfte. Eine einzige Träne rann über meine Wange, als Koens Lippen sich zu einem Lächeln verzogen und somit mein Herz zum Explodieren brachte. Es war nur ein Wort, das meinen Verstand dazu brachte, sich zu verabschieden.

„Liebste.“

KAPITEL 24

KOENS SICHT

Mein Blick wanderte erneut zu dem Ort, an dem ich den Fremden erblickt und beobachtete hatte. Doch dort, wo ich erwartete, ihn wiederzusehen, befand sich nichts mehr. Alles, was sich an diesem Platz rührte, besaß die Form eines Sandkorns, das durch einen kühlen Windstoß in die Höhe gehoben wurde. Kleine Wellen schoben sich über den Sand, bedeckten ihn mit einem dunklen Schleier, hinterließen ein angenehmes Rauschen in meinem Kopf, der das Ticken, das noch immer anhielt, leider kaum überdeckte.

Unzufrieden wandte ich mich von dem Nichts ab, drehte mich zurück zu den lächelnden Seelen, die inzwischen eine heiße Diskussion führten, von dessen Thema ich keine Ahnung hatte. Claudia, die neben mir stand, harkte sich bei mir ein und verschränkte gleichzeitig unsere Finger miteinander, fast so, als befänden wir uns noch immer in einer Beziehung. Ich ließ ihre Berührungen zu, da ich mich gerade um etwas anderes sorgte. Claudia schien, die Veränderung meines Gemüts nicht zu bemerken, denn sie schmiegte sich an meinen Arm und lachte, als eine der Seelen einen Witz machte. Als sie jedoch realisierte, dass ich dem Lachen entsagte, blickte sie mich fragend an.

„Ist irgendwas, Koen?"

Zuerst blieb ich stumm, denn eine Antwort ließ auf sich warten. Ich konnte nicht sagen, ob etwas stimmte oder nicht. Das musste ich erst für mich selbst herausfinden. Doch meine alte Freundin mochte es nicht, wenn man sie nicht aufklärte und sie im Dunkeln ließ, weswegen sie mir in die Seite kniff, um meine Aufmerksamkeit zu erlangen. Es funktionierte.

„Liegt dir noch etwas auf dem Herzen?", erkundigte sie sich. „Wenn du noch mal reden möchtest, sag es nur. Wir müssen hier nicht bleiben. Wie du weißt, haben wir alle Zeit der Welt."

Seufzend schüttelte ich meinen Kopf, löste mich aus ihrer Umklammerung. Ihre Berührungen machten mich auf einmal ziemlich nervös.

„Nein, das ist es nicht. Ich fühle mich nicht so gut", sagte ich, ohne wirklich darüber nachzudenken. Und es handelte sich um die Wahrheit. Mein Kopf begann, zu schmerzen, als das Rauschen verebbte und die Geräusche der Uhr lauter wurden. Das Ticken hämmerte durch meinen Verstand, hinterließ ein hauchdünnes Vibrieren auf meinem Körper, das mich dazu verleitete, mich zu kratzen.

„Wie meinst du das, Koen? Das musst du dir einbilden, wir können hier keine Schmerzen empfinden."

Natürlich wusste ich, dass das stimmte, dennoch konnte ich das Dröhnen, das mich plagte, nicht leugnen. Es fühlte sich an wie ein Schlag mitten ins Gesicht. Die Qualen wurden schlimmer, breiteten sich langsam aber sicher aus.

Ich wich einige Schritte zurück, schenkte den Seelen keine Beachtung, als ich mich abwandte und ans Wasser schritt. Plötzlich wuchs eine unglaubliche Hitze in mir, als würde ich auf Kohlen laufen. Dieses Gefühl war nicht gefährlich und verbreitete auch kein Leid, stellte sich jedoch dennoch als unerträglich heraus. Mit zittrigen Fingern tauchte ich meine Hände in den See, bevor ich mir das klare, wohlig kühle Wasser ins Gesicht spritzte. Eine Gänsehaut überzog meine Arme, während kleine Tropfen an meinen Wangen hinunterglitten und schließlich zurück in den See fielen. Ich wiederholte den Vorgang, richtete mich jedoch dann wieder auf, nur, um erneut auf die Knie zu sacken, die sich fest in den feuchten Untergrund drückten.

Es dauerte nur einen kurzen Moment, bis Claudia an meine Seite rannte und mir besorgt, aber auch mit einer unglaublichen Zärtlichkeit über die Wange streichelte. Für einen Augenblick hielt ich sie für jemand anderen.

„Koen, was ist los? Ich verstehe das nicht. Hier kannst du nur schöne Gefühle empfinden."

Ihre Stimme zitterte und ich war mir sicher, dass sie die Gründe kannte, weshalb ich mich auf einmal so komisch fühlte. Ich wurde das Gefühl nicht los, dass sie mir etwas verheimlichte. Ich wusste nicht, warum und starrte ich sie deshalb nur stumm an, bevor ich mich erneut zu erheben versuchte. Doch der Versuch scheiterte, ließ meine Knie nur tiefer in den Sand sinken.

Claudias Hände umschlangen meine Arme, als sie versuchte, mir aufzuhelfen.

„Ist schon okay", sagte ich schließlich, als sie mit einem Stöhnen neben mir Platz fand. „Du weißt, was gerade passiert, habe ich recht?"

„Koen, es ist nicht das, wonach es vielleicht aussieht!"

Ein belustigtes, aber auch schwaches Lachen entfloh mir, während ich mein Gesicht zu meiner ehemaligen großen Liebe drehte. Im Augenwinkel konnte ich die Seelen sehen, die mich mit einem traurigen, fast leidenden Blick musterten. Auch sie wussten Bescheid, was mir nur verdeutlichte, dass mein Gedanke, der in meinem Verstand Halt fand, stimmte.

War es tatsächlich ein Versehen gewesen, das mich hierherbrachte? Würde ich nun wie jeder anderer meiner Rasse in die Hölle befördert werden?

Mein Gesicht richtete ich zum Himmel, der in dem hellsten Blau erstrahlte, das ich je gesehen hatte. Ich zwang mich, mir das Bild einzuprägen und in Erinnerung zu halten, sodass es mir Freude an dem Ort schenken würde, den ich bald aufsuchen musste.

„Ich habe mir gewünscht, dass sie dich hierlassen, wenn sie sehen, wie glücklich du bist", flüsterte Claudia, als fühlte sie sich gezwungen, mir die Wahrheit zu sagen. „Um ehrlich zu sein, weiß ich nicht, wieso sie sich dafür entschieden haben, aber sie wollten dir wohl die Möglichkeit geben, mit mir zu sprechen. Verzeih, dass ich es dir nicht sofort gesagt habe."

Lächelnd schüttelte ich meinen Kopf, der plötzlich frei von jeglichen Gedanken und Schmerzen war. Das Ticken verschwand, wenn auch nur für einige Minuten. Es freute mich, dass sie sich solche Sorgen um mich machte, brachte es jedoch nicht über Herz, wütend auf sie zu sein. Nein, im Grunde gab es einfach nichts, worüber ich mich hätte ärgern können. Innerlich hatte ich mich bereits damit abgefunden, dass das hier niemals in Frage kommen konnte. Nicht für jemanden wie mich, einen Dealórc. Das Schicksal entschied für uns, zwang unsere Art, nach dem Tod die Hölle aufzusuchen. Es war der Fluch, der auf jedem von meiner Rasse lag und diesen Zustand würde niemand ändern können. Dass es kein Entkommen gab, damit fanden wir uns bereits alle ab.

„Du musst dich nicht entschuldigen", schmunzelte ich, legte meinen Arm um ihre Schulter und zog sie zu einer letzten Umarmung. „Dieses Gespräch mit dir bedeutete mir alles, Claudia. Ich bin froh, dass ich ein letztes Mal mit dir sprechen konnte. Für diese Chance bin ich sehr dankbar."

Tränen sammelten sich in ihren Augen, während sie ihre Finger tief in meinem Shirt vergrub. Ein Schluchzen entfloh ihr, als ein Leuchten von meinem Körper ausging, ich mich langsam aufzulösen drohte. Ich beobachtete wie sich meine Gestalt veränderte, mein Körper durchsichtig wurde und Claudias Berührungen durch mich hindurchgingen.

„Ich liebe dich, Koen und das werde ich auch immer! Pass auf dich auf bitte. Versprich es mir!"

Tränen rannen über ihr Gesicht, als sie zitternd nach meinem Körper griff, ihn jedoch nicht berühren konnte. Mit einem vertrauten Lächeln blickte ich ihr entgegen, hob meine Hand und streichelte über ihre Wange, auch, wenn sie diese liebevolle Geste nicht spüren, gar erwidern konnte.

„Danke für alles, geliebte Claudia. Danke."

Als meine Sicht verschwamm und ich von Dunkelheit umgeben wurde, nahm ich es hin, wie ein Kind, das eine Strafe ausführte, die er durch sein schlechtes Benehmen erhalten hatte. Ich verspürte weder Angst, Wut, noch Liebe. Für einen Augenblick war ich vollkommen emotionslos.

Frei von jeglichem Ballast hoben sich meine Lider, als sich mein Körper erneut manifestierte und die Hitze in sich aufsog, die wie eine Welle gegen mich prallte.

Die Hölle sah genauso aus, wie ich sie mir vorgestellte. Der Untergrund bestand aus einem harten, rissigen Gestein, in dessen Spalten sich Lava befand, die sich wie eine Schlange durch die entstehenden Ritzen schlängelte. Ich erblickte große Felsbrocken, von Gräsern keine Spur. Bäume gab es, die jedoch tot waren, ohne Blätter und ohne die Schönheit, wie es sie auf der Erde gab. Trostlosigkeit breitete sich aus, als ich den Blick schweifen ließ und die Kreaturen erkannte, die verkümmert an den Felsen kauerten, voll mit Narben und offenen, tiefen Wunden. Sie schrien, hinterließen einen bitteren Geschmack auf meiner Zunge, der mich fast dazu gebracht hätte, mich zu übergeben.

Ich hatte in meinem Leben wirklich schon viel Leid und Tod gesehen, doch das hier stellte sich als ein Spielparadies für den Teufel heraus. Sein Lachen ertönte, das wie ein Echo in jedem Zentimeter dieses grässlichen Ortes widerhallte und eine Gänsehaut bei mir hinterließ. Auch die Schreie, so viele, dass ich nicht einordnen konnte, woher sie kamen, durchschossen meinen Verstand wie Blitze und verankerten sich dort.

Meine Beine schlotterten, so sehr grauste es mir vor diesem Ort, obwohl ich eigentlich hart im Nehmen war. Meine Augen hatte bereits so viel Grausamkeit erblickt, doch das hier, war das Schlimmste, was ich je zu sehen bekam.

Männer, sowie Frauen trugen Ketten, die ihre Glieder an die Felsen, wie auch an den Boden drückten. Dämonen standen über diesen Menschen, hoben Peitschen und schlugen mit einem Lächeln auf den Lippen, das mich zum Erstarren brachte, zu. Eine Frau schrie und ich konnte beobachten, wie sie ihre Finger tief in dem Stein vergrub, über den Untergrund kratzte und zu entkommen versuchte. Ich schluckte, als ich ihre Finger musterte, deren Haut sich durch das viele Schaben bereits gelöst hatte und den Knochen preisgab, mit dem sie ihre Arbeit fortsetzte. Blut benetzte ihren Körper, Eiter tropfte aus manchen Wunden, Haare waren herausgerissen worden, Zähne ausgeschlagen.

Mir wurde augenblicklich schlecht.

„Oh, wen haben wir denn da? Ein Neuankömmling!“, lachte einer der *Wärter* und löste sich von dessen Opfer. Erschöpft keuchte dieses auf, bevor es ohnmächtig zusammensackte, um im nächsten Moment wieder aufzuwachen. Schlaf gehörte in dieser Welt nicht zu den Sonderrechten.

Mein Körper wurde taub, als auch andere Dämonen sich von ihrem Spielzeug lösten, um mich zu betrachten.

„Ein Ur-Dämon“, raunte jemand. „Das bedeutet, er gehört in die hintere Abteilung.“

„Scheiß drauf!“, schimpfte ein anderer. „Satan wird schon nicht sauer werden, wenn wir uns etwas mit ihm vergnügen. Und Hades sicherlich auch nicht.“

Eine Dämonin schien anderer Meinung zu sein, die mir sofort auf eine perverse Art und Weise sympathisch erschien.

„Du willst dein Privileg wegen deinem Vergnügen aufs Spiel setzen? Bitte, aber ich mache da nicht mit. Quälen ist eindeutig besser, als selbst gequält werden.“

Ich verstand. Es ähnelte also einem Bonus, wenn man dazu auserwählt wurde, jemanden das anzutun, was eigentlich dir selbst zustand. Um Himmels willen, das war unglaublich barbarisch! Irgendwie konnte ich mich nicht von dem Gedanken trennen, dass dieses Privileg mir nicht zuteilwerden würde.

„Du bist so langweilig. Lass uns doch mal richtig Spaß haben.“

Ein Donnern ertönte und ließ die Dämonen zusammenzucken.

„Oh, mein Lieber. Offenbar gefällt dir deine Aufgabe als Wärter nicht. Das sollten wir schleunigst ändern“, sprach eine dunkle Stimme.

Mir gefror das Blut in den Adern, als ich den Mann in schwarz erkannte, der die Uhr, die laut in meinem Ohr getickt hatte, nun um den Hals trug. Er stand auf der Spitze eines der Felsen, die Arme vor der Brust verschränkt und die Lippen zu einem gehässigen Grinsen verzogen. Der Dämon, der gerade noch eine große Klappe besessen hatte, zuckte zusammen, sank sofort hinunter auf die Knie, um seine Stirn auf den Boden zu pressen.

„Verzeiht. Es war nur ein naiver, dummer Gedanke. Ich wollte dem Neuankömmling niemals etwas tun“, entschuldigte er sich panisch.

Er flehte und schleimte, doch davon ließ sich der Kerl nicht beeindrucken. Mit einem unbeschreiblichen Ausdruck in den Augen, klatschte er in die Hände und brachte damit den Boden zum Erzittern. Der Dämon sprang auf, schrie. Erschrocken beobachtete ich zwei Skelette, die aus dem Boden wuchsen, ihre Knochen laut knacken ließen und den flehenden Sünder packten. Dieser brüllte, versuchte, sich zu wehren, doch die Skelette waren stärker. Mit einem Ruck befreiten sie die Frau, die der Dämon zuvor geschändet hatte und tauschten deren Plätze. Nun war es die Dame, die die Peitsche in den Händen hielt, wie hypnotisiert auf den Gefangenen starrte.

Der Mann, es musste sich hierbei um Satan höchstpersönlich handeln, sprang hinab zu mir. Ich erwartete ebenfalls die knochigen Hände seiner Untertanten, die mich im nächsten Moment in Ketten legten. Doch nichts dergleichen geschah. Stattdessen schmunzelte Satan, bevor er mir eine Hand auf die Schulter legte.

„Dein Schicksal wurde geändert, Koen."

Verständnislos starrte ich ihn an, wollte sprechen, ihn fragen, was er damit meinte, doch kein Wort kam über meine Lippen. Ich erstarrte, was den Mann nur breiter zum Grinsen brachte.

„Du hast einen kleinen Vorgeschmack auf das bekommen, was dir blüht, wenn du zurückkommst. Nutze deine zweite Chance, Koen, ansonsten werde ich derjenige sein, der mit erhobener Peitsche vor dir steht."

Dann verschwand er und hinterließ keinen Beweis, jemals hier gewesen zu sein. Doch das was nun kam, verstörte mich mehr als die Tatsache, dass mich Satan verschonte. Conner, der aufdringliche Dämon aus Skylars Wohnung, tauchte nur weniger Meter vor mir auf und blickte mir direkt in die Augen. Er sagte nichts, rührte sich nicht, sondern starrte mich einfach nur an. Und erneut verschwamm meine Sicht und als ich an mir herunterblickte, erkannte ich gerade noch meinen Körper, der sich ein zweites Mal aufzulösen drohte. Nun war ich derjenige, der schreien wollte, der panisch nach den anderen Toten griff, die jedoch zurückwichen und aussahen, als ständen sie einem Geist gegenüber.

„Nutze die Chance, denk an meine Worte, Koen."

Und plötzlich wurde mir schwarz vor Augen.

*

Die Schwere, die mich umgab, fiel von mir ab, als sich meine Lider hoben und ich direkt in das grelle Licht des Kronleuchters blickte, der oberhalb meines Gesichtes an der Decke hing. Gläserne Perlen, die als Schmuck und Lichtleiter an dem Lüster baumelten, funkelten in hellen Farben und zwangen mich, meine Augen zu schließen, um mich an die neue Helligkeit zu gewöhnen.

Als sich meine Lider schlossen und die Dunkelheit ihren Platz einnahm, fragte ich mich, wo ich mich befand und was überhaupt geschehen war. Eines wusste ich. Ich befand mich auf keinem Fall mehr in der Hölle. Weder in dessen Außenbereich noch in den Kerkern, von denen ich bereits so viel gehört hatte. Das hier konnte jedoch auch nicht der *Himmel* sein, denn dieser hatte mich bereits ausgeschlossen. Wo also befand ich mich dann?

Erneut versuchte ich, meine Augen zu öffnen und stellte mit Erleichterung fest, dass ich diese jetzt offenhalten konnte. Sofort glitt mein Blick vom Kronleuchter zur hellen Wand und eines der Bilder, die ich im Augenwinkel sehen konnte. Ich versuchte, den Geruch einzuordnen, der wie Rauch in meine Lungen gesogen wurde. Der Gestank von Blut und offenen Wunden trat in meine Nase, vermischte sich mit Schweiß und dem rosigen Parfüm einer Frau.

Obwohl ich nicht wagte, mich aufzuraffen und weiter umzusehen, tastete ich vorsichtig mit den Händen über meine Hüfte. Meine Finger glitten hinauf zu meiner Brust, wo sie für einen Moment verharrten. Stumm schnappte ich nach Luft, als ich den lauten Herzschlag vernahm, der in meiner Brust donnerte. Ich spürte, wie mir das Blut durch die Venen schoss und mir augenblicklich heißer wurde.

Konnte es sein, dass mir der Tod entsagt wurde? Doch wie sollte so etwas möglich sein? Ich versuchte, an die verschiedensten Möglichkeiten zu denken, wie man jemanden wiederbeleben konnte, kam jedoch auf keine realistische Lösung. Bis mir auf einmal Conner in den Sinn kam, den ich in der Hölle gesehen hatte. Das konnte nicht sein, nein. Niemals würde einer meiner Freunde sich für das Leben eines anderen verfluchen lassen. Auf keinen Fall oder irrte ich mich?

Langsam richtete ich mich auf, nicht ohne mich weiter zu berühren, noch immer fassungslos darüber, meinen Herzschlag spüren zu können. Neugierig blickte ich mich um, musterte die von Stoff bedeckten Regale, die teuren Gemälde an den Wänden und die geschlossenen Türen. Ich erkannte dieses Zimmer, ohne wirklich darüber nachzudenken.

Als ich mich drehte, entfloh mir ein Stöhnen, das durch den spürbaren Schmerz ausgelöst wurde, der dort saß, wo mir das Herz herausgerissen wurde. Tief holte ich Luft, bevor meine Finger ein weiteres Mal über meinen Körper wanderten. Dann, als ich mir zu hundert Prozent sicher war, dass ich lebte, ließ ich meine Beine über den Tischrand gleiten, auf den man mich zum Ruhen hingelegt hatte.

Und dann sah ich sie.

Skylar.

„Liebste."

Das Blau in ihren Augen leuchtete erleichtert, als unsere Blicke sich trafen. Ein Schleier umhüllte das Meer, in das ich blickte, schlug kleine Wellen und hinterließ seine Spuren auf ihren Wangen, die sie zitternd wegzuwischen versuchte. Dabei fielen mir ihre

Handgelenke auf: Zerschnitten, blutend aber schon leicht verschorft. Wut kochte in mir auf, verlangte durch den Tod der Person, der ihr das angetan hatte, gestillt zu werden. Die Wunden waren nicht der einzige Grund, weshalb ich sie von oben bis unten musterte.

Ihre Füße waren nackt, die Hose zerrissen und ein Shirt trug sie auch nicht mehr. Ihre Arme schlangen sich etwas unbeholfen um ihre Brüste, die sie zu versteckten bemühte, was jedoch nicht allzu gut klappte. Skylar kaute auf ihren Lippen herum, während sie immer wieder an ihren Haaren herumfummelte, die sie zu ordnen versuchte. Sie waren ungekämmt, standen etwas ab und sahen nicht allzu gepflegt aus, dennoch wollte ich meine Hände tief in ihnen vergraben, sie packen und an mich ziehen, damit unsere Lippen sich treffen konnten.

Erschaudernd befeuchtete ich diese, musterte meine Liebe mit einem Blick, den ich nicht zu kontrollieren vermochte. Skylar schnappte nach Luft, löste sich schließlich ganz von ihrem BH und rieb sich über die Wangen, fast so, als würde sie sich selbst auffordern, aus einem Traum zu erwachen. Ihr Benehmen brachte mich zum Grinsen, trieb ihr eine zarte Röte ins Gesicht, was sie unheimlich niedlich aussehen ließ.

Jemand seufzte genervt, doch ich nahm es kaum wahr, interessierte mich lediglich für den Engel, der langsam auf mich zu geschritten kam. Jede ihrer Bewegungen wirkte gequält, schmerzend, sodass ich Skylar schließlich entgegentrat, bis wir so nah einander standen, dass kaum etwas uns hätte trennen können. Ich spürte ihre Aufregung, die Tränen, die sie zu verbergen probierte und das Erschaudern ihres Körpers, als ich vorsichtig über ihre geschwollenen Lippen streichelte. Mit dem Daumen liebkoste ich die Unterlippe, ließ sie über den Mundwinkel hinunter zu Skylars Kinn gleiten, wo ich schließlich innehielt. Ihr Seelenspiegel leuchtete, zeigte mir die Schönheit des Meers und fast, wenn ich genau hinhörte, konnte ich das Rauschen des Wassers hören, die kleinen Wellen, die den weichen Sand bei jedem Aufprall liebkosten und wie einen Geliebten behandelten.

Skylar öffnete ihren Mund einen Spalt und ich spürte, dass ihr etwas auf der Zunge lag, doch sie sagte nichts. Sie gab ein leises Wimmern von sich, das ich nicht einzuordnen vermochte.

Ich konnte meine Augen nicht von ihr lassen. Selbst mit den vielen Verletzungen, den Tränenspuren und mit Blut besudelt sah sie wunderschön aus. Ein Bild für die Götter, das ich überall im Haus aufhängen wollte. Die Gefühle, die ich in den wässrigen Augen erblickte, ließen mein eigentlich totes Herz erblühen, sodass es so fest schlug, dass mich die Angst überrannte, jeden Augenblick einen Herzinfarkt zu erleiden. Langsam wanderte mein Blick über ihren Körper.

„Du bist verflucht", stellte ich trocken fest, als mir das Brandzeichen ins Auge stach.

Sanft löste ich meine Hand von ihrem Gesicht, legte sie vorsichtig auf das Mal, das nun für ewig ihre Brüste zieren würde. Erneut schoss Ärger durch meinen Körper, verursacht durch die Verwirrung darüber, wie jemand seine Seele für einen anderen opfern konnte. Doch dieses Gefühl verwandelte sich bald darauf in etwas anderes, das sich wie wild gewordene Vögel anfühlte, die durch meinen Magen flogen.

„Ja", hauchte Skylar. Ihre Stimme schoss wie ein elektrisierter Blitz durch meinen Leib, verankerte sich in meinem Verstand und verwandelte mich in der nächsten Sekunde erneut zu einem liebeskranken Teenager.

„Du wirst dieses Mal nie wieder los. Es ist nun ein Bestandteil deines Körpers."

Es sollte nicht anklagend klingen, doch ich schaffte es nicht, meiner Sorge auf eine andere Art und Weise Ausdruck zu verleihen.

„Das ist es mir wert", flüsterte sie, griff zielsicher nach meiner Hand. „Für dein Leben würde ich jeden Teil meiner Haut für ein Brandmal opfern."

Länger hielt ich es nicht mehr aus. Dominant schlang ich meine Hand um ihren Nacken, drückte das bezaubernde Wesen, so nah es ging, an mich heran und verschloss unsere Lippen mit einem Kuss, der die Welt zum Stillstand brachte. Skylar keuchte, drückte mit den blutenden Handflächen gegen meine Brust, ließ mich für einen Moment in dem Glauben, ihre Worte und die Dinge, die sie auf sich genommen hatte, falsch interpretiert zu haben. Doch dann, als ich mich schließlich lösen wollte, stellte sie sich auf die Zehnspitzen, legte ihre Arme um meinen Hals und erwiderte die Zärtlichkeit. Erst keusch, dann jedoch mit einer Leidenschaft, die mein Blut in Wallung brachte.

Ich spürte ihre Fingerspitzen in meinem kurzen Haar, fühlte, wie sie sich fast verzweifelt an mich schmiegt.

Plötzlich vergaß ich alles um mich herum, ignorierte die Umgebung und die Tatsache, dass wir beobachtet wurden. Mit festen Händen umschloss ich die Hüften meiner Geliebten und hob sie mit Leichtigkeit auf den Tisch, auf dem zuvor mein lebloser Körper gelegen hatte.

Meine Küsse wurden wilder, fordernder und ich brachte Skylar dazu, ihre Beine um mich zu schlingen. Auf einmal waren meine Hände überall: An den Beinen, den schlanken Schenkeln und dem Bauch, beschmutzt und besudelt. Dennoch gingen sie auf Wanderung, streichelten über den hauchdünnen BH und entlockten ihr ein leises, raues Stöhnen.

Für wenige Sekunden verblasste mein Verstand und ließ die verführerischen Gefühle zu, von denen ein Mann am liebsten kostete.

Fuck, alles wonach ich verlangte, war in ihre heiße, nasse Mitte einzutauchen und sie so zu nehmen, dass sie ohne Worte verstehen konnte, dass sie mir gehörte. Ich wollte in Skylar sein, in sie stoßen und ihr Laute entlocken, die nur für meine Ohren bestimmt waren.

Doch nicht hier und verdammt nochmal nicht zu diesem Zeitpunkt! Sie verdiente etwas Besseres.

So gut, wie ich es zu diesem Zeitpunkt vermochte, zügelte ich mein aufkommendes Verlangen, versuchte jedoch nicht einmal den Ständer zu verstecken, der pochend und gierig nach Skylar verlangte. Sie schnappte nach Luft, als ich unseren Kuss löste und augenblicklich wanderte ihr Blick verlegen zur Seite, als hätte sie mit solch einer Reaktion nicht gerechnet.

Ein Räuspern ertönte, was mir in Erinnerung rief, dass wir nicht alleine waren.

Mit einem Murren auf den Lippen drehte ich mich halbwegs zu Talisha, konnte meine Hände jedoch nicht von Skylar lassen, die peinlich berührt wirkte.

„Schön, ihr versteht euch also wieder. Super. Dürfte ich dich nun herzlich zurück im Leben willkommen heißen?"

Sie schmunzelte, hielt sich bebend die Hand vor den Mund. Erkannte ich dort vereinzelte Tränen in ihren Augen?

Plötzlich wurde ihr ein Lächeln entlockt, das sie so glücklich aussehen ließ, wie schon lange nicht mehr. Dann sah sie zu Skylar, die ihren Blick liebevoll erwiderte. Irgendwas musste zwischen den beiden geschehen sein. Ich vermochte vielleicht nicht, zu wissen, was, doch in diesem Augenblick war es nicht so wichtig wie die Tatsache, wieder am Leben zu sein.

Fest schloss ich Skylar, die sich, ohne zu zögern, an meine Brust schmiegte, in meine Arme. Ich griff nach einem ihrer Handgelenke, streichelte zärtlich über die verstümmelte Haut und hob sie zu meinem Mund, um die Wunde zu küssen. Mir war bewusst, dass sie irgendwann heilen würde, dennoch wollte ich Skylar helfen, den Schmerz zu vergessen und die Wunden zu ignorieren. Auch, wenn es nur für eine kurze Zeit lang funktionierte.

„Danke", hauchte sie leise gegen meine Brust.

„Nein", lächelte ich, „ich habe zu danken. Danke, Skylar, für alles."

Sie hob ihren Kopf, schenkte mir ein wunderschönes Lächeln und beugte sich nach oben. Mit den tiefsten Gefühlen in meinem Herzen kam ich ihr entgegen, doch bevor sich unsere Lippen ein weiteres Mal lieben konnten, wurde die Tür geöffnet und mit einem lauten Knall gegen die Wand geschlagen.

Mein Bruder stürmte zusammen mit dem Rest in das Zimmer, wobei ihr Blick zu aller erst auf Talisha gerichtet wurde.

„Wie kannst du es wagen, sie einfach gehen zu lassen?“, brüllte Lyras. „Sie hätte-“

Er erstarrte, als er an der Rothaarigen vorbei schielte und mich erblickte, eng umschlungen mit dem Mädchen, das ich liebte. Auch der Rest unserer Gruppe stoppte, konnte nicht fassen, was sie da vor sich sah.

Grinsend hob ich eine Hand, löste mich von Skylar und streckte schließlich frech meine Arme zu einer Umarmung aus. Ich konnte mir diesen Hauch von Arroganz einfach nicht verkneifen, sodass ich schließlich das Wort ergriff.

„Willkommen zu meiner Auferstehungsparty. Wer möchte zuerst umarmt werden?“

Das nächste was ich spürte, war Lyras Faust, die er, als er an mich herangetreten war, fest in mein Gesicht sausen ließ.

Gut, das hatte ich auf jeden Fall verdient.

KAPITEL 25

Entsetzt starrte ich Lyras an, der Koen einen zweiten Schlag verpasste. Ich wollte dazwischen gehen, ihn daran hindern, meinem Geliebten wehzutun, doch, als ich es versuchte, konnte ich mich plötzlich nicht mehr von der Stelle rühren. Mein Körper erstarrte.

Mein auffordernder Blick glitt zu Shawn, der das Spektakel mit offenen Mund beobachtete. Er sah fassungslos aus, dennoch wagte er es nicht, in das Geschehen einzugreifen. Ich konnte ihn zittern sehen, dann lachte er leise, bevor er sich angestrengt durch das Haar fuhr.

Waren auf einmal alle verrückt geworden, oder was ging hier vor sich?

Auch die anderen bewegten sich nicht. Keiner schritt zwischen den Kampf, versuchte, den wild gewordenen Lyras von seinem großen Bruder zu zerren. Stattdessen musterten sie die beiden, als handle es sich dabei um einen Film. Talisha lächelte sogar, versteckte es jedoch hinter ihrer zusammengeballten Hand. Gerrit stand da, drehte sich zu Scarlett, deren Augen feucht glänzten und drückte sie zärtlich an sich. Er küsste ihren Haaransatz, lächelte liebevoll. Als sie seinen Blick auffing, schmiegte sie sich an seine Brust. Sie sahen alles andere als überrascht aus, dass Lyras komplett den Verstand verlor, erschreckten sich jedoch bei Koens Anblick.

Wäre diese Situation nicht so äußerst kurios gewesen, hätte ich angefangen zu lachen. Stattdessen war mir zum Heulen zumute.

Koen wehrte sich nicht, als Lyras ein drittes Mal zum Schlag ausholte, seine Faust jedoch sinken ließ. Er atmete schwer, als hätte er sich stundenlang körperlich betätigt, und starrte seinen Bruder so intensiv an, dass ich kurz darüber nachdachte, ob Koen dadurch verletzt werden konnte.

„Du Arschloch", keuchte Lyras laut, „du mieser Wichser! Wie kannst du mir das antun? Erst wirst du vor unseren Augen getötet und jetzt bittest du nach Umarmungen. Ich glaube, dir geht es zu gut! Du verdammter ..."

Ihm fehlten die Worte. Meine Erschrockenheit wich, machte Platz für ein Gefühl, das man verspürte, wenn man in die süßen Kulleraugen kleiner Welpen blickte. Nun verstand ich, wieso er im Verlies so eigenartig gewesen war. Auch, wenn ich nicht selbst gesprochen hatte, konnte ich alles mitverfolgen. Deswegen war mir nun bewusst, wieso er die Kontrolle verloren hatte. Der Schmerz seiner Trauer hatte ihn gnadenlos überwältigt, ihn unfähig gemacht, seine Gefühle zu zeigen. Er beklagte den Verlust seines geliebten Bruders, der ihm mehr am Herzen lag, als er sich selbst eingestand. Das war etwas, das ich persönlich nicht verstand. Familie liebte man, egal, was zwischen ihnen vorgefallen sein sollte.

Wie aus heiterem Himmel fielen mir die Bilder wieder ein, die ich in meinem Kopf gesehen, aber nicht verstanden hatte. Lyras war leicht zu erkennen gewesen, auch, wenn er eine vollkommen andere Ausstrahlung als jetzt besessen hatte, doch der Rest war zu verschwommen gewesen, um es wirklich zu verstehen. Meine Dämonin hatte ihre Kräfte missbraucht, um in sein Hirn einzudringen. In diesem Moment hatte sie versucht, seinen Geist zu kontrollieren und Lyras erneut zu ihrem Eigentum zu machen, was, Götter sei Dank, nicht klappte.

Was ich mit diesem neuen Wissen jedoch nun anfangen sollte, wusste ich beim besten Willen nicht. Sollte ich Lyras darauf ansprechen oder das Ganze lieber in Vergessenheit geraten lassen?

„Ich liebe dich doch auch, du kleiner, großkotziger Idiot", lächelte Koen, bevor er seinen Bruder fest in die Arme zog. Zuerst schien dieser überfordert, äußerst irritiert, doch dann, nach wenigen Momenten voller Liebe, erwiderte er die Geste. Tränen schossen ihm in die Augen, die ihm schließlich über die Wangen kullerten und sich an seinem Kinn verfingen.

Es war so verdammt rührend, fast hätte ich mit eingestimmt.

„Wie kann das sein?", fragte plötzlich die Jägerin, an die ich mich nur schleierhaft erinnerte. „Man kann niemanden von den Toten zurückholen. Zumindest nicht soweit ich weiß. Und wie hast du es geschafft, den Dämon zu bändigen, Tal?"

Dass sie ihren Spitznamen benutzte, schien Talisha gar nicht zu passen. Die Angesprochene verschränkte die Arme vor der Brust, schenkte der Jägerin einen gereizten Blick. Und schon war die sanfte, nette Talisha von vorhin verschwunden. Ob jemand bemerkte, dass das nur eine Maske war, die sie Tag für Tag aufsetzte?

„Das tut jetzt nichts mehr zur Sache", schnauzte sie. „Skylar geht es gut und ich denke, wir haben den Dämon ziemlich unter Kontrolle. Sie stellt keine Gefahr mehr dar."

„Und woher willst du das wissen?" Oh, diese Frau war offenbar nicht gut auf Talisha zu sprechen. „Wenn sie erneut übernommen wird, bekommen wir Probleme."

„Das ist nicht unsere Schuld, wie du wissen solltest."

„Das ist nicht der Punkt, Talisha! Ich sorge mich um Skylars Wohlergehen, genauso wie ihr Vater es von mir verlangte. Nur weil du diejenige warst, die ihr das Leben gerettet hat, brauchst du dich nicht so aufzuspielen."

Diese lachte und schüttelte belustigt ihren Kopf. „Aufspielen? Bitte, ich habe allen Grund arrogant zu sein. Komm erst einmal wieder runter, Mädchen."

Unmut breitete sich in mir aus, teilte meine Hülle jedoch auch mit der Neugier, die von Minute zu Minute wuchs. Mich erreichten so viele neue Informationen, von denen ich noch nichts erfahren hatte, sodass ich unbedingt mehr darüber wissen wollte. Doch jetzt, in diesem Moment, konnte ich mich nicht nach meinem Vater erkundigen, das wäre nicht richtig. Dennoch verlangte mein Gewissen und auch ein Teil meines Herzens danach. Ich wollte unbedingt wissen, woher diese Frau meinen Vater kannte und warum sie ihn so ins Herz geschlossen hatte. Außerdem ... was hatte er von ihr verlangt, was mich anbelangte?

Kurz schüttelte ich meinen Kopf, um auch die restlichen aufkommenden Gedanken für den Augenblick von mir zu schieben. Es würde bestimmt genug Zeit geben, um sie mit Fragen zu bombardieren. Nun jedoch war nicht der passende Zeitpunkt.

„Es reicht", mischte sich schließlich auch Gerrit ein, der die Streiterei nicht mehr ertrug. „Es ist doch vollkommen egal, wie Talisha es geschafft hat. Das Wichtigste ist doch, dass sie das Ergebnis erzielt hat, nachdem wir verlangt haben. Wir werden Skylar durchchecken lassen, dann können wir mit Genauigkeit sagen, ob sie außer Gefahr ist."

Die Jägerin nickte, schien, mit dieser Antwort zufrieden zu sein. Talisha hingegen verdrehte lediglich ihre Augen, wandte ihren Blick dann jedoch von der jungen Frau ab, um sie zu ignorieren. Nett wie eh und je.

Nach und nach trat die Gruppe an Koen heran, schenkte ihm Umarmungen, kurze Küsse und Schulterklopfen. Währenddessen ließ ich ihn keinen Moment aus den Augen. Selbst, wenn ich es gewollt hätte, mein Herz wollte nicht akzeptieren, auf irgendeine Art und Weise von ihm getrennt zu sein. Auch, wenn es sich nur um einen dümmlichen Blick in seine Richtung handelte.

Ich schämte mich etwas, im Hintergrund zu stehen und ihn anzugaffen wie ein liebestolles Mädchen, das sich hinter ihren Freundinnen versteckte, wenn der Schwarm ihren Weg kreuzte. Eigentlich wollte ich bei Koen sein und seine Hand halten, während er sich von den anderen in ein Gespräch verwickeln ließ.

Das ist so egoistisch von mir. Vor allem jetzt, wo er doch ...

Seufzend verwarf ich den Gedanken. Es war nicht fair gegenüber dem Mann, der bereits so viel durchmachen musste. Es war doch vollkommen normal, dass man Koen nun nahe sein wollte. Vor allem dann, wenn man ihm so vertraut war, wie die Anwesenden. Gerrit und die anderen gehörten zu seiner Familie, die Koen niemals missen wollen würde. Deswegen munterte es mich unheimlich auf, dass er glücklich aussah, obwohl es an Idiotie grenzte, mich genau aus demselben Grund traurig zu fühlen.

Als jemand meinen Arm berührte, wand ich mich schlussendlich doch von Koen ab, um schließlich meiner Freundin in die Augen zu blicken. Sie zog die Weste aus, die sie über der Bluse getragen hatte und legte sie mir um die Schultern.

„Ich bin so stolz auf dich, Süße."

Ihre Worte waren wie Balsam für meine Seele. Unentschlossen, ob ich sie küssen oder umarmen sollte, blickte ich ihr verlegen entgegen, blinzelte die aufkommenden Tränen davon und beschloss, meine Arme wild um ihren Hals zu schlingen. Cherry lachte leise, drückte mich so fest an sich, dass ich dachte, ersticken zu müssen. Doch das war es mir eindeutig wert. Zu lange war ich meiner besten Freundin nicht mehr so nahe gewesen, was mir wieder einmal klarmachte, wie sehr ich die unbeschwerte Zeit mit ihr genoss. Sie tätschelte meinen Rücken und drückte mir anschließend einen kurzen Kuss auf den Mund.

„Es tut mir leid, was ich da im Keller gesagt habe", begann ich, wurde jedoch abrupt unterbrochen.

„Wage es ja nicht, dich zu entschuldigen! Du hast nichts Falsches getan. Dein innerer Dämon ist ein Biest, daran können wir leider nichts ändern, aber bitte stelle dich nicht mit ihr auf eine Stufe."

Obwohl Cherry tadelnd klang, zierte ein liebevolles Lächeln ihr Gesicht. Sie berührte mich auf eine Art und Weise, wie es niemand anderes zu tun vermochte. Auch nicht Koen, von dem ich diese Liebe jedoch auch gar nicht erwartete.

Doch was ersehnte ich mir eigentlich von ihm?

Ich wollte ihn an meiner Seite wissen, unsere Hände miteinander verschränken und überzeugt davon sein, dass wenn wir uns voneinander lösten, erneut zusammenfinden würden. Er sollte mein fester Freund sein, derjenige, der auf mich wartete, wenn ich nach Hause kam. Jemand, der danach verlangte, Zeit mit mir zu verbringen und mich glücklich zu machen.

Himmel, ich wollte diejenige sein, die ihm Tag für Tag eine Freude bereitete und ihn liebte, wie keine andere zuvor. Irgendwann wollte ich seine Hand halten, mit ihm vor dem Traualtar in dem schönsten, weißen Kleid stehen und Koen ein Wort entlocken, das mich zu seiner Frau machte. Verdammt, ich wollte irgendwann seine Kinder gebären.

Der Gedanke ließ mich knallrot werden, wo er doch so unpassend war.„Oh, diesen Blick kenne ich", grinste Cherry und knuffte mir in die Seite. „Du hast Koen gleich vollkommen für dich alleine, obwohl ich dir Schlaf empfehlen würde. Du siehst grauenhaft aus."

„Weswegen wohl?", murrte ich leise, nahm es ihr jedoch nicht übel. Sie hatte schließlich vollkommen recht.

Als ich auf meine Handgelenke sah, konnte ich deutlich sehen, dass sie sich bereits etwas gebessert hatten. Die Blutung stoppte und der Schmerz nahm ab. Es würden vielleicht Narben entstehen – ich war nicht sicher, welche Auswirkungen meine Verwandlung mit sich trug und ob die Wunden vollkommen verheilen oder sichtbar bleiben würden –, doch diesen Preis zahlte ich gerne. Sie waren zwar nicht schön, hielten jedoch an den Erinnerungen fest, die ich niemals vergessen wollen würde. Auch, wenn sie furchtbar waren.

Scarlett trat zu uns, umfasste vorsichtig meine Arme und musterte die Schnittwunden. Zuerst sah sie besorgt aus, doch dieser Ausdruck verschwand schnell wieder aus ihren Augen und machte Platz für etwas Herzerwärmendes.

„Deine Wunden sind nicht allzu schlimm, auch, wenn sie wie das Gegenteil aussehen. Du solltest ein langes Bad nehmen, die Verletzungen reinigen und wenn du möchtest, kannst du sie auch verbinden. Davon würde ich jedoch abraten, da sie an der Luft besser heilen können."

Dankbar nickte ich, schmunzelte leicht. Natürlich wusste ich, dass die beiden Recht hatten. Ich sollte mich wirklich um die Schnitte kümmern und mich anschließend eine Weile Hinlegen, doch aus irgendeinem kuriosen Grund wusste ich, dass es mir gut ging. Das Brennen, das von meinen Gelenken ausging, war zwar nicht sehr angenehm, jedoch ertragbar. Alles andere blendete ich aus, hielt ich momentan für unwichtig.

Ja, meine geschwollenen Augen litten unter den vergossenen Tränen und auch mein Kopf dröhnte, doch, wenn ich Koen anblickte, nahm ich diese Kleinigkeiten kaum wahr. Es war fast so, als wäre er mein Medikament, dafür da, mich von all dem Leid zu befreien, das mich zu befallen versuchte.

„Hörst du uns überhaupt zu?", erklang Cherrys empörte Stimme, die mich schließlich aus meinen Gedanken riss. Entschuldigend sah ich sie an und kicherte verlegen.

„Tut mir leid, ich war in Gedanken."

„Offensichtlich", stöhnte Scarlett, „also, wie wäre es nun, wenn du dich hinlegst?"

Seufzend gab ich mich geschlagen. Mein Verstand sträubte sich zwar, jetzt den Raum zu verlassen, um mich schlafen zu legen, verspürte jedoch keine Kraft, mit den beiden zu diskutieren. Sie würden die Konversation gewinnen und mich schließlich selbst ins Bett bringen. Dafür kannte ich Cherry zu gut. Ein *Nein* kam für sie auf keinen Fall in Frage. Obwohl ich Scarlett kaum so gut kannte wie meine beste Freundin – was ich auf jeden Fall in den nächsten Wochen ändern wollte –, wusste ich, dass auch sie nicht loslassen würde. Sie wollten eben ihren Kopf durchsetzen.

„Ihr habt recht“, gab ich nach. „Ich verziehe mich nach oben, wenn es genehm ist. Oder möchtet ihr mich vorher nochmal durchchecken? Falls ich jemanden im Schlaf an den Hals fallen möchte.“ Ihre Gesichter sprachen Bände. „Zu früh?“

„Zu früh!“

Bevor einer der beiden noch etwas sagen konnte, quetschte sich Lyras zwischen ihnen hindurch und positionierte seine Hände auf meinen Schultern. Überrumpelt und total verwirrt, hob ich meine Brauen und blickte ihm unsicher entgegen. Ob er mich wohl auch schlagen wollte?

Blödsinn. Dazu hätte er überhaupt keinen Grund zu!

Unsere Blicke trafen sich und den seinen zu entziffern, war alles andere als leicht. Sein Gesicht strahlte auf eine ungewöhnliche Art und Weise, doch seine Augen wirkten fast angsteinflößend.

Was, zum Teufel, wollte er von mir?

„Lyras?“

Ich stotterte seinen Namen auf solch eine erbärmliche Weise, dass ich mich am liebsten in einer Ecke verkriechen wollte. Weshalb verspürte ich plötzlich so ein mieses Gefühl? Seine nächsten Worte warfen mich schließlich vollkommen aus der Bahn.

„Vielen Dank. Ich verdanke dir alles, Skylar!“

Und dann schloss er mich so fest in die Arme, dass ich zu zerquetschen drohte. Dennoch sagte ich nichts, ließ die Berührung einfach geschehen, wohlwissend, wie liebevoll sie gemeint war. Als er zusätzlich begann, meinen Rücken auf und ab zu streicheln, breitete sich ein wohliges Prickeln in meiner Magengrube aus. Es fühlte sich auf einmal genauso wie früher an, so verdammt familiär.

Deutlich war Lyras Zittern zu spüren, was wohl auch der Grund war, weshalb er mich noch etwas dichter an sich heranzog. Seine Stirn lehnte er gegen meine Schulter, verbarg somit die Tränen, die sich in seine Augen schlichen und in den Wimpern verfingen.

„Du glaubst gar nicht, wie dankbar ich dir bin. Meinen Bruder wiederzuhaben, ist wie Weihnachten und Geburtstag in einem. Ich werde das nie wieder gut machen können, aber ich werde dich mit meinem Leben beschützen, solange, wie du meine Hilfe benötigst.“

Seine Worte rührten, erschreckten mich jedoch ebenfalls zutiefst. Solch ein Versprechen durfte er mir nicht geben. Ich äußerte doch lediglich einen Wunsch, der mir meine Seele raubte. Es war in vielen Augen ein Leichtes gewesen, wofür er sich nicht dermaßen zu bedanken brauchte. Auf der anderen Seite brauchte ich die lieben Worte, die er an mich richtete genauso sehr, wie eine Blume das Licht der hellen Sonne. Es nährte mich, durchschoss meinen Körper mit sprießenden Glücksgefühlen. Sie machten mich für einen klitzekleinen Moment zu etwas Besonderem.

Verlegen klopfte ich Lyras auf die Schulter, versuchte, ihn von mir zu schieben. Auch, wenn die Nähe mir sehr guttat, wollte ich sie von jemand anderem spüren. Himmel, das klang äußerst schrecklich.

„Es ist alles in Ordnung“, murmelte ich in sein Haar. „Du musst dich für nichts bedanken und ich denke, das weißt du. Beruhige dich doch bitte erst einmal.“

Doch er reagierte nicht. Unsicher, ob er mir einfach nicht antworten wollte oder ob er gleich in Trauer und Entschuldigungen ausbrechen würde, tätschelte ich seinen Rücken. Egal, um was es sich handelte, beides wäre äußerst unangenehm.

„Komm runter“, lachte Koen, packte seinen Bruder und zog ihn sanft, aber dennoch sehr bestimmt von mir weg. „Mir geht es doch gut, siehst du?“ Um sein Wohlbefinden zu demonstrieren, drehte er sich einmal um die eigene Achse, schenkte Lyras ein kokettes Grinsen. Dieser schien, ihm dennoch keinen Glauben schenken zu wollen, denn er begann, seinen Kopf zu schütteln.

„Du spielst das doch alles nur, um mich ruhig zu stellen. Ich bin so verdammt froh, dass du am Leben bist. Hast du eigentlich eine Ahnung, wie beschissen ich mich gefühlt habe?“ Er stockte, schnalzte mit der Zunge, nur um im nächsten Moment erneut den Kopf hin und her zu schwingen. „Nein, so meinte ich das nicht, Koen. Dir ging es dort in der Hölle schlimmer als mir. Ich will nur damit sagen, dass ich dich liebe, großer Bruder. Ich will verdammt sein, wenn ich deinen Tod noch einmal zulasse.“

Als würde Koen sich an etwas Wichtiges erinnern, schluckte er und wirkte in der nächsten Sekunde unheimlich ernst. Der affektierte Gesichtsausdruck verschwand, machte Platz für etwas vollkommen anderes.

„Jetzt hör mir genau zu“, sagte er laut und zog dabei die Aufmerksamkeit der gesamten Personen auf sich. „Du hast vollkommen richtig gehandelt. Deine Aufgabe ist es, die Schwestern zu behüten und ihr Leben zu schützen, so gut es dir möglich ist. Ich kann auf mich aufpassen, das weißt du besser als jeder andere. Nur weil ich einmal unaufmerksam war und vorschnell geurteilt habe, bedeutet das nicht, dass ich diesen Fehler wiederholen werde, ist das klar?“

Anschließend zog er Lyras ein letztes Mal in seine Arme, drückte ihm einen kurzen Kuss auf die Stirn und lächelte. Sein Gegenüber blieb stumm, sog die Worte seines Bruders in sich auf. Seine Lippen glichen einer Linie, doch ich wusste, dass er nun erleichtert war, von all seinen Lastern befreit. Ich kannte nicht den Grund, weshalb ich solch ein Wissen in mir trug, zweifelte jedoch nicht daran.

Koen verschränkte unsere Hände miteinander, als er sich mir näherte und küsste meine Handknöchel. Seine Lippen brauchten meine Haut nur zu streifen, um ein außergewöhnliches Kribbeln in mir auszulösen.

„Entschuldigt uns, ich werde Skylar auf ihr Zimmer begleiten."

Niemand gab auch nur einen Ton von sich. Selbst wenn sie es gewollt hätten, der Blick, den Koen ihnen zuwarf, sagte mehr, als er hätte mit Worten ausdrücken können. Cherry hob schmunzelnd ihre Hand, winkte mir zum Abschied und ich konnte mir denken, dass sie mir stumm viel Glück wünschte. Ich sollte verdammt sein, wenn mir dieses Glück nun versagt würde.

Stumm zog mich der Hüter hinter sich her, verstärkte immer wieder den Druck seiner Hand, um mir zu versichern, dass er bei mir war. Das hätte er wirklich nicht müssen, seine Anwesenheit machte sich auf eine andere Weise bemerkbar. Mein Herz hämmerte wie verrückt gegen meinen Brustkasten, meine Körpertemperatur stieg und meine Knie wurden schwach, verwandelten sich langsam aber sicher in Pudding.

Er führte mich die Treppe hinauf, in das Zimmer der einzigen Haushaltshilfe, die im Obergeschoss wohnen durfte. Ohne etwas zu sagen, hielt er an, streichelte mit dem Daumen über meine Haut, hinauf zu meinen Schultern, wo er schließlich innehielt. Mit flinken Fingern streifte er mir die Weste von den Schultern, hauchte mir einen viel zu kurzen Kuss auf die Lippen.

Aufregung schoss durch meinen Körper. Ich wusste nicht, wie ich darauf reagieren sollte und wie weit dieses kleine Spiel führen würde. Ich konnte es kaum erwarten, mehr von seinem Mund zu kosten, sein Inneres zu erkunden, seine großen Hände auf meinem Leib zu spüren. Doch ein weiterer Kuss blieb aus und obwohl seine Augen mehr als Faszination ausstrahlten, entschied er, mir auf diese bestimmte Art und Weise nicht näher zu kommen.

Innerlich verfluchte ich seinen Beschützerinstinkt und meine Fantasien.

„Sie müssen gereinigt werden", hauchte Koen gegen meine Handgelenke, die er mit beiden Händen fest umklammert hielt. „Wir sollten dich waschen, findest du nicht?"

Augenblicklich veränderten sich meine Gedanken, zeigten Koen und mich umspielt von heißem, dampfenden Wasser. Nackt. Berührend.

Sein Lachen ertönte, durchfuhr mich wie die Auswirkung eines Schlages und erwischte mich in einem Netz voller eingefangener Gefühle. Er wusste genau, was gerade in mir vorging, doch er ging nicht darauf ein. Zumindest noch nicht, dennoch konnte ich sehen, dass er dasselbe von mir wollte.

Oder befand ich mich gerade auf dem Holzweg und sah lediglich das, was ich wollte?

Als ich aus meinen Gedanken auftauchte, starrte ich auf Koens nackte Brust. Ich spürte, wie sich meine Wangen rot färbten, Hitze in mir aufstieg. Meine Überlegungen waren derart intensiv, dass ich nicht einmal mitbekam, dass sich Koen seiner Klamotten entledigte. Seine Schuhe hatte er ebenfalls von den Füßen gedrückt, kickte sie lässig zum Schrank und griff anschließend erneut nach meiner Hand. Dieses Mal jedoch vorsichtiger. Koen behandelte mich mit einer Zärtlichkeit, die mir den Verstand raubte.

Unser Weg führte ins Badezimmer. Es war recht schlicht, bis auf den Teil der Dusche, der genug Platz für mindestens drei Personen bot. Auf nackten Füßen erreichten wir die Kabinentür, die ich mit einer schlichten Bewegung öffnete. Ohne, dass mich Koen darum bat, stellte ich mich unter den Duschkopf, der an der Decke befestigt war und drehte mich zu ihm herum. Ich beobachtete, wie er seine Hose über den kleinen, weißen Schrank schmiss, mich anschließend intensiv musterte.

Obwohl ich spärlich bekleidet war, fühlte ich mich nackt, ausgeliefert.

„Zieh dich aus", befahl er mit rauer Stimme, jagte mir eine Gänsehaut über den Rücken. Als ich nicht gehorchte, mich nicht einen Zentimeter rührte, kam er auf mich zu. Seine Finger glitten flink über meinen Bauch, wanderten hinauf zu meinen Brüsten. Ich wollte, dass er sie berührte, seinen Daumen mit ihnen spielen ließ, doch er drehte mich um und öffnete den Verschluss meines Büstenhalters. Es dauerte nicht lange, bis dieser neben seiner Hose landete. Meine Haut kribbelte, als würden tausende von Ameisen über meinen Körper wandern.

Ich spürte Koens Atem an meinem Nacken, anschließend seine Lippen auf meinen Schulterblättern. Genüsslich gab ich mich dem aufkommenden, schönen Gefühl hin, das ein Lächeln auf mein Gesicht zauberte.

„Die Hose muss weg", raunte er. „Zieh sie aus."

Dieses Mal folgte ich seinem Willen, zog mir den Stoff von den Beinen und katapultierte ihn aus der Dusche. Das Geräusch, als die Hose auf dem Boden aufschlug, bemerkte ich kaum. Ich realisierte es gar nicht, was an den Spielereien lag, die Koen an mir ausführte. Kurz löste er sich von mir und obwohl ich ihn ansehen wollte, blieb ich stehen und wagte es nicht, mich zu bewegen. Bis mich plötzlich das kühle Wasser erfasste, das aus dem Duschkopf tropfte. Der Strahl wurde stärker und die Temperatur kälter. Sie hinterließ Spuren auf meinem Leib, doch ich beschwerte mich nicht, denn die Hitze, die durch Koens Nähe entstand, ließ keinen Platz für die Kälte, die sich unter meine Haut schleichen wollte.

Das Wasser tropfte von meinen Haarspitzen, färbte sich durch das getrocknete Blut an meinen Armen rot. Koen griff nach meinen Händen und zog sie über meinem Kopf zusammen. Dann spürte ich seine Lippen, wie sie die Wunden liebkosten und mit Liebe benetzten. Berührungen folgten, die mich unheimlich glücklich machten. Es war ein schönes, neues Gefühl, das ich vorher noch nie verspürt hatte.

Zuvor hatte ich bereits mit einem anderen Mann geduscht. Mein zweiter Freund war sanft gewesen und seine Taten verführend, dennoch wusste ich nicht, wie erregend duschen sein konnte – bis jetzt. Ich sehnte mich nach Koens Fingern, verlangte nach den Sachen, die er nun mit mir anstellen könnte.

Verdammt, mich plagte ein hemmungsloses Verzehren.

„Beruhige dich. Wir fangen doch gerade erst an."

Seine Worte erschreckten mich, ließen meinen Atem stocken. Beruhigend holte ich tief Luft, versuchte, meinen Herzschlag unter Kontrolle zu bringen und seiner Bitte nachzukommen. Doch das war einfacher gesagt als getan. Statt sich zu entspannen, pochte es noch viel schneller, lauter und hallte in meinem Verstand wider.

Währenddessen glitten Koens Finger über meine Brüste. Obwohl er meine Handgelenke losgelassen hatte, behielt ich sie hinter meinem Kopf. Ich konnte mir nicht erklären, warum, doch ich wollte sie dortbehalten und den Moment genießen, der bereits dabei war, zu verfliegen.

Das Kichern meines Freundes sagte mir, dass er genau wusste, was in mir vorging.

Es war nicht fair. Nicht einmal ansatzweise.

Sein Daumen rieb für einen Moment über meine Brustwarze, entlockte mir ein leises Stöhnen. Als ich es endlich wagte, meinen Körper etwas zu bewegen, fiel mein Blick zuallererst auf seine prächtigen Hände. Sie umschlossen meine Brüste, hinterließen eine Spur aus Seifenresten, die kleine Blasen schlugen. Mir war gar nicht aufgefallen, dass er dabei war, mich zu waschen.

Meine Erregung stieg und erfüllte mein Unterleib mit einem Ziehen, dass mich erneut nach Luft schnappen ließ. Meine Nippel stellten sich auf, wurden nun auch von seinem Zeigefinger umspielt, der sie reizte. Dann glitt seine Hand tiefer, malte immer kleiner werdende Kreise auf meinen Bauch. Koen hinterließ etwas in mir, dass sich wie Kunst unter seinen Griffen anfühlte.

Es war neu für mich, gefährlich gut. Meine Augen schlossen sich, als ich meinen Kopf in den Nacken legte und meinen Hintern gegen seine Hüfte presste, was er mit einem leisen Knurren quittierte.

Ich konnte ihn spüren, das willige Drücken, sein Auferstehen. Verführerisch begann ich, mein Becken kreisen zu lassen und erkannte schnell, welche Auswirkungen es auf Koen ausübte. Der Druck seines Schwanzes wurde stärker, während er sich gegen meine

Lenden drückte. Ich wollte ihm Freude bereiten, ihn in mir aufnehmen und seiner Lust Befriedigung verschaffen, doch Koen hatte andere Pläne mit mir.

Erneut öffnete ich meine Augen, beobachtete, wie er etwas Shampoo zwischen seinen Händen verrieb. Dann rannen seine Finger durch mein Haar, verteilten etwas von dem Gel in meinen Spitzen und wanderten schließlich zu meiner Kopfhaut. Er wusch mir nicht nur die Haare, er begleitete diesen Akt mit einer Massage, die mir fast den Verstand raubte.

Stöhnend wandte ich mich unter seinen wohltuenden Berührungen, presste mich gegen seine starke Brust und verlangte, ihn anfassen zu dürfen. Ich griff hinter mich, bekam jedoch nur seine Hüfte zu fassen, was mir einfach nicht reichte. Mehr, ich wollte unbedingt mehr von ihm.

Die Wassertemperatur veränderte sich, hinterließ durch den starken Strahl eine Schaumspur auf meiner Stirn, sodass ich gezwungen war, meine Lider zu schließen. Ich erwartete das Brennen, ausgelöst durch die Seife, die sich zwischen meine Wimpern schleichen müsste, doch Koen ließ das nicht zu. Er wusch das Shampoo aus meinen Haaren. Anschließend massierte er sich hinunter zum Rücken, verteilte liebevolle Küsse auf meinem Nacken.

Ich gab mich ihm hin, genauso, wie er es von mir erwartete. Meine Bewegungen wurden entspannter, die Lider schwerer und meine Wangen röter. Mein Unterleib kribbelte, als sich das Ziehen verstärkte.

„Koen." Es war nur ein Hauchen, doch er verstand mich laut und deutlich. „Ich bitte dich."

Ein leises Lachen entwich ihm, als er sich von mir löste. Sofort nutze ich diese Gelegenheit und drehte mich zu ihm um. Das Bild, das mir geboten wurde, verwandelte meine Beine augenblicklich in Wackelpudding.

Verdammt, sah er gut aus!

Sein himmlischer Duft drang in meine Nase, als ich ihn in eine Umarmung zog und mein Gesicht an seiner Brust vergrub, während ich mit den Händen gierig über seinen Körper wanderte. Erneut lachte er, als fände er meine Versuche, ihm so nah wie möglich zu kommen, belustigend. Doch mir machte es nichts aus. Im Gegenteil, ich genoss seine Stimme, selbst, wenn es nur ein kurzes Kichern war. Dafür gab es einen Grund, der, wenn ich ihn laut aussprach, vollkommen unwirklich wirkte.

„Du manipulierst mich", flüsterte ich mit zittriger Stimme, „wie eine Droge, von der ich nicht mehr wegkomme. Das ist nicht fair."

Das Pochen meines Herzens wurde lauter, unangenehmer und dennoch horchte ich auf, genoss den Widerhall in meinem Verstand, der mir wieder einmal klarmachte, wie sehr ich diesem Mann verfallen war. Ich würde es nicht mehr leugnen, vor niemandem. Nein, alles, woran ich denken konnte, war, all den Menschen dort draußen zu sagen, wie ich mich fühlte. Jetzt und für alle Ewigkeit.

Fast hätte ich aufgelacht. Eine Ewigkeit mit Koen klang äußerst verlockend.

„Du spielst auch mit gezinkten Karten", gab er von sich, legte seinen Mittel- und Zeigefinger unter mein Kinn und zwang mich, ihn anzusehen. „Wie soll ich dir widerstehen, wenn du mich auf diese Art und Weise berührst? Fuck, du machst mich total verrückt."

Verlegen errötete ich, bis sich erneut unsere Blicke trafen. Doch dieses Mal war es anders. Wenn wir uns zuvor nicht hatten zurückhalten können und durch einen einzigen Blick verloren schienen, so kehrten wir nun zu dem anderen zurück. Ein Feuerwerk von Emotionen explodierte in meiner Brust, breitete sich überall in meinem Körper aus, bis ich mich in seinem Seelenspiegel verlor, der so viel Liebe und Zuneigung widerspiegelte, dass ich am liebsten auf der Stelle angefangen hätte zu weinen. Doch ich wollte etwas viel Besseres.

Langsam stellte ich mich auf die Zehenspitzen, näherte mich seinem Gesicht und vereinigte unsere Lippen miteinander. Zuerst war der Kuss keusch, fast schüchtern, doch dann, als er seine Arme um meinen Körper schlang, nahm er eine Form an, die mir den Verstand raubte. Willig keuchte ich auf, vergrub meine Finger in seinem nassen Haar und presste meine Brüste an ihn.

Koen saugte sanft an meiner Lippe und als ich die meinigen voneinander trennte, glitt er mit seiner Zunge in meinen Mund. Ein Spiel entfachte zwischen uns, das keiner verlieren wollte. Doch schnell wurde klar, dass Koen derjenige war, der die Oberhand behielt. Ich unterwarf mich ihm, gab mich Koen so hin, wie er es von mir erwartete.

Seine Hände umfassten meine Pobacken, bevor er mich in die Lüfte hob, mich dazu brachte, meine Beine um seine Hüfte zu schlingen.

Verdammt, es fühlte sich so gut an, ihn an mir zu spüren.

Ein kalter Windhauch umwehte mich, als wir die wohlig warme Dusche verließen. Seine Schritte waren zu hören, hinterließen wahrscheinlich kleine Wasserflecken, um die ich mich nicht sorgte. Stattdessen schnappte ich nach Luft, als er die Decke zu Boden riss und meinen nassen Körper auf dem Bett positionierte. Empört stöhnte ich auf, als er seinen Mund zwischen meinen Knien vergrub, meine Haut mit Küssen und Bissen überzog.

„Höher!", forderte ich, was er mit einem Schmunzeln quittierte.

Erregt spreizte ich meine Beine, forderte seinen Mund dort, wo meine heiße Mitte saß und ungeduldig auf seine Berührungen wartete. Wimmernd legte ich meinen Kopf in den Nacken, spürte deutlich seine Zunge, die an meinem Schenkel hinauf wanderte.

Koen reizte mich, spielte mit mir, indem er zart auf mein Geschlecht pustete, seine Zunge nah an meinen Schamlippen vorbei gleiten ließ. Fuck, wenn er so weitermachte, würde ich kommen, bevor er mich überhaupt richtig berührt hatte.

„Bitte!“, meine Stimme wurde lauter. „Berühr‘ mich! Koste endlich von mir.“

Koen knurrte, hob für einen Moment seinen Kopf und platzierte schließlich seine Lippen auf meinem kleinen Hügel, was ich mit einem freudigen Ausruf zur Kenntnis nahm.

„Liebend gern, meine Liebe.“

Seine Zunge liebkoste mich, fuhr abwechselnd von meiner Knospe hinab zu meiner Öffnung, um kurz darin einzutauchen und mich im nächsten Moment wieder zu foltern, als würde er mich ärgern wollen. Unschlüssig, woran ich mich festhalten sollte, krallte ich mich schließlich in sein Haar. Ich zog an den Spitzen, zwirbelte sie zwischen meinen Finger.

Sein Finger glitt zwischen meine Lippen, drang mit einer Intensität in mich ein, dass ich schließlich nicht mehr wusste, wo mir der Kopf stand. Ich spürte jede einzelne Bewegung, die Bisse, die er zwischen meinen Schenkeln verteilte. Der Druck in meinem Unterleib wurde aufdringlicher, der Weg hin zu den Klippen kürzer.

Der Orgasmus überrollte mich wie ein Wagen, erfasste jede einzelne Faser meines Körpers und brachte mich überrascht zum Schreien, als hätte er mich unerwartet gepackt. Koen genoss meine Reaktion, ich konnte es an dem kleinen Grinsen sehen, das seine Lippen zierte, die gerade dabei waren, sein Werk zu vollenden. Seine Zunge glitt wie die einer Schlange über meinen Schambereich, kostete von dem Saft, den er mir entlockte. Fast sah es so aus, als wolle er alles in sich aufnehmen, was er von mir bekommen konnte.

Der Anblick, wie er vor mir kniete, den Kopf zwischen den Beinen versteckte, ließ die Lust erneut aufrollen.

Ich brauchte diesen Mann in mir. Jetzt.

Als hätte er meine Gedanken gelesen, hauchte Koen mir einen letzten Kuss auf den Bauch, bevor er sich über mich beugte. Als ich aufsah, war sein Blick nicht mehr liebevoll. Das Gefühl, in ihnen wie in einem Traum zu verschwinden, verschwand. Stattdessen waren sie dunkel, funkelten wie aufflammendes Feuer und die Gier, die sich in ihnen befand, ließ den Höhepunkt, der an der Oberfläche wartete, erneut aufkochen. Ich versank in der Dunkelheit seines Blickes, lieferte mich ihm vollkommen aus, was er mit Bestätigung beobachtete.

„Du schmeckst so gut“, raunte er und unterstrich seine Worte, indem er sich über die Lippen leckte. Ich erschauderte, wobei meine Haut von einer angenehmen Gänsehaut überzogen wurde, die bei dem Anblick dieses Mannes nur noch schlimmer wurde.

Himmel, konnte jemand tatsächlich so schön sein?

Willig schlang ich meine Beine um seine Hüfte, presste seinen feuchten Körper bestimmter an mich, so, als würde ich ihn nie wieder loslassen wollen. Sein Grinsen wurde breiter, als sein Gesicht sich zu meinem hinunterbeugte, um mich mit einem Kuss zu verführen.

Ich durfte von meinem süßen Geschmack kosten, der noch immer seine Lippen benetzte.

Seine Hände glitten ein weiteres Mal an mir herunter, wanderten zwischen meine Beine, wo ich sie lüstern willkommen hieß. Sein Daumen teilte meine zarte Falte, bevor sein Mittelfinger in mich eindrang.

Tief. Wild.

Wie von Sinnen stöhnte ich auf, streckte mich seinen Händen entgegen, um ihn tiefer in mir aufzunehmen. Doch er zog seinen Finger heraus, entlockte mir somit ein Japsen, bevor er zusätzlich mit einem Zweiten in mich stieß.

Es war unglaublich, ähnelte einem schmutzigen Traum, aus dem ich nie wiedererwachen wollte. Willig streckte ich mich seinem Mund entgegen, der sich auf meine Brust legte und über meine Brustwarze leckte, die sich ihm freudig entgegenstreckte.

Mein Griff wurde fester und ich zog gröber an seinem Haar, was ihn jedoch nicht störte. Stattdessen presste er sich enger an mich, drückte seine Erektion gegen meinen Schenkel und beschleunigte seine Finger, die ich mit Wollust in mir aufnahm.

Ein zweiter Orgasmus bahnte sich an, kroch durch meinen ganzen Körper. Wild kreiste ich meine Hüften und schrie, als Koens Daumen meinen Kitzler massierte. Ich war fast soweit, nur noch wenige Stöße!

Doch Koen stoppte, zog sich zurück und schenkte mir ein hämisches Grinsen. Stark keuchend wand ich mich, schrie frustriert und drückte meine Hüfte gegen seine Erektion, was ihn jedoch nur zum Lachen brachte.

„Arschloch", fauchte ich unbefriedigt.

Das Ziehen in meinem Unterleib verstärkte sich, schmerzte fast, was ich unerträglich fand. Es entlockte mir ein Wimmern, während ich Koen musterte, der sich neben mich rollte.

„Du musst es dir wohl selbst holen", raunte er, während er über seinen Schaft strich.

Scheiße nochmal, wieso musste er unbedingt jetzt in Spiellaune sein?

Sein Blick streifte erregt und gleichzeitig verführerisch über meinen Körper. Die Bewegung seiner Hand wurde schneller, was ich ohne Scheu beobachtete. Gott, selbst wenn ich gewollt hätte, niemand würde mich dazu bringen können, diesem Anblick zu entsagen. Er sah wunderschön, fast gottesgleich aus.

Ich fand mich zwischen seinen Beinen gekniet wieder, erwischte mich beim intensiven Starren. Als ich seinen Blick auffing, bemerkte ich recht schnell, dass ihn meine Musterung nicht kalt ließ. Er bog seinen Körper wellenförmig, bevor er seine Hand von seinem Schwanz nahm und sich mir genüsslich entgegenstreckte. Ich schien in sein Tun einzutauchen, denn als ich wieder zu mir kam, beugte ich mich gerade über ihn und leckte einen Lusttropfen von seiner Spitze, was er mit einem wohligen Stöhnen beobachtete. Obwohl ich ihn reizen wollte, danach gierte, ihn in meinen Mund aufzunehmen, überstieg meine Lust jeglichen Gedanken und zwang meinen Körper, mich über ihn zu beugen. Schwer atmend griff ich nach seiner Erektion, streichelte der Länge entlang und ließ ihn schließlich in mich eindringen.

Ein Stöhnen entfloh mir, als wir miteinander verschmolzen, schaffte mir Halt, indem ich mich in seine Arme krallte, die sich fest um meine Hüften schlangen. Koen setzt sich auf, legte seinen Mund auf mein Dekolletee, leckte über das Brandmal.

Meine Bewegungen waren erst langsam, doch je öfter er mich ausfüllte, desto mehr stieg das Verlangen, von ihm in Besitz genommen zu werden. Ich wollte ihm deutlich machen, dass ich nur ihm gehörte. Für immer.

Grob packte ich seine Haare, zog seinen Kopf zurück und versiegelte unsere Lippen miteinander. Der Kuss war leidenschaftlich, wild und geprägt von Liebe, die ich ihm durch eine einzige Berührung mitzuteilen versuchte. Das Kreisen meiner Hüften wurde schneller, mein Atem unregelmäßiger und mein Herzschlag schlug so rapide, dass es mir fast den Verstand raubte.

Koens Hände schlossen sich um meinen Pobacken, gaben ihnen einen Klaps, der mich dazu brachte aufzustöhnen und meine Brüste fester an ihn zu pressen.

Wie von Sinnen hörte ich das Blut in meinen Ohren rauschen. Es hypnotisierte mich, lenkte jede meiner Empfindungen.

Meine Arme schlangen sich wie wilde Ranken um seinen Hals, während sich meine Nägel tief in sein Fleisch bohrten. Koen stöhnte, erschauderte unter dem prickelnden Schmerz. Ich spürte ihn in mir pochen, vor Lust zucken und tiefer in mich eindringen. Schneller, Hemmungsloser.

Wir verloren unsere Zärtlichkeit, jeden Sinn von Sanftheit. Alles, was uns leitete, war der Trieb, der uns beide in seinen Klauen gefangen hielt.

Gott, ich liebte es.

Als er erneut hart in mich stieß, warf ich meinen Kopf zurück, nur um meine Stirn schließlich gegen seine Schulter zu lehnen. Sein wundervoller, herber Geruch stieg mir in die Nase, gemischt mit Schweiß und einem Hauch Kokos, was von dem Shampoo stammte.

Genüsslich leckte ich über eine Schweißperle, die wie Regentropfen an seinen Muskeln herunterfloss, sich mit dem letzten bisschen Wasser vermischte. Es schmeckte köstlich.

Doch dann, als ich seinem Hals ganz nah war, einige Küsse auf seinen wunderschönen Tattoos verteilte, erstarrte ich. Ich konnte deutlich sein Blut rauschen hören. Ein unbeschreiblicher Hunger kam in mir auf, setzte meine Kehle in Flammen. Meine Sicht verschwamm für einen Augenblick, klärte sich jedoch gleich wieder und zeigte mir purpurne Schuppen, die sich an meinem rechten Arm ausbreiteten. Die Adern unter meiner Haut färbten sich lila, fast schwarz, trieben meine Erregung jedoch nur noch weiter an.

Keuchend bog ich meinen Rücken durch, schrie entzückt auf, als er erneut auf meinen Hintern schlug. Ich wusste nicht, wie mir geschah, als mein Zahnfleisch plötzlich zu brennen begann. Auch mein Mund fing Feuer, was ich mit einem Kuss lindern wollte, doch Koen legte seinen Kopf zur Seite, entblößte seinen herrlich duftenden Hals.

„Beiß‘ mich, Babe“, raunte er. „Ich spüre, dass du es willst. Beiß‘ zu!“

Mein Verstand setzte aus, ließ sich von Koens Worten lenken. Dennoch sträubte ich mich dagegen, konnte dem süßen Geruch seines Blutes jedoch nicht widerstehen. Langsam öffneten sich meine Lippen, entblößten meine ausgefahrenen Fangzähne. Ich biss zu.

Warmes, köstliches Blut rann durch die Einstichstellen, in meinen Mund hinein. Ich begann gierig daran zu saugen, spürte, wie wir uns miteinander vereinigten. Diese Verbindung hielt nicht nur körperlich, sie blieb auf ewig.

Die Hitze in meinem Körper wurde schlimmer und das Ziehen in meinen Lenden, verdunkelte mein Hirn. Wie in Trance riss ich meinen Kopf zurück, krallte meine Fingernägel tief in seine Haut und schrie. Mein Höhepunkt erfasste mich wie eine Welle, die das Feuer in meinem Inneren löschte.

„Fuck, Skylar! Ja!“

Koen brüllte wie ein wildes Tier, als er sich in mir ergoss. Mein Atem ging schnell, als ich mir das Blut von den Lippen leckte, meinen Körper gegen den seinen presste, als würde ich mit ihm verschmelzen wollen. Er legte sich mit mir zurück, hielt mich auf seiner Brust und strich mir eine feuchte Strähne aus dem Gesicht. Koen lächelte, ließ mich, kaum sah ich es, dahin schmelzen.

Nun, wo ich hier lag, stumm und in den Armen meines Mannes, dessen Blut ich getrunken hatte, fühlte ich die aufkommende Erschöpfung. Meine Handgelenke schmerzten, pochten so stark wie mein Herz. Meine Beine fühlten sich träge an, als wäre ich stundenlang umhergewandert und mein Kopf dröhnte, was sich jedoch langsam wieder legte.

Verflucht, ich hatte gar nicht gemerkt, wie fürchterlich schrecklich und gleichzeitig gut ich mich fühlte.

Ich wollte etwas sagen, das, was zwischen uns stand, klären, doch etwas anderes zog an meiner Neugier. Auf Koens Brust, dort, wo ich sein Herz fest und schnell schlagen hören konnte – die Stelle war bereits komplett verheilt, zeigte nicht einmal den Anschein, zuvor vernäht worden zu sein –, bildete sich eine schwarze Schnur. Es sah aus wie Tinte, die sich wie von selbst in seine Haut sog und ein Muster bildete. Die Linie verwandelte sich in eine Hieroglyphe, die ich nun auf Anhieb lesen konnte.

Liebender Krieger.

Erschaudernd fuhr ich mit der Fingerspitze über das Tattoo, bevor ich Koen in die Augen blickte. Das Mystische, Dunkle in ihnen war gewichen, hatten Platz für etwas viel Schöneres gemacht.

Meine Frage blieb mir im Hals stecken. Stattdessen streichelte Koen mit dem Daumen über meine Lippen, fuhr anschließend die Konturen meiner Wangenknochen nach.

„Du bist wunderschön, Skylar. Und du bist mein."

„Ja", antwortete ich ohne darüber nachzudenken, „nur dein."

Dann küsste er mich mit solch einer Hingabe, dass ich zu träumen begann. Und jeder Traum beinhaltete die gleiche Person. Meinen wundervollen, arroganten Krieger.

KAPITEL 26

Sekunden, Minuten, Stunden – ich wusste nicht, wie lange wir bereits in dem Bett lagen, eingehüllt von weißen Laken, dessen Stoff sich zwischen unseren Beinen verfing, bedeckt von Zufriedenheit und Ruhe. Mein Herzschlag hallte wie ein lauter Ruf durch meinen Körper, durchschoss meinen Verstand und dröhnte in meinen Ohren, was ich jedoch als angenehm empfand. Normalerweise mochte ich dieses Gefühl nicht, doch jetzt, wo Koen dafür der Grund war, konnte ich nicht anders, als das Neugewonnene zu genießen.

Mir entging nicht – eine Weile musste es nun schon her sein, als auch der letzte Orgasmus abgeklungen war –, dass mein Körper sich verändert hatte. Ich fühlte mir durch die schlichten, aber dennoch faszinierenden Berührungen meines Mannes wie neugeboren, vollkommen verändert. Mein Leib erzitterte unter seinen Fingerspitzen, brachten mich mit sachten Griffen dazu, in einer Welt abzutauchen, die sich um einen Traum handeln musste. Gleichzeitig belebte mich Koen, übermannte mich durch seinen Atem mit einer Gänsehaut, umschlang mich wie eine Ranke und presste mich besitzergreifend, wie ein wildes Tier, gegen sich. Dennoch handelte er zärtlich und unheimlich liebevoll.

Wäre er das Meer, würde ich mit Freude in ihm ertrinken.

Vorsichtig, als könnte ich ihm mit einer falschen Bewegung verletzen, zeichnete ich kleine Kreise mit den Fingerkuppen über seine Brust, genoss dabei das Aufsteigen seiner Haut, das mir klarmachte, wie ruhig und gelassen er in meiner Nähe wirkte. Dabei kaute ich unsanft auf meiner Lippe herum, nervös, weil ich endlich mit ihm sprechen wollte, jedoch nicht wusste, wie ich beginnen sollte.

Dass Koen mir dabei über den Rücken streichelte und seine Hand immer wieder zu meinem Hintern wandern ließ, der die Berührung aufrichtig willkommen hieß, erleichterte meinen Plan nicht wirklich. Im Gegenteil, stattdessen lenkte es ein unaufhaltsames Kribbeln zwischen meine Beine. Bald würde dort ein hungriges Feuer entfachen, dass bloß von Koen gestillt werden konnte.

Ich musste handeln. Sofort! Ansonsten würde ich mich rittlings auf ihn setzen und mir das nehmen, wonach ich gerade am meisten verlangte.

Verflucht sei dein durchtrainierter Körper!

Mit der festen Überzeugung etwas erreichen zu können, drehte ich mich auf den Bauch, was Koen zwang, seine Hände von mir zu nehmen, wenn er gemütlich liegen wollte. Nur schien ihm seine Gemütlichkeit nicht sehr zu kümmern, denn seine kräftigen Finger blieben dort, wo sie mir den Verstand raubten. Entschlossen blickte ich in seine Augen, die mich augenblicklich in ihren Bann zogen und mich in die Knie zwangen.

Verdammt, das entwickelte sich zu einer Aufgabe, die kaum zu bewältigen war.

Seine Berührungen glitten hinauf, streichelten über meine Wirbelsäule und fanden an meinem Nacken Halt. Koen umspielte mein Haar, rutschte gleichzeitig etwas nach unten, um liebevolle Küsse auf meiner Schulter zu verteilen. Meine Sicht verschwamm, als seine Zähne über meine Haut fuhren, mich reizten und brennbare Holzscheite in die Flammen warfen.

Himmel, wie konnte man eine Frau mit bloßen Bissen nur so um den Verstand bringen?

Ein Hauchen verließ meine Lippen, die den Namen des Mannes nannten, den ich für diese Gefühle verantwortlich machte. Ich wollte sie wieder schließen, mich zwingen, den wunderschönen Berührungen zu entsagen, doch ich konnte nicht. Stattdessen wanderten seine Küsse meinen Hals entlang, liebkosten mein Kinn, knabberten an meiner Haut.

Sie verschlangen mich, als er unsere Münder miteinander vereinigte, entlockte mir ein wohliges Seufzen. Koen grinste, als er sich schließlich über mir aufbaute, meine Schenkel spreizte und sein Gewicht auf mich verlagerte.

Ich wollte mich winden, seinen Griffen entsagen und sprechen. Stattdessen schlang ich wie in Trance die Beine um seine Hüfte, beugte mich ihm entgegen und erwiderte den Kuss, der sich in eine wilde Knutscherei verwandelte. Es gab keine Spur von Zärtlichkeit, als er meine Schenkel umfasste, als wären sie lediglich ein Stück Fleisch, seine Nägel in sie rammte, um mir ein lautes, williges Stöhnen zu entlocken.

Ein Ziehen durchschoss meine Lenden, als ich seine Erektion spürte, die sich gierig gegen meinen Eingang presste, in die heiße Nässe eintauchte. Ich japste, legte meinen Kopf in den Nacken, um im nächsten Moment seinen Mund auf meinem Hals zu spüren. Seine Zunge spielte mit mir, wanderte hinunter zu meinem Schulterblatt, wo sie über eine gereizte Stelle tänzelte.

Ich stöhnte, schlang meine Arme um seinen Hals, um mich im nächsten Augenblick in seinen Haaren zu vergraben.

„Koen!“

Mein Wimmern vermischte sich mit seinem Stöhnen, als seine Erektion über meine Perle strich. Meine Libido schrie auf, verlangte nach ihm, in dessen Augen ich Frechheit erkannte. Es war Absicht gewesen, mich unter ihn zu drücken und mit mir zu spielen. Gott, ich liebte es, wie er mich ansah, als wäre ich nur ein Spielzeug, wo ich doch erkannte, dass ich noch viel mehr für ihn war.

Unsere Münder verschlossen sich ein weiteres Mal, doch jetzt versuchte ich nicht, die Gier zu verbergen, die in meinem Körper lauerte und darauf wartete, herausgelassen zu werden. Stattdessen erwiderte ich ihn, öffnete bereitwillig meine Lippen und nahm seine Zunge in mir auf, die wie beim ersten Kuss auf Erkundung ging. Plötzlich waren seine Hände überall, die Decke wurde zu Boden geschmissen. Seine groben, bestimmten Griffe verwandelten meinen Unterleib in einen Vulkan, der jeden Moment auszubrechen drohte.

Als er schließlich erneut in mich eindrang und meine nasse Hitze ihn wild umschlang, entkam mir ein hemmungsloser, lauter Schrei, bevor ich mich ihm gierig entgegen drückte.

Koen vervollständigte mich.

*

Keuchend lag ich da, den Blick gegen die Decke gerichtete, versuchend, meinen Herzschlag wieder unter Kontrolle zu bekommen. Leichter gesagt als getan.

„D-darauf wollte ich nicht hinaus."

Koen lachte leise: „Oh? Ich hielt deine Bemühungen für einen Verführungsversuch. Er ist dir übrigens wunderbar gelungen, Liebes."

Obwohl ich mich zwang, frech und vielleicht sogar etwas wütend zu antworten – mir war schleierhaft, wieso ich überhaupt den Drang verspürte, ihn wissen zu lassen, dass mich die eindeutige Verführung ärgerte –, konnte ich das aufkommende Kichern nicht unterdrücken.

„Du bist so ein Idiot", scherzte ich.

Ehe ich mich versah, veränderte sich das Klima zwischen uns. Vor wenigen Tagen noch wäre er mir am liebsten an die Kehle gefallen – nicht, dass es nicht auch auf Gegenseitigkeit beruht hatte –, doch heute lagen wir hier nebeneinander und vergnügten uns nach heißen, hingebungsvollen Stunden mit unserem Humor. Wenn ich recht darüber nachdachte, erschien es mir ziemlich komisch. Dennoch wagte ich es nicht, auch nur einen trüben Gedanken daran zu verschwenden, wo ich diese Situation doch einfach genießen könnte.

„Auf was wolltest du denn hinaus, Skylar?", erkundigte er sich schließlich, als sein Lachen verklang. Er hörte sich aufrichtig interessiert an, was mich bei meiner Sache nur ermutigte. Langsam setzte ich mich auf, griff nach dem ersten Stück Stoff, dass ich erreichen konnte, und bedeckte meinen entblößten Körper. Ich schämte mich zwar nicht, fühlte mich dadurch jedoch wohler. Nicht ganz so ... nackt.

Fast hätte ich deswegen aufgelacht.

„Ich", fing ich langsam an, „wollte mit dir sprechen. Kein normaler Plausch über das Wetter, sondern ein richtiges, ernstes Gespräch."

Überraschenderweise entflohen mir die Wörter leichter, als ich zuvor annahm. Koens Lächeln verblasste und sein Gesicht verwandelte sich in eine ernste Miene, bevor er meinem Beispiel folgte. Er setzte sich auf, ließ sich jedoch unbedeckt, was ich zwar genoss, gleichwohl meine Konzentration störte.

„Kannst du ... Also, na ja. Du weißt schon", stotterte ich verlegen, errötete. Er verstand den Wink, hob die Decke vom Boden auf und bedeckte seine Mitte. Eigentlich hatte ich einen arroganten Spruch erwartet, irgendetwas das mir zeigte, wie vollkommen bescheuert mein Verhalten war. Doch Koen sagte nichts, nahm meine Bitte stumm hin. Stattdessen erblickte ich etwas anderes in seinen Augen, das ich gerade nicht deuten konnte. Davon ließ ich mich jedoch nicht beirren. Mit einem kurzen Räuspern fuhr ich fort: „Es geht um einiges. Vor allem um uns."

„Solltest du mich für solch ein Gespräch nicht mit grimmigen Blick zu einer Couch bitten?" Er meinte seine Worte scherzend, wo doch sein Gesicht das totale Gegenteil verdeutlichte.

„Ich meine es ernst, Koen. Das ist mir sehr wichtig. Ich bin ... irritiert."

„Weswegen?" Die Spur von Belustigung wich aus seiner Stimme. „Ist dir irgendetwas nicht ganz klar? Bin ich nicht deutlich genug?"

„Deutlich?", spuckte ich. „Was soll an all dem, was passiert ist, deutlich sein? Zuerst bist du arrogant und grob, dann auf einmal total liebevoll und im nächsten Moment stößt du mich wieder von dir. Das verstehe ich nicht!"

Zuerst sagte er nichts. Er legte sich wieder zurück und verschränkte die Arme hinter seinem Kopf. Den Blick heftete er an der Decke. Ich wusste nicht, was ich tun oder wie ich reagieren sollte. Wie sollte ich so ein Verhalten verstehen? Wollte er nicht darüber sprechen oder versuchte er, mich stur zu ignorieren. In meinem Kopf brodelte es, was mir Kopfschmerzen bereitete, und als ich schließlich entschloss, weiter nachzuhaken, öffnete er seinen Mund.

„Ihr Name war Claudia." Sofort schossen mir die Erinnerungen von Lyras durchs Hirn, verankerten sich dort. „Ich verpflichtete mich damals der Armee Liliths, nicht, dass ich eine Wahl gehabt hätte. Meine Ausbildung neigte sich dem Ende zu, als mich ein Trupp von zwanzig Mann mit in die Stadt nahm. Es war ein Muss jedes Kriegers, an einem bestimmten Zeitpunkt mit dem Trupp hinauszugehen und seine Ehre zu beweisen, den Stolz, den man all die Jahre lang aufbaute. Wir landeten in einer Stadt, fast so groß wie New York, und dort traf ich sie. Sie arbeitete in einem Waisenhaus, verstoßen von der eigenen Familie, mit wenigen, richtigen Freunden. Ich weiß nicht mehr, wie genau wir ins Gespräch kamen, aber es dauerte nur eine ausführliche Diskussion, um zu wissen, dass ich sie liebte."

Dummerweise begann mein Herz, schneller zu schlagen, vermischte sich jedoch mit einem giftigen Ziehen. Eifersucht. Ich schämte mich dafür, sodass ich meinen Blick sank und auf meine Hände starrte. Ich war wirklich eine fürchterliche Person.

Koen schien, den bescheuerten Schmerz in meinem Gesicht nicht zu sehen. Er holte kurz Luft, bevor er weitersprach.

„Es war nicht gestattet, die Armee zu verlassen, weder während der Ausbildung, noch danach. So lauten die Regeln dort und wenn du gegen diese verstößt, wirst du bestraft. Anfangs hielt ich mich an diese Regel, besuchte Claudia jedoch so oft es ging, wenn ich Ausgang bekam. Dass ich mich aber mit einem Nimnos traf, gefiel ihnen nicht." Erst jetzt warf er mir einen verstohlenen Blick zu, als würde er stumm fragen, ob ich verstand, was er erzählte. „Ein Nimnos ist ein Dämon, der von einem Gendefekt betroffen ist. Claudia ähnelte dadurch mehr einem Menschen, als einem mächtigen Dämon. Sie besaß keinerlei Kräfte. Einzig allein ihre Stärke zeugte von ihrer Abstammung. In den Augen der Vorgesetzten eine Schande."

Erneut hielt er inne und auf einmal wirkte er nachdenklich, gleichzeitig jedoch betrübt. Ich nahm all meinen Mut zusammen, schob die aufkeimende Eifersucht von mir und legte meine Hand auf seine nackte Brust. Ich erwartete ein Zucken, irgendetwas was mir verriet, woran er dachte, doch stattdessen zog er seine Hände hinter seinem Kopf hervor und legte sie auf die meine. Wärme durchschoss jeden einzelnen meiner Muskeln, während mich seine Finger liebevoll zu streicheln begannen. Eigentlich müsste ich diejenige sein, die ihn aufmunterte.

„Was ist mit ihr passiert?", erkundigte ich mich leise.

Ich fühlte mich unwohl in meiner Haut, nichtsdestotrotz erwärmte seine Aufrichtigkeit und die Tatsache, dass er mir damit etwas anvertraute, was ihm schwer auf dem Herzen lag, meine Brust und brachte etwas in meinem Bauch zum Flattern.

„Einige Zeit später, nachdem Lyras geflüchtet war, folgte ich ihm, um mit ihr zusammen sein zu können. Wir verschwanden aus dieser Stadt, die so nahe am Stützpunkt lag, um uns ein Häuschen in einem kleinen, ruhigen Dorf zu kaufen." Ein kurzes Lächeln stahl sich in sein Gesicht. „Sie kellnerte in einem naheliegenden Café, während ich mich als Jäger meldete. Wir hielten den Ort für sicher, doch jemand hat uns verraten."

Erschrocken schnappte ich nach Luft, krallte mich an seiner Hand fest, als würde ich ohne sie ertrinken. Ich wollte ihn bitte aufzuhören, konnte doch deutlich sehen, dass die Erinnerung ihn schmerzte. Trotzdem brachte ich es nicht fertig, ihn zu stoppen, und so ließ ich ihn weitersprechen.

„Keine Ahnung, wer es war oder wieso derjenige es getan hat, aber er schickte einen Trupp zu uns."

„Sie haben sie umgebracht?", flüsterte ich, worauf er plötzlich lachte.

„Nein, im Gegenteil. Sie waren Jünglinge, unwissend und noch in der Ausbildung. Sie kannten mein Gesicht nicht und da ich meine Fähigkeiten zu verbergen wusste, kamen sie nicht darauf, dass ich der Flüchtling war."

Verwirrt blinzelte ich. Wieso erzählte er mir das, wenn es nichts mit ihrem Dahinscheiden zu tun hatte? Kurz schluckte ich, als ein böser Gedanke in meinen Verstand trat, alles für sich beschlagnahmte. *War* sie denn überhaupt *tot*? Nun schien Koen, mein rumorendes Gefühlschaos zu bemerken, denn er setzte sich ein weiteres Mal auf, um mich in seine Arme zu schließen. Ich erstarrte, unfähig die Zärtlichkeit zu erwidern. Dennoch vergrub ich meine Nase an seiner Halsbeuge, sog seinen wundervollen Duft ein. Männlicher, herber Geruch vermischte sich mit Schweiß.

„Es sprach sich herum, weißt du? Einige von den Kerlen, mit denen ich mich ziemlich oft stritt, gefiel das nicht. Sie wollten mich aus dem Weg wissen, damit sie um Claudias Hand anhalten konnten. Wir stritten uns, es war so schlimm, dass einige der Bewohner die Wachen riefen, die für Ruhe und Ordnung zuständig waren." Koen seufzte verächtlich. „Sie betranken sich, bis sie den Verstand verloren. Da sie wussten, dass ich nicht zu Hause sein würde, suchten sie Claudia auf, die ihren Besuch ablehnte. Skylar, du weißt wie schrecklich betrunkene, böse Männer sein können. Weißt du, nicht einmal die Wachen hätten etwas dagegen tun können. Es herrschte Krieg und als Frau durfte man das Haus abends nur verlassen, wenn man in der Lage war, sich zu verteidigen. Doch Claudia besaß diese Stärke nicht, verließ jedoch dennoch unser geschütztes Zuhause, um nach mir zu sehen."

Ich konnte es mir vorstellen. Scham überfiel mich, als ich mich an die Eifersucht erinnerte. Jetzt hingegen wurde sie verscheucht, machte Platz für Mitleid und Trauer, die ich tief in meinem Herzen spürte. Ich fragte mich, ob Claudia an diesem Tag litt, ob irgendjemand die Männer hätte aufhalten können.

„Ich kam zu spät." Seine Stimme bebte, doch seine Augen zeigten Gleichgültigkeit. „Als ich das Haus erreichte, war Claudia bereits von mir gegangen. Sie hatte sich wohl gewehrt, was die Männer zur Weißglut brachte. Es war ..."

Endlich schaffte ich es, mich zu rühren und drückte meine Handfläche fest auf seinen Mund, stoppte die fürchterlichen Worte. Meine Augen brannten, als ich vereinzelte Tränen durch mehrfaches Blinzeln verschwinden ließ, doch mein starker, lauter Herzschlag verriet mich.

„Du musst nichts mehr sagen", hauchte ich zittrig. „Es reicht. Ich verstehe, was du mir sagen willst. Bitte Koen, tu' dir das nicht an."

Ein Lächeln bildete sich unter meinen Fingern. Seine Augen wurden weicher, worauf der Rest seines Gesichtes folgte. Koen legte seine Hand auf meine Wange, streichelte mit dem Daumen über meine Lippen. Ich wusste nicht, ob ich mich nun geschmeichelt oder verlegen fühlen sollte. Als ich meinen Griff löste und ihn über seine nackte Haut wandern ließ, seufzte er wohlig.

„Ich möchte es dir aber erzählen", sagte er schließlich. „Geheimnisse haben zwischen uns nichts mehr zu suchen. Mit meiner Zukunft möchte ich alles teilen, hörst du, Sky?"

Mein Herz setzte für einen Moment aus: „Ich bin deine Zukunft?"

Kurz hauchte er mir einen liebevollen Kuss auf die Lippen, bevor er erneut zum Sprechen ansetzte.

„Und noch viel mehr als das. Der Grund, weshalb ich dir fernblieb, war Claudias Tod. Ich hielt es für meine Schuld, weil ich die Männer provoziert habe. Ohne meine aggressive Art wären sie niemals auf die Idee gekommen, dieser Frau auch nur ein Haar zu krümmen. Um mich selbst zu bestrafen, verbot ich mir, zu lieben. Doch dann kamst du, Skylar."

Wieder machte mein Herz einen Sprung, pochte wie verrückt gegen meinen Brustkorb und erfüllte mich mit einer wundervollen Wärme, die durch jeden Zentimeter meines Körpers glitt. Wie auf Knopfdruck verschwand jeder Gedanke an Eifersucht, Trauer und Entsetzen. Alles, was ich nun sah, war der Mann meines Lebens. Derjenige, der mich mit wenigen, schönen Worten in ein Meer aus Gefühlen schmiss, aus dem ich nie wiederauftauchen wollte.

„Ich liebe dich", schluchzte ich wahrheitsgemäß, konnte die Worte nicht mehr zurückhalten. „Koen, ich liebe dich!"

Er küsste mich, und Mann, das war ein Kuss!

Himmlisch benetzten seine Lippen die meinen, umschmeichelten sie wie wundervolle Seide. Mit den Händen hielt er mein Gesicht fest, bedacht, dass ich mich nicht von ihm trennte. Doch das wollte ich auch nicht. Mit Freude erwiderte ich ihn, öffnete bereitwillig meine Lippen, als seine Zunge auffordernd dagegen stupste. Zwischen uns entfachte ein sinnliches Spiel, das mir eine Gänsehaut bescherte. Obwohl Koen die Oberhand behielt, ließ er mich die kleine Auseinandersetzung gewinnen, gewährte mir, dass ich meinen Körper fest an ihn presste und ihn zurück in die Laken drängte, wo ich mich schließlich auf seinem Schoß platzierte. Frustriert verfluchte ich mich, dass ich ihn dazu gebracht hatte, sich zu bedecken, verwarf diesen Gedanken jedoch, als ich den Kuss löste.

Meine Lippen fühlten sich geschwollen an, was sich bestätigte, als ich mit den Fingern darüberfuhr.

„Du bist wunderschön“, hauche Koen, als er erneut sanfte Küsse auf meiner Schulter verteilte.

Er setzte sich wieder auf, behielt mich aber auf seinem Schoß. Am liebsten hätte ich ewig hier gesessen und seine Berührungen genossen. Doch ich war noch nicht zufrieden mit dem, was ich gehört hatte. Ich wollte mehr.

„Wieso bist du dir so sicher, dass es nicht deine Schuld war?“ Augenblicklich verzog ich das Gesicht. „Oh, das war taktlos von mir, Verzeihung.“

Er schüttelte sein getrocknetes Haar, während seine Hände erneut Halt an meinem Hintern suchten. Aufgeregt lauschte ich seinen Worten, als er mir von Claudia erzählte und dem See, an dem er sie traf. Ich konnte es kaum glauben, was er mir da erzählte. Weder den Teil mit den Seelen, die voller Glückseligkeit gewesen waren, noch die dunkle Seite, in der er Satan persönlich traf. Fasziniert sah ich ihn an, erwischte mich manches Mal sogar dabei, wie ich geschockt den Atem anhielt.

„Deine Ex hat dir also Gesellschaft geleistet“, schlussfolgerte ich. Hastig schlug ich die Hand vor den Mund, entsetzt, weil ich mich einfach nicht zusammenreißen konnte. Es war wieder die Eifersucht gewesen, die mich fest in ihren Klauen gepackt hielt und mich zwang, all diese bösen Dinge von mir zu geben, wo ich das doch gar nicht wollte. Nein, mein Herz verlangte danach, Koen so viel Liebe zu schenken, wie möglich und ihn von den Erinnerungen zu befreien, die ihn plagten.

Du bist eben ein egoistisches Miststück, Skylar.

Kaum vernahm ich die Stimme in meinem Kopf, erstarrte ich. Meine Augen weiteten sich, als ich mir vorstellte, wie dämlich es doch war, sich eine Person einzubilden, die nicht mehr existierte.

Oh, glaube mir, Liebes. Ich kann nicht einfach aufhören zu existieren, nur, weil jemand es geschafft hat, mich meiner Hülle zu berauben. Denkst du wirklich, Liliths Tochter könnte man einfach erledigen? Lächerlich!

Fassungslos suchte ich nach den richtigen Worten, nach Wegen, wie ich diesen verdammten Dämon ruhigstellen könnte. Doch weder auf das Eine, noch auf das Andere fand ich eine Lösung. Stattdessen herrschte in meinem Kopf bis zu einem gewissen Grad Funkstille, die lediglich von dem Lachen der inneren Lady unterbrochen wurde.

Verfluchte Scheiße!

Na na na, wer wird denn da ausfallend werden?, prustete sie. *Kümmer' dich lieber um den Schönling, den du übrigens wunderbar um den Finger gewickelt hast. Bravo. Könnte ich klatschen, würde ich es nun tun.*

Das war ein Scherz, oder?

Verwirrt blinzelte ich, realisierte dabei gar nicht, dass Koen mit mir sprach. Ich sah die Bewegungen seine Lippen, hörte jedoch keines seiner Worte. Seine Stirn zog sich in tiefe Falten, als er seine kurzen Nägel in mein Fleisch bohrte, doch trotzdem keine Antwort erhielt. Das kurze Ziehen, dass ich dadurch spüren müsste, kam in meinem Gehirn aus irgendeinem Grund nicht an. All meiner Aufmerksamkeit wurde von der inneren Lady eingefordert, die sich aus meinem Entsetzen ihren Spaß zog.

So sprachlos kennt man dich ja gar nicht. Hast wohl nicht mit mir gerechnet, gluckste sie. *Du bist hinreißend, wenn du nicht weißt, was zu tun ist. Auch, wenn ich es äußerst belustigend finde, solltest du dich lieber auf etwas anderes konzentrieren. Ich werde dir keinen Ärger mehr bereiten, darauf kannst du dich verlassen.*

Warum?, erkundigte ich mich skeptisch.

Ich konnte nicht glauben, dass sie lediglich an einem Waffenstillstand interessiert war. Obwohl ... so hatte sie es nicht ausgedrückt ... Sie wollte bloß nicht mehr der Grund für meine Sorgen sein, was mich jedoch ebenfalls irritierte. Warum, zum Teufel, würde sie so etwas tun wollen? Handelte es sich dabei vielleicht um einen Trick, um erneut Herr über meine Sinne zu werden und mich ein weiteres Mal in einem Traum gefangen zu halten, der so unglaublich real erschien, dass er mich mit Leichtigkeit täuschen konnte? Oder ich machte mir einfach zu viele Gedanken.

„Ich kann dir nicht vertrauen“, flüsterte ich geistesabwesend.

Koen hob seine Brauen, lehnte sich etwas zurück und versuchte mich mit seinem Blick zu durchbohren, den ich jedoch ebenfalls nicht wahrnahm. Für mich war der Mann im Moment nicht hier, vielleicht an einem anderen Ort, an dem ich am liebsten zurückgekehrt wäre. Doch ich konnte es nicht. Nicht, solange die Lady ihre Spiele mit mir trieb.

Solltest du nicht wissen, dass du das nicht musst? Du kennst mich doch, Skylar. Seit Jahren lässt du mich in dir hausen, sprichst mit mir wie mit einer Schwester und nun willst du mir keine zweite Chance geben? Ich hielt dich für klüger.

„Das verstehe ich nicht“, gab ich ehrlich zu, „und das werde ich offensichtlich auch nicht. Du bist ein Dämon, der Geist eines Teufels. Alles, was du über die Menschen bringst, ist Leid.“

Zuerst dachte ich, sie gekränkt zu haben, da sie mir keine Beachtung mehr schenkte. Allerdings lag ich falsch, denn schon im nächsten Augenblick, in dem ich tief nach Luft schnappte, brach sie in schallendes Gelächter aus. Obwohl sie lachte und mich damit unheimlich dämlich wirken ließ, hielt ich ihrer Provokation stand. Ich konnte schwören, dass meine Gesichtszüge von etwas Ernsten eingenommen wurden, denn Koen verstummte. Er hatte meinen Namen ausgesprochen, so oft, dass ich eigentlich hätte reagieren müssen. Jetzt blieb er stumm.

Du bist ich und ich bin du, hast du das immer noch nicht begriffen? Wir sind eins, egal, welcher Teil von uns den Körper lenkt und steuert. Wir werden für immer eins sein.

Tatsächlich brachte sie mich damit zum Nachdenken. Die innere Lady war von Anfang an bei mir gewesen. Auch, wenn ich mich daran erinnerte, wie sie zum ersten Mal nach dem Unfall in meinem Kopf auftauchte. Als Kind war es mir nicht sonderlich komisch vorgekommen, Stimmen zu hören und mit ihnen zu kommunizieren, schließlich machten Kinder so etwas. Doch als ich älter wurde und die Stimme intensiver und klüger wurde, fand ich mich damit ab. Für normal hielt ich die innere Lady noch nie, doch daran zu denken, sie verschwinden zu lassen oder herauszufinden, was es mit ihr auf sich hatte, konnte ich nicht. Immerhin war sie niemand, der jedem das Furchtbarste an den Hals hexen wollte. Alles, was sie Jahre lang tat, war mein Leben zu kommentieren, sowie ab und zu hilfreiche Tipps zu verteilen. Sollte ich sie nur wegen eines Fehlers verbannen?

„Skylar? Hey, alles in Ordnung? Was ist los?“

Koens Stimme gelang endlich durch die Wand, die die innere Lady um meinen Verstand geschlossen hatte. Wild blinzelte ich, bevor ich meinen Blick auf den Mann meiner Träume richtete.

„Äh, ja. Nein, ich weiß nicht“, stotterte ich leise.

„Sprich mit mir“, forderte er. „Du kannst mit mir über alles sprechen. Egal, was es ist, ich werde dir zur Seite stehen und dir helfen, so gut ich kann. Nicht als Hüter, sondern als dein Mann!“

Seine Worte durchfuhren mich wie ein Blitz, erweckten das gelähmte Leben in mir und brachte mein Herz so unkontrollierbar zum Schlagen, dass ich sicher war, in seinen Ohren das Widerhallen zu hören.

„Mein … Mann?“, wiederholte ich aufgeregt. Koen lachte, als seine Hände durch meine Haare wanderten.

„Ja, als dein Mann und Partner“, versicherte er mir, als ob ich seine Worte nicht wirklich realisieren würde. Verstand ich das nun richtig oder spannte ich mir erneut etwas zusammen? „Du kannst meine Liebe doch fühlen, mein Engel.“

Koen legte meine Hand auf seine Brust, brachte mich somit dazu, nach Luft zu schnappen. Oh Gott. Ich konnte deutlich seinen starken Herzschlag spüren, der genauso heftig schlug, wie meiner. Ein wohliges Kribbeln durchfuhr meine Finger, kletterte hinauf zu seinem Gegenstück.

„Sag es“, forderte ich grob.

Seine Lippen zogen sich zu einem Grinsen, als er die Worte aussprach, auf die ich so lange gewartete hatte.

„Ich liebe dich, Skylar.“

„Nochmal!“

„Ich liebe dich. Mehr als alles andere.“

„Versprich es mir!“

„Das muss ich nicht, mein Mädchen. Ich werde dir jeden Tag zu jeder Stunde zeigen, wie viel du mir bedeutest. Die ganze Ewigkeit wird uns gehören.“

„E … eine Ewigkeit?“ Es klang zu schön, um wahr zu sein, dennoch erlaubte ich mir nicht, zu zweifeln.

„Alles, was du willst, will ich dir versuchen zu geben. Ich liebe dich, Skylar und es hat zu lange gedauert, bis ich mir darüber klargeworden bin, was ich eigentlich will.“

„Und“, meine Stimme war nur ein Flüstern, „was willst du wirklich?“

„Dich.“

Meine Welt erhellte sich mit einem Mal, funkelte in Millionen von bunten Lichtern, die mich an Weihnachtsbeleuchtung erinnerte. In jeder einzelnen Kugel, selbst in dem kleinsten Lämpchen, die von Licht durchflutet wurden, steckte ein Teil der Wärme, die von Koen ausging. Sie packte das angenehme Gefühl und verstaute es, wie selbstgemachte Marmelade, die man zum Aufbewahren in ein Glas füllte. Dieser Teil von ihm würde mich begleiten, egal, wohin ich ging, mit oder ohne ihn. Koens Herz befand sich nun in meinen Händen, lebendig und voller Liebe.

Eine Weile herrschte vollkommenes Schweigen zwischen uns, was sich jedoch auf keine Art und Weise als unwohl herausstellte. Ich genoss seine Nähe, liebte die prächtigen Hände, die mich an ihn pressten und die Tatsache, dass er mich liebte.

Verdammt, ich konnte an nichts anderes mehr denken!

Du bist genau wie deine Schwester.

„Fuck!", schrie ich auf, brachte Koen dazu, seine Brauen zu heben und mich skeptisch zu mustern. Bevor er etwas sagen konnte, sprang ich auf, rannte zum Schrank – leider enthielt dieser kaum etwas Brauchbares, sodass ich zum Umdenken getrieben wurde –, zog meine Unterwäsche wieder an und schlüpfte in das Shirt, das Koen zuvor getragen hatte.

„Was tust du da?", erkundigte sich Koen. Er folgte meinem Beispiel und begann sich anzuziehen, obwohl er noch nicht wusste, weswegen.

„Ich muss zu Gerrit, sofort!"

Mürrisch lachte er, winkte ab, als wäre meine Antwort genau das gewesen, was jeder hätte denken müssen.

„Na klar. Weil wir beide ja auch nicht einfach nackt im Bett hätten liegen bleiben können."

„Gott, du weißt gar nicht, wie sehr mir danach ist, aber es ist wichtig!"

„Genauso wichtig, wie mein Herz, dass ich dir auf einem Silberteller serviert habe?" Erschrocken drehte ich mich um, setzte zu einer Entschuldigung an, verstummte jedoch, als ich sein Grinsen sah. „Also. Was ist so wichtig, dass du halbnackt durch die Gegend spazieren musst?"

Mir entging sein kühler Unterton nicht, als er meine unbekleideten Beine erwähnte. Am liebsten wollte ich mich ihm an den Hals werfen, ihn küssen und berühren, bis ein Zeitalter verstrichen war. Doch das, was ich Gerrit mitteilen musste, war wichtig für den Orden und nun auch wichtig für mich. Meine Entscheidung stellte sich zwar als hochkompliziert und vielleicht sogar als dämlich heraus, doch es war für einen guten Zweck. Ich würde meine Schwestern finden, koste es, was es wolle.

„Es ... ist kompliziert. Komm einfach mit."

Kurz nachdem er den Knopf an seiner Hose schloss, packte ich seine Hand und zog ihn aus dem Zimmer. Mit nackten Füßen hasteten wir in den Salon, in dem sich Talisha gerade mit Logan und Ames unterhielt. Sie wirkte genauso kalt wie immer, als sie mich erblickte, wovon ich mich nicht abschrecken ließ. Ames grinste breit, kniff Koen in die Seite, als wir uns zu ihnen gesellten.

„Gut gemacht, alter Hund."

Koen reagierte kaum, grinste jedoch selbstgefällig. Darauf ging ich gar nicht erst ein, seufzte aber verlegen, als Logan in die Hände klatschte.

„Hat aber auch echt lange gedauert. Glückwunsch."

Heftig schüttelte ich meinen Kopf, ignorierte dabei die Kopfschmerzen, die sich langsam anbahnten. Offenbar ging es mir tatsächlich nicht so gut, wie ich es zuerst vermutete.

„Wo ist Gerrit?"

„Im Garten, wieso …?"

Ich ließ Talisha nicht ausreden. Stattdessen bedankte ich mich keuchend und schleifte Koen hinter mir her. Meine Beine taten bei jedem Schritt etwas mehr weh, mein Atem ging stockend und ich dachte, ohnmächtig werden zu müssen. Doch aus irgendeinem Grund normalisierte sich meine Gesundheit wieder, was mich vollkommen irritierte.

Bedank' dich später, Skylar.

„Gerrit!", rief ich laut und deutlich. Dieser drehte sich zu uns herum und musterte uns fragend, was Koen offenbar ziemlich belustigend fand. Warum er plötzlich lachte, wusste ich nicht, konnte es mir aber irgendwie auch denken.

„Ist etwas passiert?", fragte er, als ich nach Luft schnappte.

„Ja", antwortete ich schnell. „Ich weiß, wie sie aussieht. Leider habe ich keinen Namen für euch, oder den Heimatort, aber ich kann euch ihr Aussehen beschreiben."

Koens Lachen erstarb, als ich still wurde. Er blickte mich an, fragend, wovon ich eigentlich sprach. Auch Gerrit, sowie Scarlett, die neben ihm auf dem Gras saß, schienen keine Ahnung von dem zu haben, was ich ihnen mitteilen wollte. Konnten sie mir nicht einfach richtig zuhören?

„Wovon sprichst du, Sky?" Scarlett klang verwirrt. „Wessen Namen kennst du nicht?"

„Den meiner Schwester", antwortete ich schnell. „Ich habe sie in meinem Kopf gesehen." Ich brauchte nicht einmal eine Sekunde, um zu begreifen, dass sich das unglaublich verrückt anhörte. Es überraschte mich, niemanden darüber etwas sagen zu hören. Offenbar dachten sie sich ihren Teil. „Als mein Körper übernommen wurde, schickte der Dämon meine Seele in einen Traum." Zumindest hielt ich es dafür. „Ich habe dort mit ihr Schach gespielt und sie war es auch, die mir geholfen hat, zurück in meinen Körper zu finden."

Sie blieben stumm, unschlüssig, ob sie mir Glauben schenken sollten. Doch wieso auch nicht? Ich würde ihnen niemals irgendeinen Blödsinn verraten, der mich dazu zwang, das Bett zu verlassen, in dem Koen noch vor wenigen Minuten unbekleidet gelegen hatte. Scarlett dachte wohl genauso, denn sie erhob sich mit einem nachdenklichen Lächeln auf den Lippen.

„Wie sieht sie aus, Skylar?", wollte sie wissen.

Darüber brauchte ich nicht lange überlegen.

„Ihr Haar ist etwas länger als meines, hell und glänzend, blond. Sie besitzt graue Augen und sie scheint, eine zarte Seele zu sein. Zumindest wirkte sie recht sanft und freundlich auf mich."

„Das könnte sich inzwischen geändert haben", murmelte Scarlett nachdenklich.

„Könnte sein", stimmte Koen mit ein. Niemand von ihnen zweifelte an meinen Worten. „Vielleicht ist ihr Dämon das einzige *Nette* an ihrer Person."

„Und versteckt sich nun hinter einem Teil der Seele, die äußerst giftig ist."

Die Hexe seufzte, strich sich einige Male wild durchs verstrubbelte Haar. Ihre Finger umschloss sie um Gerrits Hand, der das mit einem sanften Händedruck erwiderte. Sein Blick haftete noch immer auf mir, besorgt und ein wenig geistesabwesend. Dennoch setzte er schließlich zu einer Antwort an: „Du hast Recht, Scar, wir müssen beide Seiten betrachten. Nichtsdestotrotz sollten wir uns darum kümmern. Mit deiner Magie wirst du dich um das Blut von Skylar kümmern, vielleicht entdeckst du eine hilfreiche Spur, und den anderen berichtete ich von dem, was wir erfahren haben."

Sie nickte, hauchte mir einen Kuss auf die Wange und schloss mich schließlich in eine kurze Umarmung. Voller Stolz blickte sie mich an, ließ mich erröten, als würde sie mir sagen, wie gut ich etwas gemacht hatte. Anschließend glitt sie zurück, nahm erneut die Hand ihres Geliebten und zog ihn mit hinein, wo es nun warm und kuschelig war.

Kaum dachte ich daran, erzitterte ich. Mir wurde mit einem Mal bewusst, wie kalt sich der Wind anfühlte, was höchstwahrscheinlich an der Tatsache lag, dass ich kaum bekleidet in der Natur stand. Zum Glück zog mich Koen in seine Arme, drückte mich zärtlich an seine Brust und hauchte mir einen verstohlenen Kuss auf den Kopf, den ich unglaublich genoss.

„Wir sollten ebenfalls hineingehen und dir etwas Passenderes zum Anziehen suchen. Du hast genug getan, Liebes."

„Ich möchte mehr tun", entschied ich. „Ich würde gerne zu euch stoßen und ein Teil des Ordens werden. Familie ist mir das Wichtigste, Koen, das weißt du, weshalb ich meine Schwestern, auch, wenn ich sie nicht kenne, beschützen und in Sicherheit wissen will."

„Du Dummkopf", seine Stimme klang so sanft, dass ich förmlich dahinschmolz. „Du gehörst doch schon zu uns."

Es war nicht so, dass ich seine Worte und die Bedeutung dahinter nicht genoss, doch das Wort Familie, zog meinen Gedanken in eine Richtung, die ein Loch in mein Herz bohrte. Dachte ich weiter darüber nach, schmerzte meine Brust und zog sich fest zusammen, bis ich den Kummer kaum mehr aushielt und mir Ablenkung verschaffen musste.

Ich wollte diesen Schmerz in meiner Brust vernichten, alles wieder so hinbiegen, wie es früher war. Auch, wenn die Hälfte davon nicht umsetzbar und unheimlich unrealistisch erschien, wollte ich dem Rest eine Chance geben. Ich wollte den ganzen, lebendigen Teil meiner Familie hier leben haben.

„Über was denkst du nach?", fragte Koen, der meine Verwirrung spürte.

„Gibt es eine Chance, dass du jemanden aus der Psychiatrie ausweisen kannst? Ich kann mir vorstellen, dass das kaum möglich ist, oder? Vor allem, wenn man kein Verwandter ist. Oder können wir Scarlett fragen, ob sie ihn heraus hexen kann?"

Koen verzog belustigt seine Lippen.

„Um wen handelt es sich denn?"

„Ich spreche von unserem ehemaligen Butler, Koen. Sein Name ist James. Du kennst ihn bereits, richtig?"

Plötzlich lagen seine Hände auf meinem Hintern, bevor er mich ruckartig in seine Arme hob und mich Richtung Haus trug. Seine Lippen zierte ein breites, glückliches Lächeln, als ich meine Hände in seinem Haar verschwinden ließ, meinen Kopf auf seine Schulter lehnte. Immer wieder hauchte er mir leichte Küsse auf den Kopf, bedeckte meinen gesamten Körper mit einer Gänsehaut, die sich zu einem Kribbeln verwandelte.

„Ich würde alles für dich tun, Skylar."

Mir ging das Herz auf, während sich kleine, verräterische Tränen in meinen Augen bildeten.

Das nächste, was ich sagte, war lediglich ein Hauchen. „Weißt du eigentlich, wie sehr ich dich liebe?"

„Ja", antwortete er mit bebender Stimme, „aber ich werde mich bemühen, dir diese Worte jeden Tag und jede Nacht erneut zu entlocken."

Als er mich schließlich über die Türschwelle trug – ich fühlte mich wie die schönste Braut auf der gesamten Welt, obwohl ich nicht einmal ein Kleid trug –, mich mit einem Blick, der tausend Hochzeitsglocken in meinem Kopf zum Klingen brachte, musterte, fühlte ich zum ersten Mal etwas, das vor langer Zeit verloren ging.

Ich fühlte mich endlich wieder zu Hause.

KAPITEL 27

ARCORS SICHT – IM KREIS DER ZEHN HEXER

„Das ist doch nicht zu fassen“, donnerte Orga, schlug mit der geballten Hand auf den runden Tisch, der sofort in seine Einzelteile zerbrach. Imara musterte ihn stumm, hob für eine Sekunde ihre zittrigen Finger, bevor sie das Holz wieder zusammenfügte. Ihre Lippen zog sie zu einer schmalen Linie, als Imara sich auf ihren Platz fallen ließ und die Beine übereinanderschlug. „Das ist beschämend. Sie haben uns vorgeführt, unseren Ruf beschmutzt. Wir hätten sie töten sollen – jeden von diesen Verrätern!“

Er schnaufte wütend, trat seinen Stuhl zur Seite und rieb seine Nase zwischen Zeige – und Mittelfinger. Wut schäumte in dem Hexer über, was ich ihm nicht verdenken konnte – niemand von uns.

„Wir töten keine unschuldigen Menschen“, polterte Karda verärgert. Sie hasste diese Art von Gewalt. Die Hexe wusste, dass es ihre Aufgabe war, Menschen zu beschützen. Dennoch griff sie nur im Notfall zu solch drastischen Maßnahmen. Manchmal fragte ich mich, warum wir überhaupt so gut zusammenpassten, wo sie doch genau das Gegenteil von mir zu sein schien.

„Sie sind nicht unschuldig“, schrie Orga zurück, der nun wie ein aufgescheuchtes Tier zum Fenster eilte, bevor er erneut zu uns herantrat. „Normalerweise lassen wir uns auf so etwas nicht ein! Skylar besitzt gefährliches Blut, wenn es in die falschen Hände gerät, wird die ganze Menschheit unter dem Fluch dieser Bestie leiden. Karda, die Welt wird nie wieder so sein, wie sie sollte!“

„Das weiß ich“, seufze meine Geliebte, „aber das ist noch lange kein Grund, Unschuldigen etwas anzutun. Wir werden uns darum kümmern, so, wie wir es immer getan haben. Es ist genug Blut geflossen, Orga. So viele von unseren Schülern wurden verletzt, sogar getötet. Findest du das etwa unwichtig?“

„Sie wussten, worauf sie sich einließen, als sie ihre Ausbildung begonnen haben“, knurrte der Hexer aufgebracht, konnte seinen Hass auf den Orden nicht verstecken. „Ihr Tod zeugt von Unfähigkeit. Wir sind gute Lehrer, Kämpfer und Magier. Niemand der unter unseren Fähigkeiten aufwächst, sollte sich so leicht ermorden lassen. Du weißt das, Karda, nur bist du zu blind und zu engstirnig, um das zu erkennen!"

Erschrocken stieß sie einen schrillen Laut aus, stemmte ihre Hände gegen die Hüften. Die schlanken Finger zitterten, als sich die langen Nägel durch ihre Kleidung bohrten. Erzürnt, fast unkontrollierbar, starrte sie auf den Hexer nieder, zwang ihn schließlich mit ihren Blicken in die Knie. Orga ließ sich stumm auf seinen Stuhl sinken, den er mit Hilfe seiner Magie zurück auf seinen Platz brachte und wandte sich von uns ab. Stur starrte er auf das verschlossene Fenster.

„Wir sollten nicht streiten", mischte sich nun auch Taxus ein, der nicht sonderlich zufrieden wirkte. „Es liegt nicht in meiner Macht, zu entscheiden, was richtig und falsch ist, aber ich halte zu Arcors Entscheidung. Er ist unser Oberhaupt, der ranghöchste Hexer in unseren Kreisen und ich vertraue seinem Urteil. Wenn er sagt, dass dieser Pakt halten wird, dann glaube ich daran."

Ein Lächeln schlich über die Lippen des Sehers, erfüllte mich mit Stolz. Obwohl Taxus ein wilder, junger Magier war, der sich meist nicht für eine Seite entschied und stattdessen seinen eigenen Worten Gehör schenkte, stand er nun treu und loyal hinter mir, was ich nicht vergessen würde. So jemand brauchte ich an meiner Seite, im Rat, der über die das gesamte Leben der Normalsterblichen entschied, denn nur solche Personen würden am Schluss die richtigen Entscheidungen treffen.

Wenn ich in mich hineinhorchte, daran dachte, was ich eigentlich wollte oder verlangte, dann wusste man, dass auch ich die Möglichkeit, Skylar zu töten, ausschloss. Meine Aufgabe war es nicht, irgendeinem Unschuldigen das Leben zu nehmen, sondern genau dieses zu schützen. Wie sollte ich es verantworten, wenn ich niemandem eine Chance zuteilwerden ließ? Konnte man denn ohne einen Versuch beweisen, dass etwas funktionierte oder nicht? Nein, und genau das erkannte Taxus, was auch mir ein Lächeln entlockte.

Dieser Mann wuchs zu einer reifen, eigenständigen Persönlichkeit, etwas, was von Orga nicht beachtet wurde. Wirklich schade.

„Natürlich, du bist wieder einmal auf der Seite von diesen Menschen!", fluchte Orga leise.

„Oh ja, ich stehe zu meiner Entscheidung."

Taxus fuhr sich wild durchs Haar, bevor er sich trotzig zurücklehnte und seinen *Kameraden* in Augenschein nahm. Irgendetwas in seinen Augen veränderte sich, was ich jedoch nicht zu beschreiben wusste. Dennoch stellte ich fest, dass Taxus sich nicht länger von Orga schlecht behandeln lassen würde – früher kam ihm nicht einmal in den Sinn, darauf zu reagieren und seine Aufmerksamkeit auf die Worte des älteren Mannes zu richten.

Wenn Blicke dazu in der Lage wären, das Leben aus einem der Unseren zu saugen, könnte sich Taxus nun von uns verabschieden. Orga stand auf, ließ seine Wut erneut an dem unschuldigen Stuhl aus, den er von sich trat und stürmte Richtung Tür. Doch bevor er verschwand, wandte er sich noch einmal an Taxus – ich könnte schwören, dass sein Blick zu jedem von uns wanderte.

„Du wirst wie ein dummes Tier in ihre Falle laufen, dich verletzen und elendig zu Grunde gehen. Höre auf meine Worte, Seher. Wenn es soweit ist, werde ich dir nicht auf die Beine helfen, sondern dich eigenhändig in den Boden stampfen."

Somit verschwand er aus der Halle der Ältesten, brachte meine Geliebte besorgt zum Seufzen.

Der Rest blieb still, niemand sagte auch nur ein Wort. Man brauchte auch nichts zu sagen, um den anderen mitzuteilen, für wie unangemessen wir Orgas Verhalten hielten.

Radia – sonst handelte sie genervt und mürrisch, was heute überraschenderweise nicht der Fall war – verschränkte die Arme vor der Brust, bevor sie nachdenklich zum hell erleuchteten Lüster starrte. Sie suchte nach den passenden Worten, ich konnte es an den tiefen Falten sehen, die sich über ihre Stirn zogen. Aga rümpfte seine Nase, bevor auch er sich erhob, wenn auch viel langsamer als der stürmische Krieger zuvor.

„Ich muss ihm leider zustimmen, Arcor." Fassungslos musterte ich ihn, gab jedoch nicht Preis, dass ich nicht glauben konnte, was er da sagte. „Der Orden wird die Führung übernehmen, wenn wir nichts unternehmen. Es ist ein Zeichen der Engel, dass die Jäger unseren Weg kreuzten und sich mit den Blutverrätern einließen. Sieh es als ein schlechtes Omen. Wir werden diesen Krieg verlieren."

„Wir sind nicht im Krieg!", herrschte Karda, die auf einmal die Fassung verlor. „Jeder von uns ist auf der gleichen Seite, wieso seht ihr das nicht ein? Gerrit versucht, die Schwestern zu beschützen, ebenso wie wir es tun."

Bevor Karda ihre Rede beendete, erhob endlich Radia das Wort. Sie brachte Taxus zum Schweigen, der gerade zum Sprechen ansetzen wollte. Ein Grummeln verließ seine aufeinandergepressten Lippen.

„Können wir uns dessen sicher sein? Dieser Unmut, der uns seit Jahren gegenüber Gerrit plagt, besitzen wir nicht ohne Grund. Karda, Gerrit missachtete unsere Regeln und schlug die Chance auf ein Bündnis entzwei. Wie sollen wir solche Taten auffassen – gut etwa?"

„Nein", seufzte meine Geliebte, deren Tonfall sich senkte, „aber wir müssen sie nicht verurteilen. Logisch betrachtet, können sie nicht anders, als unser Angebot auszuschlagen, schließlich sprechen wir seit Jahren von dem Tod der Schwestern. Genügt euch eine Gefangennahme nicht?"

„So einfach ist das nicht, Liebste“, sagte ich laut und deutlich. Karda zuckte, bevor sie mir einen entrüsteten Blick zuwarf. „Selbst bei einer Gefangenschaft besteht die Möglichkeit, dass sich das Blut der Drei vereinigt. Verstehst du das nicht?“

„Oh, und wie ich verstehe.“ Erneut blitze Wut in ihren Augen auf. „Ich verstehe das Ganze besser als ihr. Viel besser. Falls ihr es vergessen haben solltet. Dieses Problem würde es gar nicht geben, wenn ihr den Magier nicht verbannt hättet, der die Schwestern als Kinder in verschiedene Waisenhäuser brachte.“

„Das ist nicht fair“, flüstere Neele, die sich betroffen fühlte. „Solche Dinge solltest du für dich behalten, Karda.“

„Wieso?“, knurrte die Angesprochene. „Wollt ihr mich ansonsten ebenfalls verbannen, oder gar enthaupten? Soll ich euch mein Herz das nächste Mal auf einem Silbertablett servieren? Wisst ihr was, vergesst es einfach. Ich werde nun mein Gemach aufzusuchen – alleine.“

Ihre Augen durchstießen mich, zwangen mich im Inneren in die Knie. Äußerlich blieb ich jedoch hart, kühl gegenüber der Frau, die ich liebte. Das Organ in meiner Brust schmerzte, als sie durch die Tür stolzierte, doch ich unternahm nichts, um sie aufzuhalten. Ohne ein weiteres Wort an sie zu richten, ließ ich Karda ziehen.

Mir war bewusst, dass ich es bereuen würde.

„Sie hat aber nicht vollkommen unrecht“, murmelte Jupiter ermüdet.

„Ich weiß!“ Es war nur ein Flüstern meinerseits, doch jeder von ihnen verstand mich. „Ich weiß.“

Stumm erhob ich mich, wich von meinem Platz zurück und richtete meinen Mantel.

„Wir vertagen diese Sitzung. Ein paar Stunden Ruhe werden uns allen guttun.“

Meine Stimme klang fordernd, obwohl ich geschwächt wirkte. Ich verließ den großen Saal, vergrub meine vor Magie prickelnden Hände in den tiefen Taschen meiner Hose, bevor ich die Flure entlang schritt, Richtung Innenhof. Frische Luft würde mir sicherlich guttun und meine gereizten Nerven, sowie das drückende Dröhnen in meinem Schädel lindern.

Tief schnappte ich die kühle Nachtluft ein, schloss für einen Moment meine Augen, um die Ruhe in mir einzusaugen.

Tatsächlich dauerte es nicht lange, bis meine Kopfschmerzen verschwunden waren, die ich natürlich auch mit einem Zauber beheben hätte können. Mit einem mulmigen Gefühl setzte ich mich auf eine der Bänke, die um den riesigen, bunten Baum standen, musterte die fallenden Blätter, die, als sie den Boden berührten, darunter versanken. Nur eine Sekunde später erhob sich eine wunderschöne Blume – in diesem Fall eine rosé schimmernde Lilie.

Dieser Baum – er wuchs bereits seit hunderten von Jahren an diesem geheimen Ort, schenkte uns Hexern die Kraft, um die Dunkelheit zu bekämpfen – gehörte zu dem Heiligsten, was wir Hexer besaßen. Er war erfüllt von Magie, reinigte das Böse, wenn man danach verlangte, und zeigte uns Magiern, was es bedeutete, *besonders* zu sein. Wir machten es uns zur Aufgabe, diesen Baum zu hüten und sein Überleben zu sichern, schützten den gesamten Innenhof mit einem Zauber, der es niemand anderem gestattete, die Schwelle zu übertreten und an das Geschöpf der Natur heranzuschreiten. Nicht einmal den Jünglingen, unseren Schülern, wurde es gestattet, die Nähe des Baumes aufzusuchen, sei es auch nur um etwas Ruhe zu finden.

Jemand schlenderte an mir vorbei, näherte sich dem Baum und platzierte eine Hand auf der funkelnden Rinde. Die Äste wippten hin und her, ließen weitere verschiedenfarbige Blätter fallen, die neuerwachten und zu hinreißenden Blumen heranwuchsen.

„Was wirst du nun tun, Arcor?", fragte Jupiter in die Stille.

Ihre Hand streichelte die raue Oberseite des Baumes, während sich ein Lächeln auf ihre Züge stahl. Jupiters Hand glühte in einem hellen Blauton. Ich wusste, was dort vor meinen Augen geschah. Die junge Magierin sog die Magie des Baumes in sich auf, füllte ihre Reserven. Es war ein wundervolles Gefühl, das sie nun durchfuhr, in jeder Pore ihres Körpers ruhend.

Mit einem wohligen Seufzen trat sie schließlich zurück und das Glühen erlosch. Ihr aufdringlicher Blick durchstieß mich, während ihr Daumen jeden einzelnen anderen Finger berührte, um das Kribbeln zu bewahren, das letzte Bisschen davon zu spüren.

Sie wiederholte ihre Frage, als hätte ich sie vorher nicht verstanden.

Ich wusste nicht, was ich tun sollte. Mir war bewusst, dass beide Seiten richtige Argumente besaßen, die der Rat umsetzen musste. Lilith durfte nicht auferstehen, man musste diesen Vorgang unbedingt verhindern. Dennoch konnten wir weder Skylar, noch die anderen Schwestern töten, auch, wenn ich oft daran gedacht hatte. Karda lag vollkommen richtig. Die drei waren Unschuldige, aufgewachsen in einer Welt, die ihnen Schutz bieten sollte.

Es war unsere Schuld, der Rat hatte versagt. Wären wir klüger gewesen, nachdenklicher, dann hätten wir wahrscheinlich einen besseren Weg gefunden, um alles ins Reine zu bringen. All die Verletzten, unsere Jünglinge, die ihr Leben für unseren Zweck lassen mussten, waren nicht nötig gewesen.

Wir ..., nein, ich hätte sie retten können.

Als Jupiter bemerkte, dass ich ihr keine Antwort schenken würde, nahm sie den Platz neben mir ein. Gelassen streckte Jupiter ihre langen Beine aus und positionierte die Hände auf den Oberschenkeln, um immer wieder über den dunklen Stoff zu streichen. Gedankenverloren schmunzelte sie schließlich, bevor ihr Kopf sich in meine Richtung drehte.

„Der Baum ist unser Heiligtum, nicht? Wir beschützen ihn, weil er selbst dazu nicht in der Lage ist. Er besitzt magische Fähigkeiten, verstärkt unsere Kräfte, heilt und belebt diesen Ort. Ohne ihn wären wir zwar in der Lage zu kämpfen, würden jedoch eine Menge Macht verlieren, weswegen wir ihn mit einem Bann schützen. Niemand darf in seine Nähe, wenn er kein Ratsmitglied ist, so lauten die Regeln. Du erinnerst dich, richtig, Arcor?“

Das, was sie mir zu sagen versuchte, verstand ich sofort. Ihre Lippen wurden von einem reizvollen Grinsen geschmückt, als ich mich erhob. Mein Blick legte sich auf die junge Frau, bevor ich schließlich nachgab.

„Berufe am morgigen Tag eine neue Sitzung ein. Außerdem will ich, dass du das Gemach im südlichen Turm reinigen und gemütlich einräumen lässt, schließlich soll sich die Schwester hier wohlfühlen.“

Wohlwissend, dass sie ihren Auftrag erfüllte – da sie Karda sehr nahestand, wusste ich, woher plötzlich der Sinneswandel kam –, klatschte sie in die Hände.

„Du wirst es nicht bereuen, Arcor. Die Engel werden dir ihren Segen schenken, wenn sie von deiner guten Tat erfahren“, säuselte Jupiter erfreut, richtete ihre Iriden auf den dunklen Nachthimmel.

Ich schüttelte nur nichtssagend mein Haupt. Um ehrlich zu sein, war ich mir nicht sicher, ob die Engel uns überhaupt beobachteten. Sie kümmerten sich zwar um die Dinge, die uns, dem Rat, aus den Händen glitten, doch wir kamen ziemlich gut ohne sie zurecht, sodass ihre Hilfe nicht gebraucht wurde. Ob sie mit unseren Entscheidungen zufrieden waren?

Kopfschüttelnd entfernte ich mich von Jupiter, die noch immer in den Himmel starrte und verließ den Innenhof, trat hinein in die Wärme des Schlosses.

Mein Entschluss stand fest. Morgen würde unsere Suche nach einer anderen Tochter beginnen, die wir um jeden Preis finden mussten. Vor allen anderen – vor dem Orden. Ich wusste noch immer nicht, ob sie nicht doch etwas im Schilde führten, oder tatsächlich daran interessiert waren, die Welt zu retten. Trotzdem, jetzt, wo Skylar zu ihnen gehörte, mussten wir uns beeilen. Egal, ob der Orden nun gute oder schlechte Absichten besaß.

Obwohl Orga nach dem Tod der Frauen verlangte, entschied ich, Tochter Nummer zwei hierzubehalten, in einem abgesicherten Zimmer, geschützt von machtvoller Magie. Sie würde hier ihr neues Zuhause finden, darin leben und irgendwann auch sterben.

Vielleicht ähnelte es einem Käfig, denn weit gehen, würde sie nicht dürfen, aber diese Variante war eindeutig besser als der Tod.

Als ich meinen Blick hob, in mitten eines langen Flures stehen blieb, sah ich Karda, die fröhlich lächelnd an der Tür stand. Sie winkte mich zu sich, öffnete einladend ihre Arme. Gleichzeitig lehnte sie an dem Türpfosten, das wunderschönes Gesicht, geschmückt mit einem außergewöhnlichen Strahlen.

Der Ärger, der zuvor Besitz von ihr ergriffen hatte, war nicht mehr zu erkennen, stattdessen zeigte sie mir das, was ich an ihr liebte. Ihre Fröhlichkeit.

Als ich meinen Weg fortsetzte, wusste ich nicht, was auf mich zukommen würde. Doch eines erahnte ich: Solange Karda an meiner Seite blieb, würde ich jede Hürde zu bezwingen wissen.

Weder ein wutentbrannter Hexer, noch ein verfluchter Dämon sollte mein Glück zerstören, denn alles, was ich brauchte, war meine schöne Karda.

EPILOG

Ungeduldig wippte ich hin und her, während mein Blick durch das Fenster glitt, über Hof und Eingang wanderte, die ich von hier gut sehen konnte. Unsanft biss ich mir auf die Lippen, hüpfte von einem Bein zum anderen, um irgendetwas zu tun. Dann blickte ich zu meiner schwarzen Armbanduhr, musterte die Zeiger, die sich seit dem letzten Aufschauen kaum verändert hatten, bevor ich erneut nach draußen starrte.

Ich konnte Koens Ankunft kaum erwarten. Es war nicht nur Koen, auf den ich mich freute, und auch nicht mein geliebtes Auto, mit dem ich ihn herumfahren ließ, sondern die Tatsache, dass er mich abholen würde, um jemand sehr Wichtigen von einem Ort zu holen, der unheimlich grausam war. Zwei Monate wartete ich nun schon auf diesen Augenblick und heute war es soweit.

„Jetzt beruhig' dich doch mal", murrte Cherry, die eingekuschelt in gefühlten hundert Kissen lag und in einem Ratgeber für gelangweilte Hausfrauen blätterte. Was genau sie mit diesem Heft wollte, hatte sie mir nicht gesagt. Wahrscheinlich vertrieb sie sich damit lediglich die Zeit. „Er kommt pünktlich, so wie immer. Du machst mich total nervös mit deinem komischen Herumgewackel."

Augen verdrehend löste ich mich von dem gemähten Vorgarten und sah hinüber zu meiner Freundin, die ihren Blick von der Zeitschrift hob. Ihre roten Lippen verzogen sich zu einem sanften Lächeln, dennoch sagten mir ihre Augen, dass sie mich am liebsten tadeln wollte.

In den zwei Monaten, in denen wir mein Anwesen nun schon als Hauptquartier benutzen, war vieles passiert. Koen und ich zogen als Pärchen in das ehemalige Schlafzimmer meiner Eltern. Den Gedanken, dass sich jemand anderes darin einleben könnte, hatte ich einfach nicht ertragen können. Meine Räumlichkeiten, in dem ich als Kind geschlafen und gespielt hatte, war nun zu Cherrys Schlafgemach geworden. Sie gestaltete es von einem kleinen Märchenzimmer zu einem erwachsenen Wohlfühlort – sie war in lautes Gelächter ausgebrochen, als sie den ganzen rosa Flaum und die vielen Puppen gesehen hatte –, was ich staunend von der Seite aus beobachtete.

Das Büro, das sich ebenfalls in dieser Etage befand, überließ ich Gerrit und Scarlett. Ich hielt es für eine gute Idee, dass sie diesen Raum als Labor benutzten, um mit meinem Blut zu hantieren und die anderen Schwestern zu finden. Leider fand die Hexe den Ort zu klein, sodass sie entschlossen, diesen Raum weiterhin als Büro zu nutzen und das Labor in den Keller zu verlegen. Im Nachhinein war es eine sehr gute Idee. Wer wollte schon neben seinem Schlafzimmer ein Labor stehen haben?

Auch die anderen Mitglieder des Ordens erhielten ein eigenes Zimmer, worauf Shawn lachend festgestellt hatte, dass es gar nicht mal so doof wäre, in einem riesigen Anwesen zu hausen. Es stellte sich heraus, dass er vollkommen recht behielt.

Einige Veränderungen waren vorgenommen worden. Der Ausgang, versteckt hinter einem Porträt, wurde so verzaubert, dass lediglich die Bewohner des Hauses hindurchkriechen konnten. Zudem wurde ein Wall errichtet, der die Hecken um das Anwesen herum verstärkte und den Blick in den Garten verhinderte. So würde es niemand bemerken, wenn die Männer sich ab und zu mit Waffen attackierten, um in Form zu bleiben. Jedoch war der Garten nicht der einzige Bereich, der zum Training genutzt wurde. Scarletts Magie ermöglichte uns eine riesige Halle, die durch eine Tür im Keller betreten werden konnte. Auch diese diente als Kampfarena, die im Moment öfter von mir als von den anderen benutzt wurde.

Logan, der mich unterrichtete, war der Einzige, bei dem es so aussah, als würde er dort wohnen. Wenn man ihn suchte, fand man ihn immer in der Arena. Außer es gab Abendessen – zu meinem Erstaunen musste ich feststellen, dass Talisha eine hervorragende Köchin war –, dann war er der Erste am Tisch. Recht ironisch, wenn man daran dachte, dass er sich immer über das Essen von ihr lustig machte. Wenn er so weitermachte, würde sie ihm irgendwann die Suppe versalzen.

Im wahrsten Sinn des Wortes.

Überraschenderweise legte Talisha immer einen Keks neben meinen Teller, den ich mit Freuden verputzte. Wir näherten uns an und man könnte meinen, wir wären Freundinnen geworden. Letzte Woche saßen wir sogar zusammen im Garten und unterhielten uns über die Schönheit der Natur, bis Logan kam und mich zum Training aufforderte. Um ehrlich zu sein, mochte ich Talisha. Sie war eine nette, kultivierte Frau, mit der ich gerne meine Zeit verbrachte. Ich fand sogar heraus, warum sie mich am Anfang so schlecht behandelte. Talisha war um das Wohlergehen Koens besorgt gewesen, da sie die Geschichte zwischen ihm und Claudia einst heimlich mitgehört hatte. Koen war und wird immer ihre Familie bleiben und dieses Band zwischen ihnen wollte sie nicht zerstören. Sie hielt es offenbar für das Beste, mich von ihm fernzuhalten, sodass weder er noch jemand anderes verletzt werden konnte. Dass ich mich jedoch in ihn verlieben würde und es sogar schaffte, ihn an meiner Seite zu halten, damit hatte sie nicht gerechnet.

Nun gut, jeder wird manches Mal eines Besseren belehrt.

„Ich bin total nervös", gab ich schließlich zu. Ich gesellte mich zu Cherry und presste eines der vielen Kissen an meine Brust. Es gab ein leises Quietschen von sich. „Es ist eine lange Zeit vergangen. Vielleicht möchte er hier nicht mehr arbeiten, schließlich ist er jetzt etwas älter."

„Du machst dir zu viele Sorgen", kicherte Cherry, die das Ganze mit Humor nahm. „James wird mit neunzig noch mit dem Staubwedel durch das Anwesen huschen. Wollen wir wetten?"

„Wieso kommt es mir so vor, als würdest du ihn besser kennen als ich?"

„Weil ich fast genauso viel von ihm weiß wie du, schließlich hast du mir doch seinen gesamten Lebenslauf geschildert, richtig?"

Ich lachte, konnte es nicht fassen, dass sie sich noch immer an die Tabelle erinnerte, die ich einmal aus Kummer und Frust verfasst hatte. Obwohl es mich nicht überraschen sollte, schaffte ich es nicht, mein Erstaunen für mich zu behalten. Cherry war einfach voller Geheimnisse.

„Oh ja", sprach sie weiter, ohne mich auch nur nach Luft schnappen zu lassen, „ich erinnere mich daran. Versuche es ja nicht zu leugnen. Du weißt, dass ich recht habe."

Alles, was ich sagen könnte, wäre sinnlos gewesen und Cherry wusste das besser als jeder andere. Es nervte mich, obwohl es mich auch freute, schließlich konnte ich mir sicher sein, dass sie mich kannte, wie ich es von einer besten Freundin erwartete.

„Ich liebe dich", seufzte ich, worauf sie zu lachen begann.

„Das hoffe ich doch, schließlich sitze ich gerade in deinem *Ehebett* und blättere in einer verfluchten Zeitschrift, um dir Gesellschaft zu leisten."

Die Röte, die sich bei dem Wort Ehebett in mein Gesicht schlich, versuchte ich gar nicht zu versteckten. Es hätte nichts gebracht, da Cherry dieses Wort absichtlich in den Raum warf. Wenn ich nun so reagierte, als wäre es mir unangenehm oder versuchte, es unter den Teppich zu kehren, würde sie noch schlimmere Dinge sagen. Nicht, dass ich von den Bedeutungen dieser Worte nicht träumte.

„Du bist ein Idiot", schmunzelte ich schließlich, worauf sie mir die Zeitschrift entgegenwarf, der ich geschickt auswich.

Plötzlich war das Haupttor zu hören, das sich mit einem lauten Quietschen öffnete. Reifen rollten über den Kies, ließen die Aufregung in mir aufkochen. Erfreut sprang ich auf, rannte zurück zum Fenster und starrte auf mein geliebtes Auto. Koen parkte es nur wenige Augenblicke später und blickte mit einem Grinsen zu mir hinauf.

Verdammt, sah dieser Mann heute wieder himmlisch aus.

„Er ist da!“, rief ich, obwohl Cherry bereits wusste, wer dort unten vorgefahren war. Statt auf eine Antwort zu warten, die wahrscheinlich nur aus einem Kopfschütteln bestand, rannte ich aufgeregt aus dem Zimmer und sprang die Treppen hinunter.

„Pass doch auf“, schimpfte Cole, als ich ihn fast über den Haufen rannte. Lachend hob ich die Hand, entschuldigte mich und öffnete die Tür. Sofort sprangen mir die wohlig warmen Sonnenstrahlen ins Gesicht und teilten mir mit, dass dieser Tag etwas Besonderes werden würde.

*

Nervös zupfte ich an meinem Shirt, das unter der dünnen Jacke zum Vorschein kam. Seit mehr als einer Dreiviertelstunde fuhren wir nun schon durch die schier endlosen Straßen, um jemanden abzuholen, der wahrscheinlich bereits auf uns wartete. Obwohl ich mich innerlich zu beruhigen versuchte, klappte es nicht allzu gut. Immer wieder schwirrten meine Gedanken zu dem bevorstehenden Treffen und all den schlimmen Sachen, die dabei passieren könnten.

Es erschien mir auf einmal hoffnungslos.

Mein gesamter Plan, an den ich Tag für Tag denken musste, erblickte ich nun von einer anderen Seite, die mir weiß machen wollte, dass es nicht funktionieren würde. Genau das machte mir zu schaffen, was ich jedoch nicht zugeben wollte. Ich konnte mir einfach nicht vorstellen, dass James mich mit offenen Armen willkommen hieß. Schließlich war ich der Grund für seinen Aufenthalt in der Anstalt. Zumindest indirekt.

„Atme tief ein und aus. Babe, es wird alles gut, das verspreche ich.“

Koens Worte klangen wie Musik in meinen Ohren und erfüllten mich mit Hoffnung, die zu verschwinden drohte. Sie brachte mein Herz dazu, in einem Takt zu schlagen, der mich verrückt werden ließ.

„Kannst du das denn?“

„Ich kann“, versicherte er und griff nach meiner Hand. Zärtlich fuhr er über meine Fingerknöchel, während sein Blick noch immer auf der Straße lag. Ich wollte so gerne darin versinken. „Du machst dir zu viele Gedanken. James wird dir den Kopf nicht abreißen. Laut deinen Erzählungen ist er ein sehr netter Mann. Loyal, klug und einfühlsam. Kein Mann mit solch einer positiven Ausstrahlung kann deiner Bitte widerstehen.“

Mürrisch drückte ich seine Hand.

„Das klingt so, als wäre er ein junger Bursche, der um meine Hand anhält."

„Zum Glück ist er das nicht." Koens Lippen, die zuvor zu einem breiten Grinsen verzogen waren, verwandelten sich in etwas, das Boshaftigkeit und Ehrgeiz ausstrahlte. „Ansonsten müsste ich über seinen Verbleib nachdenken und um seinen Ringfinger, den ich in diesem Fall lieber in einer Vitrine als an seiner Hand sehen will."

Ich spürte, wie sich meine Wangen vor Verlegenheit rot färbten. Obwohl der Vergleich unheimlich war, löste er Glücksgefühle in mir aus. Genauso wie alles, was Koen tat oder sagte.

„Du Spinner", kicherte ich leise.

Koen bog nach links auf einen Parkplatz, wo er sich eine freie Lücke suchte und stoppte. Tief atmete ich ein und aus, bevor ich ausstieg und die Umgebung betrachtete. Es kam mir alles so vertraut vor, obwohl ich erst einmal hier gewesen war.

Die Parkplätze waren fast alle belegt und die Fläche von hohen Büschen umschlossen, die man lediglich durch die Einfahrt oder durch den kleinen Fußgängerweg verlassen konnte. Wir huschten durch den kleinen Spalt für Fußgänger, bevor wir unseren Weg auf einem gepflasterten Weg fortsetzten, der uns direkt zur Klinik führte. Die Umgebung bestand einzig alleine aus Rasen, der, wenn man ihn betrachtete, das Verlangen in dir auslöste, einen Ball zu schnappen und Fußball zu spielen. Leider war das Betreten der Grünfläche verboten, was auf einem Schild etwas von uns entfernt stand.

Wie hatte man wohl dieses Schild aufgestellt, wenn man den Rasen nicht betreten durfte?

Je näher wir dem riesigen Tor kamen, desto aufgeregter und nervöser wurde ich. Hunderte Gedanken schwirrten durch meinen Kopf, denen ich zu entkommen versuchte. Alles, was ich jedoch erreichte, war die innere Lady zum Lachen zu bringen. Sie amüsierte sich köstlich, sagte aber nichts. Wenigstens hielt sie sich an unsere Vereinbarung.

Wir waren zum Entschluss gekommen, dass die Lady im Grunde nicht bösartig war. Sie wollte ihre Mutter nicht aus Liebe wiederbeleben, sondern, weil es die Prophezeiung voraussagte. Dem Schicksal fügen, nannte sie es. Nach einem langen Gespräch – ich konnte noch immer nicht fassen, dass das überhaupt möglich gewesen war –, ein paar frechen Sprüchen und einigen Anmerkungen später, kamen wir zu einem Ergebnis, dass sich sehen lassen konnte. Die innere Lady stellte mir all ihre Fähigkeiten zur Verfügung, wo immer und wann ich sie brauchte, während sie die Freiheit behielt, in meinem Körper zu hausen.

Überraschenderweise kannten Lucy und Elliot – nach einem monatlichen Bleiben waren sie zurück zu den Jägern gegangen, aber nicht, ohne sich in unserer Mitte zu wissen – Wege und Methoden, die unheimlich brutal waren und in meinen Augen einem Exorzismus ähnelten.

Daraufhin hatte der Dämon unseren Forderungen zugestimmt.

„Es wird alles gut", sprach Koen mir Mut zu und drückte zärtlich meine Hand. Ich wünschte mir, genauso wie er fühlen zu können, dann gäbe es ein Problem weniger. Obwohl ich mich so negativ benahm, schüttelte ich meinen Kopf und zauberte ein Lächeln auf meine Lippen, was Koen mit Freude beobachtete.

„So gefällst du mir schon besser, meine Liebe. Ein Lächeln macht dich noch bezaubernder."

Mein Erwidern erfolgte lediglich durch ein leises, verlegenes Kichern, was meinen Freund nicht zu stören schien.

Wir hielten vor dem geöffneten, großen Eisentor. Einige Besucher stiegen die steinernen Treppen hinauf, andere standen davor und rauchten. Ich erkannte auch einen Pfleger, der sich seine Pause mit einem kleinen Schwätzchen verschönerte.

„Wollen wir dann hinein?", fragte ich nervös, worauf Koen nur seinen Kopf schüttelte. Verwirrt zog ich meine Brauen zusammen, verstand nicht, was er damit meinte. „Müssen wir nicht die Entlassungspapiere unterzeichnen?"

„Babe, denkst du wirklich, wir haben das auf normale Art und Weise geklärt? Jemanden auszuweisen, der einst für labil gehalten wurde, ist nicht einfach. Mach dir einfach keine Sorgen. James wird gleich zu uns stoßen. Gerrit hat sich um alles gekümmert."

Sorge erschien auf meinem Gesicht, doch ich widersprach nicht. Wenn Koen sagte, dass alles in Ordnung ginge, dann war das auch so. Dennoch weckten seine Worte auch Neugier in mir, die sich fragte, wie sie es geschafft hatten, James aus der Klinik zu holen.

Eine Weile standen wir nun schon da. Als ich jedoch auf meine Armbanduhr starrte, erkannte ich, dass die Weile lediglich fünf Minuten dauerte. Seine Entlassung zog sich so sehr, dass mir allmählich langweilig wurde.

„Hat er überhaupt richtige Kleidung?", erkundigte ich mich. „Er soll doch nicht in dämlichen Klinik Klamotten nach Hause kommen."

„Keine Sorge, darum habe ich mich gekümmert."

Sein Grinsen verriet mir, dass er genau wusste, was James tragen und das es mir gefallen würde. Wieso musste er unbedingt heute auf geheimnisvoll tun?

„Er hat selbst auf die Sachen bestanden", erklärte Koen. „James ist sich seiner Sache bewusst."

„Welcher Sache?"

Bevor ich eine Antwort erhielt, vergrößerte sich seine Grimasse und er zeigte auf die Tür. Ich folgte seiner Hand, starrte auf die große, hölzerne Tür, die sich geöffnet hatte. James stand dort, blickte sich zuerst um und lächelte, als er uns sah.

Er erkannte mich sofort.

Tränen schossen mir in die Augen, während ich mir die Hand vor den Mund schlug, als ich den Mann betrachtete.

Sein Haar war an manchen Stellen bereits ergraut. Es stand ihm gut und machte ihn gleichzeitig etwas attraktiver. Seine Augen strahlten, ließen die kleinen Falten an Nase und Mund tanzen. Doch das, was mein Herz am meisten berührte, war der Anzug, den er trug.

Es war der gleiche Anzug, den er auch damals trug, als er noch für uns arbeitete.

Schluchzend löste ich mich von Koen, trat auf den Mann zu, der mir in der Kindheit und heute so viel bedeutete.

„James", flüsterte ich weinerlich.

„Weine nicht, Skylar. Es war nicht deine Schuld." Es überraschte mich nicht ein bisschen, dass er wusste, was ich fühlte. Schon damals waren seine Handlungen so gezielt gewesen, als würde er genau wissen, was ich wollte oder brauchte.

„Es tut mir so leid, James. Ich wollte nicht, dass du hier drin gefangen wirst. Himmel, ich ... ich wollte dich besuchen, aber ..."

„Schh, kein Wort mehr. Eine Entschuldigung ist nicht nötig. Mir war bewusst, dass du eines Tages hierherkommen würdest und ich habe gewartet. Wie lange ist nicht mehr von Wichtigkeit."

Erschrocken weiteten sich meine Augen, als ich realisierte, dass seine Worte zwei Bedeutungen besaßen.

„Du wusstest es!" Die Erkenntnis erschütterte mich. „Von Anfang an! Du wusstest von der richtigen Arbeit meines Vaters und von Lucy, sowie Elliot. Das mit den Dämonen wusstest du auch! Oh Gott, wieso hast du damals nicht irgendeinen Fremden beschuldigt? Es war doch klar, dass sie dir die Sache mit dem Monster nicht abkaufen."

Er lachte, als wäre irgendetwas Witziges geschehen.

„Du wirst es bald verstehen, Skylar. Alles geschieht aus einem bestimmten Grund, egal, in welcher Welt."

Ich verstand überhaupt nichts mehr. Weder seine Worte, noch sein damaliges Tun. Doch ich entschied, mich jetzt erst mal um etwas anderes zu kümmern. Es würde sich genug Zeit finden, um mit ihm über alte Zeiten zu plaudern, was er wohl mit Freude tun würde.

Außerdem erwartete mich bestimmt noch das eine oder andere Geheimnis, da war ich mir sicher.

Kopfschüttelnd legte ich ein sanftes Lächeln auf meine Lippen, bevor ich James um den Hals fiel. Ich konnte meine Gefühle nicht unterdrücken. Nein, ich wollte es nicht. Jahre lang war ich ohne meinen loyalen Freund gewesen, der gleichzeitig die besten Pancakes machte und nun war ich in der Lage, meine Welt erneut mit ihm zu teilen.

Mein Herz klopfte vor Freude, als er die liebevolle Berührung erwiderte, mir einen Kuss auf den Haaransatz hauchte. Ich wusste nicht, wie lange wir hier standen, umschlungen wie Vater und Tochter, doch irgendwann lösten wir uns. James strich mir vereinzelte Tränen von den Wangen.

„Nun Schluss damit, Miss Coleman“, grinste er väterlich. „Zeigen Sie mir meinen Arbeitsplatz.“

Ich lachte, knuffte ihm leicht in die Schulter. Seine Nähe, das mit Freude getränkte Lächeln, alles tat mir einfach gut und zeigte mir, wie sehr ich es vermisst hatte. Es überraschte mich selbst, dass wir uns trotz all den Jahren ohne ein gemeinsames Wort so gut verstanden. Eigentlich hatte ich eine schreckliche Stille zwischen uns erwartete, die von Peinlichkeit übermannt wurde.

Genau das Gegenteil war der Fall.

„Ich muss dir jemanden vorstellen!“, kicherte ich schließlich und drehte mich zu meinem Geliebten. „Das ist mein Freund-“

Ich stockte, als ich Koen erblickte, der sich zum Telefonieren entfernt hatte. Seine Lippen verzog er zu einer Linie, bevor er herrisch einige Worte mit jemandem austauschte. Er schien nicht sonderlich glücklich, doch plötzlich, als der andere das Gespräch fortsetzte, funkelten seine Augen. Ich wusste nicht, um was es ging und ob es etwas Wichtiges war, doch ich beschloss es erst einmal ruhen zu lassen. Koen würde mir später ohnehin erzählen, was passiert war.

Wenn nicht, würde ich es ihm eben anders entlocken. Ich kannte eine Methode, die recht gut bei ihm funktionierte. Vor allem wenn ich dabei nackt war.

„Ich kenne ihn irgendwo her“, murmelte James nachdenklich.

„Er hat mich damals gerettet. Erinnerst du dich? Koen hat das Monster erledigt.“

„Ah! Ja, jetzt weiß ich es wieder“, er schüttelte den Kopf. „Ich werde ja ganz vergesslich! Aber es freut mich dennoch, dass du solch einen Mann gefunden hast.“

„Koen ist wunderbar, James. Du wirst noch genug Zeit bekommen, um ihn kennenzulernen.“

Er schenkte mir ein Nicken, bevor er mich ein letztes Mal in die Arme nahm.

„Gehen wir?“

„Gehen wir.“

James hob seine Tasche, die er zuvor zu Boden gestellt hatte, auf und lief vor. Er drehte sich nicht um, als ich mich zu Koen gesellte, sondern steuerte automatisch auf den Parkplatz zu. Offenbar wusste James, wohin er gehen musste, um nach Hause zu finden. Währenddessen huschte ich zu Koen, der gerade sein Telefonat beendet hatte. Er erschien mir recht seriös, als er sich zu mir drehte und seine Arme um mich schlang. Verwirrt blickte ich zu ihm auf und erwiderte die Umarmung.

„Ist alles in Ordnung? Du siehst nicht allzu zufrieden aus."

„Im Gegenteil", sagte er aufgebracht. Zweifelnd hob ich meine Brauen. Seine Worte stimmten weder mit seinem Blick, noch mit seiner Stimmlage überein. Verschwieg er mir etwas? „Verzeih, Liebes, Shawn hat mich etwas aus der Rolle fahren lassen. Er war ... komisch."

Ich entschied, darüber erst einmal den Mund zu halten. Das war eine Sache zwischen den beiden. Während ich die Umarmung löste und unsere Hände miteinander verschränkte, traten wir den Rückweg an. Mit dem Daumen streichelte er meine Hand, die er fest umklammert hielt, bis er das Grinsen auf seinem Gesicht nicht mehr verstecken konnte.

„Okay, ich wollte es dir eigentlich erst sagen, wenn wir zu Hause sind, aber Scarlett und Logan haben es geschafft? Sie haben deine Schwester gefunden."

Getroffen blieb ich stehen, starrte ihn wie verrückt geworden an.

„M ... meine Schwester? Du meinst ..."

„Eine Tochter der Lilith. Sie wohnt tatsächlich hier in der Nähe. Ungefähr drei Stunden Fahrt."

„Sind sie sich sicher, dass es sich um eine Schwester handelt?", erkundigte ich mich aufgeregt.

Er nickte. „Sie ist genauso, wie du sie beschrieben hast. Blond, hübsch und besitzt graue Augen."

Oh Gott. Ich wusste nicht, wie ich reagieren sollte. Man hatte den zweiten Teil meines Schicksals gefunden und sie wohnte nicht einmal weit entfernt von hier. War das zu fassen? Sollte ich nun fröhlich sein oder lieber weinen? Ich wusste es nicht.

„Wie ist ihr Name?", presste ich schließlich hervor.

Koen nahm mein Gesicht in seine Hände und lächelte. Ein Kuss voller Sanftheit ließ die Aufregung abkühlen und zog mich in eine Welt, die nur Koen und mir gehörte. Wohlig seufzte ich, bevor ich in seine wundervollen Augen starrte.

„Sie heißt Angel. Angel Lahey."

Erinnerungen schossen durch meinen Verstand, erblickten die schöne Frau, die meine Hand gehalten und mich dazu gebracht hatte, den König vom Schachbrett zu stoßen. Obwohl ich sie eigentlich nicht kannte, fühlte ich eine Verbindung, die tief in meinem Herzen Wurzeln schlug.

„Kommt ihr endlich?“, rief plötzlich James, der seine neugewonnene Freiheit vollkommen genoss.

Ich hob meine Hand, um ihm zu zeigen, dass wir gleich nachkommen würden. Er drehte sich jedoch nicht von uns weg, um schließlich hinter den Gebüschen zu verschwinden, sondern verschränkte die Hände vor der Brust und wartete mit einem sanften Lächeln auf den Lippen.

Verdammt, konnte ein einziger Mensch sich so glücklich fühlen?

Erneut schossen mir die Tränen in die Augen, wurden jedoch von einem Kuss von Koen aufgehalten.

„Ich bin bei dir, Skylar. Egal, was geschehen wird, ich bleibe an deiner Seite. Solange, bist du mich dort nicht mehr haben willst. Nein, selbst dann werde ich bei dir bleiben. Ich liebe dich, mein Augenstern.“

„Ich liebe dich auch“, japste ich leise, bevor ich meine Arme um seinen Hals schlang. Unsere Lippen trafen sich, verschmolzen miteinander. Es war eine Symphonie all unserer Gefühle. Ich spürte seine Lippen, hörte das Schlagen seines Herzens und das Blut, das bereits so oft als meine Nahrung diente, in seinen Venen rauschen. Er ließ mich fühlen, als wäre ich das einzige Mädchen auf dieser Welt, die Frau, an deren Seite er für immer leben wollte.

In unserem Fall klang die Ewigkeit mehr als nur verlockend.

Als wir den Kuss lösten, die Finger noch immer miteinander verhakt, erblickte ich etwas in seinen Augen, dass meine Knie automatisch weich werden ließ.

Liebe.

Und dieses Gefühl würde ich ewig pflegen und behüten.

Solange, bis ein neues Geschöpf zu uns stieß, dem wir diese Emotion ebenfalls vermitteln konnten.

Etwas, das uns perfekt machen würde.

Ein Kind.

Koen war mein pochendes Herz, mein brennendes Verlangen und die Verbindung mit meiner Seele. All das würde ich ihm zeigen, so oft und so gut ich es konnte. Für den Rest unseres Lebens.

Als ich erneut nach seiner Hand griff und mich in seinen dunklen Augen verlor, wusste ich, dass er bereit war, dasselbe für mich zu tun.

Von heute an für immer.